U0398890

路翎全集

第八卷

散文、文论 1938—1992

散文
文论

復旦大學出版社

本集获复旦大学“985工程”三期整体推进人文社会科学研究项目和
上海文化发展基金会资助出版，为国家社科基金项目（22BZW134）中期成果

1975年路翎夫妇与来访的徐爱玉（右一）及其子高原（右二）摄于天安门

1979年路翎夫妇与来访的耿庸之子（右一）及上海友人摄于芳草地寓所前

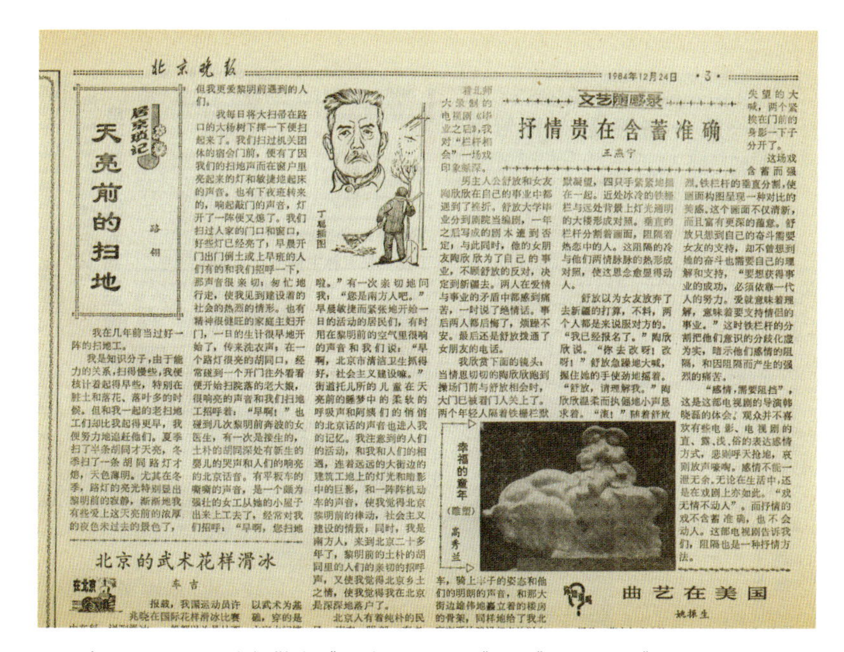

北京晚报　1984年12月24日　·3·

居京琐记

天亮前的扫地

路翎

丁聪插图

我在几年前当过好一阵的扫地工。

我是知识分子，由于能力的关系，扫得慢些，我便核计着起得早些，特别在脏土和落花、落叶多的时候。但和我一起的老扫地工们却比我起得更早，我便努力地追赶他们。夏季扫了半条胡同才天亮，冬季扫了一条胡同路灯才熄，天色薄明。尤其在冬季，路灯的亮光特别显出黎明前的寂静，渐渐地我有些爱上这天亮前的浓厚的夜色未过去的景色了，但我更爱黎明前遇到的人们。

我每日将大扫帚在路口的大杨树下撑一下便扫起来了。我们扫过机关团体的宿舍门前，便有了因我们的扫地声而在窗户里亮起来的灯和敏捷地起床的声音。也有下夜班转来的，响起敲门的声音，灯开了一阵便又熄了。我们扫过人家的门口和窗口，好些灯已经亮了；早晨开门出门倒土或上早班的人们有的和我们招呼一下，那声音很亲切；匆忙地行走，使我见到建设着的社会的热烈的情形。也有精神很健旺的家庭主妇开门，一日的生计很早地开始了，传来洗衣声；在一个路灯很亮的胡同口，经常碰到一个开门往外看看便开始扫院落的老大娘，很响亮的声音和我们扫地工招呼着："早啊！"也碰到几次黎明前奔波的女医生，有一次是接生的，土朴的胡同深处有新生的婴儿的哭声和人们的响亮的北京话音。有平板车的嘀嘀的声音，是一个颇为强壮的女工从她的小屋子出来上工去了，经常对我们招呼："早啊，您扫地啦。"有一次亲切地问我："您是南方人吧。"早晨敏捷而紧张地开始一日的活动的居民们，有时用在黎明前的空气里很响的声音和我们说："早啊，北京市清洁卫生抓得好，社会主义建设嘛。"街道托儿所的儿童在天亮前的睡梦中的柔软的呼吸声和阿姨们的悄悄的北京话的声音也进入我的记忆。我注意到的人们的活动，和我和人们的相遇，连着远远的大街边的建筑工地上的灯光和暗影中的巨影，和一阵阵机动车的声音，使我觉得北京黎明前的律动，社会主义建设的情景；同时，我是南方人，来到北京二十多年了，黎明前的土朴的胡同里的人们的亲切的招呼声，又使我觉得北京乡土之情，使我觉得我在北京是深深地落户了。

北京人有着纯朴的民……

……车，骑上车子的姿态和他们的明朗的声音，和那大街边雄伟地矗立着的楼房的骨架，同样地给了我北……

文艺随感录

抒情贵在含蓄准确

王燕宁

看北师大录制的电视剧《毕业之后》，我对"栏杆相会"一场戏印象颇深。

男主人公舒放和女友陶欣欣在自己的事业中都遇到了挫折。舒放大学毕业分到剧院当编剧，一年之后写成的剧本遭到否定；与此同时，他的女朋友陶欣欣为了自己的事业，不顾舒放的反对，决定到新疆去。两人在爱情与事业的矛盾中都感到痛苦，一时说了绝情话。事后两人都后悔了，烦躁不安。最后还是舒放拨通了女朋友的电话。

我欣赏下面的镜头：当情思切切的陶欣欣跑到操场门前与舒放相会时，大门已被看门人关上了。两个年轻人隔着铁栅栏默默凝望，四只手紧紧地握在一起。近处冰冷的铁栅栏与远处背景上灯光通明的大楼形成对照。垂直的栏杆分割着画面，阻隔着热恋中的人。这阻隔的冷与他们两情脉脉的热形成对照，使这思念愈显得动人。

舒放以为女友放弃了去新疆的打算，不料，两个人都是来说服对方的。"我已经报名了。"陶欣欣说。"你去改呀！改呀！"舒放急躁地大喊，握住她的手使劲地摇着。"舒放，请理解我。"陶欣欣温柔而执拗地小声恳求着。"滚！"随着舒放失望的大喊，两个紧挨在门前的身影一下子分开了。

这场戏含蓄而强烈。铁栏杆的垂直分割，使画面构图呈现一种对比的美感。这个画面不仅清新，而且富有更深的蕴意。舒放只想到自己的奋斗需要女友的支持，却不曾想到她的奋斗也需要自己的理解和支持，"要想获得事业的成功，必须依靠一代人的努力。爱就意味着理解，意味着要支持情侣的事业。"这时铁栏杆的分割把他们意识的分歧化虚为实，暗示他们感情的阻隔，和因阻隔而产生的强烈的痛苦。

"感情，需要阻挡"，这是这部电视剧的导演韩晓磊的体会。观众并不喜欢有些电影、电视剧的直、露、浅、俗的表达感情方式，悲则呼天抢地，哀则放声嚎啕。感情不能一泄无余。无论在生活中，还是在戏剧上亦如此。"戏无情不动人"。而抒情的戏不含蓄准确，也不会动人。这部电视剧告诉我们，阻隔也是一种抒情方法。

幸福的童年（雕塑）　高秀兰

北京的武术花样滑冰

车吉

报载，我国运动员许兆晓在国际花样滑冰比赛……以武术为基础，穿的是……

曲艺在美国

姚振生

1984年12月24日，路翎散文《天亮前的扫地》在《北京晚报》发表

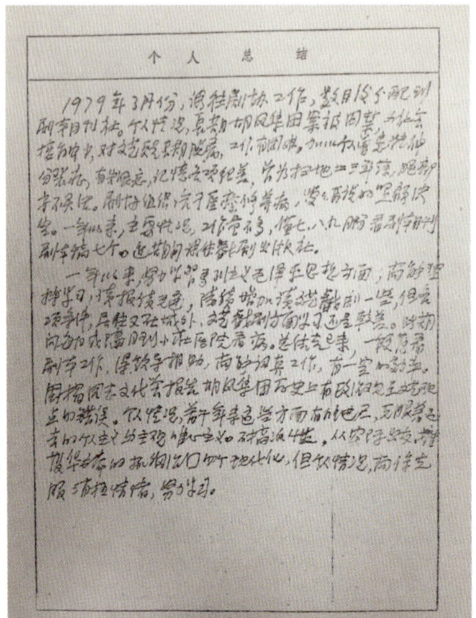

个人总结

1979年3月份，调往剧协工作，数月后分配到剧本月刊社。[illegible]

个人总结，1980

丁聪作路翎扫地图

刊载《哀悼胡风同志》的1985年第9期总第64期《文汇月刊》

刊载《认识罗曼 · 罗兰》的胡风等著《罗曼 · 罗兰》，新新出版社1946年初版本

目　录

散文(1938—1992)

本辑作品原已收入《路翎晚年作品集》(张业松、徐朗编,东方出版中心1998年)“散文”“回忆录”部分者,据以排印,并据原刊或原稿校订;新增者据原刊或原稿收入。

秋在山城

秋天的气候到了。在杂乱底山城的秋天里过日子,我要很费力的把持住我底目标和记忆。

繁荣与淫婪像厚厚的一层油在这山城上飘浮而凝固着。人们要费尽了力量才能透视到这油污的内层:秋天在烽火里燃烧着,在故乡,湖沼将要□着一些鲜血冰冻起来;在那大别山,太行山的峰群里,儿女们用血和敌人周旋着。然而这山城里呵!骄奢,淫佚,散乱,苟安……使我感到眩晕,因此我要更费力的把持我底目标和记忆。

高耸的危楼里藏着多少迷梦?黑牌汽车整天装着这迷梦奔驰着。这算是平安底堪察加吗?一切成块形的迷梦已经粉碎了,残剩着的,也将连同着苟安的人群一同烂去!

祖国正向着一个决战迈进:祖国的儿女们都要担负并且完成这"史运"的责任。秋天,在山城,我们希望它能像一盆火似的烧起这不死的人群。秋风将带着火一般斗争底意志向广漠祖国的每个角落播开去。而且在不远的春季呵。伟大底决战将要跟春雷一同轰鸣起来!

(原载重庆《时事新报·青光》1938年11月3日,署名烽嵩)

夜　渡

我走时，家乡那古城，正在大雪里冷睡着。大的云壁从北国吹过来，这古城被压得几乎窒息。尖冷的风挟着原始底怨哀呼啸着。江畔早已落寞了。芦苇丛嚎出的是一种恐怖的预感——家已没有了，走到那里去呢？这滩上有的只是模糊的足迹呵。

晚了，黑了……夜的罗网从不曾遗漏过任何一件东西，现在，她闲适地吻着零乱底雪野；雪野反映出一片惨白向惨白底天空，向惨白的亡命者底梦。

远的丛林尽头，篝火在荡漾着，对岸的黑暗被什么光亮划开了……希望在心中重新闪烁起来，拔起麻木的拘挛的腿。"走呵……我不能在这里死去！"

"渡船，渡船……"望着江波上朦胧的黑点我轻唤着，这轻唤仿佛被回答了，我想燃起一支火，"导我去吧！我们伟大底祖国会庇护我"！

然而不行，我没有火种呢！即使有也不能燃；敌人就在周围呵！而且我不能高叫……

那黑点终于飘近了，轻快的橹在呜咽的江波上歌唱着。

"对岸……十元……快……"

渡船飘至中流，愉快而紧张的橹声中，我向那古城吹送了一个寒冷底唏嘘！

（原载重庆《时事新报·青光》1938年11月8日，署名烽嵩）

给店友们

亲爱的店友们：

你们是在清闲着以至烦闷，只有少数在忙碌，我知道。

在店门口，茶馆里，幽闲的抽着烟卷儿，呷着茶请谈生意经的，有了你们。这原因，在以前，是战争使你们营业清淡，后来战争赶来了下江人，使你们一度忙碌过，现在争战通过四川，鬼子飞机又会缭绕在合川□有钱的纷纷下乡了，使你们又归于清闲，你们一定在咀咒命运，可是请你们屏心静气的想一想，什么恶势力使你们生意轻淡的？不是命运！不是天地，不是鬼神，是敌人是日本，你们应当牢记着。敌人想箝制我们的生命，我们不应当怨愤自己，应当向敌人索清这篇巨债。

亲爱的店友们，敌人使你们生意清淡，可是有些店家们身受切肤之痛，现在还发现仇货，这是最痛心的！希望你们赶快检举吧，并且希你们民族的罪人！为国家不要为自己！

（原载合川《大声日报·哨兵》1938年11月14日，署名丁当）

遥寄天边的朋友

秋天的寒凉已经使人感到愁苦的了，那故乡的湖沼将要□一些血冰冻起来，想到悠闲的渔火在夜□芦苇里飘荡，想到像春天阳光裂开薄冰的脆响似的美丽底以往生活□便连想起那被我留下足迹的每一块土，那为民族战斗的战士，那不知漂泊到甚么河边，山群里，艰苦斗争着的战友，同时，我也想恋着那，伟大底，火般底战斗！

一些日子，因了抑制着自己的兴趣和环境的约束，一个寂寥已经成长起来了——这寂寞的心像是一张叶子在秋风里□□着。在夜半，伴□苦痛地拘挛起来，我便开始想那些琐碎的事。窗外的风雨是那么空洞与凄清呀！有谁了解我的苦衷呢？

一个青年人被这样的环境困惑着，是耻辱。以前，我曾抱着最大的决心与希望在时代里奔波，我决心要走遍辽阔的祖国。站在山巅上，我眺望那长江的清波与黄河的狂澜，数着祖国的心脏与每一个儿女的心脏在一起跳跃，我欢呼了。我要跳进战斗里去，战斗的火将融化了我的灵魂——山屏重雾里，在那黄浊的啸流旁，为了保卫这心脏呵，我们给布置了一个大会战！

天边的朋友们哟！我忆恋你们如同眷恋这伟大的战斗，我不应该再寂寥与悲痛了，我预备去走，走……走遍了自由的祖国，用一颗热烈的心去拥抱战斗！在明年春季里，或许更早些，将会有一些火山爆发似的光焰要巅□我们的敌人！这火山的导线在每个角落里被燃着了，朋友呵！祖国的江流为你们唱着□□光荣底赞美之歌，严峻的山峰水练蔽掩着你们给敌人一个不可拒抗的袭击！

我们正向着这个伟大底决斗赶路，只有战斗才能充实我们的生活，而且，我们抱着火般的决心去走遍辽阔底祖国□朋友们，记着呵！在最后的决斗里，我们要一同奔向那火山里去！

（原载合川《大声日报·哨兵》1938年11月14日，署名烽嵩）

在空袭的时候

合川并不是安全的地方，全中国可以说在这一个战争真没有一个安全的地方，处处有受着敌人袭击的危险，为了安全自己，我们需要一些防备。

合川已有空袭了，而且合川已有数机飞过了，在警急警报的时候，合川人民的态度是怎样呢？奔嚣，哭呼，无秩序……

在那里局面下，一颗炸弹在敌人是可以取得代价的。换句话说，敌人不费事的一颗炸弹，我们要丧失无限的生命财产，在这里，我要警告民众们，并且向县政当局贡献几点意见：

（一）在警报的时候，切切不能在街上乱呼狂奔而且切切不能很多人聚于一处，因为狂奔可以引起敌机的注意，聚于一处他又以为你是军队，在防空壕没有的时候，在家里不出来也许比较平安些。

（二）县府前的防空壕不是很可利用吗？为什么多人问呢，让他积满了污水。堂堂的县府还成什么样，请赶快将它修理起来，并且多多提款建造！

（三）警报要准确才行，口吹空袭时发警报敌机已悬空。假若准确了，大家可以从容躲避到城外山野来已是很好的办法。以上，我们意见，希望大家努力起来做。

（原载合川《大声日报·哨兵》1938年11月17日，署名莎虹）

在襄河畔

大的时代使距离缩短了。春季里，我意想不到的在离开家乡遥远的襄河上飘泊着，而且也意料不到的遇到了同是粉碎了家的相同命运底朋友。我于是在襄河畔一个古旧的小城里逗留下了，同情的安慰使我生活得很愉快。

很多夜晚我们谈着战争的故事，唱着轻快的歌。在那旧式宽敞的邸屋里，原本住着一个将要衰落的大家庭，可是现在只有我们被这一片可爱的土地宠爱着了。带着很多孩子在夕阳河堤上闲走，在襄河上泛舟，还有在夜晚群星下，我被减低了年岁和他们谈论着。

绿的星星幸福地向着这可爱底古城闪烁。被围在天真群里，我指划着那些绿的星星，我说着关于她们底故事。然而一些模糊的记忆被牵上了：我认得这些星星在我也是天真的时候，在那温暖江南底夏的深夜里。那时，我被老年人宠爱着，我香甜地在这些故事里梦游着……可是现在呵！在异乡这些星星仍然是幸福的闪跳，而那指给我这些故事的人已不知在那里了，也许……

面向那静谧地在星光下流去的襄河，我落了多少辛酸底眼泪呵……孩子们在肩下摇着叫着，他们要我再说下去。可是在这时代里，我能再说些甚么呢？幼小的心灵们能了解我的苦衷吗？

老年人的指导和鼓舞是永生忘不了的。在一个夜晚，昏黄的油灯下，他们问我以后的行程和家乡的消息，我热情地说：

“说不定，西北去也好，四川去也好，反正我们是国家的了，家里人我不知道怎样，据说他们都平安地生活着，不过万一……总之，再加些仇恨罢了，离开这里，我怕永不会再来了……不过我们会相见的，像这次的会着一样……”

我非常强调地使每个字很清晰，但是，我流泪了，真的，我不想离开这里呵！而且以后……

老人们指示我，我太热情而且没有涵养了，我对于我的私生活不谨慎……他们劝我改正，他们说我的话自然是对的，但不要整天想家而误了事。接着他们轰然大笑了，我别扭得没处躲藏我那莹着泪珠的眼睛。

我神经质地要求他们回答：

“假若敌人来了，你们怎样？”

“假若来了，还不是一条老命呵，逃出去也是死，以后，这责任要你们孩子们来完成了！”

是的，这命运是要我们完成呵！

我一直辛酸的流着泪，但是我心底里却在微笑着，一直到我离开那可爱的城池。

现在，那可爱的地方正被炮火毁烧着，正被敌人蹂躏着，我忆起那群天真的心灵，我又看见那可爱的但是却在山国里的绿的星星，我看见家……我流泪了，对着在星光下静谧歌唱着的嘉陵江！

“老人们还平安吗？”向天涯那古城，我问着。

“是的，这责任只而我们孩子去完成了……”

一年，我默咏着这句话。

（原载重庆《时事新报·青光》1938年12月1日，署名烽嵩）

致死者

落叶，是你的心片，旋舞在金风中。有时也在叫啸，似猿鸣，似鬼哭那样的哀诉:“敌人的炸弹穿了你的胸”。

安静吧！死者。祖国的儿女在为你复仇，在驱那恶兽，别再哭，是不是秋虫吵醒了你的清睡?

你静听，那军中的胡笳，在安慰你!

（原载合川《大声日报·哨兵》1938年12月4日，署名丁当）

一片血痕与泪迹

离开中秋又是一度的月圆了。这动荡的日子使每个人不能想到明天的事，而且在睡梦里“过去”总是像春天底微笑那么甜密。在皎洁底月光下我想起家乡：渔火在夜的苍苇里飘荡着。对对轻倩的影子在歌唱那幸福底故事……然而现在家乡是遭殃了，幸福底歌是粉碎了。在黄河长江的两岸，在各处老年的丛林，山谷内。淳朴底汉子本能地捡起土枪，为争夺自己底自由而斗争着……想到这里，我便眷恋着那伟大底，火般的战斗！

一年了，走开家乡的日子我同月光都记得特别清……。在胜利的消息培养着坚强底战斗意志的时候，……古城是如何地兴奋啊！我们在海滩和平原上能和敌人这样地战斗着！敌人自命无敌的空军在八百里的江南铁底晴空被粉碎了。敌人的舰队一次两次……在中国海里被毁灭……这是我们第一次将炸弹搬到敌人们迷梦里……古城里到处流激着兴奋底人群，各种消息使大家忘去艰苦的将来。一个心脏跳跃着。一个言语呼喊着；“我们要抗战到底！”

谁会相信南京会这样快的地陷落呢？我还坚信着：这么多军民，这么坚强的意志，她可以是敌人的“马德里”啊！……

然而悲惨的命运跟者一个大崩溃开始了。我苦痛地望着她陷落。然而我还不想离开她——这模糊的眷恋几乎送掉我的性命。在那古城里一切希望都完了的时候，我艰窘地越过了千百里的战线。我走，向祖国自由底后方走。……

在武汉人们正热烈地庆祝着新中国：同时，在鄂东北，豫东南的山群里，一个大战的网已经布置下了：专等敌人来受死，我们决不能放过他一个鬼子！我们要保卫我们底心脏！

在大别山巅上的儿女们俯视着长江的清波与黄河的狂澜，数着自己的心脏与祖国的心脏一起跳跃，我们的眼睛湿润了。在这劫难的国度，伟大的时代里啊！我们要拥抱战斗，我们要跳到战斗的火里去……

这以后，我便沿着汉水向鄂北飘泊着。……

多少歌在这流亡的人群里被唱出了。每一颗心是随着歌声在荡漾啊！

那是一个春天的黄昏，我和虹对着晚霞在山峦上恬静地伫立着，哼着一些脊恋底调子。湎溺在微风里，我在痴想江南的晚霞……在肩旁我发现虹流泪了，他的脸像晚霞一样红……忍不住，我的眼睛也湿了，我颤抖着。是为感激这伟大底祖国？抑是被飘泊的生活牵起了往事而伤感呢？我不知道。不过啊，我相信离自由幸福的日子已不远了……

听着江畔那古城的唏嘘，我们又分散了。它将被战争锻炼得更强固，我们将要微笑着将把那美丽的平原接回来……

走上更艰辛底路，我们都坚执地信念着，总有一天……

是的，总有一天，那时。这是难忘的血痕与泪迹炫耀于历史上。

怀着热烈底希望来到山城。但是立刻一切冰消了，在淫梦与苟安下，热诚的呼号竟会变成颓靡的哀鸣，我不信，然而我却已感到茫然，"等我再来时希望这些阴影都溃烂了"，带着这个愿望我又走开去！

但是我不能静止，我要工作，为抗战而工作，静止会使寂寞的悲哀成长起来，那怪物跟着这时代已很久不曾来咀嚼我底心了。

月儿又一度的圆了，清萤底光辉只足以增加我的愁思呵，在月光下我想起不知漂白到那里去了的战友，我想起家乡……我回味，这一片血痕与泪迹。

（原载重庆《弹花》第二卷第二期，1938年12月6日，署名烽嵩）

高　楼

这是春季里的事了；然而我现在更不能忘记，我留恋武汉。武汉永别了吗？唔，不，武汉将在炮火里长得更美丽；我留恋一些朋友，他们现在还在黄河上，折皱形的太行山里战斗着。他们都还平安吗？允许我在秋天里给我一点消息，秋天去尽了，他们是……

我不能那么想，我该说：他们是胜利的，他们是不会有甚么意外的，祖国的江流，山群，是永远庇护着我们呀。

然而我不能忘了，在武汉，我们的分离。

阴雨呵，而且，夜也迟了，我们傍着江汉关的栏杆伫立着。细雨飘在脸上是一种清凉的刺激，江涛唱着忧郁的歌，我们都哀怨地沉思，言语似乎再不能表达我们衷情了，有甚么再胜过这隽永底伫立的呢？

各人的心沉浸在阴雨的深夜里。遥远的黄鹤楼，倏然飘起了豆大的火光，为了减少我们间沉寂的苦痛，我应该开口了，我说：

“有一天我们再来这里，我们得再去凭吊，那古味底楼呵”。

回答有一声苦笑，立刻我被拖到另一个悲哀的幻境里。

“回来时，黄鹤楼，她应该在炮火里重新辉煌起来，是的，她应该……”

这是谁底声音呢？他的表情一定是沉痛的，我们可以想到这繁荣底毁灭是如何的可惜呀，可是……

这以后，我们说起各人以后的目标。

大家更兴奋了，对于到前线去，到西北去，他们是那种乐观呵！

“明天一早走，你可以不麻烦了，免得……”

我知道，免得我再伤痛吗？在你们面前，我是如何的惭愧呀。

“今年年底空闲的话，我们可以给你点消息，不过，这就……”

我们又沉默了，黄鹤楼似乎已安详地睡去在细雨里，水波上，有渡江的渔火飘荡着。

“在今年年底呵……”

八个月去了，我竟又漂泊到这山城，秋天，冬天，年底该到了呢？然而武汉真的在炮火里洗浴了，它将来会更辉煌起来的，是的，它一定！

我翘首望着，我等待着战友们的平安信息。

（原载重庆《时事新报·青光》1938年12月7日，署名烽嵩）

国防音乐大会

新的音乐产生在战斗之中；
正如新的中国在炮火里长一样。

用歌声来欢迎一九三九年，用歌声来传诵这一个类新的日子。——斗争的时代给我们的国防音乐具备下最有利的发展条件，相反的，这伟大的时代是要国防音乐的扶持才能迅速完成。——谁能否定这铁的事实呢?!

在这一九三九年元旦来到的今天。川高国防音乐大会的举行相等于一颗在敌人阵线里爆炸的炸弹，它激流了这古老静谧的城市，它唱给人们一些斗争的故事。它告诉我们，多少儿，为了那数不清的我们的家园，在遥远的天边畅快地流着，又有多少的准备流，为了这一片土地。

川高国防音乐大会，是经过相当时期的准备与训练才举行的。然而我要声明：我并不是担任鼓吹，而且这也不需要鼓吹，它大概不会给我们失望。音乐是担负着重大的教导民众的任务，同时也是一种极正常的娱乐。此外，我们希望大家能在雄壮的歌声里站起来，我们希望这雄壮的歌声能很快的激荡开去。

很明白的，新的音乐是在战斗之中产生，也不必讳言的，这个伟大的战斗是担负每个国民的身上。

一九三九年，这古城里的每个战斗员呀！我们准备下了我们的呵。流走为了这一片土地，让我们唱：

"起来,不愿做奴隶的人们!……"

1938,十二,卅
于合川

(原载合川《大声日报·哨兵》1939年1月1日,署名莎虹)

欢迎新伙伴

——写给《山野》[①]

《山野》兄：

走进一个新的时序，我们底工作变得沉重起来了，同时也活跃起来了：但说老实话，似乎总还有些寂寞。

为甚么寂寞呢？

我似乎觉得你是和热烈一阵，和春天一阵来的——而，这里寂寞也仿佛冬天的原野在春风里照耀起青春的喜悦一样，无形中消□了，——至于寂寞的本身呢，啊，哪里□的可怕的东西！

我现在不再有哪种东西，你知道的，像战斗的伟大底心灵不再有孱弱一样。

对着南北战场漫天烽火，对着与全世界高尚的良心，伟大的文化所缔结着的祖国的战斗，我不想多说甚么，"嘴"是多余的了，而饶舌的东西只剩有缩头底命运：我们应该沉默地工作，记信啊，朋友，在春天！

这块地经炮火的哺养，一年多来，已有着不少可爱的萌芽，而在这战斗的第二个春天里，你心以突击的姿态出现了，用什么话来表达我的喜悦呀！

我们快快活活的工作着，像春天一样不再有寂寞。

该祝福谁呢，朋友！在这伟大的时序里，人们是怎样紧紧地抓着，紧紧地跑呵——能忠实地在自己的岗位上是幸福的。

为了千百万战士，为了人类为和平斗争，再为了自己的生命

① 《合川日报》副刊，1939年3月5日创刊。

请珍重呵,《山野》兄!

弟 哨兵

(原载合川《大声日报·哨兵》1939年3月5日,署名哨兵)

响应义卖献金运动

今天是□总理逝世纪念日……但是已经一年多了，□总理的遗骸被丢在烽火的古城里，□总理在艰苦的斗争里创造的国家受着敌人的侵略……为了要继续生存下去，为了在广漠的土地争应得的一份自由……我们现在在艰苦的战斗着……。

战斗着用更烈的混着敌人的血衣烽火来纪念这哀伤的日子……

用鲜血来回答我们底利刃是如何的锋利……是有着多么重大的意义呀！

在今天，我们发动了义卖献金和演剧义演献金运动，——进入更艰苦的长期抗战，是需要无限量财力物力的供给啊！

在几百里外吧，只隔这一重山，在那些草原和平野上，战士们用大量的血喂餐了神圣的炮火……而那些巨大的烟突下面，每一块煤铁，不[①]被洪炉里制造成武品……新的战士们在广场上学习着……我们的同胞的脉管你们到最热的事里正涌流着新中华民族的血液呀！

在这山地里安居的同胞们，现在是春天了，今天我们正纪念一个哀伤的日子……你们的衣食饱，吗?！春风该有醉人的温和吧……哪光辉地照耀着的是温情的太阳……是的，你们不会想到最残酷的事，而且是不应该想到的……朋友们，你们记得我以上说的话？在任何地方春天是没有两样的……这样美好的春天是我们的祖先，从悲哀的沙漠里战斗出来的……现在敌人要毁

---

① 原文如此。

灭我们的春天以及全人类美好的日子。那么，我们是起来抗争了……现在，春天的土地上正涌流着新中华民族的血液，战斗的鲜红的血液……

朋友们，你们总可以节省一下的吧，对于个人的生活。那是没有什么关系的！亲爱的朋友们，为了中华民族的光荣，你不能而沉默呀！

在千万人的生命不算一回事的搏斗里，钱财对于个人不算得什么呢？我们的敌人是人类之中最残酷的东西，你愿意把生命贴在纸币上去一同交给敌人吗？

告诉你，朋友，你玩忽你的意念是不行的，不要说现在敌人是进攻着你的家乡以外的地方！假若你玩忽的话，假若每个人都这样的话，敌人马上就会站在你的面前了……你宽恕你自己，敌人是不会宽恕你的。他不但要毁灭你这一代，并且要毁灭我们的过去和未来，他要毁去我们最古的石头和幼小的婴孩……那么，朋友，你爱惜你的是儿女吗？你也敬惜你的祖先吗！朋友们，请献出你的钱财来吧！响应这个义卖献金运动！

三，十于合川。

（原载合川《大声日报·哨兵》1939年3月12日，署名莎虹）

告别了《哨兵》

我的心里很辛酸；我正要去□这里的园地，到别一个地域里去：

向关外生活着山原的春，三月底夜，一切不幸与苦痛埋藏在黑暗里……那边是火烧起了吧！——是祖先燃起他们底尸骨照耀着新的一代！

祖国的脉搏□□[1]着，每一个人在奔着他们自己底路，这正是一个婴儿诞生的时代啊！

我去了，我走进黑暗底海里去……我的生命是脆弱底……然而我去了……同黑暗一同消灭吧！那到是幸运的事，值得悲哀的是，在你消灭了之后黑暗去更扩张起来！

《哨兵》有着青年人底年龄了，但那却还做着孩提时代哭笑之类的事。暴风雨就要来了——让暴风雨来得更剧烈点吧！

久滞在死水里，是苦痛的，走进呼啸的时代里去，会使人感到最艰苦，最悲哀底事——然而在战斗里会有着在言语的热情与兴奋——朋友，我去了！

这个时代是黑暗的顶点——靠近黎明的夜是特别的寒冷呀！《哨兵》，用你最后的力量去摸索吧，战斗着，向黑暗去下总攻击——不要乱想做一个黑暗遗留下来的人，但是不要将自己的尸体去喂养黑暗！

告别了，《哨兵》！

祝你

---

① 疑为“痉挛”。

健康

莎虹，三月十五夜于濮岩寺。

（原载合川《大声日报·哨兵》1939年4月2日，署名莎虹）

伊 [尹] 奉吉之死
——记韩国一青年

(一)

一九三二年的春天。

上海闸北的炮火□□还没熄灭,硫磺的弹药气味烟雾似的交织在颓墙败瓦上,那焦灼的,荒芜的流离道上,饥饿的孩子,老人,缓慢的移动着,像有什么记忆打扰似的,回头,低低的嘘着气,徘徊在枯骨的田园傍,年青的妇女们对着那一片窳败的荒冢哭泣着!疯狂的用手抓着地面。

四月的春雨灌溉着大地,天空被紫色的血块凝着一样,忧郁的云层挤得密密的,像有流不尽的眼泪,租界上霓虹灯,嘲笑似的眩着鬼眼睛,那十里洋场——夜生活酒样麻痹了人的神经,人们把早几天的炮声,火焰……遗忘在欢乐里。

雨仿佛不会停止,哭泣抽动着……人们会不会感到重压呢?

在马路拐角的一幢洋房里,阁楼的窗门在摇摆着,被人遗弃似的,那五十支的黯淡灯光透过两个静寂的人影。散出来,被黑暗分散了。

"哈!哈!……"狂暴的笑声,扬出来,烟丝被吹动的游离着。

倚在窗门□韩国青年尹奉吉安闲弄着衣角,东方人的水晶眼睛,坚定的,望着室内。

我是说一个革命党,呵……哈……不会考虑死的问题,到是会想到怎样死得痛快……哈哈……金老先生,比方说日本人企图用虐刑压服大韩老百姓,是可,就在这虐刑底下开出革命的鲜花……他抽了一口气:"你微笑了,金老先生,你以为个革命同志的血白流吗？哈……那才笑话，革命的花朵全是同志们血灌溉的……哈……”

金九，那老人摸索的走近来，带有点咳喘的底声说：“尹同志，你真有点兴奋，唔，唔！静一回，静一回，是的，大韩有这样钢铁的青年不会亡，”他转过身体：“不会亡的！”加重了语气，他说是那未沉郁的，坚定的说话。

“得意，看他妈日本人神气……”

“明天……四月二十九，二十九，天长地久！天长节：我尹奉吉要……哈哈……”室内静静的，偶尔，门启开，进来几个人，他们用手提着那破烂的衬衣，一声不响的，低着头，嘴角微笑着。

金九不响，摸着下巴，“胡须长了点，”他想。

墙壁上，八卦的韩国旗，在灯光底下飘动着。金九，这老人，多富于热情呵，望着这旗子，他像想起了什么，埋头在手里，禁不住的哭泣起来……

尹奉吉把长发用手理了一下，他又恢复了平日的沉默：庄重的走到韩国旗子面前。

金九伸出他的手，紧握着，尹奉吉感到一股温热透到心里，他颤抖的说：“用行动来报答各位同志的鼓励……”

“尹同志，我着留这残余的老命，等待着。”

尹奉吉忍着了眼泪，读着誓词。

室内安静极了，当大家眼睛交触的时候，有一种说不出的安慰。

外面，春雨清脆的打着房顶，二丝水流延着屋角流进来。爬虫似的畅动着。

“瞧日本军阀们骄傲，上海退出了中国军队，可是有韩国无数的青年人手接过这枝枪，向你们挞伐……哈……哈”金九想得出神，抹去额角的冷泪，这一夜；连他也不知道怎样度过。他推开窗子，外面路灯疲乏的眩着眼睛，雨停止了，天空却不见黎明。

“天还没亮吗？”金九摸摸枕下的两个炸弹：“这时间多慢呵！”

可是他想着，自己心里像被抹过一样，明朗起来：“恰恰，……”

他又笑了。

尹奉吉那年青的影子在金九眼前闪动着这是一个出色的小伙子，革命的血……花……他想着，不知什么时候走进梦中：

醒来、天晴了，金九还在微笑着。

（二）

四月二十九日

虹口路上日本妇女们涂得刷过样的白脸在晃动。笨重的木履声音，敲得比往昔更响些，人群水流样滚向虹口公园去。

被血污迷惑了的日本孩子，抹煞了自己的天真，也挥着小小的日徽旗，仿佛也在盛赞屠杀的胜利。

在日本海军陆战队的光亮刺刀底下，“庆贺天长节”的字样，扯挂起来。

黄浦江的一隅，这块孤岛上，有不同的人，怀着不同的心情。

尹奉吉清早起来，他照照镜子，长脸上，同往昔一样，恨着一颗火热的心，嘴唇被烧得有点焦灼，那坚定光亮的眼睛，在屋里扫射着：“再见！”他默默的，手有点颤抖。

数着时间的逝去，黎明同一头鹿一样，用角掀起那块阴黑的天幕，尹奉吉打开三楼的百□上，上海的夜市没有消逝，只呈现着一种疲乏的状态埋在雾里。

尹奉吉攥紧了拳头。他很想呼号着：“醒来，死去的上海，你这没有灵魂的腐烂的尸体呵！”突然，想到十年前在自己的土地上，受着耻辱的待遇，那里永没有春天，没有太阳。像一群被遗弃的奴隶：“韩国：复活吧！”他哭起来：“睡在雾里的上海呵！太阳就快从海上升起来，残余的雾，看着你消逝……”

尹奉吉很想镇定自己，可是往事像潮水样在睡梦里涌着，痉挛的拉开箱子，把妻子同孩子的像片重翻出来：“别离……在韩国的土地上，你们的尸体腐烂吧！后一代会在你们施过肥的土地上成长……”

金九的脚步已经在楼梯上熟悉的响了。

尹奉吉在最后一瞥里，含着眼泪走下去。

……

“尹同志，为韩国独立，慎重……”金九移动着脚步：“这里，炸弹拿去吧！记着，总有人永久的默念你，为着光复祖国你像一块基石奠定下去……”

尹奉吉不哭，他记得昨夜在小楼上写绝命书时候许多同志的脸，他扭着手：“金老先生，谨照着我绝命书上的辞句用行动来回答你，上海虽然中国军队退出了，可是有韩国人民的手接过枝枪，向暴虐的日本挞伐；给他们知道，侵略者周围到处是火种……”

金九这老人揉着眼睛：“二十年前，在朝鲜的监狱里，我没忘记了日本人待我的苦刑，可是，尹同志，在异国土地上，你去后，我们革命的同志又少了一个……我不悲哀，我不难受为着大韩的复活我正该庆贺你呢……”

“再见！愿你奋斗到底”！尹奉吉经过金九交给的两颗炸，一个装在军用水壶里，一个盛在日本式的饭盒子里。

“再见。我等待着，我听到那一声爆炸响时，我会永远记着，大韩的尹奉吉，九泉底下再见。”尹奉吉的年青的，西装的背影，慢慢的，在金九那模糊泪水的眼睛里消逝在向虹口公园的马路上：金九再也忍不住的用袖子掩着眼睛。

掀动起一二八战事的刽子手，炸烧闸北一带的日本军阀——白川大将摸着肥胖的肚子在礼台上微微的抖着，得意的用左脚打着合音乐的拍子，他的脸永久装着微笑向台下观众扫射，一会他底下头看看胸前的勋章，又把眼睛迷成一条缝，斜睨着第三舰队的野村中将，第九师团的植田，当他们那得意的光线交□时，电一样的感触，禁不住笑起来。

台下日本女人们，浪子们交织在一起，狂欢着，跳动着，戒备的部队苍蝇样在梭动，天空血腥的飞机在狂啸。

十一点四十分，庆贺天长节的二十一发皇礼炮已经发了弹药，那淫溢的日本曲子从播音机里放送出来。

“万岁——呜拉——……”

“万岁……占领上海……”

“……”

尹奉吉在人群里，紧张的握着便当，他想到怎样亡命潜渡鸭绿江，想到大韩的亡国，想到每一副日本那狞狰阴险的面孔……他举起手，向司令台上正在得意抖动的主脑部，把一颗炸弹飞扬过去。

“大韩独立万岁……”他的声音同炸弹一同轰炸出来。

天空，四月的春雨突然又落起来。

在一个墙角里的奔跑着一个老工人，他含着眼泪，狂笑着飞向另一条路上去。

“我们的尹奉吉……”倒在一块草坪上，金九这老人打开他的嗓子哭起来。——

虹口公园里在尹奉吉的炸弹下搅动了。

（三）

白川大将也只得作日本人自我胜利的沉默凯旋，二十一发皇礼炮的弹药只能移作吊礼……在送葬行列的后面，跟着失去一只眼睛的野村折足的植田，重光……这行列默默的走着……走着。

[十]二月二十四日的早晨，日本被雪花盖着，金泽市的街道被撒过粉样的在雪底下包得密密的，日本陆军卫戍司令部的刑务所像往昔一样阴沉的使人喘不过气那冷冰的镣铐击着地面发着钉铛的声音，尹奉吉强坚的身体依着墙壁，他还微笑着，低吟着韩国的歌。

七点半钟，在日本应当算是早晨。

太阳从山顶上爬起来，这雪地的天地像失去的温暖又获得了似的。

坂田军法官苍白的脸又出现。

尹奉吉高傲的迈开步子。

“早安，尹奉吉先生，我想今天应当是你快乐的日子!”坂田冷酷的笑着:“我想,你太沉默了,有什么话还要说吗?”

尹奉吉掀起了眼睛,用他那洪钟样的声音,坚定的高叫着:“半年来的毒刑能逼我一句口供吗?告诉你,大韩民众要在你们这些没有人性的重压下站起来,我尹奉吉不过是第一个,白川,野村也不过是第一个……”

坂田还想向他冷笑一下,可是不知怎的连他也笑不出来。他一扬:“……去……”无论如何他也讲不出半个字。

松本书记官挥动着他的笔在本子上记着:“尹奉吉朝鲜忠清南道里山郡德山面柿梁里人二十四岁,父璜,四十二,母金兀鲜。四十四,妻裴用顺,二十六,长子模淳。六,次子淡年三,于四月二十九日在上海炸杀白川……判为死刑,于十二月二十四日上午七时四十分在金泽执刑……”松本手感到麻痹,他看看尹奉吉,心里不知在想些什么。

“出色的朝鲜人呵……”

金泽一块石地上,尹奉吉的血透过了雪层,在他惨白的脸上,嘴角的微笑没有消逝,他仿佛笑在梦中,虽然他身上被戳着无数伤痕。

太阳照着他的身体。

封锁大地的冰雪似乎已经开始融化。

一九四〇,六,六。

(原载重庆《慰劳半月刊》第十七期,1940 年 7 月 20 日)

祝　福

晚上，从石栏杆上，看见绚烂的灯火——这已经是秋天，灯火映在工场的水塘里，漾着清凉的光亮。有人影子从小路上慢慢走过去了，他的影子在水底发亮的地方幌闪着，他走向灯火亮着的山坡去——那里是工人住着的，他，一定是工人。

他一定是一个工人，黑色的衣服和病瘦的肢体，和肺病者底苍黄的颜面——一个煤矿工人。

在这里，一天出六百吨烟煤——而工人，自己却被埋下去……成为黑色的矿石，成为泥土；每天开一千吨，这矿要开一百年，这样，他们葬送着黑色的生命，要一直到第三代！

煤车顺着轨道滑走，那声响在这夜里会使你不寂寞。一个污秽的，疲劳的肢体搬动着车子，搬动着黑色的东西；它在明天就变为火。——这样想一想罢，凉了的灵魂——热起来罢，这里是勇壮的生命啊，推着车子，使自己衰亡，而把火给多数人。

然而，从水塘的小路他向灯火走去，他不会知道在这秋天的深夜有我这无力的赞美，并且他不需要，他不需要这毫无价值的巧妙的把戏。

怎样的是需要——他需要什么呢？

他走得很慢，因为他已过度劳动而疲倦。他的妻子和孩子，他们一定已经睡了，在灯火底下，贫穷人有检到财宝的梦，而在凉风的黎明，妻子头上顶着孩子的破棉袄——她的脸黄得可怕，她挪动一步，就要倚在一根电柱上歇息——丈夫低声的劝着，“慢慢地，走走看吧”——是的，生命的穷途上，灰色的道路上，“走走看罢”——她要到两里以外，去找那个不要钱的“丈夫”，去看病的。

是甚么病呢?

这矿洞底下是如此的阴冷,有毒的气流使人底肺部紧缩而痛苦,手臂早在没有运动以前已经酸了,然而鸭嘴锹是一定要不犹豫地敲向矿层去的!

电石在木匣子里发着微光,人朦胛地晃动着——监工的走过去了——鼓励疲倦的肢体再拿出一点力气来罢。

斗争——需要火,是的,所有的引擎需要煤。

一个小孩子,就是我们这国度里称作"野娃儿"的那种小孩子——也许就是他的孩子罢,——他伸手向一个篓子里去抓取一块亮乌乌的煤,就是这样,被篓子的主人——一个矮妇人,打了一耳光……

他和他的父亲作着一样的事业——用手,去抓煤。……这是很有趣的事罢。

风吹到额上有些凉了,迟出的月亮耀着白光……工场的水塘依然闪着光,那人影——我所说的,那工人,已消失在灯火里了,灯火在夜里是如此绚烂。被照着的,在它底下呼吸着的——那强烈的,抑或是微弱的呼吸啊——可也是绚烂的灵魂吗?

——我这样写着,心里有一些悲凉,然而也兴奋,这大概是因为苦痛的今天,允诺一个美好的日出罢,我写的这些,到底是什么呢?

赞美,咀咒——抑或祝福?

就祝福罢——祝福那使生命烧起来的啊。

(原载重庆《时事新报·青光》1940年10月8日,署名穆纳)

暗夜及其他

——写给“带枪的人”[①]

楼宇外面，风在摇撼着柑子树底矮密又茂盛的枝叶，秋夜的风，索索而寒冷。

这是暗夜——我们的祖先总是如此称呼它。一直，人类之中的英勇者，总是行动着想把自己底一代以及自己底子孙们从它拖出来。但是同志，我今天却并不能及到自己底祖先们或是自己同时代的人——我是说：这样的英雄，我只是在如此暗夜里不想睡下，而愿意蹲伏着，以苦痛的眼盼望。

为什么，我今天在这生活的深坑边沿上，会想起你——你是一个骑士，至少你有一只很结实的枪——

城市，这座城市。秋天，被雨和雾压着，不高的西式小房子里，在晚上亮着电灯，开着欢迎会欢送会以及庆祝会，人们讲述着理想（怎样的理想——不是廉价的苹果罢）就要实现，闪耀着乐观的眼睛，唱着古式的多数是布尔乔亚底感伤歌调……使自己得到一种和平的满足后来就各自分散，从电灯底下各自带着安慰的心回到暗夜里去。我也以偶然的机会遭遇了这样的一回。——听了慷慨激昂的讲词，但是我还是要回到现实的地方去呀。当时我这样想，我就走到夜晚底街上来了，我要通过一段寂寞的郊

---

① “带枪的人”，疑指苏联作家尼·包戈廷为纪念十月革命20周年而首创的列宁题材戏剧成名作《带枪的人》(1937)，或根据剧作改编的同名影片(1938)。二者均曾在中国传播，延安鲁艺实验剧团曾于1941年底至1942年初在延安连演多场。剧作现存有1942年出版的葛一虹译本，电影放映情况不详。

外公路，回到在山坡上的屋里去，我仍旧要听见一个老太婆的叹息和邻家夫妇的争吵，仍旧是一盏油灯，是暗夜，我则睁着苦痛的眼睛……

朋友，不，我还是叫你同志罢——同志，我是走在郊外公路上了。连街灯也没有，黑黑的，江流也在黑暗里流着，我听不见它底声音。黑暗的旷野在江对面铺张着，回头一看，则是连串的灯光，联结成白色的雾——我还是望着江面好罢，这样，我想起你。同志，在今天有一杆枪多末好啊——一朵火花，讲述了更高的希望。而我却光睁着苦痛的眼睛，在暗夜里。

人民底血——它是使历史沉默而严肃。今天，老贝当，赖伐尔将军不是一连地摇着白旗而鞠着躬吗？然而法兰西——人民底法兰西是严肃的。今天，任何地方不是被涂上血污吗？然而历史会证明，草与花怎样重新长起来，而结出新的果实。

这一切，有一杆枪的你，一定比我知道得更切实。所以我想。你要是来给我说一说，该多好啊！

春天，知道你在江南。天冷了，却不能知道你是在那里？

古旧的楼宇，在风里摇撼。夜，黑暗，寂寞，寒凉……去年我自己也在跑着，今年底冬天，却将缩在这小小的楼宇里。院外有桑树和柑子树，前者衰亡，而后者则等待着自己的果实，而后蛰去。……这里的旷野我已是很熟悉了，我跑遍它，我采撷憎恶，激动与欢喜，我采撷行将在冬天以后，在暗夜以后壮大的东西——我多么珍贵地保留它们。

保留它们，我将给你——带枪的人；给我们自己以及下一代，写故事。

比方，大企业底经纪人们，和那些大官们，他们在缔结着："我们不再加工资，加工资，就使物价飞涨……"

比方：一个工人底女人倒在路边上，在风里，那工人想点燃一只蜡烛，风三次吹熄了它，工人最后坐在地上叫唤了；而一个野娃儿帮助了他，把他底病女人扶回家。……

比方：……！

比方在这风雨底暗夜里，有人踏着泥泞跌倒而又爬起行走……

啊，就是这些——很奇怪，是罢！你一定以为在这暗夜里——我是说，在这我所熟悉的旷野里，我要像幼年一样，采撷的是花与蝴蝶……

然而是的，花与蝴蝶也要，多毛的丑虫也要——你一定知道，安得烈，纪德，即使是他，冷艳的老人，从黑色的非洲，采了昆虫与蝴蝶又采了些甚么——采了些什么？那简直是使“他们底”欧罗巴战抖的，“他们”一向把它藏在外套的大荷包里的东西啊。

我用苦恼的眼睛在暗夜里注视，我并不悲伤或者凄凉，我只是想，在有枪以后，我底讲述才不笨拙。

就因为这，我想起你，同志，你是“带枪的人”，你为了人民的光荣，你射击。

我在暗夜的这一边，——我也射击！

（原载重庆《时事新报·青光》1941年1月1日，署名穆纳）

熊和它底谋害者

记得赫尔岑在他的回忆录，我底过去与思想的第三篇《一个家庭底戏剧》里，在分析他底美好的家庭生活所以破灭的原因时，曾经深刻而沉痛地指出了两个不同的世界底遇合和冲突在公众生活和家庭生活里引起悲剧的必然性。这两个不同的世界，一个是属于被他称做由历史到坟墓的西欧人的，一个是属于被他称做由森林到历史的俄国人的。记得他底意思是这样：俄国人虽然有着野蛮人的狡猾，兽类底凶狠和奴隶的机巧，但是在他们底由森林到历史的阶段里，智慧的发达有着净化与保证的作用，文化的发展就促成阻拦一切邪恶坏行的栏栅底巩固，然而西欧底腐朽的文明，由于对一个人的少年时代底漠不关心的优雅的教养，由于这一个人成年之后虚荣心。利欲心，和不知餍足的放纵，智慧变成了社交场底风雅赋语，使人昏黯而疲倦，文化就恰恰发展成伪善和欺诈……对于一头□“熊”一样“蠢笨”的俄国人是那样的保爱，便是那样地使他们激动，因而为它而献身的思想，在西欧，已经成为平常的道理和口头禅；虚假的败德的激情已经混入了他们底腐朽的心；就用这样的虚假的激情，他们骗取了“熊”底热情，然后在它还没有发觉的时候，便把它推到森林的荒野的泥沼里去。赫尔岑指出，由于“熊”和猎熊的风雅浪子之间的生长与文化阶段的差别，将会生出更多的恨，流出更多的血。

这是一种关于彼此之间的民族和文化低差别的半打情的说法——这样说着的赫尔岑，他底内心，是一定充满着“熊”苦恼的罢。从光辉的一八四八年到今天，恨，的确是生长了；血，的确是流得更多更多了；而且今天这为了憎恨的流血，和为了流血的憎恨，较之赫尔岑所说的“熊”和它的猎捕者，不，欺骗者之间的，是采取了更酷烈更扩大，也更集中的内容和它底鲜明的表现。

但并不是一切俄国人都曾经是“熊”，我们在它底文学里就读到过它底风雅的花花公子的；也并不是一切西欧人全是腐败，文明的浪子，也是从文学里，我们读到了纯良的理想家，世或苦[①]底负荷者，伟大的追求者和浪漫的渴慕者。和“熊”底家族曾经给人类以最光辉的子孙一样，在西欧是曾经产生过伟大的心灵的。——革命的人民才能负持人类底文化。这是一个定律。

即使曾经最蠢笨的“熊”罢，但今天它已经怎样智慧又怎样敏捷地站起来，向前飞奔和障碍搏击而且胜利，是世人都知道的；而“熊”的欺骗者，他们已不复再是先前的浪子，那些法利赛人，那些毁灭公众生活和家庭生活的敲诈者，今天则组织了叛逆的军队，蹂躏了任何文化和文明，连自己曾经载过的假面具也在内，在西方和东方发动了匪徒的进军。

现在，两个世界应该这样划分开来：一个是属于兽性的堕落疯狂到黑暗的毁灭的法西斯党徒的，一个是属于从人性底正义到人类底光明的新生的一切反法西斯的人群的，告完了他们在历史阶段的伪善的，无灵魂的人，在今天是率性完成裸露了他们底黑暗的腐朽的心，是率性完全抛弃了人性，他们企图掠夺和奴役全世界人民，他们企图毁灭一切人类底宝贵的文化；——他们企图用“闪击”造谣，欺诈□纯良的人民和人民的政□从□□泥沼里去。然而苏联底各族人民，中国底英美的人民，他们还再是可爱又可笑的“熊”么？而且，今天底爱好和平幸福的人民和它底猎取者，欺骗者，掠夺者之间的大搏斗，仅仅是教育与文化阶段的差别，仅仅是公众生活和家庭生活里两个世界遇合而冲突的悲剧结果么？不呀！我们只要从“人民”和“掠夺者”或“奴隶者”这几个词底本身的含义上来看就知道这大搏斗，并不是由民族底教育和文化阶段底差别而引起的。法西斯匪徒，他们也许

---

① 原文如此。

认识文字，也许知道战术和战略，知道战争底“科学”，但是他们能有文化么？他们承认人类底教育么？

说法只能有一个；和法西斯匪徒的搏斗，是人类底利益——全世界人民底利益和野兽的黑暗统治的搏斗。

完成了光辉的历史底第一个阶段的“熊”，在这一次的搏斗里将会完全胜利，朽腐文明底浪子，在这一次的搏斗里，假若他们是站在人类文化底正确方向，站在由全世界人民所负持的方向，那他们也会洗涤掉自己底虚荣心利欲心——而达到他们底祖先和子孙都在梦想的真正的飞升。民族性和文化底地理因素，并不是绝对的东西或基本的东西：基本的东西是只能是在该一历史阶段上的人民底方向。我们从赫尔岑底文章里知道，当他苦恼于民族性底冲突之先，他是把真正的愤怒针对着一八四八年的人民的刽子手的。我们生在今天的中国人，也将为我们底文化，民族性等人和“另一世界”底不调和而苦恼的罢，是的，我们苦恼——恰恰像“熊”一般苦恼，然而我们已经知道，存在着“浪子”底根性的人们也许会嘲笑你，饕餮者也许在向你的脚掌打主意，但已经向你射击，并且企图从你的背上把皮剥下来的，只是法西斯的匪徒。而在法西斯匪徒底血腥屠杀里，浪子们是能够苦恼地惊觉，而站到“熊”的方向来的。一切文化底民族底问题都将从而解决。

“熊”——这一个字，也许并不恰当；称全世界勤劳的人民为“熊”，是尤其恰当的。然而像赫尔岑一样，我们爱好这个字，爱好这个名词：它能够把纯良的人民从一切阴谋，一切诡谲区别开来；它能够显示一个光辉的倔强的形象，使一切匪徒们战栗，最后，它因为从曾经被称作“蠢笨的熊”的俄罗斯底胜利得到充满着无比的力的内容，所以能够确切的预言全世界人民底胜利。

人类向着光辉的目标前进，法西斯匪徒去东方强盗和西方强盗，都企图把全人类拖到无底黑暗深渊里；人民永远在世界底每一块土地上追求着建筑着和平和幸福的生活，然而毁坏人民底一切，驱使他们向血腥的战争里去的正是东方和西方的法西斯匪徒。

也可以称这一种匪徒为“熊”底谋害者罢。

谋害者决不会从全世界人民得到胜利。

看他，几世纪以来的惨痛的经验，已经使“熊”知道怎样攻击和防御，怎样用智慧来守卫它底耿直的血了！

（原载重庆《中国学生导报》第四期，1945 年 1 月 12 日）

乡镇散记

天是这样的寒冷了，这是一个严酣的冬天底开始。我底附近的一家煤矿底工人们，在十几天以前，因为好几个月没有得到工资，不能维持生活而开始罢工。同时我底周围是充满了各样的欢宴：新兴的权贵们底豪奢和破落户底子弟们底豪兴。我在这样的晚上坐在我底房间里，关于我自己，和一切中国底男女们底命运，心里充满了荒凉的思想。我不想用这样的思想来扰乱我们时代底满怀着豪兴的人们。但我突然想到，我期待这一切的结束已经很久了，我底这期待是错误的；到了今天，这一切才是刚刚开始。

我时常有机会走过我底附近的这家煤矿。以前我看见了它底轰闹的，凌乱的，拚命求生的景况，和坐在办公室里的老爷们底悠闲和漠不关心。这几天它是荒凉了，连最小的职员都跑掉了。

罢工开始的时候，各处的官员们，委员，主任，队长，以及绅粮里面的大爷们都来了。几百工人站在空场上，听着训话，解释，叫骂，威胁。这些先生们都说：没有问题，明天就会有钱来，复工吧。然后他们就被公司里面招待到街上去，大吃了一餐。我看见有两张桌子排在一起，上面有十几个盘子，保长，委员们在大声划拳——我不能确实知道这一餐的价值究竟有多少。可是，在第二天，当这些先生们又去的时候，刚刚说了“国家”；“政府”之类的话，工人们里面就有的叫了起来：“吃油大去！油大摆好了！”

我记得我听了这个喊叫曾经了解地笑了一笑，我还记得我那时候的感情是颇善良的。

我知道工业家在现在的情形下面的痛苦。但是我也知道他们底生活，经验，思想。他们底家族，朋友，欲望和手段。这家煤矿听说有两个老板。两个老板之间有利益的冲突。抗战“胜利”，煤矿突然地临到危机，——这大家都知道。但是，这两个老板之间，有一个据说是拿出几千万来毫不成问题的，但他不拿出来，因为现在行政的责任是在另一个老板身上。负责的人向政府告贷，请求，但是毫无办法，于是一家大煤矿的大老板在宴会里说了：“我出六千万买你底矿——铁路我不要！”六千万？据说存煤也要值六千万的。而且铁路怎么办呢？但一直到现在政府对这件事情还没有作声。

我看见那位爱漂亮的，年青的负责人奔忙得异常沮丧。我看见他站在边，一句话都不说，望着那些在向工人们讲话的官们，我想他是很轻视这些官们的——，这些官们，其实都是在说着连他们自己也不相信的话，而在心里暗暗地指望着晚上的油大，好的香烟，麻将，梭哈。

“你们晓得今天来跟你们讲话的是哪个？”一位大爷向工人们叫，“他是，××××的委员！——请！”他向“委员”说。

于是“委员”说话了，这是一个秃头的，严厉的人。

“听好！我是代表政府的！我负责你们三天以内就拿到钱！你们马上就替我复工！”他说了很多，但工人们不赞成了，他们要马上就拿到钱。他们说他们不能信任。委员生气了，要工人推出负责的代表来，跟他一道去解决，但工人们说，他们怕推了代表去让关起来。

委员忽然非常感动了。

“哪里啊！”他叫，“假如我要关你们，我不会去叫一排兵来吗？我叫兵来，开他妈两枪，你们敢不复工？但是现在政府是讲民主啊！比不上从前军阀时代了啊！”

但仍然没有结果。官们威胁，叫骂了起来，走进去了。来了茶又来了烟，大家坐了下来。大家都非常感动，因为觉得自己做了什么大事了。大家都感动地谈论着，说工人里面有危险份子。一个斜眼睛的职员，快活地在椅子上扭着身子，说：工人是像畜牲一样，愚蠢得很。

有的官们主张逮捕几个工人，有的不主张，他们说，这样一来，事情会不可收拾的；而且会被危险份子利用。几天之后，工人们得不到结果，发了代电了，贴满了一街，说是再没有人来负责给钱解决，他们就要挖铁路，卖存煤了。于是空气又紧张了一下：危险份子。但仍然没有人能负责解决，一直拖延到今天。

我看见那些工人们来了，起初是两三个，后来是一群，暴露在赫赫的官们底面前，一个个显得非常的忸怩，好像是非常的怕羞。老实说，我总私心以为这是一些在这种情绪下会变得很可怕的人们。但我看到的却是这样的一些简单，老实，笨拙的人们。官们要他们集合，工头也喊他们集合，但是他们忸忸怩怩笑着互相推挤，有的在远处的木头上坐下来了，有的站在更远的灰堆上——大家都不走近来。

这边就大声地吼着。有两三个人，走近来了。有两个年青的，好像为了掩藏他们底忸怩，互相地搂着肩膀走近来了。而官们没有说到一半，他们就疲乏，涣散，又慢慢地溜开去了。这好像不是一个集体，这是一些怕羞的，自觉卑微的人们。他们都是臃肿的乡下人。但是他们却是那样执拗的，渐渐地情绪集中，表露出来了，渐渐地激动了，而在忽然的一阵宣告，一种肃静里，你可以感觉到一种不可侵犯的东西。

“你想想，”一个穿着破制服的，强壮的汉子说话了，他刚说话就脸红，以后就一直地望着地面，而激动地摆着手，“我们这些也还都是人，公司里面上个月不发钱，主任担保了，我们就去上工！但是到今天还是不见钱！我们工人还是深明大义，抗战期间，不能上前方杀敌，总算在后方流了点汗，这回子，胜利了，大家都有的，这不说；一家大小要吃的，又不说：草鞋钱你总要给我们吧！光着脚唧个好放车子呢？刚才各位主任，委员底话都是对的，不过我们工人，劳力，懂不得那么多，我们是要养家活口，还是要请原谅！”他鞠了一个躬就退到后面去了。

“我们不说这些年来的层层剥削，我们这回只要工钱！”后面有人大声说。

“不给钱，还是不得复工！哈！”

“不许乱说！”台阶上的官们叫。于是那个最后说话的工人，一个留着胡子的老人，在羞辱，恐惧和愤怒里红了脸。

官们刚一走进去，这些工人们，就好像是下了课的小学生似的，跳了起来，互相地搂着肩膀又互相地摸脸，起初有点怕羞，后来就恶作剧地大叫大唱着散开去了。

我想：平常在做着那种可怕的劳动的，就是这些人们。我又想，这些朴实而笨重的人们，即令是表示自己们底那么简单的意志，也是如此艰难，好像这是一种难受的重负似的。我想中国是因了这种重负而沉默得太久了。

第二天，落着雨，我又走过矿厂。办公室锁着，职员们都不见了。我走过工人们底棚子，听见有微弱的三弦琴声。一个强壮的工人坐在木头上，低着头，在弹琴，几个人躺在旁边，有一个在闭着眼睛轻轻地唱着。棚子里面，站着两个都抱着小孩的苍白，褴褛的女人，在呆呆地看着他们。

因琴声我想到，现在那些丑恶的英雄们又在用血来掩没这个中国了。我觉得这琴声是寂寞而凄凉的——但现在的这深夜里，写了上面的这些，我倒也觉得生命底迫来的。

一九四五年十一月二十九日

（原载重庆《希望》第一集第四期，1945 年 12 月）

舞龙者

我是很喜欢听见鼓声的。

“胜利”之后，似乎并没有多久，就是旧历年了。我觉得很无聊，很无聊。一天晚上，在房间里实在奈不住了，又听见外面有耍龙灯的热闹的声音，就走了出来。但待到我赶了去，龙灯已经不耍了。但我发现了，走在破烂的、狼狈的，实在有些可厌的龙灯之前的，是两个鼓手，一个是驼背的老人，一个却是稚弱的小孩。我看不清楚他们底脸。他们敲起来而前进了。

是在密集的人群之中前进，后面是那一条破烂的、狼狈的、实在有些可厌的龙灯和那些舞龙的赤膊的青年们。敲声不停地响着，我突然觉得欢喜。我急于要看见那老人和那小孩底脸，并猜想他们底心境，但我看不到，鼓声响着，后面有狂呼声。我们一同前进了。

后来我不再想看清楚他们了。单调的鼓声在弥漫的烟雾和热闹的人声之间响着，它本来是那么苍凉的，现在却突然地迸发了勇壮和快乐。好啊，快乐！我想，于是我们前进，经过光亮的街又经过黑暗的街。

末后我们走进了一家绅粮底院子。那里面烧着红亮的炉火，准备放花的。鼓声停止，龙灯在火花中舞了起来。突然地鼓声又起来了。

我厚着面皮去要了两筒火药来，我决心放一下花试试看。龙灯再耍开始，我正要点燃我底花的时候，一个赤着膊的少年从破烂的龙灯里钻出来了，脱下了他底滑稽的破草帽，笔直地站在我底面前，向我嘻嘻地笑着。

“你是我们底先生，我们是你底学生啊！”他快乐地说。

我看着他。是的，他是我底学生哩。是这样的学生，上过几个月的历史课，骂过他几次，因为他是非常的拙劣和愚笨。有一次，考着曾国藩怎么打洪秀全之类的东西，他两个钟点都做不出来，别人一齐缴卷了，他还在吸着鼻涕，挖着鼻孔，剔着手指，抓着头发。我有点替他着急了。我想，谁知道他妈的曾国藩与他有什么关系呢，他又何必这样认真。我去收他底卷子了，但他抬起头来友爱地，又是顽固地看着我，好像说，他和我之间原是很亲密的，不过，因为分数的缘故，他非要拚命做出来不可。他一定不叫我收卷子，同时那么友爱地望着我笑。我被他征服了。

“你及格了。”我说。

现在，他因为我是他底先生而荣幸，这乡下的笨拙的少年。他一定是快乐而又幸福，因为他原是那样羞怯而害怕说话的。我看着他。他赤裸着他底瘦削的，难看的上身，戴着奇怪的破草帽，头上又扎着红布，脸上又画着花纹，简直好像荒山中的小强盗。我想，他现在该已经忘记了曾国藩之类了吧，这真是极好的。我也因他是我底学生而觉得荣幸。

“你们要起来，我来烧花了。”我说。

他活泼地跳了两下回到那条破烂的、狼狈的，实在有点可厌的龙灯里面去了。火药在我底手里爆响了一下，以无数明亮的火花喷向空中去了。那条破烂的龙在烟火中突然好像获得了生命，因飞腾而变成了壮鹰的。突然的他们一面舞着一面喊叫，狂歌起来了。我相信我底学生是喊得最嘹亮。他们不停地狂歌了，那些赤膊的青年们！破烂的龙灯就在猛烈的烟火中，继续地飞腾着。

它也能飞上高空吗？——但那老人和那小孩底鼓声却在大的喧闹之中顽强地响着。它急速地，勇壮地响着。

四六年三月十五日

（原载上海《希望》第二集第一期，1946年5月4日，署名冰菱）

从南京寄来

今夜大风，稍得安静，远处有跳舞的音乐声，这都城平安，忘记了血与泪，将得到更大的平安，于是天地间一切都平安，各各都得到安乐，——我底咀咒也许没有力量，但上帝将是残酷无情的。……

L.（五月二十九日）

（原载上海《希望》第二集第二期，1946年6月16日，署名L.）

从重庆到南京

这是事后匆匆补记的，有些事象怕已失真。我记下它们来，一面因为在这类似亡命的旅途中，我也偶尔有一点感情和思想，一面因为我是到了这样的南京：我还无法用什么词句来形容它，但我是在它底里面生长的，我记得，在九年前，当炮火逼近的时候，我和我底弟兄们是渴望着它底全部的毁灭，以便在遥远的时间以后，在这平原上有一个全新的城池。虽然现在我并不失望。……

五月十四日

明天要离开重庆了。这些时来，因为急着要走掉而又无法走掉，在咀咒着这个城市。从乡下来到这里四天，已经觉得非常的疲劳。一直到昨天都还在做着依赖别人的好梦，之孟底朋友K君前天说，他可以有办法帮我们在军×部里弄到船票，他自己就是在那里以一位科长底儿子的身份而买到飞机票的，是十三万块钱，他拿来转卖给别人，这别人出了十万块钱的订钱又不要了，连订钱也送了他，于是他就只花三万块钱坐了飞机。他又说，他和军×部的这科长是打牌的时候认识的。“算是他看得起我，待我真不错。”我和之孟听了都觉得颇为羡慕，于是就决定请他吃晚饭，“和他交际一下”。

之孟懊恼地说，像K君这样的人，平常是不愿意来往的，临时有事又总得找他们，显得太功利了，觉得颇为狼狈。于是我们就努力地和他交际，而被他带到那位神通广大的科长家里去了。但这事终于不成，科长太太要我们二十万块钱一个人，船又没有确定的日期。

但那科长，又能有多余的飞机票，又能有多余的船票，的确是神通广大的。他底肥胖的太太很会管家，他底老实的女儿替他点烟，拿茶，又确实很是孝顺，送我们出房门的时候，说飞机明后天就要起飞了，他还非常亲热地握了一下K君底手，使我觉得非常惊动。

这之间，K君还带着我们到一个小旅馆里去会见一位军官，大概是那位科长底下属或乡亲吧。这军官和他底女人刚起来，我们在他底房里站了一下，那女人显是是很善良的，说了一声请坐，就呆呆地站在那里。我看她是乡下的女子，虽然她底装束像是城市的妇人。我觉得有点难受，急急地走出了那肮脏的旅馆。

终于我们决定自己登记车子去了。不管关于土匪、黄河、断桥、"共产党"的谎言是怎样多，我们得自己走。这样地决定了，心里倒觉得痛快，但马上又懊悔起来了，为什么耽搁着时间去和K君交际呢?

晚上，心情昏乱的时候，走过一段昏暗的街道。看见了，在四周围的无边的喧让中，一个卖扇子的妇人坐在路边上在悄悄地收拾着她底扇子，她底大概有五六岁的一个孩子，靠在她底膝上已经睡熟了——睡得非常的香甜。

我静静地走过，我底昏乱立刻消失，我环顾四近的繁密的灯火，我想：这一片土地和人民，是神圣的。

我也有了走完我底道路的自信。

五月十五日

再会了，重庆！如果是永远地，那就永远地，再会了！但车子却开得异常的慢，还没有到山洞就抛锚，到了山洞又抛锚。车子停在路边上，我下来，随着一片田地望着两山之间的S底住房：历尽了侮辱与损害，他是在怎样地过着他底悲痛的生活呢?本来预备离开前来看他一次的，但忙于那样的"交际"没有得到时间。现在我也要走了——他大约不会想到我在现在经过这山边的——他一个人孤另另地在这山巅生活着，他是在怎样想，他是在怎样忍受着呢？我们底S，他是道德和理想底化身，他为什么要受到那样的欺骗呢？他说他要报复的，是的，对于那卑劣的小人儿，我们是必会得到复仇的。

同车的大半是××大学的学生，大约都是会跳舞的少爷吧，一路上不停地唱着“蓬擦蓬擦”，并不停地谈着上海，显得非常得意。另有一个看来是生着病的、瘦弱的人，带着一个女人和两个小孩的，境况好像很穷，但开始和大学生们谈起政治来，大声说，国民党不要公务员活，现在全国都左倾了。他底女人，听了他底这种过激的议论，狠狠地捣了他一下，但他仍然说下去。接着，两个大学生辩论起自然、宇宙来了。接着就一齐都打瞌睡，只听见沉重的马达声。车子在旷野中奔驶。

晚上赶到遂宁。找不到旅馆了，终于我和之孟宿在一家大旅馆底走廊上。老板看我们底样子，大约以为我们是司机或生意人吧，对我们说：今天是结个露水缘，不必给钱吧。于是我觉得非常可恶，和之孟说，他明明是想多要钱。但立刻就在这可恶之中睡熟了。

五月十六日

早上修理车子到八点钟，重新前进。“蓬擦蓬擦”的声音仍然和昨天一样的多，不过再没有听有什么议论了。于是我就想，议论确实也是不大容易的，比方现在就发不出来，但“蓬擦蓬擦”却可以无处不在。车子停在三台吃午饭，临上车时发觉少了一位大学生，据说他是到附近的一个大学里去看朋友去了。于是大家都叫骂了起来，用之孟底话说，就是，把所有的痰都吐在他身上。怎么办呢，据说这位荒唐的先生要三点钟才能回来。于是有人主张不等他，作这种主张的，是他的同学；有人主张只等一刻钟，作这种主张的也是他底同学。之孟忽然觉得丢下了别人究竟不好，于是自告奋勇，说他认识这大学，愿意坐车子去找他。

我颇想反对他去，但终于没有作声。他走开了有十分钟，那位去找朋友的兴致极好的先生突然跑回来了。大家——他底同学们——本来说要大骂他一顿的，不知为什么结果都不作声，反而怀疑之孟是自己有事才去的了，用之孟的话说：把所有的痰都吐在之孟底身上。我愤而伸辩，这才使“蓬擦蓬擦”们沉默。幸而之孟很快就回来了。

事后我告诉之孟，人们怎样把痰都吐在他底身上，他有点发白了，好久之后愤怒地说：“你不知道这批家伙多么自私！”

五月十七日

一路不停地咀咒司机、汽车，咀咒交通，但每一到达，立刻就又沾沾自喜，赞美起司机、汽车、交通来。我想，我们大约很容易变成奴才。

广元过河过了三个钟点，大家咀咒为什么不搭桥，但一过了河，觉得还是照旧，或者比现状更坏的好，免得后面的车子会赶上我们。走了有三天了，我暗暗地发觉我底心已经变得极度的自私与冷酷，我发觉，如果遇见了别人底不幸，只要不是我们自己，我是不会同情的；岂但不会同情，有时反而会觉得高兴。这是野兽一般的心理。我暗暗地发觉，这是野兽一般的生活：我们岂止容易变成奴才！

站在荒凉的河岸上等候渡河，之孟和我说：你看这里的景色很像我们所住的乡下。我一看，果然很像。于是想起这两年来的生活，想到T兄，他现在大约也是在这条路上奔波着，向遥远的青海而去吧，那里有他的亲人和牛羊的；想到G兄，他现在是怎样呢？大约是躺在茶馆里寂寞地喝茶吧，和之孟谈了起来，两个人笑了一下。

五月十八日

上午十点钟在广元换车继续前进，这回车子较好，司机老板有绅士派头，比起前一个司机底年轻、急迫、良善来，不同得多了。然而是卡车，我和之孟轮流地坐在车顶上。山路异常的险恶，“蓬擦蓬擦”的歌声渐渐减少了。

昨天过剑阁的时候觉得景色奇险而壮丽，这一带的山更是奇险而壮丽了。还没有见过这样的原始的、年青的、有力的山。但风景之类的确与我们距离得很远，在这野兽一般的状况下，我们只求快一点走过去。但也偶然想到，在这壮大的景色之间，如果能建立一个全新的国度的话——这样的景色是应该唤起人们底对于善的、美的、伟大的事物的渴望来的吧。

暗夜中宿沔县，有人指着荒凉与昏暗中的一段土城说：这就是诸葛亮唱空城计的空城。于是不觉地有点“怀古”了，但想到戏台上的诸葛亮的样子，又觉得颇为可笑。

但这却是一个极小的地方，已经过了晚上九点钟，歇下了两车子的人，找不到吃的了。同行的一位江北人带着他底太太和孩子在那里啃大饼，叹了一口气说：“这简直不是走路，是拿钱买罪受！”——“受罪”“受罪”，一路来已经听得很多了，不知为什么我这次特别地不能同情这些“受罪的人”，我十分冷酷地想：我们中国人是很容易得到满足的，小市民式的抱怨原只能是粪便一样的东西！

五月十九日

出发得很早，肥胖的司机显得很阔气，派头十足。八点钟过褒城，于是又走入丛山。气候渐渐地变冷——已经离开四川颇远了。半路上下起雨来，只好在车顶上淋着。那位在三台跑开去找朋友的兴致极好的先生在什么时候，采了一束野花。车子遇到了阻碍停了下来的时候，恰好靠近一辆满是女学生的车子，于是我们这车子里又“蓬擦蓬擦”起来了；那位兴致极好的先生就把那一束野花放在女学生们底车顶上，女学生们一瞬间也显得非常活泼，快乐地吵嚷了起来。又是“蓬擦蓬擦”，兴致极好的先生在这种鼓励之下拿起花来向女学生们递去，她们原是活泼，或装做是很活泼的，这一下子却突然完全沉默，没有人接这个花，——我看见中国底女性们底默默的灵魂。幸而我们的车子迅速地开动了，“蓬擦蓬擦”们在大笑了一阵之后就又“蓬擦蓬擦”了起来。

车子在雨中和泥泞中颠簸着，忽然的前面的一辆一个大学的车子在转弯的时候和一辆空军的车子相碰了，于是大家都停住。空军车子没有受损，客车却撞坏了，不能继续前进。和空军车交涉要他们的车子带一带，因为这一路他们的车子是很多的，也没有结果，于是那些男女学生们都下了车，默默地、垂头丧气地站在雨中。

我们的车到庙台子吃午饭的时候，他们之中的几个也搭别的车子来了，满身泥污，垂头丧气地站在路旁。之孟认得他们的一个，问了一下，他们摇摇头回答说，他们中间有人在这短短的路上翻了两次车。

于是我们就觉得自己幸运，在雨中和低垂的云中跑着，去看了张良庙。

末后他们之间的有几个要求搭我们底车去，大家觉得挤不下，拒绝了。不过后来我仔细地研究了一下，觉得还是可以挤得下一两个人的，于是觉得很不安——一直到现在都还觉得很不安。

车子奔驶如飞，黄昏时雾中过秦岭，除了连山的雨雾以外，什么也没有看见。到宝鸡又是夜晚了，和之孟出去喝了一杯酒，在满是泥水的空荡荡的街上慢慢地走着。之孟说，沿路来没有看到别的，除了破落户就是暴发户，这里是一个暴发户的城市。

这里算得上是北方了。我常常听说北方的风俗如何淳扑可爱之类，但在这个城市里却见不到。据说北方人做生意是客气的，但在这里的馆子里，每当遇见“小费在外”“谢谢”之类的强大的喊声的时候，我就要不寒而栗，觉得这种喊声是要使你在被剥取了一切之后还要谢谢他底礼貌，远不如直接的索取来得爽快。我想，真正的北方人是不应该如此的，之孟说得不错，这是一个暴发户的城市。

沿路来时见到不少的窑洞，想着诗人底诗句：“如果不是山的颜色比夜浓，我将以为我是航海归来，而遇见了灯塔。”

五月二十日

我们有一种做傻瓜的感觉，每当我们走进什么馆子里吃一点什么的时候，我们底同胞，不论是“直爽的北方人”或是“狡猾的南方人”都对我们显得善良可爱，他们愈是善良可爱，我们就愈觉得是做了傻瓜，因此心里老是愤愤不平，这也是我底前面的一些议论底来源。听到宝鸡火车站站长说有钢皮快车可到西安，我们马上高兴起来，决心好好地坐一下多年不坐的火车，到西安去要一天了。同时也颇愿意先走一步，与“蓬擦蓬擦”们分手。但马上就大为失望，因为不但没有钢皮，而且几几乎连座位都没有。

又听说前面难走，有土匪、黄河、翻车，什么什么的。但不走又是不成，于是和之孟互相安慰说，必要时我们可以丢掉行李而步行的。安慰了也不行，真是前途茫茫，心情恶劣之余，和敲竹杠的独轮车夫吵了一场，这是一个鼻子很高，脸相愁苦的年青人。

去洗澡，又被当做是做生意的，或是被假装当做是做生意的，对我们说：“不用付钱了吧。”

五月廿一日

到陕县的火车，拥挤得可怕，车子到的时候车顶上就满是人，看来挤不上去了。但终于不顾一切地从窗口爬进了头等膳车，座位没有了，地上也没有空，就挤在餐桌上。两个人各各得到了餐桌底一角之后，紧张和恐惧都过去了，反而有点高兴起来。不久就打瞌睡。火车在大平原里前进，两边全是麦田，——慢得好像牛车。

夜十时半过潼关，漆黑中也是什么都没有看见。听同车的人说，在“胜利”以前，敌人不停地对潼关发炮，车子在夜里偷过，是非常危险的。

坐在我的旁边的一位低级军官，在对我们谈了潼关之后，就对他底一个比他年轻的同伴谈起他对于他们底前途的忧虑来。

他抽着烟，慢吞吞地说，他心里很苦，一直到现在都不能决定要不要过黄河去，但如果去，走不通了怎样办呢？往南去吧，又怕旅费用尽了，三两个月找不到事，精神受刺戟。他底声音很疲劳。他说起受刺戟，使我想起了我们所住的一些小客店的墙壁上的一些歪斜的诗句，那些都是受了刺戟的流浪的人们涂画的，都是描述着流浪的和人生的辛苦，怎样的回不了家，见不到白发的老母之类。这一类的诗人大半都是流落的低级军官吧，有时候，见到肮脏的客店的墙壁上满是凌乱的歪斜的字句，我觉得颇为可怕。我觉得我底周围尽是寂寞的鬼魂；就是在这些寂寞的鬼魂之上，奔腾着人间底华彩和喧闹。

但这位军官的那个年青的伙伴，却显得是满不在乎的。他说他什么都不计较，他决心三年以内不回家。看他的口气，他是想要在外面闯出一片天地来才回去似的。他底这种心情使我对着他笑了一下，虽然直到现在我还不清楚，我是为什么笑。

在寂静中听见之孟在对面的餐桌上和一个军官说着美国怎样建设田纳西流域的事情。昏沉中想到，中午上车的时候，一位很是活泼的，显得颇有才气的女子对一个为她送行的颇为老实的青年说的话。她说，一切思想都是好的，但是你要行动。她又愁苦而又得意地说，人的思想有神学、玄学、科学的三个阶段，她现在还是在玄学的阶段里面。我不怀好意地想，幸而还是玄学，如果科学起来，这样的聪明的女性是反而会成为旧社会底主力的吧！我又想，我自己究竟是神学、玄学的、还是科学的呢？没有想通，气势汹汹的查票员从坐在地上的人们底头上踏过来了，要我们补头等车的票。

我决心和他吵架了，这样的挤法也算头等车么？但他嘹亮地嚷着走，过去，极其凶暴地拿一个乡下老人下了手。第二次走过来的时候，他显得非常客气，走过去咬着之孟的耳朵谈了起来。于是我们反而受宠似的补了钱。

廿二日黎明到陕县，城市破落，各处有废墟，旷野中一片单调的荒凉。但这也是一个暴发户的城市。

五月廿二日

到这里要换汽车到洛阳。早就听说这一段路的难走了,心里存着不安。到公路车站登记的时候,又遇见了“蓬擦蓬擦”们,原来是同一个火车到的。

他们里面的一位D君,因为我们得和他们一道登记,对我们发号施令起来,我们也就默然,于是此后的一路上都是他做了领袖。

到这里,我们已和江北人夫妇及那位发牢骚的疲弱的先生分了手,他们都是自己干自己的去了。我看见那位疲弱的先生每次都躺在行李上不动,一切都由他底女人去奔忙。听说他们是东北人,要回到东北去的。

午饭吃得奇贵而恶劣,被敲了竹杠,愤愤不平。又买了一包大前门香烟,抽起来才晓得是假的,更为愤愤不平了。

各处看了一看。城外的空场上停了有几百辆的军车,是用来运军火的吧。看见三匹马的铁轮货车在涧河桥下涉水而过。两三天来在路上就不断地见到这种车子,每匹马底眉头上挂着红丝,埋着头在崎岖的路上慢慢地、吃力地走着,铁轮就发出一种奇怪的、尖锐而拖长的吱吱声来,在单调的黄土地带,这是一种令人心醉的音乐。赶车的都是忧郁、健壮、褴褛的汉子,也有白眉白须,但仍然健旺的老人,在山边慢慢地走着,他们底路似乎是无穷的,但他们显得是异常的安静。

在涧河长桥上见到一个衣服破污的、生疮的、白发的老人,他扶着木杖慢慢地走着,时而停下来让路给别的人们。他显得是快乐、有生趣的,不停地露出苍老的笑容来,低声对自己说着什么。我们走过桥又走回来,还看见他在桥上慢慢地移动,笑着盼顾周围的人们。

在街上看到了十几个“书寓”,就是妓院:这里原来是公娼的。看见妓女们站在门边。

黄昏时去黄河边散步去了,但并未走近黄河,却是上了河岸上的一个黄土高坡。看见了在黄土坡上下蜿蜒着的防御工事,交通壕和炮位。这里曾经沦陷,不知作过战没有。之孟愤慨地说,像这样的工事,简直是敷衍,一点用也不会有的。

黄河对岸就是山西,阎锡山底罪恶的王国。比这边的低坡不同,沿河竖立着较高的山,山上满是碉堡。

以为明天可以走成,很高兴,在旅馆里唱了半下午的歌。

五月廿三日

黎明,落雨了。往车站去,雨愈大。上了车,但站里的人说:走不成了。去交涉,说是无论如何也不能开车的,下一天雨两三天不能走,下三天雨就说不定十天不能走,因为路面极坏,或者说,根本没有路。如果车子当天到不了洛阳,停在半路上,就会遇见土匪的。

于是人心惶惶。为行李搬上搬下的事又吵架。本来行李是应该交给车站的,但昨天过了磅之待,又说不负责,要大家搬回去。大家吵起来,闹得那位管理过磅的活泼而矮小的老头子跳了起来大叫着说:"我们昨天开了一天的会,都没有想到好办法!"

原来他们是开了一天的会的,于是我们只好回来了。但又来了谣言。一位穿西装的青年向大家说,他得到了特别的消息,共产党已经发动全面内战,离陇海路只有五里,马上就要破坏陇海路了。说了这个他显得很得意。先前和我们同行的北江人马上跑过来告诉别人,说了也显得很得意。

于是一天不舒服,虽然不时地大笑大叫。幸好下午雨止了。黄昏时散步一直到黄河边。

五月廿四日

早晨往洛阳出发。开车时听见隔壁车上吵起来了,一个穿西装的人极其威风地叫着:"我是中央调查统计局的专员,他侮辱我的太太!我昨天跟县长说过,这里有捣乱份子!"等等。

有一个戴眼镜的,穿西装的文弱的家伙,昨天曾经跳着大骂乡下人没有良心,说他们原来可以推动一千斤的,现在推几百斤还要嫌重云。我和之孟叫他做小知识份子，我说这家伙看来非要痛打一顿才行。这“小知识份子”带着六七个有孩子的女人一同行路，有十几件行李，恰好在我们底车上，把我们底生存空间差不多完全挤去了。一路上这“小知识份子”不停地发议论，时而叫别人这样坐，时而叫别人那样坐：“我包你舒服。”他和我同坐在一个行李上，一面叫着包我舒服，一面拿一只腿插到我这边来。终于我发现了他底诡计，对他毫不客气了。但他仍然不停地说着，恭维一位太太说，她底儿子将来要做部长甚至国民政府主席，那时候她就不成问题地有小包车坐了。他们里面还有一位苍白的小姐，和我们同行的一位少爷去逗弄她身边的孩子，和她说起话来了，我听见他们在说着上海的电车如何如何之类。

在我对小知识份子反攻的时候，这位小姐忽然掉过头来，说我“要不得”。我生气了，和她吵了几句，于是她显出了不屑理我的样子。于是我愤懑已极，竭力地希望找机会来攻击她，然而以后一直没有找到机会。

这条路的确是可怕的。车子每次颠簸起来都似乎要翻掉。通过什么村镇的时候，在狭窄的街道上，把人家屋檐上的瓦都刮掉了。似乎有成千的车子在这条路上走着，不时地走不通了，一歇下来就是很久。终于我们底车子陷在泥里了。大家下来推，我弄了一身的泥污。一共只有一百五十公里，其中要涉过几条无桥的浅河，整整地走了一天。高低不平的道路，泥塘，窒息的灰砂，以及横冲直撞而来的军车，都显得很可怕。大家简直不敢相信会走到的，但晚上也终于到了洛阳。

洛阳车站的办事人很客气，告诉我们明天十一点半有车东开，但需要夜间去预先找空，第二天黎明去占据好，免得临时无座位。我疲惫得好像要生病，这些都由之孟和一位少爷去弄了。

我们所住的旅馆内住满了兵。我们现在是看到兵就要胆寒的。

五月廿五日

黎明去占据车位，虽然是铁皮货车改成的客车，比起昨天的可怕的公路来，大家依然觉得满足了。开车前看见“小知识份子”如一条泥鳅似地在月台上钻着而大叫着，我愤恨地对之孟说：不要理他。但后来我也颇有点懊悔，觉得我底心肠真是过于狭窄了。

我底对面坐了一位小姐，使得我无法自由地打盹睡。车行又是极慢，过虎牢关时经过七八个山洞，我们底车子没有窗户，煤烟熏进来叫人差不多要窒息过去了。但以后便在大平原里前进着，两边是黄色的麦田，偶尔看到穷苦到极度的人家。

这一片土地是饥饿的，有无数的人流离失所。虽然麦田仍然金黄可爱，种麦子的人自己却不能够得到吃的。不时看到两匹黄牛拉着的犁头在田野里工作。看见有强壮的妇人跟在犁头后面播种，孩子们爬在高高的麦秸车上。看见收割的忙碌的兴奋的情景。之孟对我说：这样的平原，是极适宜用拖拉机工作的。

但现在，这样的平原上，只是黄牛们，以及和黄牛同样的辛苦无望的男子和妇女们在工作着。他们甚且得不到吃的。……我茫茫地想了过去，觉得自己底这样的存在毕竟是罪恶的。想到黄河的那边：不知他们是怎样的情景。想到一位同路的人所说的话；人民再也不能忍受了！

沿路碉堡林立。最初想：是日本人留下的业迹吧！但后来看见了，成百的男子和老人，被荷枪的兵士驱赶着，在那里修筑碉堡。有的碉堡上站的疲惫的不成样子的战士，是这面的战士！

到郑州知道十天前被黄河的急流冲断的中牟大桥已经修复，可以直通徐州了，很高兴，和之孟去吃了虾仁。

原来想吃“黄河鲤鱼”的，但太贵了，没有敢吃。听茶房说，原来并不贵，但复员的人都要吃，不怕花钱，所以才贵了。我就想，我们也算得是“复员”的吧，也是在吃着，比较起“饥饿的中原”来，真是一个鲜明的对照。——人们就在这饥饿的中原大吃着。

郑州有豪华的馆子，稠密的行人，幽明兼半的夜晚的街，毁于炮火的废墟就屹立在这幽明兼半的中间。在街上走着，总觉得有些异样，看见高台上站着的警察底影子，忽然觉得仍然是日本人统治着这个城市。警察台是日本式的，警察也极不像我们自己底同胞。于是我对之孟这样地说了。但之孟回答说：他总觉得他并不是走在自己底国土上。……

五月廿六日

通夜未睡，一点钟左右就上车。六点钟开车，八点钟左右过中牟桥，这桥十天前被水冲断，使我们忧虑了一阵，现在已修好了，却是快的。然而与我想像的铁桥不同，却是笨重的木头插在浅而急的黄河里造成的，火车用极慢的速度通过，看来有随时崩毁下去的危险。从窗口望着险急的宽阔的黄河想着：要是崩落下去呢？

然而一过了桥，也就觉得这桥到底还不错了；不禁赞美它底结实。这桥是因黄河改道而有的，这可怕的黄河底改道，大约冲走了无数的微贱的生命吧：看它底汹涌的气势，一直奔入无尽的灰黄色的平原里。

到开封下车散步，见到一个日本军官，伸着穿着马靴的直挺的腿，抱着手臂，傲然地站在一个帐篷前望着我们。然后，和他底一个同伴说了几句什么，异常自在地抽起烟来了。于是我们车上的人骂起来了，说他“亡了国，还有这么大的架子”云。

忽然地来了两个矮小、猥琐的警察向这日本人走去。这两位带着枪的我们底同胞，用之孟的话说，好像简直要被肩上的枪压死似的，弯着腰蹒跚着走近那两个日本人。这两个日本人仍然抱着手，挺着腿，异常自在地抽着烟。我看见我们底两位武装同胞在那日本人回答了一句什么的时候受宠地、快乐地笑起来了。末后他们拿到了一张什么表册，笑嘻嘻地走开去了。于是车上的人都愤怒地叫骂了起来，都觉得“中国非亡不可”，都觉得这两个小警察是非常的丢人，可杀。

那两个日本人仍然站在那里静静地抽着烟。

但忽然地一个高大的，披着号衣的苦力向这两位天皇的忠民走去了。他是去向他们借火点烟，他底姿态和神情是安静的，他借了火，没有给日本人什么礼节，安静地大步地走开去了。我看着而觉得欢喜，我觉得，这个苦力，这个北方大汉，他才是真正地懂得仇恨，也懂得“胜利”的。

同车的多数人也觉得满意，望着这苦力底背影而为他叫好。望着他底披着灰色的号衣的强壮的，高大的背影消失在土堆底后面，我想：他是不会受宠若惊的。但愿中国多有这样的懂得仇恨的人们。

过开封后车行颇快，晚上七点半到徐州。听说十点二十分有“胜利号”特别快车由徐州往浦口，明天早晨八点钟就可以到。那么，这旅程意外地提早结束了。

坐在月台上等着。“胜利号”快车进站了，果然是蓝钢皮，灯火辉煌，完全不像沿路来的破落了。大家都非常的高兴，进了这漂亮的快车，想到就可以到南京，连疲倦都忘记了。

但我终于支持不了，爬到行李架上去打瞌睡。醒来时车在黑暗的平野中疾驶着，发着时而轻脆时而沉重的敲击声，明亮的车灯偶尔照见掠过窗外的树木和土坡。我感觉着：马上就要到南京了，我是在南京生长，熟悉它底一切……在那遥远的山里的十年的生活，别了！

但心情忽然慢慢地沉重了起来。我回来了，我带来了什么呢？过去十年，我对这个大地，这个人民，做了什么呢？我是抱着怎样的心离去的？谁能料到，谁曾愿意像这样地回来？于是我又想；南京是一个庸俗的、可恶的脏臭的都城，人们现在在血腥里寻乐，腐臭的鬼魂各各得到附丽与升腾，我能希望从它得到较好的么？

出浦口站走向江边，看见了对江的在白光与迷雾中的建筑，看见了明亮的长江波涛。好的，不管你愿意与否，我回来了！我仅仅希望我能够成为血腥与仇恨的见证人，我要站在你底面前！

（原载上海《希望》第二集第三期，1946 年 7 月，署名冰菱）

我憎恶

我憎恶，我底憎恶使我难以呼吸。我来到这作为我底故乡的大城，这所谓中国底首都已经有半个月。我发觉它仍然像九年前一样地生活着，我们底统治者和它底豪华糜烂的阶层已经用歌舞、用酒宴、用人肉的买卖、艳丽的衣妆、彩色的霓虹，以及演说、欢迎、歌颂轻轻地抹去了中国人民多年来所流的鲜血。我走在街上，无论是白天或是夜晚，都感觉到异样和陌生，于是我发觉我已失去了九年前的纯朴的心，我底心情已经不同！

这憎恶压倒了我。我能做些什么呢？我能说些什么呢？但我感觉到我必需说出来。

我现在坐在别人底桌前，偷着写几个字。正对着窗户不远的地方就是北极阁，它是仍然和多年前一样地立在那里。刚才有一阵暴雨，但天气仍然炎热。街对面是一家戏院，我伸出头去就可以看见它底牌子，它正在演着《法门寺》和《玉堂春》，他底锣鼓声和不绝的叫好声时时地震动着我。街上走过着叫卖零食的小贩，我也憎恶他们底叫声，我对于这些求生的挣扎似乎已经不会同情，因为我知道什么叫做奴才，什么叫做顺民的。前两天有一个年轻的妇人在这附近的一个臭水塘里自杀了。自杀的原因我不知道，我也没有看见死者底样子，我只知道有些娇弱的人们晚上不敢走过这水塘，说是这里面“有鬼”。

有一个有名的机关，它底有名是因为它臭名昭彰，它所“接收”的房子原是日本的一个军事机关住的，听说那里面杀过不少的中国人。现在大家提起来的时候，也都说“有鬼”。

“南京的鬼一定很多。”一位小姐说。

一位用流氓手段起家的官僚走上他底小汽车时文雅已极，轻轻地好像怕踏死蚂蚁，并且用手帕掩着鼻子。

一位名贵的太太夜间出来，去听京戏，由好几个仆人侍候着。一位漂亮的小姐在院子里大叫着，邀她底朋友一道去“捧歌女”。

酒吧间门口停着各样的车辆，美国人在里面豪饮、奏乐、跳舞。拉门的小孩戴着白色的高帽子，向他底站在门外的褴褛的同类挤眼睛。窗外围着各样的我们底同胞在看热闹。我走过的时候，美国老爷们对窗外的奴隶们生气了，淋出啤酒来，淋了我一身。我迅速地默默地走开，默默地揩干，因为我懂得什么叫做奴隶的。

百货陈列橱灯光灿烂，我看见里面有不少用黑人做商标的货品，我想，我们这民族，将来也会变成美国人底百货商标的吧！

但这是决不会的，快乐的奴隶主们！

一位什么主教来“开展教务”了，广播电台广播特别的节目欢迎他。我憎恶地关闭了收音机。这电台就是由什么主教之类的一批高等华人办的，但无论早晨和晚上，你都听得到糜烂的歌声，有捏着嗓子的歌女唱着：“有人告诉我，你有了爱人……”这大约就是被神圣的“天父”所昭示，这大约就是天堂里的歌声吧。但或许这是地狱的歌声，因为高等华人们是不久就会到天堂里去的！

我希望粉碎南京底一切收音机！我希望用尖锐可怖的怪声到你底播音机前来叫嚣，仁爱的先生们！

街上各处有从饥荒的河南逃亡来的褴褛的人们，有潦倒的青年，落伍的兵士。听说要“整顿市容”，驱逐这些难看的乞丐们了。

城门很早就关上，车子经过城门时要检查，据说是防备“新四军”。

“驱逐”和“防备”之后，这大城将永远太平了！但是，“南京的鬼一定很多”，冤鬼们在暗中纠缠而奔腾，火焰将从地下喷出，我底憎恶也将因极度的压缩而爆炸，一切都会得到报偿。……

一九四六，六，九。

（原载上海《希望》第二集第三期，1946 年 7 月，署名冰菱）

危楼日记

在我底危楼里，充塞着老旧的箱笼、橱柜。在里面走动的时候，橱柜底叶子形的铜扣就钉当作响，这种声音挑动我，正如充塞在我底周围的古旧的影像挑动我一样。回到这危楼里来，又已经一年半。我在这里面和这些腐朽的影像嬉戏而怒目，经营着我底小手艺，直到大风暴从长江北岸吹荡过来，万木舞蹈的这个时候。替兄来信说，他偶然想起了一个故事，那是法朗士底企鹅岛中间的一段："一个中古时代的僧侣在炮火中写他底经典，后来炮火把他底墙壁、天花板等等一齐打去，只剩下他正在写经的桌子，他还是继续不断地在他底那危楼中写着写着。"他所提示的这伟大的侏儒底秃头、弯背、鹰眼的形象使我觉得很有趣。我想，炮火什么时候来毁灭我底危楼的破烂的墙板呢？这墙板很薄，北风总是吹进来，但也很重厚，好像大城墙，它是由多少年来的血泪，堕落而挣扎的古老的伦常，爱情和奴役，小市民底阴私和要过好生活的梦幻一层又一层地堆砌起来的。一年来它又添了许多厚砖，大暴君登基的欢呼，有气无力的进行曲底吹奏，跪哭闹市的行列，大出丧、演讲、跳舞、号外，以及路倒的尸体。现在新的、伟大的时代已经鲜明在望，我就有一种愿望，要记下这些破砖、鬼影、泥土、人形、悲哭、欢笑，和舞蹈的万木底简略的形态来。爱甫兄来信说到这个，他说："过后给大家看一看，也得会心的一笑。"大约是得会心地一笑的吧，给将来的时代增添一点微小的愉快，也给喜欢多知道一点的将来的人们看看，我们在这里是怎样生活的。但是现在却还是笑不得的，因为一有时间，就要和这些破砖、鬼影、泥土、人形相怒目。不过，怒目的样子，一定也是很好笑的罢。右边的街巷里又有鞭炮的响声了，不知道是为什么，是祭祖宗呢还是送走出嫁的姑娘；天上吼着飞机，这，我却知道是为了什么的；它是去丢炸弹。

这就算做序。一九四八年十二月九日。

十二月九日。阴

最近才知道，日本人就在我的这房子里强奸我们底一个乡下妇女。这是我底邻妇，因为大家都在谈“逃难”，讲起日本人来到南京时的种种情形，告诉我们的。她底描写非常鲜活，在院子里跑着、跳着、做着各种姿势，使得大家都笑了。她说：日本兵拉了那走这门口过的乡下女子来强奸的时候，房东老头子，房东的儿子，都非常恭敬地替他烧水洗脸，并且侍候他烤火。有谁要是走到门边来张一张，日本兵就要挺着刺刀，大叫着奔出来。她大叫着，模仿着日本兵挺刺刀的姿势，又颤抖着，模仿着被威吓的人们底恐怖的样子。她乱动着两手，全身都颤抖，足足有好几分钟。显然她非常热中于这种描述。

“我们中国人为什么不杀掉他呢？”有人问。

“天呀，你敢杀他呀！你碰他一下看吧：哇啦！哇啦！”于是她又大叫，挺着她所想像的刺刀。似乎她底精神是有些癫狂的。被恐怖折磨掉了的我们底小民们，常常是这种样子的，你在她底描述里似乎很难看到什么仇恨。

“不过后来过了半个月，日本人又规矩了。”她说：“还喜欢小孩子呢。有一个日本兵跑到、门口来说：‘好的，娃娃好的，我家里也有的！我也是老百姓，拉来当兵的！’就把小顺子抱去买糖吃。——这些人日本人来了，都没有逃，共产党来了，他至少还是我们中国人呀！”

对面楼上卖水果的突然高声说：

“吃苦的总是好人。坏人总是巴望时局坏。你看，前些时抢米，我们这些人出去了没有？其实我们要出去，哪个敢说一句？我们这些人爱惜自己，不要提起来让别人说：这个人抢过米的！日本人来了多少人发财啊！我们是规规矩矩，在难民区蹲了四十天，一根草也没有弄到，不要说金子银子了。所以我说，好人吃苦。”

对面楼下的总统府里的小武官这时在他底房里叫着：

“共匪！共匪有什么好怕的！我就跟他们说：你们这些人才是比共匪更讨厌！坐在办公室里唉声叹气的，我说，要叹气的回家叹去，这里要办公的，政府不要你们这种人！”

他底勤务兵跑出来打酒，买鸭子去了。后来他底太太跑出来对大家报告说：“不要怕，战事打好了！真的，他刚才办公室里听来的，打好了！”

我底邻人们，对面楼上还有一个难说话的，声气最大的老太太。这可敬的老太太是这座住宅的舆论底主持者，大约没有谁讲得过她和吵得过她的。她有三个或四个孙儿女，都是茁壮的小东西，但在她底面前却显得像绵羊一般乖顺。害怕她，因此每次到来的时候总要讲自己们底母亲，就是老太太底媳妇的坏话，用一种很可怜的绵羊一般的声音喊叫她，讨好她，请示她。但有一次，不知怎样的，这却没有能讨得她的欢喜，我听见她骂了——那破锣一般的嗓子：

“他妈的，明天不准来！哪有这种道理，到这里来讲您妈的坏话，回家去又讲这边的坏话！做上人的哪一点得罪了你们呀，这种不学好的东西！”

那孩子就暗暗地哭着，擦着眼泪鼻涕，走下楼梯来了。孩子们来了她总是骂的，一下子是因为饭不够了，一下子是因为他们底衣裳弄脏了，一下子又是他们底吃饭的样子太难看了。成千的打击。这就在孩子们心里唤起了不可救药的，将来大约终生难忘的恐怖。他们在学校里总是留级，回家来跪也好，打骂也好，总是留级。“留了三回级”，可敬的老太太在楼梯上大叫着，像是唱歌一般，“留了三回级呀！从来没有留三回级的呀，杀千刀的，挨炮子子的，顶城墙的，砍头刀的，不得好死的，吃白饭的，不成气的……”诸如此类，以致于无穷。中国底语言，在这种地方是多么丰富啊。但是最近那孩子升级了。拿了成绩单回来，邻家的大孩子追着，并且高声地念着。那孩子红着脸和他争夺，绵羊一般地叫着："我奶，我升级了。"

"再不升级呀，你这个杀千刀的……"这就是回答。

我们十几年前住在这里的老邻居，保定军校毕校的退伍军人，最近走掉，"逃难"去了。这房子里因此减少了一点热闹。这是一个胡涂的、善良的人，当了一生的雇佣军人，年青的时候又吃喝嫖赌过度，没有一点成就，退下伍来，困住着，就整天出去钓鱼。要么就在院子里大喊大叫，找人叉麻将。倒是很乐天的，每天一早就可以听到他底翁啊翁啊的傻气的声音。前些时，各处抢米抢油了，他曾经每天天亮跑十几里路到一个地方去打所谓限价油。我曾经看见他穿着他底破军衣站在一个抢购的队伍里，别人都拥挤、乱钻、出花样，独有他是非常的守规矩，站在那里等候着他底次序。他底儿子，戴着一顶不合头的大的破礼帽，也规规矩矩地跟着他站在队伍里。这年青人也是在军队里干过一阵的，"复员"回来，失业了，又生了一种病，大家说是大麻疯；曾经引起过全院子的恐惧。老雇佣兵在他十八岁的时候就使他结了婚，回来以后，失业兼生病，就和那年青的女子隔离了。这是一个胖胖的，生得很驯良似的少女，她出去替人家做保姆，也常常来看他。但是她底亲族都要向他家报复，而且用着小市民人家底阴暗的感情；这就引起了相互间的纠纷，夹在这中间，她大约觉得无路可走了吧，加以做保姆的生活又非常痛苦，打碎了主人家的碗，挨了骂，她就投湖自杀了。但又被警察救了起来。这纠纷就一直闹到法院里，并且还成了装做进步的可爱的晚报底头条黄色新闻。但生病的小雇佣兵却并没有什么行动，也没有特别的态度，事情过了，仍然和他底父亲一道去钓鱼，夏天的时候坐在院子里歇凉，常常用很温柔的声音喊爸爸，讲说着非洲在哪里之类的事情，而且常常非常多感地唱着歌，一唱总是很久，很兴奋；那音色和表情确是很柔媚的，但却充满着一种说不出来的悲哀和寂寞。常常的全院子都静着，听着他唱。似乎大家都不觉地被他底歌声吸引了。但他却又会突然地静下来，而以一种极卑微，极温柔的声音回答：“爸！那就是北极星吧？”他底病，夏天的时候最严重，两只手都似乎不能运动了，看样子就要完全麻痹了，但他却带着一种令人战栗的热情奋斗着，每天早上摇摇摆摆地打拳、练操。这里我记起来了，十几年前住在这里的时候，我曾经和他在一起下棋，因争执而打架，并且曾经一同到什么学校里去爬过秋千架子的。但这次见到，我们却不曾谈过话。在我和他之间已经隔离着我也不知道的巨大的什么了。我曾经被他底卑微的可怜的歌声所动，想着：他究竟是在怎样生活的呢？

他底悲哀和寂寞，是完全没有行动的倾向的。小市民底阴暗的生活整个地吞没了他了。而他在这里面又非常的温顺。他爱他底妻子吧，但人们叫他们隔离他就和她分离了；人们骂她是骗子，他也就骂她了。生活更艰难起来，他底母亲在院子里对我们说：“可怜我底儿急死了啊！”后来就听说他曾经到江北去贩鱼来卖，但并没有赚到钱；又听说曾经夜里就起来，到银行门口去站队，希望买两个银元……

前天，他底父亲忽然跑回来，说是已经找到船，决定走了。邻人们都很惊异：他们为什么也要“逃难”呢？

“走啊！”老头子叫着：“军人行动，说走就走，要迅速敏捷！你们不走我一个人走！”

“儿子是不走的！”他底太太流着泪说。

“那我就一个人，”老头子说，接着就向他太太要钱。他要他太太手上的一个金戒指，于是争执起来了。太太说：要么儿子也走，儿子不走，金戒指是不给的。

儿子最初似乎说是不走，但后来又决定走了。半个钟点以内捆好了行李，这雇佣兵父子就走掉了。

这驯良的年轻人，穿着他底旧破的大衣，戴上了他底不合头的破礼帽，蹒跚地跟在他底父亲后面走掉了。他是去“逃难”。逃难吗，荷在他底身上的，残废了他底心的那沉重的苦难，他自己也曾意识到过吗？现在我已经不再听到他底卑微的悲歌。剩下了他底母亲，被颓废的荒唐的雇佣兵折磨了一生的矮胖的妇人。今天下午她到街上去抓了几颗米回来，对我说："看哪，这就是配给米，二十四一斗，比市价还高哩——我拿来你们大家看看买不买的。"后来我就看见她孤独地在院子里，吞吃着一碗麦粉，这里人们叫做粮炒面的。

要清查户口了，"肃清匪谍"，头皮发青，麻脸，戴小帽的甲长来发了户口单子。

十日　阴

替兄来信说，爱甫兄昨天，九号，到南边去了。

昏黑中站在门口闲望，遇到后面亲戚老头子。问他：还不走吗？他跳脚了，说：他妈的气死人，为了南门外的一块地皮，共产党都要来了，还要打官司呀！又跟我说了买这块地皮的历史。我说：翁翁，晓得，晓得。

夜间清查户口。坐到两点钟，守候老爷们光临。一个是本街甲长，就是那头皮发青，麻脸，戴小帽的，昨天对面楼上的那可敬的老太太曾经批评他说："前到后四五进青砖亮瓦的房子呀，老夫妻两个吃不尽用不完，可惜就是没得儿女。人世间的事情就是这样，有钱的没得儿女，穷人偏偏一生一大堆。有钱吗，你该吃吃喝喝了罢，可舍不得，天天还捧个碗打另碎油吃。这种年头，你留给哪个啊！真是没得意思，你看：他穿的衣裳还是打补定的呢。"一个是小生意模样的人，不知是什么，一个是会打字的，佩徽章，戴眼镜的，大约是市政府派出来的罢，很有官腔。而这官腔，显然地是为了掩饰他底庸碌。就是这么一个清查户口的队伍，提着一个小的灯笼。

用恐怖手段来威吓人民。事先是宣传得很严重的，小民们都很紧张，但来了，办着事，却是那么糊涂，迟笨。于是有人就觉得一种失望。前面的小武官太太说："这样查户口呀，真是太马虎了，西安查户口是这样子的：前前后后都用宪兵把起门来！"

我也曾想像过这么一种景象。于是我才知道，奴才是喜欢夸耀他所挨过的耳光的："哪里这种样子呀，我们那里，老爷打起人来总是辟辟拍拍的！”

但我又想到，现在已经是到了老爷们发抖的时候了。他们在自己底鞋子都来不及找到的时候，怎么会有心情来安慰这些想做奴隶而不可得的，惊惶哀哭的人们呢？

十三 阴[①]

亲戚家老人死了，去殡仪馆致祭。我很惊慌，当那孝子扑在地上对我叩头的时候。这亲戚老人学这一点医道，我们小时候都是他种牛痘的。是一个酒徒、色鬼和赌徒。我这样说他大约是不仁的，但我忍不住要这样说。跟念经的和尚和治丧的家族坐在一起，看老人入殓，听着姑娘女人们底哭声，就想：上帝仁慈！这旧时代的颓废者，这酒徒、色鬼、赌徒底生命结束了。

我仿佛有好些年没有走进这种灵堂了。我们都曾经受到过哀哭跪拜的残酷的仪式底损伤和毒害；在幼小的时候，受到过这种恐怖阴沉的毒害。这种恐怖阴沉，造成了我们底怯懦，和我们内心底一些阴暗的角落。现在我就带着冷的心，看着这老旧的仪式底进行，怎样跪拜，怎样哭，和尚怎样念诵。一个幼小的孩子怎样被大人按着跪下。

这城市里到处都可以接触到这些依着旧的规模生活着的人们，这些老旧而阴暗的家族。他们，特别是他们中间的被牺牲掉了一生的妇女们，走到哪里都带来一种逼人的阴沉空气，叫着：“现在呀，什么都不兴了！年青人互相不认识了，又不晓得礼，又不晓得人情！跟他说：磕头呀，他只是站着！也好，我们死了也就看不见了！”

杜布洛留波夫，在他底《黑暗王国的一线光明》里面，分析奥斯托洛夫斯基底《大雷雨》的时候，说到过这些人们，提高意和卡彭诺娃们，愚昧顽固的统治者们。杜布洛留波夫所确认的“一线

---

① 这一部分曾以《在灵堂前》为题，另刊于1949年4月19日汉口《大刚报·大江》第471期。

光明”，是指年青的一代，卡杰林娜们底反抗愚昧顽固的“善良的本性”。这里照耀着革命的曙光。但在我们这里，在今天，反抗这愚昧顽固的，已经不仅仅再是单纯的，悲剧的“善良的本性”了，而是大风暴和夏天的烈日，排山倒海的进军。但是，不仍然有着无数的卡杰林娜们，在残存的老旧家族底愚昧顽固中挣扎着，流着血和泪么？我就看见，在那灵前，跪着年轻的媳妇，她简单，无知，顺从，用细弱的声音在啼哭，哭过了，她就坐在那里红着眼睛喂她底婴儿。

中国应该有另一样的表示悲伤和悼念的方法。这个民族，对于生和死，应该有新的认识。

在我底亲戚底灵堂隔壁，有另一家在办丧事。它是几个军人，和一个穿着皮大衣的少妇。较之我底亲戚这边，他们那里要冷清得多，没有和尚，没有跪哭，军人们在那里和那少妇谈着话。那少妇流着泪，扭着手，天真而动情地问着：“他苦了几十年，才苦了这么一点东西，现在他不要了，死了，你说，这是为什么呢？”

这个死者不知道是什么样的人。但这几句话，却也照出了他底一生。人们活着是为财产，也是用财产来估量生命底价值的。这少妇的金钱的感伤主义，她自己觉得是很美丽的。后来我看见她穿上了破了的白孝衣，绞扭着手，倾侧着身体，咬着嘴唇而且不断叹息，在院子里走着，那柔媚的、舞台动作似的姿态好像在问着：“你们说，人生是为了什么呢？”

其后我又在闹市中看见她坐在人力车上，手里拿着一枝白色的纸花。在喧嚣的人海里浮动着的这一朵白色的纸花，使我觉得一种特别的意义。它使我想到以巴金的小说为代表的，那么一种唉声叹气，如烟如雾的理想。我的这女主人公，是以一种高贵、柔媚的姿态，捧着她底纸花，坐在人力车上的。

十二月十五日 晴

成千的人在闹市中拥兑黄金。昨天得了一笔钱，就在家中讨论，是不是也要去挤兑呢？不然的话，放在身边，给弄得一文不值，怎样办呢？讨论的结果是，没有人有这个本领去打架，熬夜，排队。走出去了，到处谈论着黄金。什么坚不可拔的，巨大的力量压在这城市上面了，人们为了保障生活和获利而倾向疯狂。统治者底办法是：抢劫你一百个，还给你一个，叫你为这一个而争夺，而叫喊，而遗忘，而感恩。闹市中，又在抓银元贩子，问一个小贩去买，他看着我笑笑说：你先生不是特务吧。银行门口在排着队，每一个人肩膀上掮着一个被警察用粉笔画上的号码。这粉笔的滋味我们也尝过的。上个月抢购的时候，买平价米，想找警察画一个号码而不可得，园兄就是自己用粉笔在肩上画了一个字，而跳了进去的。

天气很晴朗，飞机在飞着。街边上遇到亲戚某君，凑在耳朵上问我：做一点生意吗？我问："做什么？""买金子呀？""有地方买么？挤得到么？""买过手的，二千二三就可以买到，转一下手，今天上午市价二八，现在又涨，三〇了。"我说："啊啊！"他飞快地向人丛中跑去了。

心里颇觉得紊乱，想到野外去走走，吹吹北风，但又终于没有去成。在街边上买了一份晚报看。这时候来了一个队伍。是穿西装的男女基督们。身上每人套着一个白背心，上面写着"罪""快信耶稣"之类的红色的大字，敲着鼓，每人手里拿着一个喇叭，喊着："金条靠不住，房产靠不住！只有神靠得住！"那一副虔敬的奴才相突然使我愤怒，就大叫着："不要脸！"但周围的人们看着我，静静的，像看着这些信徒们一样。我觉得我在战栗。这些冷静的人们或者会以为我是有神经病的吧。我觉得我底脸色一定很难看。我为什么要这样偏激呀——于是就很好想改悔。

然而，信徒们在演讲哩。

"人人都有罪！有钱人有罪，穷人有罪！文明人有罪，野蛮人有罪！不要以为换了朝代就好了，换了朝代还是有罪！中国五千多年不知换了多少朝代，但是还是有罪！"

原来，他们是来替中国底最后的专制暴君做掩护的。这队伍里面，有一个是虔敬的老太婆，即人们称做基督婆的，两个年轻的好像是学生，其余的则是人们称做教棍的那种角色。这“有罪”的演讲一完，人群里就有两个穿破衣的青年快活地大叫起来了：“耶稣大头鬼，耶稣大洋钱！”“大头鬼”与否我不知道，也还不至于这样偏激，但“大洋钱”却是曾经目睹，确确实实的。我也就决定负着我的罪愆，以碰击那些冷静的顺民们，绝不改悔了，阿门。

回来，愤愤地说了。园兄说，他们阔气的很哩，住的是花园洋房，家里还有钢琴。但A却批评我底叫骂，“不要脸”的事情说：“你这真是幼稚，像野孩子一样的。”

我心平气和了。静下来，就重新看见这五采缤纷的一切：敲鼓的，宣讲的，逃亡的，痛哭流涕的，捶胸顿足的——然而可有谁能够掀动那压在这都城底上面的巨大的，坚不可拔的东西？

一九四九年一月十三日 晴

穆兄昨天走了。半个月以前说陆续地把他所代为照应的，他底朋友C团长底家俱搬来寄存，以致我底这危楼里添了沙发，柜子，玻璃书橱，日本式的矮台子和火缸，顿时堆塞了起来。他底朋友C团长是被环境支配着的，善良的军官，照他们自己底说法，是“思想左倾，行动右倾”的，现在正在内战底前线上。好像是结婚不久，房子里布置得雅致而美丽，然而终于不得抛弃这“美丽的小窠”了。到他底房里去搬家俱的时候，看见了被他很细心地保存着的，他和他底妻子结婚的时候的喜幛上面的金字，就想到他曾经有过的安乐的美梦。以至于，堆塞到我底危楼里来的这些漂亮的家俱，竟常常好像要开口对我说话似的。我懂得它们。它们所要说的，是正在升起来的新的风暴，和现实底伟力。

在C团长的房子里，穆兄住了大半年。他是被陷害，被追猎，流落到这里，又被胡涂的好意所寻获的，直到半个月以前，才得到了一个摆脱豺狼底血嘴的机会。在C团长底房子里，穆兄陈列着他底亡妻的照片，养着美丽的热带鱼，供奉着鲜花和水果，躲闪着追猎又迎击着冷箭，做着他底工作。几年来，对于文学的深的爱情帮着他，否则的话他早就可以走向另一个天地了。他底恋战，是苦的。他底境界，是那么萧条，又那么庄严的。人们当能懂得，他为什么会那么近于温情地抚养着他底热带鱼。那么近于温情地热爱着鲜花和水果。正是这样的爱得深的人，得不到爱情，但朋友们也多希希望能够从他底悲剧的伤痛里出来。园兄在他底热带鱼终于在车子上挤死了之后苦笑着对我说："我是高兴这些鱼死掉的。"

他这次的走，是希望能得到机会，去用他底射击的能力加入新的进军。他是很好的兵士和射手，他底巨大的憎恨又是使他对敌人异常冷酷的。他从来都是对敌人坚决而冷酷，是一个真正的兵士，然而，当敌人伪装着朋友出现的时候，他底爱心就常常使他冷不防地被杀伤了。

昨晚临走的时候，恰好接到爱甫夫人底信，说爱甫兄大概已经抵达目的地了，预约了半年以后再见。回答A底什么时候再见的问话，穆兄就借用了爱甫夫人信上的话说："半年以后吧。"笑了。我们也笑了。这笑是什么意思，当时没有去想。这笑，是对于将来的确信，对于生活的骄傲吧，但却也渗透着一种悲凉的。因为，还有颇长的路，说不定什么时候大家要和奴隶的命运以鲜血相见的。

一月十四日 晴

今晨地震，周围的箱笼，橱柜底铜扣都钉铛作响。对面楼上的卖水果的干女儿，娼妓，谈论吃酒。"我呀，吃起来都是十两八两的。自从那个东西戒了以后，心里没得捞摸，就爱上了一个酒。一个人心里没得捞摸才难过，不过，哪个又养得起我这个酒菩萨呢，所以要戒，要戒。现在我就在慢慢地减，一两二两地减：不戒不得了啊。"那声音非常的甜蜜。显然的，正在那里端起酒杯来。

一月十七日 阴

早晨，站在门口，看见有乡人父子赶着驴子给对门的地主东家送柴草来。东家主妇斤斤较量,拿着秤称了又称。我问老人,哪里来的呀,他就诉苦说:“太平门外送租柴来的。租的他家的柴山,年年对分。对分吗就对分了,可是还要替他出人工,一个工现在就是四五十,还要挑几十里路送来,饿着肚子还要吃自己的。”但他忽然又急剧地擦着手说:“没得话说没得话说,说这些没得用!”

他用着一种辛辣而苦涩的嘲弄,和急躁的,闪耀着愤怒的假做的愉快,承受了东家主妇底斤斤较量。抗着柴担子称柴的时候,他发出辛辣的,嘲弄的哼哼声来,旁边一个乡下妇人说:“看这老头,哼什么呀!”他耸了耸肩膀回答说:“不哼就要哭了,抬不动呀。”但他底儿子,黄瘦的,然而英俊的青年农民,却披着破棉袄,张开着两腿,弯着背脊抗着那柴担子,冷冷地一声都不响。

秤了柴之后老人又跑来对我说:“我们乡下住了一万七千兵!那些兵呀,跑到你屋头来就到处找,床底下翻翻,桌子底下翻翻:喂,你这个菜我拿一点啊,你这个柴送我啊——送他!我们吃什么呀!你有什么好说的呢!”他做着姿势,摇着手说。

乡下的亲戚来了。谈起乡下的情形,告诉我:他们那里来了兵,乡人们夜里要轮流地替他们守铁路和守江边。“怎样守法呢?”我问。

他冷笑着说了:“有怎么守法的,他们当兵的在营房里睡觉,叫你在铁路上江边上去站呀。你要见雇不到人,就自己去站。他怕你不站,就叫你隔三个钟点到营房里去缴一块牌子。天晴还好,要是下雨……前天我就是在铁路边上站了一夜。”“那些兵睡觉么?真的来了,你们有什么用?”我说。

“睡觉……到处抢老百姓东西,动手就是打,开口就是骂。所以要是时局再不好,我就到上海去了。”

晚间,院子里又来了乡人,大喊着说:栖霞山驻满了兵,到处挖壕沟,到处抢东西抓壮丁,不得了。

充满着火药气了。但我们却仍然出去买了一点糖果,准备给孩子们过旧历年的。

一月二十七日 阴

战火迫近浦口,市面混乱,晚间物价狂涨。

街道上混乱而浮动。这混乱和浮动,和可能响起来的大炮声,冲击着我底危楼。穿着黄色的棉军衣的凌乱的军队,马匹和车轮,就在这巷口断断续续地通过着。各衙门底门前和院子里都堆满了行李,公文箱,挤满了车辆和动身逃亡的官员们。但听说有很大的一部件人不愿意去,决心等待,迎接就要从江北过来的人们了。他们在动手自己组织起来。某衙门底长官对他底下属演讲说:现在是一个伟大的时代。但并不是抗战时期的那种有着共同的目标的时代。我不必骗你,我们还有什么目标,所以,你们是否要跟着政府走,得自己冷静地考虑。现在是需要各人凭着各人自己底主张来选择自己底目标了。云云。这是一个颇为坦白的哀鸣。

晚报上载着:浦口前线,刘伯承及陈毅主力尚未进入第一线。现在,电信局底铜钟在这纷乱的大城上空发出美丽的声音来,报告着晚上九点。

然而,对门的剃头师傅号啕大哭了。这剃头师傅是一个烂眼睛的,萎缩的人。他的侄子是卷头发的流氓,和对面楼上的娼妓有来往。为这娼妓的事情,昨天他和他侄子吵闹,卷头发的流氓就毒打了他。今天二十九,除夕的前夜,他出去做了一天的生意,然而回来时候却发现他底侄子,卷头发的流氓把他底被盖和他所烧的一锅准备过年的肉都拿去了。于是他,这孤寂的,萎缩的人就大哭起来,在街中心跳脚,打滚,喊着:"良心啊!良心呀!可怜我孤寡一个人呀!可怜我两个月没有做生意,今天才赚了这几个钱!我底肉是我自己烧的呀!"我最初以为这是一个女人在哀哭,我从来没有听见过一个男子用这种腔调号哭的。而这时候,对面楼上的娼妓,却在谈论着钱。早晨,她底女儿,年轻的娼妓,曾给她送钱来。她对待她底女儿和别的母亲对待她们底女儿也没有什么分别。当那幼妓告诉她,她是坐三轮车来的,才二十块钱,她就抚着她女儿的肩膀微笑着说:"不要骗我吧,哪里这么便宜。"她宣说了，还有别人要给她送钱来，"人家追着要送我钱，我这块老招牌还有点用。"楼下面，算命的瞎子在唱着江北戏。老实的怯懦的皮匠，在楼梯上用着可怜的声音对可敬的老太太诉着苦。这就是我所生活的，这纷乱的大城底一个角落。

电信局底铜钟，又一次发出美丽的声音来，掀动着浓厚黑暗的夜空，报告着晚上十点。新的时代要沐着鲜血才能诞生；时间，在艰难地前进着。

二月十三日。雪

局面悄悄稳定，度过了旧历年。"太平景象"又破碎地，偷偷地伸出头来了。每年一样的鞭炮声，每年一样的孩子们底欢叫，每年一样的土头土脑的姑娘们底笨拙的花裳，赌博和吃喝。

我底邻人们都没有再逃难的。只有后面的亲戚家老头子前些时走掉了。临走前曾经来悄悄地告诉我，要我不要对别人说，因为他耽心人家知道他不再回来了，会偷他的东西。他自己在上海底亲戚处宣说，他必须逃难，因为他有九个理由要让共产党杀头。这九个理由，一个是老军人，一个是做过处长，一个是现在当着官，一个是思想顽固，一个是年纪老。其他的我记不得了。但总之，既然有九个理由，逃起来是很心安理得的。过去的时代的英雄好汉们，自己已经能够找到这么多的"砍头"的理由了，无怪乎铁路上那么挤；这就是这个现实底伟大处。

有极沉重的东西，大家称之为"时局"的，重压着人们。对面楼上的看来很老实的，怯懦的皮匠失业了，在门口摆了一个皮匠摊子，墙上贴着红纸："翻正鞋作"及"内有翻正鞋作"。他是结实的青年，然而逐渐地显得浮肿，萎缩了，总是拖着鞋子，颓唐地低着头，不似在鞋店里当伙计的时代那样振作，他是三四个月以前结婚的，新娘是乡下的矮小，笨拙的，走起路来一摇一摆的姑娘，对待邻人们异常的客气和善，但暗底下的纠纷总是有的吧，邻人们对她并不满意，认为他们是一对有着心眼的小气的夫妇。贫穷威胁着人们。有一天，鞋匠在门口做活，和可敬的老太太谈家务。谈的什么，我没有懂得。但是他底脸上的苦痛的表情却是惊人的。“天啊，我是背的这个时局啊！”他哀哭似地说。当可敬的老太太安慰他，说是听说要和平了的时候，他就突然嚷了起来，而弯着腰哀喊着：“天啊，我底亲娘哟我底好亲娘！和平什么，他们骗人的呀！”

去年，他曾经和已经搬走了的流氓司机在闹债务的纠纷，那流氓司机曾经把他整整地骂了半夜：他沉默地一句话都不说。那时候他是在积着钱，准备结婚。结了婚，他就竭力地讨好邻人们，殷勤而柔和，像萨尔蒂可夫所描写的那一头“诚实的兔子”似的。他是希望能够在这样或那样的夹缝里偷偷地活下去……

我底邻人们在赌博和吵架；附近还有稀落的鞭炮声。就是这样破碎的“太平景象”。夜里落了雪。

二月十九日

园兄去上海的时候，正逢着各衙门蜂拥逃亡，车子上异常的挤。为了替我带去的箱子，他不仅挤得半死，而且到了上海之后还被抄靶子的便衣流氓围住，打了一记耳光。因为他顾着被车子拖开去了的行李，跑上去追，抄靶子的人们就以为他是要逃跑。在打了他之后责问他说：为什么像他这样穿破衣裳的会有这样的行李。他来信说：“我从前曾经看见过人家打耳光，但是还从来没有身受过。因此，这一击是我永远不能忘记的。”这也是我永远不会忘记的。想到他的吃耳光的情景，就要从心底里战栗起来。这个社会正是这样使人们变成奴隶以至奴才的。穿得阔气，就会受到大小奴才底敬重，想要正直地生活，就必得担负各样的谋杀和创伤。因此，当革命到来，复仇者进军的时候，对于“阔气”的人们的打击，是“势所必至”“理有因然”的。前些天，报上载着一条新闻，加油添醋地报导着解放以后的北平的学生们怎样地打击一个穿狐皮大衣的女子，曾有人看了大不以为然，以为不必这样过火，也不该如此幼稚。姑不论那报导究竟真实与否吧，从我们底吃耳光我们就得到了一个铁证：在这阔人及其奴才们所统治的黑暗的土地上，曾经有过一个穷人不曾被侮辱过么？而人们却以为那是应该的，平常的事情！

而被侮辱的人们，倒是常常在内心里首先麻木了。在这文武百官都逃命去了的大城里，游荡着一些疯人，一些神经失常的男女：人们到处追逐着他们，哄笑和欢叫。一个年青的男子在街上学着媚眼。一个女疯子在街上脱成裸体躺着。当人们最初看见这女疯子的时候，还很严肃，并且在静默中充满着痛苦的情绪。但后来，就一变而为把她当做开玩笑的对象了。人们当不会想到，每一个人自己在种种生活底暴虐的统治下都是同样的被侮辱的对象。严肃的情绪，在这种生活状态里找不到出路，它在小市民里面是很少产生行为的。也只有在这些小市们里面，才会产生这些疯子。

我底邻人们大叫着："看杀人去呀！"统治者就是这样地达到他们底目的的。就在这一片毒雾里，多少年青的生命慢慢地腐蚀了，多少光辉的火焰熄灭了。如果你构成了一个小天地，慢慢地习惯了，躺下来，没有事便呻吟呻吟，你就会很愉快，可以做一个"诚实的兔子"。统治者底屠刀所杀害的生命，说句老实话，比起在这毒雾里无声地被杀死的生命来，是要少得多的。人们现在已经学会了用怎样的方法来对付统治者底屠刀了，但有些人至今还轻视着这杀人不见血的毒雾。轻视着对这一片毒雾的间不容发的战斗。当然，如果很有福气，原来就活在这毒雾底外面，那就又当别论；那我这里的议论就只好算是"酸葡萄主义"了。

三月六五[①]日

美丽的晴天。空中已经摇摆着孩子们底风筝了，也有一对鸽子在飞着，虽然在此时此地，这鸽子大抵总是流氓少爷和老爷们放出来的，没有什么"诗意"，也算不得是"和平的象征"。——

---

① 原文如此。

起先觉得的美丽和愉快，经这么一想，就突然黯澹了。真是没有办法，美丽和愉快是如此之少。但孩子们底风筝呢？我们匆匆地来去，淡漠地对它们望一望，顶多不过想：又是放风筝的时候了，这些孩子们是忘不了他们底习惯的。但是这怎么能是“习惯”！习惯，客观主义的论调而已。我有一种“高度的客观”的意见，就是，我从前是狂热地爱着这一类的玩意儿的，觉得它们是非有不可的，然而这不过是主观主义；我的狂热的时代一过去，我就很客观，觉得世界上就不应该有这玩意了，即使有，也是不必要的，因为放风筝和不放风筝，并没有什么不同。然而，难道现在的孩子们不是和先前的我一样的狂热，对于他们，这一切难道不正也是非有不可的吗？我们底“高度的客观”的，淡漠的观照，难道是符合世界历史底发展的吗？仅仅这一点，我想，就可以把我列入顽固派里面去的，我底好小朋友们，拖鼻涕，害冻疮，偷钱出去放风筝，回家罚跪挨屁股的小兄弟们，你们以为如何？

但他们底风筝尾巴挂在电线上了，美丽的晴天！我今天不要再来和我底危楼周围的毒雾，鬼影，和血腥相周旋了。我久已发了一个誓愿，要“超脱”它们，就像我们底“高度的客观”派和寻求“大而深的眼睛”的“理想派”所做的。好啊，晴天，快乐，智慧，春天底萌芽和阳光下的大海，浮士德就动身到希腊去了。

我有一个当警察的邻人——不是的，我并不是在说什么不愉快的事情，因为我已经发誓了——幼小的时候，我曾经从什么地方弄到了一块钱，小的风筝不愿意放了，要放大的，就和我的这现在当了警察的邻人一道去糊了一个门板一样大的家伙，又买了很粗的麻绳，拖到现在成为飞机场的那空地上去了。但是，虽然北风咆哮——可怜的春天还没有到来——却仍然飞不上，因为绳子太粗，太重了。我和我底现在当了警察的邻人，为了实现我们底“主观的幻想”，以为春天已经到来，就在咆哮的北风里一再地呐喊，狂奔，拼命。后来结果如何，记不得了，但却记得，那一团粗麻绳却搁在橱顶上很久，终于让老祖母发现，派了它应做的什么工作。现在，这当了警察巡官的邻人，和我一样地已经变得很是“庄严”，每餐要喝二两酒，哼哼哈哈的。他底女人和他离婚，曾经拿刀要杀他，演出了这屋子里最紧张的戏剧之一……不，不说了，美丽的晴天！

我有一个也曾当过警察的亲戚，死去了父母，年轻的时候在乡间受着苦，放牛和割草，后来到城里来，寻找别样的前途。曾经一再地拚命，要留在城里，不管干什么。曾经带着我玩，教给我各样有趣的事情，但是现在他却已经发胖，在乡间娶了一个劳动女子，吃着她所耕种的，睡下就要可怕地打鼾，起来就要灌三大杯清菜，吐痰，喘气，坐在那里也只是呼噜呼噜。过去的痛苦和激情没有留下什么痕迹，剩下来的只是一个颇有福气的“地主”了。天啊，国民党的烂兵还拖他去守了一夜铁路，以致于他一直逃到上海去了。

我底邻人，可怜的老实的皮匠，人们说他是小心眼的，怯懦的皮匠，常常很感动的，痛苦的皮匠，今天一早挑着他底担子上街去找生意去了，因为这门口，他底“翻正鞋作”已经没有生意可做了。而他底乡下来的笨拙的新娘却不放心地追在他底后面。对面楼上的泼嘴的姑娘，就因此而痛快地讥笑她：“真是乡下人，未必你家丈夫会让人吃掉吗?”然而，照耀着人世底大海的，这美丽的晴天！怯懦的鞋匠夫妇，男的苦痛地皱着脸，弯着腰，女的低着头，黑棉袄上束着红腰带，鸭子一般一摇一摆地，现在正就在充满了烂兵的大街上前进着。

（原载 1948 年 12 月 31 日《蚂蚁小集》之五、1949 年 3 月 20 日《蚂蚁小集》之六、7 月 1 日《蚂蚁小集》之七，署名冰菱）

微·笑

——京沪路纪行

上海解放以后不久，我因事在京沪路上跑了一趟。回来的时候车厢里很拥挤，连插脚的地方都没有了；大半是由沪回家的乡民，也有一些是跑单帮的。坐在我底对面的，最初是三个女工，有一个年纪大些，老太婆的样子了，但有着还很年青的、慈爱、温和的眼睛。另外两个年轻的，穿着蓝色格子布的短衣裤，都很强壮，其中的一个还特别地喜欢谈话。我在这条路上来往过许多次，除了那一类时髦的、有钱的、卖弄风情的以外，还不曾遇到过这样喜欢说话的女子们；很明显地，这是因为现在她们底心里都很快乐，人们之间的关系又都起了尖锐的变化的缘故。我带着一个女孩，那两个年轻的就老是要逗她谈天，那年纪大的一个，则是不断轻轻地拍着巴掌，做出要抱抱她的样子来，一面用那特别温和的眼睛静静地笑着。但我的女孩很怕生，不肯说话，好几次都从她们底身上挣了下来。我对她们说："你们回家啦？"

"回家咯！"那特别活泼的一个说，坐在她的包裹上。

她就热烈地说起来了。我不大懂她的口音，但依然听了出来，她们的家在苏州以西的乡间，她们是在上海做工的，现在，乡下可以生活了，所以才回去。她激动地说，她们那厂里曾经被"中央军"捉去过三个人，还枪毙了一个。她们罢工的时候，警察拿棍子打她们，把她们关在一间房子里，门口还架了机关枪。"她骂他们，他们把她拉出去拿皮条抽！"她指着那年纪大的一个说，并且做着皮条抽击的姿势。

那年纪大的悄悄地笑了一笑，张着她的特别慈和的眼睛。

"你骂他们什么呢?"我问。

她又笑了一笑,摇摇头,好像这事情是不值得回忆似的。

年轻的女工继续活泼地说着,她说,乡下现在也解放了,也好了,但不知道"国民党的兵",跑掉的时候杀了烧了没有。说着说着她突然望着车窗的外面叫唤起来了。车子正驶近南翔附近,剧烈战斗的痕迹,和国民党匪兵"扫清射界"时所毁灭的村落,一片片的焦土和瓦砾,出现在人们底面前——引起了她底稚气的、粗野的喊叫。

"你看吗,你看呀,看见了吗?"她向我底女孩说,好像要告诉我底女孩,要叫她知道——为了现在让大家挤在车厢里谈话,人们是付出了多么重大的代价。"你看,好可怜啊!"她静静地对着窗外望了一下,又淡淡地说:"不打也是没得办法,是要打的呀!"

一群俘虏出现在车窗外面的田野上。她皱着她底粗浓的眉毛,好久地沉思地望着。在她的滚圆的、生着毫毛的、发红的健壮的脸上,露出了很深的愁苦的神情。

然而,在这江南的丰饶的土地上,就在这残酷的战争迹象底旁边,已经呈显了人们从来没有见过的欢欣的气象了。列车通过这地时,田野里的人们张着嘴望着它笑,小孩们跳起来欢呼。这种情形,是从前所不曾有过的。

这个痴痴地、有些迷惑地沉思着过去的苦难的女工,马上失去了她底凝滞的神情,也拍起手快乐地叫起来了。

这田野间和列车上的不由自主的欢呼,是预告着今年的丰收的呵!

女工们在苏州下车,一对回山东去的小工夫妇便坐在那座位上。男的很年青,女的却显得衰老,起初一看不像是他底妻子似的;但再仔细地看下去,就可以发现皱纹和枯黄的皮肤下面那乡下姑娘特的青春的甜美,时常在她底微笑里透露着。大约也才二十几岁罢,由于那样的装扮,也由于受了过多的苦的缘故,显得衰老了。在这对夫妇之间,洋溢着由希望里迸发出来的温柔的爱情。谈着话的时候,女的时常拿她底面颊在她底丈夫的手臂上摩着，并且有时仰起头来，翻着眼睛笑看着他，这个时候，她就显得更年青了。他们也逗引我的女孩，并且一定要拿大饼给她吃。他们原来是在上海拉橡皮轮子的板车的，现在决定回乡干庄稼去，——早就要回乡去的了，他们离开故土已经五六年。我说，山东现在好了，都是老百姓自己的天下了，他们笑着点头。

"共产党是我们自己人。"男的说。女的依然在他底强壮的手臂上，天真地仰着头，微笑着，信仰地看着她底丈夫。

这朴素的爱情，庄严的柔美，只是在这个时候，才明确地大胆地流露了出来。现在这车子里没有阔人，他们都躲在什么角落里？我们底人民已经不再是痴呆的和冷冰冰的，他们知道在这片大地上，在他们身上，在他们心里，发生了什么。从巨大的苦难所留下的创痛和伤痕里，微笑透露出来了。我底附近坐着我们底一个工作干部，年青的农民的样子，睁着他的大眼睛，始终不说话，然而在微笑着。

过无锡的时候，又上来了我们底几个干部和战士，也上来了一群遣送回家的俘虏。俘虏们挤在门道里，有的浑身褴褛或生疮，有的穿着老百姓的衣服或裤子，但有的却穿着呢衣服和围着女人用的羊毛的红围巾。天这么热，不知道为什么要围这种围巾。有一个年青的，西装头，少爷似的神气，带着一件美式的皮大衣，完全不像是普通的士兵。车厢里的人们都看着他，他就四面地张望，并且不时地偷看我们，显得很不安，然而仍然很自大的样子。人们都和士兵们谈起话来了，问他们是哪里来的，但没有人理这些少爷似的家伙。他们几天前干过一些什么，大家都晓得的。

我们底一个干部对他身边的一个俘虏说："回家以后要好好地干了，是不是？"他又恳切地说："以往作了对不起人民的事，也许是受了国民党反动派的强迫和愚弄；以后要是再有对不起人民的行为，人民便不再原谅你们了。"

全车厢都听着这个话。我底身边的一个坐在地上的，用手巾包着头的俘虏，叹息了一声。

“回家要好好的种地了。”坐在我对面的工人对他说。

“是啊！”那兵士叹息着，“不然也对不起自己。”

“对不起人民。”另一个俘虏生怯地补充着说，抬起头来对着大家微笑着。

那坐在地上，一直沉默着的我们底农村干部，用一个朴素喜悦的微笑：回答了他。列车前进着，发出巨大的轰响来。我底对面，那工人的妻子依然在她底丈夫底手臂上，翻着眼睛找寻着她底丈夫的脸，列车通过小站，微弱的灯光照射进来，照见了她脸上的幸福的、信赖的微笑。

一九四九、六、五、

（原载南京《新华日报》1949 年 6 月 17 日）

文代大会中的两天

铃声响了话没说完

七月十日(第八天)

文代大会规定专题发言和自由发言的时间是十分钟,过了时间,就由主席按铃提提醒他,可是上台去讲话的代表,总是听到一次或二次的铃声才下来的。

今天(十日)大会的主席是周扬,他首先报告专题发言和自由发言一同进行。戴爱莲报告舞蹈运动的概况,她分两部份报告,一部份是解放区的,另一部份是国统区的,舞蹈运动在国统区到处受压迫,摧残,相反的解放区特别重视这种艺术,并且使它和工农兵的生活发生密切的联系。证明舞蹈运动在解放区是颇有前途的。

东北解放军的代表刘芝明说:东北文艺运动是新的文艺运动,二年来东北新文艺运动的成就,正和东北政治上、军事上的成就一样,有着辉煌的成绩。最后刘同志报告萧军在思想上和行为上所患的错误,萧是个人主义者,他不表扬人民,表扬他自己,中共当局一直希望他能改过,后来实在不行,文协起来说话了,党起来说话了,于是他自己承认错误,继续学习。

郑振铎报告

上海革命文艺成就

郑振铎补充了"十年来国民党反动派统治区革命文艺运动总报告",他说:在敌伪时代,上海的文艺工作者在敌人的重重包围之中曾出版了鲁迅全集,还有,上海二十一个戏院子为了不愿放映日本影片，都改演有意义的话剧，设法发扬民族意识，当时演出《岳飞》和《文天祥》两剧，很受欢迎。等到上海由沦陷区变为国统区时，漫画，木刻，也起了相当作用。如冯雪峰的寓言，马凡陀的山歌，沈浮的《万家灯火》都是这个时期的产物。

《李有才板话》的作者赵树理也上台发言，他称文化水准为“文化水”，因为西北方面的人都是那么说的，他特别强调“小人书”（上海方面叫“连环图画”）和说书等旧艺术的重要性，希望音乐家，文学家要像《森林之曲》中的主角一样，去发掘，去创造。

接着上台发言的是梅兰芳，他告诉大家，他从事旧剧工作已有四十多年，后来在旧剧所留下来的一些旧习惯方面做了些改良工作，达到整齐清洁的地步。内容和意识方面，也时时求改进，经过改编的剧本有《生死恨》和《抗金兵》。今后要进一步为人民服务，为新民主主义的文化而努力。休息十分钟后，郭沫若宣读大会致苏联作者协会和作曲家协会的回电，全体通过。

名导演蔡楚生报告电影工作者在国统区曾有过相当的斗争经验，说明今后的电影工作是有前途的。

大家都叫他麒麟童的周信芳，提出了解放前后旧剧地位的比较，他说，解放前旧剧受国民党官僚的歧视，解放后得到中共当局极大的重视，以后定要努力的求改进，才不辜负周副主席他们的好意和指示。

可敬的高士其
健康虽然损坏了仍要为人民服务

陈望道希望以后在学校里多多推行新文艺运动，因为过去国民党反动派是想出种种方法来限制的。

为科学而牺牲了自己的健康的高士其，他已不能很方便的说话了，连字音都咬不清楚，他的报告内容是由一位照顾他的小姐代说的，使人起敬的知道他今后仍要为人民服务，在科学上有所贡献。

下午二时大会分组开小组会议，文学组由丁玲，茅盾主持，讨论初步的文协组织问题，当时选出筹备委员卅八人负责筹备，决定在短期内拟定章程着手组织。

曹禺指出：提防三种偏向

一，失去自信 怕错误

二，冲动的空泛的热情

三，不从全局着眼

七月十一日（第九天）

本日为大会第九日，洪深主席，继续自由发言，发言者有曹禺，陈学昭，杨晦，时乐濛，马思聪，钟敬文，王地子，连阔如等八人。大会开始时，郭沫若报告大会代表张西曼于昨天下午在协和医院逝世，并宣读张氏遗嘱之一部份，全体代表起立静默志哀。

曹禺在发言中叙述自己到解放区以后的感情变化，并指出要提防三种不妥的偏向：（一）失去自信，害怕错误，死不动，（二）冲动的，空泛的热情；（三）不从全局着眼，而从局部着眼。杨晦也说到改造的问题，认为不单是作家要改造，文艺也须要改造。时乐濛和王地子向大家介绍了部队战士们对于文艺的热情，希望大家为兵写作，并到部队去。马思聪着重地指出了走群众路线的必需，和过去在国统区进步的音乐工作者们的艰苦的斗争。

工人要求

铁路铺到那里

文艺写到那里

自由发言中间。由铁道职工会代表王祥和李昂二位对大会作了演讲，王祥是东北吉林图们机务段司机，劳动英雄，他历述了自己的过去，和解放后在党的领导下工人们积极发展工作，实行包车制，争取完成行车任务的情形。李咏是上海北站的先前的地下工作者，他向大家提出来，保证解放军打到那里，铁路就铺到那里，但希望文艺工作者们也跟着写到那里，给工人们以精神食粮。

自由发言之后，由钱俊瑞作了关于苏联文艺界对反动的世界主义斗争的报告，他说，美帝国主义者在二次大战后，恐惧以苏联为首的世界民主和平阵营的力量，害怕人民，就挂起了世界主义的招牌散布反动的思想。美帝的这反动的世界主义的代表人，以杜威为首提倡所谓世界合众国，目的是要各被压迫民族和阶级忘记自己。苏联的文化界，今年一月间开始进行了对这反动的世界主义的斗争。苏联的一批艺术家，曾经在文学艺术的各部份传播这反动的世界主义思想，散布资产阶级的颓废的毒素，反对苏维埃爱国主义和苏联人民，阻碍并打击表现了苏联的生活真实的青年作家，经发觉和检查后，已普遍而澈底地受到了清算。钱俊瑞最后并指出来像苏联这种在社会主义的道路上走了三十二年的国家，还不免受到资产阶级颓废思想的毒害，刚刚开始走上新民主主义的中国，是应该特别警惕的。

大会进行中间，由吴茵宣读了中共中央西北局，上海市文艺工作者纪念七七庆祝解放大会等致大会的贺电。

本日实到代表五五七人。

（原载上海《文汇报》1949 年 7 月 20 日）

歌颂中华人民共和国,保卫文化!

新的历史,人民的英雄的时代,伟大的日子开始了!英勇的中国人民不屈不挠地战斗着,苦难的人民在受尽了痛苦和折磨之后,变换了历史的方向,中华人民共和国诞生了!

多少世纪以来没有声音的黑暗的奴隶的国家,荒凉的、苦难的亚洲,悲惨的牛马般的人民,被帝国主义底辩护士们形容为麻木无知,愚蠢懒惰的我们底劳动的男女,被当做“地理上的名词”的我们的国度;被资本主义底传教士们当做赎罪的羔羊,被猎奇家和刽子手们当做森林中的土人,被奴役,被蹂躏,被各色的吸血虫所盘踞,被送到博物院里展览,被可耻的赛珍珠们当做奇珍异宝出卖,被鸦片麻醉,被大炮恫吓,被“上帝”镇压——无数的英雄儿女的鲜血和无数的仇恨!现在我们挣脱了这一切,击败了、粉碎了这一切,我们站起来了。我们震撼了世界,正如同一九一七年俄罗斯底巨人一样。这样,“我们底工作将记在人类的历史上”。

我们现在向全世界报告这件事情。五星红旗已经升起,在我们底辉煌的天空里飘扬着。我们底各兄弟国家和全世界人民对我们欢呼,我们底敌人们就要在我们面前发抖——我们很明白地感觉到,他们是在我们底面前发抖。

我们歌唱新生的祖国!但是我们决不忘记过去所受的迫害和耻辱!我们不仅要保卫我们自己,而且要和各兄弟国家及全世界劳动人民紧密地站在一起,保卫全人类底和平和幸福。我们已经站起来了,我们要保卫人类!我们要保卫文化!

人类之所以不曾在两次世界大战中毁灭,人类底历史所以不曾中断，就是因为有全世界劳动人民底英勇斗争，就是因为有伟大的苏联出现了并且无比地壮大了，就是因为有中国底劳动男女底坚苦卓绝的战斗——中华人民共和国出现了！

帝国主义曾经梦想着和封建主义勾结起来，用它们底虚伪的文化，毒害我们伟大人民底精神。我们也确实受过一些伤。但是它们最终是失败了，它们最多只是在中国底没落阶级里制造出一些精神上的白痴和匪棍来。这些白痴和匪棍今天已经叫中国人民摔到海里去了。这些白痴和匪棍之一的胡适就曾经替帝国主义开过药方，告诉他们："要想征服中国人，须先征服中国人的心。"有一个时期可敬的和有"道德"的司徒雷登之流就曾经设想过这个"心"是已经被征服。他们设想得太美丽了，现在就吃了重重的一记耳光。

无耻、偷窃、色情、金钱、享乐、极端的自私和冷酷，和用来点缀这一切的什么样的一种颓废的个人的小把戏，这些就是美帝国主义底文化。感伤和神秘，恐怖和绝望的疯狂，个人的小把戏及其失败的悲哀，这些就是资本主义世界底美丽的牧歌。在资本主义世界里，人生也确实悲哀，我们非常明了。但是且慢！这美丽的牧歌，同时也就是刽子手们底进行曲。这是人类中间最堕落、最可耻的一种东西。在道学先生、清教徒、大老板、装疯的神秘主义者、酒徒、赌鬼和好来坞底美女们底合唱后面，是藏着帝国主义野兽底血盆大口，而且这已经是一头绝望的野兽！现在这个美丽的合唱也逐渐地不成调子了，这头野兽正被驱赶到悬崖底边缘上，发出哀号和绝叫来。

最无耻的这种帝国主义文化，它底实质就是野蛮。这种文化——这种涂着胭脂的野蛮主义曾经梦想要吞没我们，现在更是疯狂地想要咬伤我们，发明了一种连他们底"上帝"也要脸红的名称，叫做"民主个人主义"，梦想着卷土重来。

因此，我们必须坚强地保卫自己。我们不能忘记过去所受的创伤，我们必须复仇！我们必须以坚决的行动，把人类中间的这一小撮白痴和匪棍及其兽性的"文化"抛置到地球以外去！

我们底新生的伟大的祖国万岁！

一九四九年九月三十日

（原载南京《新华日报》1949 年 10 月 3 日）

想着列宁

——纪念十月革命三十三周年

在过去的阴暗的日子里，想着列宁。记得有一次，在国民党统治下的一个大城市里，十月革命节的晚上，听说某大学里放映《列宁在十月》的电影，我们悄悄地去了。是在那所大学礼堂后面的一间不大的、好像是连窗户都没有的屋子里，小小的讲台上面的墙壁上挂了一张白布，不到一百个人，大家悄悄地坐着。没有仪式，没有人说话，开始了放映电影。列宁出现在我们面前。突然地电路绝了，屋子里一片漆黑。但大家仍然悄悄地坐着，连咳嗽的声音都没有。几个预先警戒着的同学跑了出去。大家都知道，这个小集会随时都有可能被特务学生发现，直接捣乱或割断电线的。大家在黑暗中等待着。这样地过了半个钟点的样子，修好了，屋顶上的吊灯亮了。在平常的时候，这是要欢呼的，但现在大家仍然一点声音也没有。电灯一亮，所有的沉思的脸都发光，都有一种虔敬的、庄严的神情，好像是从什么深沉的地方突然浮显了出来似的。这些面孔这样美丽——实在不能再美了。我看见了一张稚气的、天真之极的面孔。那是那种梦想着人生、尊敬生活、心地诚实，但完全不了解现实的姑娘所有的面孔。但此刻这张脸所给予的印象不完全是这样的。这十五六岁的女孩，一只手搭在椅背上，托着腮，嘴唇闭得很紧，思索着。你可以感觉到她在这一刹那间生活了好多年，并且对人生有着准备，一切全都了解。在她的旁边，一个白发的、穿着旧西装的老教授一动不动地凝望着前面。一个身体相当胖的老太太两只手放在膝上，闭着眼睛……

“爸爸，我晓得列宁为什么革命了……”女孩说，声音很小，但大家都听得见；她仍然思索着，托着腮。

列宁又出现在我们面前。

影片的拷贝相当旧了，有些地方不联贯，有些地方模糊不清，但总之是，列宁出现在我们面前，冲击冬宫的十月的神圣的人群出现在我们面前。在这座城市里面，蒋介石的飞行堡垒像烧痛了的野兽似地啸叫着而奔驰，我们底英勇的兄弟们即使被抓进了监牢忍受着酷刑甚至杀戮，心里也充满了光明的胜利的信心；而全体劳苦的人民在准备着期待着，就像这屋子里我们几十个人一样。列宁也出现在他们面前，我们也会有我们底冲击冬宫的神圣的十月的。电影完了，我们大家悄悄地出去，分散在黑暗中。

在十月革命三十三周年的今天，在我们的天安门上飞扬着红旗的今天，在美帝国主义梦想着对我们的新的袭击，而毛泽东主席的声音响澈全世界的今天，这段小故事对我特别亲切。在斗争和胜利的日子里，总也是想着列宁。记得前几个月看到过一张朝鲜人民军解放朝鲜某城镇的图片：英勇的战士们高举着旗帜和武器奔上高地，互相拥抱；那高举着帽子，身上背着粗大的子弹带的战士们底形象，那种高扬的坚决的气概，就令人立刻想到了十月的战士们，冲击冬宫的神圣的人群。好像这图片上还有着一点虽然没有画出来，大家却非感觉到不可的什么，那就是身体倾向前方，伸着手臂的，伟大的列宁。

古老的亚洲，束缚着几千年的封建锁链的亚洲，帝王们淫乐的宫廷、人民底黑暗的监牢的亚洲，被帝国主义几百年来踏在脚下、浸在血泊里的亚洲，翻身而且站立起来了。跟随着我们毛泽东主席底伟大的声音，朝鲜人民、越南人民、印尼人民……这些英雄的声音响澈了全世界。今天，面对着帝国主义底新的进攻，我们正在从事着巨大的战斗。我们底战斗是十月革命底儿子。十月的神圣的人群，列宁、斯大林底伟大的姿影，将永远在这战斗的每一个角落里照耀着。

一九五〇年十一月五日晨

（原载北京《人民日报》1950 年 11 月 7 日）

个人工作总结

姓名：路翎　**性别：**男　**年龄：**57　**现级别：**18
工资：92　**家用名：**徐嗣兴　**职务：**　**民族：**汉
政治面目：　**文化程度：**大学

工作简历：

1949年3月南京文艺处创作组。1950年北京青年剧院创作班，1952年剧本创作室。1955年至75年胡风集团。1976年至79年初朝阳门外芳草地扫地工。1979年3月调来剧协，7、8、9月调来剧本月刊，80年3月临时调戏剧出版社。

群众评议：

组织观念较强，认真努力地完成组织上交给的任务，遵守纪律，准时到会。落实政策后对组织没有怨言，能正确对待自己。

领导意见：

同意群众评议。1980.6.21中国戏剧家协会政工组(印)

个人总结：

1979年3月份，调往剧协工作，数月后分配到剧本月刊社。个人情况，长期胡风集团案被囚禁，与社会接触少，对文艺更是长期脱离，工作有困难。加以个人曾患精神分裂症，有失眠症，记忆各项很差，曾为扫地工三年余，腿部亦不灵活。剧协组织给予医疗修养病①，慢慢再说的照顾决定。一年以来，主要情况，工作量不多，仅七、八、九月份看剧本月刊剧本稿七个。近期间调

---

① “修养病”，原文如此。

往戏剧出版社。

一年以来，努力学习马列主义毛泽东思想方面，尚能坚持学习，读报读毛选，陆续增加读文艺戏剧一些，但各项条件，居住又在城外，文艺戏剧方面学习还是较差。此期间每月或隔月到小庄医院看病。总结起来，一段落看剧本工作，得领导相助，尚能认真工作，有一定的效率。周扬同志文代会报告胡风集团历史上有政治观点文艺观点的错误。个人情况，若干年来这些方面有所进展，克服着过去的个人主义与主观唯心主义。不搞派性，从实际出发，拥护华主席的抓纲治国四个现代化，但个人情况，尚系克服消极情绪，努力学习。

（自原稿誊录，原稿为1页印制表格。）

德州之行

五月上旬，我作为中国戏剧协会德州农村参观学习团的成员，随参观学习团到德州去。对我说来，（我的反革命问题 1979 年和 1980 年相继平反后，由于身体很差，一直没有离开过居住的北京一角隅，那以前有三年余不被囚禁了，回到北京来当扫地工，也还是呆在社会的一角隅。从一九五五年胡风问题以来，除了五九年自反革命措处期满释放，回到北京，当扫地工，也就是接触到北京的一角，基本上没有接触到社会）由于我的生活情况和身体很差，二十余年，基本上没有接触到庞大的社会。

所以我是很落后的，和祖国建设的新气象相脱离。这次随参观学习团去到山东，连坐火车，坐较长途的汽车，对我说来都是新鲜的。（从坐火车说来，铁道交通的各样建制，说明了国家的革新，譬如流线型车头，以前就没有这般规模，这对许多人虽然已经熟悉，对我却是新鲜的。）

火车驰入河北平燎[原]，继之驰入山东平旷野，各景色，使我感到现时的新气象，也有些面貌，使我想到四人帮的破坏。火车驰入山东，从车窗望出去长排的树木被大风刮斜，（天色阴暗，使我想到旧时的灾黎。自然，也使我想到现时的奋斗）新建的工厂和村舍，大片的绿色田地，使我的思想很激动，想到我的落后于现实及我应做的学习。（这些年造了不少树林，山东德州地委对我们介绍这是他们的任务。德州附近平原、陵县、宁津等，柏油公路密布，新造的树林很多，有的已相当高大，杨树，槐树，有的果木林还是很小的，舒展的，或柔韧的，或当荆棘的树丛。）

我们参观学习团的目的，是当前的三中全会以来农村经济政策的成果。我在报上读到过不少四人帮对农村经济，对公社大队的破坏。（我还想到）旧国民党反动时期山东是被军阀灾祸，剥削，天灾，破坏成很穷的省份，我是南京人，旧时抗战前便见过不少卖儿卖女的山东人，和以体力，个子彪著名的，穷困褴褛的山东体力劳，还有走江湖，流浪汉们，在南京市场上。

德州地委市委告诉我们，山东今年也有荒旱，正在进行着抢救。我们是来参观和学习山东德州的农村经济形势的，德州地委市委告诉我们，三中全会以后，山东德州经济形势，公社大队农民收益显著改善，是有典型性的，七八年以前很差，继着四人帮以后的官僚主义，大队地头上农民都不愿干活了，79 年以后迄八〇年好转，达到新的情况，今年虽荒旱，也能克服，达到新的指标。现德州及附近几县，公社大队农民很积极。根本问题是德州一带地亩大部分适合播种棉花，而以前的官僚主义却继着四人帮的以粮为纲，公社农民没有收益，不愿，埋怨，在地头上走散，现在却很是活跃。德州地区共一千七百万亩地，（耕地一千一百万）盐碱地有不少数量，待开辟的荒地也有相当数量，还有每年受灾的数目总有一些。贯彻三中全会决议以后，大队农民的收入还不平衡，但是农民平均收入二千元以上。这里面有许多数目字，譬如，除了一般及较强的队，穷队增加了多少，最多分配量多少；除了棉花的产量以外，也说到粮食的增加，著名的西瓜的产量，养鸡养牛马养猪养羊的数目字，和种菜、种豆、种麻……盖房很大数目字。农民权益增加，代表性的增加，有 1979/1980 年上涨以来农民购买的收音机、电视机、手表等大量数目字。在这一点上，人们谈到很多。还说到收益最多比一般多几倍的户。汽车等的增加，还有太阳能利用的太阳灶，沼气。还有拖拉机。还有过去结不起婚的，有二百对结了婚。这些有黄河涯公社，芦家河曹青公社，腰站公社溏坊大队，王双堂大队，又名家王庄大队，炉坊公社韦子元大队，张卖桥公社□屯大□，□镇□社□梅□队[1]，刘绊大

① 页边添写字迹不清。

队，陆家庙大队，太阳庙大队，等。有些队以这种著称，有些队以那种著称。先进工作者模范人物有沙会芳，刘学成……

我们也在一个星期内去了德州附近和附近平原、陵县、宁津的这些地方，访问了这些公社、大队、人物。就我个人说，听到了德州地委市委的介绍，头脑里起了不少的感想，和对这些公社、大队、人物的兴奋的印象，我们的团体各个也大概都是一样的，但我个人自二十多年以来的生活情形，农村公社、大队还从来不曾去过。所以，便也特别觉得新鲜。我对农村公社农民今天屋子里能有电视机收音机觉得兴奋和新鲜，对农民整齐的穿着，花衣服丝绸衣服的儿童觉得新鲜，对人民公社、大队的字样首先觉得新鲜。

汽车在德州平旷野里奔走，这县到那县，这公社到那公社，这村到那村，柏油公路两边整齐的、种植得浓密的杨树，两边麦田的麦子许多已经结穗了。这广阔的平野，呈现着雄伟的气概，柏油公路和种植得浓密的杨树将田地平原划断，公路上奔驰着汽车和拖拉机，平原的尽头各村庄也围绕着大片浓密的树林。这正是夏初，天晴时平原田野大片绿色的麦地和大片正在翻地播种的棉花地，给人以灿烂的印象，灌溉田地的扬水机各处响着，克服着天旱的情况。夜晚，林木遮蔽中的村庄，公社和大队亮着电灯的星星灯火。我的感想是，这就是山东人民祖祖辈辈生息劳动之地，旧时代被惨澹凶毒剥削之地，解放以来翻了身，像全国人民一样饱受了（中间一段）四人帮的恶辣破坏……我想，这是山东人民往外省流浪抛却的乡土，偶尔问得来也是惨澹的生活……我还也想到山东这里，水浒传里的梁山泊好汉。广阔的山东平原重甸甸地压着旧时代的仇恨，旧时候的劳动人民失踪了的，变成枯骨的劳动，……和新时代也走着屈折的路的劳动，……在党的领导下，崛起着人民公社，贯彻着三中全会的精神，公社里亮着农村新经济政策的往前，往四个现代化的指标。

我随凤子团长吴祖光副团长等走进公社村庄，看见穿丝绸衣料的儿童活跃地奔跑，便想起旧时候农民儿童冬季赤脚，破裤，褴褛的破棉袄的景象。所以便时刻站下呆望。过去的山东少年在南京街头叫卖“馒头，烧饼油炸果子”的声音也在我头脑里浮了起来。虽然解放以来这也感想过很多了。

村庄里成排的新房屋，是市、县、区及公社党委、大队农民高兴地向我们介绍的。有的小村庄原来是几十户，现在增加了一倍，而且都修葺过去改成新房屋了。新房屋盖得很整齐，红色砖，两排，中间车道人行道，载着草料、麦秸的骡马车在中间蹒跚地走着，小孩跟在前后飞奔嘶叫着。先进工作者，代表性的各家农民常首先向我们介绍说：盖了新房子啦，以前两间旧的，现在三间新的啦；以前一间搭个棚子破烂的，现在四间、五间啦；以前院墙倒塌，现在砌上还盖了牲口棚子。先进工作者模范人物向我们谈到，四人帮以来的情况，人们说，四人帮以后继续的官僚主义情形强调种粮是不适合于本地情况，本地是适于种棉的，这种情形是四人帮的时候继续下来的，可是四人帮他们其实这也不办，他们毁田地庄稼，拆房子，砍棉树木，他们打人捉人设刑法，比国民党简直是一样，所以这地区就有人口绝散，譬如人们负债，有到东北当临时工的。沙会芳老大娘说，她是四人帮以后很一阵才回来的。官僚主义不许此地多种棉花她不满意，她是一九四九年解放以后便当生产合作队长的，那时候是模范，现在又继续干大队长了。她七十余了。她说她还能干些年。先进工作者李宝玉夫妇，有两个小孩，说到去年奖金九百来元，电视机是过年买的。老二是降落伞兵，个人曾在部队当过炊事员。他们说，现在的新的农村政策，取消了以前的吃大锅饭，专业负责，情形很是好。先进人物孙学玉说，妇女剥棉籽仔细些，所以取消了这种“以粮为纲”，增加妇女的发挥能力。干部们和农民们说，山东省反动派时期就一直有着反对农民种棉，破坏农民生计。刘村□的粮食产量是最高的，刘学成是80年收入最多的户，他共产棉花一万五百多斤，超产九千多斤。他说，他个人在党的领导下经济冒尖了，他年轻力壮，有能力，还会木匠技艺□，过去挨过好些次经济冒尖罪名的打击，说是资本主义；他觉得现在领导好，人人都冒着尖。某老大娘说，她一家六口，去年买到了两条牛。农民的存款也增加了，总之，我们耳边不断地响着这里那里愉快地介绍的声音，盖房五间，2410 元；盖房九间，1900 元……□□1600 元。81 年□地一千五百亩地，棉花大量放良田，四个小队，六部拖拉机，38 个牲口，16 万七千皮棉，小麦一千 6 百多斤，粮食 3456 斤，剥棉花一个劳动力 6 角，□缴给国家多少，工分三元五，棉花□□。姑娘上着中学，□女儿是强劳力，媳妇是特强劳力……从这里也就还说到，过去家里常吵架，现在则家庭和睦；正如同地区党委介绍的，再说到，农村里很多新买的电视机、收音机、表、座钟、挂钟、脚踏车……

我们到某户去访问，我们进去正好一个母鸡下蛋，一个穿开裆裤的小男孩爬上鸡埘去，又有些吃力的，慢慢地爬下来。农村里和平、安宁的景象。某公社我们访问了两对新婚的夫妇，我们请一位新娘说她的结婚经过，她拿手捂着脸说怪不好意思嘿嘿，却也还是简单地说了，说这新的经济改革改善的也是不错，就是好。一位新娘还有架个人织布机，对我们表演了一下织布，每日空余能织二尺。党委谈到新的农村经济政策解决了二百对婚姻问题。除了四人帮以来生活穷以外，也有这村不嫁那村，历史上这村穷寒形成的勾绊。现在找媒人结婚了，盖上新房了，换八字帖，花六七百元买新衣服，来公社登记。

我们的参观学习，走了一些大队公社，见到的是一些宽裕的家庭，一些热诚的笑脸，得到了热烈的款待。农民们很高兴和愿意回答我们的问题。我们在阳光灿烂，布置整齐的院落的树荫下进行访问，主人说，她盖了好几间房，还有一个仓库。我们在打扫得很清洁的，贴着毛主席周总理像的，贴着先进模范奖状、全家照片和戏剧京戏画片的房里进行谈话。按照农民的喜爱喜气的习惯，多半这些画片把墙壁都贴满。我们在这家那家房里参观他们买的或自制的家具，参观他们的沼气制出的沼气炉和沼气灯，和电灯差不多亮。……我们在这家或那家院子站着进行匆促的谈话。我们还参观了公社的养牛棚，农具的设备，种子。牛马和羊都增加了，还有村子边上田地沟渠坡边上牧着一小群一小群的羊，很多的鸡鸭。这都是党的领导和辛勤劳动的果实，除了在新政策鼓舞下的奋斗，当然也有着和官僚主义的斗争。

我们参观了几个县的公社的新建的小型工厂，机器厂，出品五金器材，皮鞋厂，还受临津县艺术学校的招待，看了少年们的评剧杂技节目。一个穿红绸裙裤的、漂亮的小姑娘给我们倒茶，清脆的山东话回答说她“三岁半”。（从这里便也提到，因为我的记忆力差起来了，对许多地方方言不熟悉听不懂，和没有这方面的知识，对许多术语，农业，公社，党的政策这些上面的名词，我也便□得很少，所以说到这些是粗略的。所以各人说得哈哈笑的我有不懂。）从这里也说到山东话，过去所谓山东侉子话，但这回我的新的印象是很好听，农民们农村姑娘们老大娘老大爷们嘴里很多新的、科学的有文化水平的名词，农村新媳妇和少年，杂技团的节目，又一次使我想到解放前，山东人民飘流，不少全家学点技艺走江湖的，老头子敲一下锣，吆喝一声，唱一声，小伙子大姑娘也做一个拳把式，唱一声，于炎热的太阳和肮脏、充满灰土的江南各城的街头，受尽了欺凌、压迫。当然，这也是解放以来常想起来的，不过现在还是□□想到。现在这些事情遥远了，四人帮也没能砍倒新的社会的制度。当然人们还有奋斗。譬如我们正在某公社访问，一位干部进来说，昨夜刮大风，刚种的树木刮倒了相当一些，损失约万来元……人们前面还有奋斗，新房屋成排，杨树柳树成荫，大片麦田整齐，深绿色淡绿色，公社农民在播种棉花，我便也联想到当年的奋斗，当年人民解放军冲进这各个村庄、县城，卧倒在平旷野地上，卧倒在土坎上，以及冲锋前进，射击的情景……

汽车摇晃于各地前进着，德州市宣传部副部长王志光和济南剧协副主席张云凤对我们介绍一些公社和农民的故事，可惜口音等的关系，我没有能记得很多。我头脑里又多想着自己的事情，譬如，我应该怎样来学习，以便能赶上时代呢。

各景及德州街头的一些小摊子、小酒店，卖小吃卖酒的，也还保持着山东的特有的风味，开锅的馒头将电灯光遮得朦胧。德州市招待所附近还有一个很漂亮的湖，有着公园游艇的建设。天热的晚上也在那里坐坐，思想着我随访问团来德州这次的印象，我们的庞大国家的新气象，眼前的社会主义的新人，以及这些并不是简单的，它是厮杀奋斗出来的。

我的德州之行，难忘怀的将是这些：公社田野间的交叉纵横的柏油公路，浓郁的树林，平原间公社大队新的村庄和新的城镇的工地，这使我想起美国诗人惠特曼的诗句："我们将建立新的城池……"首先难忘怀的是德州地区党委各级在农村新的经济政策下的热烈、兴奋的这些建设□□［胆识］，难忘怀他们对我们的热情招待，给我们作了详细的报告介绍；我将难忘怀公社农民先进工作者的大声音，愉快的诉说，（说他们现在可是变好些啦，棉花多少，麦子多少，还有每户收入多少元，得到奖金多少）现银行存款多少：有的户多至数千元。（几口人，几个劳动力，媳妇是能干劳动力，女儿是特□劳动力，大儿子或二儿子是强劳动力，儿子参军了，老人家都在，老人家有一个不在了，等等，儿童几个，上着小学，小子及姑娘上着中学，总之，正如同地区党委介绍的，过去不少的家庭吵架，现在家庭和睦。）

（毛主席说：中国八亿农民的问题是根本）中国有八亿农民，新的，富裕的农民使我兴奋，有文化的，有社会主义觉悟的，活跃地，建设着祖国，展望着祖国的前程的农民令人兴奋，他们的家业是党中央的新的政策的鼓舞下勤奋的劳动，有的还带夜间的不息的劳动，和聪明的思想，聪明的技能下建业起来的。

木匠工在奋力地锯着、刨着木头，成排的新房屋在继续建着，麦田边上放置着脚踏车，大队农民在劳动，大片棉花地有的已出苗了；公社农民们在田地里翻着土，在灌溉器扬水筒输水筒旁边站着（拿着）铲子管理着，今年有些天旱。拖拉机和大车在奔驰……这就是粉碎了四人帮继之以反对了官僚主义政策之后的今日的德州农村。

1981.5

（据手稿抄录。原稿纸 20×20 规格，共 10 页半。全稿笔迹显示为余明英抄件，标题及各处修改痕迹为路翎笔迹，结尾处日期为铅笔字另注。）

《路翎小说选》自序

这里收集的短篇小说，一部份是描写解放前的工农和小市民生活，一部份是描写解放后的生活，编辑是依照写作的年代次序。

一九三七年抗日战争开始的时候我年龄很轻，对于抗日战争引起的社会变动是很注意的，生活的变动，对日本帝国主义的憎恨，贫困和艰难、造成了接受新的思想的机会。我受苏联小说，那时的苏联作家七人集等和高尔基的作品的影响较深。当然，在一九三七年前后，我也读了世界古典文学，包括中国的李白杜甫在内。那时代，一方面有着新的思想，马列主义，艾思奇的大众哲学等的传播，一方面却也有着这社会的孔夫子的沉淀，有着寒凉的、冻结的，不留情的这一国家的阴暗和落后的方面，以及患难时代的伤痛。我在流浪四川去的途中，感到很深的悲凉。抗战歌曲也给了我很深的影响，我在去四川的途中不断地唱着田汉配歌词的苏联歌曲《茫茫的西伯利亚》。伟大的时代与渺小的黑暗的角落并存，伟大的时代向深刻之处发展。新的思想，加以我到四川后便到了煤矿区，使我在开始写作不久便对工农生活与工农的文学形象进行探索。我的忧郁也使我对新事物进行探索。在这里我愿再提到马克西姆·高尔基，他的几本著作，对我的影响是深刻的。我读他的剧本《底层》十分留恋，他所描写的在俄罗斯沙皇制度黑暗压迫下的下层劳动人民的生活和心理，形象，以及他们的善良，是我难忘的。他的《在人间》给我展现了劳动人民生活的画幅，他的《草原故事》，也使我十分栈恋，它使我想到，在中国，这年代也有很多下层社会的劳动者在患难的生活中流浪。这些流浪者在追求着抗战的胜利和祖国的明天。《草原故事》里高尔基写的,"又大又圆的月亮升起来了"是我始终记得的句子。

抗日战争期间,我先是当流亡学生和后来是赖以生活的职业的关系,都住在重庆附近的乡下,煤矿区里和市镇、码头上。我便有机会和矿工、农民、船夫、小商人和地痞、恶徒、恶霸地主等接触。我在一九三九年投稿认识胡风,怀着我的文学向往谋到了煤矿区的小职员的工作,便去走访矿井和矿工们。说来虽是这样,却是很受环境限制的,然而也还是访问了几次工长和矿工,他们向我作了关于他们生活的介绍。

除了文学的向往,我还有政治上的注意。我记得有卸煤台拖车工摔断了腿,如我在《卸煤台下》这篇里所写的,工人们的愤激的情绪,产生了罢工;夜晚我曾听到呐喊声,跑到那里去,因为我住的屋子靠近着卸煤台。工人们也征求我的见解,他们看见我是善意的,便对我揭发矿厂当局和恶痞包工的严重的剥削,还有矿警毒打工人。深夜里有好些次的呐喊,声音很激动,工人们和恶霸及矿厂当局激斗。也有令人痛心的情况,工人们有落后迷信思想,两个不同乡籍的帮子在敬山王菩萨的时候受地痞特务挑拨,产生了打架冲突。但终于还是团结了起来,和恶霸、矿厂当局斗争。好几次我注意到工人中间有党的领导的迹象。我看见党的领导人很有威信地说话。深夜里,我在我住的小楼里凝视着长串电灯的卸煤台,工人们的激昂的呐喊,是我难忘的。

我在这矿区里住的时间较多,所以对这个煤矿很熟,对它很有感情。我常在矿区里徘徊,观察矿区里的人生:恶毒的包工老板,戴黑眼镜的特务职员,疲劳、全身黑煤污染、帽子上亮着矿灯的矿工,矿工和他们的家人的简陋的、在风里颤抖着的破烂的棚子宿舍,残废的矿工和他们妻女开设的简陋的小馆子,矿工们的拾煤渣的衣服褴褛的儿童,负伤的痛苦的呻吟和从矿井里抬上来的牺牲者的尸体,死亡者的寒伧的、荒草里的小小的坟墓。矿工们和他们的家属告诉我,他们外省流徙来的居多,思乡,希望抗战的胜利，也说到这剥削压迫吃人的社会倘若不变，他们的命运会是很苦。一个矿工告诉我说，他之所以在死亡者的坟前叩头，是因为内心愤激，他并不迷信。我欢喜听到新事物，和他谈天，他说，他的在矿井里跌伤死去的乡亲则有些迷信，也不是迷信，而是生活苦，宁可相信有鬼。他说他的乡亲是很好的工人。我看见矿工的女人埋葬她的婴儿。矿工的母亲病重，我赠送过他们一点钱，他们以后在困难中也来到我的地点向我拿几个钱或借几个钱，他们朴素地说，他们感谢我帮助他们了。他们有一回请我吃饭，北方的窝窝头。他们说，他们有时候吃一些榆树叶。我不能活动很多，因为特务注意了。有一次我还看见运煤火车里一个工人有一本《世界知识》。也看见工人手里有《新华日报》。看见工人们迷信，互相吵架，伤亡和常有婴儿死去，我有哀伤，但是，我说我看见新事物是快乐的。我追求了解政治上的情况，所以在注意到工人中间有党的领导的迹象时，我是顶高兴的。

有一些天我的头脑里有一个不普通工人的影子，人们介绍说，他有办法。他也对我说，他有一定的力量，但是在目前只能是这样，要靠大伙慢慢地来。我取得工人们的信任之后曾问他们矿区里有没有共产党，一个工长和一个矿工说，有两个是的，有一次坡上一个工人望我笑笑说，附近一个工人就是的。但我以后却不多看到这个工人。

有一些天人们说到一个思想较落后的工人，将他指给我看，他也站起来向我苦笑了一下。后来就是他负重伤断腿了。很多人很同情他，为他抱不平，说他挨着包工很凶的剥削，因为女人的病和可怕的贫穷，偷了一口锅，挨了包工的打……。以后便听说他患了精神病了，而他的妻嫁出去了。有一个在这件事上帮助他的党员工人也远离了。这便是我的《卸煤台下》这一篇小说的由来。

矿工的女人们是热诚的，一回我到坡上矿工宿舍去看矿工们，在泥塘里跌了一跤，衣服很脏了，矿工女人们便来抢着替我把衣服脱了洗了，要我在他们屋里坐着。那是夏天，衣服也一下便干了。

有一些天我曾到电机股锅炉房去。有一次空袭警报了，敌机已经靠近的时候，我看见大个子的锅炉工人在沉着、勇敢、紧张地劳动着。我到锅炉房去向他了解他的生活和工作的情况，他热心地回答了我的问题。有一次我看见他和一个很倔壮的河南人在一起，他给我直爽地介绍说，这是他的朋友，是北方太行山那边来的，那河南朋友回答我的问题说，他在那边是抗日的游击队……。他们对我的信任以及对我说到的这些，都是我高兴的，也是我在那黑暗忧郁的社会里的愉快。是我许多年来乐于记起的。当发生火灾的时候，锅炉工人和他的北方来的朋友曾经勇敢地救火。以后我听说锅炉工人跟着他的朋友走掉了。

这地点叫做后峰岩。这里的煤矿给我难忘的记忆。我追求政治上的令人鼓舞的事物，和追求我的文学理想，竭力想把工人们描写出来，连同他们也有着的迷信鬼神的、落后的部份。当然，我接触他们并不多，也有譬如半年几个月的时间没有去造访他们和与他们或一人说过话，但我写着我的文学作品，头脑里始终在想着。当我不得不离开这里的时候，我正预备找他们去告别，在路边上却碰到了矿工长李永祥几个，我说我将要离开了，他们祝我身体健康、诸事良好，我也祝他们健康和诸事良好。我的生活和我的行程里，经常地携带着后峰岩煤矿的机器和拖车绞车的轰声和极坏的条件下的工人们的劳动的奋斗，反抗黑暗剥削的呐喊、呼叫的人声，奔跑的人影，和深夜里、稠密的云或晴朗的月光下的发响的、漫延开来的锅炉房的水汽声，和矿山在山坳里的强烈的震动。

在国民党政府的管理煤炭的机关“做事”，当小职员，在一个住得较久的小的市镇和码头上，我在或一日的黎明的时候经过小市镇的街道曾经看见建筑架上一个老头骂他的给他送红苕来的老太婆，并且用泥瓦块砸她拿她泄气，这老头是被恶霸地主抓来做劳工的，还经常戴着铁链，他顽强地反抗和骂恶霸地主，因而遭难。我的感想是这时代还很沉重。这便是《在铁链中》这篇小说的由来。我又曾在黎明走过那叫做黄桷镇的小镇的街道，看见新结婚的一恶徒家的厅堂里点燃着的红蜡烛和门前的鞭炮皮。我知道这结婚的女方是街上的线铺姑娘，她和叫做程登富的船舵手相恋爱，却被迫和恶徒地主家结婚了。我便想到这勤劳的姑娘和我也认识的这船舵手，忠厚、勤劳的程登富的悲痛，和船舵手程登富的"蜀道难，难于上青天"的，时常有沉船灭顶的水程；他的在险滩、激流中的航行。程登富和线铺姑娘的恋爱被拆散了，这当然在这个社会中是平常的事，但我觉得，线铺姑娘的眼泪和浑厚的程登富的水程以及他们的可以设想的心情正也是这个时代的悲痛。这一类的故事在封建时代极平常，在《水浒》传里也集中地表现了人们的愤慨了，我也但愿我所写的是最后的了。写这篇小说，我祝所有的正直的人都在他们的险滩里搏击胜利和平安；我是怀着这样的心情的。我时常想多呐喊几声，可是我能做到的只是这样，今天看起来，真是不够。

较短的一些篇小说，也有描写庸俗、丑恶、反动营垒的分子，也有描写正直的劳动者。也有描写、讽刺俗恶的小市民，也有描写工农，他们的被压迫、被抢劫的状况。在许多年间，我企图描写各色的人们，如前所说，我的周围，深厚的剥削、封建意识活动着，散发着令人窒息的腐臭，也有着正直的劳动者困难地生活着，坚持着正义，付出着牺牲。我的工作的立场是，做一些社会的和意识形态的检查，这意思是，鞭挞落后反动的，寄托着我的愤慨，讴歌正义正直的，寄托着我的安慰与希望。我也与侵蚀到人民的思想内部的中国的封建落后相纠缠。从抗日战争到人民解放战争的胜利，有漫漫长夜之感，我用我的攻击和讴歌，用我的文学向往（虽然我的工具是落后的），来响应人民解放战争。《英雄与美人》里的俗恶的"知识青年军"，《英雄的舞蹈》里的复古顽劣的说书人，《人性》里面的发横财者，《爱民大会》里的国民党官府，这些都是各种程度可恶的；《滩上》里面的纤夫，《小兄弟》里面的卖酸梅汤的小兄弟，《饥渴的兵士》里的人民群众，《平原》里面的农民夫妇，这些都是正直、善良的。《送草的乡人》一篇，也描写了人民对解放战争的希望。《爱民大会》一篇，是我许多年来常回忆到的，描写了丑恶的反动政权的狰狞的面目。我揭发这丑恶狰狞的面目，描写它对人民群众喊叫“开枪”，也是我对它喊叫“开枪”，正如同胡风在我的《平原》集的后记里所说，“从这里，可以看到作者的压之又压，终于还是爆发出来了的悲愤吧”。

解放以后的《女工赵梅英》，描写了党的耐心等待和教育落后的政策，和错误的女工赵梅英的转变。我和许多人一样，佩服这种政策，所以来描写它。《锄地》一篇，描写解放初期不习惯城市工作的干部的克服缺点和劳动人民的诚朴。《粮食》一篇我也常常纪念它，描写了刚解放的城市遭遇着暗藏着的敌人的破坏所造成的困难，和这困难在毛主席、周总理的领导下的度过，和工人阶级的大公无私。

我去到朝鲜战地，回来写了《初雪》和《洼地上的“战役”》等。我去到朝鲜，认识到了革命军队的巨大力量，党的领导的巨大的力量。我在对革命战士和朝鲜伟大人民的歌颂中，感觉到一种骄傲的情绪。

从我的创作的最初起，我给自己拟定奋斗的目标。现实主义的文学的根本是在于描写人物，与具体的历史相联的、社会的人物，“典型环境的典型人物”。典型的环境，大的类别里是又分出次的类别的，所以大的类别里有很多种环境。所以工人、农民、知识份子是有很多种的；正面人物和反面人物，也是各有很多种。社会生活里的多样性、丰富性、复杂性。我的文学向往是描写出生活里的积极性，也指出我所感觉到的消极性；我的文学向往是描写出生活里的形形色色，也就是很多类别的人物以及他们，这些人物，这些形象的倾向；我的文学向往是描写出这时代的正面人物，连同着生长他们的土壤；连同着他们的土壤也描写出反面人物。成功的文学形象，正面人物是很激动人心，令人发生深刻的精神向往的，它会流传，会协助创造新的时代；反面人物形象，成功的著作，是会使人发生深刻的憎恨，它也会流传，协助着在社会变革、进展的波涛里击退可咀咒的黑暗时代和事物。文学不做观念的表白，是形象的思维，正面人物和反面人物的形象，是应该接触到社会很深处，冻结处的动荡的。我们生活在人民群众创造新的历史的大时代，社会深处和明显之处，公众生活和私人生活的烽火台在各种形态里燃烧着。我向往典型的形象是高度概括性的，同时是个别的，即具体的、活跃的、热血的生命，它是文学的特征和致胜的武器。……

我的向往是这些，我热衷于描写出时代；但是，今天检阅一下，由于我接触的生活范围只有那些，由于我的能力只是这般，我的成绩是很有限的，我并没有很多地达成我的向往。

我们所处的时代是大时代，人民群众掌握自己的命运的时代，火热的斗争和深刻创造的时代，社会发生着深刻的变化，正面人物的火炬高燃着。我观察我几十年前的这些作品，我觉得我的成绩是很寒怆的。

一九八四年三月九日

（原载《当代作家自选丛书·路翎小说选》，成都：四川文艺出版社 1986 年 3 月版）

我读鲁迅的作品

抗日战争开始后，我到了武汉，从报上看见书店的广告有《鲁迅自选集》再版，想买，但那时候很穷，便在街头彷徨了很久，终于买了一本。

这本书携带到一定的时候，后来便较多地借或买鲁迅的其他的书，读了鲁迅不少的杂文集。

抗战以后，我有了二十卷本的《鲁迅全集》，便随时翻读着。

鲁迅的作品，伴我经过了一些岁月。有宪兵、黑眼镜特务的"请打开箱子看一看"的搜查书籍的岁月；有特务流氓迎面而来，撞击肩膀，蛮横行凶："吓，鲁迅鲁子曰的书，鲁迅左翼的书拿来看看！"的日子；有码头工人负重骨折，"吓，你这帮助工人讲话的人口袋里是什么书?"的岁月……

有黄色歌曲唱于街头，唱于艳丽的阳光下或凄风冷雨中，特务敲门搜查和查验身份证的日子；有街头书店唱卖《红裤子》、《塔里的女人》、《野玫瑰》的日子——但也是学生反内战反饥饿，人民解放军进军，人们的面前渐多地展现曙光的岁月……也有解放后感慨地回顾旧时代的日子。

鲁迅的小说，我读《呐喊》较多些，总有好一些遍，很被他的有感情的文字所打动。从鲁迅的《阿 Q 正传》里，除了清楚地可以看到他的对旧中国的丑恶制度、思想意识的愤慨外，是可以看到他的这一思想，便是，如果中国要革命要进展，是需要下层人民的觉醒的。鲁迅对于被多重压迫的中国下层妇女的命运也在他的"祥林嫂"等里面做了悲愤的描写，替祥林嫂们提出了对压迫者的控诉。他揭发了吃人的旧社会。

在鲁迅的大量的杂文里，中国旧时代的黑暗和剥削分子腐朽、卑鄙、大量反动人物的丑恶，是被清楚而且深刻地揭发了出来。

我觉得这是很有用的。鲁迅做的不是浮面的文章，他的文章是有其很强烈的深刻性。在旧中国社会的污水、冷水、微温的臭水里行走，在旧中国社会的朦胧、晦暗、窒息的烟尘里行走，在旧中国社会的陈旧、幽暗、无声的村镇和锁闭、破落、贫困、受虐待的小媳妇啼哭的市集、直升着或横着大户人家的霸道的酒食的浓厚油烟而阒寂着饥饿贫苦户的烟囱的集镇里前行，在吆喝着阔气的阔老们及其文士、讼棍、打手们的车辆与轿抬而潦倒着贫困者、耕种者、操作者、手艺者、匠人匠师、知识者、劳动者、被啃剥者与正直的人们的都城与乡野里行进，在豺狼当道恶徒充斥的都市与平野中潜行，鲁迅作他的奋斗，留下了他的搏战的痕迹和纪念。在旧中国的对抗着各色反动者的宫殿城堞、碉楼、堡垒的反抗者的壕堑和新的崛起的人们的阵势中，鲁迅留下了他的痕迹、纪念，如前锋的旌旗。在旧的中国行走和前进，鲁迅是人们的亲切的先行者和朋友。

人们目睹旧中国的劳动的人们受压迫受愚弄很多年了；人们目睹国土沦丧而抗战者孤立、牛鬼蛇神当道而“真的猛士”“直面惨淡的人生”的勇者殉难、行凶者“屠伯消遥复消遥”好多年了；人们目睹百年来丑恶状况，军阀、官场、文场的恶剧，侵略者血腥屠杀进步好多年了；人们目睹祥林嫂在庙宇里捐门槛，单四嫂子抱着死去的幼儿哭泣好多年了；人们目睹吃人的礼教横行，毒蛇、蝎子、恶狗及彼等的洋大人奴役“小民”“贱民”很多年了；人们目睹阴沉的沉默笼罩着社会，被欺诈的妇女和乡愚哭泣、被卖、被绑架、被骗入各色火坑的男女少年及幼儿哀号好多年了；人们也目睹觉醒者前行，青年学生群众呼号咆哮于街头，勇敢的救火者在死难与火焰中，抢救同伴的渔夫沉没于海洋里，“一方面是荒淫无耻，一方面是庄严的工作”好多年了。好多岁月了，鲁迅生前与死后行进、搏斗于这国家这社会中，他和他的同道者建立了阵营，他是胜利者。

在许多夜晚和白昼，当人们被旧世界的磐石压得很重的时候，鲁迅的“以眼还眼，以牙还牙”，“打落水狗”，“血债必须用同物偿还，拖欠得愈久，就要付更大的利息！”“费厄泼赖应该缓行”的战斗和他分明袭向旧世界的文字是人们的箴言；当人们，觉醒者行走于中国的暗夜，被分割着，“深深地觉得寂寞”，被压迫者孤单和伤痛着，在这暗夜中辗转的时候，鲁迅感慨地叹息和他的战斗到最后也还发出鼓舞的呐喊的文章是人们冬天的暖炉和夜晚的灯火；当人们发现敌人比原来估计得还要恶毒的时候，他的对旧世界的不妥协的仇恨和深刻的见识是人们的援助；当人们发现友人比所估计的还要多些，自身的阵营比原来估计的还要坚强些的时候，鲁迅的讴歌正义与未来的文章是人们的慰藉；当人们道途困顿饥渴于友谊与联合的时候，鲁迅的文章是人们联系的纽带与旅途的伴侣；当人们道途中遇到奋斗的知己而快乐的时候，鲁迅的赞颂拓荒者们的文字是人们的鼓舞。他们对奋斗者、拓荒者、寻觅道途夺取道路的勇敢者，流血牺牲在所不惜的战斗者，对人民大众的代言人，和不屈不挠的战士们的歌颂与表彰的有力的文章鼓舞着人们。当人们在途中奋斗和寻觅，失望也怀着希望的时候，他的对于新事物，对于萌芽的事物的爱护、提倡的呐喊是人们的亲切的依持。当人们瞥见指引前途的灯火，号召前进之战的旗帜的时候，他的断然的、冲锋的号召和对前途的坚决的信心是人们的同伴。当人们于困难之战，伤痛之战，或胜利之战，成功之战收拾阵地的时候，鲁迅的冷静的警惕和他的热心的不时的发出的欢呼是人们的鼓舞、慰藉、鉴定、劝戒之词、亲切的同道和指引前进的灯火。当人们信心不足于浓雾中的时候，会想到他的呐喊；当人们被暗夜包围麻痹下来的时候，会想到他的份量沉重的警戒之言；另一些时候，人们会想到他所推崇的长期奋斗、韧性的锲而不舍的战斗。当人们因袭于旧有的负担、陈年的往事，过去时代的僵尸与苦涩的叹息和霉烂的冠冕的时候，鲁迅的提醒人们要为现在和未来，是人们指示前途的灯火；当人们开辟了新的坦途的或一些情景里，鲁迅的提醒人们不要忘记历史上的良好的善良的事物和前人的奋斗的文字，是人们的同道。

鲁迅的文章在我的印象里有几个组成部分。一是他替辛苦的劳动者所做的悲愤的控诉，如对“黑暗的闸门”“因袭的重担”所作顽抗与奋斗。这一部分在我的眼前展开的有沉默的憔悴的闰土，有哀哭的祥林嫂，有凄伤的《伤逝》里的子君，也有阿Q的被杀，单四嫂子替他孩子的求医和她的孩子的坟墓。阴暗的暗夜的人民大众在流血的中国。另一部分是脑满肠肥的官僚军阀和獐头鼠目的政客、讼棍、“文人”、“第三种人”、“落水狗”，喝血的旧世界。再一部分是前驱者和“前驱者的血”，他们的光荣的形象：柔石、胡也频、殷夫等烈士，和军阀段祺瑞时“三一八”学生示威游行中殉难于枪弹下的女大学生刘和珍。此外还有鲁迅为扶助版画木刻新进行的奋斗和那些奋斗者们……鲁迅的文章里面，这些的里面，闪耀着共产党对他的影响和领导：“惟新兴的无产者才有将来。”“薄明的天色。”革命者增多进军了，喝人血之辈匪徒渐渐恐慌了，鲁迅和其他前驱者们所开拓的新文学园地，所揭发出来的这一国家的旧社会的丑恶，和他们歌颂和指出的光明的道路，还有也重要的所达到的文学水平——鲁迅和他的左翼集团的战斗，闪耀在人们的面前，这便也培养了许多坚强的人们。

许多年来，鲁迅书中的人物，虚构的和实际的，时常在我头脑里出现，伴随着我的生活之路。我读鲁迅的书籍，许多年来他所杜撰的形象，他所攻击和赞美的，他所发扬和鄙弃的各样，他所描写和他所记载下来的实际的人生，是排列在我所目睹我所想象的正面的和反面人物的行列里的，也正是我的指引前途的灯火。

鲁迅的作品和它里面的形象，有着分明的旗帜。

（原载《鲁迅研究动态》1985年第4期）

杂　草

在小的胡同里，墙根上，长着很多的杂草；冬天的时候枯萎了，春天又长出来。

这是北京建设起来以前的情形。人们有烦厌这些杂草的，但它们在被雨水洗涤了之后，却似乎是很有精神，有着快乐的希冀似地长着。不知什么时候也开起黄色的小花来，在春雨里颤动着，显得有些妩媚。有时不知哪里来的蜜蜂也飞舞着。也有青年人和有精神的老人在夏夜的雷雨里注意着青草的挺拔在闪电里发亮。也有人欣赏杂草在疾风里的顽强的弯曲的弓形。初秋，还有少年们从里面捉到蟋蟀，拔几根蟋蟀草。所以人们对这杂草又有些感情。

这些杂草在这胡同里呆了好多年了。草根里似乎还埋藏着北京旧时的哀痛和梦幻。年纪大的姥姥想到她结婚到这院子来的时候，当她这贫困的新娘跨进门的时候，曾经瞥了一眼这些杂草。许多年过去了。哀伤的、谁家报丧的时候的哭泣中也曾想着贫苦、受欺和这些杂草。"我们是不值价的贱草"，人们心里伤痛着说。也有欢喜的日子，家人平反归来，儿女插队归来，青年人当了先进工作者。人们于愉快与互相祝贺中也提及这些杂草。"门前的草也向你祝贺"，一个故世的善良的老头留下了这句话。春夏秋冬，邮递员的自行车轮滚过这些草，人们收到远方亲人的来信；节日里街道委员们敲锣打鼓慰问烈属，站在杂草上边。某家结婚的炮仗落在杂草上，新房的对联是：敬此院中树，亲如门前草。院子里也有十年浩劫时的呼喊："我们草民并不贱！"

好些次了，有人主张拔掉这些草，也有人不愿意，除了联结着一定的生活感情以外，还有草也是绿化的见解，但也有懒惰的。北京市的建设沸腾着，离胡同很近的地方开辟了建设工地了，载着泥灰和砖瓦器材的汽车往来增多，这胡同的杂草们和北京建设隔着那堵墙便被推倒了。和建设相联着的清洁运动开展了，居民和清洁工一道把草拔了。于是，每年开着黄色小花的杂草丛，便成为人们记忆里的旧时代的标志。

（原载天津《今晚报》1984 年 12 月 6 日）

天亮前的扫地

我在几年前当过好一阵的扫地工。

我是知识份子，[由于]能力的关系，扫得慢些，我便核计着起得早些，特别在脏土和落花、落叶多的时候。但和我一起的老扫地工们却比我起得更早，我便努力地追赶他们。夏季扫了半条胡同才天亮，冬季扫了一条胡同路灯才熄，天色薄明。尤其在冬季，路灯的亮光特别显出黎明前的寂静，渐渐地我有些爱上这天亮前的浓厚的夜色未过去的景色了，但我更爱黎明前遇到的人们。

我每日将大扫帚在路口的大杨树下挥一下便扫起来了。我们扫过机关团体的宿舍门前，(听着里面)便有了因我们的扫地声而在窗户里亮起来的灯和敏捷地起床的声音。也有下夜班转来的，响起敲门的声音，灯开了一阵便又熄了。我们扫过人家的门口和窗口，好些灯已经亮了，早晨开门出门倒土或上早班的人们有的和我们招呼一下，那声音很亲切；匆匆忙地行走，使我感到建设着的社会的热烈的情形。也有精神很健旺的家庭主妇开门，一日的生计很早地开始了，传来洗衣声；在一个路灯很亮的胡同口，经常碰到一个开门往外看看便开始扫院落的老大娘，很响亮的声音和我们扫地工招呼着："早啊！"也碰到几(回)次黎明前奔波的女医生，有一次是接生的，土朴的胡同深处有新生的婴儿的哭声和人们的响亮的北京话音。有平板车的嘶嘶的声音，是一个颇为强壮的女工从她的小屋子出来上工去了，经常对我们招呼："早啊，您扫地啦"，有一次亲切地问我："您是南方人吧。"早晨敏捷而紧张地开始一日的活动的居民们，有时用在黎明(中)前的空气里很响的声音和我们说:"早啊,北京市清洁卫生这抓紧得好,社会主义建设啦。"街道托儿所的儿童在天亮前的睡梦中的柔软的呼吸声和阿姨们的悄悄的北京话的声音也进入我的记忆。我注意到的人们的活动,和我和人们的相遇,连着远远的大街(上)边的建筑工地上的灯光和暗影中的巨影,和一阵阵机动车的声音,使我觉得北京黎明前的律动,社会主义建设的情景;同时,我是南方人,来到北京二十多年了,黎明前的土朴的胡同里的人们的亲切的招呼声,又使我觉得北京乡土之情,使我觉得我在北京是深深地落户了。

北京人有着纯朴的民风,直爽、明朗、有礼貌。天亮前的扫地,我[逐]渐增加和他们相识。他们的急急走、急急地推着自行车,骑上车子的姿态和他们的明朗的声音,和那大街边雄伟地矗立着的楼房的骨架,同样地给了我北京市开始建设起来的兴奋的印象——黎明前的扫地,这些是我难以忘怀的。

1984.12.7.

(原载《北京晚报》1984年12月24日,据手稿校)

晴朗的日子的想象

（晴与雨，过街去买物件，这都是日常生活。盼望晴天，有些时便读书和做事较多，从若干年劫难中平反出来，几年间心情有阴暗，住的地点又在城边，寂寞，便有时还盼望雨天。）说到文学工作，渐渐地振作起来写一点：许多年的患难，心思彷徨，便在街头寻访现时的时代。路口不大认识了，城市建设了起来。文艺界提倡继续鼓舞一些年来的精神，阅历生活，到社会发展的迹象□活跃，时代的脉搏活跃的生活和劳动者，发展的农村，奔腾的名川大山，发展着的国家建设的重要工程里去。有的朋友来到，说要我应该去去，但也理解我的身体不好的行动困难。我也表示羡慕，总是说，等身体渐渐地好些吧。人们去到好些地方。从报上和杂志上也知道，许多人去到各种地方。文学界过去也奔跑，但这年代呈显着气势大些的现象；会议和集会也显着气势大的气象。无法到什么地方去，我便走于街头，城市边缘的街头，公园里。作为作家，继续自己的行业，写些什么呢？好久望着葛洲坝，有人去了回来了，有的诗发表了；有去西北的，描写雄伟的风光、民族的过往的生活和文物的；但我只是成了一定的累赘似的去了一个到山东农村去参观学习。写自己经历过和因为关心注意的社会和生活，这是一般的原则。我有需要写的么，有一些。许多年的监狱劳动大队的生活以外还有当监督分子的三年半扫地工，是我有许多感想的，（并不指的是指）感想这里指的是对在这些年的生活中也感觉到对这些年的这时代的正面人物的观察。我还很怀念劳动大队的几个正直的干部，和被□入冤狱的几个农民，也见到犯罪分子是如何的可恶。但终于我当了几年扫地工之后，平反之后，生活冻结了。

我在几年间时常想，唉，没有办法，别人去到很多地方了，而我，譬如，没有“到葛洲坝”去。“没有到葛洲坝”去的叹息代表了我的心情的这一种遗憾的情况。说到写作，我也有我的题材可写，然而总缺乏建设的、开放的、辽阔的、奔腾的、锐进的，和怎样的现时的艰难奋斗而带着怎样的新时代的锐气的。这是力量方面强大的时代，和落后及严防经济犯罪青年犯罪等问题的斗争很激烈。人们要为自己所隶从与自己参加奋斗的社会以及这一社会的进展的欲望而写作，这时代便是振兴中华的伟大奋斗，这也便是这时代文学的美学的基础。这美学，便是人们的社会的奋斗形成和探寻他觉得“美”的正面人物的新的风姿。新的，在时代风暴和春风里的形象。我曾根据这些年的经历写些时代伤痛，但我还要寻求正面的英雄的形象。于是我这落后的情况，便像契诃夫的三姊妹剧本里三姊妹呼吁着：“到莫斯科去！”一样，心中则不是呼吁着，而是叹息着，不能“到葛洲坝”去。说起长江三峡，抗战时期入的川，很有些怀念，于是有时也怕听：“笔会，旅游，写作访问，到四川去”，……也有甲天下山水的桂林。我也无法呼吁着，因为身体的情况和家庭的情况，每年的旅游我也无法去，对团体机关很抱歉，自身也发点叹息。我是怎样寻求我的想完成的现时代的、建设时代的正面人物的形象呢？我便看书。我也想，（头脑能力，行动敏捷和记忆能力）困难条件下人们也奋斗，我便多在街边公园跑，在街[上]跑，去买物件跑各种家庭事务，这也经过时间，在我的心中积累了现时代的人们生活和他们的风习——譬如有谈钱的，但也有谈行业技能，显着热力的；也有谈□□钻研行业，显出深刻性的；也有敏捷的、热烈的、忘我的工作。谈一时代的美学的欲望，社会的推动力量，（在于人们的理想形态，）在于社会前进所必须的生产力、经济力量的发展，我从读书和我的环境也感到，这些生活里的律动，也通向那生产力的解放和前进，而有着它的现时代的美学力量证明。从人们的言谈和理想的形态感觉到他的时代的深处。

我是说我的环境我作此种设想，看能否作出一些事情。我读文学刊物和一些书籍，也看电视，觉得现时代的文学作品的水平上升高着，而且，生活的社会的内容是丰富的。有许多现代奋斗的人们的心神和心理，我是从这些得到的。我也渐克服一些消极的心理。

参加 84[年]作家代表大会，又参加作家代表大会理事会。我是觉得这样的心情的，文学繁荣，而人们，新人们，来自有光辉的生活。我学习而获得收获，也便是觉得，这时代，各行业的才能在颤动着，在时代上这是晴朗的日子，在晴朗的阳光下颤动着，美丽的歌声在吸引着人们；当然也有难事和(阴暗的□□和)若干可能的创伤；文学的才能也在颤动着，可以期望更好的时代。

（据手稿抄录。原稿纸 20×20 规格，不按格密集书写，共 2 页半，未署写作日期。文中提及参加 1984 年作家代表大会，应指 1984 年 12 月 29 日至 1985 年 1 月 5 日召开的中国作家协会第四次全国代表大会，据此将本文系年于 1985 年初）

垃圾车

我当扫地工约三年半时间，使用过的拖运工具前后共有四件：两个铁桶，然后是儿童车轱辘放上肥皂箱做的车，最后是街道居委会配给的铁的独轮车，连轮子也是铁的。

这对我这知识分子是一种锻炼。铁桶，原是家中装垃圾的。开始几天是一个小的，后来是较大的一个，计量可以装半个胡同的平常的垃圾。"平常的"意思是，没有乱倒土的；如果有昨夜或是一清早乱倒的土，便要多跑两趟。北京市重复不断地提倡环境卫生，这种乱倒垃圾，便逐年渐少了。我想，一九七七年这时候，是一个转弯的关卡吧。

最初用的小铁桶很有点窘迫，我自己说象个秀才似的。两个老清洁工老李和老海老头都还鼓励我。老李老头说："这铁桶，呃，也行的。"老海说："这铁桶还行，一个胡同多跑一两趟便是了。"又说："这铁桶，象个秀才。秀才扫地，秀才娘不呕气；不过你还不太象秀才。"于是我便快快地跑。老海老头总是用他的四轮车帮我运，还让我用他的车，说他力气大些，多跑两趟没关系。七十岁的老李也这样说，但他的铁独轮车我一时学不会，他便不作声地将我的垃圾运走了。

并不太久，我有一个四轮车了。从街上买来，老伴和女儿帮着我钉上底板，用铁丝捆好，再把肥皂箱搭好，放在上边。这样，我便有了象样的设备了。早晨天亮前推车出去，扫得也熟了，便有些满意和快乐了。天朦朦胧胧的，忽然特别地亮了一下，而街灯却渐渐地暗了下去，寂静的街道，远处传来的建筑工地的轰鸣，使我觉得很有意义。沿着熟悉的街道，扫过各个角落，便有一种是这地方主人翁的感觉，主人翁这三个字，对于我这年龄的人来说，是有点旧时代的记忆的，过去的时代人民是不能做主的。

后来老李和老海老头年龄过大不扫地了，早晨“沙沙”的扫地声中便见不到胖大的和精瘦的影子了。这时和我一起扫地的，换了热情活跃的老钢筋工老叶了。

我向居委会争取到了铁的独轮车，在老海和老李的帮助下跑了一阵。我们工作的地段有一段要过大街，上、下人行横道极不方便，有一次我就在这翻了车，跌得很痛。冬天的雪地里就更痛了。于是老叶便说：“跌痛了吧？”帮助我修好了车。他有力地动着他那钢筋工的手，将铁轮搬复原位。

“你看我这钢筋工还行吧。我六十七了。”老叶说着点起了他的烟斗。

（原载天津《今晚报》1985 年 1 月 10 日）

收清洁费

我当了几年扫地工。……我们扫地工，每月收每户一角钱。（我们区域总共五百多户，有的户经常不在，收钱时找不到人，每月能收到靠近五百户，便算是好成绩了。）

跑着收钱的有夏季的炎热的黄昏，也有冬季的吹着冷风的、很快地黑起来的晚上。很冷的冬天手冻得麻木，有一次（大）冷风中有两角钱被刮跑了，我们追了一阵，那两角钱不知踪影了，便在冷风里惆怅地、好笑地看着道路。

有热诚的老大娘帮我们拾起钱来。有热诚的老大娘急忙掏钱没有检查一（下）遍，将十斤粮票夹在钱里拿出了，我们给她送回去，增加了我们与她之间的友谊。有时有些户有（抵制收）对缴钱消极，便也有邻居中的一些人帮忙说服。但进入那些有窄道有拐弯的大院里，我始终难忘的是一些年纪很老的老大娘从衣襟里面掏很久掏出钱来，数出一角钱，钱上面还有着她的身体的温暖，还对我们问到扫地的辛苦，我想，她收入一角钱，是有着艰辛的；（我们的社会也还不十分好）有的老大娘很老了，也还在街道的针织厂做工。有新媳妇愉快地拿出钱来，还说地扫得很好，她的门上贴着新婚对联，她也是一个户口了；有老实的女工姑娘很早地就拿出钱来在那里等着，也有很客气的工人和干部，他们还请你在他们家里坐坐。我们一户一户地敲门，说一声［：］“收清洁费了”，“清洁费一角”，便有回答说“好”，或者亲切的笑容。有时门锁着，便有别家代垫缴的，但也有需要跑第二次、第三次，补收钱有时多跑一两趟，我们便也有机会更多观察到各家的生活，和觉得这时代的社会温暖之情。居民们的生活是勤勉的。旧时代人们企望劳动的人们能搏得生计，这时候人们在他们的住得很挤的屋子里不止是生计的温暖，还在平凡的稳定的动作言谈里有着活泼的、积极的力量，是社会在进展着的表征。有着奋斗的、活跃的血液循环，刚(健)强的男子和妇女。很有一些儿童有玩具，很有一些新生的婴儿有花的衣帽，很有一些男孩有新的皮鞋，很有一些老人很安详。很有一些家庭有着先进工作者、劳动模范奖状，很有一些户的窗上贴着愉快的剪花，而且，很有一些人家在增添书籍。

晚间收钱，在路灯下翻看着收钱记帐纸，使我联想到，过去在旧中国有一个晚间，我曾在一个城市的电杆下翻看着所买到的一本《中国青年往何处去》，那本书的封面刻有着一个青年抱着手臂在电杆下站着，使我印象很深。我现在是在新的中国，在电杆下翻着记帐纸，离开那很多年了；虽然我是遭了患难的知识份子，这些居民里也有着患难户，虽然这样，但总之社会是进展了。我想，社会的细胞，这住得很密的各家人家是结实的。这样想，我便感觉到在党的领导下社会在前进(的)和温暖的力量。

1985.1.9

(原载《北京晚报》1985年2月28日，据手稿校)

愉快的早晨

我几年前当扫地工的时候，有一次，小学生们星期日做课外劳动来帮助我们扫地工。

早晨，天刚亮，初小四年级的学生们在街道委员会门前集合，扛着多半是家庭的扫帚和铲子，列队往一个土坪上淤积的垃圾堆来。

我在很远的年代以前教过一阵书，和小学生们的生活是很隔膜了。新的社会新时期的小学生们的热情，很是感动了我。他们也会劳动，使用扫帚和铲子还很熟练——在这晴朗的黎明，太阳渐渐照耀在树梢上和墙头上。北京市的环境卫生有一个时期有着困难，乱倒土的很多，在一些胡同转角和土堆上，脏土淤积了起来。我们扫地工虽然每日天亮以前就扫地，但却不曾有剩余的时间来把它清理掉。这些淤积了很久的垃圾，成了我们的一种心病。每次想到这些，都觉得一种忧郁，所以我们便很感谢这些热情的小学生们。

小学生们分组努力着，我们便也奋力地铲土。男女孩们挥着铲子和扫把，一个沉默的勤勉的女孩是小队长，他们要我们休息一下，他们围着垃圾，迅速地动作着，扬起灰土来；一个瘦小的女孩和一个“拔葱”长高的男孩时刻带头呐喊着；一个男孩踩在大扫帚上跌倒了，迅速地爬了起来。他们沉默着，又时而发出鼓舞的叫声，在刚升起来的太阳的带红色的光线下劳动着，我觉得一种扑面而来的热情。他们扫完地，便要我们做鉴定，我们对他们说，他们扫得很好。

小学生们是安排好节目的，他们休息下来，便请扫地工老叶随便讲一个简单的故事作为纪念。他们很尊敬扫地工——劳动的人们;他们说他们要用这题目作一篇文。

会说故事的老叶说的故事是:海龙王有一天叫螃蟹扫地,螃蟹是“横扒犁扫”,海龙王对它不满意,说这样扫是粗鄙;海龙王叫虾扫地,虾扫的是“斜扒犁扫”,海龙王说虾是偷懒;海龙王又叫田螺扫地,田螺是“打滚扒犁”,海龙王说它打滚扫地是破坏……

“那么你是怎样扫地的呢?”学生们问。

老叶说,旧时代扫地工常被处罚,怎样扫也不好。老叶又说,现在海龙王是人民群众,每样事,只要肯钻研,都是好。

小学生们很满意,在早晨的太阳下列队唱歌给我们听。

这是我记忆着的一个愉快的早晨。

(原载《北京晚报》1985 年 3 月 9 日)

我与外国文学

抗日战争开始的时候，由于时代的激动，我开始阅读苏联文学作品。高尔基的《在人间》、《草原故事》、《下层》，是使我感动的文学读物，影响了我的世界观。具体地说，由于这些作品是反沙皇封建黑暗，爱憎分明地描写工人、流浪汉和下层社会生活的，还首先由于它们的现实主义的深刻性，它们便在我的眼前连接着中国的动荡时代而显得更为有力，帮助我形成了美学的观点和感情的样式。这便是说，作者高尔基在他的作品里所描写表白，所肯定，所追求和跟踪的，他所描写的俄国沙皇制度下的痛苦，劳动者的正义，和流浪汉的忧郁的叹息，变成了我的日常观察事物的依据之一；他所"肯定"的，还应该指出的是，不仅是字面上的，而且是多量的词汇、意境和深刻的现实主义表现方式所构成的丰富的内容和色彩。通过这些而传达出他的激情和塑造成他的感人的形象。在高尔基的创作里，人物的"人生形象"是他的着落点，人物有着具体的历史和国家、阶级、民族的样式。人物、"人生形象"随着高尔基的带着浪漫主义色彩的现实主义，随着他的对社会和人类历史上空前的十月革命的反剥削旧制度的热情思维而运转着，在每一表现和表情里，都充满着作家的正义，推翻黑暗秩序的观点，和基于这些的美学力量；作家的文学形象跟随着作家对于这形象的深刻的美学感情——即斗争和对于人生美人民美的追求——和思想立场而活动着成长着，这形象本身便形成作家的观点和思维的同一物，或由美学观点、力量所形成的不同一物——这生态的形象，它是非观念物。这是活跃的、丰富的、生动的牵形力，便也叫做形象思维。高尔基的形象思维，他的美学的观点和表情，在那时代，对于我说来是重要的。将社会、人生斗争结构为人性美、人类美、人民美的文学内容和形式，这便是美学；将人生各形态的向前的、肯定的、和伦理联结着的美感的内容结构为形式，这便是美学。这美学的观点，在于作家对于人物的描写和对于文学的内容和形式，是强烈地正义和有着对人类力量的美感的，是深刻的，联结着生活复杂性的判断和寻求，在于他有着丰富的触须的对象物的肯定和否定，现实主义的热情也带着现实主义的冷静。我在那年代热衷于高尔基的作品。作家的革命的人道主义的感情和人道主义的美学观联结着社会事象，社会事象也同时经过他的美学感情和观点结构起来，这两者之间有着同一性。而美学的感情、观念的深刻性和正义伦理达成同一物，是形象思维的合理的内核，即美学的楼台。

这是那时候我从高尔基的作品学习和感染到的。在我的后来的作品里，描写下层人民，也相当多地描写流浪汉，其中的美学观点和感情、要求，多少受着高尔基的影响。当然，这不是说我写得很可以了，而是说这些对我影响。

在我的生活和行程里，在那年代，随着高尔基，便较多地、有着重要意义地接触到《苏联作家七人集》和法捷耶夫的《毁灭》、绥拉菲莫维支的《铁流》和肖洛霍夫的《静静的顿河》等作品。我还是从世界观和感情，现实主义的美学要求、美学规律性，正义与非正义的划分的美学观点和感情来说。正义，联结着文学所描写的社会正面人物的本质，作家觉得和擒获到的美感，人类美，崇高的意境美，复杂和单纯、深刻性的美感（这中间有着斗争），战胜坏事物和恶毒事物的美，和作家搏击黑暗所描写出的反面人物典型形象的美学内容；正义观点的凛然的力量，和这种力量所形成的揭露和批判，是重要的、根本的事物。作家形成和占有了社会，历史、人物的多样的多角隅，重大的与深刻的境界，便形成了作品的形象的力量。理论作品是分析和归结社会而影响人的世界观的，文学作品则是在理论的帮助下通过它们的人物形象的激动——作者心中正义与有力、柔和、对隅、深情、激情、讽谕、比喻、惊诧、愤恨、爱抚，而形成它的形象的影响力量的。正义和歌颂、愤怒的激情，通过无情的客观事物的被表现成功即作家创造成的典型人物而征服世界、影响着社会和读者。正义的事物是关联着美学的激动的，美学范畴是多样式多角度联系着正义的。在高尔基和苏联文学里，阶级的社会的正义经过其美学渴望和艺术水平而达到高峰，美学的成熟也由于正义的描写（不是概念化），和革命的正义强烈，而达到它的高峰。这是现实主义的高峰，在其中浪漫主义的渴求的、想象的、敏感的触须发挥作用，堡垒是由新时代的美学和正义攻克的、这也在于苏联文学有着它的俄罗斯古典文学的伟大的传统。高尔基的下层人民叹息，他的《母亲》里面的工人巴威尔行进和他的母亲奋起了。法捷耶夫《毁灭》里的莱奋生于艰难中行进了，绥拉菲莫维支《铁流》里的郭如鹤进攻和想念着他的俄罗斯苏维埃，而领导着他的部队行进，形成铁流了，这人物的阵容带着革命和革命阶级的坚强，彻底的真理、信心、和克服艰苦、是有着对革命奋斗的人们的强烈的意义的。法捷耶夫描写成功的反面人物和错误人物也同样使读者受到震动，美谛克是警惕知识分子中的空心人物，木罗式加的错误表现了社会和意识形态斗争的复杂性。肖洛霍夫的《静静的顿河》对读者提供了苏联十月革命搏击的深刻性，人民的正义和聪明和社会斗争的意识形态领域的复杂性。它的浪漫色彩，和《苏联作家七人集》里爱伦堡等作品的革命的浪漫性，在那时代对我很有吸引力。这浪漫性，即作者的追求联结着更多的触须更多的联想、想象，其想象的虹采由于时代的激荡碰触着更多的生活角度，但并不消失它们的现实性，使他们的现实主义文学深刻地占领生活的各角度，有着它的巨大的功能。肖洛霍夫、爱伦堡等作家的一些小说是我那年代阅读的难忘的作品，人类的希望、世纪的梦想也闪烁在其中。它们支持我的生活和我的学习创作。说到人类的希望闪烁于其中，燃烧于其中的苏联文学，我还很会[怀]念里倍定思基的《一周间》和革拉特可夫的《士敏土》。我是从这里学习描写革命形象和产业工人的。……此外，A·托尔斯泰的历史性的史诗画幅《苦难的历程》三部曲，也给我展开着苏联革命社会与旧时代的葛藤相纠葛的深刻的样式，展开着革命人类的崇高的境界，不过这三部曲作品是我后来读的了，我所以乐于提到，便是这作品给了我新时代的巨大的鼓舞力量，使我在跌蹶中仍相信可以获得胜利，相助着我度过了艰难的岁月。

我从事写作，观察周围的社会和人生，苏联文学是给了我借鉴、鼓舞的。中国社会所处的动荡时代，是苏联文学的易于点燃的蒿草，苏联文学的观点、感情内容，也帮助我形成了我的美学观念。

其次，我与外国文学的关系——我便想说到一些外国的古典文学作品了。古典作品的现实主义是深刻的。在社会上，人们有以成功的作品所创造的典型人物做比喻，来表明历史，用正面人物来表明历史行程，唤起人们对正面事物的尊敬与赞美，用反面人物来表明历史上的黑暗情形和旧社会制度余留和延续下来的黑暗情况，因而唤起人们的对黑暗、反面物的深刻的憎恨。成功的伟大的文学作品，具有着强烈的社会作用。苏联文学是这样，中国古典文学是这样，外国古典文学也是这样。抗日战争以前，我便读过一些外国的古典文学作品了，那时候读着《浮士德》、郭沫若翻译的《战争与和平》，读着小仲马的《茶花女》，读着雨果的《巴黎圣母院》，屠格涅夫的《罗亭》、《贵族之家》……，我还记得我在初中时读了屠格涅夫的作品，和同学们谈到这些作品是现实主义的，而遭到顽固的校长攻击的事情。我还记得他警告我说应该说大文豪屠格涅夫都是灵性、超现实的，而且要我在全校的听训话的礼堂里上台去和他辩论，虽然他很凶狠，但我终于获得了一些掌声。……总之，这些文学引起了我的激动，它们的形象也就进入我的生活。一直到后来，我读得更多，例如易卜生的戏剧，狄更斯的《大卫·科波菲尔》，陀斯妥耶夫斯基的《罪与罚》与《穷人》，果戈理的《死魂灵》，巴尔扎克的好些本《人间喜剧》、高明凯翻译的我几乎全读了，而且读得很仔细；又有高地翻译的列夫·托尔斯泰的《战争与和平》。……所有外国著名的文学作品我差不多全读了，有几个阶段我读书很多，而且作着用这些文学形象来比喻中国现实的思维。人们问我，哪些外国文学作品对我影响最深，我常回答：统统的翻译过来著名的文学作品。因为实在是这样的，哪一种我都注意。我也爱各种的体裁。但古典外国文学也时常使我走到云雾霓虹与黑暗幽暗混合的人物与旧的时代的阵容里去了，苏联文学便使我有时落到地面上来。自然我也时常努力地落到我的现实里来，古典文学和苏联文学的群像落在我的追求中国的现实的各类人物描写的文学企图上，或者说，它们帮助了我的这一企图，但古典文学时常较苏联文学多些困难；我努力不悬在空中，自然这还要说到，革命的理论作品对我的指导。我今天到底完成了多少我的企图而不悬在空中呢，但总之，这些外国古典文学是资助了我的行程以旅费的。在我的爱国主义的情绪里，苏联文学和古典文学著名作品的典型人物结构成了它们的罗网，成了我一定地比较与批判事物的坐标，渐渐地我更多地思想到，这些作品都是现实主义的，认识它们的时代和社会的现实的，我便应该更进一步地研究我这里的现实社会，于是一些时候我乐意呆在乡村、矿产[区]和码头上，和读理论书籍来使我的思想获得进展。理论从逻辑上帮助人们，文学从感情形象上帮助人们。典型的、成功的、闪烁着光芒的文学形象，它们是实际的历史的具体的，人们便应该研究自身的时代和现实。要将人物突破一般性类型的模糊和社会各种碰触形成的假象描写出来，要深刻地反映社会，需要有正义的激情，需要有深刻的形象，逻辑的想象力和美学的能力，从意象形象的最初的律动到表现为典型、表现为有力的形式的美学的敏感；这一规律的把握，首先还需要说到，人们是带着自身来自生活和书本的美学观念和激动来理解自身的社会现实的，同时客观的社会现实也就丰富了这美学观念——现实生活，是艺术的源泉，文学家描写人物和结构深刻的内容，从体现内容的美学力量达成完整的形式，这便需要认识具体，不能照样从前人和外国搬运，而是要具体的认识本国的、这一社会的、这一民族的。文学家描写与社会血肉相联的人物，描写典型，是重要的事情，是文学家的强大的手段，需要认识现实。我们从成功的外国作品里，不仅认识到这一国、这一年代的面貌，还认识到这一国这一民族的时代精神和民族特征，和这一国、这一民族、时代的灵魂。外国著名文学作品也应该推动人们研究现实。成功作品的现实主义的创作方法使人们认识到艺术的性质，艺术的特殊功能、具体事物的具体形态，被它具体地历史地表现出来的社会和人物。外国的古典文学，虽然和我们距离时间远，但也应帮助人们研究自身当前的具体现实生活而不悬于空中；在描写的过程里，揭发黑暗，表现正义的力量，和对各样的反面的、落后的——进入复杂的意识形态领域，——尽其所能地进行斗争。

我那些年代欢喜说到，雨果和封建落后的贵族法国进行斗争，深入到法国一些形象的内心深处，追求着他的美学的目的和自由的理想，描写了他的忠厚的劳动者“钟楼怪人”和吉卜赛舞女的善良的形象(《巴黎圣母院》)。世界上增多忠实和善良总是好些。文学作品的正面人物描写获得成功，世界上增多忠实和善良的典型作为人们意识活动的比喻物，批判物，——有关于他们的行为和命运的——增多人们的追求了。屠格涅夫在他的《罗亭》里对他那年代知识分子的说空话作出了他的批判，对俄罗斯的忠实善良的妇女们做了杰出的描写，于是世界上也就增加在这一点上的意识形态的积蓄了。……许多年来，伴随着我的生活行程，世界文学峰巅的一些典型人物和境界在我心中闪烁着。人类对忠贞的爱情进行歌颂，创造了典型，例如莎士比亚的《罗密欧和朱丽叶》中的男女主人公；人类对不忠实的丑态的社会和人物进行批判，而歌颂深厚的纯朴之情，例如普希金的《欧根·奥涅金》中的带有批判性的人物奥涅金与正面人物达吉亚娜；人类是有对正义和复杂性和这一时间的社会进行向前追踪而构成富有思想性的典型的，例如莎士比亚的《哈姆雷特》和拜伦的《曼弗雷特》；人类是有歌颂人民，朴实者、劳动者于普通、普遍的生活的场景的，例如普希金的《驿站长》；人类是有歌颂英雄主义于幽暗中的，如普希金的《杜勃罗夫斯基》；人类是有歌颂深刻的精神境界与妇女的奋斗的，如勃朗蒂的《简爱》；人类是有歌颂激烈的搏斗于对当代真理的追求中的，如罗曼·罗兰的《约翰·克利斯多夫》；人类是有替贫贱者、卑微的被欺凌者，善良所呼号于各个路口的，例如陀斯妥耶夫斯基的《穷人》，果戈理的《外套》；人类对黑暗的社会忧郁了，叹息了，讽刺和攻击了。也歌颂着善良者，如契诃夫的戏剧作品中的一长列人物；人类叹息着攻击旧的世代、灰暗的痛苦的创伤和意识了，例如福楼拜的《包法利夫人》和莫泊桑的作品；人类同情着被压迫的人（哈代的《微贱的裘德》），这也一直通向高尔基的《母亲》，人类讽刺人生空虚及丑恶的人物了，例如冈察洛夫的《奥布洛莫夫》和果戈理的《死魂灵》。人类是有他们的爱国主义、正义精神，进展和保守，对他们所建立和维持的正面人物进行歌颂和对市侩俗物进行攻击，例如狄更斯的《大卫·科波菲尔》；人类是有对他们的国家、历史时代作爱国主义、英雄主义的歌颂，对他们时代的生活表示着他们强烈的感情和善意的追求，例如托尔斯泰的《战争与和平》——其中除了贵族的豪杰以外，也有着广大的俄罗斯农民；人类哀叹劳动者的贫困与痛苦，歌颂他们的善良与坚忍，反对着黑暗的事物，这美学领域，还有着涅克拉索夫的诗《严寒、通红的鼻子》等作品，人类进行啃咬性激烈的追求，表现其人道精神，对黑暗与落后表示有力的愤懑，充沛着感情，而歌颂纯洁的男子与妇女，例如巴尔扎克在他的《欧也尼·葛朗台》、《乡下医生》、《从兄蓬斯》等作品中间的人物形象表现出来的。我于中国的动荡时代，幽暗与光明中留念着和注意着这些形象，我与外国著名文学作品的关系，便也表现于我在各时期记忆着的，这些典型人物和他们的社会，他们正面人物的进取、风流、勇敢、猛烈、痛苦、缺点、英雄主义和局限性，他们的社会，他们在各时代的局限性（包括作家们的），和长列的反面人物，被作家的正义与美学力量击中的黑暗与丑恶。这长列的正面和反面人物从我面前经过，这长列的后面，还有着苏联文学法捷耶夫的《毁灭》里的新时代的英雄莱奋生和西蒙诺夫《日日夜夜》中祖国的保卫者沙布洛夫营长。

文学激动人心，典型是可以长存的，对于我国现代这激动的时代，中国和外国的著名的成功的文学及其对典型人物的描写，都是可以学习的美学的范畴，——它们都是现实主义的创作方法的胜利。怎样观察对象和怎样描写，要看作者在社会激动和社会斗争里的伦理学和美学的境界。法捷耶夫的"莱奋生"是怎样的人物呢，绥拉菲莫维支的《铁流》里的郭如鹤是怎样的人物呢，作家从什么样的美学探求和思想立场来描写这样的人物呢。法捷耶夫和绥拉菲莫维支的人物是新时代的革命者。那么，作者对于革命现实的观察的美学的、哲学的，即符合具体的历史和意识形态的深刻性的立脚点，是怎样的呢。正面人物要不概念化是较难描写的。在俄国文学里，有一长列的被称作在社会上无所作为的多余的人或畸形人的形象，如罗亭、奥勃洛摩夫等，也有带着创伤的，复杂的英雄，如莱蒙托夫的《当代英雄》里的毕巧林，这类人物是在我国社会上也有其因素，但深刻和复杂性也是难描写的。这里便呈现出美学的楼台高和深刻性的必要。再说到法捷耶夫的新的正面人物莱奋生等，也并不是新的，正面的英雄人物就难描写些，但这些的美学温床是要长期的努力的。文学上出现新世纪的人物了，人们对这些是感到安慰的。

我和外国文学的关系，便是我在各年代奋力创作人物，是学习着外国和中国的名著的创作方法来结构我的美学温床的。我要说到各名著的高度的、有纵深和深度的、美学的、哲学的、形式和内容的境界。在我写《饥饿的郭素娥》的时候，高尔基的《马尔华》伴着我走了一段行程。高尔基的形象是一个倔强的劳动妇女。在我写《财主底儿女们》的时候，罗曼·罗兰的《约翰·克利斯多夫》和莱蒙托夫的毕巧林等伴着我走过一段行程。在我写作《燃烧的荒地》的反面人物郭子龙的时候，萨尔蒂诃夫的《尤独式加》给了我一定的影响。在我写作《洼地的战役》的时候，苏联文学也给我以帮助。我的《求爱》、《平原》有着契诃夫的影响，而我的《在铁链中》，是有巴尔扎克的创作方法被我注意着的。这并不是说，在我和外国作家之间，可作类比和我向他们学习的具体的形象很多，而是说，这些名著的美学境界是给了我帮助的。我渴望一些事物和仇恨一些事物，从事着我的描写，我所处的社会的阶级斗争的形势推动着我，我有时遇到很复杂的困难点，我也慢慢的进步些，外国文学在思想上和在创作方法上是影响和鼓舞着我的。我常注意劳动人民的生活，拿他们作为主要的题材，这是时代使然，我已经说过，这里是有着苏联文学和高尔基的影响。但描写了劳动人民的也有雨果。哈代在他的《微贱的裘德》中，德莱塞在他的《嘉丽妹妹》中，他们也作到了他们的深刻，也帮助了我注意力的广泛。外国旧时的名著中有许多善良和艺术上的勇敢的搏斗，这是我常常记忆的。

罗曼·罗兰的描写了法国革命的《七月十四日》[1]的剧本，是我常想到的，雪莱、拜伦的著作是我常想到的，他们的著作旧时在中国缺少完整的译本，但零碎翻译也表达了我那时的对人生的思索和个人奋斗所靠近的思想。

旧时代流行有罗曼·罗兰的欧洲和纪德的欧洲的表微文化观念流派的说法。罗曼·罗兰的热烈的对现实的突破，和纪德的冷静的对正义、信念、爱情、智慧的虔敬，都影响着我。纪德的《窄门》和《田园交响乐》一定的吸引着我的注意，虽然我觉得他的深刻虔敬之情有其保守性。我在过去那些幽暗的岁月，住在一些城市的角隅、和码头、乡村，注意着巴尔扎克的力量，也注意司汤达的《红与黑》和梅里美的小说对孤独、寂寞、守旧、悲哀、矛盾复杂性，和倔强的向往理想人物和题材所表现的描写力量。我也接近过尼采的冷静的孤独的精神和印度泰戈尔的抒情。

---

① 《七月十四日》，三幕话剧，罗曼·罗兰著，以 1789 年 7 月 14 日法国大革命为题材。

我对外国文学注意到的还有哪些呢?

我觉得歌德的《少年维特的烦恼》差些,而他的《赫尔曼与窦绿苔》要深沉些。那些年代,我时常注意着普通城市和乡村生活中的有其奋斗和有节操、浓厚的,虽然守旧的男女。在我们那幽暗的生活里过来的人们,是会受歌德的《浮士德》等的吸引的。更年轻的时候,在抗战流浪的旅途中,高尔基吸引我,萧伯纳的作品也使我注意到冷静的讽刺。在那幽暗的过去生活里,在中国的城市角隅和矿山、乡村,有着温暖的幽默和讽刺的,深刻地描写了美国的生活,美国的市民和劳动的人们的马克·吐温也吸引我,……在很远的旧的岁月,抗战开始时在汉口北的一个小城里,保加利亚等弱小民族的小说,例如《高乐老头子在看着》激励着我。从那小城市的图书馆,我借到了几本杂志和书。又在更远的当小学生的年代,波兰的显克维支的《灯台守》唤起过爱国的感慨。

我再说到理论、文学史等作品,这些也在那幽暗、伤痛的旧世界岁月里吸引过我。日本厨川白村的《苦闷的象征》在中国流行很久了,我看过也很久了,我还时常记得他的对人生有深的感情的理论观点。艺术是人民性的正义感情和美学追求的形象思维,它是人类追求、往前追求创造自身形象的表现和工具,他也是人类的美感的表征和象征,在黑暗的时代,自然也是正直被压迫和被压抑者的苦闷的象征,我这么说,并非想探讨厨川白村的题旨"苦闷"够不够有力,我是说,厨川白村的感情是我历时常常想到的。俄国的启蒙党人车尔尼雪夫斯基的《生活与美学》是我在思想上旧时更接近些的。在那时期,还首先是高尔基的《给初学写作者的一封信》和普列汉诺夫的《艺术与社会生活》,它们给我提供了社会主义思想的艺术原则和创作方法。和这同类,卢那察尔斯基的艺术论,弗里契等的论文学的论文,是我热心阅读的。现在,要说到别林斯基和杜勃洛留波夫了,他们的激动的深刻的美学。还有叶君健翻译的勃兰兑斯的《十九世纪文学主潮》,是我常想到的,——直到现在,我常回忆我在那四十年代在四川的寒村和码头上夜晚所读的书籍——这位文学史家热情地评论了作为人类的庄严事物之一的文学。

我还欢喜读传记文学。克鲁泡特金的《自传》连同他的《俄国文学史》于四十年代幽暗的社会中，在我所居住、谋生的乡村、码头和矿山里，给了我深刻的印象，德国前时代的革命妇女丽达林克的《动乱时代》，表述着新世纪的开头的革命妇女的壮大的气概，是使我常联系旧时的生活一起想到的。

说到我长期记忆在抗战初期几本苏联文学和革命理论在码头上被特务查抄，在一个中学里被特务教员和特务学生攻击；我躺在草坡上在夜晚的破庙宇的桐油灯下所读的书籍；和当小职员时在小城和码头的办公室里偷着读的书籍。……

因为我处于新旧中国交替的激动的年代，因为这激动的年代需要描写出激动着的、被压迫的战斗着的新生着的人们，全体各样式的人们的觉醒、奋斗、错误、过失、成功、才能、胜利、凝望、向往、沉思等各种现象和反面的丑恶的人物，因为文学的结构和典型人物有助于分析和彻底地了解社会，和作为它的指导的哲学社会学的理论有着不同的功能，因为文学名著里各色的境界和典型人物是有力和长存的，它们帮助人们击破中国的冻结，因为意识形态领域和美学领域里的斗争具有持久性和复杂性，因为——首先是我自己需要击退黑暗，获得前进，所以我热衷于论到外国文学的美学境界和典型人物的描写，各角落的生活的探求，壮大的事物和平凡的事物的探索，所以我乐于提到我历年来有密切关系的外国文学。

1985 年 1 月 20 日

（原载《外国文学研究》1985 年第 2 期）

红鼻子

我住了一些年的监狱。……我在监狱里，单独一人住一个囚室，很寂静；开饭的时候，有一度曾经听见走廊里赤着脚奔跑的很快的“咚咚咚咚”的声音，后来我弄清楚了，这是一个鼻子上长着“酒刺”因而鼻子发红的无期徒刑犯人，他赤着脚在走廊里奔跑，帮助管理人员干一些事情，也帮助开饭。

他用很柔顺的，有时像羊叫一般的声音喊着管理人员。他在帮助管理人员的时候是将鞋子脱下放在自己门口的，有时也塞在腰间；他联络他熟悉的几个犯人都将鞋子塞在腰间去外面劳动，但管理人员说应该穿鞋，到了外面的菜地上其他的人都穿上了，便只剩下他一人将鞋子塞在腰间劳动着。他真也有令人佩服的地方。他建议大家都不穿鞋，说是可以节省，立功改悔，管理人员说制度是应该穿鞋，他便显出很感伤的样子，很不以为然。

他有时很进攻我，威胁我。我在监牢中是〇六八三号，他“咚咚咚咚”地跑到我的门口来对管理人员说：“叫这〇六八三号出来帮着开饭送开水吧。”虽然管理人员说穿鞋子是制度，但他仍然有一回说，“出去劳动叫这〇六八三也不穿鞋子，叫他立功改悔，苦熬改悔吧。”所以我便有些怕他和仇恨他。

寂静的监牢里一早晨和中午、晚间响起了这红鼻子鞋子塞在腰间，赤着脚在地上“咚咚咚”跑的声音，他的欢快的、殷勤的脚步声，和温顺的对管理人员的应答声，和有时是很高的声音呐喊，对我也似乎渐少了寂寞，而且，对于他的勤快，我也有些佩服，但我却很是提防着他，尤其害怕他的高声呐喊，他大叫着：“集合！”

“劳动”……;有时管理人员也并没有叫他喊叫。他的大声喊叫有些种我还欢迎,便是喊洗澡等,但我却害怕他喊:“〇六八三出来!”这一种,这一种里有着出来好一阵才知道是干什么,有时有提审,有时是听训话——所以他喊“集合!”我也有些害怕。他很服从,殷勤,大半是抢着替管理人员喊的,还联着他的开囚室门的铁闩的特别碰响的声音。他似乎是故意碰得很响的。他像一个精灵一般,或像一个鬼一样,鞋子塞在腰里,在走廊里跳跃,飞奔。他随时服膺命令,做出比需要的更多的动作,他各项似乎都“遵守”纪律,在菜地上他也劳动积极,赤着脚奔跑。

管理人员斥责他跑出很大的声音,他有时也踮着脚轻轻地跑,这样更像一个机灵的鬼。监牢阴暗,小的高的窗户有太阳照进来,铁门重锁,寂寞而且孤独,便陷入异化的不安的思索,这机灵鬼的有些次突然近来,拉开铁闩大叫:“〇六八三号!”使我很惊骇不安,但仍然从异化出去的思维回到监牢的人间。但这大叫有些次是喊叫“观风”①,呼吸新鲜空气的,有一个时期有连锁频密的“观风”。他的“观风”的大叫是有带着鼓舞的性质的。观风时开关“观风围子”的铁门铁闩的,也常是这红鼻子犯人。远远的监牢的走廊里响起开铁门闩的声音,是管理人员先把他放出来了,便响起了他的“咚咚咚”跑的脚步声,然后是很快的,声音响亮的,一个铁门闩一个铁门闩开启的钢铁碰响的声音。然后是到了下面观风的围子他一个又一个地关铁门闩。我很欢迎观风。这红鼻子假若不是有几次对管理人员说些威胁我的话的话,假若不是我害怕跟着他的脚步和呐喊来的集合训话特别是“个别审问”的话,连着“观风”来说我倒是有时有些欢迎他。菜地上的劳动也有晒太阳,也可以还平稳。但有几次他却很重地威胁我了。因为我有在监房里的唱歌和抗议将我列为反革命的吵闹,这红鼻子有一次说:“他〇六八三号自表自身是不该被关押,又唱歌骂人,建议一休制,使他少吃一餐。”又有一次说:“这

---

① 原文如此,可能是“放风”的另一种说法。但下文也提到过“放风”。

〇六八三号反抗，还可以罚他多劳动的。也不发他冬季衣服。”又一次说：“罚他没有观风洗澡。”他还直对着我说：“你吵闹能行啊，判你有判错啊，叫你没鞋穿劳动！没饭吃！”我便觉得很恐慌了。

监牢走廊里响起了管理人员开他的门的铁闩声，然后响起他红鼻子这机灵犯人的“咚咚咚咚”的赤脚的脚步声了，响起他很快地奔跑，俗话说，像一阵风似地开每一个铁门闩的声音和吼叫的声音了——喊叫着“放风”，或“集合”，或“洗澡”，或“倒粪，倒尿盆！”或“理发！”或“听训话！”或者“将衣服每人折叠好，换季衣服了！”或者“点名！”或者“增加劳动！”——红鼻子喊叫着近来了，喊着什么，看你的幸运，这便是我住监牢一个时期的生活的节奏。他很少喊别人的监牢号码，却很多地喊我的号码“〇六八三”，使我增加惊动不安。早晨，红鼻子敲门了；下午，红鼻子先吼叫后赤脚脚步声“咚咚咚咚”响了；晚间，红鼻子喊叫“〇六八三”了。监牢，沉重的坚固的铁门重门构筑的监狱将囚徒的思想和生命异化，异化为世界和生命已将他抛弃的死亡的恐惧，但也唤起着他内心的斗争。这是对囚徒的镇压，于是一线阳光也便掀起着内心的沸腾斗争和回忆，各样的人各样的情形。我觉得我受着考验了。红鼻子减少一些寂寞，但是却增加我的恐慌。红鼻子机灵犯人奉管理人员命令但多半自动抢着干，外面转来关每一扇门的铁闩了，然后是管理人员关他的铁闩，于是走廊里阒寂了，这自然好些，暂时“安全”了。这时的寂寞，再回到异化的想象和自身生活的回忆的沸腾的情况对我是要好些，但红鼻子却有时在关门时给我留下一句：“等下还集合！”使我内心很扎痛。有些并不怪他。但有好一些次，他大叫“等下再集合！”，“〇六八三准备二十分钟再劳动！”是他因为我也说不清楚的缘故伪造的，管理人员斥骂他，他多次辩解说这是“可以采用的镇压语”，“棒槌语！”……

又是一年春天红鼻子喊“洗澡”——以及“洗澡取销，改劳动”了，又是一年秋季红鼻子喊“收单衣，发棉衣”了。……

红鼻子还有一种情况是我注意的。他多次说我的劳动不好。他机灵地、迅速地、幽灵似地奔跑，将我，将别的两个有改悔的犯人，所做的劳动成果，挖起来的萝卜，拔起来的白菜，从地边上拔除的杂草的堆积，搬到他那里去，而对管理人员说，我们劳动不积极，而他成绩多。特别的是他有时当着管理人员的面也并不忌讳这般做。他说这是“造尖子”，别人可以拿他当楷模来学习，他说：“你管理员看要不要向〇六八三他们推广我的经验啊！”他又对监狱干部表示，他拿别人的劳动成果是，他认为，对待反革命应该这样。干部们令他搬回给原来的人了，但他总要留下一点。有时候干部管不及，他又劫持或盗窃别人的劳动成果在自己面前堆起来了，从他的表现看他似乎很得意，他面前堆高起来，他奔跑和忙碌从事盗劫搬运，他便是“先进工作者”；他对“先进工作者”也似乎并不很热中，因为他好几次曾手做着抽“扒烟”的动作，这动作的意思是，他是剥削别人成功的“头目”。

但有一回他向管理人员解释说，他这是故意这样，供给“〇六八三”几个看了好笑，供给管理员“批评示范”的。

“指导员！管理员！”他叫着，“我可以当值勤号吧。当组长吧。劳动大队有这种！”

管理人员没有理会他。他和好几个犯人是一伙。我注意到在他这“积极”的背后，他们在议论什么。管理人员不在，他们在菜地附近的工具间前面挑选着工具，也没有注意到我，议论着说，那几柄铲子较坏，可以给“〇六八三”“这些人”；又小声说，有几柄铲子有锋利，还可以磨一磨，他又四面看看说，必要时可以在“那边”荒地上，管理人员上次骂他们的地方给管理人员一击，他们便爬墙越狱逃跑。他说，电网他知道已经坏了。他又说，红墙脚的水沟已经掏松了三块砖头了。……我便将听到的这悄悄地报告了管理人员。年青的、干练的管理人员说，他们知道这些一部份。我说，老让这红鼻子带头喊叫他便站势力，管理人员便说，这是知道的，故意让他们这样的；也可以有所作用和加以利用。

红鼻子大约发觉了我，便有几天特别恨我。他向管理员大叫着："管理员你看，〇六八三他不劳动！""管理员你看，这是他〇六八三锄的地，像扒的秃子头！"他又叫："管理员你看，〇六八三他起的白菜掉了皮！"看见管理员走远，他便偷和抢我的几棵白菜，又抢身体胖的改悔犯几棵，当"先进工作者"了。

我很恨这红鼻子，我庆幸有一次终于捉成了红鼻子了，我也惊异红鼻子的大胆。在外出劳动的监牢楼梯上，红鼻子，这监牢犯中的机灵鬼突然面色苍白，从腰中拔出一把短刀，进行造反了。他这把短刀是从菜地上偷自一个管理人员的，是一把用来挖萝卜的短刀。我想红鼻子是被这短刀所迷糊了。他高喊着："暴义！"[①]他一伙的几个却并没有能策应他。管理人员很敏捷，拿出枪来，掰住了红鼻子的手，我便对红鼻子踢了一脚，也发生了作用。两个改悔犯也参加镇压的喊叫。红鼻子挣脱管理员逃跑到下面的走廊里便拿头在墙上撞，躺倒装死了。

红鼻子片面地被迷糊于偷到的短刀，正如同许多人短视，被片面的情况迷糊一样。红鼻子被从监狱里移动……我也一定时候离开那座监牢了。

我现在离开监牢和劳动大队的生活已经很久了。红鼻子在监牢走廊里赤脚奔跑的声音，却时常被我记起来。

1985年2月18日

（原载《新文学史料》1997年第4期）

① 原文如此。

城市一角

公共汽车通向郊区;都市的边缘的一角,晴天有疾驶的华美的车辆,下雨天有满身溅着乡间的泥泞的车。

从汽车上下来郊区、乡间的人,提着和扛着饱满的旅行提包、帆布袋和塑料口袋。这些是面色黧黑、皮肤粗糙的男女,从匆忙的奔跑里,看得出他们是劳碌于泥泞的土地上的。他们带着农产品和简单的被盖来到城里的贸易市场。也有干手艺的,携带着木匠、泥瓦工的工具……我对这些有着较深的印象。几十年前从乡间来到城市谋生活的这些匠人们,是衣着破烂、神情憔悴的;现在走着的,却是精神饱满的、衣服整齐的人们。

回来的姑娘,占着街边的一角卖花生米、瓜子或鸡蛋,也有郊区来到城里的新郎新娘探亲和游历的,他们穿上西装了,新娘也有烫着头发,插着花,还带着乡间来的拘束,然而他们也说明了农村的富裕和进展了。

这些人们携带着的新式的旅行口袋和土朴的包裹里面,还有着工艺品。老头或中年人多些,他们打开包裹拿出来手工编制的草帽、草篮、小的竹篮子……这也使人想到或感觉到辽阔的乡野和劳碌的人们的才华。也有吸引儿童们的多种的玩具。哨子,会劈啪发响的纸做的蝴蝶、风车。竹制的、草编的、泥土捏的玩具,涂着土朴的红绿的颜色。有会滚动的,会跳跃的;有发出叫声和啁啾声的鸟雀。人们围观着,乡间来的这些手艺人们,表演着,说明着,露出有些羞涩的,然而也有着高兴的笑容。

“这些玩意是您做的呀?做得可好呀!”人们问一个白发的老头。

“献丑了。”老头说，用手推动着他那木制红轮子的玩具小车，而温暖的风吹动着他的靠在墙边的串串风车和他的白发。

从都市的一角的通往郊区的路上，人们感到深厚的泥土的力量。它使我拓宽我的视觉，而感到人民中间的深厚的蕴藏。

（原载《北京晚报》1985 年 5 月 25 日）

看修包的少年

修理皮包的工人在微雨中，在楼房的高墙下修理着皮包。

这是星期日。男孩两手压在膝上，弯着腰，女孩两手背在背后，看着修皮包工人的动作。修理皮包的老头动作很熟稔，样子很顽强。他迅速地缝着线，又迅速地将脱落了的拉链修好。他的身边有六七个皮包，而雨落得较大些了，他便靠近墙壁一些坐着。他的顽强、确信、熟稔引起人们的注意，又跑过来一个拿着伞的女孩，站着看着；手艺熟稔的老人的手中的锥子在皮包上穿梭着，他又修好了一个皮包。这张着伞的女孩便将伞举高，站在老人的旁侧，去替他遮蔽着雨……雨也渐渐地小了。男孩是等候他的正在修理的皮书包，张着雨伞的女孩则是来拿她母亲的皮包，而原来的那个女孩则是好奇。对于坏裂了的皮包能迅速地修好和修理工人的沉着、熟稔，她有着早年的人生研究。男孩和撑伞的女孩也是沉思、注意、向往、尊敬，对于工人的沉着稳重，对于熟稔的劳动，觉得深深地惊异，于平凡的情况中阅着他们的人生。

“你这书包每日装塞太多。”老人说。

穿着黑布衣的老工人愉快地看看少年们，笑了一笑。显然他高兴他们的注意和学习。他劳动于渐大起来的雨中，紧紧地靠着红墙。附近也有个体户的裁缝摊子，在楼房的红墙下张着竹篷子，剪刀剪布的声音响着，而缝纫机的声音很有节奏……附近的住宅之间有林荫中的草坪，绿色的树木中蔷薇花开放着，牡丹花挺立于雨中。汽车在大街上沉静地行驶，有时形成很长的连锁的队伍。

“这样锥子锥过线便穿过去了，”男孩对修皮包工人说，“这么快地又是两针。”老工人说：“你喜欢问，喜欢学，是很好的后生少年。”

男孩拿了修好的书包便很快地走了。但是他多给了两分钱。老工人便喊他，站起来去追赶他。这修皮包的老人，为两分钱的很长的一段路的固执的奔跑，也深深地印在好奇的小女孩的心中，她便说：“老大爷您真好。”

（原载《北京晚报》1985 年 6 月 24 日）

哀悼胡风同志

我在一九三九年向胡风编的《七月》杂志投稿而认识了胡风同志。他来信告诉我，我投寄的小说可用，我便写信问他可不可以去看他。他回信约了时间，我便在他住的房子前徘徊着等那时间——早晨九时的到来，去到了一栋房子的楼上。那地点是重庆两路口转弯的地方，和我那时住的很近。

他的房间里光线很暗。除了床铺以外，只有一张桌子、两张椅子和一个洗脸架，显得有些空旷。他已经起床了，潦草地洗一下脸，便招待我坐下来。他说他昨夜做事睡得迟。我后来知道，他是欢喜夜间做事的。他介绍说，他住在乡下，这城里的房子是临时租的，每月要到城里来半个月，校对刊物，和出版《七月》的华中图书公司办交涉，有时还得亲自跑印刷所。他介绍着他的情况便抽起烟来，并且问我会不会抽。……我那时是一个孤独的、谋求着我的生活之路的青年。

从这时起，我和老师胡风的友谊经过了近半个世纪，现在他逝世了，我的感情是很痛苦的。

那天见面时，他对我说，小说看过了，是还可以的，有些新颖，并问我的家庭、籍贯等。后来几天我又继续到他那里去过，像一般处于孤独状况、探索着人生道路的青年在著名人物面前坐得很久一样，我坐得很久，观察着著名人物、著名文艺批评家胡风的动作和听着他的每一句话。我觉得他是诚恳而认真的，他想办好他的杂志。他说文坛上的老一辈人多半有生活和社会的拖累，文学进展迟缓。他说，希望文学队伍扩大，人多起来；这希望在于年青的人们。我在和他交谊的几十年间受过他很多的鼓舞，但这最初的相识，他对我的作品表示好感，强调青年人的开拓，对我是有重要意义的。他还说到要依靠新的思想阵营和多艺的人们。我向他谋求职业上的帮助，他信任地介绍我到陶行知办的乡间育才学校去当文学组的“艺友”去了。

那是抗日战争开始不久的重庆的阴暗的时代。重庆街头除了浮华腐败的官僚，便呈现着贫寒苦闷，也有破烂和褴褛，而特务横行着。那是忧郁、哭泣、奔突、摸索，幽暗中有着追求，谋生者有着羞涩和痛苦，而官僚腐化在恶笑和冷笑的时代；那是阴沉而人们、青年们的内心渴望着光明和理想的闪光，渴望着热情的指点道途，欢呼着突破阴暗而在闪光中呈显出来的中国的未来的时代。在那重庆山城也是有着这样的闪光，那便是生活书店、新华书店、读书出版社和这几家书店所发卖的书籍，以及这几家书店的有着和黑暗与幽暗的周围社会截然不同的言谈态度的店员们的言谈态度。这些给人以鼓舞。再便是国民参政会的民主人士的呐喊，和重庆舞台上能上演成功的爱国的戏剧。

在我的感觉中，在我的孤寂的街头踝踱中，我终于遇到一个和这光明和向着未来的闪光相联的人了，便是著名的民主界的人士之一的胡风同志。他虽然有名，但我感觉他这个人是很善良的。他有着单纯地、热情地接近一个肯奋斗的青年的正直的态度。我从他那里出来，仔细地回忆着他的样子，身材有些魁梧，有些胖。回忆着他很沉着、很热情地讲话的样子，我便觉得快乐。我和他的最初见面，是我和他以后许多年的友谊中不断地回忆到的。这回忆于我是一种重大的印象。

后来我辗转到了重庆附近的煤矿区当一个小职员，又写了一篇小说向他投稿。这时我的居住地点离他的乡下的家北碚东洋镇很近了。他那时在复旦大学教书，兼编刊物，我则是住在附近的山里。在育才学校几个月也和他相距不远，去过他那里几次。这时便去得多起来了，也认识了他的夫人梅志。这时的印象是他很热情，高兴接待我。他有不少的书籍。他对我说，这是抗战开始很不容易地从上海拖出来的。我便向他借书看。他高兴地借给我，和我谈到对这些书的见解，我也热烈地发表我的见解。他对我说，我的描写煤矿题材的小说“可以”。并且问我，有办法可以和工人多接近一些吗？我说，有时候很困难，流氓和特务很多。由于自身的生活情况，进一步很有些困难。他便说，多观察观察好些。他询问了我煤矿的情形。他高兴地说，这煤矿的题材，也是社会和目前文艺界需要的。我在一九三九年得到胡风的帮助开始我的文学写作的道路，开始我和新思想的增加接触，而这时候我便感觉到我还是有为的，在胡风的支持下前行了。我去到他家里，他坐在桌子边上，点燃他的香烟，吹一吹桌面上的灰，和我谈着话。有几次他正在写作，那时他忙着文艺民族形式的论争，见我来了便说，写一点简单的东西，或者说，写一篇短文；他说，这民族形式，真也是一个复杂的问题。

但谈话大多是关于刊物的。他说，生活忙碌，办一个刊物，每月要进城去，有时跑几趟和书店交涉，有时还要跑印刷所，而且可恶的是差不多每一期刊物都要向国民党图书检查官送礼。“就是这样，提着烟和酒去，有时梅志去。”他说，为了我的作品的排印和出版，他和辛劳的梅志去送礼（这是以后我常相记忆的）。他说，耽心得很，但我的煤矿工人题材的短篇还是终于能付排了，因为送了礼的原故，检查官只删了几块。他或者说，这回是向检查官增多了送礼；或这回倒霉些，被删掉多些。他叹口气，看着我的小说稿上被检查官划起的红笔的痕迹。他对我继续写去的小说，衡量着他内心的标准，带着温和平静，也有时带着热情，带着奋斗的辛劳，说：“就这样吧，这篇就这样吧。”“就这样可以了吧，就这样应该可以了吧。”有时他连着说到检查官的检查，他的面孔便显出深深的忧郁，他说：“试试运气吧。怕有点为难。”

对于我的作品的有一篇，他说：“看了，就这样可以了吧，不过有两处地方有小的意见，你看可不可以改一改？”于是我便改一改。我觉得他是认真衡量和严格的。

友谊渐增，这于我是很宝贵的。

他有时疲劳地、感慨地说：“刊物还要继续奋斗下去。”我便觉得我的责任。他说，因为要向检查官送审的原故，有些描写得隐蔽一些。他说，真很困难。社会上有许多人，许多青年，盼望着一点读物；人们希望多开辟一些路径，通向大的海洋的，然而，十分不简单。

他时常激烈地说：这些检查官可恶得很，文化水平又低，有时看不懂意思的他便要删，这也叫做“做到放心”，如同我们编刊物一样。说完他便笑起来。在我的印象里，他时常发出嘹亮的健旺的大笑声。

胡风同志现在逝世了。这么多年来，他的伏案奋斗，凭着桌子抽烟，和我温和地、沉静地、热情地谈着话的情景，他给我的鼓舞，是我难忘的。

他是我所接触和向往的，奋斗的、充满热情的、精神境界高尚的人。

皖南事变的时候，我到他那里，他很忧郁地坐着。我问他有没有打算。他说，看来很紧急了，受到威胁了，这两天门前便经过一些不三不四的人；他想走，或者暂时到重庆的什么地方避一避。我依依告别，便说，假使你们走了，便再会了。我隔了几天又去，门上贴了条子：到重庆去了。后来知道得到党的帮助到香港去了。

于是我和他的友谊便又是一个新的阶段。他从香港的来信写得很热情，仔细地告诉我他到香港的情境。说弄刊物不容易，想弄一个副刊，看来也很难成功。这一时期我和他通信很多。在他的信里，也显出他的赤诚坦白，勤奋奋斗，有着丰富的感情的性格。他的信里的一些话，是我一直记得的。他说：“人生短促而艺术长生。”“摆脱一个看马戏班女子的心情吧。”“世界上没有一个人走的路。”“一步一个脚印。”他说：“努力下去，奋斗文学的前程吧。”“决不致于连破碎的镜子也不是的。”那时接到他的信封字样写得很整齐的信，是我最大的快乐。

我后来在矿区里当小职员不成了，和一个坏人冲突而打破头了，便到了别的地方。胡风来信说，离开了“山里”，很可惜，如能多呆一些时候,“当可以再挖出几块煤来”。

太平洋事变他从香港到了桂林,在桂林忙着将我的《饥饿的郭素娥》出版了。后来他回到了重庆。这个时期我在重庆的周围辗转当小职员。到一九四四年,我写成了我的《财主的儿女们》,将原稿带给他。我在重庆城里他的城里临时住处张家花园看到他,他说:“长篇看过了……好吧,就这样吧。这么长,也有麻烦。图书审查官也恨长的,再看看写篇序吧。”后来这书他找黄芝岗先生帮忙送礼,图书审查机构终于删去了很[少]一些通过了。他寄来了纸张上写着很密的字样的序,我在小市镇上接到,一边走着一边看,是我记得的。

这个时期他在乡下住在赖家桥,是在郭沫若的文化工作委员会。他说,算是挂个名,领一份津贴的,工作很少,开过几次会。我常跑到他那里去,他高兴,快乐地接待我,坐在桌子旁边,抽起烟来,梅志便说:“你们两人一天要抽多少烟呀,看这屋子里的烟。”

这一段时期他心情很好,筹办《希望》杂志了。我们常谈的除了文学外,有苏联的反法西斯战争的军事情况,记得我有一日到他那里,公共汽车上有人看报,头条标题是:《苏军攻克明斯克》。我到他那里便把这消息告诉他。他高兴地说:“今天的报还没有看到。这个很好,很好,明斯克攻克了。”明斯克是苏联边境的城市。他又说:“这便快了,打入德国本土了。这是关系人类命运的整个形势的。”

有一段时间他的谈话是围绕着民族形式问题的论战的,有一段时期是围绕着他的《置身在为民主的斗争里》这篇文章,围绕着《希望》杂志的出版的。《希望》出版的时候,他还是和以前一样说:“现在的文坛上还是需要新的人的。没有大批的新的人,是困难的。”

我记得他在北碚东洋镇居住的时候,抽着自己卷的尖嘴的烟叶子烟,裁着一小条一小条的纸,后来一直到抗战终结,他也还多半抽着这种烟。他慢慢地卷着,冷静而温和地对我的作品发表意见，时常说："这样也可以了吧。"记得他在重庆乡间赖家桥的时候，我到他那里去，从汽车站下车看见他站在田坎间小路上的情景，他说："正在想到，今日你可能来的。"

我还记得他到我居住的码头来找我，住在我那里的情景。那次他说："戏剧是一个值得注意的题目，很有作用，什么时候写一个剧本吧。"

我在乡间的码头上住着，来到他那里，他常问到我码头上的人和事，我当小职员的国民党机关的各种事情。我喜欢谈我的生活情形给他听，我更谈很多正在想着和写着的小说。他是一个听我讲这些最多的人。他耐心地、温和地笑着听我说，有时还站起来在屋子里走两步，不断地抽着烟，有时笑起来，赞成我的所说。这种情形一直延续到后来我和他在生活变异中别离……

抗战以后，他回到了上海，继续编着《希望》刊物，情绪是不错的。我去上海，在他的两层楼的上海雷米路文安坊的房子里看到他。这是他和梅志抗战前租的，抗战期间梅志的母亲住着。我坐下来又和他谈论我的生活，主要的，我正在写着的作品。他也谈着他的工作。他和梅志正在办着"希望社"，预备出版书。这个出版社经费是自筹的，买了一些纸张。他对我说，这个出版社我的书籍最多，要算是最大的股东了。"希望社"也出版了我的《财主的儿女们》。我始终记忆着胡风同志编刊物和办出版社，他和冷漠的社会相撞击，企图争取一些出路，忠于他的理想；我始终记着他的认真的态度，他与梅志为这份工作付出的辛劳和辛苦。校对是他和梅志，发行算账也是他们，他是我的作品的编辑人和出版者。我觉得，在这辛苦的工作里，他也老起来了。这希望出版社后来在"十年浩劫"里丧失了，连同着一些稿件。

他在他的旧居里住下来，有些忧郁地说："抗战算是胜利了，这胜利真是令人忧郁。上海是一个无底洞，探索下去真很困难，里面各种花样都有，青年们便在中间受着煎熬。"又说，"上海是一个炼狱，万头的妖怪在钻动着。"他说他想做大众化、通俗的工作，办《七月》刊物的时候想发行一个大众版，没成功；现在《希望》杂志也想办，但估计也很难成功。他说，有时间可以写篇简单的、大众化的作品试试看。他又对我说："什么时候写一个剧本吧。"他有一次说，剧本能上演，也有着大众性。

我便写作我的剧本《云雀》。以后他来南京看上演。他说，能在南京上演一个剧本，也算是一件很有益、很有点振作精神的事。

解放了，我来北京开文代会，在北京饭店看见他，和他的信件里写的一样，他着重地说，要向老干部学习，有机会可以到部队里去，这支军队实在好。

后来我也来到了北京。这时期他住在《人民日报》煤渣胡同的宿舍里，在写他的长诗《时间开始了》。写完一节便拿给我看，仔细地询问我的意见。他的热情的长诗令我感动，我说，许多革命形象和奋斗的形象都表现在诗里了，我觉得是顶好的诗。他便站起来徘徊，说："能写点东西，也还算是这段时间的成绩。"我又说他的经香港到解放区东北后所写的散文是极好的，很深刻的感情，文字也有力，他沉默地想了一阵说："本来还可以写几篇的，现在耽搁下来了……"

一九五三年，他搬进新居太平街的房子，梅志和孩子们也来了。这个时期和煤渣胡同时期一样，我到他那里去很多，有时差不多每天晚上都去，和他谈我写的小说，看他的反应，也进行思考。我便想起来，三九年认识他和他谈我的小说，这经过了好多年了，也就是十年如一日，我们的友谊很深厚了，坐在我面前的这位朋友和老师，是一个诚恳、耿直，爱好思索和有着深刻的文化修养的人。

我的《洼地的战役》的小说原稿，他看过了之后说，后面还可以加一两句有力的句子似的。他说，我写的朝鲜妇女令他想到日本妇女，在遭遇到痛苦和不幸的时候，常静默着；没有多少动作，表现出她们的坚韧。

我深深地记得他着重地说到坚韧……

我们在一九五五年因生活变异而分离了。我始终记得他的温和的，诚恳的，深思的声音和笑容；时刻激昂起来嘹亮起来的他的嗓子；始终记忆着他对我的热情的友谊。

五五年分别，二三十年后再见到，我有着痛苦，便是他生着病，而且年龄是很老了，讲话和动作都不方便了。

他患了癌症，进病院了，这是没有办法医治的病，只好将病情瞒着他。我去到病院探视，他没有说很多的话，我也默默地坐着。去到病院几次，大半静默地坐着。他在逝世前曾问到我的《财主的儿女们》印出了没有，他要我先要两本样书看看。我拿去了样书。我便想起我最初的投稿的《七月》《希望》和“希望社”，我便想起几十年来的历程……

终于他与世长辞，与我也离别了。

我写这些，表达我对他的哀悼。

1985.7.30

（原载《文汇月刊》1985年第9期）

胡风热爱新人物

胡风(有一个时期)欢喜谈到新的人物。

我说他的描写战斗英雄与劳动模范的文章很好,很生动感人,他很高兴。他解放前就喜欢谈到人民解放军和边区政府的劳动模范,歌颂(这支)人民部队和新的人物。(在解放前)他(就)说(过),自井冈山起[家]的这支军队很好,又说,(解放)边区延安的一些新的人物新的事情很好,他想多发表解放区的作品。一九四九年全国解放后,他对我谈到四八年他从腐烂黑暗的国统区来到东北解放区的感想。他说第一个印象是招待所的人员很客气、温和、谦虚。他想,人们似乎也还是那样,也没有多长眼睛鼻子,怎么一切就不同了呢。他说他对街头走着的穿军装的(温和谦虚)极正派的和有礼貌的人们觉得很感动。他访问过一个师长和一个副军长,那位师长很活跃,他对胡风说,他是小时候放过羊的,贫农出身;在过去,他对于知识份子,有过隔膜的心理,但他后来新见闻,知识份子有许多经过了学习,便和他很能相处了,他(减少了生硬的心理)觉得他们也很能做工作。胡风又说到,他认识的那个副军长,则是地主家庭,知识份子出身,是学生运动中参加革命的,最初他有着知识份子的优越感,但学习过后,战斗中间的磨练,[使]他和劳动人民"知心"了。胡风说,解放区人们强调学习,这是很重要的。他还说到,那副军长说,他的小通讯员是贫农,(他们)朴实极了,做事抢着干,还照顾他首长的营养,替他积存了许多他没有吃的罐头、药品,行起军来便是包袱,然而通讯员背着。……胡风对我说,这两个最初接触到的毛泽东军队的干部,给他印象很深。

胡风对我说，写一些新人物吧，首先熟悉他们。他们真是极其可爱的。英雄模范会上，访问了一些战斗英雄和劳动模范，胡风又对我说写一些新的人物吧。他说他写了几篇。他说他访问海军英雄赵孝庵，他说青年赵孝庵很纯朴，善良，坚韧，对党和革命爱得什么似的，是他的特征，并且问我，依我看，[除这些外，]还有什么特征呢？我未有答出，他便又说，还有是中国(农)劳动人民的忠厚的特征很明显地存在在他身上。我佩服胡风的热情，觉得他好像年轻了好多岁地在谈着。他又谈到女战斗英雄，曾经因争取参军，女扮男装一阵的郭俊卿。胡风说，郭俊卿是怎样扮了男装在战士班排里好些时未被发觉的呢，他说依他看来除了人们未想到以外，便是她热爱革命的思想，坚决参军和细心的思想。他说，他见到本来他有些好奇的郭俊卿，便也注意到她是普通人，普通的中国劳动人民的女儿。他赞美郭俊卿女扮男装和敌人作战时用刺刀刺死过敌人。他说见到她时尊敬之感便油然而生。胡风又说，他还访问了女民兵埋地雷的英雄年轻的孙玉敏。他热烈地说，孙玉敏是朴实、浑厚，有如一块璞玉，天真浪漫。他说，孙玉敏极谦虚，说自己没有什么功劳，功劳是党和人民群众的，她对人们说"真不好意思啦。"胡风说着的时候，还模仿着孙玉敏的腔调。他说，他体会到，革命的基础是这些人，所以中国革命能胜利。他说，(这些)他还注意到的特征是，这些新人物都是热爱党和毛主席、朱总司令的。

胡风对新人物的热情很使我感动。现在他逝世了，我写这[些]也算简单的纪念。

1985.8.8

(原载《北京晚报》1986年1月15日，据手稿校)

胡风谈他的文学之路

一九三九年，我在重庆认识胡风的时候，他家住在乡下，自己在城里临时租了一间房子住。我每日没什么事，便三天两头到他城里的临时住所去看他。有时，刚从他那里出来，在街头走了一阵，又跑转去找他，说，还有些话想和他谈，想问他。他便说，问吧，他愿尽量地回答。

我向他提出一些有关文坛的情况、他的文学生活、世界文学名著和文艺理论等方面的问题，他都耐心而高兴地回答我，表现了极大的诚恳和热情。我那时是一个孤独的青年，头脑里存着的问题和意见是不少的，我和他这些天的谈话给了我很多启发，至今，我都很难忘却。

后来我继续向他投稿，并且也到乡下去工作了，这时，就到他在乡下的住所去看他，谈得就更多了。

我那时还在一些报纸的副刊上写些文章，有点零碎的稿费。他请我吃饭，我便也请他喝酒。他欢喜喝酒，但平常一个人时不喝，这下可碰到我这个喝酒的朋友了。

他说，读我的稿子和来信，觉得似乎年纪不小，但一见面吃了一惊，这样的年轻！他很感叹，说现在动乱时代，青年中也有成熟得早的。他就比我差些，五四运动后，也就是十七岁以后才慢慢接触新文艺作品的。最初是胡乱地读书，什么都读，头脑里面很杂乱。

谈到自己的文学道路时，他首先提到了《文学与生活》这本书。他说，他的那本由生活书店出版作为青年自学丛书之一的《文学与生活》中举了不少诗作例子。他年轻时就欢喜诗，那时思想朦胧，情绪很忧郁，所以自己后来称之为“理想主义者的时代”。王统照影响过他，谢冰心影响过他，爱罗先珂这俄国盲诗人的追求光明也影响过他。到了二七大罢工的一九二三年，思想和活动便开始接近现代的“薄明的天色”，并开始了斗争。而到了写《文艺笔谈》和《文学与生活》的时代，他已突破了自己年青的朦胧，思想基础和文学生活之路便也基本固定了。他说，之所以从《文学与生活》谈起，便是因为这本书在青年中有点影响，并且自己有时候还爱它；它里面用诗作例子来解说文艺理论，而他是热爱诗的，尤其推崇新诗，自己也写了不少的诗。此外，这本书里还阐述着“为人生而艺术”、“文学是社会的产物和劳动之产物”的文艺观点，这是很重要的。

我这年青的投稿者喜欢发问，他总是尽量地而且愉快地答复我。他说，在《文艺笔谈》以前，他很受到日本一些左翼文化人的影响，而不可否认地，苏联的弗理契、吉尔波丁以及普列哈诺夫等，都对他有一定的影响。在写《文学与生活》时，本想多举些例子，多引用些文字，但书店嫌引用的话多，又嫌引用的诗多，希望他能修改。麻烦了几次，只好多少做了一些“修改”罢。他很留恋那里面的“袋鼠袋鼠”的诗，就没把它改掉。他说，《野花与箭》中的诗，《文艺笔谈》中的文为他的文学工作定下了基础和样式，这便是，既写诗又做文学批评和编辑人的工作。在做批评工作的同时，做编辑工作是很合宜的。《文学与生活》这本较通俗的青年自学丛书，也增加了他对当职业作家和刊物编辑人的兴趣。

他说，一九二九年到日本以后，学会了日文，并和日本一些作家交往。那时在他的头脑里有不少文学方面的问题，和这时候我的情形差不多，假若我不见怪的话。他说日本的文学界一些人很能奋斗，他尤其受到小林多喜二不小的影响：激斗性、揭发社会的黑暗压迫、发掘劳动人民的觉醒的性格形象……。

他和我谈得最多的是鲁迅给他的影响以及鲁迅精神等，这方面已在他自己的文章中不止一次地叙述过了，我就不在此重复了。

他说，他欢喜提到五四运动，欢喜提到“人的觉醒”“人文主义”“人本主义”“人道主义”等，在接近了苏联的理论如高尔基的见地之后，对这些自然也达到一些新的理解。我问他，除了鲁迅以外，还受谁的影响较深。他说，这有些颇不好回答。说到理论之外的世界文学作品的话，其中有一个是易卜生。胡风在重庆和乡间时都和我谈论过易卜生的作品。他在学生时代便接近了这位作家。易卜生作品中反对资产阶级腐朽，追求个性的解放，有着强烈的人文主义的、个性深刻的成功的形象，给了他影响；易卜生提倡的个人的勇敢奋斗，使他很感动。当然，随着时代和自己思想的进步，他也就认识到了易卜生的局限性。这时，他叹息说，个人奋斗自然是不好的，必须联络更多的人起来奋斗，鲁迅也常谈到这些。

他还提到受过达尔文、赫胥黎的进化论的影响。赫胥黎的影响或者更多，因为赫胥黎的文章感情多些。

有时他对我时常忆起年青的时候在学校的草地上，在夜晚室内的油灯下，读着世界文学名著和偶然到手的书籍时的情景。文学事业是辉煌的殿堂，他决心诚恳地、虔敬地去敲开它的大门。那时甚至还读过斯大林的文章呢，叫什么题目现在忘记了，只记得里面有着文学作品的举例。

另外，他还谈到受一个人的影响较大，这就是但丁。年青时，但丁的《神曲》给了他以“震撼”。他说，《神曲》这作品，是人类在中世纪的幽暗之后最初发出的“人的自我发现”的觉醒的呼号，是深刻的人道主义的作品。但丁表现了资产阶级即将上升时期的积极的精神，他描写了和炼狱、地狱作搏斗的人物及其深刻的精神境界，描写了对“净土”“天堂”的追求，但他并不是超现实的，而是肯定了地面的现实的。他记得，在年青时，白天虽很疲劳，但夜里还继续读着《神曲》，读着主人公和人面兽身的怪物相搏斗的故事，不觉地睡着了，衣服叫蜡烛烧了一个破洞，第二天只好自己慢慢补起来。他那时对《神曲》怀着很强的热情，设想着自己对人生道路的追求。后来，思想不同了。但提到这仍旧引起青年时的激动。当时，虽然自觉很卑微，是一个乡里出来的孩子，有些呆笨，但是受着这些文学作品的影响，内心里面很有些高蹈的浪漫和理想。他在房间里徘徊着说，《神曲》里的境界是丰富的，但丁的击破力很大，这人是一个天才，看他的传记，更说明他一直在勤恳地奋斗着。

胡风说，还有一部作品给他的影响很深，那便是福楼拜的《包法利夫人》。

他认为，《包法利夫人》叙述的虽是平凡的人生，但表现了作者对资本主义剥削社会的大的愤恨和悲哀，更重要的是，表现了作者严格的、深刻的现实主义精神。自然，还有深刻的人道主义精神。有的大学不教《包法利夫人》，说它太俗，这种看法实在浅薄。他在复旦大学讲文学概论与世界文学时，便讲评《包法利夫人》。

他评论说，包法利这一妇女，由于虚荣心，碰在各样的孽障和社会的恶毒上，走到了绝境。其中每一个情节都表现着对当时的十九世纪腐化的法国的资本和官僚社会的愤恨，然而作者又是极冷静沉着地表现着现实，情节很完整。他说，这本书之所以激动着他，也在于他所处的是中国这落后的、悲惨的社会和时代。中国社会的黑暗十分重。青年特别是青年妇女走入歧途碰到孽障的十分多，有些便作了牺牲品。想到这些，便也加强了对文学现实主义和象福楼拜这样的作品的器重。这也是资产阶级上升期的文学。人类有着现实主义的有理想的文学传统十分可贵。这里之所以说"有理想"的，是因为过去有些人说《包法利夫人》是没有理想的，象契诃夫一样——有些人也说契诃夫是悲观的作家。但其实，理想是通过对黑暗的抨击表现出来的。《包法利夫人》的人道主义精神，使它优于左拉的作品。

他又说，《包法利夫人》也表现了题材的多样性是文学现实主义的一个原则。写的是平凡的人生，但有一点是重要的吧，那便是中心环节即时代精神的描写。重大作品的成功，就在于它们描写了中心的时代精神或发难了推动了时代精神。许多现实主义的作品，不论写社会的哪一角落，有一点是重要的，便是极有力地反对了黑暗的、旧的、腐朽的社会，升起了反黑暗的旗帜。它们所描写的人物和事件，都是围绕着这个的，但又不是概念化，而是历史的具体的；它们的主人公是有血有肉地表现了这点的，虽然《包法利夫人》是从侧面表现的。但是，路途也很艰难，有时候发现并表现这时代精神是困难的，虽然有时候也不。举个例子说，作者福楼拜的作品后来便转化为概念化的空洞的东西了。那《圣安东尼的诱惑》便是理想观念的空洞的表白，虽然有着不少美丽的玄想，却成为宣扬主观心灵的了。他说，这也不难理解吧，中国这样的人确实也不少。少壮时有所作为，到了一定的年龄，便“万念俱灰”，退婴了。但是，福楼拜这样，却很值得可惜。这一点真应该引以为戒。胡风热情地说，我们在这里的闲谈，也是希望能共同勉励，以此为戒，使往下的道路不陷入这样的错误中。他还问我赞成不赞成他这样的见解。

过了一会，他又用平静的声音说，好在我们现在所处的，是激动的，有着燃烧的火焰的时代……。

最后归结说，易卜生、但丁、福楼拜等人的作品是他青年时代衷心喜爱的。他又重复说，这些书都有着搏斗的内容，也在当时唤醒了他对中国黑暗的、半封建半殖民地的社会的警惕。但是，使朦胧的理想转为明朗的现实的，便是新的思想的传播。

“从世界著名的伟大作家们所达到的峰巅看，人类是有气势气魄的，是顽强的。”胡风说，“比如高尔基，我觉得他是坚强的，主要还在于他接近了新的人民。我受鲁迅的影响是不用说的了。……年青的时候我也爱莎士比亚的《哈姆雷特》和《罗密欧与朱丽叶》，还受到普希金的深刻的诗情的影响……他们都达到了艺术的峰巅……。”

他站起来，来回走着说：

“人本主义精神，后来便加入了鲁迅的以眼还眼以牙还牙的精神。当然，在新的国家出现了法捷耶夫所歌颂的新的人民。我是很爱法捷耶夫的《毁灭》的。……还要说到马克思和列宁，他们的文学天才和革命精神，是我所景仰的。……”

在重庆的设备简陋的房间里和北碚乡间他的家里，我们热烈地交谈着。我因继续向他投稿，而增加着与他的交往和认识。

他谈到，资产阶级上升时期有不少的伟大和杰出的人物，但后来这一阶级便显出了没落的悲惨与恶毒。从路卜洵的《灰色马》中便可以感觉到俄国沙皇时代尚有着斗志的资产阶级剩余的气势。但法捷耶夫的新的时代，新的人出现了，也可以说如同果戈理所形容的那样，有强壮的马匹驾着的马车风驰电掣般地跑着……。他说，日本的厨川白村是有着内在的心灵论的倾向的，然而他诚恳的语言总在追求着什么。胡风从这又继续说，欧洲自二十年代以来，人们也在寻求着精神的出路，有着颓废派、印象派和现代派了。从旧时纪德的文章可以看出突破这些颓废和苦闷的努力，他因此靠近和赞美了苏联；但更值得说的是罗曼罗兰的《约翰·克利斯朵夫》。罗曼罗兰倾向人民，有着明朗的形象，是欧洲文化夺取出路，靠近新的人民的表征。他又说，在他年青的时候，碰见书就“啃咬”，后来也有随手翻一翻的习惯。有些已是淡淡的记忆了。但是，呐喊着为推翻黑暗和为人类未来而奋斗的作品却使他常自记忆。罗曼罗兰的作品，就是他愿意记取的，虽然读它们的时候，他已不那么年轻了。

他欢喜契诃夫的作品。他说，作者有深刻的善良的心，也洞察到了沙皇俄国的渐趋于溃灭。有些人说契诃夫是悲观的，但他认为契诃夫是战斗者，是在找寻生活里的黄金，劳动的人们的善，而有力地打击了庸俗堕落的社会。后来，文学阵容的组合里，便出现了新的人新的美学观念。于是，他便又提到了法捷耶夫的《毁灭》。

当时他说，他是对人类社会抱着乐观的信心的。法西斯必败，而人类文化的明亮灯火的长廊，表明人类是伟大的，未来是光明的。“在估计了很多的黑暗之后再这样说，是有信心的。”胡风这样说。

他带着深情谈到了高尔基。他说，他欢喜高尔基的回忆契诃夫的文字。用高尔基形容前辈和朋友的话来形容高尔基自己是很合适的:“所有的人类文化的建设者们”是“充满感情的、和善的”,“温和地、抚慰着可贵的美的心灵”,“静静地和深思智慧”的,“有着对黑暗的仇恨”,“而伟大的艺术形象从他们笔下出现了。”

胡风评论说,A·托尔斯泰从贵族转变到新时代的苏联作家是一个艰辛的过程。A·托尔斯泰在十月革命以前是一个贵族的落后的阴影笼罩着的,有着贵族的世界观或某种程度的形式主义的作家。然而十月革命使他改变了,新生了。列夫·托尔斯泰晚年虔信宗教,而A·托尔斯泰的后半生则是新时代的革命作家,他创作了《苦难的历程》这样伟大的作品。这样的例子很有启发作用,增强了人们奋斗的信心。自然,中国似乎比沙皇俄国时代更黑暗些,然而中国也在渐渐站起来了,由共产党领导着在进行斗争。他说,他始终对于中国的工人农民和妇女有着大的敬意和信心。他觉得他们是坚韧的,脊背上背着沉重的苦役劳动。他始终怀念他的母亲,她善良地、默默地、然而是坚韧地劳动着;也象高尔基所说的一样,是深沉的,沉静的,充满感情的。

在我认识胡风的初期,我听他谈得很多:关于他自己的文学之路,关于书籍,关于人们……。我记得胡风曾说:

“借用但丁的《神曲》说吧,中国现在是正处在炼狱里,但是新的净土是会到达的,未来是清晰可见的。我们也正是处在伟大的时代。”

和我相处多年的导师和朋友胡风逝世了,我回忆到这些,记了下来,作为对他的哀悼与纪念。很遗憾,很多地方记忆模糊了,记得不全,也可能与原话有些出入。

1985,8,12

(原载《鲁迅研究动态》1986年第6期)

《七月》的停刊

——纪念胡风逝世

抗战期间，国民党阴谋制造了皖南事变，重庆的进步人士也感到了围绕在四周的阴暗的气氛。

胡风那时在复旦大学教书，住在学校附近一个叫做东洋镇的地方。我去看他时，总看见有特务在附近梭巡，有时还在市集上跟踪出来买菜的梅志和叶绍钧夫人。有一次我听到两个似乎是在交接班的特务，指点着她们的背影在介绍情况，接班的特务还走到叶绍钧夫人身旁去问她鱼多少钱一斤。还有一个穿绸衫，含着烟嘴的特务一再盘问我是不是复旦大学的，我否认了。

《新华日报》发表皖南事变消息的同时，刊登了周恩来同志"千古奇冤，江南一叶"的题词。我看了报后匆匆赶到胡风家里，见面就问他看到报纸没有，他说看了。沉默了一会儿，他告诉我，复旦大学的学生中间这几天特务活动得很凶。党的地下工作者通知大家说，国民党特务机关在加强活动，配合皖南事变造成白色恐怖的气氛。他烦恼地抽着烟，在屋里徘徊着。沉默了很久后他坐下来说：时局的变化使他很难在这里呆下去，但他却很希望能留下，因为他舍不得放弃《七月》。但看来，《七月》是难于再办下去了。

我知道，胡风是把自己的全部精神都放在办《七月》上了。他们夫妇为发稿、校对、交涉书店甚至给国民党的审查官送礼而到处奔波，事务繁忙，负荷沉重，但每一期刊物的出版却使他感到极大的愉快，有着辛劳得到报偿的慰藉。他几次问我周围有些什么人，在复旦大学认得哪些学生，他们对刊物的反应怎样？

当听说反响很好时，他便沉静地沉思着，有时笑一笑，有时也叹口气。现在时局紧张了，但他仍眷恋着他的刊物，很想能在重庆继续发行下去。他说，他倒要试试看……。接下来他又告诉我，复旦大学的一些进步学生，其中有几个大约是地下党员，有时还和他有着联系，有时也来他家里坐上一阵，谈论文学和时局，所以他的处境可能会有些麻烦。而更麻烦的是他的《七月》杂志陆续在好几期中发表了寄自延安或由党转来的作品。

我注意到他对《七月》的深刻的眷恋之情，和因《七月》而来的沉重的负荷，但他甘愿承担这负荷。他说，刊物刚刚几期，发表延安的作品也有重要的意义。但特务已来过几次了，一次只在屋子里转了一圈；一次是要查看抽屉里和桌子上的物件，还从书架上抽出《七月》翻看一番，望着杂志上面发表的来自延安的作品，特务们发出了狞笑。近些日子，特务们更嚣张了。再来的时候，就直接问他是如何认得延安这些人的。他回答说他在上海时认识了女作家丁玲，而她现在正在延安。特务们虽没有再追问，但临走时又冲着他发出了一声狞笑。

说起办刊物，他曾说过，抗战武汉大时代是他的新阶段，在那里，他开始了除写诗文和做文学批评工作以外的编刊物工作。他想在党的领导下，利用刊物组织文学力量，来发扬鲁迅的传统。编刊物成了他醉心的事业，他选择了这一“炼狱”，时刻希望民主环境好一些，能到达“净土”。虽然这是一种空想，但他承担了这个任务，和恶劣的环境拼斗着。从武汉到重庆的时候，为了他箱子里的书和在武汉时出版的《七月》杂志，他在重庆码头上被特务扣留检查盘问了两个钟点。他还曾在城里的书店里遭到特务的检查，特务指着他编的《七月》问，为什么有这些“共区”的文学作品能在他的刊物里发表。

他提到在编刊物的过程中，受到进步学生、其中有地下党员的信任和照顾。他们常告诉他特务活动的情况，并分析民主运动的形势。一些爱好文艺、爱读《七月》的青年更是积极地支持他，建议他把编辑的范围再放宽些，更多地发表延安的作品，这些都使他非常感动。他对我说，特务是很猖狂的，但他也有奋斗的决心，必要时也有坐牢的准备。怎样奋斗呢？就是"坚持我的刊物，办下去！"他说："我一个人——胡风，或者连她——梅志，一家人，教书、编刊物，看他特务能怎样！"

我劝他避一避。皖南事变的当天和以后的几天内，我都到他家里去劝他，他仍不想走。他说，他不过是共产党的外围，没有什么关系，不走似乎也可以，哪里能不冒一点风险呢？他还想试着再出两期刊物。他设想着新文学队伍强大起来的情景，这使他感到鼓舞。他甚至想，必要时可以把《七月》转入地下或半地下，突击性地印刷发行。他还计划发行一个《七月》的大众版。

周围的空气更严峻、更阴暗了，而耿直的胡风的形象也更鲜明了，他怒骂国民党："袭击新四军，混帐、无耻！"

国民党的确无耻，在皖南事变以前，他们就在蓄意压制民主力量。我去胡风家，常经过复旦的操场和码头，曾看到过特务殴打学生。特务们还袭击过邹荻帆、姚奔、史春放等编的《诗垦地》。我赶去告诉胡风时，他说，学生们已通知他了，特务们也已经来过了。有一次他忍无可忍，当特务们又来寻事时，他摆出教授的架子，拍着桌子，连声怒骂"滚出去"，将他们轰了出去。

皖南事变后，特务们自然更是变本加厉，因为我常出入胡风家，又向复旦大学同学会编的《中国学生导报》投过稿，特务竟然还到我住的山里煤矿区的房间里，查我写作的原稿。

胡风的处境更坏了，他告诉我，特务的黑名单上有他的名字，尽管他再三想留下来继续为编刊物而奋斗，但他也了解，"不能个人拚命，逞个人的意气是没有什么意思的，做易卜生剧本里的人物也是不必要的，所以还是避一避。……"他又小声说："还是要依靠群体、依靠党……。"

通过党组织的帮助，他去了香港。

到香港后，他依然念念不忘刊物，他在给我的信中说，他很留恋旧时的"摊子"，编刊物时的奋斗。而香港的书店市侩气很浓，他找不到同意编刊物的书店，但他还是想搞起来，想在国内成立几个“通讯联络站”，收集和转寄新结识的朋友的稿子，或者找机会编“丛刊”。我觉得这些似乎都很难办到，但他顽强地坚持着这些想法。

与这同时，他又来信嘱我去聂绀弩夫人周颖那里，取他存留下来的一批稿子，他过去是想让周颖也参加编刊物或“丛刊”的。我到了北温泉周颖的住处，她说，稿子保存着，但是编刊物看来是没办法了。

胡风让我处理这包稿子，我便将一些诗稿转给了当时编《诗垦地》的邹荻帆，其余的一些退回了作者。

在这批稿子里，我看到有延安来的稿件，和鲁迅墨笔写的“七月社”的信封，它们使我激动，也使我想了很多。这些稿子展现了国统区阴暗、窒息、困顿的景象，也表现出了我那时称做“北方”、“远方”的延安的人们在党的领导下的奋斗。来自延安的稿件，有的工工整整、细心抄写过，有的在劣质的纸上写着很小的字，显然是为了节省纸张，也有的字迹匆忙而凌乱……。但这是在延安的窑洞里写的、是在边区的战斗间隙中写的，那里有与这里不同的旗帜，那里有中国的光明。

这包稿子给我以力量，我从它连想到国民党区域里特务横行的黑暗，也想到胡风对工作的热情，为《七月》的奋斗，他和梅志为刊物所付出的辛劳。时隔多年，我仍能回忆起胡风在复旦教书的情景，回忆起他为刊物的奋斗，回忆起他住处附近拥挤的市集、特务对他的搔扰和他与进步学生的往来，他坚持发表的延安文学作品，他被迫让《七月》停刊，远走香港，他想建立内地联络站的企图，他到香港后给我的表示要继续奋斗的信件……。

岁月易逝，胡风已去。我只能在这篇文章里，写出一点往事，作为对他的纪念。

一九八五、八、十四

（原载《读书》1985 年第 10 期）

颂中国农民

夏季的炎热的太阳下，农民在田地除草。高粱长得很高了，人们隐藏在高粱的阴影里。田地里的杂草长得很快，种植高粱的时候和种植以后不断地拔草，但是草依然又长了起来。这些杂草，蒿草，地衣，抢夺着作物的营养。人们渴望作物丰满地成熟，人们的心中颤动着甘美的希望；禾苗渐长了，在春风和春雨里，在夏季的太阳里，养育人的土地使人奋发，农民们注视着翠绿的田野，他们仇恨害虫和杂草。

广大的田野大片的绿色。靠着山坡有着村庄，山上稠密的深绿的树林在风里摇曳着，在绿色的禾苗间也平地里展开着炊烟的村镇，田地边上和田地里水流着。高大、严肃的高粱在村镇边上，其他的作物间升起它们的帐和幕。太阳白昼里热烈地照耀，大片的白云经过后，它又灿烂地照耀在坡上的树林上，照耀在静静地站着的高粱上面了。人们注视着这些，注视着太阳照耀着的高大、整齐的高粱有着快乐和严肃的感觉，大片的绿色中间的升高的绿色，引起着深情的思想，在黑色、黄色、肥沃、养育人的土地里，在闪耀的蓝色的天空下，水发出甜美的声音流着，柔嫩的春季的绿色变成夏季的刚强的绿色了。夏季在田野间稳健地行走着，农民们便也稳健地觉得，他们付出辛劳，今年的收成便要由这艳丽的太阳和温和的风送来了。人们展望开去，铁道穿过田亩通向地平线上的大城市，这便是祖国了，这便是中国民族的生息之地。人们展望开去，更多的铁路和高速公路穿过田野，山坡上建起了高压的电塔，地平线上建起了工业基地，这便是八十年代的中国了，它在奔向现代化。在旧的年代，人们，农作物种植者们，辛酸和贫寒地看着田野，而现在……

中国是贫弱的，但是现在，大量的拖拉机行驶在田野里，中国平原里便也有了新的市集和城池了。男男女女们现在是穿着整齐的衣服，很多是骑着自行车来到田地里，坐着拖拉机和跟着载运汽车来到田地里；土地在人们的手中更柔韧了，和人们的互相感情更多了。

中华民族是勤劳勇敢的。

旧时候的穷苦被扼杀了，旧时候剥削和穷苦曾经使大量的劳动者含冤而死，曾经残酷地扼杀人们，人们的咸的汗和咸的泪流在土地里，黑色和黄色的土壤陪着人们一同叹息，人们随处潦倒着，嫩绿不久便枯萎而死的农作物和人们一同哭泣着。这便是中国。旧的时代，农民是野草、是伤痛的被践踏的杂草草芥，然而，也是地衣，也是顽强的藤萝，他们顽强地奋斗过来了。在高粱成熟，烈日下升起的帐幕，飘着它的红色须的时候人们这样想着。穿梭于绿色中间的水流声更甜美，太阳静静地悬挂于高空，中国的农夫农妇的心悬挂于土地、辛劳的收获上。作物成长，人们还要拔去野草。现在这牛蒡草叫做吃大锅饭，叫做剩余的贫困，……

农民们，获得整个的收获也获得文化的人们，他们仿佛是一个有力的、目光闪灼的巨人，有着强劲的膂力和强壮的肺活量的老人。中国农民的岁月太久了。这老人，这有力者举起山、举起水来了；这强有力的男子披着衣服，举起整个的田亩，整个的作物来了，这便是说，各样的作物在他的心血和流汗的手里成长了。

这有力的巨人生息着。看，他从瓜棚豆架后面，他从高粱的帷幕后面，播种这一季度的作物完毕，背出这一季度的收获，同时背出杂草来了。

看，他从开着紫色花的豌豆田边上背出杂草也背出收获来了。

他将土地变得肥沃了。

他从树林中背出杂草来了，也背出成筐的水果来了。

看，他从葡萄田里背出收获来了。

看，他烈日下风雨里从麦田棉田背出杂草来了，背出金黄的收获，强豪的收获来了。

啊，新的时代，渐渐地、稳健地，走向前时候人们渴望的黄金时代，农民不再是微贱的杂草，他们清除杂草背出收获来了。

（原载《散文世界》1985年第10期）

忆望都之行

头脑不好，记不得是五三年秋或是五四年春了，大约是五三年秋吧，我曾经和胡风一起到河北望都县去参加“购买余粮”。那时候粮食缺乏，国家动员农民将剩余的粮食卖给国家。

我和胡风听了关于购买农村余粮的报告，便乘火车到望都乡间去。望都是《红旗歌》话剧作者鲁煤的家乡，他介绍我们到他的家所在的村镇去。

我们在火车里谈到国家的形势和展望。我记得胡风充满热情地说：“农村从互助组往生产合作社去，是极好的发展，个体经济小农户是穷困的。”他说，他是乡间农民家庭出身，关于这种小农户的困苦知道得很多，这便也是他想到河北乡间来看看的原因；他说他始终记得他的一个嫂子劳动的辛苦，记得那汗流如雨的抱柴火和挑水的形象。我说，我是到朝鲜战地去了一阵，回来需要写东西，需要知道一些现在的农村情况，他便说这是很重要的。他说，农村问题的解决，是重要的，国家往社会主义去，展望未来，占人口的大数目字的劳动者农民能富足起来，是很令人高兴的。他再三地说到农民的辛苦。到了望都县，晚间沿着飘荡着烟霭的村庄街道散步的时候，他又说到这些。

我们住在鲁煤的家里。鲁煤的嫂子在勤勉地担水、扫地和砍柴。鲁煤的父亲年岁不小了，热情地招待我们；他说话简单，招待我们吃乡间的白菜和白薯煮饭。就我的记忆说，在这里吃到的白菜是很甜的，是我吃到的最甜的、鲜美的白菜之一。鲁煤的父亲说，收成还好，但自家劳动力不够，他也还能劳动，但主要地靠鲁煤的嫂子。他说，互助组改为生产合作社，农民们是赞成的。我们到街上去，走访了村干部，村干部在苍黄的温暖的灯光下告诉我们村里能出售的余粮的数目字，农民已比较富裕，能够有一定的余粮；他们又说，农村互助组进展为合作社的事情，虽然也有落后的阻力，但进展得还顺利，例如后街反对的某老太婆也赞成了。

我的感想是村庄很整齐，很宁静，农民们勤劳地生活着，而村干部很热诚。各家院子里有勤劳的人们而田野间劳动的人们往来着。我觉得，在乡野间，在寂静之间和市集的热闹之间，在辛勤的生活之间，有许多农民的心在跳跃着，展望着往前去的生活。胡风说："这个村是见不到什么贫穷的景象了，中国的面目真也渐渐地改变了。各家人家都堆着很高的黍秸，屋檐下也挂着白菜和萝卜，现出一派安静的，或者说，对生活和劳动和进展着的社会充满着信心的情况，这是我的感想。"他又说，"村干部们都很负责，都很好，生产的统计数目字记得滚瓜烂熟，还说了农村的婚姻情况，人们结得起婚了。"

我也和他一样感想。

我们吃了鲁煤父亲和嫂子做的白菜和白薯，去参加购买余粮的会，和农民们一起坐在炕上。在村干部和互助组长的主持下，农民们慢慢地说着话、抽着烟，说着可卖出的余粮的数目字。有的大婶和老头慢慢地说着，说了数目字后来又增加一些，他们的爱国心使他们仔细地算帐；一个抱着小孩的媳妇急急地说着，还说："我们那口子也没有意见。"朦胧的灯光下的这个会是我常相记忆的，便是纯朴的农民很爱国，他们有的把数目说多了，村干部或别的人便替他更正回来；他们发出快乐的哄笑。胡风和我商量要不要说话，后来我们便说，我们是北京来，来参加和学习这里的购买余粮；大家的热烈响应购量使我们受到很大的感动。我们又说，农村的兴旺景象也使我们感动。农民们也说："是兴旺了起来。"

我们在村落里走了几回。我们还到小学校去参观，观察小学生上课的情况。

胡风拦住一个路过的教师问到学龄儿童的情况。

“现在都能上学了，这是很好的，往后往社会主义去，自然便会更好。自然也还是要奋斗，从小学的校舍很旧和设备简陋这一点来说，从教师们的辛苦这一点来说，自然是往前去要奋斗。”胡风说，他又说：“我是很注意学龄儿童的，我少年时，幸运读成书，很同情读不成书的儿童。”

胡风又说：“从互助组发展往生产合作社去还顺利，农民的热情高，农村经历着深刻的变化，这是我很感动的。”

以上是我的简单的回忆。现在过去三十余年了。胡风去年六月间逝世了。记下望都县之行的还记得的一些印象，记下当年农村的各家院子里的黍秸、人们的劳动向往，与乡村的温暖的灯头的印象，和记下胡风的言谈，也算是对当年，对五十年代那时候的社会进程的有一定意义的纪念和对胡风的纪念。

（原载江苏淮阴教育学院《文科通讯》1986年第2期）

园林里

我常常去到公园里。

草地上，绿色渐增多起来；园林工喷洒着水，春天渐渐到来，有些笨拙的枣树叶长得很快，因为似乎没有人娇惯它；白杨树静悄悄地长起嫩绿的叶子，它有着肃静的性格；柳树是最先发绿和表示高兴在微风里摇晃的，而槐树也谦虚地长出了它的绿叶。松树度过了冬天，墨绿色的针叶显出了鲜美和强劲。

园林工浇着水，好些种花的绿叶也浓厚起来而在新鲜的水里颤抖着。园林工的电动的吸水机在湖边震动着，橡皮管喷水很远。新的一年的春天开始了。这开始了的春天还表现在园林工的电动锯子锯断枯树推倒枯树时的兴奋的喊声和他们的修剪树枝所发出的劈啪的声音里。

水边上和发绿的树下面，椅子里和草地上坐着读书的男女，也有走着背诵英文和数学、物理方程式的，也有躺卧在草地上看着小说的青年和坐在地上、笔记本书籍摆在椅子上做着功课的少年。一年的冬天过去了，公园里充满生气而活跃，早晨锻炼身体的人们和读书用功的人们，表示了这时代的春天。

恋爱的青年男女们和来钓鱼的、小憩着的老人静坐着。水里的鱼虾天暖上浮。我走动着，看见一个系红领巾的少年看一段书便把手和书放在背后默诵着，他走在草地上，又避开园林工的浇水走入林荫道，跳过剪下来的树的枝干。有女孩坐在草地上读书，读出很高的声音，也有背诵英文的和背诵物理数学方程式的青年的声音大了起来，和园林工的浇水、剪理枝条的声音共同震动着。有两个女工用很高的嗓子说着话，说她们工厂的衬衫的生产量，和批评车间主任的措施有一定的不适当，当她们注意到周围的读书的人们的时候，她们便快乐地笑了。系红领巾的少年大声背书又经过我的身边，对我笑了一笑，把书交给我让我听他背。

园林工继续浇水并砍断了一棵大的松树的枯枝。春天的势力有着智慧和勤勉。我感到有着深刻的文明和理想情怀的前进的时代的气氛高涨着。

（原载《北京晚报》1986 年 4 月 28 日）

胡风谈民间曲艺

我在四九年七月第一次文代会来到北京，胡风住在北京饭店，他精神很好，喜欢谈新中国的各项展望。他对未来文艺的发展抱着愉快的展望，说到各项条件都在国家机器手里，印刷、舞台，而且他盼望新的人民的电影。他颇多地回顾旧时侯，个人办刊物颠簸的苦衷。这种盼望也连着他对解放后人民事业的各项的热衷，他说，解放区有一套经济人才和工业干部，也有办水利的，当然现在还不够；军事上人才很多了。他还说，他感染多的是这支军队，许多很纯朴的战斗英雄。他说，应该多到生活里跑跑，应该向老干部和军队学习。但那个时期，胡风谈得也不少的，还有剧曲改革。他说这个工作可以做。中国民族历史上遗留下来的旧的戏剧是一个丰富的遗产，还有广□的民间艺术。他说，说到这些，现在有些人改革过激，老舍主张宽一些，而田汉也这样。我还说，老舍说，旧艺人界许多年流氓地痞盘踞着，他们深受剥削的痛苦，有许多还落后，但他们都是勤勉和善良的。胡风说，过去对，这里面还有艺术的人才。民间是有很多天才的。我过去也常说到这一界流氓地痞多，但却也不太关心旧戏的改革，胡风有一度热衷地说，他想也去干旧戏的改革或整理的工作，他在屋子中散着步，像他有时候兴奋起来一样，还弹着手指，搬着手指数他在注意的项目，譬如旧戏曲有哪些缺点。又譬如旧戏曲有哪些著名的人员。他劝我有可能也注意这些，我说，“这工作人很多，算了吧。”又说，“这工作要专门，我没有什么知识。”胡风说，“当然，只是这么说，目前国家，有广泛的活动基础，是需要人才的，很多的工作需要人做。”我又说到，“也是，但是这工作人也已经不少。”他有一次说：“去干干戏改工作也可以。”望望我；我说，“我没有这样的意思。”又说，也可以，——但我的意思也仍然是漠视的意思。胡风便在屋内徘徊着，他说，他在家乡蕲春的时候，爱听说书，注意拳脚棍棒的杂技卖艺，也常看乡村的庙台戏，那时候常怀着少年之心捂着眼睛看旧艺人挨流氓打，心中很气愤，有一个老头说书的，因为触犯了什么地方权贵吧，挨了打。“那时候我观察这些人是善良的。”他望着我说：“我觉得你有时候有些清高，我和你有点不同，我有时注意一些乡俚俗情，当然你也注意的——总之是这个意思吧。鲁迅是欢喜注意乡俚俗情的。”他又振作起来说，“我少年时割草，下地也不多，但砍过几日柴，也注意山歌的。睁大眼睛听。我的一个叔祖老头常教我耍棒，但他会唱几句湖北戏。我常在市集中流连看卖膏药带卖糖连衣的，也常在一个□门前什么的吧，记不清楚了，听一个老头，白发，击鼓唱什么……唱些忠臣节烈吧，常一敲鼓敲很久才唱一段，后来听得有兴趣了，高兴唱正义报仇正人获旌感情团圆，这是一般的啰，但也还许听节烈男女的故事[①]。大学里还回忆到这些，拿来作诗，思想是人间正义不灭。我们乡间也有关于梁山伯祝英台的弹唱和说书，是什么年间，似乎是清初的，一对男女。这在我心里都种上一些未来的萌芽。”他又说，“当然，我们是在新的形势了，不过，也还有时怀念这些。”他在屋内徘徊，高兴的、激动的时候还时举起一只脚来踏一下和转动一下。他说，家乡天很蓝，水也很碧，是他的记忆，也有深夜里，静静地传来庙台戏的声音……“总之，许多年来有旧艺人戏曲的形象和记忆的深刻点，而现在解放后又回忆起这些来了，便是，这文代会，看见许多旧艺人，许多民间的得到珍贵，我觉得它们复活，也在我心里复活了，是这么一个感想，不期而遇

① 此处行间加写了一句，难以辨识，大致是“说书的还有说文天祥、岳飞、窦娥冤……”，共约30余字。

的在这里觉得旧日归来和新的期望。”他对我说:“我是这个意思。”他又说,“虽然涌起了这些感情,自然,旧形式里有许多糟粕,也不妨碍我们提倡新形式,譬如你路翎,我觉得你还比我热衷新形式。”

后来,我在五零年初冬天来到北京工作,胡风住在文化部的一间房里,那一段常到他那里去,也听他谈到旧剧曲,他说,田汉这人他很佩服,几十年如一日的奔波于民间艺术;有时他觉得似乎也很难忙出什么来,但是解放后也见成绩了。他说这里他曾听小□□骆□□唱大鼓,侯宝林说相声,田汉召开戏曲改革的会议,还有新凤霞的发言。这些都令他深思,觉得这个工作还是有意义的,听安娥说,民间艺人很需要有文字能力文化水平的帮助整理旧作品,认识,剧剧[本],段子,他也觉得是的。他徘徊着说:“这几天受感染了①,受感染了。”又扳着手指头数着他来北京看的剧协的节目,“有些地方戏不错,我劝你看一看。”他又说,“你旧京戏也不大□吧,我看的比你多,年龄和家乡情况一个叔祖的关系。我想,如果不整理和提携人才,这些民族留下来的物件失传了怎么办呢。”胡风于是向我说,“怎样,干点戏改工作,也帮助旧艺人改改段子戏折子这些。”我受感动于他的精神,说,“也好吧。”但终于也没有去接近旧艺人和旧戏曲。胡风又一次提到这,说,“你找找田汉怎样?”我犹豫这,后来这事也放过去了。

往后几年,也有几次在他的客厅里提到旧戏和他的家乡,但比这时候少了。

……年华流逝,胡风逝去②了,现在已一周年了。

又许多年,想起胡风的话,我也觉得戏曲和旧艺人里□的深厚的泥土和中华民族的淳朴和深厚的善良。我便一再忆及胡风对于他的家乡和民间、泥土之情的感情,□□□□□,也算是——

---

① 此处有一句行间加写难以辨识,大致是“譬如……也不错”,约10余字。

② 胡风诞生于1902年11月2日,逝世于1985年6月8日,享年82岁。

对他的纪念。

〔据作者手稿抄印。“(1458)20×20=400”稿纸，顶边右侧有“第　页共　页”栏，左边下部有“北京市京昌印刷厂出品 八五·八”字样。5页，按格书写。〕

忆胡风长诗《时间开始了》的写作并兼悼念冯雪峰同志

编者注： 本稿有2张第1页，内容有所重合，表述有别，其中第1个第1页上署有标题，内文与第2页不衔接；第2个第1页无标题，内容与下文衔接。现将2页同时抄存，前者文字结束后空行，另起由后者领起的全文。

一九五零年至五二年，胡风住在北京煤渣胡同人民日报宿舍期间，离我那时的住处很近，我常去很方便。这时间他在写着长诗，热衷于他的著作。

他说，他写这长诗，是自己想到，也是冯雪峰的建议，两者差不多同时。冯雪峰鼓舞他写诗，文代会时作了建议，他也正是激动着想写。他说这时和冯雪峰闲谈早年左联的很一些，冯雪峰感慨地说，年纪也渐老了，希望有时间把过去的事写成文章，希望他胡风也写。而主要地，他鼓舞胡风写诗，胡风说这个时代不可以不写诗。说，左翼作家联盟的那时候，冯雪峰做过许多工作，但也很帮助他胡风，那时和他胡风相约共同奋斗，互相督促。胡风回忆说，这个人生活有些凌乱，说到诗，当年写的一些可贵的文章和报纸的诗都散失了；这也是由于革命生活匆忙之故。生活坎坷，时常要逃避追捕。曾经被捕进集中营遭受到毒打，到现在常黯然，头脑有余留的眩晕。文章和诗多散失；特别是他的诗，胡风说，有时候觉得散失了可惜。胡风再三说，冯雪峰过去的诗写得很好，假若不散失掉，可以我常忆起胡风在五十年代北京写作长诗《时间开始了》，胡风写这诗是与冯雪峰的鼓舞分不开的，我对胡风写诗的记忆又连着对冯雪峰同志的这时候的一些次碰面的记忆。我写这回忆胡风这时写《时间开始了》长诗的文，便也同时谈到胡风那时谈冯雪峰，以及冯雪峰和我的几次单独的谈话。

一九五零五一年胡风住在北京煤渣胡同人民日报宿舍期间，家庭未搬来，没有安定，颇有些寂寞，常出去看冯雪峰、林淡秋、王朝闻几个朋友，我也常到他那里去。他住的地点离我那时住的很近，我差不多每天都去。他精神也还是健旺的，说到国家的进展、政治协商会议的开会。他说，冯雪峰闲谈早年左联的很一些，希望他胡风有时候把过去的事写成文章，也可以发表发表。他说左联时冯雪峰是做过很多工作，在艰苦的环境里和他相互帮助，他说，冯雪峰这个人很能奋斗，他胡风在左联当宣传部长时很帮助他。他说冯雪峰也写过不少的文章，劝他整理整理，他说许多散失了。胡风感叹地说，这个人啊，是个好人，从事革命，进过敌人集中营，生活坎坷，许多文章发表了和未发表的手稿都散失了，但精神还是很顽强，几次见到他于困难中都很乐观。左联的困难中他也很乐观。然而现在身体毕竟很不好了。我说冯雪峰给我很纯洁的、善良的人的印象。到作家协会去开会，一回碰到他来到会上讲创作见解，他仔细地、有感情地、沉思地讲着，不惜反复地说明，说要不离开人民群众和现实主义，使我觉得他是诚恳和认真地，也觉得他是有为事业的纯洁。一次在作家协会的楼梯上，他匆促和我招呼，似乎因为是一时找不到恰当的话说，而脸有些红了，他很善意而忠厚地说，“你好，你好!”一回在作家协会院子里，碰到我，他站下了，他说:“看见你是路翎。你近来好吗? 好吗?”我说好，我说来开会地。他说，“写什么新的东西了吗?”我说近来没有写，他笑了，说，“你是很有精力的，可以多写些，是这样，我说，我说简直也似乎不对，感觉到的有时似乎老了，很有些羡慕你，像在以前你这年龄时，还更年青些时，我曾写很多。”我说:“你身体好。”他说，还好。我说，“听胡风说你想把你的一些论文集还有诗整理。”他说，“也是，最近还没有时间。”他点点头，很温和地笑着，带着他特有的诚恳，去了。我对胡风说到我对他的碰面和几次印象，又有一次听说他生病，在作家协会厅堂里和他招呼，他和我握手，问他病好了？他说好了，也对我很诚恳地点头，笑着。胡风沉思着说，是这样的，这个人很诚恳，而且心地纯洁。他很关心年青人。胡风说，有一次冯雪峰说，许多年革命，工作的习惯，常注意年青人，现在年龄似乎老了，更多地有这种感情，还说，“这种感情，啊，真是有点复杂。”常到胡风那里去，胡风说到林淡秋，也说到他身体不好，说到他还很用功，还做写旧诗词。说到王朝闻，胡风说这人很有能力。胡风说，五四新文学运动以来，经过了漫长的岁月，有许多人成熟了，新中国了，是令人鼓舞的现象，像能力强的，能担当工作的都很好，只可惜有些人身体不好。胡风还说王朝闻那时报上发表的文章他觉得很好。但他更多地谈到冯雪峰，说他是纯朴的人，而且说到他要身体好些就更好了。

（在煤渣胡风那里住，胡风还说他曾去看了江丰，他说江丰的绘画很好，也是一个有着奋斗历程的人。）那时胡风在写他的《时间开始了》的长诗。他每写完一节都会给我看。他开始时对我说，他现在也没有别的事，想回上海去也不成，便想着手写诗，构思一首长诗。他说，还是在文代会北京饭店和以前住文化部也和我提到的，要把中华人民共和国的崭新的姿态和革命者走过的艰难的道路都表现一下，向过去告别、向未来进发；纪念过去的死难者奋斗者和讴歌现在的革命者达成的锋刃。歌颂地球上中国人民革命所产生的新的事物，凭吊过去。在文代会北京饭店那里的时候，他曾经徘徊着，激动起来，用他的带着相当响的啸吼的嗓子大声地说：“歌颂崭新的事物，中华土地上的这一座中华人民共和国。”在文化部住的时候他也曾激动，说：“追悼那些为了未来，为了子孙后代，为了这座中华人民共和国而牺牲者！”在这煤渣胡同他又有两次激动起来，面孔有些涨红，在桌子面前徘徊，大声挥着手说话，而且带着他的激情的啸吼。他说，中华人民共和国的开国典礼很使他激动，他曾哭了，心中欢乐，也想到一路过来在革命旗下，有的是保卫革命果实，有的是举旗前进，有的是跟着旗前进而牺牲的人民。但人民是有价值的，中华人民共和国成立了，苦难的中国人民彻底翻身的中华人民共和国。他说他在北京饭店住的时候写了一点提纲，和短短长长的一些句，后来在文化部也写点，如同给我和一些友人看过的。他说梅志上次来信，说他住在北京有时间，也鼓励他写。他想写这计量数千行的长诗。他的激情使我很有感触，我再一次觉得他是一个热情的诗人，虽然他时常很冷静，深思着，分析着，慢慢地说话，但这几次关于要做的诗的喷发似的激情，令我觉得他是一个有强烈政治热情的诗人。我将这印象对他说了，他有些高兴和激动，沉默了一下他说："我首先是，内心里面对于这个新中国的、政治的激动。"我说对，热情的诗人，我说我也说过，我觉得他有着从走过来的路的感动，有政治上的热烈和深刻地要求歌颂这中华人民共和国，如同文化部那时个性刚强的芦甸所谈。

他每天或隔些几天拿他所写的草稿诗给我看，有时拿更乱的草稿，但有时第二天补拿出来，诗再修改过的，他有时说："今天写的明天改一改再给你看吧。"他问我的意见，注意地听我说，抽着烟沉思着。他有一次给我一片纸，说，"绿原说，这两段可以展开来写，你觉得怎样？"我说我看也一样，他便在纸边上记下两点，收起来了。一次他说《人民日报》里面在住养病的李亚群同志看了几页，说好，希望能完成，他高兴地说，你看怎样？我说，我看也是这样，我看他这两天有写短些也可以了的感情不一定对。他沉吟着，又拿出几页诗来。我说很有力量。又有一次路曦和我一起去看他，路曦看了他的几节诗，说好，说可以朗诵，他很高兴。……我那时在忙自己的事有些烦扰，读他的诗稿有不太深思的，我想，我也有几回发表的意见也简单，有似乎冷淡了，于是我补充着说，他的追忆过去的人们的《安魂曲》是很强的。我曾说，重叠句似乎多了，他改了一些。我现在想，认真说来，重叠句并不多，因为我读了他的重叠句联想到跳跃句的上面去了，产生了一种联想的比较，这是正常的，但有着一种对另一形象的，这诗里尚未实现的，被这所引起的形态的偶尔的热衷，也会说给了他以不很贴切的意见。我说他的重叠句，我回去又想了想，是好的，他便比较得意，后来将重叠句改回了，他又给我看，我说好，他徘徊了两步，又坐下来说，那回你说这重叠句，我也觉得你似乎说到别的侧面了。我又有一回说到韵律和感叹句。他赞成我说的有几句感叹够多，但我的若干押韵，若干谣曲的见解他想后面加入。我对他的叙述很赞美，但有处觉得多了，他考虑之后仍然保留，后来又说再考虑我的意见，要我再看。我便认真地想。我觉得这倒也[有]点考我了。他有两点仍旧保留了，有一点他改变了一句。我说他咏叹感观有精彩，但是有几处多。这回他改动得很快，他觉得也是的，他说昨天绿原也说，和有着好感的芦甸爱人李嘉陵也说。又有关于不同感情□□□的，有一次我觉得发展着的同一□□讲多了些似的，有一回觉得可以延长，他说阿垅来过，看过，有一部分认可的主张，但有一部分希望我再帮他考虑。我便也沉思，觉得这也是考试我了，钻研困难的项目。我谨慎地说一些。我想，我对于诗很有点没有经验，这是不是对的，便这样说了，他说这有基本对地。我觉得他的诗是很成功和有巨大的感染的，但我有时却沉闷，在思索，没有能力说出很多，一直有点遗憾。我再读他写成的，表白了我的说法方才有些安心。我说我被诗引起不必要的分析，我的头脑里常有再联系开去的分析。他要我总评一下他的这首长诗。我说是表现中他在文代会是动□写时那热情的感情的，也表现了新中国的气概。我说这时的很多重叠句及其有力的震动跳荡时他的风格的一种发展，他过去也有这风格，当然，“旧的”野花，生命时比较短的诗情了。这诗也有叙事的力量。我说重叠几句表现了深的、强烈的感情。还有，我觉得他的感叹、咏叹句很有力量。胡风在文代会和那时候还说，中华民族生存和发展下来，是有诗的力量参加在内的，诗经是领衔的文学，其次便是大的诗文和诗在历史上占重大的位置。他说冯雪峰也欢喜这样说。冯雪峰和林淡秋一次和他胡风一起闲谈，他说还说到现在新中国应掀起诗歌的浪潮，点燃随处皆有的火种，燃起火焰。而这里自然也有一个民族遗产的问题，形式不同，胡风说，这就不会说了。但冯雪峰是主张旧诗形式也可以复活的。

胡风热衷于诗的发展，历年来谈得不少了。他曾说，他编七月诗丛，发表诗的□□，是想用新诗来开路。这在抗战前从事文学批评的时候就这样想了。诗的生态是有易燃性的，他瞩望一个诗的生态焕发的时代。

在作家协会的院落里，冯雪峰也对我谈到过诗，我说听胡风说他写过不少诗，至于我，则只看到他的不多的几首诗。有一次在楼梯旁碰到他，我也这样说，——说知道他写过不少的诗，胡风说，在左联的时候不少，而且很好，极好。我说这个，是因为我对他这个我觉得是纯朴、善意、感情真实的人的迎面而来产生的再一次敬佩和响往之情。冯雪峰说，没有，他写得不好。这回他也有些激动得脸红，我想他是因为我说得声音高了的缘故。我觉得这深刻思想的诗人似乎有时有些羞怯，他有内心的对于生活的敏感的热烈的震颤。我还又觉得他是有威望的革命文学领导人，他那次在楼梯口笑着说，那是过去的事了，年青时是写一些诗，但是都散失了。他说，他觉得我很有活力，他希望我多写出东西来。他想了一想又说，他说，胡风在写诗吧。开国的时候，他曾想到——他和胡风一样地说，诗的生态是有易燃性的，他想往下会有诗的焕发的时代。他又说文学的□态要焕发起来，植根在人民里。

有一次在作家协会院子里，他说："你今年三十几吧，真是青春年华，希望你多做出事情来，为文学事业多做出成绩来。"冯雪峰说，年青时勇猛、甜美□壮人生下来体会□□□□□人民海洋，年龄增长，有伟大气势□□后更□□精神重要性。[①] 他说，事忙，好久没有到胡风那里去了，他希望胡风精神健旺。祝他写成

① 本句为页边添补，字迹细小潦草，较难辨认。

好的诗，他写诗很有才华。他说，要说，胡风也是一个很激动的诗人的性格，至于他，在开国以后也是心情激动，但时间不多，事情忙，很是没有办法。

我对胡风说了我去作家协会院子里开会碰到冯雪峰鼓舞他写诗，说最近没有先来看他，胡风便很感慨。胡风说，冯雪峰从左联以来是很关心他的，也给他很多帮助，他住到这煤渣胡同来，几次见到，也都鼓舞他写些什么。胡风说，冯雪峰会拉稿，鼓舞人写些什么，而应该说，他有时候是不计自己的报酬和辛劳的。胡风又说，党员中间，邵荃麟这个人也很诚朴，从左联时起也是许多年很辛劳。胡风说完还沉默了一阵。那晚上的谈天，我离去的时候，看他又拿出稿子来写诗了。

继续写着他的《时间开始了》的长诗，他有一次朗诵一段给我听。有一次是我和阿垅，又有一次是我和谢韬。胡风坐着朗诵，然后站起来走着，徘徊着，他的湖北话蕲春口音又带着啸吼的声音。他几次将一些友朋的意见做成修改的研究句子，拿给我们看。他是很仔细的。记得在抗战期间四川赖家桥的时候，他的预备在《希望》刊物上发表的《置身在为民主的斗争里》一篇论文，拿给我看，要我说意见，我想着说着，他捏着烟头，用期待的、沉思的、认真的眼光看着我。我曾说，这篇文章他想配合着重庆这时候的许多人的民主奋斗之论，增加在文化界唤起一些民主斗争的空气，现在重庆的民主斗争空气又有些很沉闷。总之，我要说的是，那次他说，我提的意见不错，他希望我以后对他的文章多说意见，认为是缺点和不妥的，需要改进的，因为人有时是局限在一己的感情里面，一时热忱的□□化里面，便需要朋友们多增意见。那次他说，郭沫若这个人很好，做的文章，很谦虚地请别人提意见。国民党勉强维持文化人的文化工作委员会，这里，作为主任委员的郭沫若各事都很谦虚，他的文，很短的，也找人提意见。

胡风又说，郭沫若的许多诗是的确气势磅礴。胡风是谦虚的，因为我们一些读了他的诗稿赞扬他的诗了，他便说到冯雪峰的诗好，也谈到艾青田间的，也谈到绿原冀汸阿垅的，这次又谈了一阵郭沫若的。他说，郭沫若善于学习，读书也用功，重庆写诗本，改来改去很认真。他又回忆说，老舍这个人也鼓舞人，在抗战的武汉写“万行长诗”，这回也给他激动。

我觉得一种，胡风这时多说的，中华民族奋斗的人们继续下来的严肃的、搏斗的精神。胡风写他的诗，煤渣胡同的夜晚灯光安静，街道边上行人有安静和匆匆，呈现着现时中国解放后生活的严肃的面貌，我也再感到一种鼓舞，觉得胡风是追求理想、热忱、爽直的人。他站着朗诵他的诗稿的样子我想是有深刻的意义的。这个时期我生活有些忙乱，到胡风那里读他的诗稿是深刻的记忆，同时这个记忆，或那时的我的感情，是连着冯雪峰的。他提到冯雪峰和我几次见到，有些冷静，也显出一些苍老的理论家和诗人，他对我的吸引力是他的坦白无私的、诚挚的[为]人。我从他感觉到几十年来进步文化战斗之路，他的性格也是进步文学的一种性格，我也从胡风感到不息的奋斗。北京夜深，这五十年代，我走在街头想着这个，和早晨起来，听见出厂[场]的有轨电车的铃声时也沉思一下这个。面前是进展着的中国和它的人民。因为冯雪峰的印象和给我的鼓舞和胡风和他的《时间开始了》的长诗给我的印象这时激动性的，或者用他们两人都说的名词来说，和北京市的生态，包括我这时对北京几个城门楼的注意和瞭望，对街边发展起来的林荫绿树，和早晨在电杆上工作的电力工人，和青年剧院的排戏和菜市上的喧闹，都呈现着连在一起的印象，焕发着生态。因为连在一起，我所以也说在这里记载一点冯雪峰同志，而不单独写了，也不再补我在前些时冯雪峰逝世①十周年纪念时接到座谈会通知却因身体不行，没有能去。

胡风的《时间开始了》长诗后来五二年②在《人民日报》发表了，那时是获得好评的。我这里不论诗，也没有能力，主要是回

---

① 冯雪峰诞生于1903年6月2日，逝世于1976年1月31日，享年72岁。

② 实际发表于1949年11月20日，作者记忆错误。

忆起煤渣胡同那里的夜晚的灯光和胡风的勤勉，那时候有许多人勤勉，人们都很勤勉，这中间也有冯雪峰的奔走和激动地作他的开会发言的形象。我这勤勉一直到现在，那时的北京早晨的有轨电车的铃声和夜晚前门的火车声的记忆也呈现在我的眼前，如同胡风的诗所歌颂的，中国像一个巨人一般行进。胡风逝世后我多次想到他那时写诗，也联想到那时的一些现在和分别了的人们。时序前进，中国前进，新中国成立；胡风讴歌新的时代“时间开始了”。现在，往更有成就的未来去，(我也觉得)人们也觉得“时间开始了”。

〔据作者手稿抄印。“(1458)20×20＝400”稿纸，顶边右侧有“第　页共　页”栏，左边下部有“北京市京昌印刷厂出品 八五·八”字样。12页，按格书写。〕

忆刘参谋

我很怀念刘参谋。

我收到陕西中医先进工作者刘长天的来信，说到他的哥哥刘长庚因为曾经在朝鲜战地认识我而受我的胡风集团案的株连，于 1955 年在学习中被揪斗而死。79 年已得到平反，他的年高的母亲已得到地方上的给予生活费的待遇，过着幸福的生活。而他，中医世家的刘长天，当年的小孩，已奋斗自学成才，由社办的初级医务人员晋升为县城中医学会主治中医师，被评为先进工作者。他并寄来了他和一位老中医合作的著作。这使我猛然感到国家的几十年来的进程，各地方都出现人才和动人的故事。但我记忆力不强，不很记得清我几十年前在朝鲜战地遇到的年轻英俊的刘参谋是否叫刘长庚。乡下的先进的中医来信所说的旧时部队的番号也和我当年去到的部队略有差别，但我旧时在另外的部队也没有碰见过姓刘的参谋，而且这刘参谋那时的年龄和刘长天所说的也相仿，那么也大约是不会错误了。

虽然也平淡，我总纪念前线碰到的刘参谋。

1953 年我到朝鲜前线某师去，师部参谋处负责安排，我便住进了大坑道一个方形的居室，刘参谋告诉我和同去的两人，师部派他为我们安排一些日程。我注意到他有军人的认真负责的精神，而且有些豪放。他说他在 16 岁便参军，抗美援朝来到朝鲜，很爱部队的生活。

我去到这坑道的外面的山峦上，山下离敌人的阵地有一里路不到的开阔地，这无人的开阔地中午时炮火闪耀，显示着森严的战争景象。我在岩石的后面观看，听着人民军和志愿军的炮火在回击敌人。山岩、开阔地、炮火、黛色的林木、太阳照耀，朝鲜的秀丽山河。这山河显示出巨大的庄严。这时刘参谋来了，他静静地叹口气，看着我说："朝鲜的土地……"更触动我心中的感想。他说，这里不宜久留，我便和他进坑道了。他带着负责的精神看看我，说我有些冒失往外跑，不很恰当。

坑道的观察所，有敌人打进来的一颗较巨大的炮弹，但没有炸，刘参谋急急赶来，慰问住在观察所旁边的我们，说我们受惊了。在我们坑道居室的对面是朝鲜人民军一个女兵师的师部的坑道居室，有女兵近卫连队来到观察所前面点名，刘参谋找我们访问她们，并把我们介绍给女兵师师部。他的负责和仔细留给我很深的印象。

年轻的刘参谋带我们一行到这坑道前侧的前沿突出的小高地去。去的时候，看见背着蜡烛箱的几个用草叶伪装的兵士往前沿去。刘参谋说运上火亮去也重要，和他们招呼说："运火亮啦!"带着一种激昂。经过山坡边的一个孤独的朝鲜老大娘的棚屋和防炮洞，他说，朝鲜前线这样不肯离开乡土的老大娘不少，她们顽强而生活本领大。他带着我们进到棚屋里一下，我看见他尊敬、热诚、十分善良地问候那老大娘，也站了一下，有些忧郁地看着她。刘参谋眼睛闪耀，声音温暖，因为炮击声，他对着我的耳朵悄悄地说："朝鲜人真奋斗。"我便感觉到他的纯朴的情绪，和志愿军战斗的力量的这一根源。从前沿小高地回来，我注意到他的沉着。遇到了较去时密集的敌人的封锁炮火，天空里飞着一架营营地响着的敌人的方翅膀的炮兵校正机。刘参谋有时要我们快走，有时要我们慢走或离开点道路。他观察炮火，他说敌人的炮兵校正机可能发现我们了，包括那几个送蜡烛回来的战士。他机敏和富于经验地、相当准确地判断炮火，说："这一发约百来公尺，左边。""这一发约在山坡上。""这要击中树林!""这近些，躲避!""这差些，较远，200 来尺。"他差不多是都正确的。炮声继续，刘参谋要我们快跑，说现在落弹较远。他的勇敢和豪杰使我感动，他在激烈的炮弹飞翔声中前进而且有时活跃地奋勇拿身体掩蔽我们，我觉得很不安。转过山坡看见师部坑道的山峦上的茂密的树林了，他便站了下来，观察着，说：“基本安全了。”又说：“美丽的朝鲜国土。”他说，我们过封锁线还不错，我说：“你经验丰富而且勇敢。”他说：“这是我们军人应该是这样的。”他后来又望望我说，希望我回国后能写出好的作品。

我们离开那里时刘参谋送我们到吉普车上。

大约陕西自学成才的中医的哥哥和那年高乡村妇女的儿子刘长庚正是这刘参谋。那么他是因为我的株连而已死难多年了。我和他的交谊虽然简单，却几十年来常忆及的。我怀念朝鲜的山野，也怀念他。我也庆幸他的母亲年高得到待遇，而他的弟弟，是乡下县城里著名的中医了。

1986.6.24

（原载《路翎晚年作品集》）

遇　雨

我去到农贸市场，在买辣椒时遇雨，丢掉了眼镜。避雨一阵，眼镜又找回来了，售卖辣椒和菜瓜的小伙子说，在这里呢，我谢谢他，他说没有关系，这是应该的，又很活泼地说，“捡到东西很别扭，替你着急，心中悬挂，许多顾客时常丢东西。”我觉得羞涩，又觉得愉快，雨中背着重的装菜的口袋往大街走，雨却大起来了，便到银行储蓄所的门廊里避雨。雨继续很大，门廊里避雨的有两个人，一个是老人(，看样子是来银行办取款的)。这时银行的一个女服务员走到门廊里，看看门外的雨说，这雨一下不会停，“特大，且下呢”，便对那老人说，“您住在哪里？您在我们这里拿把雨伞去吧，等下还我们就行。”那老人笑了，说，谢谢，一下雨就停，(谢谢，)不碍事的。(那老人显得出十分感动。)那(有些)面容诚朴的女服务员一下又出来了，又说，“这雨且下呢，您拿把雨伞去吧，不碍事的。”那老人显出十分感动，脸有些红，银行女服务员又向旁边的(一个)中年(人)说，“您住在哪里，拿我们一把雨伞走吧。”后来又有一个穿着黄色衬衫的女服务员出来张望了一下雨，(又看看我，)对那老人和那中年人说，“你们可以拿我们的雨伞。”又看看我，似乎也是同样的意思，老人和那中年人便笑着。我感觉到这是有共产党的领导的新时代的精神文明(的精神)和高尚的情操(，并且觉得这里有共产党的良好)。穿黑衣的、脸上有勤劳的痕迹的老人有些不安地微笑着，看看落在街上的雨和人行道树叶上落下的雨，突然振作起来，提起裤子，往雨中走了。那中年人看看雨，也往雨中走了。我观察他们除了激动以外，还似乎产生了一种鼓舞，此外也怕银行人员再要来借雨伞给他们。雨继续下着。那个穿黄色衬衣的女服务员走过来看看我，用很清脆的声音说，“这雨且下呢，您就住在附近吧，买菜啦，拿我们的雨伞去吧。”我说，“谢谢，不用，雨就停了。”她又说，“且下呢，您要的话跟我们说一声。”我便不安，我感动着，我也产生了(那)一种振作，被鼓舞起来(的)奋斗的情绪，也怕滋扰他们，我观察银行里的工作是紧张而严肃地进展着。我便提起我的菜蔬口袋下台阶往雨中走了。我感觉到，银行女服务员是在想着避雨者的困难，这社会旧时代有深的坑，这时代(社会)有深切的温暖。(人们的情操是高尚的，)我住到这一带来已经很久了。我是南方人，住到北京来已经几十年了；这时候我也有一种北京的乡土之情，觉得社会间的(人们共同的纽带，)精神文明的强韧的纽带。我找回了眼镜，和银行女服务员的对避雨者的关心，这虽然都是不大的事，却使我久久不能忘怀。

1986.6.25

(从手稿复印件抄出。复印件3页，由李辉先生1999年12月25日在广州当面交赠张业松。)

悼念路曦同志

我抗战后回到南京，经胡风的介绍认识了那时南京剧专剧团的团长黄若海和冼群、石羽、路曦，经常到他们那里去谈天，也就和路曦熟了起来。她很谦虚，她和石羽请我写一个剧本给他们演，我后来便写了《云雀》。

《云雀》的排演期间，我和胡风佩服演员的记忆台词的能力，路曦说，习惯了也不难。胡风说，是用了很大的功夫的，她说，是用强记的方法，一早晨起来记，找与自己的生活和舞台表演熟悉的习惯的语言做中轴。她说，演戏许多年，也就不太[有]负担了，还能够有时赶比较快，在重庆演戏常赶快速。她请我说说剧本，我说我想强调语言的抒情的力量。她说到，她也爱好好的语言的表现力，在舞台上，常常很高兴好的台词的语言的表现力和语言的通性，便觉得自己是向着观众，向着社会的，高兴自己能由戏剧的语言发挥一点作用。她的话使我感到演员们在舞台上的奋斗。她还说到剧本里语言的节拍，社会习惯语言，和群众语言的使用。我曾强调说到，我反对一般剧本里情节的安排，许多人重视情节，许多从情节出发，没有意义，等，她说有些剧本是也有情节过多编排了，但我的见解她觉得也有些过分了，并不是一般剧本都这样。她说："您有些过激了。"她还说，只要和内容适合，情节也是必需的。她说，"像你的《云雀》，也还是有情节的。"说到语言，还说到戏剧的形式，外形动作和语言的假腔膛，她说正也是有这样的区别的，她和许多人都是反对这些[的]，不过这些年这些渐少了。我说有些剧本土言语多了，我又加以强调，她便说，土言语这要怎样看，是有群众性和必要的，它震响戏场和发生作用,她说,她觉得我的见解也有些似乎过分,她又说:“您有些过激了。”她又说,她也是学生,经验不多。谈话中,她热诚地说,她爱好在舞台上,剧作家的好的情节台词由自己表现出来,这时她便觉得一种战斗的感觉,艺术的情节和语言发生了作用,通达各观众。

那时候的南京剧专剧团不是平康的,他们的情况有些动摇,团长黄若海时常奔忙,因为国民党想将这剧团撤销了,或将他们这些人撵掉,而剧专的余上源[①]也对他们不积极,所以他们一个时期很忧郁。在忧郁的心情中黄若海便喝酒不少,回忆抗战以来的演戏奔波,及怀念他的家乡,想要另谋出路。路曦有一次到他的屋子里来,说:“若海,你这样感伤就不好了,喝酒多了不好,少喝吧,你路翎看看是不是呢。”又说,“现在的局面也是困难,但旧时候重庆和你若海在桂林困难也经过了,这里不成了也可以上海去,形势是开展的,你若海不是也不必想那么感伤。”提到旧时候,我便说我在重庆看戏不多,但也知道抗战剧人的艰辛。路曦便说,也有时候还乐意的,相当团结,友谊很好。她说:“您知道,这是抗战初大时代带来的传统,也是时代思想的影响,舞台上有深刻的感印,有些也是难忘的。”

解放后到北京青年艺术剧院,和路曦住在一个院子,这样便常谈天了。她很高兴解放后的环境,重新说到旧时代的戏剧运动,和她对许多年来的历程和她的思想渐进展些的感想。在青年剧院那时期她工作很认真,人们说她温和谦虚待人,态度严肃。我常问她,这一日上午或下午晚间她哪里去了,她便回答说,在会计室一张桌子读剧本,在院部小房间写排演剧本意见提纲,艺术委员会征求意见。有时是学习会,读报纸。经常是,看排戏,提意见。她说:“我觉得你也可以去看排戏,提意见,有些问题是有兴趣的,我相信你是会有兴趣的。”于是我便除了创作组应去的以外,增多了去看排戏。她问我一些意见我现在记不清当时说的

---

① 余上沅,时任校长。

是怎样的了，但记得她多半都鼓舞地说："我觉得你说的顶好。"

她有时说，晚上回来迟了，是在院部读书，那里清静些。有时她在她的小房里读书和写什么，到很迟才熄灯。我钦佩她的学习精神，她演老舍的《方珍珠》，学会唱大鼓，我说她唱得很好，很像内行，她说，我夸奖了，她这不很行，譬如于真、沈浩两人比她行。

我来北京，那天上午，从前门下火车乘人力车来到，她正在胡同口，她说："咦，你来了。"又说，"听廖承志院长说，你这两天要来了。我很欢迎你。"当天她谈到，她很关心我的剧本，她希望我来到，能有机会好好工作。她还说，时代会进展，正如我所说，但也希望我能有进展。后来一些时间她说，她赞成廖承志院长的意见，劝我有机会"多到生活里跑跑"。她说："我觉得你常在屋子看书做事固然很好，却在屋子里闷久了。"我两次到工厂里去回来，她都问到我去的情形和心得。

我来到北京的时候是冬天。落雪天，她说，她很喜欢下雪，喜欢在深的雪里走，还记起小时在雪里跑。她是北京人，这回到北京来，常想起过去小学时代居民很穷，城市破旧，什刹海北海有一度水也干枯积着污泥，街道胡同满地都是垃圾。现在很不同了，解放后重要名胜都修缮了，"您知道，以我一个北京人而论，我又有一些北京亲戚，这对我是很有感情的鼓舞的，我还想起我背书包的小时候很憎恨坏人。"

这个时期她说，解放后环境好了，应多做事。她说，廖承志领导下的剧院有认真的精神，廖承志这个人还有提倡学术的精神。现在人们排戏认真，反复揣摩。她说，在抗战重庆的时候，戏剧因社会的情况票房价值常被弄上一些迎合观众的情节和演技，然而戏剧界也奋斗，用精细地加工剧本与排演，对演员的演技作要求，来影响观众，来克服这种情况。现在能很好地排戏令她很有点心醉，而且观众的情形也很好，他们是与舞台合作的。她说，许多年来，她演戏不少，常感染有境界的剧场气氛。她很追求舞台艺术，"怎么说法呢，我对这件工作热衷，我就为它而奋斗，这样的思想恐怕还要加上新的观点。"她说。她对我说，"我想争取你对戏剧事业增加热衷，譬如石羽也有这样的希望。我希望你生活开阔些，常到生活里去。”我钦佩她，我说，“好些年来，你演的角色不少了，许多是创造是杰出的。”她说，“不行，不这样的，譬如张瑞芳，她有许多演得真好。我也还想演新社会的新的人和群众。”我说，做一个演员也是艰难的事业，她说，要说到追求理想，这自然需要很多学习，譬如也要锻炼各项技能。

后来我离开青年剧院，到了剧协，也住到西城去了。但仍然有时到东城来，碰到她便谈几句。我去朝鲜回来，也到她那里去。我在她门前略等了一下她才回来，她说她买东西了，她估计我今天会来剧院转转也到她这里来。她说让我等了好一阵很抱歉，她本是早一些可以回来了。她走进屋子去说，她买了咖啡糖请我吃，欢迎我从朝鲜回来了。她沉默了一下笑着说，她看我从朝鲜回来了精神很好。她说她一直想和我好好地谈谈。也没有什么谈的，也不过是，她希望我较多地接触生活，能写出较多的作品。她说，南京那时认识我，她觉得我很有些精力旺盛也觉得我有些忧郁，我来北京这几年她也这样觉得，而这是不好的，现在去了朝鲜战地一趟八个月，她觉得我精神好些了。她希望我改变过去的心境了。

几年的友谊，我了解到她对我的关心，和她通过温和、简单的语言表示的对我的意见。我觉得她是贤明的、热诚的朋友。她是有修养，有着她的令人钦佩的奋斗历程和思想也深刻的。她是我所接近的许多真诚的人中间的一个纯朴、严肃认真于自己的事业和瞩望着社会和人民的理想的女同志，有着高尚的情操和深深善良的心地。她曾说，她爱好戏剧艺术，有时真也有奋不顾身的心愿，抗战戏剧运动中的许多同人也感动着她。她是中国艺术事业这些年的历程中人数渐多的心中燃烧着理想的火焰的人们中间的一个。中国的戏剧艺术的园地也渐被开垦而且辉煌了。

她说，她希望终生在舞台上和观众的理想共鸣，她希望每一个角色的创造都达到深刻，或者说，达到观众的共鸣，和作者导演一同推动生活。“但是，您知道”，她谦虚地，几乎是有些客气地说，“这是要许多人帮助你。”她说，“有许多奋斗也有意义，心跳着，真是害怕起来，但终于还是在舞台上将角色表演出来，完成任务了。我便说，我是表达了作家和导演的理想，也表达了观众的理想了，自然自己也是有创造，但是，在舞台上，常感到群众的海洋，例如抗战大时代那时正义的观众，而尤其是解放后，新的群众的海洋，很震撼人。”

她说，“现在年龄渐长，应如何考虑再前进呢，我觉得，学习真是有必要的，你看是不是这样？”

她说：“在解放后的舞台上和后台的准备工作里，意识着新的革命群众，意识着我们工作的意义，还想起旧时所说，我们‘剧人’的奋斗的意义。现在看着工农兵进场我很激动。所以我们要珍惜奋斗的年华。”

她说：“当一个角色在思想和艺术追求的感情中形成，你是说不出的有快乐，您说对吗，形成了便是获得了追求的事物，我总有一种追求的心情，更重要的是，在剧场里，我觉得正义的观众和新的革命的观众……他们震动了我，教育了我。”

我后来便和她分别了。30 年未见，去年曾寄一本书送她，得到她的简短的，但也热情的回信。突然地接到讣告说她于 6 月 3 日病逝了。我觉得伤痛，有才华和修养，认真地艰苦地追求艺术的理想和追求革命，终于成为共产党员的路曦逝去了，我也失去了热诚的朋友。

由于相隔年代已遥远，我的记忆也有晦涩了，写这点，作为我对她的悼念。

1986.7.3

（原载《路翎晚年作品集》）

答问路的老人

我常走于街头。在街边公园树木的荫影里，常聚集着许多悠闲的退休的老人。

一个老人常在下棋之后在街边徘徊着。一次一个年轻的、背着和提着包裹的青年向他问路，他回答后又喊住那青年，找附近的人们问问，才对青年做了肯定的答复。他向我说，年纪老了，记忆有些不很确实，往哪条路走到什么门和往北往南到什么闹市，他青年时代是很熟悉的，可惜他在十年浩劫中离开北京，而回来时北京盖起了许多新建筑，街道有些改变了。他说，这于他有一种烦恼，他对问路者回答了有几十次："哎哟，对不起，不知道。"和"不知道，您问别人去吧，对不起。"特别是对于那些背着沉重的旅行包的人，他感到内疚。

一回我在路边走着，看见一个乡间来的背着行李和拿着木匠工具的青年人向他问路，他又因答得不很确实而懊恼。又有一次，一对带小孩的夫妇向散步的这老人问路，他仔细地回答了，这对忙碌的夫妇满意地往东去，然而他还追着又说了一句："电车站是过了前面一排树。"我觉得他是很认真的。

一次他在看一份北京市交通图。他对我招呼说，他因回答不出行人的问路而感到惭愧，所以买了这份地图。他说他回答一个老大娘往南往北再往西的什么胡同时说不清楚，所以在看地图。我又一次看见一对年轻的恋人问路。他们显得那样端庄和沉静，在听他说。他沉吟着，慢慢地回答了，似乎他在搜罗着他年轻时往来这都市的印象。他还说到，几路车之后再转几路车。

他对我点点头，他说，这年轻的两人问的那地方从前是卖金鱼的。他带有深意说:“老了,要回答出年轻人的问路,不容易啰。”我又看见他在一棵杨树下停止了练太极拳,仔细地回答一个年轻学生的问路。

“现在的年轻人,”他对我说,“我们有许多事情不知道,但我们也有许多事情能回答年轻人和少年,我们回答说,和他们接触也是向他们问路。”

一次我看见这老人提着两棵白菜回答一个年轻的三轮车送货工的问话。他说,“就那胡同,那有黄色墙。”骑着装有捆得很高的纸盒的三轮车的送货工便谢谢他,三轮车过街了,他喊着:“对,年轻人,那边就到啦。”

这老人表现了他对社会和人生,特别是对青年的热诚。

(原载《北京晚报》1986 年 10 月 31 日)

路翎自传

我记不清很多情况了，我的父亲叫赵树民，似乎是安徽无为县人，因为再婚的忌讳，我的母亲谈的不多，而我也不愿多问，自幼小起避忌这类的问题。母亲只说，我的父亲赵树民经商开布店的，不便再多说。赵树民的家庭情况，他的父母，没有说到。似乎说过一句他的父亲是半个秀才。他是在我两岁时母亲生下我妹妹徐爱玉后去世的。我的家庭有封建残余，年节的时候就折银白色锡锭子祭祖宗，也烧过赵树民的名字。我母亲抗战时曾又提到过几句，给我看过一张照片，是父亲赵树民留下的，穿中山装瘦瘦的。

后来我母亲和我继父张济东结婚，我又过继给我母亲的哥哥，我的舅舅徐锡润，所以我就姓了徐。我的后继父舅舅徐锡润在我三岁时便去世了。他也是开布店经商的，还教过几天私塾，我对他也没有很深的印象。

我的外祖母徐秀贞，娘家姓蒋，在我过继给徐锡润之后便应称我的祖母，但自然习惯了，继续称外祖母，因为过继给舅父，我便称我母亲“娘娘”，称我继父为“伯伯”。

我外祖母的丈夫徐庆泉，也是我的祖父，外祖父。提到他我外祖母常哭，年节时烧纸包也常有他的名字，但是具体情况我外祖母却说的不多。只说过他是个前清的秀才，教私塾一辈子，那私塾比较大，最多时有学生四百来人。也是年纪不大便去世了。我外祖母便守寡，而且裹了小脚。外祖母守寡时也只有三十几岁。听外祖母说外祖父还学过医，但不成功。民元之前还有些靠近孙中山革命党的激进思想。因为他的一个妹妹反对他，便也不太激进了。他还想学法律伸张正义，也不成功。他也曾给一个武术社讲孔子，墨子和历代文言文。因为这活动，曾差一点吃官司，因为武术社是带点激进色彩的。他还有个志愿，想学地仪图，天文地理，年轻时曾想读地域测量的学堂。家里有点产业约几百亩田，一栋房，因为交游朋友和援助武术社，也有一部份免学费交私塾，不几年便也没有什么了。在他死后，我的外祖母便仅剩有若干两黄金。外祖母说，他和徐庆泉的感情不错，结婚时请了不少客人。外祖母徐秀贞是不识字的，她从着妇女不识字的封建观念。他并不计较，说她贤惠。我外祖母的哥哥蒋捷三是苏州富户，她自己则随母亲姓了，她的母亲据她说也很贤惠，是她丈夫的姨表房，也姓徐。她从母亲姓，也算是一种过继，其次还想避免财产纠纷。

蒋捷三家富有，但却闹着家务纠纷。这些，我是作为我的小说《财主底儿女们》的素材而写在作品里的。我的外祖母有着她的独立性。她那少量的积蓄在我少年时代经常用来帮助我，比如几个铜元的吃零食，学校到郊外风景区去郊游。她说她不识字，裹小脚，从事简单生活。她说，她还受她爷爷的影响和教育，包括她的外祖父和外祖母冥顽的封建观念强得多些，便是妇女可以不识字。她说她年轻时曾经和她的丈夫徐庆泉一起拜访过徐庆泉交游的一些朋友，也和很多亲戚热烈地来往。她对我和妹妹过继给她儿子徐锡润很重视，很具有感情，在我童年时常优待我，带我出去吃包子。这是我的小资产阶级家庭生活的重要情况。她会做菜，很重年节，相信鬼神，常带我到庙宇敬香，虔诚地叩头。

我的继父张济东，湖北汉川人，家庭是地主，渐渐穷下来，没落下来。他读过大学。一生当职员，因为没有背景人，那些年月薪八十元左右。我母亲贤惠地跟从着他。他性格耿直，也聪明，喜欢修理电器，但有时有些暴躁。我的记忆里，我和妹妹、外祖母靠他们生活。他闹职业恐慌时，我便很恐慌，也很痛苦。他的职业经常有些坎坷，但勉强地维持下来了。他常干会计职务，解放后在政法学校，十年浩劫时首先被打入反革命，后来得到平反……他给我的印象很忠厚。他和我母亲的生活中，他们生了两个男孩和两个女孩，张达明，张达俊，张宁清，张庆清。我外祖母在胡风集团案不久去世，我的继父和母亲在“文化大革命”后去世了。

我的母亲徐菊英读过小学，也是我少年时读书的城北莲花桥小学。她很能干，是家庭里的主要操持者。她曾咬紧牙关度过失业坎坷的困难岁月，常积蓄点钱望子女们学习好，将来能谋生。她终生在厨房里操劳，她说许多年来社会的需要，她也学会了交际应酬。她常强调社会艰难要懂人情世故。我记得她时常在厨房里忙碌，我也记得她曾在我读小学时从学校后面的院墙上爬上来，问我什么时候放学，怎么还不放学，快要吃晚饭了。我记得她常提着篮子上街买菜，母亲买菜回来常说今天买的肉不错，豆腐、豆芽、猪肝也很新鲜，这些话便使我家有时有安宁的象征，我也记得阿姨姚基芳姚妈上街买菜，我也被派遣到粮食行去喊送米来，到自来水站去喊送水来。这便是我和家庭那时候的生活。

我家庭的构成还有我外祖母端午节对神祇和先人的奉祀，中秋节日的斗香为供果月饼，是使我很快乐的，院子里明朗的月光照耀着端午节的粽子，重阳节的旗和年节时做的很多的菜，祭祀祖先的叩头是一直到抗日战争才算过去。我家有个“神主牌位”写着“徐氏门中三代宗亲”，中间用红色的朱砂点着红点，我的继父张济东不管这些，这些是我外祖母执掌的。

我是一九二三年一月二三日生。按照旧历习惯是属狗的。

二四、二五、二六年这些年代我的童年的记忆模糊了，二六年的情形，记得一些我母亲教我认字块。记得母亲因为我用功而高兴和忘了字而焦急的情形。

一九二七年考入南京莲花桥小学幼稚园高级班。我本是考一年级的，但后来教育改制，我的年龄只能进幼稚园了。

老师潘美很温和能干。我当过班长，隔些日子当值日生，洒水扫地。做游戏和唱歌很高兴。作文的成绩好，得到过老师的称赞。但有一次月考成绩不理想，潘美老师在门廊里告诉我说："徐嗣兴呀，你真危险，算数差一点不及格。"我很痛苦和惶惑，而且十分怕回家去挨骂。但她转身回来又说："也还可以么，说是教务处的一个老师叫我骇你一下的，因为你很调皮。"她又说："你调皮活泼我觉得也很好。"但这话不知怎么让我家庭知道了，我挨了一次我母亲的很凶的责骂。

在缀着万国旗的纸花的课堂里，老师让我们读课文，讲课文，背课文，朗读较好的作文，还评论别人的作文。我记得静静的课堂，也记得列队很整齐地唱歌和游戏，学会讲纪律和守纪律。因为老师几次称赞我的作文，还在课堂上亲自朗读我的作文，我便更爱好作文，而开始读故事书课外书较多，培养了我对文学的爱好。潘美老师还刻钢板给我们油印参考读的故事文章。

潘美老师常常访问学生的家庭。她说我的功课还好，也很勤勉。有几次她夸奖我当值日生和代别人当值日生。但有一次我忘了当值日生，她到我家来找我回到学校去做值日，后来被继父责备，被母亲打了一场。我的母亲告诉我，我要好好用功，不然要叫我当学徒去。但她后来又说，当然也可以不学生意当学徒，只要好好用功，能在社会上成人成才。

潘美老师很注意培养我，让我在黑板前读书课文较多。有一回她哭了，因为讲法国作家都德的《最后一课》的课文里的故事，讲到被侵略的国家的痛苦。我知道，她曾是"北伐信使"，被南京的北洋军阀逮捕过判过刑，死里逃生的。同学们在课堂里顽皮踢球打坏了玻璃，潘美老师用自己的钱把玻璃补上，学校里经费不够不给钱。我还记得一次在走廊里潘美老师对我说："徐嗣兴呀，我今天很高兴，因为你的数学、体育成绩都很好，作文也一百分。"她又去我家家访提到这事，我的继父和母亲也都夸奖了我。我觉得她似乎是在补偿那回找我回去做值日而造成家庭对我的责难似的。又有一回在走廊里她说我的唱歌成绩好。记得有一次她在课堂里伤心地哭了，因为有的同学秩序不好，互相打架而打坏了玻璃瓶。我还记得她因为反抗教务员要她讲国民党正义而脸色苍白地在教务处门口和教务员大声冲突，她说：“学校里不是教党义的，何况幼稚园。”

夏季，升入一年级，学校的课堂房屋装修过，刚刷油漆上好玻璃，所以有新鲜愉快的感觉。但也有企图教国民党党义的活动，被潘美、杨美、赵国栋等教员反对了。

我的作文成绩仍旧好，级任老师赵国栋让我发作文收集作文送给他。有用功的气氛，有人生朝气的印象。继父张济东让我在家中种牵牛花，种一棵向日葵，一棵玉蜀黍，记念我升一年级。这时我们住在南京严家桥十四号。院子里晚上阴凉，花坛里种些杂花，有美人蕉、金银花可以沏茶喝。我还深深记得秋天的蟋蟀在花坛中屋檐下的鸣叫。社会黑暗，流氓犯案行凶，警察拿走人力车夫车上的垫子，贪官污吏的汽车招摇过市。我有凄凉孤独的感情，从这时开始一直到三十年代都很强烈。这时期继父张继[济]东叫我每晚做功课时写大字小楷，这也持续了几年。但我的心思在游玩，看课外书，写习字也造成了我的苦恼。学期末成绩还可以，回家报账便也叹口气，这年还养蚕，常到北极阁附近摘桑叶。

一九二八年，寂寞南京城，我的童年生活仍然那样。因为家庭和社会环境的关系，我有些少年老成，同时又喜欢游玩调皮。放学后寂寞地在街头走。外祖母和母亲每日给三个铜元和零用钱，下午买糖粥藕吃，南京这时下午有不少买卖乡土风味零食的。我也用一个铜子去撞搪彩，几年之间常撞末彩得到一块小糖的时候多，只有一回撞到头彩糖宝塔和二彩一个小菩萨。也买马肉和驴子肉吃，街头寂寞，看着富户、商人、宦吏从这寂静小街有时经过的汽车。小街也有一个富户，夜晚车灯很亮，地上像下了一层霜似的。有一次下午遇到中央大学的学生在街头跑，后面特务跟着追，学生的爱国行动给我留下了初步印象。有一个奔跑的学生问我：“你看后面街角有人跑过来没有？”我说：“没有。”这年龄我喜欢爬树爬墙头，在树杈上一坐很久，想捉鸟雀。常和同学游伴詹道宁去第一公园，南京的这公园在飞机场侧可以看飞机，这公园后来荒芜了。这年得过一场伤寒病。

一九二九年，仍住在严家桥十四号。夏季在花坛上种花，秋季捉蟋蟀。每日写大小字，很烦闷。继父要我好好写，一笔一笔写。这时有了童年要好的朋友，有同班的同学詹道宁、陆邦辉、杨起业，女同学莲彩仙、黄佩兰、郭奎娥。她们很关心我，我也因为保护她们而和街头流氓冲突，流氓有时想抢她们的东西。我常和詹道宁等在学校操场地上扒洞、打弹子，到旷野里捉蟋蟀，到菜地里放风筝。这个时期的生活还有附近的“模范监狱”所引起的凄凉、不平、忧郁的感情。我家住的地点离南京这“模范监狱”不远，黄昏时常走到这监狱的菜地附近，看载[戴]着铁链或绳索被捆绑的囚犯们种菜浇水。有时外祖母和我一起看这黄昏景色。我听说这里有较多的政治犯和冤枉犯，监狱的红墙四角小岗亭里站着荷枪的哨兵，囚犯们也由哨兵或便衣人员押着。我们学校还组织参观了一次“模范监狱”，我默默地走过这监房，木栅栏门和铁门以及关死的门，还有大所里场子上犯人做的小木凳、竹编篓子。有一次和同学詹道宁一起到中华门外雨花台去看枪毙人。本年改变学制改换教科书，因此三年级上又改为二年级下。

一九三〇年至一九三四年，每年夏季随外祖母去龙潭乡下她的一个姨侄那里，是小地主。他几年间每年过节让我们用乡间的驴子送柴草来。每年坐火车到龙潭去玩半月二十天，这样增加了农村的知识。跟着采菱角，种地，也去那里的水泥厂、小煤矿、金矿去玩。我个子高，早成熟，这个时期的记忆还有国民党的反省院，我家搬入红庙四号，在红庙附近的香铺营有一个反省院的分院，后来搬走了。见过几回特务押人进出，便产生了对共产党和革命的初步印象。二九年便有了这种印象，曾和詹道宁前往反省院对关着的门砸石头和泥巴遭到反击，被捉进去后留到院子里半小时，但后来仍旧砸泥巴，砸了便跑。

这年夏季发大水，长江决堤，南京城市部分被水淹。我们所住的院子里搭起了跳板行走，我出去买东西上学要涉水。这年和我继父的弟弟张继昌感情较好有来往，他年轻，来南京考黄埔军校，也爱好文学。

我到红庙四号，离开了阴森的后街严家桥。我过生日时外祖母给我拿家中留着的外祖父的旧皮袍改成我的袍子，是紫红色的。这年的中秋节，我外祖母买的供奉月亮的斗香比较大，我帮她从街上抱回来，很快乐，月亮也分外明。这年重阳节我还糊了幅较大的重阳旗悬挂在门口。我外祖母和母亲每年过时节时给我压岁钱一元，我就到夫子庙去买花灯，常买兔子灯、狮子灯和骑马灯。过年也很热闹，爱放鞭炮，常装在口袋里一颗一颗地放着。这年暑期读了一个半月的私塾，心中较郁闷。

我的童年生活爱游玩，常和詹道宁打弹子、抖空竹、踢毽子、放风筝。我也学会糊风筝，经常放瓦片风筝，也自己糊灯笼风筝和鲢鱼风筝，还糊过一个很大的板门风筝。从严家桥搬入红庙四号，这年有瑞士共产国际人士牛兰在南京被囚，我们学校在杨美、孙朗老师的带领下曾去参观监牢，走过他的窗口，牛兰这时和他的妻子在一起，看到后我的心情很激动。我每日练习大小字渐渐减了，读课外书增多了。

一九三一年，生活没有什么变化。

这年学会骑自行车，在学校操场上打秋千，走“浪木”的本领增多。从两层楼上爬树，爬到学校的操场钟架子上去。从两层楼上跳下来，同学们张着被单接着，这是当时的记忆。

这一年和詹道宁等同学的活动多起来，詹道宁年龄和我相仿，他很聪明也很勇敢。我们有较多的各处野外郊游，在中央大学后面的北极阁、鸡鸣寺、五台山一直呆到半夜捉蟋蟀归来，身上各个口袋里装着火柴盒和芦苇做的竹角角，里面装着蟋蟀，曾捉到较大的较强的，这是我当时最大的快乐。在夏秋夜里，我曾踢墙上的蚱蜢不小心跌下来，被竖着的捉蟋蟀的铁杆子戳伤了腿腕，痛了很久。春天里，每日黄昏和游伴詹道宁放风筝，放得很高，还用纸头穿洞“送饭”上去，这使我很快乐，我在放风筝、做风筝上也内行起来。

这一年九一八事变使我很受震动，我的小学老师杨美、孙朗、钱代芬、赵国栋、穆仁智曾领着我们呼口号在学校附近游行，一直游到大街道的边上，后来教育局的专员还来查问他们，没有奉命为什么擅自领导学生游行。这时杨美是我们的级任教师，她很忠厚、贤惠、经常辛勤地办报抄写文章，常用我们的作文投稿。我的作文成绩一直很好，受到老师们的赞美。我还知道杨美、孙朗、赵国栋都在北伐二三年时被南京北洋军阀及汪精卫势力逮捕过，说他们是"北伐信使"和"密探"，他们曾受折磨，原来是逃出来的，因此我很尊敬他们。杨美穿着整洁、朴素，经常总穿一件蓝色布旗袍。她讲课很耐心，态度温柔，待人也很谦虚。春季时学生一人出两角钱她带我们去郊游，到中山陵墓去玩，到玄武湖，我这时很快乐。她干事干练给我留下深刻的印象，常常问我们有什么意见。杨美和几位女教师也常带我们去游南京附近的名胜栖霞山，坐火车不久就到。

我在这期间的作文《郊外的远足》、《游中山陵》、《游栖霞山》、《枫叶》、《莲花》、《荷叶》、《游玄武湖》都受到杨美教师及国文教师穆仁智、孙朗等人夸奖，都是九十分以上，这使我很快乐。这一年我有九一八事件的爱国激动，读报和课外书多了些，常去学校图书馆翻阅杂志和书籍，读不懂的也拼命啃咬着，但也提高了一点知识和水平。杨美和孙朗把书籍和杂志递给我，她们说："徐嗣兴哪，你要看新的文学吗？""你要看这本潮流吗？""你要看这本小说月刊吗？""这里有一本《浮士德》和《唐·吉诃德》很有意思，你想看吗？"最后还向我介绍了鲁迅的《呐喊》。这些书我都很认真地读着，杨美老师的热心和对我的鼓舞给我极深的影响。她找我到她房里去对我说："你功课很好，聪明，爱好文学，将来会有前程的。"我觉得她是真心地培养着我。孙朗老师是教卫生的，也教体育、音乐和历史。有一次在图书室里她问我阅读这些书的体会，我说我有的能读懂，很喜欢，她听了很高兴。孙朗老师很沉静，我听人们讲她是共产党员，虽没得到证实，但也看到特务到学校来调查过几次，但孙朗老师依旧继续教书，她教体育时见我锻炼很认真，给我得了高分。

这年我读了许多书如：《红楼梦》、《三国演义》、《封神榜》、《西游记》、《济公传》，也读了《教育学》、《财政学》等这类书，可是不太懂。

这一年因为触犯了一个教员和住校的督学，骂他们不爱国，被扣了算术、音乐、体育分留级半年，我的家庭因此不安发脾气，我也很痛苦。

这年春季，外祖母去栖霞山敬香，我妹妹徐爱玉被大菩萨像惊骇后发烧，我外祖母说是骇掉了魂，用水碗盖着纸"叫魂"。

一九三二年，这年"一·二八"上海淞沪抗战，学校响应社会人士的号召，让学生自由报名去上海服务，我报了名。但因为年纪小，杨美老师找我谈话鼓励我，叫我可以不去。后来学校其他人也没有去。

这年，我和詹道宁等继续我们的少年野游。二十年代常去第一公园和夫子庙，现在常去玄武湖和雨花台。也常骑自行车，租车每小时两角小洋，因为熟了也可以一角半或一角，我很爱骑自行车。到玄武湖去划船，单、双桨都划得不错。到雨花台去，则是拾鹅卵石。三十年代这雨花台枪毙人较少了，原来有个泥做的椅子，在那上面毙人的，也坏掉了。偶或有枪毙政治犯的，我和詹道宁常挤到人丛里看，受到刺激，愤恨黑暗的国民党。

这年我读了不少书，有翻译本《茶花女》，郭沫若译的托尔斯泰的《战争与和平》、希腊悲剧、雨果的《巴黎圣母院》，这些也不能全读懂，而是后来又重读的，但总是给我的文学以朦胧的影响。这时期看出租的连环画《福尔摩斯探案》之类，还读了《薛仁贵东征》等小说，也有坏书《红楼圆梦》等。

继续着骑自行车、放风筝、捉蟋蟀的少年生活。这时还继续着在严家桥时代的养蚕和在院子里种花。和詹道宁、女同学黄佩兰、莲彩仙等常去采桑叶。这里几棵桑树的地点是在城内的河边，是连着夫子庙和秦淮河的，水很深，里面常飘着马和猪，也有自杀和被杀人的尸体，引起人们的围观。这时期的记忆有着阴暗和苦闷的色彩。常爬上桑树和詹道宁一起吃桑树果，夏天也捉蝉。

这年曾在夫子庙的鸟雀铺买了一个毕海鸟。这种鸟在南京很风行，一些人用红绳子捆着鸟的脚放飞。我买的那一只给我带来很大的快乐，但后来也逃掉了。半个月后它连着脚上的红线一起飞回来，后来又飞走了。

在院中继续种花，但后来又因为院子挤也不种了。

这年我曾患很重的牙痛病，外祖母陪我到附近私人医院拔了一颗牙，流血很多，又医了半个月才好。

我曾常到附近住的亲戚高福寿那里去，有时是外祖母带我去找他，有时是自己去。他五十几岁，参加过北伐，半生失业、失意，常拉着我喝口茶聊聊他的心思。他诉说他对这个社会的不满及他的坎坷生涯。使我增加了一些知识，同时也引起自己的痛苦。他和他妻子有时也来我家，找外祖母打麻将牌。外祖母打麻将牌，使家庭气氛很热闹，我还常帮他们买下午的点心，葱油饼之类。这几年间我们家有人有时生小病，常来我家给看病的是一位亲戚高蒂之，他是医生，忙碌而热诚，有社会失意感，比较忧郁。

我这一年里，心理有些成熟了，个子也长得很高。常和詹道宁去玄武湖划船，也有别的同学及关心我的杨美、孙朗、钱代芬老师一起划，划到荷叶深处去，雨中用荷叶顶在头上，有时也顶着荷叶遮太阳。我们还到樱桃园里买樱桃。钱代芬老师是一位多才多艺的女教师，会唱歌会演戏。十月十日武昌起义，已定为中华民国纪念日，南京在这一天总是举行提灯会。我也参加过几次提灯会，提着萝卜灯笼。这一年还有国民党中央委员诸民谊筹办的雨花台的放风筝比赛，我和我的同学们常去看放风筝。

一九三三年，这一年对华北的北平事变，汉奸殷汝耕活动有很仇恨的印象，我的爱国情绪也引来了一些苦闷。曾在街头与欺侮水果铺及电影院观众的特务冲突，于街头吵架。我常注意报纸上报导的冯玉祥在华北长城口抗战消息，也注意报上的江西瑞金的“剿共”诸如陈诚、何应钦谈话之类。国民党报纸上都登着“剿共”胜利了，我在街头讥笑，这也引起冲突。在这黑暗的岁月里，南京城的一些书店里摆着一些“剿共”书籍，空气是阴暗的。我对这些印象很深，连同要人汪精卫、孔祥熙到上海去度周末的新闻报导，激起我很深的少年的愤懑。这一年读文艺书籍巴金的《家》、曹禺的《雷雨》、茅盾的《子夜》及鲁迅的杂文小说、叶绍钧的《稻草人》等。

杨美、孙朗老师曾带我们学生到中山陵去种一棵杨树。她们说：“中国被人侵略，国内有贪官污吏，希望少年们将来长大能在这些地方有所作为。”

一九三四年，这一年使我激动的事情是古北口的宋哲元将军抗战，也有阿比西尼亚被墨索里尼、法西斯、意大利侵略。我们小学在杨美、孙朗、钱代芬老师的带领下，到街头与中央大学附小、附中的学生们碰在一起进行募捐，援助前方战士，我们学校的募捐成绩还可以。我也还积极，曾敲几家的门作简单的讲演，并与两家思想很坏的富农有冲突。

向北京的一家杂志社投散文。

一九三五年，这年暑假我小学毕业了。我记得由于社会黑暗及家庭时常有继父失业的坎坷，所以小学毕业时感到痛苦。告别了小学女教师及童年的游伴，心中很伤感。毕业时唱聂耳的毕业歌，心中激昂慷慨。

下半年考取了中华门外的江苏省立江宁中学，住校，每周回家一次。最初考中央大学附中没取。曾在中学教师管雄的带领下，每人出五元钱去杭州旅游一星期。我常独自思考社会黑暗、日本侵略及个人应努力的前程。我已接近成年了，有爱国思想，但知识不足，有急躁情绪。我作文不错，我将要如何呢？要多读书，多接触社会。我要努力。

这年，看过美国电影《魂断蓝桥》、《翠堤春晓》、《人猿泰山》及苏联电影《夏伯阳》、《宝石花》，印象很深。

曾经参加学校当局发起的附近农村的人口、田亩、副业的调查活动。

一九三六年，在江宁中学学习。作文成绩好，得到国文管雄教师的赞美。又有了新的伙伴与朋友。友谊较深的有刘国光、彭根德、姚抡达。刘国光很认真、忠厚，后来我在四川还与他相处过，解放后他学习经济，八十年代是党中央候补委员，任社会科学院副院长。彭根德很有正义感。姚抡达很聪明，爱好音乐，后来又用笔名姚牧，在音乐上有一定的成就。认识的同学有李成溪，女同学唐家瑞、谌琅。

这年读过屠格涅夫的《罗亭》、《贵族之家》、《烟》、《前夜》、等；还读过《爱的教育》、《小妇人》、《木偶奇遇记》；普希金的《杜勃罗夫斯基》；巴金翻译的《秋天里的春天》；老舍的小说《赵子日》、《猫城记》；曹禺的《日出》、《雷雨》。

一九三七年，曾与校长赵祥麟展开过有关俄国作家屠格涅夫著作的争论。我认为屠是现实主义的，校长赵祥麟则说不对，是超现实主义的。后来赵祥麟要我到礼堂的讲台上发表自己的讲解，我上台陈述自己的看法，与赵辩论，得到的结论是有部份理由。

暑假因抗日战争爆发，学校匆匆解散。我随家庭逃难。八月十五日到达武汉，住在汉口江边飞机场侧的一个小旅馆。住了三十余天后，因继父张济东谋工作无着，全家便乘船往汉口附近的汉川县继父的故乡。我的记忆：他们家是地主，叫张隆泰，但没有什么田地。他家的婆婆年纪较大，能持家，姑娘都能挑水劳动。在寂寞中住了几个月，每天读《李太白全集》、《古文观止》等古文。写作诗与短散文投稿。感到寂寞，常到田野间散步，黄昏时在江边等轮船邮件及报纸。看到轮船慢慢转弯靠岸，过了一会，便从轮船里下来一些伤兵伤员。县城的爱国小学教师和小学生们在码头上唱《抗战已到紧急关头》的歌，表示欢迎。

我曾想考飞行员，年底到汉口，在“流亡学生登记处”登记。曾到武昌冼星海武汉合唱团去听合唱。后来又乘招商局的船只前往宜昌，又从宜昌乘民生公司的“民主轮”入四川。这艘船是专载流亡学生的公费船。上船时买了一本废名的《莫须有先生传》,津津有味地读起来。旅途的同伴有刘国光、彭根德、姚伦达,还有曾一度在江宁中学初中读书的同学李德兴等人。李德兴爱好音乐,我在旅途中向他学了许多抗战歌曲。到四川后受抗战大时代思潮的影响,怀着对未来前途的憧憬。曾向赵清阁主编的《弹花》文艺刊物投稿散文《古城》一篇,在该刊创刊号发表。写的是湖北汉川县的抗战见闻与感触。

十二月,和家人一起回到汉口。在"流亡学生登记处"登记,和同学乘公费船经宜昌至重庆。

一九三八年,到重庆后,被分配到四川中学学习。该校后来改为四川国立第二中学,校址在江北合川县乡间的文星场,在一个煤矿附近。学校宿舍是庙宇。因教师不全,课开的也不多。从这年的上半年开始读书很多,从重庆新华书店极便宜卖的《联共布党史》、艾思奇的《大众哲学》,高尔基的《在人间》、《我的童年》、《我的大学》,苏联卡达耶夫的《第四十一》,法捷耶夫的《毁灭》,肖洛霍夫的《静静的顿河》,巴尔扎克的《欧也妮·葛朗台》,普希金的《普希金小说集》,迪更斯的《大卫·科泊菲尔》,雨果的《巴黎圣母院》,陀斯托也夫斯基的《穷人》和《罪与罚》,尼采的《苏鲁支如是说》,波兰显克维支的《你往何处去》,也读了萧军的《八月的乡村》,萧红的《生死场》,以及《群众杂志》等。

上半年开始投稿及散文,发表二十余篇,题目为《旧事》、《回忆》、《杂草》、《山坡》等。还应重庆北郊的合川县的一家民营报纸《大声日报》之约,先为它写稿,后为之编副刊《哨兵》,每周从江北文星场往合川县邮寄稿件,该副刊每周出一次。

下半年向《大公报》副刊《战线》投稿,发表了《在游击战线上》等散文。下半年我跳级升入高中二年级,校址迁至合川县。我住在县城外学校简陋的宿舍里。上课的时间仍很少,每周继续编一期《哨兵》副刊。曾参加《新华日报》在合川组织召开的爱国座谈会,也曾与几个同学动员学校拿出演出经费,在合川县演出抗战独幕剧《马百计》,我扮演年青的游击队员,演出的效果较好。到年底，因编县城民营报纸的副刊和在课堂上看课外书，又因和一个思想反动的国文教师发生冲突，被学校以思想左倾的原因，在学校里被查了箱子后开除回到重庆。只读到高中二年级。

编《哨兵》副刊时曾写小说《空战日记》和散文《县政府前的垃圾》、《灯红酒绿》、《美人蕉》、《谈“红萝卜须”》、《蔷薇》等。这一时期爱骑马，曾租马骑。和刘国光来往密切，常一起谈论经济学，哲学。

一九三九年，被学校开除后，由刘国光相送返回重庆，住在家中（地点在李子坝）。这时继父张济东失业，生活拮据。在家中写小说《母亲》、《“要塞”退出以后》。《“要塞”》一篇，以后在胡风的《七月》第五集第三期上刊出。这时我读的书有：米定的《新哲学大纲》、绥拉季莫维支的《铁流》、肖洛霍夫的《被开垦的处女地》、斯汤达的短篇小说集和他的长篇小说《红与黑》、列夫·托尔斯泰的《安娜·卡列尼娜》。寂寞时，常到城里的进步书店——生活书店去看书。

下半年，同学刘国光告诉我，江宁中学校长赵祥麟在三民主义青年团里做事，可找他介绍工作。经赵祥麟介绍，我进了三民主义青年团宣传队。这个宣传队正排演老舍的剧本《残雾》，还唱一些当时流行的抗战歌曲。我曾在该队演出的尤兢的剧本《夜光杯》中扮演过茶房。该队后来改组为“青年剧社”，由张俊祥担任社长，我在这个宣传队里呆到一九三九年底，结识了王培仁、杨海青两位思想进步的朋友，还结识了一位唱歌的刘秀菊。在这里，中学校长赵祥麟曾搜过我的箱子，检查我的日记。乐队的指挥姓王，也是爱国青年，后来情况变了，三青团里有一位叫鲁觉吾的思想反动，说我的思想不够格，太“左倾”，我便呆不住了，脱离这里。

这年我曾参加重庆“戏剧节”，在国泰戏院演出了马彦祥的剧本《工潮》，扮演罢工工人，也参加过拥护抗战反对汉奸汪精卫的游行。我因向胡风刊物《七月》投稿而和胡风通信，后来便结识了胡风。胡风当时住在重庆两路口临时租来的房子。我由胡风介绍，进入陶行知在北碚草街子办的育才学校文学组做艺友。

一九四〇年，在育才学校文学组数月，以题为《怎样从事文学创作?》曾讲课一次。自小说《“要塞”退出以后》(写一个大学生在抗日前线的要塞撤退中，从怯懦到勇敢的转变过程)发表后，认识了何剑薰、徐多磅。何剑薰也写小说，喜欢讽刺，但发表的作品不多，后来在中学和大学里教书。徐多磅努力于文字学。与何剑薰相交时同住山坡下一间房子里，山上面有一个小尼姑庵。我们常谈论文学。

夏天，我在继父介绍下进国民党经济部矿冶研究所当会计科办事员。该所当时在四川北碚后峰岩。常到住在附近的复旦大学旁侧东洋镇的胡风那里去借书看，有巴尔扎克的《乡下医生》。

这时在胡风的鼓励下写了以煤矿为题材的短篇小说《家》、《黑色子孙之一》、《何绍德被捕了》、《卸煤台下》、《祖父的职业》等，发表在胡风主编的《七月》刊物上。其中《卸煤台下》一篇，后经胡风推荐，于一九四二年重新发表在老舍主编的《抗战文艺》上。

这些作品是有一定的矿区生活为基础的。我认识了在附近的天府煤矿当职员而又爱好文学的章心绰。来往较多，在他带领下，曾访问附近煤矿工人宿舍，看过工人坟地乱葬坑，曾多次下到矿井里去参观，我也常到矿场上。这时结识了《诗垦地》主编邹荻帆和《诗垦地》的同仁姚奔、郗潭封及邹荻帆爱人史重放。还认识了在矿冶研究所当职员的刘德馨(化铁)，并把化铁的诗推荐给《诗垦地》刊物。这时由爱好文艺的煤矿职员章心绰介绍，认识了舒芜(方管)、王世焕。还认识了在北碚搞防空工程的技师而又爱好文艺的吴德甫，常到他那里去喝酒，谈文学、政治、经济等。吴德甫爱读胡风编的《七月》刊物，常向我谈矿上的情况，他还会做菜。一年后匆匆离去。还经通信，认识了生活书店的店员袁伯康，经常和他谈论文学。这一时期，读果戈里的《死魂灵》和鲁迅翻译的《壁下译丛》，印象很深。

常去胡风家借书、谈文学，得到很多鼓励，与胡风交往逐渐扩大。后来结识刘德馨、袁伯康、邹荻帆、舒芜等人。

一九四一年，写长篇小说《财主底儿女们》，写了二十万字。该书是以外祖母在这一年给我讲述她哥哥蒋捷三家闹财产纠纷的故事为素材写的。因为偶然的原因和抗战流亡的感慨，外祖母在一两天内带着她的批评的见解讲了这个家庭亲戚的故事。《财主底儿女们》写好后寄给在香港的胡风，胡风在当年的“皖南事变”后撤退至香港，但因太平洋战争爆发，胡风在慌乱中将该书手稿遗失。

写中篇小说《谷》，将稿子寄给聂绀弩在桂林主编的“山水文艺丛刊”，后来发表了。曾与舒芜一起乘船到四川的合川县，再从合川步行到武胜县去找何剑薰。

一九四二年，因常谈论苏联卫国战争，在矿区接触工人，被矿冶研究所业务室的地霸性的业务员所怀恨，终于向他进攻，头被打破，愤而辞职。辞职前，写成了中篇小说《饥饿的郭素娥》寄给从香港转到桂林的胡风。经舒芜介绍到南温泉国民党中央政治学校图书馆当助理员。这以后借回北碚过旧历年，在那儿写小说《蜗牛在荆棘上》，并在南温泉开始重写长篇《财主底儿女们》(原稿丢失重写)。我住在图书馆后面的一间小房间里，馆长沈学植和他的妻子汤芬有民主思想，帮助我支持我的写作。

这年胡风从桂林返回重庆，我常进城去看他。

这年阅读了新出版的高地(即高植)译的托尔斯泰的《战争与和平》，阅读的书颇多，有罗曼·罗兰的《约翰·克利斯朵夫》、哈代的《微贱的裘德》、普希金的《欧根·奥涅金》、黑格尔的《历史哲学》、克劳斯维支的《战争论》、狄更斯的《大卫·科波菲尔》、萨尔蒂诃夫的《地主之家》、周谷城的《中国通史》、胡适的《胡适存文》、梁启超的《饮冰室文集》、古籍《水经注》等。

经通信认识了余明英，她在国民党中央通讯社电台任报务员。余明英的《路翎与我》一文中写道：“一九四二年我到重庆第一次见面。这以后的一年，他在重庆南温泉伪中央政治学校图书馆工作，有时到重庆看朋友，也来看我，他总是默默地走着，有时平淡地谈点我们互相认识的友人的情况。看过一次话剧，看完已经深夜，还送了我一段很长的路。到了我的宿舍门前，他才独自回住所，这时马路上几乎空无一人。”

一九四三年，中篇《饥饿的郭素娥》这年夏天经胡风及夫人梅志的活动帮助，在桂林南天出版社出版。

搬到舒芜和他母亲租的房子里一起居住。辞去图书馆职务，经张济东介绍，到北碚经济部燃料管理会[处]工作，在黄桷镇码头当办事员。

继续写《财主底儿女们》，住处迁入四川的复旦大学附近，常和复旦大学的学生冀汸、逯登泰、郗潭封、金本富谈文学。

这一年，和余明英确定关系。（余明英湖北沙市人，父亲是电报局职员，一九三九年湖北省立联合中学巴东分校初中学习，后任小学音乐教师。）余明英回忆：“他每月或隔月来重庆与我见面。没有家，常在炎热的夏天坐茶馆，在不怎么寒冷的重庆的冬天逛遍整个山城。我发现他很会玩，活泼，也风趣。有时热情地给我讲故事，说新鲜事，每次见面他都带书，托尔斯泰的《安娜·卡列尼娜》、艾思奇的《大众哲学》等。”

一九四四年，二月，《财主底儿女们》上部，由胡风给办理送审手续。四月，写完下部。共计七十九万余字。

七月底，到黄桷镇中学兼课一学期。

八月十五日结婚。

一九四五年，一九四五年写短篇小说《王炳全的道路》、《程登富与线铺姑娘的恋爱》、《破灭》、《中国胜利之夜》。

二月十七日，大女儿生于北碚江苏医学院。后在黄桷镇找一位姓吴的农家托带，至抗日战争结束余明英回南京为止。

七月，短篇小说集《青春的祝福》，在胡风支持和帮助下由希望社出版。书中收入了《七月》上发表过的一些小说，有：《家》、《黑色子孙之一》、《何绍德被捕了》、《祖父的职业》、《卸煤台下》、《棺材》、《谷》、《青春的祝福》。

十一月，《财主底儿女们》上部，由胡风、梅志的希望社出版于重庆。

一九四六年，写小说《嘉陵江畔的传奇》。

三月，中篇小说《蜗牛在荆棘上》，由上海新新出版社出版。

四月，抗战结束，我仍在原机关工作，余明英带孩子乘飞机回南京。

五月底，所在机关遣散后，便从秦岭乘汽车到宝鸡，再改乘火车经陇海路和津浦路返抵南京。到南京后在余明英的工作机关宿舍（淮海路）住了一阵。在朋友化铁工作的中央气象局宿舍住了一阵。后在鼓楼借了间房子住，家具全无，一个床板，用一个箱子做桌子，在这里住了一个月，写了短篇小说《天堂地狱之间》。之后，接到母亲来信告诉的地址，到大胶巷的亲戚徐永其家住下。

我失业半年，曾去《大刚报》谋职，未成。后经张济东介绍做燃料管理委员会办事处业务科的办事员。抗战胜利后余明英带着幼小的女儿随机关到南京。次月我机关被遣散，便同友人一同到南京。住在余明英机关的男宿舍，吃饭在机关食堂。余明英回忆："白天他到我住的宿舍来呆着，我去上班，他就一个人在这里写作。收在《平原》集子里的短篇小说《爱好音乐的人们》，其中的人物是以我们宿舍的同事为原型的。当时他失业，孩子寄放在外面养。一个人收入不够，我只好弄到一个报社电台的兼差，增加点收入，使三口之家能顺利渡过当时的生活关。等到公婆回到南京后，才帮他找到工作。"工作地点在南京城边，住在石城桥煤栈。这一年又写了短篇小说，后收进《平原》。

十二月，短篇小说集《求爱》由上海海燕书店出版。

这一时期，胡风在上海，我常去看他。妹妹徐爱玉做医生，与外科医生高鸿程结婚。

一九四七年，四月十四日，徐朗生于南京市立医院。我写剧本《云雀》。余明英到南京，把大女儿寄托在大胶巷附近的居民王大爹、王大妈家。至四七年搬回红庙四号后方接回，我们每周去看孩子。

不久我的工作调至南城里，自己租到了房子，由石城桥煤栈迁居小胶巷十七号。余明英回忆：“我们是在第二个孩子出生后，找到住房，接回大孩子，才组成个有固定住处的家庭的。那是一九四七年四月，也正是他写剧本《云雀》的时候。他每天有规律的吃饭、上班，然后写作到晚上十点钟点以后。星期日一般与朋友来往，很少与我共度休假。当然我们也常带着孩子们上公园玩个痛快。记得有一次，我俩有意找个下雨天，穿上雨衣，去逛玄武湖，觉得很有意思。”

六月，经胡风介绍认识了南京戏剧专科学校附属剧团的黄若海、路曦、石羽、冼群等人。经黄若海的努力，《云雀》在南京香饭营文化会堂演出，导演为冼群，扮演者为石羽、路曦、黄若海、张逸生等人。上演一周，胡风曾专程来南京观看《云雀》的演出。

之后，又写了短篇小说《泥土》，后收入《平原》集中。这期间，因《云雀》上演，认识了用书信向作者表示致意的欧阳庄等人。

四七年下半年，搬进了南京城北红庙四号，又请到阿姨童明秀在家照顾孩子，与余明英到南京各处游玩。曾与原莲花桥小学的旧同学詹道宁、莲彩仙、李建良相约在玄武湖见面和聚餐，很愉快。

张济东和母亲住在上海，张济东任燃管会上海总会会计，我常去看他们，也常去看在上海住的胡风。

阿姨童明秀来我家工作历时十年，直到一九五五年“胡风集团案”发生后才离开。她是镇江人，为人勤恳正直，我们很怀念她。

写了剧本《故园》和长篇小说《吹笛子的人》，两部手稿在“文革”中遗失。

一九四八年，《财主底儿女们》(上、下部)由胡风、梅志的希望社出版于上海(上部为再版)。

写作《送草的乡人》等短篇，其中《送草的乡人》发表于《中国作家》杂志，其他一些短篇由胡风推荐发表于上海《时代日报》。

下半年，燃管会南京办事处解散，我失业在家，靠一定的稿费和余明英薪水生活。

曾与余明英去镇江游玩，看望在江苏医学院当医生的异父同母的妹妹张宁清。又与余明英赴上海与胡风一起到杭州游玩。

十一月，剧本《云雀》由上海希望社出版。

《青春的祝福》受到胡绳的批评。他的文章发表在四八年三月一日《大众文艺丛刊》第一辑《文艺的新方向》。

因时局变动，曾托欧阳庄将大女儿带到上海与继父、母亲处住，南京解放后接回来。

一九四九年，四月二十三日南京解放。胡风从北京来信给南京高教处工作的徐平羽推荐我，于是到南京军管会文艺处任创作组长，供给制。

余明英也到南京军管会文艺处管理资料，几天后，经赵九章介绍，她又调到南京科学院地球物理研究所电台工作。这电台是由她建立，最初两个月十分忙碌，后来才慢慢就绪。

写剧本《反动派一团糟》，由南京文工团在庆祝南京解放的五月一日游园大会上演出。

余明英回忆："在庆祝南京解放的大型游园会上，需要一个话剧。路翎的剧本《反动派一团糟》就是为这次大会用一个通宵完成的。次晨，他没有休息片刻，就拿起剧本往机关去。当我上班到机关时，看见他们已在那里念剧本、提建议等。气氛十分热烈。当天或第二天开排，后来参加了大会公演。他年轻时，总是那么朝气蓬勃的，永不知道疲倦，对物质生活要求越简单越好，只要有一个最低的写作条件、生活上不受干扰就行。我十分愿意支持他的工作，承担了全部家庭中的负担，不让他有任何一点拖累。后来，我在中国科学院地球物理研究所电台工作，这种工作多半是夜班，而我又被推选出来搞全院的文娱活动，常常下班连觉也没睡就接着投入了一些活动中，还是比较辛苦的，即使这样，我也不让他因家庭的事情而分心。"

写剧本《人民万岁》，解放以前工人的罢工护厂为题材。

短篇《朱桂花的故事》(发表于《天津日报》)、《劳动模范朱学海》(发表于天津的《文艺学习》杂志),这些作品后来结集为《朱桂花的故事》。

七月,为文代会的南京代表赴北京参加第一届全国文代会,为“文协”会员。

之后,写短篇小说集《在铁链中》后记(序跋)。

八月,短篇小说集《在铁链中》由上海海燕书店出版。

十月,由中央大学校长吴有训聘请为南京中央大学(解放后改为南京大学)讲师,讲授“小说写作”,每周一堂课,学生二十余人。

冬天,到工厂观察、了解和体验生活。认识了工会人员和几个工人。

一九五〇年,三月,经胡风介绍向青年艺术剧院院长廖承志和副院长金山推荐,我调到北京青年艺术剧院,任创作组长,后一度任副组长。

五月,到上海申新九厂体验生活,六月写剧本《英雄母亲》。

九月,长篇小说《燃烧的荒地》由上海作家书屋出版。

十月,到天津国棉二厂体验生活,写独幕剧《军布》;短篇小说集《朱桂花的故事》由天津知识书店出版,不久便受到陈企霞的批评。

十一月,余明英带着两个孩子由南京迁到北京,住西城区阜城门王府仓十六号。她调到地球物理研究所工作。余明英回忆:“一九五〇年十一月,我刚调到北京,家中一切尚未安排,连最必需的取暖炉子也没有,次日他便到沈阳开一个剧本评议会。我带着两个孩子在外面吃饭,在无火的屋子里用凉水洗衣服,北方的天气出其的冷。”后来童阿姨又被请回到北京的家中。

一九五一年,一月,写抗美援朝时期的资本家为题材的剧本《祖国在前进》。

夏季,随田汉为首的写作参观学习团赴大连,访问了志愿军伤员医院。在大连写了《青年电务队》(又名《祖国儿女》),还写了短篇小说《两个司机》。

八月，剧本《迎着明天》（即《人民万岁》）由北京天下图书公司出版。九月，剧本《英雄母亲》由上海泥土社出版。

八月十日，三女儿出生。余明英回忆："第三个孩子于一九五一年出生，那时他在大连体验生活。他给我寄来热情的信，说要用最大的热情欢迎孩子的出生。后来他带回一顶很好看的红色质料的婴儿小帽、一副小手套和一套白衣服，穿上很合体的小绒衣，送给我们初生的小女儿。给两个大孩子也带了礼物。我很欣慰。因为我的工作当时是与部队合作，我基本上是住在部队机关里，便把孩子长期（星期日也不接）放在'青艺'托儿所。两个大孩子放在家里，请童阿姨照顾。路翎住在'青艺'宿舍。平时我休假（不固定）就给他打电话，约好什么时间一同回家。有时候我一两个月都不休假，我们就约定在机关门口附近会面，历时约半小时。"

在这一年里，贾霁发表文章《剧本〈迎着明天〉歪曲和诬蔑了中国工人阶级》批评我的剧本《人民万岁》。

一九五二年，年初从中国青年艺术剧院调至"剧协"剧本创作室，为创作员。此间由青年艺术剧院东单栖凤楼十四号宿舍搬至青年艺术剧院东单北极阁头条四号宿舍。

三月，石鼎发表文章批评我的剧本《祖国在前进》，舒芜写《致路翎的公开信》一文，批评我的思想与创作。

六月十三日，陈守梅（阿垅）给我写信对《祖国在前进》谈了自己的看法。剧本《英雄母亲》、《人民万岁》、《祖国在前进》在受到过分的批评后，我在青艺受压力但保留自己的看法。十二月末，与剧本创作室两同志一起赴朝鲜前线。

短篇小说集《平原》由上海作家书屋出版，剧本《祖国在前进》由上海泥土社出版。

同一年，肖殷在《文艺报》发表文章批《朱桂花的故事》。

一九五三年，在朝鲜前线，先后在三十九军、西海岸指挥所、开城前线六十五军体验生活。在朝鲜写散文《春天的嫩苗》、《从鲜花和歌声想起的》、《记李家富同志》等，在《文艺报》等刊物上发表。

七月下旬，“停战协定”签字后返回祖国。回国后，写散文《板门店前线散记》，发表于《文艺报》。九月份第二届文代会在北京召开，被选为作协理事。写短篇小说《战士的心》、《初雪》、《洼地上的“战役”》、《你的永远忠实的同志》，前三篇发表于《人民文学》，后一篇发表于《解放军文艺》。

之后，开始写以抗美援朝为题材的长篇小说《战争，为了和平》。

余明英回忆当时写作情形：“他赴朝回国后，常在家中写作。记得有一次深夜，我睁开蒙眬睡眼，见他仍在写作，还时而站起来踱步。当时他颇有兴致地对我说，‘我在写朝鲜战场的事，蛮有趣的。’说着就讲起来……这便是他后来的短篇小说《初雪》。以朝鲜战地为题材的几篇多半是在家里写的。”

十二月，与胡风一起到河北望都县农村宣传总路线。

一九五四年，继续写《战争，为了和平》，写成五十万字。“胡风集团”事件后于公安部遗失了一、二章，余四十万字不到，平反后发还。先后发表于八一年《江南》、《创作》、《雪莲》、《北疆》等刊。

本年一月，戏剧家协会机关刊物《戏剧报》创刊。六月，《文艺报》第十二号发表侯金镜《评路翎的三篇小说》一文，批评《洼地上的“战役”》、《战士的心》、《你的永远忠实的同志》等小说。七月胡风向中央提出关于文艺问题的三十万字“意见书”。九月《文史哲》发表李希凡、蓝翎《关于〈红楼梦简论〉及其它》。

十一月，写三万字的文章《为什么会有这样的批评?》，反驳对《洼地上的“战役”》等小说的批评。

五四年，余明英以长期电台夜班工作而患头昏病为由辞职，秋天由中国科学院宿舍王府仓十六号迁至“剧协”宿舍东城区细管胡同五号（在此住到五五年九月）。解放后，我是供给制，有一定的稿费收入及余明英的协助。余明英辞职后仍有一定的积存，维持到“胡风集团”事件发生。

短篇小说《洼地上的“战役”》受到批评被迫搁笔。余明英回忆:“后来《洼地上的‘战役’》受批评,路翎被迫停笔。他很留恋他的写作工作,好似有很多东西没有写完。当时我劝他‘以后不能发表,就留给自己看’。他沉痛地说:‘如果不能为人民做点事,我又为什么一定要写呢。’”

一九五五年,一月,《人民日报》、《光明日报》等报开始发表文章批判胡风,也波及到我。

二月五日,中国作家协会主席团举行第十三次扩大会议,决定对胡风资产阶级唯心主义文艺思想展开批评。《文艺报》在第一、二月号上将胡风的“意见书”中关于文艺思想和组织领导的两部份作为附录发表。

五月十三日,《人民日报》发表舒芜揭发信件。

五月十六日,我被禁在机关隔离反省。余明英回忆:“他一九五五年五月十六日离开家,开始隔离反省。本以为很快可以回来,且随时能见面的,因为知道他无政治问题。我相信党。”

五月二十五日,中国全国文联主席团和作家协会主席团召开联席扩大会议,讨论“胡风集团”问题。在这次会议上决定开除胡风的中国作家协会会籍,撤消其中国作家协会理事,人民文学编委,文联全国委员会委员等职务。

五月十三日至六月十日,《人民日报》先后公布了关于“胡风反革命集团”的三批材料,其中并加了毛泽东为此写的“序言”与编者“按语”。第二、三批材料多为从没收的胡风、路翎的信件中所摘录的一些段落。自此,开始了全国范围内的对“胡风集团”的“批判”与“斗争”。

后被公安局拘禁于北京西总布胡同的一个院内。余明英带着孩子从细管胡同迁到朝阳门外的芳草地,童明秀阿姨离开回镇江。余明英回忆:“当时各报刊杂志每天以醒目的版面刊登有关‘胡风反革命集团’的事。运动逐渐展开,很快延伸到全国。那情形已不能让我们在原来的细管胡同住下去,带着两个大孩子,从‘青艺’托儿所接回老三搬到芳草地。在这儿过了二十五年艰难岁月。为求温饱,我什么工作都干。这种情况直到他平反。”此间做文化教员、义务扫盲员。

六月十九日被捕，至大二条“剧协”宿舍隔离反省。

六月至五六年秋，公安部拘留西总布胡同。于西总部胡同得余明英送香烟等物并有友人路曦的嘱咐好好学习的信。

九月，余明英带孩子搬家到朝阳区芳草地。

一九五九年秋至六一年七月，因冲突吵架，写报告对指责我的问题进行反驳，移至昌平监狱。在狱中吵闹冲突曾被捆绑关入角屋地铺。狱中伙食有尘土、抹布油，后被移至安定精神病院。

一九六一年七月至一九六三年十二月，安定精神病院治疗。每日服药、电疗。其间余明英带着三个女儿曾来探视。母亲徐菊英也来探视，并告之外祖母因着急而去世。

一九六四年一月至六五年十月，保外就医，住芳草地家中。先后写三十余封信向党中央申诉。

一九六五年十一月至一九六六年十月，北京黄土桥安定精神病院分院治疗。[1] 其间母亲徐菊英曾来探视两次，一次带来香烟点心，坐在外面的院子里，一次带来一个西瓜，坐在屋子里。后一次是我和母亲的最后见面。此后她与我继父张济东相继去世。我的事情发生后，余明英的母亲曾来看她，她的父亲也因此很着急。余明英的父母也在这一时期相继去世。

一九六六年十月至一九七三年七月，昌平监狱。

一九七三年七月，因先前给党中央写信，监狱宣布被判二十年徒刑，自五五年开始。

一九七三年七月至一九七四年一月，移至宣武门北京第一监狱塑料鞋厂劳动大队为捆鞋工，先当夜班，总打瞌睡跌倒。鞋厂吵闹，白日又没有睡着，身体甚差，后又担白班。伙食较监狱的好，每月有二至五元零用钱，可以买烟抽。余明英曾来探视一次，带来毛毯及烟叶。

一九七四年一月至一九七五年六月十八日，移至延庆监狱

---

① 疑指路翎在《监狱琐忆》提到的“回龙观安定医院”。

农场劳动大队。种麦子、种高粱、玉米、插稻秧、种葡萄等，冬季这里天气很冷。

其间余明英曾来探视。她带来一点点心，告诉我她在做临时工，是借了一点钱来的，还给了我二元钱。

一九七五年六月十九日，二十年徒刑期满回芳草地。由当地派出所监督，每日扫街。

一九七六年至一九七九年，由余明英向街道居委会请求，为正式扫地工，每月收入十五元左右。最初两年由三人分扫芳草地十条胡同(李淑平、海启英)。后一年与叶德亮两人分扫(二十八至三十元)。

一九七九年，二月二十三日北京中级人民法院为个人被囚后“上书”冤案平反，摘掉“监督分子”帽子。回原机关“剧协”，领工资一部分。因身体不好，“剧协”给与病休照顾在家。

一九八〇年，十一月，北京中级人民法院为“胡风集团”案平反。恢复原级别工资待遇。

因病，继续病休照顾。

一九八一年五月，和余明英一起随《剧本》月刊编辑部组织，由凤子、吴祖光率领的学习参观团到山东德州地区农村访问。到德州陵县时，余明英因血压高和长期积劳，突发脑溢血症，送德州医院抢救。病情好转后，六月初回北京。

六月十二日，迁居朝阳区团结湖中路南一条一号楼四门三〇一号。

九月，报告文学集《初雪》由宁夏人民出版社出版。

长篇小说《战争，为了和平》于《江南》杂志连载，短诗《春来临》等发表。

一九八二年，春天，美国加利福尼亚大学东方语文学系主任戴·季博思夫妇访问，对长篇小说《财主底儿女们》表示赞扬。

四月，参加全国军事文学创作座谈会。

一九八三年，年初离休。

三月二十三日，搬家至宣武区虎坊路甲 15 号 4 门 302 室。

一九八四年底至八五年初参加中国作协第四次代表大会，被选为理事。

一九八五年，胡风病重住友谊医院时，曾多次前往探视。

十二月，长篇小说《战争，为了和平》由中国文联出版公司出版。

一九八六年，一月十五日，到八宝山烈士陵园参加胡风的追悼会。

十一月，参加中国作协第四届理事会第二次会议。

（此文是路翎为张以英编《路翎书信集》中的《路翎年谱简编》提供的自传年表，写作日期不详，该书由漓江出版社于 1989 年 2 月出版。原载路翎著、张业松编：《洼地上的“战役”》，花城出版社 2009 年版。）

胡同深处

我走进我的住处附近的深的胡同。

织袜厂的楼房在胡同里崛起，是半新的楼房，有着年代的沉静的痕迹。由于织袜厂，小街有着威严的面容。这厂在纪念若干年纪念，门墙上颜色的旌旗飘扬着。女工们来自初中的课堂，也有小学，也有来自土朴的乡间，谨慎地和快乐的，比前时代的人民好些，进入她们的生活。

我看着穿着整齐，也有高跟皮鞋的，背着仿皮的皮包的女工们。农村的姑娘的沉毅的身段旁边站着的背着皮包的都市的少女风姿的女工。这小街、深的胡同很旧了，北京很古老了，织袜厂相当的规模，机器的轰声深沉地传来。使人感觉得时代的脉搏和震动的□，是这机器声比过往的时代新颖些，院子里的稀少的枇杷树旁站着新的风姿的、有文化的女工。而农村来的姑娘有明朗的活跃的信息，拿着小笔记本，也显示她们的文化。

新来的女工们在报到。

女工们和少数的活泼的、自信的男工们在枇杷树旁。充分显示他们是这时代的青年的是他们的自信。也有坚实地站着的穿着旧式的衣服的，但机器声运转，这些男女青年们的动作和声音使人感到年代前进的坚实的力量。

女工们和少数的男工们列队。他们沉默着、鼓动着他们的诚实的胸膛。乡下来的一个面孔相当红的、眼睛明亮的姑娘提着布袋，往大院落里面织袜厂的深处凝望。报到的女工多起来了，铃响了又响，很振作地，灿烂的阳光照耀下，密集的机器转动的均衡声里，女工们开始进厂。花圃里蔷薇花在枇杷树下开放，宝塔松升高到屋檐以上，女工们走进她们渴望的人生，她们的脚步声一瞬间被机器声淹没，一瞬间，连着她们的说话声又响在机器声以上。男工们从另一个门进车间。织袜厂使人感到新的时代的律动。

静的胡同里有些翠绿的夏季的树木。织袜厂院子里的录音机里播着“海啊，轻轻的摇”的歌[①]，那女歌手的倾诉的声音伴随着工人们的进厂。

我的采访使我感动，我觉得北京的殷实的生活。深的小街里又有皮件厂，我看皮件厂的女工们正在换班，女工们都快乐，我也可以说，男女工们在胡同里和皮件厂的院子里像云彩。男女工们也有提着旧时代代表辛酸的饭盒。我听见一个老年的女工在讲述着上硝的牛皮有剪影，和几十年前，人们的欠债难以还清。皮件厂的房屋有些旧了，活跃的汽车正载送皮件出厂。

我觉得，现在的男女工们，继续着前辈的勤勉，但现在分明地增多着人们的有理想的情形，这理想也表现在工人们的言谈和他们的动作里，有辽阔的，有气概的深沉的姿势。中国大地上这些年的奋斗和经过患难的倔强也表现在这些男女的姿势上面，行走着的工人们里面有育着小胡子显坚决的青年。

皮件厂的院子里在装车，男女工们呐喊的声音很高，扬起灰尘。也有世贸的、高跟鞋的、绸的花衣服的女工，未换工作服，束着马尾巴似的头发，画着眉毛和戴着耳环的女工在汽车旁呐喊着，推动着小车，而且用手臂举起皮件来。

皮件厂的院子里有高大的红果树。这树也显出一种坚韧。皮件厂似乎是有年龄的有生命之物，然而也显着这时代的一种年轻，机器声响着，它的心灵旺盛和胴体愉快地颤栗。

汗水汗湿了工人们的眉毛。我注目很久又往前走去，男女工人们入厂和走出胡同之后，胡同里又静静地，皮件厂的机器里

---

① 疑指1986年央视春节联欢晚会上由苏小明演唱的歌曲《军港之夜》，歌词中有“海浪你轻轻地摇”。

也广播着男女声轮唱的抒情的倾诉的声音。

我增加认识这前进的时代。

（据手稿抄录。原稿纸 20×20 规格，共 3 页。卷头篇名为铅笔字另加，并另有“约 87 年”字样标注，本书用为编年依据。）

种葡萄

在塞外的迟到的春天到夏日，我当犯人学习过种葡萄。开始时虽然我也想注意学，但心情却很不在上面：堆砌的土松了，将葡萄枝踩着了，结绳子捆葡萄枝漏掉了一个了，化学肥料洒少了；我经常想着我的日期还有多少才到达，我在葡萄园里开头一段时间大半是在混日子的情绪里过去的。

我终于也对农事，对种葡萄发生兴趣，因为劳动副大队长的耐心感动了我，因为在这荒寒的塞上我的眼前渐渐升起了劳动大队的干部们的庄严从事革命事业的形象，因为我最初怀疑这件事的成效，后来却看见葡萄的插枝长出绿叶来了，因为寒风和灰沙中的细微的春的消息从葡萄枝显露出来了。劳动大队副队长兼农业技师很仔细地在春天终于来到、山坡渐发绿、而寒风里开始有了一点点温暖的这塞外挖出去年深秋埋在土里的葡萄的插枝，大家便开始在地面上挖出小的坑洼，将这些葡萄枝种下去，过了一些天便长出绿叶来了。但也有的葡萄枝相当一些时间才生长出绿色的叶芽。塞外苦寒和黛色的山绵延，荒凉的感觉压迫着呼吸，小的，葡萄枝的微小的绿叶芽在塞外这地点，在我的枯燥的心里这时是可贵的。风渐渐暖一点，黛色的周围的山也似乎绿了一些，劳动副大队长很积极地带领人们工作着。他的沉静、细心、他的积极、和他的心里活跃着的什么，我想象这是由于对于革命事业的感情，这使我感动，而我看到了在带暖的风里轻轻摇曳的葡萄的插枝上的渐渐增多的绿色，便有所快乐；看看周围的荒凉的旷野，渐渐地减少了对周围的淡漠，我觉得已经是克服了荒凉了。我是渐密切地注意着好品德的劳动大队长和很敏锐地注意着春天的到来的，因为我的日子太枯燥了。

在插枝的随后一点时间，劳动副大队长兼农业技师还带着犯人们将去年埋在土里的大棵的葡萄取出来。扒开土——劳动副大队长很细心地用手慢慢扒着，更细心地将葡萄枝扶起来整理好；轻轻地将上面的土抖掉和将整棵葡萄擦干净。用草绳将已经开始在迟到的春天里灌浆的葡萄枝捆在水泥的葡萄架子的铁丝上。我向队长学习捆草绳，他告诉我结子的打法，我慢慢地也就学会了。一个年轻的改悔犯也告诉我捆绳，但一个油滑的长期犯却引起我的憎恨，正如同副队长引起我的尊敬，改悔犯引起我的感慨一样。

这油滑的犯人在劳动副队长走过来的时候时常跑过来对我大声说："让我来告教你，草绳是这样这样结的，你不会吧。你这样捆不对，让我来告教你。"于是他便将我捆得还好的结子拆散了。他便到一些犯人那里去说，我如何捆得坏，他如何立了功。他又到一个有些改悔的犯人那里去重复同样的活动，也到其他人那里作恶劣的谈话。他又公开地对我说，"我欺你，你没办法，你不懂我的话吧。你是个没罪的知识分子吧，你没办法。我欺你。"但改悔犯的帮助我是高兴的，他是有着诚恳的。劳动副大队长慢慢走过，常常看一眼这个"欺"人的角色，有两次便很痛快地斥责了他，指出他这种思想是卑鄙的，指出说这种卑鄙在社会主义中国是不能通行无阻的。但这个角色并不就气馁，他时常和那帮助我的青年改悔犯纠缠，这会结结子的青年和我一样地忍耐，但终于和他发生了冲突，吵了一架；沉静的劳动副队长很公平地再斥责了他，用很大的声音指出他这种花样没有前途；在塞北的旷地上的这斥责的声音，使我觉得很愉快。严格的劳动大队副队长在明朗的阳光和葡萄架的暗影中踱着说着话，他的姿态使我感到革命的稳固的力量。但那滑头的家伙并不甘心，又来对付我了，我终于有些妥协，让他将我捆好的一个并不坏的结子拆开再捆好，如同那青年的改悔犯曾帮助我改结了一个结子一样。改悔犯曾说劳动副大队长很好，对他有深的教育；从这青年改悔犯身上我感觉到革命的教化的力量，从那滑头欺人的家伙，我也感到恶劣意识的顽梗。这两个犯人的深的印象，和对塞北的这一个春季到夏季的葡萄园的记忆很深地联在一起了。

插枝的葡萄长了茂盛的绿叶了，从土里挖出来的大的葡萄株的绿叶也披满了水泥铁丝架子，长出了最初的葡萄串，然后，葡萄须伸展，便有更多的绿叶披覆；在太阳下静静地藏着或显露着它的生态的深刻（深奥）；这葡萄园仿佛一个绿色的、巨大的活物——自然它也是活物——在塞北的有些娇媚的夏季的太阳里躺卧，像是在沉思着。沉思着什么呢，也深思着人类社会在复杂的斗争中的前进。

从劳动副大队长对我的沉默和友谊来看，我知道他是了解我的实际，即我这知识分子并不是反革命的。他偶或对我笑笑，他的积极、冷静、仔细、农业技能的敏捷，他的服务于塞北和他的辛劳令我钦佩，他对我的友谊令我觉得温暖。于是这塞北的春天到夏天的葡萄园的劳动，便在我的心里更留下深深的记忆。我也学会在铁丝上将葡萄用草绳捆得很快了。在葡萄摘须须捆扎须须的时候，在给葡萄整理枝干，掰去多余的枝叶的时候，在施肥的时候，在扒松葡萄株周围的土壤的时候，在大雨后扒开葡萄床的水沟的时候，在拔去杂草的时候，从春季到夏季——以及在收获的时候，我渐增多着我的感慨和愉快的心情。由于兼农业技师的副大队长的勤勉和友谊，由于改悔犯的积极，也由于那滑头的角色想一定欺负我成功的刺激，我便也工作得积极，每日不觉地从早晨劳动到黄昏的太阳在塞北的黛色的山后西沉，劳动大队下工铃响。……我不觉时间过去，到了第二年的夏天，便也接近出狱了。

我相当地渐积极起来，在葡萄园里工作二十年中间的两度春夏。春天来到塞上，夏季来到了，有些炎热的太阳下葡萄园的葡萄枝在偶然有的微风中快乐地，生机旺盛地摇动着。来到这塞北勤勉而严格服务的劳动大队长副大队长们在葡萄园里蹀躞着，他们把犯人们疏漏的枝子捆起来，他们把被踩弯的葡萄枝条扶起来。他们从初春风寒到夏季在劳动场上教育犯人，和这些人的罪恶意识进行搏斗，他们做种葡萄的各一件劳动给犯人示范，教会犯人技能。他们照顾犯人病号，他们也扫地，拔草，修理葡萄架和喷洒农药。……而犯人们度着他们的劳动大队的生活。

我曾患肠炎病，劳动副大队长很负责，很仔细地送我到县城的医院，几天之内他也伴着我，这是使我长相记忆的。我目睹这样的情形：我们的祖国有这么一批人，他们在荒寒的地区沉默地工作着……。我病好了又来捆葡萄了，在葡萄园外，劳动大队外，有农家的小孩放起来的迟放的风筝。

第二年，葡萄接近成熟的时候我离开这里的。劳动大队长在这一日早晨犯人站队的时候喊叫我出来，说我期满了，今天可以不上工了，我便退回来整理我的简单的行装了……汽车驶往北京的途中，我还想了一下，我这是在葡萄成熟的时候离开的，今年我赶不上收获了。

1985 年 10 月初稿，
1987 年 5 月整理。

（原载《新文学史料》1997 年第 4 期）

《燃烧的荒地》新版自序

这部长篇小说，是我在一九四八年写的。当时，曾由胡风介绍，在姚蓬子的作家书屋出版。

我是一九三七年开始写作，一九三八年到四川的。四十年代的一半以上在四川度过。我出身于一个旧时代的小职员的家庭，少年时期在黑暗中度过。我在那年代注意和接触到的人和事，虽然是很浅的，但淤积于我的心中。由于爱国思潮的影响，我憎恨罪恶的人物，而同情受着苦痛的、正直的人物。我在少年时一些年的夏天，曾随家人到我的家乡南京附近的乡村去看是小地主的亲戚，也就观察到一些乡村的地痞、兵痞和一些沉默的、生活困苦和遭遇着欺凌的农民。在南京的街头，也可以见到这一类生活困苦、受欺凌的人民，而在南京街头，和著名的夫子庙一类的地方，则常见到一些流氓、地痞、特务、兵痞——这也是旧时代的社会黑暗有着有毒的出脓血的溃伤的表现，也正是黑暗社会的出脓血的溃伤。那年代，我带着爱国的感情，对这些侵害着正直的人们的恶毒的流氓们，注意着它们是贪官污吏的支柱和基础之一。在抗日战争的初期，我从南京到了武汉，又到了四川，由于进步思潮的影响，和渐渐更多地阅读起来的苏联文学，高尔基和法捷耶夫等的影响，也由于生活环境，我增多注意社会的各类人物和增多地注意着下层社会。

进步的思潮影响着我。同时我也大量地阅读世界古典文学。我对文学的理解也从我的生活和我接触到的影响形成。少年的时候我较活跃，常在城市各处和城郊奔跑，观察人生；进步思潮和世界文学的影响使我这些观察得以为我的思想和文学活动所用：我渐渐地以文学写作为我的工作；我所处的环境里我未能接触到革命的关系，我便倾向于文学的努力了。我受高尔基与法捷耶夫等的影响而较多描写下层人民。高尔基的《给初学写作者的信》告诉人们以文学现实主义和指出描写人物是文学的主要杠杆，法捷耶夫的作品《毁灭》也崇尚描写人物和人物的内心世界，而古典文学也同样地崇尚这。重要的文学作品展开了各类的人物的内心世界，这是不可动摇的道理。文学是以它所描写的人物，它的人物的内心世界的展开，它的艺术力量发生着作用的。理解社会的各样的人们的心理和内心世界，也就是增多了解人们的社会的各联系与各因素。人们要推进社会，理解社会是重要的。旧时的社会上有着统治者的风习，控制着社会的结构的腐朽意识，也有着这些的异端和对立面——有时渐渐增多的对立面，但时常又是艰难的。因为希望探求社会的生活和各类人们性格的深处，因为希望打击黑暗和赞扬正义的事物，因为希望在时代的前进中尽自身的能力，因为希望记录下这一些时代的黑暗和人们的苦难，和社会的正与反的各类风习，引起人们的注意和使将来的人们对这些时代有具体的理解，我学习着从事着文学的工作。我的能力是有限的，但我有时有着奋勇。我探求着正面人物，同时也探求着反面人物。在这部作品里，正面人物有着我那些年时常观察出感觉到的简单的忠厚又有其苦难，而反面人物是恶毒的猖獗的毒物，国民党黑暗的社会的溃烂的表现——黑暗社会的有毒的脓疮。但他们也受着渐进展的社会的一个的打击。在这部作品里，正面人物农民张少清和何秀英受着残酷欺凌，十分苦难，蒙受着牺牲。

抗日战争时期我在四川，谋生的职业的关系，常住于乡村、矿区、码头。抗战以后我回到南京，回忆及所阅历的四川乡镇码头的社会，有所感想，有着一些主题和人物的形象的闪灼，便写了这部作品。

我的主题，沿着前面所说的线索，是中国封建社会的恶毒的遗留，恶霸和他们的地痞的罪行，和农民的深受奴役和压迫。那时我回到南京生活还较安定，人民解放战争进行着，使我觉得鼓舞，我便想着积极地探索、揭发恶霸地主及其地痞、国民党兵痞的罪行，揭发他们的社会基础：反动的统治和严重的对人民的剥削。也揭发他们的内心的恶毒性。同时我想探索和理解农民的受压迫的情况，以及他们的忠厚的、正义的内心世界。我在人民解放战争进行的情况下，想到这些作为人民解放战争的对象之一的地主恶霸及其走狗兵痞流氓的恶毒；这些犯罪者们，有着恶毒的封建霸道，也有着现代的一些丑恶、狡猾的知识的武装。中国的封建倾向于崩解，但更恶毒挣扎，它在许多年来，在进步的革命的力量与国际形势的压力下动摇着，但是恶毒的人物和丑恶的意识形态的一层又一层的结构却增加了一些现代知识的装备，顽抗与继续行凶。抗战时期，中国社会的恶霸地主和他们的走狗，仍然是大量的，虽然他们之中有着一些也在社会的进展下被击伤亡。这里我所写的反动人物郭子龙是一个国民党反动军官中的小军官出身，当过特务，于抗战时期作为兵痞回到家乡农村码头来想要谋取地位、幸运、钱财，他和恶霸地主一起对农民张少清、何秀英，剥削再剥削，欺凌又再欺凌，但是，在各种恶毒势力的内部矛盾下，他混到了一些利益之后也灭亡了。也在农民张少清的对立的形势和一定的反抗下，他极端凶恶，有着那些年的流行于反动人物中的法西斯思想——但也极端颓废；作为恶霸的走狗他又幻想着自身的什么样的一种生活，精神有着崩解了。这兵痞死去了。人民解放战争的时候我想，恶霸地主吴顺广和他们的走狗郭子龙这一类的人类的人民的敌人是不少的，他们历年来作恶多端，但他们是要灭亡的，他们作为依靠的国民党反动政权不得人心，而作为国民党政权的基础的他们的恶毒，历年来也使国民党政权失掉了人心。

我描写的张少清与何秀英是和恶霸地主及其走狗对立着的。糊涂、忠厚、落后和冻结的张少清受尽了迫害，他没有很多的反抗的力量。何秀英受到了侮辱，张少清与何秀英陷在痛苦中。吴顺广和郭子龙的残酷压榨张少清和侮辱他与何秀英，使他们遭到内心的烧灼的痛苦，终于张少清复仇了，张少清杀死了吴顺广，而国民党政权枪毙了他。何秀英从她的做工的地方到来，看着他的共患难的男人被人杀死了。

中国人民旧时的苦难因人民解放战争的胜利而终止了。在中国共产党的领导下，中国人民推翻了封建主义、官僚资本主义和帝国主义在中国的统治。在人民解放战争进行中写这作品，我怀念着一些困苦、不幸的农民男女，同时也是我向恶霸地主和他们的走狗提出的控诉；在我个人，也是我一些年的生活，希望黑暗终于溃灭的这一希望——那些怀着这一希望的日子所留的纪念。

当年，抗日战争停滞，人们在沉闷的失望中。在我那时所住的离重庆一百余里的一个叫做黄桷树的码头村镇里，一次一个我所认识的小的煤炭商人老头对我说："你在码头上昨日看见一个穿旧的皮夹克破皮鞋的人来到，见到你就扭过头去，他有些恨人，他是一个当了军队的营长的，'剿'了共没有？不清楚，反正是个恶徒兵痞，行凶做恶的。他们这些人一发水过去了又一发水，一批人过去，一批人往上爬，欺人敛财，作了些恶，回到乡下来了，没有田地，回来是啃别人的田地。欺一两个乡农老实人，是原街北山坡上的吧。这一发水的兵痞的这种丑恶，比军阀时期挂枪回乡、失意回乡的不一样一点；有点时代不一样，多些知识了，聪明些。那一发水的军阀兵痞愚顽，恶臭多，这一发水的要刁滑机巧也恶臭多，你看是吧，几十年的光景变迁，也算是时势不一样吧。那年间见到农民，便一个耳光，这年代也还是一个耳光哟，不过多了些滑头话。当然，这类人的总量是少了些；是不是比较好些呢，也不见得好些。"后来我又碰见这有阅历的小的煤炭商老头，问他所说的那个兵痞的下落，他说："啃到一个乡农，穷户，你见到过的，是他家的旧佃户，啃得很凶……也有人，大号地主取他为皂隶，也有排斥他。作了一些恶，抢掠一些……死了。这是又一辈子。这种兵痞子从码头归来了。"他叹息着说。

我大概记得他说的是这样。

我见到过这个煤炭商老头说的这个当过营长的兵痞。远远看见他在田地边走,凶恶地大声地辱骂欺压一个在地里沉默地劳动着的农民,后来我听说他几次恶毒地打这农民。我以后看见这农民有些憔悴地在街上走过,眼睛睁得很大地只看着前面,显得十分凄苦。再一些日子,看见这农民被绳子捆着,由两个荷枪的“乡保队”的“国民兵”押着往江边过江往那边的北碚镇去了。当两个“乡保队”的“国民兵”押他到码头边的时候,曾听见他在绳子索里挣扎着而高呼着:一生正直,抗击欺压残害,报仇,不怕恶霸!(大意)后来知道,是杀死了残酷地欺凌他的恶霸地主。他是被押过江去枪毙,被杀害了。我总想赶去看未能成功。

我曾听到一个当长工的农民谈:过去军阀时光农民被铁丝穿着锁骨由当兵的拖着走,现在这少些了,农民见识也多些了,但是仍旧是有穿锁骨的,被绳子、也有用铁链子拖着走。许多人死了,像蚂蚁一般。过去农民插土为香,在地上叩个头,去与地霸仇人拚命;现在那些被枪毙的农民命运也差不多,他们老实一生,把仇恨埋在心里,临死时却发出伤惨的呼号。(大意)记忆这一点,也算是纪念。

我也见到过这被枪毙的农民的女人。她是从坡上下来,去追她的被人绑走男人的。几小时后我见她回来了,躺在坡上,哭着,但她也显出一种顽强,哭了一下静坐着,坐了很久,沉思着,后来站起来走掉了。

我零碎地回忆到这些——这部作品的一些材料的来源。

从那以后,从四川重庆北碚嘉陵江畔这农民被枪毙被杀害,而他的女人在山坡上痛苦地呆坐着以来,四十几年过去了。我在一九四六年也离开那里,再没有去过了。几十年来,中国共产党领导的革命的胜利,和长期以来的社会主义建设,根本地改变了国家的落后面貌。

我回顾过去,回顾我的这部作品,在历史的长河里,它是更显得很微小而有着粗糙的。

我十分感谢作家出版社愿意重排出版我的这部作品。

1987.5.26　北京

（原载《燃烧的荒地》，作家出版社 1987 年 10 月版）

忆杭州之行

——纪念胡风逝世两周年

一九四八年，我和胡风及我的爱人余明英一起到杭州去旅行。那时方然和冀汸在杭州教书，方然是地下党员，想要到附近的游击区四明山区去，这也是我们去玩杭州、到杭州去看看的目的；虽然事先也知道，方然那时通四明山区的往来有些阻塞了。胡风谈到，看来解放的局面不久了，于这幽暗黑暗中暂见着前面的光明，也有它的愉快。他说，上海是一个海，无奇不有，贪官、特务、多头的妖怪和毒物、市侩、罪犯和无耻之徒，爬在人民之上，所以心中十分气闷，便想作这回旅行。而且他估计他不久将有关系到解放区去了，敢和这丑恶的社会作一告别了。他又说，抗战后回上海做成了一点事，《希望》杂志的出版以及他和梅志经营了“希望社”，出版了一点书，也有几个朋友在各地办了点小的刊物；缺点虽多，但聊胜于无，说起来也可以精神愉快一下。我谈到我写的小说，他说看形势往下去可以在作品里多来几句提到解放战争的，也许苏商《时代日报》还可以发表。但也还是要谨慎。

他的兴致很高，火车上不断的抽烟，说这回乘车行走，有着迎接明天的心情，有年轻时代的气概，想到年轻时代的飞扬的理想。他说，共产党的革命将更新国家和这个人间了。到了杭州，在西湖边散步的时候，他又说到迎接新时代的心情，还欢喜说“迎着明天”，说这回倒是苦中作乐，但前途有展望，也算又寻回青春年华。祖国将有青春年华，而山河将更壮丽。他在去灵隐寺的山路上说到，共产党的保护文物的政策是极好的，而且执行认真，这个国家的许多年的旧的可贵的遗存也有救了。国家很古，祖先、前人、劳动人民的奋斗和才干是令人赞叹和景仰，前人的足迹也应当说是不简单的，这个民族有天才，主要的还靠勤勉。他还抚摩着山路上的石刻石雕的佛像说到这些。他还说，看见我年轻、精神旺盛他有些羡慕，但活动力也不见得比我差。湖水，曲折的水上画廊走道和亭台，长堤上美丽整齐的树木，小的幽静的文物院落，"断桥"，宝塔，庙宇，大的佛像，澄碧的溪流、石碑、旧时代的宗教记事和人间情节，灵隐寺的尼姑的悄悄念佛声和安静的动作，以及幽深的殿堂的香火，都使胡风很有兴致。他又说着"新时代近了"。他的历史的感慨很浓，再三地说着："封建时代啊，中国古旧历历的王朝、佛教的统治，其中人民的才华和巨大的精神力量啊。"岳飞墓前他拿着衣服静静地站立了一阵。他走出来说，中国漫漫的历史长画廊，正义和人民总付出代价，但到底民族的脊梁强硬，黑暗势力终于不能战胜。他又说，岳飞很忠厚，中华民族也是很忠厚的，小的时候，他在湖北蕲春家乡很爱听说书的说岳飞，那说书的老头说一阵还吹一阵喇叭。他说，断桥会的许仙和白蛇自然是故事传说，雷峰塔有镇压妖邪的意思；而苏小小墓，苏小小是著名的才女，都是令人想到民族的途程。有些建筑物也确实是伟大的。他又说到新时代将临，中国这个海洋将掀起新的前所未有的巨浪，他说，旧时代是黑暗的、冻结的，人民群众和许多人"很冷啊，冷啊。"他强调地对我说："你觉得是这样吗？"他又问我的爱人说："你看对吗？"

终于没有能知道四明山游击区的情况，方然的线断了。说有人去过，未回来。我们在风景优美的餐馆喝酒，胡风说，他有很多的感慨，也真很想看看四明山区武装的人们。西湖的文物使他对武装起来的人们产生更多的思念，也可以说，四明山区的武装的人们使他对这锦绣山河增加了感情。毛泽东是了不起的。他说，杭州的民间工艺，显示了民众闪光的天才，人民的武装也使他对这些增加感情，他说，他很爱人民的武装，不知道他们究竟是怎样的，什么时候能见到。

他又说，这西湖餐馆里的鱼很好吃，水也好喝，他有点思念他的家乡了。他家乡的水很好，水稻很丰满地成长。杭州西湖很秀丽、沉静。预备逃走的国民党官员、暴发户，这时来玩的很少，游人的数量不多，胡风感叹地望着这西湖，说，从事土特产的手艺人很穷，受剥削——他刚才访问了他们。又说到“山河泪”的旧时代将要过去了。

胡风前年六月八日逝世，现在快两周年了，追忆起这回的游历，不禁怀念着他和思念他生前的健旺的心情。

一九八七年五月二十七日

（原载《东方纪事》1987 年第 9—10 期合刊）

一九三七年在武汉

书店·演剧队·合唱团

1937年8月15日,上海抗日战争爆发后两天,我随家人到达武汉。天气很热,我们住在汉口江边的一家旅馆里,这江边是靠近江汉关的,江汉关的建筑耸立着,时常有报时的钟声敲响。武汉那时正处于抗战高潮,给人以大时代的印象,虽然那时我只是一个十几岁的少年,但这钟声给我以很深的激励和感触。

那时候武汉的书店发售着进步书刊,爱国、抗战言论活跃,国共合作使时代一时呈显出新的局面,尽管有后来成为汉奸的汪精卫等的逆流。这种情况反映在我少年人的激情里,我也开始接触进步书刊。记得的是,我常在早晨到街边去买烧饼,有时中午也去买,便站在离烧饼铺不远的书店里阅读起来,以至于我的外祖母着急地从旅馆到街上来找我。武汉生活书店靠近江汉关,报时的钟声和一直到天际的黄色长江的激流给我以很深的印象。

武汉生活书店的店员们是谦虚、客气,而且亲切的,他们热情地给读者找书而且介绍书刊。我在那书店里看到了一些世界文学名著。在书店里也可以看到逆流和阴暗面,我就曾看见几个戴黑眼镜的特务走进书店,翻着书籍议论着,而店员们则沉着和镇静地站着,他们绕了几个圈子然后走出去了。

后来我搬到离市区较远的旅馆去住。旁边的临时军用飞机场上,有军用飞机起飞。早晨,飞机的螺旋桨和翅膀的震动声,摇动着小旅馆的遮着一层铁丝网的窗户。我曾在窗户里和机场的铁丝网侧观察着飞机起飞,有少数的几架飞机飞往长江下游去迎击敌机。我也曾注意长江中的一艘军舰，当我沿长江往上游散步时，看见江边有架设着芦席和树枝的伪装。我还看见江中的一只沉在水里的军舰，在这艘军舰旁，我被一个兵士吆喝走开了。我很奇怪和不满意，抗日高潮，人们都传说着延安十八集团军和上海四行仓库以谢团长为首的八百壮士的抗战如何英勇，这里却有军舰沉在水里放着，水已沉到舰舷，军舰也快要坏了。

我那时有着深深的流亡的凄凉，因为人们的生活中普遍有着忧郁和失落。我听着那时的抗战流亡歌曲很是感动，看到中华剧艺社演出的街头剧也很是感动。我曾在中华剧艺社后门口，记得大概叫做长堤街的街边和江汉关边，看见一些有名的电影演员在演《放下你的鞭子》。虽有特务包围，反对演这宣传剧，还借口街头演出妨碍治安，但戏仍在演，因此引起冲突，周围围着大批的人。特务说，这是共产党的宣传，人们说，抗战正是这样的，这正是宣传抗战。特务还骂很脏的话，我记得演员们曾和特务相抗，特务跳得很高地叫着，“我要跳起来骂你们这些左倾份子，要跳起来骂你们！”围观的人们也吼叫起来，一个青年跳起来对特务叫着，“我要跳起来骂你们，骂你们形同汉奸！”

我对于抗战流亡歌曲那时候感动很深，很想学这些歌曲，曾经在街边收音机旁边去听。白昼渡江到武昌去，晚间乘轮渡过来，便经常在武汉合唱团的门口徘徊，听唱这些歌。那时的武汉合唱团的负责人有冼星海。我在晚间坐在武汉合唱团的黑色的大门外的墙边，看着门内射出来的灿烂的灯光，听着唱歌，有不少的青年和别的人们也在外面听唱歌，精神都很专注。武汉合唱团练唱时，门是开着的，有两次还在门外挂着扩音喇叭。我站着静听唱歌，有时，里面有人出来，邀请外面的人进去一起唱，我便也腼腆地进去了，排在队里学唱歌。又有一次，是邀请到里面的一间不大的屋子里去听他们唱，我也进去了，随着进去的人一起，靠着墙壁站着挤着。武汉合唱团的人们对人很亲切，他们的团员是一些大中学生和店员。我记得，晚上有灿烂的灯光，歌声很响亮。有一次灯光很暗，里面的玻璃被砸碎了，人们告诉我，是有来历不明的人们在行凶，将合唱团的人们打伤了两个。但那天晚上，陆陆续续地仍旧有人们来到这里，歌声仍旧起来了，到深夜我才恋恋地离开。

特务·茶房·演讲冲突

我和家人住的小旅馆记得似乎叫做“滨江旅社”。我们住进来，旅馆的服务员(茶房)曾经致词，大意是:“现在举国上下一致抗战，国共合作，敌忾同仇，旅馆业也拥护抗战，努力服务，招待抗战客人，防盗防汉奸”。还说，他说的这些，是根据抗敌后援会各行业协会的号召。他还说，武汉是抗战中心，我们拥护抗战的言论，宋庆龄、沈钧儒、郭沫若先生的言论好，而汪精卫的言论不好。因为受抗战的鼓舞，这茶房很是热情，而且说他是本地人，湖北肩负抗战的重任了，他觉得应更加努力。他增加扫地次数，替我们买东西，助我们劈木柴燃起小的木炭炉子。我到现在还可以记得他的热情的脸，和有弹力的汉口口音。我今天回想起来，从他那里也可以感觉到人民的纯朴。

宪兵检查了房间后，曾有特务来旅馆巡梭，推门观看。这茶房便积极地挤进来，阻挠特务，说这些房间已经查过了，没有什么可以问的，也没有什么要了解的。他追着特务，走在他们面前，当特务往另一房间去的时候，就连忙指着说:“没有什么可查的，都是手续完备的。”我也出去和特务辩论，因为他们滋扰了我，因为我觉得，抗战的大时代，不应该有这许多特务的活动。这茶房很使我感动，他再三地和特务辩论，反对特务的滋扰。他被特务们推了一下，但他仍然不退后，不屈不挠地拦在特务面前，争取着抗战中旅馆的住客的安宁。他再三地在隔壁房门口对特务们说，里面住的是一个五十几岁的教授和他的妻子，在写着重要的讲义。“抗战时期总是做抗战工作的”。他希望特务无论如何不要进去，特务推他，他仍旧顽强地阻挡，一个特务上前要绊他的腿，要摔倒他，又想举手打他，他便高喊了起来，说旅馆业有通知的，不是正规的军警机关没有查房的权力。后来特务们又往另一个门走去，他继续奋斗着，说里面是一个有名的音乐家。他说抗战时期有名的音乐家寻到武汉，住他的旅馆，他是觉得很荣誉的。他坚决阻挡特务们，特务又要绊倒他的腿摔倒他，他便再喊叫着，旅馆的规章他要维持，而音乐家和附近几个房间的人们这时也出来援助他了。

武汉人民的情绪是高涨的。在长堤街的街头，听说特务暗中袭击中共的董必武，但他们的手枪被人们挡住了。听说董必武曾说，他是湖北人，来到这里是为抗战工作，对于湖北乡土，他是深有感情的。我距离得远，只记得街上这时有一个中年人在演讲，讲的也是湖北在抗战中的地位，抗战的重要，也还讲到屈原，在他又讲到屈原大夫与民族气节的时候，人们鼓掌并且欢呼。在这长堤街，有过几次的冲突，也有过几次的街头的抗战演讲。有一次是中华剧艺社和特务的冲突引起的，一个老年人的讲演还谈到辛亥革命时的武昌，但也有一些捧鸟笼的，戴金表练的、戴异样眼镜的人，他们所说的是企图使湖北排斥抗战的。这数次在街头与特务流氓的冲突中，我和中华剧艺社的人们相识了，原是站在门口看，现在被欢迎进去了，场内人满，现在已记不清演的剧名。和看《中国怒吼吧》一样，舞台空气有着我那时常感觉到的新时代的热烈和民族的、爱国的亲切。我觉得中国的戏剧艺术这时的水平升高了，我对着舞台的布景，灯光——舞台上呈显的景色注视很久很久，觉得它是反映出这个时代的特色的，是在为国家和民族的命运作现实战斗的，有着雄伟气概的景象。

我在街头行走，怀着激动的心情，也曾看过一些京剧名演员的演出。大半是站在开着的门口看的，有的也因空袭警报而中断。这种特别的情况，使我所看到的尽管是短小的片段，却时常引起激动的、灿烂的印象和深刻的感想，使我的头脑里有鲜明的记忆，我认识到民族的患难了，我们现时代人在格斗，旧的时代的人们也参加着这一场格斗。从旧时代的戏剧中，我还是觉察出旧时代的中国人也是英雄的和思想深沉的。

流浪·逃亡·亲人

我处在我的热烈中，也处在我的孤独、寂寞中。我曾到汉阳去散步，记得那架设在襄河上的、已经旧了的、单薄的便桥和汉阳的稠密的平房，还有那些穷困和一定的繁荣相混合的、人口众多的、嘈杂的、狭小的街道，和一些工厂的烟囱。“晴川历历汉阳树，芳草萋萋鹦鹉洲”，汉阳的树木没有见到多少了，只是见到汉阳郊外的大片的显得有些雄伟的旷野。我也曾于孤独中去到武昌，爬上黄鹤楼，这楼那时已非旧貌了，报纸上有呼吁修理的文章。我以匆忙的心情望着作为我们民族的象征之一的长江，曾想到我将怎样生活和飘泊到何处。武汉的长江比我的家乡南京的风浪湍急，它的掀动着的，显得有些激昂的风浪是我爱看的。这些波涛也象征着中华民族的力量。武汉的生活使我和长江亲密。我也到蛇山龟山的石头上和深草里坐着，看着也有些穷困迹象的武昌的街市。白昼里，武汉合唱团的歌声也有时从附近传来。我还见到几个飞行员来到山下的坑洞口取汽油和飞机零件，将这些用大木船运过江去。我在这里还看到国民党政府的腐败和抗战的艰辛；飞行员抗议特务和官僚锁着坑洞口，不让他们取需要的东西；一个穿中山服的和一个戴黑眼镜的人和几个飞行员在土坡边上很凶地吵着架，几乎打起来。一个湖北籍的官僚叫嚷说，湖北是干净土，意思是不欢迎抗战。而飞行员则大声说，中国要制胜日本，然后和官僚政治决战，才能脱离十八层地狱，走向净土。飞行员们的话引起人们的敬意。确实，特务和官僚们对抗战的阻拦是特别令人仇恨和愤怒的。

在武昌街头，一个老年人中暑倒下了，许多人相救，一个老妇人急忙去找药品，附近也有人家端来开水。那老头子是一个流亡者，在找寻他的家人，他苏醒过来，询问人们，上海的战事怎样了，他几天没有看报了——他和他的家人失散了。在汉口与武昌之间的轮渡上，有人急救一个晕倒的孕妇。这时有一个特务演讲，他用突发的激越的声音说着，意思是抗战似乎是不必要的，汪精卫的言论正确。这时便有一个大学生发言，申斥汪精卫和附和汪精卫的言论。两方面的对抗形成激昂的色彩，而轮渡在浩瀚的江流中运行。忽然那个孕妇发出了紧张的声音，她愤恨地说，她也正是“流浪、逃亡”，象歌曲里所唱的，亲人失散了，她说她痛苦极了，恨日本强盗，她是主张抗战，而反对投降的。我还记得一个声音嘹亮的武汉口音的老人大声地说话支持她。

在轮船码头，有一些学生喊着口号，长江下游来的江轮正在靠岸，这一次有组织来的青年学生前来欢迎，他们在中学，小学教师的领导下喊着：武汉是抗战中心，武汉的本乡本土人欢迎因抗战而流亡、为抗战而工作的人们到来。他们喊着：“来汉的教授们好！来汉的医生们好！来汉的同学们好！来汉的家庭全家都好！来到武汉就像来到家里一样，武汉的水土欢迎各地人来到。”充分表现了武汉人的热情，像他们讲话的武汉腔调里有着一种热情一样。学生们喊着到来的人们的身份和姓名，并牵着小孩、扶着老人，表示着湖北人尽地主之谊，码头上的这种情况使人们觉得武汉人是极为亲切的。那时候武汉有的报纸上有排斥外来人的言论，而且说耽心粮食不够吃，特务还挑拨说武汉要限制外乡人入境，对来到武汉的人十分无礼。为了斥责他们，于是来欢迎的学生们和码头上的热心的武汉人的口号此起彼落，这就有着更深的意义了。学生们和武汉人的欢迎一时之间形成了热潮，喊着：“武汉欢迎外乡同胞来汉共同抗战！四万万同胞是一家！武汉也是鱼米之乡！武汉是长江天堑，武汉广大平原欢迎团结的抗战同胞！”我也跟着喊口号。我那时觉得，在武汉，一方面是团结抗战的人民在严肃地工作，他们为新的伟大时代而开拓着，一方面则是官僚、汉奸、特务、流氓们的专横和无耻。

八路军买米·胡风演讲

在武汉的时候，我常到中山公园去，记得那里十分拥挤；人民躲避敌机空袭，也有演剧队在那里作抗战宣传。曾有一些人捉住了两个汉奸，一男一女，缴获了他们的给日本飞机做信号的反光镜和信号枪，将它们挂在他们的脖子上，喊着口号游行。这一对狗男女居然发表言论，说日本必胜，中国必败，“日华”的“大东亚共荣圈”就是好，而抗战是错误的，而且说，他们有势力，是“甘冒大不韪的”。人们和他辩论并喊口号，这一对汉奸居然坚持大声叫喊，说：“国家错误，抗战错误，可以一辩”。这样人们便和他们一直叫喊到街上来了，汉奸男女继续反抗、喊叫，人们便更大声喊口号，而且得到了治安机关的同意找来了锣鼓敲着，士兵们又用绳子将这两人捆起来，推着游行。

离中山公园很远的江边，是八路军办事处，我有几次走过，怀着尊敬和那时所具有的好奇心情看着，曾看见八路军警卫战士和干部与特务流氓争论，特务们要关闭办事处；我看见围观的人们中有人出来支持办事处，还有人激动地喊起了“国共合作”的口号。我曾看见八路军办事处人员到街上买米，特务和他们雇用的流氓把持着粮店，除奸商以外的粮店的商人愿意卖，特务流氓便又和这些商人冲突。有一次有很多人在粮店的门口参加这种和特务的冲突，辩论激烈，我看见人群中一个女医生和特务辩论激烈，声音十分宏亮，几乎象在演讲。激动的热情浸透了人们的心。八路军办事处终于买成了米，人们便让路，尊敬地看着他们挑米的熟练的、能吃苦耐劳的动作。他们扁担不够，就去找粗木棍和竹杠来抬，有时木棍竹杠被掰断了，他们便背着走。

一个特务问一个汉口籍的八路军战士，他怎么参加八路军了？他回答说：“汉口人也应该参加。”一个中年人走上去，尊敬而善意地问同样的话，显然是为了对抗特务，那个八路军战士则笑着回答说：“母亲叫参加的。”

在街头我看到参加一个会后走出来的郭沫若和胡风，一个书店店员迎着他们喊着，所以我知道是他们。那时候我很爱读一些民主人士的抗战言论。有一次人们乘轮渡过武昌去避空袭，我也过江去，胡风也在轮渡上，有一个大学生请胡风讲话，他便激昂地发言。轮船在江中急急行进，人们紧张而寂静，胡风的发言声音也宏亮而激昂，他说到国共合作和汪精卫反抗战的丑恶;又说到他是湖北人,现在看到日本侵略者的飞机袭击来了,斯土斯民,特别触发了他的乡情,使他无限感慨;他说,湖北、武汉人民要起来积极抗战,反对那些武汉地头蛇的反抗战的排外思想;他说,正如歌曲里所说,中国人的血要流在一起。他的话完了,人们鼓掌,我也鼓了几下掌。

胡风还说,汪精卫在煽动一些湖北武汉人反对抗战,说抗战于他们造成了不利;他说,武汉有武昌起义的光荣历史,是值得骄傲的,但历史上有人吹捧大湖北主义,他觉得这很丑;他说,和各省人一样,湖北人也应该谦虚,而实际上,湖北人民是很谦虚的。

卖烧饼的和卖葵花子的

我的外祖母刚到武汉的时候,似乎有些觉得湖北、武汉人有些粗。但她在汉口江汉关附近买烧饼、评论武汉的烧饼的时候,认识了卖烧饼的女老板,改变了这些看法。她最初说,南京的糖馅和葱油的烧饼小些,长的烧饼没有这么尖的头,说这里的烧饼不中看——她很怀念离开 了的乡土,但是后来说是很好了,至少一样好了。和女老板的谈天,使她开始对湖北人感到愉快,说武汉人直爽,而且可亲,民风强悍。她开始认真地说,武汉的烧饼做得柔软。她最初说,这里水不好喝,后来随着对烧饼的改变,水也变得很好喝了。她还说她寻访了一下庙宇和武昌的蛇山、汉阳的龟山,气势和文物都是不错的。烧饼的女老板对她很谦虚,这使她怀着激情地说了这些话。我曾在江汉关附近丢了一角钱,一个卖葵花子的妇女跑着来捡起交给我,我对她说,武汉的葵花子好大啊,她便很谦逊地说,不如江苏、浙江的好。我说不是这样,可她一定要说湖北的差些,她对华北、江苏起了战火表示同情,这更增加了她的谦虚感。有一些捧着鸟笼的小地霸排外,说武汉样样好,但是这个卖葵花子的和我见到的许多武汉人,都说他们闭塞。武汉有强悍的民风,但我看他们还是很谦虚的。卖葵花子的妇女还红着脸对我热诚地说,被日本侵略的江苏是好地方,那里的葵花子很大——好象她看见过一样,她有一颗赤诚的中国人的心，对因抗战而流亡者表示崇敬，这是我那时的感觉。卖烧饼的女老板和做烧饼的师傅，他们夫妇两人，轮流地揉面、做饼和烧烤。她曾和我的外祖母说，武汉是大地方也是小地方，现在成了抗战重镇了，她觉得着急；她似乎因为觉得她不知怎样尽国民的责任而感到羞涩；她对新来的外乡人不摆任何一点架子，她认为自己闭塞和落后。她对我说，她是有闭塞的心理的。武汉一瞬间变得热闹而有威势了，这使她似乎有惊慌的心理，并且问我，在我看来武汉人是不是闭塞，适不适合抗战？她和卖葵花子的妇女一样谦逊，那种不安的、善良的心理吸引了我的注意。她说，在街头走，差一点被汽车碰着，一个南京来的带江浙口音的、穿得很威风的官儿骂了她，说武汉人很丑，她很愤恨。这当然是当官的不是，但她还是有些自卑。抗战了，这些官儿也是抗战的，这引起她的惶惑，因为她很拥护抗战。从她的细心劳动，细心而谨慎地给顾客拿包烧饼的纸，将烧饼递到顾客手上的动作，可以看出来她这时胸中跳跃着的一颗爱国的心。她的包烧饼纸也裁得很整齐。早晨的烧饼铺前有时很挤，她和她的沉默的丈夫工作得迅速而紧张，但又很准确，给人们以感染。我觉得来到这里的人们也都跳动着一颗中国人民的心脏，并且觉得甜的和葱油的圆烧饼，长的和尖头的咸烧饼，都是十分好的，热烘烘的。我外祖母在中午去买烧饼的时候曾和她谈论武汉的风景和文物，问她哪里有庙宇，城隍庙和关帝庙，并且说关云长——关公曾在湖北作战，我的外祖母是尊敬关公的，认为他有为人民所景仰的崇高的品德。女老板和烧饼师傅很有些感动，一边望着我外祖母在吃，一边对着巨灵似的长江，指着对面的武昌给我外祖母看，说那里是黄鹤楼，那里是龟山、蛇山，说到武昌的庙宇、文物，还说到有一种眼睛会动的双鱼风筝，是纪念关云长的“单凤眼”的。我的外祖母因逢到知己而激动，女老板伸着手臂指着长江，说到旧年水灾涨水的水位，又经我的外祖母的提起，指着波浪汹涌、呈显出一些荒凉的长江上游，说到过去时代，在长江上游周瑜和诸葛亮曾经激战过。远远的地方便是著名的赤壁。她们两人互相谈着,真象看到古时的战船一样。我由此却见到纯朴的武汉人民的爱国心,而且是强悍的心了。一个在长堤街头卖豆皮的青年,也曾一边吆喝着,一边说到旧时代留下的关于诸葛亮、关云长在湖北作战的优美故事。记得烧饼铺的女老板后来还粉刷了她们的铺子,以前她说话有些害羞似的,说话也有节制,现在话说的多了。在谈话中她还赞美国共合作,而且热心地赞美距离不远的书店和在书店里读书的人们。她一面低着头烤烧饼,一面慢慢地说,中国抗战了,象收音机里唱的,国土是祖宗留下的,她也是主张的,假若日本人来了,她要誓死抵抗。她说,这国土、这湖北、这武汉,这个天地间,历来都有主张正义的英雄给予人们以教诲。她的这些谈话,使我再一次觉得她作为一个国民的爱国之心。

工匠、手艺人和妇女

我曾在汉口遇见十几个匠人拿着他们制作的花篮、花束,还有风筝、精制的纸糊灯以及一些手工艺品、大的面人、糖宝塔等站在街口。他们看我站着观察,便请我评论他们的制作。他们说,他们这玩意儿也要通过检验,市政府因为武汉是抗战的中心了,东西不能粗制滥造,所以要检验这些工艺品合格不合格,是否上乘,还要区分等级。他们向经过这里的几个知识分子和行人,以及我,征求对这些物件的意见,并说,他们曾经在市政府挨了一顿臭骂,有一个官吏很凶。显然的,因为抗战所引起的感情,这种很凶的骂,使这有些闭塞的汉口后街的一些手艺人工匠们恐慌了,心虚了,深怕他们制作的物件,质量不符合抗战的要求。因为,他们是十分纯朴、十分赤诚的,抗战爱国的热情植根在他们的心里,主要是因为这缘故,他们便向路过的人,特别是一些不是武汉籍的、长江下游的来人,询问他们的工艺品做得如何,并且对这些人怀着一种尊敬的心理。我觉得在他们的胸膛里跃跳着的是颗热血的、谦虚的心,又是遭受了官僚压制的困苦的心。一个姑娘和一个中年妇女还诚恳地红着脸问我,以我江苏人看，她们的刺绣品可以不可以。她们的刺绣有花朵、鹅鸭和黄鹤楼，有的还绣的长江中的有风帆的船，那帆升得很高，表示一种高远的向往。“粗得很，”她们说，“但是不是还有一点看的呢？有人说一点也不行了，够不上抗战标准，说我们俗，对不对呢？不过这也是我们的生计呀。你还是看看，到底差不差呢？我们心虚了。”那些工匠、手艺人也走过来说着。因为抗战了，到处施压力，其中还有汉奸和日本间谍的活动，在这些精致的手艺品上也发生了效果，使得这些手艺人不安心了，使得这武汉的后街、这中国抗战的后街武汉也着慌了。这些工匠和妇女因爱国心而不甘心，认真地、仔细地请人们发表意见，笑着，人们说好，他们便也有自豪的感情，说这是许多代的祖传的技艺。但总的说起来，他们除家庭和抗战的感情以外，也表现了武汉人民的质朴、深思和谦虚；他们研究着他们的出品，这些出品，我认为是细密、精致、而且是有气势的。他们在街头仔细地和过路的人们研究他们的工艺品，讲解着，转动着这些物件给人们看，人们也热心地注意着。他们因挨骂而表示的认真和愤愤不平，使我感到武汉人民这时候因爱国而有的忍耐心和冷静。一个工匠也说了，“我们做的东西也会有差的，所以请各位看看。情况是这样的，中华民族面临危险了，也面临考核了，每一件东西都要经过考核。”这位长得有些英俊的、面孔忠实的工匠继续说，“我说我们也是要通过考核。”天气很热，人们的脸上流着汗。树荫里的蝉鸣声，陈旧的街道和房屋，这些给我留下了激动的印象，我觉得，人们的情绪、性格、思想，是和脚下的武汉的土地深刻地联结着的。

伤兵，在汉川的码头上

在武汉的一些日子，因为生活无着落，我的家庭便迁到襄河边离武汉乘船有一百多里、直径陆路只有六七十里的汉川城去了，那里是我继父的故乡，我也在那里呆了一些日子。

抗战的武汉的北部乡野汉川城，十分寂寞、灰暗、安静。我感到难耐的孤独和寂寞，每日下午到码头边，等候武汉来的轮船，等候每日的报纸和信件。我在晴天或阴沉的天气里等候，等候着武汉来的大时代的震荡，可以说是在码头上等船的人们当中最耐心的一个。每日下午三、四点钟，从武汉来的轮船绕过襄河的回流，发出粗糙的机器的震响，向码头靠拢。我每日等到的报纸都是大时代的震荡，但这里使我发生震荡的，是有一次到了武汉来的从前线下来的伤兵。码头上排着欢迎的人群，这批爱国的军队使我想到武汉的爱国的军队，并引起我对湖北乡土的感触。轮船靠岸，小雨落着，人们开始抬上和牵扶伤兵，学生们在教员的指挥下唱歌。热诚的学生们唱着《义勇军进行曲》、《牺牲已到最后关头》和《大刀进行曲》。这些歌声，使我和在场的人们一样，觉得很激动，特别这是在一个有些古旧的、闭塞的小城里。这里流往武汉去的襄河的江流看去很有些宽阔和荒凉，河的对岸也无人烟，我觉得这由乡下一个小学女教员指挥而唱出的学生们的歌声，是中华民族和命运在格斗，这是一种顶天立地、心灵强固、不畏强暴的雄伟的声音，我觉得这歌声是要达到我们民族的未来的。码头上运到的伤员们在这欢迎和慰问的歌声里被震动着，这是从武汉来的大时代的震荡，是我所感染到的武汉抗战大时代气息的一部份。伤兵们的呻吟减少了，他们忍着痛苦。有的说抗战是他们的责任，有的说国共合作是好事，有的说武汉和湖北人亲热，有的要杯水喝，其中有一个说他不是湖北人，但是也要一杯这武汉乡间的水。有一个女教员请伤兵们再说一说，他们便重新开口了，说到国共合作很好时，那声音特别高。他们每个默默地接过一口袋的慰问品，但有的拒绝了，有的在担架上已经晕厥或已经牺牲了。中华民族的奋斗精神给我印象很深。但也有个别的伤兵品德不好，嫌待遇少，在担架上蹦跳敲打、开口骂人。一个男教员在我身边悄悄地说，他有几次看见我在书报阅览室看书，也看见我常在码头上等船，然后友谊地说，他想我是可靠的朋友，可以告诉我，他是靠近共产党的。他的热诚、亲切的信任使我十分感动。然后我看见他和伤兵们一个一个地说话。他对伤兵们慰问的话较别的人多,他是汉口人,弯着腰,声音很小,温和、亲切地用汉口口音说着,在人群中显得活跃。我觉得他有一颗火热的心灵。他有点胡须,面色有点白,很直爽。他上坡下坡,送着又迎着伤兵们的担架说:“辛苦了,为了中华民族!”“祖国的好儿子!”有一个有点兵痞气味的伤兵不愿听,开始骂他,而且说武汉、湖北这地方也不好。他便耐心地说:“我说的不错,你是中华民族的儿子。”他又带着乡土的委曲大声说:“我们湖北、武汉也还是好的,物产富饶,支持抗战,是中华民族的一块,是和大家血肉相联的土地。”他重复地说,“大家血肉相联”,这使人们感动。我觉得他富于感情,这种感情有燃烧性,热诚,并有些强悍,有着武汉、湖北人的特征。我后来在街头又有一两次碰见他,有一个后方医院的护士告诉我,他是一个共产党员。我注意到有特务跟踪他,后来就没有看见他了;他的明朗、热情的性格,给我很深的印象。

在江汉平原的地平线上

我在武汉附近的汉川县城观察亲戚家自己种地的情况,这种情况很象富裕中农。我的外祖母看着亲戚家两个姑娘劳动,于是发表她的议论说:“江苏的姑娘,自然也是能干的、能劳动的,但是要挑这样重的水和这样多的米,同时做这样多的事,却少见”。亲戚家的湖北姑娘显得豪放、有力、乐观,她的祖母也十分能劳动。他们家几房的妇女也都到田地里去种地,当八十四岁高龄的祖母也到土地边上锄地时,这使我的外祖母惊动了。她便说:“这在江苏是少有的,不过各处人都一样,偶尔也是有的,但是湖北人汉口人多一层家教。”她坚持这么说。显然我的外祖母感动了,于是我就陪她去看亲戚家的人们种地去了。她赞美湖北、汉口的姑娘和男子,说他们民风强悍。种地的姑娘和老人家都很谦虚。我还听到他们议论土地的出产,说这里和北边的襄阳樊城古代都有一年几熟的稻麦。他们说往北去便是关云长作战的古战场,而且还带着喜悦和自豪地说,欢迎外省的人来到。她们的意思是，湖北、汉口，是激动人心的地方，自古民风强悍，但现在她们觉得不如前人了。她们还说到，在抗战的烽火中，他们感到闭塞、羞怯、胆小、怕人，觉得没有贡献。武汉大地的摇撼也到达了这里——“抗战烽火”、“武汉的地方在摇动”，这是姑娘们的语言。她们的老人家也和我的外祖母说，古时，这里也是烽火的土地，这土地里是深深地有着前人的正义之血的。她们有着一种激动，而且是用着这种语言谈话的。老太太和姑娘们指着那片富饶的土地和江汉平原的地平线望去，老太太并且拉着我的外祖母又按着我的肩膀说，这平原是广大的，地平线上白色的光和淡兰色的烟霭，那是从地心里升上来的地力，说明平原土地是殷实的。她显出激动，我觉得她显然十分爱着他的乡土和祖国。姑娘们还热烈地说到，湖北人（自然也不一定是湖北人）的心中，时常觉得泛着光的地平线上，隐隐约约地看得见又看不见的地方，有正直的人和正义的人在与恶徒格斗，总觉得远方有召唤，而那里的人们必胜。她们激动地、羞怯地说，心里总觉得地平线外有巨人在运动，实际上这是他们的理想。她们胸膛中是怀着理想的，这就是继承历史上爱国和强悍的民风。从她们和在田地里劳动的人们身上，我分明感觉到武汉地区纵深的力量。

我遇到一个中农人家的跛腿的、长得十分漂亮的姑娘，她后来被医好了，是一个有能力的老医生从樊城来替她医好的。樊城，那令人向往的关云长作战的古城里有古传的处方。她很快乐，原来我见她就很勤劳，后来更勤劳了。原来她有着一些悲伤，但仍然是顽强而乐观的，跛着腿做事，纺棉花、选棉籽、做工艺品扇子。武汉这一带，是以扇子这一类的土特产出名的。她曾谦虚而苦恼地对我说，这小城里很寂寞，抗战了，湖北人历来是爱国的，她所以要多做些事情，也破除点寂寞，并且要我评论她的工艺品。她谦虚而紧张地等待着我的评论，当我称赞她的扇子很精致而结实的时候，她十分愉快。她带着想象说，她要到达未来的好日子。后来她意外地被医好了，十分欢乐，到武汉去了一定的时间，回来对我说，玩了自小渴慕的武汉名胜。在说话之中她赞美着她的乡土、长江和黄鹤楼的雄伟，赞美着她喜爱的汉口和武昌的黑色的土地，说这土地是有地力的。她做扇子这一类的工艺品，动作很快而灵敏，她很快将扇子的竹子骨架排好，按上纳钉，然后贴上画有黄鹤、长江、坚实的山和平原上的飞鸟的扇面。现在她到了她日常在扇面图画上接触到的长江与黄鹤楼，游玩了坚实的龟山、蛇山，当然是快乐的。她还说她留恋抗战中武汉的激动人心的大时代的气氛。她说汉口和武昌、汉阳自古是有地力的，这次抗战所转化的地力将长存下去。

我在这武汉的纵深的乡间，很怀念武汉和大时代的激荡，时时遥望地平线上的闪光。中间曾来到武汉，一段时间里有空军作战，记得有苏联援华志愿队的飞机。武汉被轰炸了，街市上有废墟，但人们则议论着击落敌机的数目，有地力和人们的心力的武汉很镇静。我后来再来到武汉是准备离开了，武汉继续是那样，武昌和汉口有着战时的繁荣，它在敌机的轰炸中、在上海南京撤退后艰难的抗战中屹立着，显示着它的"地力"。国民党里有贪官污吏，但是人民的力量使得它屹立着，尊严和激昂的气概不减，它的土地、长江上的波涛，对我显现着它的深沉和神圣。

我始终记得我在武汉的这一段生活。

（原载《春秋》1988年第1期、第2期）

安定医院[①]

“文化大革命”开始的时候，我住在医院里。到广场上去呼吸新鲜空气，看见各处贴满了写着黑色与红色字的大字的□□[②]的纸张，院子里一个炸油饼的年青人在说着有红卫兵的营业，而且说，很热闹。天气阴暗，作为反革命而又生着病的病人的我站着坐着都觉得不安定，天气阴沉而且有着烦躁，那青年的炸油饼的说，红色绿色各色字的墙上贴着的宣言、命令、批判、揭发、警告各种还要增多，护士也这样说，我觉得不安，被这些墙上的纸——在阴暗的风里颤动着的纸角所压迫。大广场上的绿色的树木，风中的树叶也使我觉得苦恼，因为它们本来是应该象征一种安静的，它们也似乎被它的后面墙上的这些写着凶恶的字的红绿白色纸张弄得忧郁了。护士在和人们谈话，问那边的医院“文化大革命”红卫兵开始斗了没有，有走过的医生与人员，病人说不清楚，有的说开始了，——红卫兵们要“砸烂”医生，专家，和医院的一切医疗器具。

我有着阴暗的心境。昨日我在病院里听着猛烈的拉门，喊着：“反革命路翎出来，参加文化大革命，武斗，红卫兵司令部命令！”又叫别的几个人。我惊惶地站着。但我很佩服护士的勇敢，和红卫兵冲突了，说这里的医院是不在范围内的。护士们和他们大叫着。还有砸烂东西与捶门的声音。但后来红卫兵退却了。

---

① 原稿无标题，不按格书写在400格稿纸上，显系草稿。此标题系家属所拟。

② 此二字难以辨认，疑为“绿色”。

我下楼呼吸新鲜空气的时候，（曾问护士，今天有没有这种“红卫兵”，她们回答说，“过去了。”护士注意着医院这一部份的安全，也问着，在问那边过来的人）[①]她们曾紧张了一下，（要我进去。下楼的时候，她们也曾紧张）[②]要我不要下楼来，后来决定我下楼，和别的几个人。护士注意着这一部分的安全，也问着广场那边过来的人的情况，我曾问他们今天有没过群众，他们说“过去了。”后来又让我和几个人进去，又犹豫了一下，让我和另两人躺在人们后面一些。

我很感谢护士们掩护我。她们有着沉着和勇敢。人们又来交涉什么，她们看看我和另两个人，回答说，不行。而这时候红卫兵那方面退了，因为广场的那边发生了呼号，一个年轻的女子，护士，高呼着口号，和红卫兵搏斗着。

昨日我就听说一个姓王的叫王熙的护士在搏斗了，高呼“知识分子和专家重要！保护祖国财产，保护医院医疗器械、重要器材、医药，保卫病人！”我很佩服这个护士和护士们。今天，我看见好些红卫兵在扭打她，她头发被揪着，衣服被扭着，沿着那边的路叫喊，她喊的是“你们的大字报揭发我的我看了，反革你们，不低头，为祖国而战，保卫专家们及知识分子，保卫器材！”

我觉得这是有震动性意义的喊声。“文化大革命”的各种宣言与“揭发”很凶恶，然而护士勇敢，她的心灵显出强烈和随着喊声而巨大，她的喊声沿着道路，沿着一排树木而嘹亮，而也显得有着巨人。人们被红卫兵打击，有的在困苦中沉默，但有的在搏斗。人们在说着，这顽强的护士被打出血了，人们又说，她还是怀着孕的。后来，她喊着被击倒了，红卫兵抬来一个木板，将她抬着，她仍然醒来——似乎昏迷了一下——在木板上喊着，被抬往拘留所去。我注意地听着，她似乎是昏迷了一下又醒来，我觉

---

① 括号内的文字在原稿上有删除标记（单线划痕）。

② 括号内的文字在原稿上有删除标记（单线划痕）。

得，中国，也将从昏迷了一下之中再醒来。

（据笔迹估定）约作于 1988 年

（原载《新文学史料》1997 年第 4 期）

喷水与喷烟

我作为胡风反革命集团的骨干份子，一九五五年夏季起被囚，于"文化大革命"的时候因个人猛烈反抗案被移动到了北京郊区的一个监狱，与前一度的监狱在同一乡间；这中间曾因病住医院及被保释回家医病。我在这监狱中维持着我的度岁月的方法，每日回忆往事，其余的时间便对将我判为反革命的、伤害、侮辱我的人们和形势进行抗议，我的抗议活动有说道理，叫骂，包括大声唱歌。监狱荒凉，(有时押下楼劳动，在院子里拔草，觉得隔绝了人间，——监狱墙外是荒凉的旷野，不知亲人与友人在何处)[①]荒凉的痛楚的感觉中也想到，中国似乎在沉静地进展，于是更愤慨地呐喊与高声唱歌。(我想到，我也是爱国的人，却被认为反革命囚在这里。对于田野和远处的城镇、城市的人间的想象使我更愤慨地抗议，呐喊与高声唱歌。)[②]这使我几次被从原来囚室押出去，关押到走廊角落里的小的窄的幽暗的囚室里去。原来的囚室有洗脸盆与厕所池，这囚室只有地上的一个生锈的铁的放水与漏水器，于是洗脸和大小便都用着它。我被拖到那里是戴着镣铐的，又用绳子捆着，而且用布塞着嘴。这些，在吃饭和大小便的时候解除一下。我在镣铐、绳捆，布块塞嘴中更悲愤，当嘴中塞着的布被取掉或因我的奋斗而掉下来的时候，我便继续叫骂。镣铐和绳索被取掉了。因为叫骂又被戴上和捆上了。几次到这幽暗的小囚室里的有一次，里外的喧嚣的

① 括号内的文字在原稿上有删除标记(单线划痕)。

② 同上。

声音之后，开门进来了袖子上有“红卫兵”臂章的人们，宣布对我彻底进行“文化大革命”，手中拿着木棍与铁棍，大叫着：“打倒你！你文化权威！文学权威！打倒你知识分子！现在，痛歼知识分子！”

红卫兵对我进行“文化大革命”了，我看着幽暗的竖穿的小的、有铁的放水漏水器的囚室，和地上的睡觉的木板，想着墙外的荒野，我的孤立，并十分想恋着亲人家人，友人，和想着国家现在不知是怎样——前若干一些年的良好的情况看来是进入崩解了。我觉得沉默的旷野在战栗着，我从有铁丝网的小窗户看出去，窗户上刮着风，高空里也刮着风，啸吼着。低的风在田野里荡漾——我感觉到——但中空似乎无风。这给我一种严肃的感觉，觉得这中空的沉静用的风的回旋，自然的严肃的形态，似乎表征着这个人间在生育着新的年代。

“红卫兵”继续来到了。他们在门外朗读文件讨伐知识分子，在朗读之后便进行制裁。制裁共分两种。一种是喷自来水。红卫兵将水管拖到囚室口，对着我的身上放水。水很猛烈地击在我脸上，眼睛上，身上。——我这时坐在墙角里。水十分猛烈，外面大声呐喊，喷多些水，于是小的囚室积水了，我便坐在水里。水继续击在我脸上身上，击在我的胸前，在迫着我的呼吸。

红卫兵对我进行的第二件活动是喷烟，——用一个橡皮管往囚室内喷烟。室内充满烟而我被窒息着。烟滚动着喷进来，还喷出一些火星，我看见，是从一个铅的箱子里喷出来的，有一次是一个木箱，而后面推着一个开放的餐车一般的车子，一个大箱子里蓄存着烟。我被烟窒息，痛苦着，昏晕着。

我这时希望外面的风能吹进来。旷野很寂静，我觉得有中国过去的凄苦的鬼魂也有新生的，英雄的，想要和四人帮的“文化大革命”的卑劣和恶毒作战的鬼魂在徘徊着——我觉得这时有些活着的奋斗者也似乎有着鬼魂的凶厉的形态；我想，由于人们历年来不够警惕，使罪恶滋生了，——这时的形势有这样的教训意义。我觉得，中空无风的严肃的自然的境界，反攻丑恶的四人帮的人们将胜利，他们将产生新的时代。

（据笔迹估定）约作于1988年

编者附记：

路翎此文原稿书写在400格稿纸上，连标题（占两行）共三页九行，字形较为规整收缩，不像他晚年的大多数原稿那样字迹潦草飞动，有着明显的书写匆忙痕迹；稿面除几处标记清晰的添涂和删划外，亦堪称整洁，可见作者行文时情绪是稳定而冷静的。文中添涂处当为行文过程中正常修改，所用的书写工具是用以书写正文的同一钢笔，涂去的字句（一个七字短句和几个词）因划痕较多，已无法辨识，但删划的部分则可完整辨识。删划所用的书写工具似乎是一种软笔，单线划过，墨迹较粗而墨色较淡，显系成稿后所为。编者认为，软笔删去的几个句子对了解晚年路翎内心的真实想法同样是重要的，为存历史之真，最好是加以保留。为此，本抄件在文中以加括号注明的方式对它们作了复原处理。

（原载《新文学史料》1997年第4期）

一起共患难的友人和导师

——我与胡风

1939年，我将小说稿《要塞退出以后》寄给胡风，接到他的信，说我的小说可以采用；我写信问他可不可以去看他，得到了肯定的答复，我便到他的住所，重庆两路口一座小楼上的一个小房间里去看他。我曾有一个印象，是身材有点高大的胡风在两路口的山坡公路上慢慢走着的形象——几日前我曾见过这个形象，因为当时正巧有一个人喊他的名字。在那以前，我心目中的他的形象，是从他的作品、青年自学丛书里的《文学与生活》、《文艺笔谈》与《密云期风习小纪》里认识到的。大概地说，在我的心目中，事先就有了一个提倡"主观战斗精神"、号召"向生活的密林突进"的胡风。

见面时，他对我说，看我的信，觉得还老成；但见到人，却意外地年轻。他问我的情形，并且鼓励我说，在生活里要注意各种事情，积蓄形象，坚持着写下去；有时产生困难了，"不妨放一放"，但写作和在生活里吸收营养一样，是要经常坚持的。他还认为我当时所处的环境不大好，可以设法到别的地方去。后来，他便介绍我到草街子陶行知育才学校的文学组去了。

我这时见到的胡风的形象是沉思、诚恳与坦白。他当时住在乡间，这里只是他在城里的临时住所。房间里很简单，没有什么家具，我到这里来找过他几次。

他坦白地、诚恳地说到，他觉得，在中国这些年的生活里，成长了不少的知识分子，但其中有一些却飘浮起来，溃灭了或者消退了；有的刚写出一两篇作品便不见了。他希望我的感情能像一个吸盘一样紧紧吸住生活，有机会时不要放弃观察更多的事物。他对我说，要读书，要认真地读，有时应读两遍、三遍；理论的书籍也要看。他还说，从我的谈话看，我注重理论不够，这方面应加强。他劝我写稿子时字迹不要太潦草，标点符号也要注意。

有一次，约好了他在等我，我却因有事去迟了，他遵守信约独自在门前徘徊着。又有一次我又有事迟了一点，他在门前张望，着急地等我，因为他临时有事就要出去。我也曾在他门前等过他几次。一次，他终于回来了，看到我很高兴；一次，一位邻居老妇人对我说，他留下了话，有事出去了。

我很迷恋于同他的谈话。他的文学见解鼓舞了我。我谈论读过的世界古典文学名著。他和我的谈话常常是很热烈的。

他说，要坚持文学的现实主义。今天的情形，人们是有着游离现实主义的一些倾向的；这个现实主义的传统，鲁迅的传统，是奋斗着维持下来了。重庆有一个民主爱国反黑暗官僚的气氛，有一个进步的文艺界，是不大容易的。他说，官僚黑暗的情形严重，时时想要扼杀和阻碍进步的文艺界的活动。他激动地说，和这个，是要“拼搏”下去的。有一次，他的湖北口音激昂地叫嚷了起来。在屋子里不住地走动。后来，他又沉默了，长久地抽着烟，烦闷地坐着。终于，他叹了一口气，轻轻地说，时代是沉闷的。他又说，斗争是长期的。斗争是长期的，也是我从他那里得到的看法。他时常说，要“沉潜下去”，“沉默地多做事情”，中国的黑暗沉重。他说，就文学本身说，五四传统，现实主义文学的成长需要时间；对游离了现实主义的两种倾向，一种是概念化，一种是百无一是的庸俗化，也需要长期的奋斗来克服。

在这两路口，胡风还说到，他为刊物的事奔走，觉得损失了些写作的时间。我那时写一些诗，用纸片订成本子，拿给他看，他评论说很朴素，但有的有散文化。一次他愉快起来了，说，诗应该是真情，在“抓住现实的一瞬间”触发的真情；诗有谣曲似的歌唱，诗有跳跃的、灿烂闪耀的感情的韵律；重要的是，你对现实的反应是属于内心的。诗的泉源是靠诗人从生活里挖掘和积累的。……他给了我一个诗人的印象，一个极希望写诗的诗人的印象。他说，写起诗来，便愉快地沉浸于写诗的幸福境界里。他说着说着，激动地在房间内徘徊了一圈。

这时候我和他还有几封往来的信。有一封是介绍我可读的书，有几封是短信，这些信后来失落了。一九四〇年，我经他介绍到了草街子育才学校，和也在《七月》上投稿的何剑薰住在一起，曾和他一同沿着嘉陵江边步行到胡风那里——胡风住在北碚复旦大学附近的东洋镇，他在复旦大学教书。我有时也单独到胡风那里去。何剑薰评论胡风说，胡风在文坛上有一些孤立，“左联”以来不大和人结伴；一度似乎和冯雪峰结伴，但又因环境的关系不能在一起；不和人合作，办刊物又不对已有的文坛名人“开放”，所以便孤立。何剑薰还说，胡风的性情似乎也有些孤僻，这样下去会困难的，应该劝劝他。他要我劝劝胡风。我到东洋镇将这个意见说了，胡风问我以为如何。我说，何剑薰的道理也有对的地方，也有片面的地方，目前文坛上，进步文艺界有一些偏向，对偏向真也比较难妥协，对不良的、敷衍的、空调的文章，当然应该拒绝。胡风便说，真是很难。我后来离开了育才学校，到了北碚后峰岩，在国民党经济机关做小职员，住在煤矿的附近，写了《家》、《黑色子孙之一》等小说。

在这个时期，胡风曾和我谈到他的文学见解与理论，问我的意见。他从左联时期就奋斗，抗战起又为了“民族革命战争的大众文学”继续奋斗。现在想问问朋友们和有关的人们的意见，总结一下，我便谈到我形成的关于文学写作的见解，我说我读他的理论，是赞成他的“主观战斗精神”与“哪里有生活哪里有斗争”的论点的；我说我也赞成他的关于中国的旧意识负担的沉重、中国的黑暗的统治阶级的意识本身以及这意识的奴役在人民身上造成的影响与创伤、同剥削阶级侵蚀影响的斗争是困难与长期的一系列见解。他对我所说的表示很满意。他也说到对我的见解。他说，从我的小说，他感觉到我有激情与热情，描写人物的心理与精神斗争也活跃，也描写了人物的自发性。他说，他觉得这是好的，文学作品需要有作者主观精神的热情的奋斗，但他也希望我更多地注意与观察周围的现实生活。我的小说是形象与情节本身在说话的。他说，还可以更“抓住”，“挖掘”一些现实，有时要注意环境的描写。他曾在看了我的小说《家》的原稿之后说：“就这样吧！可以了，但主人公周围的人物，要更多写一些便好了，那个从北方‘游击区’来的‘河南人’，主人公的朋友，能多一些描写也好。”又说，“可惜这有困难。”他在看了我的小说《黑色子孙之一》之后说，“不错，挖掘出了人物的形象，但是，有几个地方，‘模糊’了一点，而‘周围的环境的描写’，似乎仍然有点不足。”他又说，这也许是他的主观感觉，由我考虑吧，不要弄成笨拙的情形。他的谦虚也使我感动。我记得那时我从“山沟”里来——我住地离他住的北碚东洋镇和附近复旦大学隔一座连绵的山峦——爬过山坡，怀着我的文学热望，从他那里得到令我鼓舞的意见；爬山坡回来，中途在草棵里坐着休息一阵，沉思，回味。他的意见有使我愉快、兴奋的，但也有使我忧郁的，因为他说到了我的缺点。当我将《黑色子孙之一》的原稿改过了拿回给他看时，他说我改得还可以，显出了愉快，我也便有了很大的快乐。他后来曾说，这一篇，关于人民身上的精神奴役的创伤，有着给读者的压力。还有《卸煤台下》的一篇，他也这样说（这两篇都是描写工人受摧残的）。我说，我也正是这样想。他显出沉思的脸色说，是这样的。他曾向我说，要强调人物的正面内容。有几篇小说他都这样提出，我接受了他的意见又改过。

渐渐地，从精神奴役创伤，谈到人物病态心理描写的问题。我对胡风说，我不赞成陀斯妥耶夫斯基《卡拉马佐夫兄弟》的心理描写，那描写有错误，但我赞成他的《穷人》、《罪与罚》里的描写，我还赞成托尔斯泰的。我问他我的有些心理描写，是否阴暗面份量重了一点？他说，他觉得是可以的，不重。后来，他带着一种沉思说，也还是要注意这心理描写与客观环境描写的问题；有一次说，这是一般而论，并不是说你这是注意得不够。他说到文学描写的原则，注重正面人物的因素问题，他说，《家》一篇，

《祖父的职业》一篇，正面人物的因素很好。工人形象真是很难写的，过去，夏衍写工人形象，也曾改了又改。

又谈到语言的问题。胡风说，我的小说采取的语言是欧化的形态，在这一方面曾有过很多的争论。我小说人物的对话也缺少一般的土语，群众语言。他说，他隔壁的朋友向林冰就说过，我写的工人，衣服是工人，面孔、灵魂却是小资产阶级。还说："人物缺少或没有大众的语言，大众语言的优美性就被你摒弃了，而且大众语言是事实，你不尊重事实了。"我说我的意见是，不应该从外表与外表的多量取典型，是要从内容和其中的尖锐性来看。工农劳动者，他们的内心里面是有着各种各样的知识语言，不土语的，但因为羞怯，因为说出来费力，和因为这是"上流人"的语言，所以便很少说了。我说，他们是闷在心里用这思想的，而且有时也说出来的。我曾偷听两矿工谈话，与一对矿工夫妇谈话，激昂起来，不回避的时候，他们有这些词汇的。有"灵魂"、"心灵"、"愉快"，"苦恼"等词汇，而且还会冒出"事实性质"等词汇，而不是只说"事情"、"实质"的。当然，这种情况不很多，知识少当然是原因，但我，作为作者，是既承认他们有精神奴役的创伤，也承认他们精神上有奋斗，反抗这种精神奴役的创伤的。胡风便大笑了。喜欢大笑也是他的特征。我说，我想，精神奴役创伤也有语言奴役创伤，反抗便会有趋向知识的语言。我说，我还是浪漫派，将萌芽的事物"夸张"了一点。胡风又大笑了。我还说，在语言奴役创伤的问题里，还有另外的形态。负创虽然没有到麻木的程度，但因为上层的流氓、把头、地痞性的小官与恶霸地主，许多是用土语行帮语，不用知识语言，还以土语行帮语为骄傲；而工农不准说他们的土语，就被迫说成相反的了。劳动人民他们还由于反抗有时自发地说着知识的语言。胡风赞成我的见解，他说，这样辩论很好。

胡风告诉我，向林冰说我的小说中的人物有着精神上的歇斯底里。我说，"唐突，突击的时代我要寻找往前进的唐突与痉挛，因为时代和人的心理都有旧事物的重压，所以有这种唐突与痉挛；沉滞的时代我也寻找，这种重压在沉滞的时代更多些。但歇斯底里，唐突，是一个爆炸点，社会总是在冲突中前进的，而反面人物的唐突，也说明他心中的和环境的激战点。”胡风十分赞成我的想法。他说，他也是这么说的。这也是我在后来关于描写矿场、工厂生活和农村生活题材的作品《饥饿的郭素娥》给胡风的信里说的，我要在作品里“革”生活的“命”。

办《七月》的阶段，胡风夫妇很热诚地接待我，回忆起来，在山路上奔波，胡风给我的鼓舞与意见，使我增长了不少奋斗的勇气。《七月》刊物因为国内政治局面的变化，特别因为国民党制造的皖南事变而停刊了，胡风也去了香港。后来，胡风来信要我到北温泉聂绀弩的爱人周颖那里，取出他存放在那里的一些《七月》的稿件（那里面还有延安来的稿子）。这件事是与我那时十分怀念胡风的感情联系着的，所以，取回稿件时的兴奋情绪，我一直都还记得。

这时，我离开了煤矿区，到了重庆南岸的南温泉。和他的通信集中了我生活中主要的思想与感情。他的来信使我快乐，我常常在山岩上盼望着邮差的到来。我想象着，他如何在香港想“弄一个副刊”，想找一点书店的关系，为此在奔走着。由于太平洋战争的炮火，我寄给他的长篇《财主底儿女们》二十万字的手稿失落了，他也长久没有音讯，令我焦急不安。终于，接到了他从桂林的来信，这是我那时最喜悦的一件事了。我到城里去，也在阿垅那里看到他给我们两人的信，说到他自己的情绪健旺，准备奋斗和工作……。我觉得，——他的为文学事业奔走，是带着英雄的精神与姿态的，很使我激动。

他在桂林时，出版了我的《饥饿的郭素娥》。一年后，他回到重庆。我去看他，他请我和阿垅在小馆里吃饭。坐下来，叹息着，“回来了，绕了一个大圈回来了。经过疲劳也经过奋斗，算是在桂林出版了《七月诗丛》和《饥饿的郭素娥》，有一点成绩。《饥饿的郭素娥》既是你在煤矿区生活的纪念，也是我在桂林奋斗的纪念之一。”“回来了，从香港又踏上祖国的泥土，这回又踏上重庆的泥土，觉得一种亲切。”我说到，在《饥饿的郭素娥》中，我是企图用描写“原始的生命强力”来反对“精神奴役创伤”的。他便说，他也这样看，很高兴我提出“精神奴役创伤”少的人民的形象。他又说到，我的一篇短篇小说《米》，也在香港丢失了，很可惜，从那一篇想到国内米价猛涨，我大约在为买米奋斗吧。

早在他从桂林来信的鼓舞下，我就开始重写《财主底儿女们》。胡风说，“看来也还是曹白的话‘天正长，路正长’，写长起来的计划十分好，眼下也没有出版条件，慢慢地写吧。你要减少你的忧郁的心情，文学形象的负担也会压得人忧郁。”我在南温泉这个重庆附近的风景区走动，沿着一条可以划船的叫做花溪的小河行走，去看附近的瀑布，在那里洗澡，也去看一些土煤窑，那里有苦难的矿工。我给胡风写信，到赖家桥他家去，也到城里去找他。

我和我的妻子余明英这时刚认识不久。她在国民党中央通讯社做报务员的工作，收录路透社和塔斯社的电讯。一次，在她机关的传达室内，胡风找到我，送给我一个刮胡须的刀具与几张刀片。他说，“送你使用，也算纪念吧。”这段时间，他在忙着筹办《希望》刊物，见面时每次都鼓励我的长篇小说的写作。

我到北碚黄桷镇码头当小职员后不久，1944 年的春夏之交，我写完了《财主底儿女们》。我觉得，在对我作品的人物及其世界的思维中，在我的忙碌中，在对现实事物的感情和时时激昂的对理想的盼望中，时间过得很深沉，似乎许多光阴已经过去了。我将稿件带去，他看到后，带着沉重的缓慢，忧愁似地沉默了一下。一两个月以后，他说，看过了，这是一场沉重的战争，意识形态的和文学形象的战争。又说，出版困难，但是，奋斗吧，最后说，想写一篇序。我觉得我将这沉重的负担带给他和梅志了。从对付官僚黑暗政府一直到为出版的奔波，都落在了他们身上，我因此也觉得十分沉重。我曾向他们表示过这种想法，胡风笑着说，“这没有什么，我是当作自己的事情，文学事业应做的工作来做的。”

梅志说，她看了一些，没有来得及看完，她觉得很吸引读者，是有力量的。她又补充说，思想上吸引读者。梅志在东洋镇的时候曾说到我的工人题材的小说《祖父的职业》，她觉得很好，很喜欢，有着有力量的生动形象。她说的这些，也给了我行进路上的鼓舞。

胡风认为，《财主底儿女们》是成功的，有一些形象有力量也还有美学上的新课题。就一般说来，心理的描写复杂，可能引起不同的见解。问题在第二部，因为它提出了当代知识分子的精神内容与精神动向的问题，对于一般读者以及习惯于较简单地看事物的人们，会认为是描写复杂了。胡风说，如你在几封信里所说以及当面谈论的，你是达到了美学的目的的。第二部，特别是描写抗战初万县救亡演剧队剧团活动的段落，写了个人奋斗的主角，固然也批评了他，却讽刺了左的教条主义的人们，讽刺激烈。似乎是激烈了一点。我说，也似乎是。他说，也好吧。他又说，主要的是，摇撼国民党官僚黑暗与封建基础等的内容，看能不能通过审查。

我问，“我的第二部中主要人物蒋纯祖的形象还鲜明么？”

他说，“我看是鲜明的。许多心理真复杂，但你写得十分自如，创造着境界。”

胡风说，他仍在从事一种研究，研究读者的一般情况。他觉得，有许多读者对这会难以理解与接受。“为了中国的反封建和争取民主、个性解放、个性价值、人性的主体性与庄严，人们一直在做着精神探求，如你的作品所接触到的。将来在新的形势下也还要做这种探求。但是，从有些情形看，你的描写知识分子激烈的心灵纠葛，你的对于这种精神的发掘，是有些激烈似的。你说过，你在南京上小学的时候，有一次见到笼子里的老虎饿了，就将大饼给它吃。不是有许多人责备你并要打你么。人是不可以做特异的行动的。人们说你买大饼给老虎吃，扰乱了民族精神，民族不这样干的；你写作，塑造蒋纯祖的形象，人们也说，‘扰乱了民族精神’。民族不重视这种心理描写与内心剧烈纠葛的揭露的，不重视这种狂热热情的，人们是理智的。当然，这比喻不一定恰当，但我胡风认为中国文学现在需要提倡主观精神以及‘哪里有生活哪里有斗争’，提倡有主观精神地吸收现实的文学现实主义，反对冷淡、旁观，还提倡人格力量自发性内因论。我也是有点像买大饼给老虎吃，给我们认为是历史的客观要求的老虎吃。许多人可能崇尚理智、冷静，而不这样看。你的小说，人们可能会说，所写的人物是病态的。人们要求‘素淡’与心理描写的撙节。《饥饿的郭素娥》出版以后，有邵荃麟的赞美文章，[1]但也有人认为你和我这位赞成者胡风是‘洪水猛兽’，说这种欧化的心理笔法不合‘中国国情’，是‘歇斯底里与不健康’。‘不健康’的东西是有的，但是，自发性的反抗与自发的痉挛性（即使是潜伏的意识中），马克思和恩格斯都认为它是可宝贵的事物，而且，在黑暗的重压下，更是这样的。如同阿垅常说的，人的精神受摧残不也正是所谓‘不健康’么。”

我说，“我们还是回到本来的题目吧：人们说作者的主题思想‘不健康’，因为中国人民是没有这些的。我回答说，我认为是有这些的。我十分坚持心理描写。正是在重压下带着所谓‘歇斯底里’的痉挛、心脏抽搐的思想与精神的反抗、渴望未来的萌芽，是我所寻求而且宝贵的；我不喜欢灰暗的外表事象的描写。”胡风说，“我也是这样想的。自古以来，自发的反抗是广泛的。《水浒传》的好汉，和多年来民族独立的要求，是达到了生活的各角落的。所以才有这样广泛的统治，即形成了传统的事物的统治，宗庙的统治。宗庙的尊严与人们的顶天立地的意识展开了斗争，而共产党的领导，这新的巨大力量也正在传播开来。人们心里的人性性格自我价值的火焰常常隐藏在自己不很知道的深度，有时候还是自己否认的。我们要把它发掘出来。”胡风说，他也有一种党的，共产党人的心情。他觉得，我们希望党，共产党

---

① 此文原发表于1944年7月《青年文艺》第1卷第6期，后收入《邵荃麟评论选集》（下册），1981年人民文学出版社第一版。——原编者注

的力量逐渐扩大,它的思想到达各个角隅,碰触到痉挛性的自发奋斗和个人奋斗。胡风又说,“它说起来正是这样,但是,《财主底儿女们》中的个人奋斗,蒋纯祖这个人物的奋斗,对不习惯于这种心理描写或不愿看到这种心理的隐蔽状况的人说来,就会说是‘狂热的个人主义的’,‘唯心论’的。”我说,“正是这样的:观察生活,无论什么事业的奋斗者和在自己的理想、生活、生计中斗争的个人,人们不仅赞美他的‘冷静、理智’,也赞美他们对事业、事务的狂热的追求与奋斗。某些时候,当赞美的时候,就欢迎那些形容词了。把内心的热烈视为不合理的事物,是中国孔夫子麻木的遗留。”胡风说,“我支持你,我们把作品拿出去,我们的见解是共同的。”他认为,我赞成他的理论;而他,在遇到我(而我一直在努力从事创作)之后,就找到了创作上实践的依据,我也支持了他。胡风又热烈地对我说,“我们两人见解相同,你受我一些理论的影响,但不要弄成你的作品是我的理论的什么‘体现’。当然,有些人是会这样说的。你曾谈过,我也观察到,你除了对我的理论见解热情之外,还受到高尔基、苏联文学与大量世界古典名著的创作方法的影响。这样说才对。而成功的作品,也从来不是什么理论的表演或‘体现’。你对世界古典文学与苏联文学十分热爱,你的有些见解很精辟。你认为世界古典文学中浸透着主观精神与广泛的自发性、实践的生活意志和形象思维的创作方法。这些对你的创作有很大的影响。”

胡风一到重庆,就着手筹办《希望》杂志,经过多次的奋斗。在争取登记证和出版公司的同时,他就设想了刊物的宗旨。他认为,在当前,民主的要求与黑暗势力斗争激烈,他要将民主斗争作为纲领,这样,便产生了他的卷首文《置身在为民主的斗争里面》。他希望有反映民主要求或揭发沉重的封建黑暗的作品,希望我想想,写一篇。胡风说,他想用文学刊物叫喊出声音,要有尖锐的、又“用绸子包着”的文章,希望我描写实际生活里的“蠢动”着的事物。我犹豫很久,不知怎样写法。正面表现民主要求的作品,主人公,我一时想不起来。我便写了揭发黑暗的作品《罗大斗底一生》，描写了一个反面的小奴才人物，他身上的“精神腐蚀”的情形；我把这带有病态的情形写了出来，也写了周围人民对这个人物的反应。我曾在写作中间和胡风谈到这点，问他，依他看来，这时代的民主要求，除了通过正面人物来表现以外，从作品的主题来表现如何？胡风说，这当然可以。我说我设想这揭发黑暗以表达民主要求是带着广泛性的，因为我写了这小奴才主人公的精神腐蚀，这不叫精神奴役创伤，虽然他也曾被流氓头奴役，但他沦落为极恶的奴才，已经是“精神腐蚀”本身了，——不知合不合适？胡风便说，他觉得也可以。说，写起来看吧。我写好之后，他看了，觉得可以这样，说，似乎直接地写正面人物的民主性质的反抗更好些，这个也可以。而且，那样写估计较难被审查官通过。但他还有点犹豫，想要我写一篇另一种的。说，这一篇留着下一期用吧。但最后还是决定用了。他说，不可以把民主要求说得那么狭隘。要求民主是一个广泛的题目，不限于直接地表现一种。他问我的意见，我说他说得对。在最初他提议我写这么一篇作品的时候，他和我这样谈到，说有人有这样的看法，我也曾说目前我的情绪方面还有着困难，我大约写一篇不通过人物，但通过主题来表现民主要求。他看了我的这篇小说谈了那些话之后，就决定发表了。但他要我把那里面的几点改一改，减少一点阴暗的内容，而加强正面的事物。我少量改了改送去之后，他又来信找我，望我再改一改，于是又改了一下。他后来在看了我的小说《王兴发夫妇》之后说，假若这一篇在《罗大斗底一生》那一期就合适些了。我也说，正是由于继续想着他提议的正面的民主的内容，想补那一篇的欠缺，所以才写了这一篇。

关于《希望》杂志，他曾说，办《七月》时有些解放区的来稿，现在丁玲等没有办法寄稿来了，所以这种新鲜的空气缺乏了。但他认为抗战时期是可以有文学上的发展的；抗战的精神沃土将培养文学；而且，“五四”以来的新文学，“左联”以来的文学活动，是到了应该结出更多的果实来的时候了。他对我谈到这个，也和朋友们谈到这个，要大家注意身边的人们中间的文学的萌芽。从他这时的信件看，他心情充实，充满着文学的豪情。他说，“新文学，现实主义，是有其性格生态的文学，有主观精神、也有个性性格的典型，强调‘哪里有生活哪里有斗争’，强调从生活的各个领域里突现时代的中心环节，其震动频率关键性地支持着前线的斗争，这是有实践的生活意志、形象思维，强调感性机能的文学，是要健旺地发展下去的。”

自他回到重庆后，我们在一起做了一些有关社会、主题、理论、主体与题材等等的再讨论。他认为，“主观精神力量、主观要求，是要坚持的。没有作家的主观力量与精神力量，就无从将题材消化，转化为有生命的文学作品。我们也要多观察生活，生活是艺术的泉源，而劳动人民的命运是有着根本性的重要的。”就这而论，他对我因为和歹徒打架而离开了煤矿区有一定的遗憾；对我后来离开了有着不愉快的地方，而到了嘉陵江边的码头上，干小职员的工作，能接触到包括矿工、煤炭挑运工、船夫在内的各色人们，又觉得很有意义。他说，社会生活普遍存在，人间斗争普遍存在，但劳动在被剥削者的集体中有着它的燃烧剂。胡风说，他在少年时候，家庭穷，他曾接触过一些劳动人民，有时候也感觉到他们的激动的灵魂。他感慨地说着，“五四”以来，“左联”以来，现实主义传统的新文学历尽沧桑，重庆社会现在又这样黑暗，人们要“以天下为己任”，奋斗下去，反对黑暗也为了祖国。他激动着，在我眼前再次显露出为了深刻的理想的战斗者所有的热情，和一个热情的爱国者的姿态。

由于生活环境，我认识了舒芜，应他的要求，又将他介绍给胡风。当时我认为，这是一个崇拜周作人、胡适之的有投机思想的人。他的《论主观》是想写来适应当时一定环境、反对一点周作人、胡适之的，但写的结果仍然是形态冷漠，而且是唯心论的与错误的，也缺乏哲学知识。我在他的文章后面附上了我的意见，但有几句他一定要我删去。认识胡风之后，他要求我介绍他的文章给胡风，我不同意，他便自己带去了这文章。胡风也说这文章不行。但后来胡风被引起读者讨论的想法所吸引，并且，由于以前《七月》的“欠开放”曾引起一些意见，现在他便想起这“开放”的另一种方式：也发表一般的文化论文，文章也许有缺点与错误，这也算“开放”。胡风在发表这文章之前也考虑到舒芜的为人，觉得这人有点紧张、狭隘。我说，“这人落后，又有机会主义的心理，他家中也有人对他有看法，家中人有一定的文化水平，反对他尊崇当了汉奸的周作人。”我的话引起了胡风的犹豫，但《论主观》这篇有错误的文章，最后仍然发表了。《希望》第一期出版后，有些人说这种做法可以，但人们不满于这文章的错误，胡风便陷入了困难中。

我与胡风那时的通信，胡风的女儿晓风要整理发表，这使我回忆起当年的情况及这些信件往来时的背景。这里需要说明的是，有些信件失落了。例如，1942 年、1943 年时，我在重庆附近的南温泉，开始写《财主底儿女们》。现在留下来的信反映出来的，是我在写作过程中的困难、笨重、晦涩与我感情上的苦恼，但还有几封信是谈到进展，具体的写作及对时代精神的见解，有着兴奋的乐观情绪的，都失去了。关于《青春的祝福》(《章华云》)，我在信中说到写得笨重，但当时似乎也有另外的、情绪不同的信，也失落了。此外，就是关于《罗大斗底一生》这一篇的通信了。应该还有几封，不只是他看过觉得有缺点的。那小说，我根据他的意见做了修改。他的来信里也有说到他前信的意见(关于认为几处晦涩与不合理的)有些过份了，犹豫不决的；也有接受我回信表示的不同意见而收回了一些看法的，但这些信都没有了。后来他说，这也不完全是他的意见，是一个邻居朋友拿了原稿去看后的意见，这影响了他。对《蜗牛在荆棘上》有意见的那一封信，也有这种情形。

我有一封信说到我觉得活着没有意思，生着病，有悲观情绪。记得，写了这信之后，我曾从家中跑过山来，为包括这封信在内的一些事找过胡风。因为信里谈的是一个朋友的话，我是复述朋友的话，并非自己的事，但文字有唐突和写得含糊不清的地方。我想,将来年深日久,真会弄不清的。

还是我住在南温泉时,曾收到胡风自桂林寄来的《饥饿的郭素娥》序文原稿,我回信感谢他的肯定和赞赏,但对他说的"小冲和青年长工,这两个明天性的人物没有取得应有的表现,存在简单的明天性"这见解,我是不赞成的;我认为内容并不这样,不同意他的意见。这信也失落了。他后来也谈到,我的意见是对的。

对于办刊物,梅志曾这样说,"一路而来,办《七月》和《希望》,有时收到满桌子的稿子和信件,在这寂寞的生活里有着慰藉与热闹,有着为事业的感情、热情。但一想,生活依然是这样的,但又一想,这也正是工作。刊物也就出来了,也就这样生活下来了。一路而来,调浆糊粘信封,一糊一上午,提着一大包或抱着一大包去发信。麻烦死了!但走着走着又安慰自己,你们的稿子寄来或送来了,刊物也出来了,这里那里,都是激流般的生活……"。

我在重庆周围来来往往,观察着、注意着、不知不觉地,时间过去了。诺曼底登陆,第二战场开辟。后来,苏联军队攻克边境城市明斯克,反攻出国境线了。报纸刊载这一消息的日子,我曾到胡风那里去。我说我在公共汽车上看到了《新华日报》。他说他尚未看到报,果真这样,那太好了,这决定人类的历史,人类有救了。他喉咙有些喑哑,长久地沉默着,眼里还含着泪花。这期间,我到赖家桥去,有时便住在他家中。我的感情,和他的谈话,和碰到的其他朋友们的谈话,都带着由于战争转折而引起的兴奋,他也带着激情。在我的脑海里,对重庆周围山河的记忆,和对他的激动的形象联结在一起了。我告诉他,过河的船夫也热情地说到苏军的胜利,他听了感到很高兴。我觉得,我们振奋的情绪和嘉陵江的波涛,和绿色山坡上的梯田,和有着渴望的、有着强悍的人民,和公路上沉静的车辆混在一起,而显得分外灿烂,但也和时时发生的相反的东西——和公路上特务的作恶,和田地边的"抓壮丁",和流氓行凶等等啃咬在一起。人们忿怒着,激动着,向往着中国的情形能快一点向好的一面进展,盼望着早日突破重庆这荒漠，早日结束这满含中国的血与泪的战争。

有两次，我到赖家桥时，看见胡风站在门口或公路边眺望，觉得他有着与国家与山河与人类休戚与共的感觉，有着“战船”的向往。有时，他和梅志及他们的儿子晓谷一起站在门前，我跳下汽车便看见他们了，听见他的或他们的愉快的亲切的叫声。当时，我觉得，他们站在那儿，凝望着赖家桥的那一块平原，也是在凝望着未来的希望，凝望着经过患难的年代可能获得的光明，和窒息着人性的丑恶的黑暗的溃灭。他对我说，“这门前的平原有点像战场，好像县志里也说这里过去曾是战场。现在民主意识深一步进一步地前进，但还没形成很大的阵势。我常盼望现实主义的文学在中国发生作用，参加这场斗争，希望在对国民党文艺和各种黄色灰色书刊已形成的一定的阵势之外，再形成扩大深入的阵势。”

我在继《罗大斗底一生》之后，写了《王兴发夫妇》、《两个流浪汉》、《王炳全的道路》等小说，胡风认为我的写作的主题是进展了。在这之后，我又写了一些讽刺题材的小小说。他说，这样的可以多写。但在闲谈时他又说，有些讽刺小市民的，可能引起一些不满，这当然不相干，不必管它吧，以后，可能时还是多写写劳动人民的题材吧。

我在南温泉国民党中央政治学校作图书馆助理员期间，虽感到很受拘束，但因为图书馆长沈学植及其妻子汤芬是有民主思想的颇不错的人，给我以很大的帮助，使我能在图书馆后面的小房间里写作。这图书馆，由于宋庆龄、何香凝等的奋斗，抗战时期还维持着一般大学图书馆的规模。胡风对于我离开原来的煤矿区，谋生到了这里，有一定的遗憾。这表现在他给我的信中，我自己也这样。他还怀念着我在矿工题材的小说里所写的及我谈到的山里面矿工的情形，体味着他们的贫困、受剥削、疾病、死亡、无棺材的墓坑和极穷的半裸体女人的痛苦……他也说到日本矿工生活的痛苦，说日本还有专门关押矿工的监牢。他说，他曾到附近煤矿的出口码头江边白庙子看过一下，那里有很多船，有在压榨下的劳动者苦难的景象，但也仍然有劳动者劳动的宏大景象透露了出来。他说到，赖家桥一带是平地，而北碚的东洋镇靠着山岳，过去城里住的两路口是山，有着高度的、崇山峻岭的感觉；重庆山城及周围高度的感觉，以及民风的强悍，使人感到反黑暗的民主斗争的深度，似乎这也表现了有着共产党有力领导的民主斗争的强大性。由这，他谈到了他的家乡，他说，“我很喜欢祖国的山河和各处的乡土，对于‘乡’字，有很多很多的感情。这不是指个人的乡，是指人民的深厚感情。”

那时，我常向他借书看。曾借过鲁迅翻译的《小约翰》。和胡风讨论时，他说，从《小约翰》可以看到欧洲民风的淳朴。还借过鲁迅翻译的《壁下译丛》与《译从补》。他说，鲁迅当年翻译这些作品时曾说过是想弥补一些中国翻译界缺少的部分，即“空白”的意思。他说，鲁迅很注意小民族的代表作的翻译，说这可以有利于击破人们关系冻结的角隅，刺激中国的血液。我曾向他借过一本阿尔志跋绥夫的《工人绥惠略夫》，看过后我对他说，里面描写主角工人的孤独复仇的情绪有点过激。他也同意这看法，但认为从某些点上说，描写工人的形象也还是不错的。他觉得现在中国文学里，工人的形象非常地需要，中国的有政治自觉的工人早就产生了。当然，在许多地方，尚有复杂的状态，而像绥惠略夫这样的工人，也是有的。他要我注意一些冷静性的作品和世界小民族的作品，读了可以增加冷静的思维，并从外国取得借鉴；也还要注意工人自觉性的描写。后来又说，我后来写的《卸煤台下》一篇，里面有党的活动的暗示性的描写，是很好的，但有几个工人，譬如老工人方正基的自觉性，人群的力量，就还可以加强。这点也在他给我的信里表达过。

一次，我向他借阅果戈理的《死魂灵》。他和梅志便问我为什么要看这本书。我说，“我在山里住的时间较久，1938 年当学生的时候就住过。那时这里的煤矿刚开始扩大，我曾接触到一些闹‘地皮’纠纷的地主。现在住的也是小地主人家，看那深深的幽暗，冻结，幽灵一般的地主家的内堂，封建婚姻下人们的活动，和门外的矿山，那里的剥削与反抗与喧腾成为一种对照，便也想描写一下那种生活，所以想好好看看《死魂灵》。”我和胡风谈到何剑薰对果戈理的看法。何是热衷于讽刺文学并敬仰果戈理的。他嫉恶如仇，想骂倒中国的黑暗，但因为不冷静，所以写作时有一些困难。何常谈到果戈理的《两个伊凡吵架的故事》，说，“果戈理说，俄罗斯的生活是多么忧郁啊，我则说，中国的生活是多么忧郁啊。”胡风说，“中国的生活真也有忧郁。”又说，“看《死魂灵》，常奇怪沙皇俄国的生活是这样地黑暗，但又警觉起来，中国还要黑暗。所以鲁迅说，人们写是写得不少了，但却缺乏人深刻地把它们写下来，挂在社会上，于是民族便惊觉了。”我们还谈到何剑薰，他反对胡风的民族形式问题讨论中对欧化形式，对有内因的移植形式的见解。胡风便叹息，也说起他和邻人向林冰在这问题上的论争。我说，何剑薰说，我和胡风在一起一定没有太多的论争，因为两个人的见解共同；而没有论争是不好的。没有外敌，国“恒亡”，没有内争，国也会亡。在“民族形式”问题上，我和胡风没有论争，我还主张更多的欧化。而胡风则说，“也算有论争，因为我主张较彻底的欧化，但也主张取用一些旧形式。”他又说，“民族形式”的论争，使得他很“累赘”，自然也有一定的成绩，但似乎没有什么效果。他批评我不关心这论争，只简单地主张新形式，说论争没有意义，表现了一种青年人的意气。我说，他的《论民族形式问题》，我看过，理论是深刻的，而且精密。他便叹息，说起写作那小册子时，关于“内容与形式”一节中的内容决定形式与形式的反作用的关系，关于内容显现为形式以及形式和内容的冲突等论点，写起来“真是头痛”。他对理论工作的认真，是使我感动的。他说我谈理论常简单从事，“砍几板斧便过去”，有缺点。他又说，“有的时候，很想有时间，更多地写一些学术性的论文。唉，时间过去了！”

胡风是想用一种贴近创作过程、充满创作体验的、有“血肉”感觉的、富有弹力的文字来表达他的见解的。他在《文艺笔谈》中的论文有着严整的深刻的科学语言，但他后来的许多文章有意避开了这种语言。这一则因为生活有波动，二则也因为或更因为他从事文学理论的时候除了反对机械教条式的搬动概念以外，还有意识地用充满实感的语言方式进行理论的表达。他的文字是感情的，是有生活和文学实践的感染的；当然，那内在的逻辑也是十分严密的。但是，他自己有点怀疑是不是由于减少了逻辑性强的大段内容而有点“矫枉过正”，有点过激。我对他说，我觉得他的文章紧贴着文学实践，有着民族的生活和斗争的内容，也不是没有严密的逻辑，是很合适的。他认为我的这种说法也正是他的一种见解的证实，但是不是有另一方面的缺点呢。我也有过这种感觉，建议他还是多写些较长的论文，像《民族形式问题》一样。胡风和许多朋友都谈到了这一点，觉得这方面自己还是做得少了，将来补吧。实际上，他作为抗敌文协的研究部主任，还写过一篇总结性的学术论文。后来他回到上海，写了《论现实主义的路》，也算是实现自己的一种心愿。

他常和我谈到杂文的形式，鲁迅杂文传统的继承与复兴的问题。他说，抗战以来，杂文有些没落了，后来聂绀弩等人复兴了它。他很怀念鲁迅的杂文所发生的作用，谈到杂文的匕首似的作用。我曾劝他多写，他说自己在这一方面写得不太多，只有《棘源草》里的一些篇。他希望我也写写杂文。他说，他曾有一个想法，想编《七月》的大众版，并从事通俗文化工作。梅志也同意这想法，她说，她觉得中国人民，特别是这里的四川人民，强悍而且十分聪明，他们太需要文化了。可惜，胡风夫妇的这个愿望终于没有实现。胡风还和我提到拼音化的新文字，并送我一本他翻译的新文字的《送报伕》，劝我对这方面多注意一些。对这些，他都表现出了热情。

对于小说，他曾谈过一些看法。他说，“人们说，小说的描写，作者的见解愈隐蔽愈好，但你的小说中有许多主观的热情的倾向并不隐蔽。有许多小说作者的见解是不隐藏的，譬如写给‘亲爱的读者’的话，直接向读者说话了。但愈隐蔽愈好可能是美学功能的一种，是不是美学的基本功能呢。认真地说，作者通过情节，也还是表达了他的见解的。”他是主张热情的形容词与突出的热烈情节的，像罗曼·罗兰的《约翰·克利斯朵夫》。他说，他也很赞成我，我有时候不隐藏的地方不少。他谈到，鲜明的语言需要形象的饱满与有力，这是文学作品里作者的主观精神及人格力量与现实生活实践“相生相克”的美学问题。他说，作者缺乏强烈的战斗热情是不好的，但若游离了现实，也会是失误。他的这些话给了我很深的印象。

他劝我不要忽略了读书，也不要专读文艺书。我也正是这样做的。在我将《王兴发夫妇》、《两个流浪汉》、《王炳全的道路》等拿到他那里去时，我告诉他，我写这些小说是为了更多地描写人民的性格和从主题上继续寻找人民性。我的这些小说，正写于第二战场开辟、苏军攻进德国的胜利气势中。我对胡风说，我希望并看到中国反黑暗的力量有新的气势。胡风说，在延安就有新的气势。我说，正是这样，我也看到了这点。我还想象，在欧洲，也有像王炳全一样的工人在成长。胡风赞赏我这种带浪漫色彩的想法。

随着世界反法西斯战争的节节胜利，中国人民的步伐也加快了。胡风在加紧地工作。他的书桌上信件和稿件常收拾得很整齐，他曾批评我住处的零乱，在这一点上我不如他。

在赖家桥，阿垅常来看他，有时带着妻子张瑞一起来。阿垅很博学，常和晓谷一起谈论白蚂蚁和热带鱼等。胡风夫妇说到，他们的女儿晓风在上海由外祖母带着，生活很颠簸，他们很怀念。梅志此时在继续着童话诗的写作，在她的诗里有着对女儿的怀念。她的童话诗是写得很好的，我和绿原、冀汸、阿垅等曾提到，梅志的诗没在《七月》上发表是因为胡风怕人们说闲话，有心回避，这是不必要的，现在应该在《希望》上发表。胡风虽然同意我们的意见，但仍然有顾虑，还是没在《希望》上发表梅志的诗。不过，他和我们都觉得，梅志这些年真是够辛苦的了。

抗日战争胜利后，胡风从乡间搬进城里，借住在张家花园抗敌文协的一间小屋里，等待联系好交通工具回到上海。他这时有着兴奋，也有着忧郁。我和余明英一起去看他，他说，“在四川这些年，回忆起来，总算前后办成了《七月》和《希望》，出版了《七月诗丛》和《七月文丛》。社会阅历增加了，也更多地认识和联络了人们，为新文学、现实主义文学事业奋斗着，总算做了一点问心无愧的事情。而这些，是与50号(周总理住处曾家岩50号八路军办事处)的领导帮助分不开的。……然而，八年过去了，自己的写作却很少。将来我要多写点诗。”他谈到，张瑞芳、路曦等来看过他。他认为，重庆抗战八年的戏剧运动，因争取票房价值而有着一定的妥协的庸俗的成份，这是不可避免的。但也有着因戏剧家们的奋斗而达到的辉煌的高度，使舞台整个地进展，于是产生了有深刻内容的胜利成果。他说，“作家们、导演们、演员们，如赵丹、石羽、白杨、舒绣文、张瑞芳、秦怡、路曦、朱琳、凤子等，都异常地奋斗了。”他之所以提到这些人，是在于这些人在这块土地上有着“丰碑”。他说，“将来回忆这段生活时，除了你努力描写的四川人民的强悍、坚苦外，也应该是由这些演员、导演以及剧作家们的努力为代表的；自然，也是以共产党人与《新华日报》的不断的奋斗为代表的。”他说到，他曾经有几次在剧场里猛烈地鼓掌，带着欢呼，那就是对这些人的奋斗的鼓掌与欢呼。他说着说着站起来在屋子里来回走动，声音带着啸吼，呈现着他的激昂的爱国者和革命者的性格。他又说，许多年的斗争，长江水黄而嘉陵江水绿，显示着中华民族的英雄的面貌。他慢慢地、温和地、忧郁地说了很多。

胡风回到上海后不久就给我寄来了他写的《财主底儿女们》序言。我和他的通信在新的情况下继续了，他的来信使我注意到我的周围四川的黑土的气息，他很怀念四川。他的《序》使我很激动，我十分感谢他为我做的努力和对我的长篇的极高的评价。

我离开四川回到南京后便到上海去看他，并见到梅志的母亲和晓风。他们住的雷米路(永康路)文安坊，又成为在我记忆里常存的、他为新文学传统为新文学的开辟而发出的鼓声与号角声的地点了。到他家去成为我的快乐，减少了我这时因一度失业和社会黑暗而有的忧郁。

这时，一方面，社会黑暗，黄色歌曲沿大街飘荡，另一方面，人民解放军不断胜利进军，劳动人民有了希望。胡风坚持着《希望》这个阵地，办了“希望社”，虽然只能出几本书，但总之是带着“希望”到上海来了。他在上海重版了以前出的几期《希望》，并编辑了新的几期。他写了《上海是一个海》，在新的《希望》上发表。他激动地叫着，“我们要冲锋了。我时常有一种冲锋的感情，向上海的鬼蜮们冲锋，向金融投机、诈骗、黑暗与丑恶冲锋，向他们扑击。我胡风不相信他们能够占领全社会而不被击破。抗战八年，时代与人民都进展了。我们的新文学事业，联结着北方的烽火与战争，总要闯开一条路。”他的湖北口音很响地在他家楼上震动着。他说，“冲击！我憎恨这个罪恶者的渊薮上海，我们是他们的异端。要从这开辟革命文学的道路，从荆棘中踏过去！”

他要我多写一些短篇小说。除了在《希望》上发表外，也介绍到《中国作家》与苏商《时代日报》去。他说，可以“钻一点空子”在作品里透露一些政治形势，也可以写在新形势下人民的形象，或许可以避开反动势力的注意登出来。

还在四川的时候，胡风就曾建议过我写剧本。这时，我写出了剧本《云雀》。1947年在南京，由冼群导演，石羽、路曦、黄若海等演出。黄若海是当时剧专剧团的团长，因为得到了当时剧专校长余上沅的帮助，批准上演了。

胡风到南京来看排练及演出，住在剧团里，有时住在我那里。关于这剧本的主题——知识分子的道路及性格，他说到，历史上有不少知识分子堕落了，也有不少知识分子参加了战斗，他们走着艰辛的光荣的道路。他说，他很喜欢这主题，并对它有浓烈的兴趣。他还说，中国许多年轻知识分子在新思想的领导与影响下的奋斗，也渐渐影响到一些市民里面。这剧本描写了这时期的市民社会的人物，有着广泛性。他认为这时候能在南京上演这剧本，里面还说到了向往北方，这很好。他和我一同看上演，坐在楼上的座位里，热烈地赞美演出获得的剧场效果和演员们的成就。他热烈地鼓掌，有几次还站起来鼓掌。

《财主底儿女们》第一部是在重庆出版的，这时在上海出版了第二部。我的《青春的祝福》小说集是在我离四川前出版的。除了胡风夫妇的奋斗外，还要感谢绿原、伍禾，和方然的内弟钱方仁。特别是伍禾，他为此做了大量的校对及事务工作。

这时候，我在写长篇小说《燃烧的荒地》。我说，我要写出蒋介石的黑暗政权下恶霸地主和他们的走狗流氓兵痞与有着沉重的精神负担的忠厚农民之间的斗争。随着人民解放战争的进展，这时，蒋介石政权的物质与精神的基础正在崩溃。胡风听我谈到这些及看了我的小说原稿之后，觉得很有意义。他说，"这里所写的流氓兵痞是中国黑暗社会的结疤之物，这一类的黑暗是极毒的，而农民有着沉重的历史负担，和恶霸地主斗争，如这里所写的和这些正凶及帮凶的斗争，往往是很典型的。"他说，这作品使他想到他的湖北蕲春家乡，就有这一类的恶霸，也有和作品中农民张少清一类的农民。

他曾和我及我的妻子余明英到杭州去玩了一次，在那里见到方然、冀汸、朱谷怀、罗洛、贾植芳及其妻任敏。他曾谈到四明山的游击队，想去寻访。快解放了，胡风十分愉快。

这期间，我曾由冯亦代介绍，和美国亨利公司签订了关于翻译《饥饿的郭素娥》的合约。是胡风陪同我去签约的，但此事后来并没实现。

经过他的帮助，我的小说集《在铁链中》和《求爱》在俞鸿模的海燕书店出版了，《燃烧的荒地》也由姚蓬子的作家书屋出版了。他还介绍我的十几万字的小说《嘉陵江畔的传奇》在上海《联合晚报》上连载。

在香港的《大众文艺丛刊》上，乔冠华批评了胡风的主观精神与"哪里有生活哪里有斗争"的理论，胡绳批评了我的小说集《青春的祝福》。胡风在他的《论现实主义的路》里回答了乔冠华的批评，我则写了一篇《略谈文艺的几个问题》[1]，在北京大学的《泥土》刊物上发表，回答胡绳的批评。我们不同意对我们的批评，认为批评者方面用的是唯心论。

这期间，胡风提议，如有条件可以办一些小的不定期的刊物。于是，方然在成都办了《呼吸》；我认识的欧阳庄、吴人雄在南京办了《蚂蚁小集》，后在上海继续出版，有化铁、梅志参加；上海解放不久，梅志、罗洛、化铁、罗飞又编了《起点》。

胡风接地下党指示，去香港转解放区。他走后不久，我曾去看过梅志。她刚添了小儿子晓山，有着新生儿给她带来的愉快，也有着劳苦家务带来的烦恼。她和我谈到"希望社"的出版情况、《青春的祝福》的销售情况以及"希望社"的存纸与经济的情况。她对我在《燃烧的荒地》里关于反动人物郭子龙的描写，那精神性格的样式和那最后的死，以及我对那人物的揭露，都很感兴趣。她说，她极仇恨黑暗，为什么这些人物这样黑暗呢，什么时候把这些畜牲，这些可恶的人物一把火烧光呢？果然，不久，人民解放战争的火焰就把这黑暗烧光了！

胡风从东北解放区到了北京，先住在北京饭店，后住在文化部宿舍。我到北京开文代会期间和工作调到北京后，常去看望他。在我们的谈话和通信中，他总是强调要朋友们多接触现实。我在青年剧院及剧本创作室工作时，他住在煤渣胡同《人民日报》宿舍，离我住处很近，我差不多每日都到他那里去。我的剧本相继被青年剧院否决了，他对我说，到工厂或什么地方去吧，多接触广泛的生活吧。

在他创作《时间开始了》这杰出的、气概雄伟的长诗时，我常去读他刚写成的段落，他谦虚地要我说出自己的意见。他说，"经过风雨晦暗鲜血流淌的日子，新中国成立了，到了新的时间。我觉得我的心中有一种愿望，要往前进，也要回顾，不要疏忽了现在的灿烂的时间，也不要遗漏了过去的苦难的时间。英雄主

---

[1] 即《论文艺创作底几个基本问题》。

义一直贯穿到未来，可以望见未来的光辉的时间了。”他的精神很给我以鼓舞。

出现了不少对我的批评。陈企霞、萧殷、陈涌等对我的小说《朱桂花的故事》、长篇《财主底儿女们》及几个剧本，都提出了很凶的批评。舒芜“起义”了并发表了《致路翎的公开信》进行攻击。青年剧院对我的剧本召开了严厉的批评会，说剧本是“污蔑工人阶级”，以至于“反党反人民”。我很忧郁，胡风也因我而忧郁。1952年，周扬召开了批评胡风理论的讨论会，说胡风是唯心主义，我也因胡风而忧郁。早在这之前，阿垅的论文《论倾向性》与《略论正面人物与反面人物》就受到了批评。在北京和天津的朋友们，阿垅、芦甸、绿原、谢韬、徐放、牛汉、严望、鲁煤等，情绪都很坏。

胡风曾说过自己的想法：“工作问题老不能具体解决。对于文艺的意见，到解放区后一直想找领导谈，但总没有机会。这是国家发展的年代，人人觉醒的年代。但文艺事业，却存在着概念化与极左的阻碍。”

在宣传总路线开展统购统销期间，由胡风动议，我和胡风一起到鲁煤的家乡河北望都县去参加工作。在火车上，他很愉快地抽烟，聊天。他谈到平原、村舍和景物，并谈到他参加土地改革的印象。我们住在鲁煤家里，参加了几次村里的会议。他早晨起来总是抢着倒尿壶，这使我们很不安。

我从朝鲜战场回来时，胡风已在北京定居了。他预备将关于文艺情况的意见书面写给中央。绿原及其妻罗惠、谢韬及其妻卢玉、芦甸及其妻李嘉陵，以及阿垅、牛汉等常来谈天，欧阳庄这时也常从南京出公差来到北京。朋友们都觉得文艺问题难解决，有着困难。

胡风说，“我和你路翎，和阿垅、绿原、牛汉、徐放、谢韬、严望、冀汸、芦甸等结伴而行，我们也有小心也有莽撞。我现在很感慨，像做最后的奋斗似的。但结果驳回来，说你反党，如何呢？我们走到困难的境地了，终于不能顾忌什么了。为了文艺事业的今天和明天，我们的冲击会有所牺牲。唉，中国啊，你生我养我，我要尽我的心和真知作这一奋斗了！我要奋斗，和我多年的愿望一起，冲出去，哪怕前面是监牢。”我看到这真诚的执着的人眼里含着泪。

梅志听着，在客厅里站着，沉默了很久。

“我也觉得真是痛苦，但这样也危险。”她说。

胡风要我回家向妻子余明英征求意见。我对余明英谈到这事情的严重性。余明英说，她不懂文艺，不了解情况，要我们自己看着办。我将这告诉了胡风，他沉默着。

《文艺报》对我的志愿军题材的小说《洼地上的“战役”》发动了批判，前后有宋之的、侯金镜的文章，指出作品描写了恋爱，不遵守纪律，描写了悲剧和牺牲，是对军队的歪曲等。胡风交出意见书之后，由于《红楼梦》问题，文联召开了扩大会议。胡风发言，就《红楼梦》问题“压制新生力量”事反对了文艺上左的领导。我也发了言。后来，周扬发表了反驳的发言《我们必须战斗》。

朋友们在胡风家客厅里有些紧张地谈着话。谈话常继续到夜里。我差不多总是走得最晚。

周扬发言公开发表后不久，对胡风思想的“批判”越来越尖锐了。

“想不到这样了，想不到这情形，一个反巴掌打回来了。但是也有想到的。现在怎么办呢？我们是为着我们认定的真理奋斗的。”胡风沉痛地说。

“我是陪着你们了。作为胡风的妻子，我是很伤痛的。”梅志说着，流下了眼泪。

胡风对她说，“许多年来真是对不起你。”

我也说，“我在家里和余明英也谈了，她看到报，有些惊慌。许多年来也真对不起她。”

有一次，胡风带着眼泪与哭声说，“我爱党与国家，他们这样说我，我真怀疑自己是错了。你说，你说我们没错吧！”他的痛苦使我感受到他的真诚的爱国者的心灵。

"我的理论是多年积累的,一寸一寸地思考的。要我动摇,除非一寸一寸地磔。我还要奋斗,我还要想办法。"他在客厅里说着,带着一种啸吼。"我是激昂地在我的路上行进,而遇着失败了。我们失败了。"他说。这么激动的形态,使我想起自认识他以来我常见到的慷慨激昂的、带着对时代的激动的、耿直的、坦率的、热忱于文学事业的奋斗者的形象。

批判在发展着,呈现着凶险的征兆。

胡风说,"它并不停止。一阵飓风一直在吹下去。我伤心,梅志伤心,我对不起家人。怎么办呢?写一个自我批判,如同流行的作法,检讨一下,混过去吧。阿垅也同意这样做。朋友们由于环境不方便,不大可能来了。也会因我而牵累很多人的。"

我觉得写个检讨也可以。

"当然也不能乱说。认真考虑一下,我们有没有错呢?我认为是没有什么错误的。关于对你的批评,你写了反批评,可能有些激烈。我们两个都有些激烈。"他说。

我说,"我考虑了,我觉得我们的道理并没有错。"

他说,"那么怎么办呢?还是尽可能地再研究自己究竟有无缺点与错误,写个自我批判吧。"

他又说,"我想了一阵,也许我们没有考虑到大局,国家的总的形势。这样说,成立不成立呢?反正说点什么混过去吧。我身体不好,头晕,我来说大意,你回去起草一下吧。你写文章快。"

我便起草了,带着一定的假设和研究的说法。后来,这些说法我们又都删去了。最后还是由胡风自己斟酌考虑重新写了这篇《自我批判》,并交了上去。

胡风叹息着。他说,"真是窘迫,到街上走走,许多人看着我。买了几盆花回来,做锻炼身体的体操,但是,心情很苦涩。"他的脸色好像病了。

"开始演悲剧了。这也可能是生死未卜的情形。"胡风说。

"那么你就少说一点吧。许多事,将来捉去是要一点一点交代的。"梅志说。

客厅里很寂静，梅志悄悄地走动着。晓风常在院子里站着偷听，而且掉泪。晓山很早就被催着睡觉去了。梅志的母亲也在院子里厨房里听着。

她问我，“是要出事情了吧。”

我说，“还好，没有什么。”

“胡风是爱国的呀！开人民代表大会的时候，他可高兴了！”

胡风在客厅里都听见了，他沉默着。

不久，他的《自我批判》被否定，由《人民日报》加上编者按发表了，又发表了舒芜加了按语的胡风信件。从此，报上不断地出现“反党”、“反人民”、“反革命”的字样。

报上发表了华君武和米谷画的《自我扩张的青蛙》和被丑化了的在鸟笼里的胡风。我给胡风打电话。他说：“看到这两幅画时，头晕了一下，现在好了。”电话里，他的声音嘶哑却清楚。“果然是这样了。我可能被枪毙，而朋友们，你可能是长期徒刑。”我说：“大概会这样的。”他又说，“只好这样了。但是，我觉得，我们进行了文学上的奋斗，我们的愿望是好的。希望你保重，明英也保重吧。”梅志也在电话里说，“保重吧。”我说，“谢谢你们许多年的辛劳，为我所做的大量工作。”胡风又说，“所有的事，不要忘记了。现在要交信件了，信件交出去，也要记一下。我想，许多年以后，也可能会记忆起往事的。”他有点要哭。梅志赶紧说，“不要谈了。”她也哭了。

在《第一批材料》的“编者按”里有着这样的句子，“路翎应当得到胡风更多的密信，我们希望他交出来。”我和胡风通过电话后又骑自行车到他那里去了一次。本来我是想和他说些什么，电话里说不清，但仔细想想又觉得没有什么，只是觉得很痛苦。我到了他那里，他问我怎样了，我说，“没有什么。来看看，告别。”他说，“信件赶快交出去，一封不留地交出去。”我说，“当然是这样”。我这次来，是和他告别，和梅志告别，和晓风、晓山告别，也和惶惑痛苦的梅志母亲告别。我曾在这客厅里度过了生活中重要的温暖的时光；梅志常做好的菜，我和胡风及朋友们一起喝酒。

“一切都在变化，”胡风凄苦地说，“如同你什么时候说过的，经过变化，新时代来临。”

胡风夫妇送我到门口，我握着他的粗糙的大手。他说，“再见了。这一别离，也许是永别，也许再见到时连你也老了，但愿有那一天吧。”梅志哭着说，“再会了。”这样，我便和胡风夫妇告别了。

我交出了信件。这些信件，胡风的和几个朋友的，伴了我许多年，是我生活中的温暖，对我是非常重要的。

我在被囚的二十年间，深深地怀念着他。再见到他时，他已七十八岁了。

胡风在被判刑后去到四川。我是最初判的不告诉时间的囚禁，后来因为在“保外就医”的期间写信“肇事”，总共判了二十年刑。1975 年我服刑期满离开劳改大队后，当了五年半扫地工人。我分两次平反，个人“肇事”案是在 1979 年平反，1980 年秋冬，胡风集团问题整个平反。1979 年胡风从成都给我来信，说他已获自由，任四川省政协委员，并且送了我一瓶药酒，梅志还送了我二百元钱。平反后我最初见到的友人是曾卓与绿原。胡风夫妇回到北京后，梅志先来看我，见到后伤心地哭泣了。我很憔悴，精神也萎靡；我知道阿垅与芦甸已经病死在狱中了。

二十五年后第一次见到胡风，是鲁煤找来了汽车，将我和余明英送到郊区的医院。他正在那里患肺炎。他显得苍老且动作缓慢，但他还说了一些话，问我和余明英这些年的情形，女儿们的情形，并说到他自己的情形，也提到梅志母亲的去世。我们也有着伤痛：我的和余明英的父母，我的祖母，也在患难期间去世了；余明英的在部队文工团的二弟余明薪在“集团案”的最初时刻便被斗争而自杀了。

以后再见到胡风时已在和平门寓所了。这时，余明英由于脑溢血得了偏瘫病，不能去看他了。再以后，就是到他新分配的木樨地住处去看他。他八十岁寿辰的时候，朋友们应梅志的邀请，到他家去聚会，他还有兴致谈了一些话。后来几次见面，谈话便不多了。他曾对我说，“事情过去了，活了下来就不容易。身体允许的时候，做点什么事情吧。”

有一次，他到我住处虎坊桥附近的友谊医院来看病，汽车开到了我的楼门口，他没有上楼，我走到汽车边和他说了一会话。

他病重住在友谊医院的时候，我曾几次去看他，也和余明英一起去看他。他仍然对我们的生活很关心，一次，和余明英谈了较多的话，问到她这些年的情况。晓风悄悄地告诉我，他得的是癌症，他自己还不知道。我很伤痛。这时，我的《财主底儿女们》由人民文学出版社重版印出来了。我带了一本样书去给他，他看了有愉快的脸色，并且用愉快的声音说，好，印刷得还可以。我便想到重庆赖家桥乡间他的住所和门前的一小块平原，那时我将这书的稿子带给他；我想到，他欢喜谈但丁的《神曲》，引用《神曲》里的话，那时他是在“地上生活的中途”，那时他和我都在那时代的激动的、患难的生活中。我觉得他这时一定也想到了在重庆的生活，他的模糊的苍老的声音似乎也说到这个。几十年过去了，他现在是在生命的末尾。

1985 年 6 月 8 日的晚上，住在我楼下的葛一虹的儿子敲门，告诉我说，接到晓风的电话，胡风逝世了。我立即和余明英及女儿徐朗赶到医院去，希望能见到遗容。但是，负责的护士说，遗体已经进了太平间，不能见了。

第二年一月开追悼会时，余明英病着不能去，我和女儿徐绍羽、徐朗、徐玫都去参加了。

这样，我便和我 1939 年认识的、一起共患难的友人和导师永别了，和爱国者、革命事业的拥护者和宣传者、真理的追求者、文学事业的奋斗者、热情的耿直的胡风永别了。我觉得异常的凄伤。

我将难忘重庆两路口山坡旁边他楼上的房间，和他编《七月》时在复旦大学附近东阳镇，靠着一小块平原，平原背后是山丛中的他和梅志住的房屋，和他编《希望》及写《置身在为民主的斗争里》时，在赖家桥住的一个大院子里的两间房，和写《上海是一个海》时在上海的住处，和解放后在北京住的各处，一直到二十几年后最后住的木樨地。在这些地方，我们的友谊，有时如同美好的白昼，有时如同晚间温暖的灯光。如今，我满怀深深的思念和忧伤来将这些写出，以纪念我们的友谊。

1989.4.23.

（原载晓风主编：《我与胡风——胡风事件三十七人回忆》，宁夏人民出版社 1993 年版）

忆阿垅

阿垅已经逝世多年了。他的丧失是时代和文学事业的损失。人民失去了一个诗人、作家,失去了一个极富爱国热情的知识分子;我失去了一个挚友。

每当我回忆往事,或一个人寂寞地枯坐着的时候,便常常思念阿垅。这时,他仿佛仍旧迈着当过军人的柔韧的富有弹性的脚步,影子似地走进我的屋子;还有他那温和、谦虚的声调,仿佛还在同我说着有关文学事业的话,或是对我的作品评论着什么。我对阿垅太熟悉了,就连当年我们通信时,他那粗大而独特的毛笔字,也时常在我眼前跳动。

阿垅行走时的脚步是有力的富有弹力的,这成为他铭刻在我心中的极富特征性的形象。我常常想起穿着衬衫、旧西装或旧军装,在重庆街头沉默地、沉思地行走着的阿垅。抗战后,他在南京街头也是这样行走的。在四十年代的房屋低矮的重庆和南京城市里,他的脚步有时默默无声,因为有痛苦、忧郁和愤怒,他行走得也可以说像个精灵。在那有着黑色和灰色房屋的小巷和街市里,常有一些人的脚步是固执的,其中就有阿垅的脚步。

因为阿垅行走时的脚步是有力的富有弹性的,所以每当我思念他时,便觉得他总是在走着、走着。阿垅奔向他所渴望的;在旧时贫穷的街上,他,阿垅,带着他的固执,甚至有点愚顽的精神,走向一个个沉默的窗前或一段段屋檐之下;他走向被生活驱赶着的,被旧势力压抑着但也有偶尔的冷漠的、烦躁的人们;走向同他敌对、陌生、冷漠的人们;也走向同他亲近的人们。解放之后,他终于行走在形态灿烂的北京城了。

我难忘阿垅那有力的富有弹性的脚步！

我和阿垅是1941年认识的。那时正值抗日战争时期，我住在重庆乡下，经胡风介绍，阿垅到乡下来看我。记得我们第一次会面，他便向我做了自我剖析。他说，他热爱自己的祖国，认为人应有爱和恨，对朋友应忠诚，对敌人、坏人，对黑暗丑陋的东西应憎恨。同时，他也流露了对伤损了他的怀有复仇情绪。也许正因为如此，他对曾经带给他苦难的黑暗的旧社会有一种抗击心理。阿垅的爱和恨是非常鲜明的。

此后我从乡间到城里去办事，总要去看看他，我们的交往十分频繁，并且有不少的通讯往来。阿垅成为我极要好的朋友。

阿垅对人民大众的靠拢，同大多数知识分子一样，也是经过读书的启发，从理性到感性，进而对处于社会底层的劳动人民寄予深切的同情。记得有一次他在我家附近，看到煤矿工人那种艰辛的生活，很是激动，他坦诚地说，如果在少年时代，对这种不平的社会现象他便会漠然处之。1939年他曾去延安，后因患病出来医治便无法回去了。他说，延安是一面旗帜，那里充满了光明和希望。

阿垅是一个热情外露的人。在他身上我感受到一种强烈的爱国热忱，一种渴求未来，渴望奉献自己的精神气质。因此，他爱当军人，只是酷爱文学。他曾认为文学工作似乎不能算是谋生的职业，并说自己这是“清高思想”，虽然他也承认文学创作是很艰苦的。解放后，他在天津文联工作，他到北京来我们时有机会见面。记得有一次他苦笑着对我说：“想不到我竟这样从事文学生涯了！”

不久，“胡风集团”的不幸事件使我们分离了。后来我才知道他在狱中逝去了。我深为自己遭遇患难丧失年华而痛苦，也为阿垅和另一友人芦甸的（也是逝于狱中的）逝世而悲哀。但是，在国家患难中逝去的也不仅是他们两人，对此似乎也没什么可说的。也许我竟是这样地麻木了！

阿垅曾在黄埔军校读过书，参加过上海“八一三”抗战。那时他是一个排长，带兵直接同日本侵略者浴血奋战，并在上海闸北负了伤。负伤之后，他离开了部队，写了有关战争的报告文学和十几万字的长篇小说《南京》。在重庆时他曾以《南京》应征重庆抗敌文艺协会的长篇小说奖，并同陈瘦竹的《春露》一起获奖。但是“协会”却没办法帮助出版。《南京》便一直存放在阿垅身边了。

做为一个亲身参加过抗日战争的军人，他对战争有深切的体会，写了几篇有关抗日战争的报告文学，其中比较好的有《闸北打了起来》、《从攻击到防御》。

阿垅是一个既有火药味，渴望同敌人肉搏献身的勇武军人；又有着深沉的文人气质，柔和有时又很忧郁。他的妻子抗日时期逝世于四川。他长期为失去爱妻而伤痛。抗战胜利后，我们从重庆到南京，他的屋子里仍然摆着亡妻的照片，并经常供着水果和鲜花。他对妻子持之以恒的恋情给我留下很深的印象。阿垅真是一个浑身充满了矛盾的结合体。

阿垅年纪很轻时便酷爱文学，但小时候家境困苦，主要靠读书自学，十几岁时便作诗投稿。他是经过自学成才而走上文学创作道路的。

阿垅的诗有火药与刀剑的激情，同时也有着对生活和理想的感情力量。他的诗是晶莹闪光的，只是有些诗多了一点惆怅的情绪。

阿垅写的有关诗的论文也是很有力量的。解放后，他曾诚恳地向友人征求对他的诗论的意见。我曾和胡风一起同他在夜餐的酒馆里谈论过他的诗论。有一次还和徐放、谢韬、牛汉、绿原、芦甸、李嘉陵、严望等一起交谈。我们都觉得阿垅多年致力于探讨诗的理论，写了不少富于激情的文章，是很有成就的。

阿垅在抗战时期所写的长篇小说《南京》，当时，我曾看到过原稿，已经四十多年了，具体内容已记不太清了。当时我写了一个书面意见给他。记得读原稿时，抗战时期南京城的情景便生动地显现在我的眼前。我是南京人，对南京周围的环境，乃至地形都是很熟悉的。他写的沿句容公路的血战，南京中华门外公路上的争夺战，以及破城之后南京城里的浴血巷战，和妥协派们的逃亡，读后都有身临其境之感。看了《南京》原稿，对于浴血中的官兵，无辜的人民，以至于承受着炮火洗礼的街市、村落、树木，我都有过极为痛楚的哀伤。南京的土地屏息着沉重的呼吸，但也有着民族英雄的闪光。

解放后，我在南京街头欢迎人民解放军，亲眼见到的新型的英雄形象，同阿垅在《南京》中创造的军人形象，以及阿垅自己做为一个抗日军人出身的诗人、作家的形象，都深深地铭刻在我的心中。小说《南京》使我对故乡又增添了一份情思。

《南京》是带有报告文学性的小说，这固然使得作品极富真实性和感染力，但却不免有自然主义之嫌，艺术样式也是极单纯。比如描写炮火声，一连写几十个，甚至一百多个“轰”字，描写机枪声写一大串“劈啪、劈啪”的字样等。对此，阿垅曾对我说过是出于对侵略者的愤怒，和对抗日之火的渴望，也表现一种近似人类情感本能的冲动。《南京》及阿垅的其他文学作品，正如他本人的性格一样，一方面有着“火药味儿”般的激情，和对时代的深沉的思考；另方面也常常表现出一种幽暗的、忧郁的，甚至读后给人以压抑之感的情绪。我想这也算是个人文学创作的独特风格吧！

解放后，阿垅重新整理了《南京》并作了较大的修改，在作者逝世多年之后，以《南京血祭》的题目，于 1988 年初出版。本文权作对书的出版及亡友的一个纪念吧！

哦，我们再也听不到阿垅那有力的富有弹性的脚步声了！

（原载《传记文学》1989 年第 5—6 期合刊）

在金达莱花盛开的国土上

一九五二年底，冬季，我们的汽车夜间行驶，进入朝鲜。经过寂静的，敌机的空袭声常笼罩着的公路，两边很多的常绿树；经过山崖区域，山崖上也有着很多高的常绿树。人们说，朝鲜的常绿树多，朝鲜的金达莱花也顽强，在冬天的雪地里还有着，因此，下了车，注意地找了一阵金达莱花。

住在志愿军司令部区域的一个原来是金矿的大的坑道里，朝鲜的小学生们，由教师们率领着，来慰问我们，表演唱歌，并且送给我们带点红色的黄色的金达莱花。我在这里还有重要的印象是，一个朝鲜大婶和特务搏击，我们跑出去的时候，她已经和一个志愿军战士捉住了李承晚特务。为了感谢志愿军战士，她采了金达莱花送给了他。

在我第二年五月间再回到这地点的时候，在开满鲜花的山沟边上，朝鲜姓崔的地方干部和我热烈地谈着话。他的谈话就像五月的天气一样的热烈。他说这山沟里，多半男子参加了军队，妇女劳动，青年的志愿军帮助着做了很多的事情，从打扫屋子到帮助舂米与割柴草。他说他向志愿军表示感谢了，也向我们赞美朝鲜人民表示感谢。他说，“我们朝鲜祖国是多匹马拉的车辇，金日成和劳动党，和人民军，和祖传的传统，从黑暗中奋斗出来的人们；我们的妇女也是一匹马。这车辇在进行着，在战争中负创了，鲜血凝成友谊，志愿军来到，也成了家人，也成了拉我们民族的车辇的一匹马了。这匹马和我们的各匹马都全身汗湿而奔驰，我们便共同看见未来，国际主义的精神也在内，我们向前奔驰啊。”他说。他并且兴奋地从山沟边上掐了几朵金达莱花，给我佩在胸前，我也兴奋着，从他的思想得到启发，摘了几朵金达莱花佩在他的胸前。我也说到，朝鲜人民历来也是帮助着中国人民的。

前往平壤附近的部队去的途中夜间遇到轰炸。屋子内的老大娘醒了，她的女儿知识分子女医生也醒了。两人互相说话和争执，便由她的女儿起来，说要带领我们出去避轰炸，因为室内有房屋倒塌的危险。我们出去了，敌机飞很低，轰炸声震动，女医生站在我旁边，便在屋檐下遮拦着我，她的沉默的动作使我很不安，对客人热烈地朝鲜人在这里还有着房屋全待客的礼节；她的母亲也出来了，敌机继续震动，她也移动着，想遮拦我们。这次轰炸，住在不远的房屋的同行的电影局的范正刚同志牺牲了。听说炸弹落下时，他曾和一朝鲜地方的同志互相掩护。

我们行军经过平壤附近，我借住在一家屋子里，一个老大娘和她的从事很重的体力劳动的女儿说些什么，两人争执着。听不清她们争执什么，后来那女儿脸红，当我问她时她回答了一些话，我听懂了是她母亲要她尽礼貌，唱歌和表演跳舞给我们看。她焦急地说了一些话，预备唱歌，但这时敌机的声音响了，她便没有唱了。我很感谢她。她是一个很诚恳的，如同她母亲说，有些笨的、胖的姑娘。

志愿军司令部，一个衣服撕破砍柴的妇女背着很重的柴，曾经向迎面碰到的我说，那边有空降特务。她说，当空降特务出现时，她曾搁下柴和他们相打，很危险，志愿军来到了，和他们搏击而胜利了，还替她将她的柴背上她的肩。她脸上也有点伤和神情很激动，也感谢我这志愿军。我们几次看见她砍柴与割柴草，将柴草分送一些给邻居的孤单的老妇女。在高射炮阵地附近，有不少的妇女和老人，幼童砍柴、拾柴草。朝鲜妇女集体在山坡上砍柴，还带着武器，因为常有敌人的直升飞机空降特务袭击。山坡上的穿彩色衣裙的朝鲜妇女的集群，给我们很深的印象。我到三十九军总部，在那里看见山坡上的一个砍柴的妇女，她砍的柴堆得很高；她说她们有时也集体砍柴，不一定是特务多的原因，而是有组织的互联合有互相说话往来的增多，因为男人在前线，也很寂寞。她会一些中国话，她说，中国人民志愿军，很纯朴的中国人民子弟兵士们，帮她们砍柴很多，家中常堆起来。这也是我看见过的，山坡上志愿军与朝鲜妇女密布。这个穿红衣白裙的妇女说，此地曾轰炸很严重，前些时有激烈的空战。这妇女带着表演对我报导说，在有一次的空战，敌机扫射里，志愿军战士掩护与救护朝鲜人民，他们救火和在敌机扫射密集时匍伏在朝鲜老人、妇女、儿童身上。他们有一个伟大者牺牲了。她也说，也有一个朝鲜老人牺牲，她匍伏在一个志愿军的负伤的战士身上。她告诉我说，人们在山坡后，草丛里，树林和沟里看着人民军与志愿军空军联合作战。她带着更兴奋的神情举着手臂表示飞机的飞翔。她说，人们看见有一架志愿军的飞机在很高的空中垂直往下击落一架敌机再往下。她红着脸，飞舞着手臂描述说，这架飞机再击伤转弯的一架敌机，而飞过一架被围的人民军的女飞行员，从她的飞机的侧面技能高强地飞过，射击另一架敌机，使她脱离被围了。她再又大声而舞蹈着手臂说，人民军也有一架飞机很高往下飞从斜面掩护志愿军的飞机而击落美国飞机一架，——必能击落敌机的过程中，几乎和志愿军飞机相擦而技能很不错地飞过去了。这红衣的砍柴的妇女和我谈话之后，一个志愿军战士和我说，这位妇女看见志愿军熟悉的战士们来了有些躲避，说她未砍多少柴，而且自己能背——她特别地逃避志愿军帮助她。她是此地怪妇女中间的一个，特别地和志愿军友谊，替志愿军缝洗衣服，但坚决不愿人们帮助她。战士说，在他东北家乡村落里，有一个妇女，一样怪，有些封建，见人脸红，也不一定封建，而是不愿解放军为她服务。战士说，这朝鲜妇女有没有封建呢，更没有，因为她还给志愿军唱歌跳舞。这战士说着的时候那红衣妇女转出来了，听着，笑着，战士说，愿帮她搬柴回家，她说，她已经搬回家了。她忽然笑起来而笑得弯了腰说，她是有些封建的，不，不这样解释的。事后我们知道，她大概是笑自己的活动匆忙了。战士怀疑地往后面的沟里去，看见她将她割砍的柴藏在沟里了，而且，为了隐蔽，散开成"平摊子"了——战士用这样的语言说。她大概还笑自己的聪明。战士走出来看着她判断说，"怪妇女"。她大概笑自己还不止是第一次了。战士说，有次他和副班长奉命来助她搬柴，还发现她将柴藏在树后面了。这"怪妇女"妇女不回答，笑着。

在六十五军开城地区，敌军经常炮击。妇女们春天插秧，战士们帮助着。在板门店停战谈判终于签字的时候，我住在前沿的连队里，夜间，朦胧地快要睡了，听见连部里一个战士说一种统计的数目字。这个战士的朦胧的声音说："这三八线上，我的帐目里有朝鲜妇女助我扛过两次运上来的蜡烛，助我洗过三次衣服，我找她们打架也不行；也助我缝过胀破的鞋子。我则是助朝鲜妇女插了八斤四两秧，在屋顶上收拾两回瓦，劈过十几斤柴。妇女们因为什么帮助我们，因为她们爱国，她们的男子也在前线，她们说我们是前线；我为什么帮助朝鲜妇女，因为，我在前线，不论我是活着还是牺牲了，我家里的妇女插秧也有年青人的帮助。人们问他为什么这样，人们问我们，我们说我们这一辈人扛着国事了。"他用缓慢的、感情很深的声音说着，说着这一辈的年青人。他又说，他帮助插秧的那块地附近，落下了一五五口径的炮弹四十几颗。他又用缓慢、深沉的声音说，距离他的八斤几两秧落得最近的炮弹有六公尺。那颗炮弹极响，妇女们在水中卧倒，他想卧倒在她们身上掩护她们，有一个年老的妇女推到他伏在在身上了。

在开城地区，我住在韩月姬母女家。她的丈夫在人民军工作。我和她的小女儿洪庠熟悉了，带她到政治部去吃饭和玩耍，她唱歌和跳舞给人们听和看。韩月姬母亲的忠厚与善良，她脸红地问我各项的认真的情况，韩月姬的勤劳，小洪庠的忠实、善良、活泼和热烈——她再三地唱歌和跳舞给我们听——在这一九五三年的夏天，金达莱花盛开的时候，和在山坡边的溪边洗衣的开城女情报员吉阿□——她曾经[给]我送来热水——的歌声，和板门店谈判帐篷朝鲜民主主义共和国和志愿军的代表对美帝国主义的严厉的发言声一起，给我留下了永不暗澹的印象。

1989.6.17

（据手稿抄录。原稿纸 20×20 规格，共 8 页。）

错案二十年徒刑期满后，我当扫地工

在延庆劳动大队期满结束的早晨，劳动大队长邢任将我从队列里喊出来，说我今日可以不“出工”了。收拾收拾，准备离去；等一定的时间有车辆进城。我便离开了二十年监牢的生活，开始我的新的段落的生活了。我乘车进城，汽车在离我家较远的路边将我抛下，我便将被盖、洗脸盆、杂物，分开为两单位，搬一半前行，再搬一半汇合在一起，再搬一半前行。我的体力不强，而我的零碎碎物件又较多。

我穿着监牢犯的衣裤，便回到我离别二十年的北京，离别二十年的家了。

我的妻子余明英对我说：

“你回来，必须谋生。我现在麻袋工厂，我每月只有二十元左右收入。”

“是这样的情形。”我的女儿徐绍羽说。

我从劳动大队带回来十五元，是劳动大队发给我的刑期期满的津贴，我的妻子余明英便愉快地拿去了。

“我们米正吃完了，正缺钱买米。”

我开始谋生，为扫地工。半年后，一九七六年年初的时候，居民委员会才安排。我回来是夏天，已空闲了半年，我才作为管制分子羞怯地扫几条胡同的地，使用小的扫帚。我正式为扫地工的时候，也缺乏工具。我开始当扫地工，很是胆怯。扫地工组长海启英扫了一些给我看，指导我说：“你不要急，不要怕人看，你扫你的，熟了你记住了。你扫着，在路边积起来，再一同撮掉。”他说了后我有些安心，便照着他说的来做。他又说：“没有灰的地方，你也要扫，扫了美观，而且总有些灰，你这样便对了。”他更正我的简陋的扫法，而且给我以鼓励，他说：“扫地第一要耐心，不要被大街骇倒，你不要匆忙，走着便过去了。角落里要注意，石头缝里、电线杆后面，也要扫。胡同里草多的地点，也可以拔一拔草。”我的心情沉重，不知道将来能不能平反，觉得也许会就这样一生下去。那么，北京大城，我就在这一角扫地了。但这时北京的建设也给我鼓舞。北京正在建设。我从劳动改造大队转来，汽车上下来，扛我的被盖前行，便看见几处的有美丽的暗影的楼房建筑工架，上面插着旗帜贴着标语，我便觉得我也获得一种新的生活！我回到建设进行着的北京了。我用家庭的小扫帚开始为扫地工，我觉得我在这大城的腹部有位置，我便想着我将和它，这大城市协调，而生活下去。我的暗澹的情绪受到了这个和我的妻子与女儿的鼓舞和推动，因为我必须努力下去，必须栖息在这大城市里和它协调，因为我的心跳动着，想于危难中建设我的生活。

“是这样了。”我钦佩老扫地工海启英，胆怯地说。

我想我也应该是知道海启英所说的；但和别离了二十年的北京的新的，苦恼的形势接触，我心中有不安，我便以胆怯和敷衍的心情，想一瞬间便扫到胡同口了。

海启英慢慢地扫了一块地给我看。他很沉着，很熟稔地将脏土撮起来了。但我这时候，不熟悉我在这城里的新的位置，而笨拙着。我为这扫地工，每月将是十五元收入。

我开始作为扫地工，抱了家庭的一个破的铁桶做为装脏土用。

我的小桶有些漏。我的妻子余明英在胡同里责备我：

“你这桶这样漏法，你就不想办法把桶从里面堵上吗？你看别人扫的地多干净，而你扫的，从桶里漏出来了。”

也是有这样的情形，我提着漏桶，后面有居民说着：“漏了。”

我便将漏桶里面垫上了一块布。

“你扫得不错。”海启英鼓励我说，“你买一把大扫帚便行了。”真是，秀才扫地，秀才娘子怄气。“你买一把大扫帚便行了，也换一个桶。”

“我暂时没有钱买大扫帚。”我说。

“那么我借给你。”他说。

我说到月底就行了。

“你的破桶，我也想把我的木箱车给你，我还可以找一个箱。”

我很羞怯了。我便说，我还可以找一个比较大的，好的桶。

我沿路漏着垃圾的痛苦状况过去了。邻人护士丰鸿慈给了我一个大的，不漏的桶。

海启英看见我的较大的桶，便也愉快。

“你身体还好？”他问。

“还好，”我说，“谢谢你。”

这样我便到了有大桶的段落，我称为新桶的段落。居民委员会副主任张凤英见着也有着愉快，说这样就好了。海启英有着刚强，他的稳定使我觉得他是和北京这坚强的土地连结在一起的。居民委员会副主任张凤英对我很鼓舞，我很是愉快于她。

这样，我便往胡同深处出发。张凤英也说借钱给我买大扫帚，我说我不要，自己买，我便得到鼓舞。走出胡同，我觉得大街一片光明——便是我开始谋新生了。

我的妻子很贫寒。麻袋厂的灰尘很多，工作艰苦，他们有时便在大街上围着围裙操作，剪开和摊开潮湿的麻袋。我的大女儿徐绍羽在小学教书，二女儿徐朗三女儿徐玫都在农村插队未归来。我的妻很贫寒，但她坚决地计算她的生计，坚决地往前，她说，二女儿她们渐渐有希望归来，我出狱了，她们的政治待遇可以改变一些，我必须努力操作扫地，这便是我走出胡同，往大街去扫地时的心境。

我提着我的铁桶，在大街上，也努力地用我的家庭的扫帚扫地。街上，居民们看着我，同情而认真，而有的望着我笑，说我像击拳似地厚手，扫帚小了。北京的居民的纯朴，很使我感动。我说，我明天便买大扫帚了。

“你扫地啦。”人们说，“我们这里两个扫地工，海启英和李老头，都不错。”

“你扫地啦，你是知识分子、作家吧。”

“你扫地啦，扫得整齐的，有大扫帚就更好了，铁桶也可以，以前有两个扫地工也是铁桶，海大爷开始的时候也是铁桶，”街道委员，热心的海大妈说，她的帮助我的热情显于语言中。“你这样扫，也行。”

“你路翎扫地啦，”居民委员会副主任张凤英大声，热情、有力地对我说，“你很负责，不错，干净，你这样小的扫帚如同练武术似的，但是努力，夫妇合作，余阿姨还出来扫垃圾堆。”

“我也还没有铲子，垃圾堆是借了老李老头的铲子铲了几次的。”我惭愧地说。

但我总是立足和在这北京大城的我这时的生活岗位，扫胡同和几条较大的街，建立了最初的关系。人们热诚地看我这个生手与胡风集团骨干分子扫地；看我也到一些门廊深处去扫，表示着我的谦虚，人们有着热诚。人们也有知道我们胡风集团是错案冤案，表示着同情。人们说，我用桶装脏土，一节又一节地往垃圾堆提费力，将来弄个车子便好了。我这时候心中便记着缺大扫帚、车子、铲子，很是负累，我这时候很感激李淑平老头和海启英帮我铲垃圾堆。有一次，一个似乎这区政府的干部，又有一次，一个民警，助我提装满了的桶到垃圾堆去，使我很感谢。人们说，你扫地倒仔细，但这样有困难。这时候，缺这大扫帚、铲子、车子，贫寒，是我的沉重的痛苦，但我感谢人们给我的友谊。

我扫到人家大院的门廊里去了。

“你是一个胡风反革命集团吧。”一个中年妇女说，“你不用扫我们这里，我们不欢迎反革命。”

“他是一个冤枉案，他是冤枉的，胡风集团，我们知道。”一个大婶和一个男子说。

居民委员会副主任张凤英和主任张新说：你是胡风集团，当扫地工有困难，但你态度好，扫地仔细，有些人也就没有意见。你要更努力。

开始扫地的时候，在垃圾堆旁边遇到海启英与李淑平老头。

“这垃圾堆与地我们议一议吧，”海启英说，他指着附近的两条街和小胡同儿。“我们将这分配你扫，每月收钱，我们三人分，每户收一角钱。这朝阳门外芳草地，一共数百户，这边那边外交部宿舍柚子甸和鞋厂的钱数目较多，外交部宿舍的垃圾三个人轮流去拉。一共几个垃圾堆，你路翎负责打扫朝阳中学的一个。就这样了。”

“我们欢迎你了。”李淑平老人哑声，正直地躬着腰说。“欢迎你扫地同我们一起，我们从此熟悉了，这些垃圾堆有死猫死狗，死猫死狗你不怕吧？”

我说不怕。

“那便行。还有小的胡同很脏，有粪便呕吐物，和一些人家乱倒的，小孩倒土乱泼的。我们便同干了。”

“但有一个问题说一说。”海启英和李淑平商量说，“你是胡风集团，管制分子，这一条我们和你隔值。”

我说是的。

他们两人说了之后又沉默着，互相看着，互相说，“说不说呢？”便互相嚷，“说吧。”于是李淑平老人说，他知道我是冤枉错案。他说，因为知道，他所以对我态度好。否则，便有许多不客气了。像我那小桶泼撒，他曾助扫。但他知道这个，往后也日常不提，只是一定的暗中帮助。他又说，你是错案吧，他说他听到说是有错的。

“你是错案吧，是错案吧？”海启英说，“但我们日常不提。我们要有态度，代办人口[①]，你不要见怪。你有人事上的人们反对。”他严峻地说，“我们暗中助你，但表过不提。”这是居民委员会张凤英指出的。“你是反革命分子，你要好好改正。”他严厉地说。“我们刚才说，你是错案呀？没有说。”他又低声说，“因为这

① “代办人口”，是指转告别人的话，往往属于并不情愿者。这可能是北京土语。——原编者注

还未明白宣布。”

我便说,也是这样的。

“有些人来了。”李老头说:“这便这样了。”当着周围站着的人,他说,“你是反革命管制,我们划值。”

“我们划值。”海启英说。

“你这管制分子,这样的扫帚行呀?你是不是蓄意不满政府呢?”一个旁观的人说。

“是不是呢?他说的也值得考虑。”海启英说。

我曾听说李淑平驾过火车,是司机,而海启英是电车司机出身。他们沉默着,各人窘迫着,我便想起来问他们。他们没有转换话题。他们含糊地说,“那是那时。”

这样我便必须买大的扫帚了。过了两天,余明英发了钱,我们夫妇便到街上杂品店买了一把扫帚,我提着归来,有着快乐。

再,我便应有一个小垃圾车。在我们床底下发现一个肥皂箱,我的妻说,找四个轮子垫一块板,可以做一个车,后来我的妻告诉我,这箱子是海启英送我的。

每月扫地工自己收清洁费。开始收清洁费的时候,海启英到我家里来,严肃地对我说:“收清洁费,你是自己收呢,还是我们代收?”他的意思是,我是一个知识分子,又是一个管制分子,一定有着羞怯。我也是有着羞怯的,但我的妻站立在我旁边,我便勇敢地说:“我自己收,一同收。”我的妻也坚定地说,“他能,他自己收。”他便说“好”。有力和嘹亮,给了我很深的印象。

收了清洁费后,到我的院落里来,三个人分钱。李淑平老头将钱推到自己面前,而海启英看着我。

“我们三人是平等的扫地工了,你看如何?”

我说:“也是。你们强些。”

海启英说:“不,一样,你扫得不错。我们照有一些人意见,你是管制分子,不平分,如何?”

我便有些窘迫。

“这是有些人的意见。不是规章,不是居民委员会与区政府。但我们照有些人的意见了。”他是显着讽刺地说，“如何？老路，你自己的见解如何？”

我便笑笑，我说，应该平分。

“你不败，你有规章的见解，那我们便奉行规章了。不然我们便干强盗。”他讽刺地说：“你是一个努力的人，我们便不干强盗。”

“遵守规章了。”李淑平老头说。

“也正是。但我有些人要知道这一件，他们有这样的见解。”海启英说。“你再说，是否平分，你自己看。”

我说平分，居民委员会副主任张凤英说过，扫地费三人平分。她曾说：“有些人说你是胡风分子，分少些，但这不是规章，不是居民委员会和区政府，所以不采取。”

“你知识分子收钱也勇敢，有人说你收钱不会开口的；你说了居民委员会张凤英的意见也很好，有人说你是窝囊囊秀才，我们说了你便算了的，但是我还要再问一句。你个人看，平分不平分？”

“平分！”我说，“我扫地也一样。”

“那你便对了。这些人的意见我表达了。我向你致意，你自己说按规章便对了。”我说，我们区也是赞成政府的政策。“但是还有一桩，你说你扫地比我们强不强。”他说。

“经验少。”

“你初来不仔细，后来有仔细，比我们有的地方强。”

“现在还有一个问题。”李淑平忽然把钱在胸前抱得更紧，说，“钱，我得了，按照旧时代，旧规矩，你新来的第一个月，以至前三个月，归我们分，我们剥削，你一个钱也没有。”他脸色严峻地说。“你说这样行不行呢？我坐下来分钱，假设这样想了，如同旧时代，你说好不好呢？一定的，我们两人，老海和我，剥削你新来的扫地工了。”

我便沉默着，笑着。

“旧时代过去了，”李淑平说，“我七十几了。你五十几吧。

看你新来的人，还一定的算不太老而有为，我心中便有一定的高兴。敢情是，旧时代过去了，四人帮也还没有这样，不，他们也有的。这问题是，见你新来的人，扫着一条又一条大街，想到旧时代那些了。”他说，又亲切地、讽刺地说：“不给你钱了。”便把钱推到桌子中央来，说，“你知道是这样的，我们三人共同工作了。我还要说你的老伴不错，在麻袋厂辛苦！我们按照规矩与民风，第一次分钱的时候，问到众人，表示诚恳。”

我和海启英、李淑平这次的谈话，他们的正直的、明朗的眼睛，印象很深。

我当了三年半多[1]的扫地工，我很感谢，尤其是最初来到，提着小的桶用小的扫帚扫地的时候，老海和老李老头经过，总将我的小桶没有装完的脏土，“啪”地装在自己的车里了。

“以前的扫地工也有两个提桶的，你不要太顾虑。”海启英说。

我因为小的桶而有创疤的痛苦的感觉。后来有较大的桶，我觉得街道也美观些，我有了团体的感觉，便是这区域扫地有两个车和一个桶了。我现在的感觉是，海启英与李淑平因我而有负担，我便提桶跑得快些。

“我们三人共通声气，所以你，有你的老伴支持，换了大桶，我们也痛快。”海启英说。

后来我有了车子，我们在街道上有一次聚会，抽叶子烟与纸烟。海启英与李淑平说，我有小车痛快了，平等了，也好看，欣赏着，叹息说：“多抽一支烟。你这要扫地扫下去了，加入我们伙，我们是朋友了，觉得你这个人能奋斗，你的老伴很好。”我便又体会到他们的团体的立场。

居民委员会副主任张凤英与街道委员海大妈走过。

“有车子啦，”张凤英说，“今天天气不错，他们说路翎有车子了，我特别上街来看看。你的小车也钉得不错！你干练啦，跟着海启英李淑平，地扫得不错。我特别上街来看看，三个垃圾车，

---

① 应为四年半。

本来,当你提漏的小桶的时候,有人建议你不扫的,但是我们费心思坚持了,我看你有车痛快。我把话说破,你胡风集团还是一个冤错案啦。”她感动地说我曾在刮风、落雨的时候也扫地。张凤英曾在风中叫你:“大风、落雨,可以不扫啦,你扫地积极,我对人们说你的优点啦,你提这个小桶是缺点,但是你在刮风下雨也扫是优点,我坚持你扫地,也表彰你啦。”

有一次在大风中我装在桶里的纸飞走了。张凤英笑着,劝我收工,我仍然干,因了海启英李淑平与她的鼓励而向前,她便喊叫出十分亲切的声音,又助我在风中捡纸。她的喊叫在空气中荡漾。我体会她的心情也是居民委员会主任张新的心情,是我使她们有一种负担,装备不全。我是反革命,我的桶又使他们窘迫。

现在我有车了,我是有车的扫地工啦。我的任小学教员的大女儿看见我,也说:“爸爸是有车的扫地工啦。”我想,我的两个农村插队的女儿也会这样说。我现在尤其节省了铲垃圾堆的倒脏土的时间。

我的能力有限,我便极早起来;当天空闪耀着黎明的光辉以前,我便起床。——有时也迟些——走到朝阳中学,天空便有些明亮了。后来我又有着李老头的铁的独轮车,我便干扫地工很久了。我拥有一些个有意义的黎明与黎明以前,我拉车和推车经过的时候,有的人家正在起床,电灯亮着;有的人家刚开门。我的车辆的震动声,使有的窗户也亮了,人们在房屋里说:“时间到了,扫地工出勤了。”小的胡同里面响着的行车的声音,在街口等候牛奶的人也开始排队。在黎明和黎明前,我看见急走的女医生,急走的飞行员,我们这附近住着两个女飞行员,她们在早晨的,特别是冬天时冷空气里招呼着:“早哇,扫地工,早哇。”我看见早晨往火车站赶车的人,和黎明时来到的旅客。街灯朦胧地照着,黎明前更能感觉到天空里的星斗。扫了两年左右,老人李淑平不扫地了,海启英也告别了,他们说:“再会了,这一段生活添常记忆。”张凤英通知我,地便由我同当过钢筋工的叶德亮两人扫，两人分钱便可以收入多些。我便起得更早些，而且每日迟归。我便从通往大街的路口的斜面的坡开始，在黎明前幽暗中扫出了第一声刺耳的、划破空气的声音，便看见坡上的房屋的窗户里灯亮了。我便觉得我和这城市的更深的关系。这时候我推着李淑平老头的有很刺激的响声的铁的独轮车，李老头说："这车子你会摔跟头的。"我果然摔了好些跤才学会。我从街口扫起。到一定的时候，街上的人渐多，我便呼吸了深深的气，扫完了横的正街及一个垃圾堆。这时候我也有一把铲子铲垃圾堆，每日注意着市政府的拖垃圾的汽车的来早与来迟，我心里便有许多感觉。我感觉到我是起床早的北京人。我是南京人，一九五〇年来北京住家了，也便对北京有个大的感觉。我觉得这古老的城有新的建筑与生命，显出北京的律动。我扫完一个较大的面积便到街角里吸烟斗，与烟杆。这时候我很贪婪吸烟，我又扫窄巷时常有粪便的胡同，又扫横的，有大院子的大街。

我和叶德亮两人扫地，有时他有事情，我便扫全部的地。海启英与李老头的时期，他们两人有事情，我也扫全部的地。叶德亮这时期，我从黎明前推着我的独轮铁车出去，扫地到下午一两点钟，黎明起来，我便吃几口馒头。

海启英李淑平有两次互相冲突，由于代办人口。海启英告诉我，他这一日不扫了，也想往下不扫了，和李淑平冲突，李淑平这个人没有意思。我碰到李淑平，他也说："海启英这个人没意思，混蛋。"

他们在垃圾堆旁插了扫帚。

我问他们何以如此。

"我们两人等你来看，到底谁错，"海启英说："你一定认为我们两人都有错，折中说，对吧？"

"那也不一定。"我说。

"上次你不是这样说吗？"李淑平说。

"上次是两人都有错，性情急了，垃圾堆造成的麻烦。"我说。"而且你们并不真吵。"

“我们说上次我们两人都没有错，而是你有错，你这和事佬没有早到这里来，你今日早了，我们保没有事了；走了。”他们说，两人便拿起扫帚，从愤恨的神情笑起来，两人预备走了，他们也暴露了原来并没有冲突。

“我们不满意你。”海启英转身说。“说实在的吧，我们吵架没有？你看，吵了没有？”

“不知道。”

“我们是因为你的缘故，不然，有几个人，不好的人，会来和你闹架，我们交换了我们互相冲突，你明白吧。上次的垃圾堆，我们争论，你说你来铲垃圾堆，你邀了功了，你沽名钓誉，也许你是管制分子才积极，但其实我们知道你是冤假错案。你这冤假错案有一些人想攻击你——你不管我说话噜苏的。我们吵架，总之是，交换了人们攻击你的话，是帮助你。你看，我们是很好的。”他说，说了之后便看着李老头笑，李老头也笑着，他们两人便互相拥抱了。“老朋友们不吵架吧，我们说你沽名钓誉，也是一些人说的，你铲垃圾堆积极，他们恨你，按照以前，这垃圾堆是不铲的，他们要少收钱，你明白了吧。”他们互相拥抱着，还在脸颊上互相亲吻，说。他们又快乐着，说，“我们是人民群众，知道你是错案，而这样一些歪人攻击，也表示着你扫地积极。”李老头说，便上前拥抱着我一个动作，海启英也拥抱着我一个动作。

我有一次扫地，发现我的这区域的地扫过了。人们告诉我说，我的这区域，海启英、李老头扫了，因为我曾助他们扫了。叶德亮的时候，有一次也一样。

李淑平与海启英曾对着我叫喊说：“这些垃圾堆都是你的，该你扫，我们不扫，今后我们两人只扫一部分地，你一人扫大半。”他们两人便不扫要走了。我焦急着，他们又回头，海启英又要走，李老头说，他海启英主张，要我一人扫；他海启英同意代办人口，那些恨我的人，他则不主张。后来海启英和他冲突着又笑了，说他其实也不主张代办人口，只是作样式，作作样式便可以了。他们说，他们代办人口致自己两人互相冲突。于是两人都脸发白，开始冲突，互攻击不扫垃圾堆，大叫着。我便焦急，但他们终于互相笑了，又互相拥抱着。

我便很感谢他们。

他们说他们作些假的言论，于是他们像有一次一样，说要我一个扫，而他们“干拿钱”。

“我们这么说，有人这么说；有人这么说了我们的立场：这对不对呢？”李淑平说，“我们不扫拿你的钱对不对呢？”他说，便有着一定的眼泪，老人很老实与善良。

“你这是妇女之仁了。”海启英说，“对付他管制分子要不客气，吃他，不吃你反革命的吃谁呢。我们吃你的。”他假装严峻地说。

“你错案冤枉案。但他们有些人说不是的，说你扫地仔细沽名钓誉。”海启英终于眼睛有着潮湿地说，“可是我们仍然不援助你冤错案，人各有志。”他又凶狠地说，“谁知你是什么案？”

“那你们不对。”我说。“真难。”

“我们代办人口换算到这里了。”海启英说，眼角有些痛苦，和我握手。

李淑平便走过来，用双手按着我的肩膀，说：“问你好。”

叶德亮和我一同扫地的时候，也有一次这样的情形，代办人口。张凤英曾经鼓舞我要扫地扫好一点，因为有几个人想争取我的扫地工的位置。叶德亮曾经对我发一次气，打太极拳不理我，摔扫帚，代办不满意我的人。

“你扫地的钱我领了，你是管制分子，可不可以呢？这自然是不可以的，但有些人有这样的见解。你扫地努力也有得罪他们。我这样办了，我代办人口，你多扫些，我有时也补上，我将有一次假装不理你，趁现在，先击你一拳。”他说，便相当狂力地在我的胸前击了一拳，击一拳之后，有一定的伤心眼泪，沉默了一阵，他又振作精神，狠恶地说：“这是你扫的地啊，你的成绩真坏，我明天说。海龙王扫地用扒犁，而山鸡扫地，用嘴啄，你扫地算什么呢？”他说，“我看你也扫得不错，甚至极好。”他说。由于我扫地还努力，有成绩，也继续扫了一般不扫的后街，收清洁费也继续积极跑路，叶德亮便有愉快。

“我说你一切还干得不错，你是一个还好的伙计。”他说，“我很满意你的扫地成绩。”他是热情的人，有一次将我拥抱紧了，愉快地呐喊着。

收清洁费收了几家的时候，海启英说：

“你走前面好呢，还是我们走前面呢，照旧的规章，你抢前走，便不恭敬了，我们是你的师父，你的扫地是我们带的，你不可以走前面。”他笑着说。“那么，你走后面便对了，但是你又是徒弟。按我们说，你是该走在前面的，说是收钱的，至于怎样地说，你便知道了。你该走前面走后面呢？”

“你们说呢？”

“我们说你是徒弟你不怪吧，”海启英说，“你知道，旧时代观念，行业难，各行业都有规范的；你是知识分子、作家，不要以为扫地的行业是容易闯的，扫个海龙王用扒犁山鸡扇翅，便混碗饭吃了。不那么容易的。”

“我不参加你说这种。”李淑平说。

“你知道吧，”海启英诚恳地说，“你以为扫地，收钱，是简单的呀，不是那样简单的，各行各业的旧规，你不拜师父行呀。今日我们跟你过不去，观察起来，你扫地还可以，但是，按旧的社会的那套，要对你三把火，三熏烟，骂你扫的狗屁的地呀！”他说，严峻起来，脸色有些苍白。

“你扫的狗屁呀！”李淑平说，“那些人便会对你这么说，扫的沿街的细粒子和扫帚痕迹要经过检验，——你以为扫地怎样呢？”

“我以为，不太难，也难，学习嘛。”我说。

“你第一句不对。”海启英说。

“那便谈学习了。”我说，我也的确是观察他们，学习的。

“那你便可以啦？你要说师承。”海启英说。

“你说吧，我不说了。”李老头对海启英说。

“那么，”我说，“便说，向你们学习不少了，例如大院子的门廊里也扫，树木转圈扫树脐儿。”

“要你说师承。”海启英。

“那么便称你们为老师了，老师。”我说。

“嗯。”他们两人说着，笑着。

“你来的时候开头也说过学习了，老师了，你开头来到时说谦虚话，是你的老伴在胡同口教你的。”海启英说。“但是有的人要过分地压制你一下，便不对了，其实你开头说过了。这几条街上，也有同情你的，说你扫地不错，也扫后街，向你致意的。我们三人是感情很好的。”

我便也愉快，也窘迫，收钱，我有时走前面了，他们两人走后面，每户一角钱。

“按照旧行业，你进门收钱，说，收清洁费了，记住了吗？”

“要怎样呢？”

“说，诸位街坊，吃了吧，‘吃了吧’三个字要加重些，还要说年景好，财旺。”

“当然，这是也有意义的。”我说。

“作家先生，我是佩服你勇敢地收钱了，我批评你，对一些民俗民风不够注意。”

“去吧。”李老头说。“还要说呢，照旧的一套，你要说：我们的扫地的头头，老海的致候，老李的致候，传他们的话，收钱了。”李淑平说，“今天这样，对不对呢？规章是区政府的规章，自然也说，我们扫地必须收钱了。”

我说：“对，我也说了的，那么我便加重说了。”我也有一家没说，他们问：“是个人收呢，还是小组收呢。”

“是这样的意思了。”海启英说。“我们总之是，和你是良好的朋友了，这些希望你勿介意。”

“我总之是向你们，也向各户人家学习了。”

我很愉快我的铲子。我的铲子是我的大女婿马宏伟给我的。每日早晨，黎明前即起，在运垃圾的大汽车来以前，我的铲子，大声震响在黎明前后的空气里，我的妻有时走过，助我铲儿铲。因为垃圾倒得很散，铲得很费力。海启英、李淑平，和以后的叶德亮，走过的时候，曾说，铲得不错，作家“也能行”。又有时说太响了，吵闹了人们，我便铲得慢些。

“还要像旧行业的规矩，喊一声，铲土了，向主人家问候。”海启英愉快地说。叶德亮曾以手为号筒，助我喊叫了很长的一声。

我想，这时我心里，也确实有这样的语言。

我是在一九八〇年错案平反的；一九七九年初步平反，便停止做扫地工。那以来，这一段生活的回忆，常出现在记忆里。

一九九一、十、二十六

（原载《香港文学》1992年第1期）

监狱琐忆

我于1955年6月被移送公安部，最初几年在城内拘留所。最初有审判的繁琐，凶恶。最初有几餐还好的伙食，后来伙食变坏，几年以后移到西郊监狱后，伙食又改较好，但时有极恶劣的抹布油腻，发出一种腥臭的药味。二十年后，后两年到劳动大队后，伙食又较好，而且，劳动大队有二元半的零花钱，可以买烟抽，便宜四级烟丝和贱的五级烟丝，有时也是一级和二级，这抽烟是劳动大队的我的快乐了。我住的劳动大队是宣武门监狱塑料鞋厂，为延庆监狱农场。

住城内拘留所时，每日听监管员吼叫，我说我不反革命，斥骂他们，便又挨他们捆打。后来在西郊监狱，我大叫，吼叫，斥骂，说我不反革命，也挨他们捆打，有时还捆入小的角形的更矮的木板铺的房间。我在监狱中是睡的有矮的腿的木板铺。我在监狱中开始一个房间，室内无厕所，要自己倒便桶。有一次，搬监狱的房间，这幢搬到那幢，搬着沉重的被盖、枕头、衣物，很累和痛苦。监狱的荒凉的广场侵袭人。在监狱中，曾有若干次的种菜的劳动。有段时间，每日有“放风”，呼吸新鲜空气，便到狱中广场的一些四面墙、铁门、无顶的站笼里去站一段的时间。

我是不反革命，是冤假错案，所以和监狱人员冲突激烈，几乎每日有叫骂，叫骂以后，唱歌抗议。因此，我便被指控为精神病，被送到安定精神病院。安定病院一年多，便被安排保释回家就医，回到家中。其时我的妻余明英住在芳草地。

芳草地期间，共一年多，我写了一些信陈述我不反革命及攻击对我的逮捕。在墙内劳改所的时候，我也写了两件，陈述我不反革命，攻击对我的逮捕，我在这些信中，还指责了中央主要领导人。因为有咒骂的话，指责凶，所以便又由民警将我逮捕，送我回龙观[①]安定医院，在那里一些时候，便又送往监狱。在监狱多年，我仍然每日叫骂，后来，审判员宣布整个地判我二十年，从五五年算起，尚余两年余到劳动大队。

在塑料鞋厂劳动大队，我做捆鞋工。那里的伙食时常有吞咽不下的难吃的白菜筋。那里有辛苦的夜班，而白日吵闹，又不能睡眠。我做捆鞋工，又扫装鞋的纸盒，后来还有一定的熟稔，□□夜间疲劳站着睡着，在机器前跌倒，而几乎危险。

在延庆农场劳动大队，犯人每日上工，我做过种葡萄、整理葡萄、收获葡萄等工，以及做冬季“倒粪”，春季挖掘冬季的埋藏等等窖工，也做过锄地、铲地、种玉米、豆子、高粱等工。做过推车、拉车、运作为肥料的原料的煤渣沙土的工。在塑料鞋厂的农场的时候，我因为不再是原来判的“不告诉”刑，而是明确的宣判了整个二十年，只剩一两年了，所以精神比较良好些。

但我，移动地点，汽车经过北京城，不认识路，北京城的建筑改变了，心中有些慌。我到塑料鞋厂劳动大队，见到大的、高耸的房屋里和走廊里的犯人沉寂无声，听见塑料鞋机器间的轰声，心中有恐惧。我若干年是一个人囚一间室，现在很多人在一起很不习惯。我从到劳动大队时起，也就停止了他们对我的案情的签字，叱我了，因为环境不能许可。塑料鞋厂的住宿是十几个人睡一个大的炕，我记得大□是夜班，白昼睡在大炕上，太阳照亮的痛苦，我也记得夜间挤□时的痛苦。宣武门农场劳动大队，我是戴镣铐去到，而有进走廊□被喝“全蹲下”、被搜身的痛苦等惊慌，在延庆农场，受苦犯人列队走，等着□□的农场监狱房屋，有荒凉的痛苦。

在西郊秦城监狱的后一阶段，曾经将我戴上镣铐送上汽车载运到一个地点，大约是紫竹院。那里，几个审判员和安定病院

---

① 此处“回龙观”三字，2011年10月人民文学出版社《路翎作品新编》作“返□□”。

的两个医生,很凶恶地审判我的“反革命罪行”,认为在监狱中詈骂,是罪恶的。

在从监牢被送到劳动队,判二十年的时候,曾经指责和写信攻击党中央。在这之前,也曾问过我写信的问题。在丁玲案的时候,曾问讯过我和丁玲的联系。在刘少奇案的时候,曾审讯过我和刘少奇、王光美的联系。

劳动大队,塑料鞋厂良乡农场,干部,法官,劳动大队长,□□正直,公安对我态度友善的。我有两次帮助人关闭犯人工忘了关的机器,正直的大队长干部曾表扬我。有几个被陷谋者对我友好,但有霸道的、凶恶的犯人偷我的烟及肥皂。

延庆农场监牢的监狱长□到我的而又重来看我,谈话中间划破说,他知道胡风集团是冤案,将来可以有平反。

塑料鞋厂的列队,报数,点名,□车的,和延庆农场大队的早起点名,讲话,在冷风里抖索,是我难忘的。

在西郊监狱里,一度曾要我写读报纸的学习笔记,我做了一些詈骂的,攻击的言论。曾要我编草鞋,使我恐慌,但后来也没有编。那一期间我很恨两个监视员,他们和我冲突,进来捆打我较多,我被戴镣铐较多。

在最初,从城里移送我往西郊秦城监牢时,移送的青年的监视员曾很恶地,“本质□不化”。他们说,我是被冤的,他们不同情,他们又说,他们是指他们说的这话“本质□不化”。

在中段,我又写信攻击,又被移送时,在派出所呆了一夜。换人王芳芷,曾买饺子送来我吃。

一次到安定病院的回龙观病院,我很贪婪抽烟。前一单位安定病院时,我的母亲和妻子余明英,女儿徐绍羽,徐朗,徐玫等来看我,后一次在回龙观病院,我的母亲徐菊英□来看我,带来了一个西瓜。

从回龙观又移动往监牢时,我极痛苦。越到汽车疾速行驶,我□□□伤痛。因为我以为第二次到病院便完了。这次移送我的一个女干部,是正直人,态度很好,说知道我是被冤枉的。

病院的护士们，也对我友好。

我在开始时离开家往机关隔离反省时，我的妻余明英还沉静，她在洗头发。

我在隔离反省到机关宿舍时，同事同志王命夫陶曼夫妇曾鼓舞我努力奋斗，认为将来会平反。

我的母亲及妻子余明英三个女儿到安定病院看我时，给我带来糖果蛋糕，烟，我感情□动很深。我的母亲在会见室里说："人总是会有遭难，要努力忍耐。"

我的母亲在回龙观病院来探视时，曾同样地说，并告诉我，她听说将来可能平反。她和我在场子上散步，说："也许不可能见到了，年龄老了。"

在安定医院总院来探视时，我的三个女儿徐绍羽，徐朗，徐玫说，我要好好保重，将来她们努力。

在塑料鞋厂劳动大队，劳动大队长卢浩志曾在门廊里对我说，我是被冤枉的错案，我可以有时休息几分钟，在门廊里退休室休息。

在延庆劳动大队，来□监狱长曾来监房里对我说，我是被冤的，可以有时休息休息，要珍重。劳动队长邢任在某次晚间讲话时亦指出我是被冤屈的。

我在延庆农场劳动大队，曾吃一碗番茄汤，生了重重的肠炎，肚腹很痛，有的恶意的罪犯病人很兴奋，说一定要死了。后来在监狱的医务所躺了三天医病，医生有对我很照顾，友好。有一个管理人员凶恶，曾说，你的病，不会好了，你要及早准备。

在秦城监牢的相当一段时期，曾在监房里小便，在痰盂里，有时有大便，自己和众犯人排列出去倒大小便，倒在一个桶里，供给浇菜作为肥料用。

在秦城监狱里，每一两星期洗一次澡，同监的一些刑法犯罪犯曾讽刺我被冤枉决没有办法，刑法犯，一个红鼻子的，曾□□饭菜的时候从门洞里说我决无办法，他是无期徒刑犯，监牢为家，争取做勤务，可以多吃些，曾交给我少一块鱼。监牢里每日早餐有一块豆腐乳，是我愉快的。在监牢里，我是患□痔疮排泄有血几次。在秦城监牢里，监牢每年发寒衣我却伤心，也觉得可以御寒。被盖是我自己家中开始时带出来的，薄，冬天的木板床冷，所以惧怕冬天。有时冻着整夜难睡着。每日晚间对着昏昏的电灯坐□□睡觉。惧怕时刻有的刁难性的审问，惧怕搬房的变动。从小小窗洞里有一寸太阳照进来。呆坐着，时时叫骂，一日便过去了。我在最初被捕时，非常想家，想自己的共患难的妻和三个女儿，非常凄凉。这时也时时想家。

在监狱中曾患感冒，有两次吃了什么食物，有呕吐。

在监牢里，曾要我写尽量长的小说，表示改悔，我写了讽刺的，四万字，后来不知下落。曾说要揍打我，但那次没有揍打。

我常和监牢的兵及杂务在“放风”的站笼里互相叫骂。

我在塑料鞋厂认识了被□谋为罪犯的工人管理电滚。有一次电滚皮带危险，我曾过去喊叫相助。他曾谢我，曾经，知道我是被冤枉的，他也是，是刘少奇集团。

我在塑料鞋厂学会了从机器里取出鞋子，但人们又不让我干。

我在劳动大队农场，遇到善良的大汉，农民，他说他是被冤枉的，知道我也是，向我慰问，他说他是刘少奇集团。他时常向我微笑一下。遇到小伙子年青人，一同推车，车翻了，互相帮助，他曾说知道我是被冤的知识分子，他也是被冤的刘少奇集团。“哪个反革命哪个天诛地灭”，他说。他曾讽刺地说：“你不是反革命啊，你不反革命你到这里来了，我不是反革命啊，我不反革命我到这里来啦。”

在延庆劳动大队农场，曾经有一段在果树，桃树林里劳动，挖树坑旁的土，称做挖树脐，和剪枝，洒药，浇水。树林的深邃也使我凄凉。但我也有时兴奋地劳动。有被□□犯为刑法犯坐在树杈上互相叫骂。在劳动改造农场里，每日上下午“出工”，□□□中段敲钟休息喝开水的时间，好吸土烟。每日执勤敲钟的，是被□谋的一个农村干部的老人，他曾说，被陷谋的胡风集团的路翎是不错的人，他今日敲钟曾经□中说，路翎是不错的人，被陷谋的。

被陷谋的工人石恒山，爱好文艺，分了不少张纸，在炕上朗读着，有一次读给我听，我说他描写的风景还不错。他说：我知道你胡风集团是冤枉的。我也是被冤的，你信得过吧。一次和他两人拉装煤渣黄土几车行走，他恨那些阴人的人。他说他很同情我。

我在塑料鞋厂劳动大队时，被盖冷，冬季难度，便写信回家，我的妻余明英给我送来了一床毯子，和带来一些烙饼进行探视。我期满被释放是乘监狱的便车进城的。我的妻余明英来接我，走错了，我到家她又回来。监狱的车□停在大街口，我便只好自己搬物件往家里来，物件零碎□，分批搬一些放在前面路上，再转回来搬其余的，有时分三次。这时我身体还好。

我在芳草地为三年半扫地工之后，七九年个人书写信件攻击案平反，八〇年整个胡风案平反。法院对我个人的写信攻击案的平反判决是，我"书写文件，均不反革命"。

我曾在秦城监牢的广场上拔草劳动，有罪恶的刑法犯奔来抢走我拔的草，堆在他自己的面前，吃叫□："管理员，你看我拔了这些草，而胡风集团路翎却没有拔几根，要好好地对付他。"管理员有□□，有的草他认，"我看见儿子抢他的□。"在监狱的广场上我看见大门外有□影，很想老家，自己是为了写作事业，没自由生活。我从回龙观安定病院被唐突地又捕往秦城监狱，心里十分痛苦，看着荒凉的旷野。我被称为精神病。我的法院的平反书的第一份有，因为精神病的缘故，所以所写的信件等，不负刑事责任。第二份又改为，不论有精神病否，所写文件，均不反革命。

在秦城监狱，有刑事犯参加执勤，对我叫吡："你今日少吃一餐，我们几人将你分了。"但是被管理人员吡□了。

在秦城监狱，有刑法犯□子下楼劳动时在楼梯上吡"暴动！□义"□管理人员格斗，抢管理人员的手枪，我曾协助管理员，对着刑法犯暴动分子吼叫，而掩护管理员的手枪，□□得到监狱官的表扬。

几个刑法犯，在下楼劳动时，曾在工具间抢铲子，□将坏劣的一柄留给胡风集团的路翎。有时从我的手里抢铲子。管理员曾训斥他们，而□我□□让铲子，是良好的。

在我被宣布为反党，离家到机关反省时，曾乘坐人力车，人力车工说，知道你是反党集团，□是被预谋的，社会都知道。在我离开家时，我的妻余明英曾说，"你放心去吧，我知道你是被□谋的，你不反革命。"又说："我们结婚多年，你知道我是对你很好的，爱你。"我的女儿，大的十岁，第二个徐朗，八岁，小的三岁，哭□，说爸爸"还是一年归来啊，还是两年归来啊?"大女儿并且开始练习洗衣了。

我的阿姨，保姆童敏秀，在我家九年了。她说："我知道你不反革命，我很伤心。"哭了。

我的母亲徐菊英和继父张继[济]东说："我们一直知道你是对共产党热情拥护的，对苏联斯大林□□□积极的，我们说你不反革命。"

在我监狱期满回到家中时，邻人刘继华曾说："徐老伯，我知道你不反革命。你顶好的人。"

我回到北京朝阳门外芳草地家中，我的大女儿此时已教小学，二、三女儿农村插队，二女儿先归来，我的妻子余明英在纸花厂麻袋厂做工，我从监狱中回来，发给我十五元，她便说正好拿去买米，家中正是贫穷。

1980 年平反了，机关说是给办照顾，到德州去一趟，随凤子、吴祖光团体，参观，家属同去。我的妻余明英便在那里血压升高，得到脑溢血，后遗症为偏瘫病。我们是很伤心地从德州返来的。她是哭着□□的到分配到的团结湖住宅的。

"文化大革命"时候，我在安定病院回龙观病院，走廊里一日有喊叫的声音，喊着问："路翎在吧！路翎出来！对他进行文化大革命，他是大资产阶级！他是文化大革命的死敌，对他宣读语录，制裁他，见血！"护士张济芳叫叱着回答："路翎不在！"并让我到里面房里去，对我说："他们拿着铁棍的，你躲避一下。"她又对外面喊:“他路翎移动走了。”某次在前安定病院下楼散步,护士毛芳文急遮拦着我,让我退回,说,避一下,文化大革命红卫兵,找你。后来,人们说,红卫兵走了,才又出来。又有一次,张济芳让我急避开,红卫兵进来了,她在走廊里应付说:“路翎不在,早移动了。”“那里面不是吗?”红卫兵问。张济芳回答,“那不是,你们的照片不清楚。”又急让我躲避。

“文化大革命”之后的时候,我又回到监牢里,一日,我斥骂“文化大革命”。因为监管员宣传“文化大革命”,我斥骂很凶,便将我捆入□的监房。我不断骂“狗屎”,“混蛋”,便有红卫兵拖着喷水出喷烟的小车来到小囚室,□□角坪前,打开了门,叫吡,“我们文化大革命的首长来了,对你喷水喷烟!”我听出他们的所谓首长是江青和王洪文,他们叫:“江青王洪文对付你。”并听见王洪文叫吡,江青叫吡,于是对我喷水,说,水车里的水够,用力打水唧筒。又说,烟也合适,又喷烟,也是打水唧筒。后又吡,“用皮鞭进去!”但皮鞭没有进来,在我的大骂声中,有监牢的干部赶来干涉他们,他们便退了。

在回龙观病院大院病院的时候,又有一次红卫兵冲门,护士张济芳急忙说:快躲避!我听见门外叫吡:“移动路翎!”又后一次,护士张济芳和一个红卫兵交涉很久,在走廊里叫吡,说,“无论如何不让移动,这是政策。”又有一次,红卫兵犯□□门,张济芳叫喊:“不开门。”

在安定病院总院的时候,有几次监狱来人,要移动我,是移动到邢台去,护士孙仇英阻拦他们,这批人很凶,在楼梯上叫我,护士孙仇英叫吡:“路翎按政策在这里,不移动。”那批人又说:“我们发现了,路翎没有精神病,他骂我们不是精神病!”孙仇英吡叫:“不是精神病也住这里,是政策!”也有一次让我躲起来,说有人要移动我。在安定病院总院,□有护士孙□英教唱歌,和护士梁宜君主持游戏的“大观园”,对人们说,路翎不反革命,我们奉政策,刺破它,他是冤案!对于几个护士,以及医生黄泥,任菲,我是很忍耐的,两位女医生也是在楼梯上阻拦要移动我的人们。

在我住在城内拘留所的时候，曾经患肠炎住到结核防治所诊疗所几个星期，那里的院长黄芒群很照顾我，他曾经和一个护士叫叱□□“你路翎不反革命，你是被冤枉的，胡风集团是不成立的。”我也很感谢他，我还记得那病院的红烧肉和鸡蛋好吃。

我监牢期满回到家里，我的妻余明英告诉我，“文化大革命”时曾有红卫兵来搜查，将我们的书都烧了。

在秦城监狱，我曾碰到张妮王宏两位女医生替我诊断并说话亲切，说她们知道我不反革命。又有孙朗女医生替我诊病，也说这个。我还记得我在少年时，在南京莲花桥小学时，她是女教员之一，我当时很感慨于人生的变化为前进。

我在结核防治院养病时，曾在花园里散步，我曾写社会前进，花园□你得良好。我在被押着移送，□□车走过北京的各一处的时候，欢喜周围有国家的建设在前进。我最初被押往秦城监狱，是因为我写了□件攻击中央的文，抗议对我的被宣布为反革命，审判人员凶恶，叱，“下去，下去”，我便被押往西郊监狱了。越野车往西郊运行，经过公路，进入森林密集的监狱区，那一带气势雄伟，我曾想，是国家良好的建设，镇压流犯，可是将我一个作家，判为反革命了。前后两个监狱是森严的，寂静，荒凉的广场，和铁门的森严，铁门的巨大的在寂静中的响声，我是记忆深的，我想若干年的作家的道路，进了监狱了。我很痛苦我的这些年的丧失的时间。

监狱的广场、菜地、树木、围墙，墙上的电网，呈显着森严的荒凉，使我□□□正义人类的顶天立地的境界。

我的妻余明英，在我在延庆监狱的时候，曾经来探视我。我很感激她跑这远的路。我在延庆可以抽烟，有时候还有常用品，为烟摊子吸引，便向她要钱，她很窘迫，说家里钱也不够用，给了我两元。在荒凉的延庆监狱的门廊院子里的半小时的谈话，我曾记忆深的，在我们谈话的时候，两个正直的法官在院子里散步，谈笑话。他们，其中的卢德□，对余明英和我说，我，并不反革命，他抱歉说，表示同情，希望我们安心谈话。

在我被囚期间，我的妻余明英家中也窘迫，我没有什么积蓄离开家庭，她这期间做街道文化教员，纸花工厂纸盒工厂女工，和麻袋厂女工。她抚养大了三个孩子。不过，在最初的几年，尚有机关每月津贴七十元。她曾替人照顾小孩。女儿生病，她曾背着去医。

我的三个女儿，在我的所谓冤案发生的时候，曾在街头，由大女儿徐绍羽带领，向人们宣传我，她们的爸爸，作家，不反革命。她们由一个民警带领，宣传了一阵。

在回龙观安定病院的时候，"文化大革命"红卫兵虽有冲门进来，张济芳走近我，说"文化大革命"红卫兵来了，这次逃不掉了，但你坚决叫叱，骂他们，也许可以抵抗。于是我便在走廊里高声斥骂"文化大革命"。后来，张济芳用力地抵住了走廊的门。外面枪响，张济芳也不理会。

劳动大队有一个恶坏人的劳动大队干部，在我走路时扑击我，恶囚推倒我，记恨胡风集团。劳动大队召开大会，对犯人讲话，也有捣□说，胡风集团不反革命也不反党，是人口的活动，是坏的情形。劳动大队也有看电影，坐在广场上，犯人密集，边度过时光。在塑料鞋厂，骨□伤风很重，夜里起来小便，在灯光下走廊里疾跑，也是□自己在度过时光。在劳动大队塑料厂的走廊里，有犯人拉胡琴，每逢星期天，拉胡琴声音，有打扑克，我更是伤感，也是得度过时光。

在延庆劳动大队，农场休息为下工敲钟，敲钟的是老农民，被冤屈的犯人干部，他有一次在敲钟时说：奉大队长卢浩志说，"路翎，胡风集团，是冤案假案错案，我宣布而致敬意。"又有一次敲钟，他还念了其他不反革命的人的名单。

1992.9.12

（据手稿抄录。原稿纸17×15规格，共30页。原载《新文学史料》2011年第3期）

忆朝鲜战地

回忆到了朝鲜。

1952 年底,"抗美援朝"期间,我曾去到进行着惊震世界的反侵略战争的朝鲜,对受着战争的创伤,在侵略者的炮火和被引起的愤怒里痉挛着的朝鲜的美丽的土地有着激情。朝鲜的平原和山沟美丽,水流,清川江与临津江与大同江甜蜜,而花朵鲜艳,而朝鲜人民艰苦、勇敢,有着远大的理想,使我难以忘记。我在 1953 年,板门店停战谈判后,从朝鲜返来,在朝鲜八个月。

进入朝鲜这伟大的国土,有着战斗的心境。敌机"绞杀",扫射与轰炸下的平原、山沟、村落、公路交岔口闪着猛烈的爆炸的光;敌机发出凶恶的、粗暴的声音盘旋,灰色与血色的云里偶尔可以看到敌机的黑色的踪影。朝鲜的土地屏息着,便可以见到朝鲜人民抵抗的巨影。敌机投下的照明弹灿烂发亮,在空中,低层云下长久地闪烁,而公路上与村落边防空枪响着。这是朝鲜这个民族和它的亲密的友人中国人民志愿军在进行斗争,这是朝鲜的土地在进行着搏斗,这是朝鲜土地上因战争而驰名的草①和"金达莱"花在进行战斗,这是朝鲜的英雄的妇女儿童在进行斗争,照明弹照见车辆沉默,无声,无光地行驰,公路边上的树木挺立着,沉入黑暗中,而亮光,照明弹与爆炸的炸弹的亮光再照见它们的挺立的,英雄的姿势:这就是这片战斗的土地了,村镇蹲踞着如同不屈的巨大的生灵。车辆密集,人民军与志愿军的

---

① 指"多那基",一种甜的野菜,路翎曾在《战争,为了和平》中写到它,见该书第六章。

车辆，往中国方面驰去的，和进入朝鲜土地深处的，爆炸声和敌机 B29 和 B36 轰炸机的声音弱下去以后，便可以听见这奋斗的车群的巨大的轰声，震动着土地、朝鲜平原，村庄，也震动着心灵。防空枪沿路响着，路边屹立着朝鲜村民，男人和妇女的沉着的身体的黑影。在山沟、平原、峡谷、断崖、公路交岔口，朝鲜民主主义人民共和国的抵抗，战斗的黑暗的夜显出巨大的威力，巨大的气魄，和巨大的、伟大的金日成与朝鲜人民与人民军形象，与彭德怀与伟大的中国人民志愿军的形象。朝鲜的夜像是一个巨人，车辆轰响着，各处闪着爆炸光与照明弹，而朝鲜土地与人民沉静。进入朝鲜土，进入人们与灾难搏斗的飓风中，人们便感到人民的海洋；人们便感到人类与吃人的野兽，侵略者，美帝国主义及其联合国的重大搏斗，朝鲜的土地震动，屏息，密云在空中悬垂，巨大的不幸降临在人们头上，但也显示了朝鲜人民与中国人民志愿军的强力的生命力与他们的崇高的、深刻的灵魂。朝鲜的亲爱的土地在摇撼它的敌人的轰炸机中呈显出力量，人们感到在各个角落，人民，战斗者，在守望着，儿童的明亮的眼珠在凝望着，他们的敏感的耳朵在谛听着，妇女们在张开手臂保护她们的儿童，和男子们共同地以她们的胸膛抵住幽暗的夜。无风，宁静，云奔驰于空中，时间似乎静止着，土地在爆炸声中发出呻吟与啸吼。人们觉得抵抗的朝鲜像一个巨人。我们进入朝鲜，这土地，这巨人，以它的自信，意志和渴望、沉着和激动性，从深的地底发生的，从白云与灰云下发生的，注视着和凝望着我们。美帝国主义侵略者倾泻它的钢铁和吃人的、喝血的欲望，朝鲜人民沸腾着它的钢铁意志，这一场搏斗使朝鲜民族和它的领袖金日成的魂魄显现了。全世界在注视着，美帝国主义如何是吃人喝血者，它的丑恶的姿态，而朝鲜人民与中国人民如何顽强地抵抗，在东方出现着英雄。世界历史的舞台上表演着正义的搏斗者的艰苦斗争与他们的胜利。

我仿佛觉得，一个朝鲜人民的巨大的身影，在密云下矗立着，它荷着枪而勇敢地，无畏地说："看你美帝国主义及你的联合国能如何呢？我们搏斗了。我们呼唤了我们的风，雨，草木，我们和中国人民志愿军一同搏斗了。”

我们同行者数人，其中有国内电影局的男演员范正刚。他是一个强壮的人，忠实而俭朴。进入朝鲜，他攀住我的肩膀和我说：“你注意敌机，飞来了。你观察，这一架机是否投弹？进入朝鲜，我觉得兴奋，我觉得这战斗，这一场战争有力量。”

司机停车。司机是一个感情丰富的、正直的青年。

“你们在车上注意了。你们看见敌机降低和有怪状，便用力地敲一敲车顶。”

车又行驶。我们便说是这样。敌机靠近盘旋，发出强烈的声音，我们敲车顶，下车，隐入公路边。司机站立了一瞬间，注意着密云和他的灰绿色的车。当飞机发出恶劣的声音的时候，他没有隐蔽，而是上身前倾地奔向他的车，似乎要掩护它似的。

车又行驶。敌机又近来和声音强烈了。

“你看敲不敲车顶呢？司机在机器声中可能听不清楚敌机。”范正刚说。

“敲吧。”我说。

车便停了。全车的人下车散布在公路边隐蔽。

“你司机观察会不会发现我们了？”我问。

“不至于。”司机说，便带着嘲笑地笑了。

我很钦佩司机的沉着，勇敢，和他的带着讽刺的笑声。

到了志愿军政治部，范正刚说到勇敢与怯懦。他说途中并不怕，在车中有几次蹲下，但在车中和我两个敲司机台顶认真，俭省了两次，也就度过了。他和他的同人们快乐地带着吼叫地唱歌，唱：“有一个兰花花，实在爱死人。”问他为什么这般带着吼叫唱，他回答说：“鼓舞士气。”他说，和他同来的人有些意见不一，想折回去了。他说：“来了就要彻底，有效。”有的同人说，这已经见到战争的朝鲜了，他说：“那还不是这样理解。”

我们住在政治部的大的坑道里，朝鲜的附近的小学女教师率领儿童们来慰问，唱歌。他们的歌声嘹亮，儿童们表现了热诚的爱国和饱满的精神。我记得我们请范正刚说话回答。他言词激动，我看见他眼睛里有眼泪。慰问的教员和儿童们走了以后，我看见范正刚躺在那里，继续流泪。他感动得哭了。

我们往前进，行进到一个军的单位去，在一处村舍停下了，因为疲劳了，因为夜深了找路困难，我们在村舍里借宿，我住在一个姓崔的女医生家。女医生穿着紫色的上衣和黑色的裙子。她说，她从我的话知道我是一个知识分子。我说，朝鲜人民辛苦，她说："你们辛苦。"因为语言不通，说话很少，她的母亲做着手势说了很久，她便笑着，而脸上出现激动的，忧愁的，快乐的神情，而开始唱歌欢迎我们了。她也显出知识分子的神色，唱歌声音很高，而且，感情深刻与婉转。她三十几岁了，充满着激情。她要我也表演，我便抵赖着。

"你们顶好。你的不唱便不好了。"她说。

我便仍然不唱，因为怕羞，因为实在不会。我怕羞得有些痛苦了，她便又唱了一个短的歌，她嘲笑说，这个歌是她替我唱的。正在这时候敌机来了，她听着，听了很久，而从地炕上爬了起来，我也出去，而看见空中悬挂着敌机投的照明弹。她便和她的母亲，和我，沉默地站在屋檐下了。机声隆隆，我念着范正刚他们，他们住在另一排村舍。我说我去看一看，她和她的母亲便阻止我。敌机声隆隆，照明弹熄了，可以隐约看见敌机的黑影，我回头看看崔女医生母女，看见崔女医生的眼中的眼泪。我想，她大约是感慨她的祖国和村舍，因为瞬间前她的歌声有深的怀念的感情。敌机投弹了。炸弹落在范正刚所住的那一排村舍。深夜了，我预备过去看看，司机来说，顷刻前的轰炸，范正刚牺牲了，中弹片，房顶也倒塌压住了他，他牺牲了。我想过去探视，司机说，遗体已经移走了，村居民委员会办事很迅速。我便很沉痛。女医生说，这是有李承晚特务。我介绍说，范正刚是忠诚于革命事业的人，演过电影《渡江侦察记》。[①] 崔女医生又落泪

① 疑记忆有误。

了，她说她晚间，当范正刚同志来看我的时候，曾经见到他一个瞬间，问他的健康。

范正刚，忠实的同志，牺牲了，我也就惆怅地，悲痛地和他永别了，也告别了给我留下了深刻的印象的女朝鲜医生。

我们向前进。

我们在刮着冬季的冷风，飘着零碎的雪的日子行军，从一个地点往平壤去。

我们行进在朝鲜，我们的志愿军的队伍在微雪中绵延得很长，我们经过村庄的时候，朝鲜的人们在道路两边欢呼着，鼓掌，并且敲着乐器。我看见一个胖的朝鲜姑娘，诚朴，忠实，用尖锐的，震动心脏的，激烈的声音喊着口号。我，由于心情激动，由于快乐，觉得这姑娘是战斗的朝鲜的这一瞬间的体现，她的端庄，她的热情，她的心灵的激动，——冷的风吹动着她的飘曳的裙子。她高呼口号而且跳跃，而且眼里有着眼泪。她又在呼喊中有着唱歌，她的歌声更显出了她的心灵的诚恳。

“没有花，没有酒，就这样相送了，我们的歌，我们的歌！”她说。

她在喊叫中，冷风中[①]呐喊着。人们鼓掌，我也呐喊。

她留给我深刻的印象，我想我是永远不会忘记的。

晚间，我住在姓朴的母女家里，在睡去以前坐在她们炕上。

母亲和女儿谈着话而且笑了。

“我们在议论你这志愿军，”母亲说，“天阴冷，落雪，金日成将军又一岁末了。”

母女又谈着一阵后，女儿显着和母亲有所争执，后来母亲点了点头。

“她说她换衣服，请你看，你是贵客，她要[②]欢迎你。”

她的女儿是一个诚笃的、忠实的、优美的姑娘。[③]

---

① 以下连标点删去8字。

② 以下连标点删去5字。

③ 以下连标点删去69字。

我便说：

“中国人民与朝鲜人民并肩作战，反对美帝国主义。”我激昂地说，大声地说；我因羞怯而陷入笨拙，但我猛烈地说话，克服了我的笨拙。我说，朝鲜是伟大的土地，住着劳动着伟大的人民，这使我的心脏激动。

姓朴的姑娘说，她是人民军的少尉军官，这两天休假回家省亲，给母亲带回了两斤肉，和一个南瓜。南瓜是军队种植的。

在志愿军的某部的宣传科，春天了，科长张济霖快乐地说：“你们来朝鲜的这时我们军队的生活情况改变了，旧时候常是伙食供应不上，有很多困苦，现在是春天，你冬天入朝鲜，现在春天来到了，朝鲜遍地开着金达莱花，空气温暖了。”我经他说得很是快乐。朝鲜的这年的春天很鲜艳，前线胜利，人们感到朝鲜的严严的冬天已经过去了。

在这浓厚的春天的印象里，朝鲜女兵的一个姓韩的女连长对我说：“春天了，胜利着，前线有好消息，而昨天的附近的空战歼灭了不少的敌机。我们向志愿军致贺。”她说，“我们人民军的空军里，我的一个朋友也击落了两架敌机，请你向我致贺。”她充满着春天的气息，快乐，整洁，有力。我便向她致贺。然后，她敬了一个礼之后便做转动身体的舞蹈的动作，而仰着头注意地看着空中。“这我朝鲜的天，天上无云，天空深深地印入我的心中，高空有我们的战斗机啸吼，我的心里便想到祖国的理想崇高，你说，我说的对吗？”

在人民军某部的妇女高射炮部队里，一个男的高射炮连长拉我上他们那里去，我也观察了女高射炮部队。这男的连长给我做介绍。这时候恰好到来了敌机，于是女炮手们射击了，几分钟的激战，敌机没有命中她们，而她们击落了三架敌机。我问击落的是哪一门炮的炮手，精悍的年轻的女兵和军官奔上来说着，我听着话不很懂，她们笑了。她们说，她们说的姓名是“金闺姬”，可是，她们说，我因为情绪兴奋，听着她们好几个人说，将来会不记得的。我便笑了，说：“金闺姬，闺秀姬，记得了。闺秀[①]就是闺秀的意思。"她们也都笑了。我又说,金日成将军说,朝鲜妇女是英雄的妇女,她们便脸红,兴奋,向我敬礼,又笑了。

在志愿军的西海岸指挥所,一日中午,敌机若干架直升飞机空降,山坡上,坑道口发生了激战。厨房的大师傅吼叫着,一个排出动着出来了邓华副司令员。他强壮,沉着,激烈,当美国兵向他冲击的时候,他用手枪射击,后用警卫员递给他的冲锋枪射击。黄军装,船形帽的美国兵恶叫着,他们喊叫的话里有着,假设他们败了,俘虏和伤害不成这里的长官,他们便会说没有来袭击过,没有这种事。战斗激烈地进行,邓华分配我注意照顾好来到的女越剧团人员,徐玉兰,范瑞娟,王文娟,傅全香。坑道口人影闪动,搏斗之声激烈,冲锋枪声和手榴弹爆炸声响着,邓华副司令员终于胜了,打死和俘虏了美国军官和兵,打落了垂悬着绳梯的直升飞机。假若他们袭击不成功,便宣布说没有袭击,他们不成功,被歼灭了,我们用厨房大师傅的豪放,宣布说,他们没有来,没有袭击,他们来了,在哪里呢?

在志愿军某部,教导员刘纯明和我一同爬坡。

"路翎啊,祖国来的作家,"他说,"你说,你觉得我们怎样,生活怎样,我们战士们军官们老婆的来信怎样?你不要只说好话,要滑头,而不说心里的真实。路翎啊,在斯大林那里曾是怎样?作家来到军队。我们这军一路打过来,便回忆几处的战争了,高阳岱,釜谷里,临津江,清川江,你看我们全军的信心,路翎啊,你什么时候将你的作品交出来,将我们志愿军描写在里面呢?路翎啊,你这个人有些观察锐利,你看我们营的缺点呢?斯大林逝世的消息传来,我们在山坡上默哀,曾看你很悲哀,后来,知道你到山下朝鲜的小学和他们人民军的李虎将军那里去了,听说,李虎的护士哭了,李虎哭了,你什么时候将这人们哀痛斯大林的情

---

① 原文如此。

景，将我们军队的化悲痛为力量，一同写出来呢？”

营长申明和说：

“路翎同志，欢迎你观察我们营的各种情形，我很痛心，我们营有物件被窃了，在山坡上被窃走了，而在大同江畔出售，他们这些李承晚特务是不是想讽刺我们呢？我因此而痛苦，路翎同志啊，你看呢？”

在营部的房屋里，因为我赞美了军队，赞美了听他们谈到的釜谷里，高阳岱的战争，并激情地慰问他们，他们激动了。年轻，元气充沛，英俊的营长申明和便[①]向高阳岱，釜谷里的旧时的胜利致敬以及向死难者致敬与致哀。因为激动，我也[②]和他们一同站着，向过去的战斗及功勋者和死难者致敬。

团长王如庸说：

“你见到我们军队的士气了吗？我们军在入朝鲜几个战役以来，特别是在打开往平壤的门户的高阳岱，釜谷里的很是危难的战役的胜利以后，变得更坚强。作家路翎啊，你的任务是重的啊，你要描写我们。”

副连长李家福说：

“我说的故事你路翎同志听清了吧，记着了吧，我就记着釜谷里弹尽粮绝，而且没水喝，和战友王小林的牺牲，他站立而不倒，许多机枪弹落在他身上。”

指导员苏景春，连长王殿学也说：

“老路翎，昨天山坡下的小铺子老板娘反映你了，你买烟送给山下的人民军，他们不要。他们的纪律严格。”

我说，我昨天看见人民军经过了，扛着无后坐力炮很多，也有反坦克枪，我觉得一种战斗的激昂的气氛。他们做了正步的操演的行走，向坡上的志愿军致敬。他们是调防。他们经风霜而艰苦。他们中间的一长段落的女兵队，也操演得整齐，虽然她

---

① 以下连标点删去5字。

② 以下连标点删去4字。

们艰苦，衣服有许多也磨破了。女兵们的反坦克枪操演中扛得很整齐，她们也扛着她们获得的奖旗锦旗，这些旗迎风招展。我凝望着大同江水，我便觉得，胜利，是属于有理想的人民的。

我感到，在我的面前，博取到全世界的巨大的荣誉的人民军和同样在世界上博取到巨大荣誉的志愿军现在相碰到一起了。山坡上的志愿军欢呼，而人民军也呐喊，志愿军获得营长的允许跑下坡去，而人民军爬上坡来，互相握手与拥抱，令人激动。一个人民军战士牵着一个女战士的手跑向我，说，他会见他的妹妹了，在今天的行军的交岔中。一个人民军女兵也过来说着，她听说她的哥哥已经牺牲，但今天碰到了，“你看，这不是！”活跃的姑娘于是和她的面庞发红的快乐的哥哥拥抱了。

大同江水在我们面前浩荡地流过。

我又到开城前线某部去，那里，王苍梧老军长说：

“作家啊，表现人民的心声，我们欢迎。我们这里开城，严防着敌人进行过战线，过开阔地的袭击，请你，作家路翎，”他豪迈地说，“和我一同到外面去，在这军藏山的山顶上，凝望一下阵地，敌我的形势。”我和他走到山顶上，他便指着高耸的雄伟的山下的平原说，“旧有所谓亡魂的旷野，这山下的开阔地，平原，和敌战线相距两里余，亡魂的旷野，这是鸟雀飞过也要说的，这也有道理，因为山高，而开阔地平原两翼也阔大，有着一种吸力。你看，晚间的灯火在敌人那边闪灼，这也有迷惑我们的作用。我是五十几岁了，是老的军长，见过不少的开阔地平原，而这一个平原，是有着明确的一种吸力的，我便想着，如何地行进过去，而持着我的枪——我军如何地前进。我感觉，在这平原里，祖国之情和有力的武器，枪枝，便是心灵。你作家觉得如何？怎么样的一种战略运转扑过平原，重要的，是祖国之爱与革命的觉悟。我便向你告诉我的感情了。我们这里持着的武器，占领的山岗，是镇压着板门店那里的敌人，镇静着谈判的会场的。我们刘参谋与王焕科长已经向你介绍了我们的一些情况了，我现在向你介绍我们为祖国而战的心灵。”

我向这亡魂的旷野看了很久。深夜醒了，我又去观察了一定的时间。

开城前线，战士鸣枪，人们喊叫，志愿军和人民军奔跑，枪声在辽辽地繁密地起来，美帝国主义偷袭了，从一片开阔地，平原里过来了，冲击了。人们上前战斗着。我的房东，我借住在她家的韩月姬也出来呐喊，喊叫了。我还看见这两天认识的人民军女情报员吉阿依在人丛中。她日常在我住的韩月姬家的对面的溪里洗衣服，有时顶着水罐走过，向人们致意。我还在这里碰见志愿军飞行员黄丕星，他常坐在门槛上休息。

人们迅速地将侵略军击退了，俘虏了相当的数目。于是，韩月姬家这周围，便又恢复平静了。这地方的战线是容易偷袭过来的。

在朝鲜的5月1日，休息日，我住在政治部机关，曾到合作社去买酒喝。我喝了不少的酒，沿着布满着鲜花与绿草的山沟散步，遇见朝鲜地方机关劳动党的一个中年的干部。

他说：

"我看见你今日快乐我也快乐，我看见你喝酒了，在合作社笑着说话，说将来记得，这喝酒，这朝鲜的色彩和有力量的人们，将来记得。我希望你长久地记得我们朝鲜。"

我喝酒而有些激昂，在布满山沟的鲜花绿草中间，我们走着，我说：

"我将一直记得。我十分激动，刚才正在想，将来，在我老年的时候，几十年后，我也会记忆。"

1992.11.21 北京

编者附记：

本篇是现有材料中写作时间最晚的路翎的一个短篇作品，原稿稿面越往后越潦草，且多个别字句的添划，可能是一稿而成的，显示着书写的匆忙；行文中用语及句式亦多有特别之处，但总的来说并未构成对主题表达的妨碍，从中可见晚年路翎的内心在“战地”记忆上的寄寓之深，是一篇非常珍贵的原始文献。文中个别细节因人物行为过于离奇，疑系作者幻觉，兹按家属意见，在不影响文意的前提下，在这些地方略有删节，所删之处已见脚注。

（原载《路翎晚年作品集》）

文论(1940—1954)

本辑作品原已收入《路翎批评文集》(鲁贞银、张业松编,珠海出版社 1998 年)者,据以排印,并据原刊校订;新增者据原刊收入。

评《突围令》

七月诗丛：庄涌

《突围令》[1]里面收集的诗差不多全是作者年来在《七月》上发表的。据我知道，这是作者底第一个诗集，但仅仅不到十首诗，诗人已在我们底“感觉”上划了一道强烈的痕迹了。我们要珍惜我们时代底歌者，对于年青的，在第一个战斗里就强烈地唱出他底声音的诗人，我们有注意他……使他勇敢地向第二个战斗走下去的必要。

贯穿着每一个诗句，给我们走近来一种年青的飞跃的感觉——作者对战斗底享乐主义（Dilettantism）式的歌唱，给我们激动着战争的激荡的欢喜，较之作者底年龄，诗句是更为年轻矫捷的。在这里我们看：

> 是一只固执的铁手
> 撑住长城
> 在南口
> 扎下了汤恩伯的十万哀兵
> 紧急的重炮
> 大声呼唤
> 要喊醒垂死的北平（《同蒲路——敌人的死亡线》）

---

① 《突围令》，诗集，庄涌著。《七月诗丛》之一，上海联华书店 1939 年初版，收入作者的诗作 9 首。

不要咬牙切齿呵
梅津先生
慢慢的“琢磨琢磨”吧
在中国
曾流传着铁杵磨成针的故事(《颂徐州》)

前一段唱出了战斗底强烈的欲望,后一段则确实地唱出了胜利底自信,而战斗底享乐主义的沉醉整个地贯穿着,以轻捷活泼的姿态展开了。在这里诗人唱:

七月七
——“震动历史的日子”
开始杀戮,
开始哭泣,
在卢沟桥,
敌人用炮弹
把我们的地雷掀起!
佟麟阁,
赵登禹,
以生命作信号,
于是战争开始!(《七月周年献词》)

呵!谁见过天不柱山的倾倒?
呵!谁听过维苏威火山的咆哮?
这儿是沉默的死亡的原野,
——没有呻吟或叹息,
不慌张也不犹疑
在那吐火的暴君面前
千万个带枷的奴隶
排成安静的行列,

用生命解释自由的意义！(《祝中原大战》)

我们听见了活泼的感激在这歌唱里面。但另一面看，因为这活泼跃动的青年的情感，诗人底歌唱便仿佛从肉体底胸脯里面向高空飞开去，而落于畸形的空漠了，在这里就会造成一种形式底惶惑，即音律不自然，言语不开展。因此，我们在诗人底歌唱里听出了不自然的困苦，内容(即诗人底歌唱的欲动)疾病于不自然的不能深入形象的形式——这种形式会逐渐走到“写意”的甚至“油滑”的路上去，而逐渐毒杀诗人要歌唱的热情。——这种“写意”的不现实的音调，对于我们底诗人将是一个危机。在底下我们看：

五台山
打一声嚏喷，
磕睡的老长城
脚跟再也站不稳！
一颗炸弹的爆响，
吓慌了歇斯的里的黄河
打一个螃蟹横翻身！(《风火进行曲》)

忘记了吗？
庐山孤军，
困守寒风
洪泽湖
瞪大了眼睛！
泰山
昂起头
发燥！
更衰老了
山海关

鸣咽不成声！(《朗诵给重庆听》)

这类句子枯燥起来是会超过它们底新颖所给人的感觉的，而作者将它们在《突围令》里局促地使用着。到后来，歌唱底对象给人淡忘去了。如果失去了现实的养育，这会成为失去光色的东西。

我们不怎么苛求形式。形式必须是活的东西，但这里要注意，这种形式(即音律不自然，言语写意……)会毒杀诗人底热情。

作者在第一个战斗里已给我们唱出了强烈的不可磨灭的声音，我们对这声音感到可贵，因此，我们不能放松它。这是我鼓起勇气来写这篇短文的意义。

在这里再提一句罢，年青的飞跃是可贵的，所以，惟其年青，成长……所以有缺点，也惟其年青，希望正在这一面。

正如作者自己所说的："随着时代的脚步，胜利的前进，让怒涨的春水，再重新鼓荡起我年青的血液吧！"

这样，我们给一切善良的，年青的歌者们祝福罢。

(原载重庆《新蜀报·蜀道》1940年5月3日)

对舒芜《论主观》的几条意见[①]

A　我认为一般动物,尤其是接近人类的动物,是有主观的。虽然是低级的主观,但确已表现了或种社会性,所以就也不是自然力了。(我觉得你太苛求于自然力。它在心境上,是存在的。)它们显然是有意识的:对于食物,对于敌人,甚至对于某种精神生活;它们底行动很可能地是与意识有关的。而你所说的主观,属于创造,可能叫作"主动"。这样,不仅高低之分,就与动物分开了。虽然这是不重要的,但你是在"自然哲学"的意味上很正经地说的。虽然这功利主义是高级的,但偶然地就显出了人类底自私。这或许与教条主义也有关。教条主义,哲学地说,是"存在"或"自在"的自私。

B　积极的主观和妥协的主观,改造社会是为了活人,说得都极好。但有一点,就是妥协的主观,原则上虽是如此,却也常有对现实问题的人类的努力和启示的。为科学而科学,也表明了很多东西。而积极的主观,常有自私主义和偏窄可怜的心灵在。(教条主义常常表现出积极的主观:挣扎的感情,是积极的。)分别是很精微的。谁能真的是你所表明的那种主观?我们这个时代底灵魂底向上的努力,在自以为努力的空气弥漫着的现在,真是很可怜。

C　对教条主义的批评,有些弱;好像没有击中痛处。照你的规定,很多人都自觉不是教条主义了;但他们是的,而且为害

---

① 本篇原无标题,是作者在读过《论主观》初稿后写给舒芜的参考意见,后作为《论主观》附录发表。舒芜(1922—2009)。

最大。这些人，主要的是表现出小布尔乔亚的深刻的危机，和理智的挣扎，可怜的努力。这里就有暴君和夸大狂，和丑角。一切是严肃的。他们只求获得声名或老婆，但心里又努力出无限的尽忠和自我感激。这一点，最好指明。

D　人们因自己的存在而不感到问题的时候，就打击了，所以他们不意识到他们是教条主义。差不多没有一个人在当时能有认识自己的智慧。那么，问题在于，用灼热的方法使他们感到问题：感到这是新的，新的，全然新的。要使他们懂得“在太阳下面无新事”的真理，从他们的内部打开他们。

E　要指明：“征服客观，包容客观……”等等与法西斯底力学的分别。你说你不怕认识真理和客观，但法西斯们，在他们底方式里，又何尝怕认识？因为法西斯，以主观的力学和暴君学号召，针对了苦闷的感情的弱点，是大有“社会基础”的，所以他们不怕他们所看到的“客观”了。而所怕的，又不能看到，常常如此。

（原载重庆《希望》第一集第一期，1945年1月）

《欧根·奥尼金》与《当代英雄》

《欧根·奥涅金》，普希金底巨著，有甦夫和吕荧底译本，后者较完全。《当代英雄》，莱蒙托夫底名著，有小畏底译本，分为《塞外劫艳记》及《毕巧林日记》两部。

莱蒙托夫底世界比起普希金底广大与深沉来，要显得深邃些，有着某种警拔的力量。普希金所广泛地接触，并且在里面深刻地生活了的，是俄罗斯底纯朴而雄厚的人民世界和它底文化，平民主义的伟大的诗人面对着贵族世界及其文化底深刻的激动，法兰西大革命底怒涛，以及十二月党人英勇的叛乱。这是一个激动着的辉煌的世界，在里面发生着新鲜而深刻的民主主义底理想。莱蒙托夫因普希金底被害而攻击沙皇，像普希金一样地流徙终生：两位诗人底人生遭遇大略相同。但莱蒙托夫所生活着的，主要的是在西欧底力量影响下的纷杂的世界，这中间得唱没落的贵族底动人的挽歌。假如说，托尔斯太[①]在《战争与和平》里表现了贵族世界底美丽及力量，在《安娜·卡列尼娜》里深刻地批评了市民社会，果戈理强烈地表现了农民的俄罗斯底理想和浪漫的感情，那么，在普希金，尤其是莱蒙托夫这里，就直接地描写了美丽的，颓废的贵族底人生逃亡。

显然的，普希金批判了奥尼金，莱蒙托夫批判了毕巧林，但两人都不可抑止地对他们底主角涌起了悲凉的爱抚。普希金爱抚得明澈而温柔，莱蒙托夫则更为悲凉：美丽、烦恼、然而有力的

---

① 托尔斯太，即列夫·托尔斯泰（1828—1910），俄国著名作家，代表作有《战争与和平》、《安娜·卡列尼娜》等。

毕巧林从遥远的波斯回来底时候死去了。说是,普希金自己并不是奥尼金,莱蒙托夫自己并不是毕巧林,当然是对的,因为诗人已经鲜明地把他们底人物写出来了;然而,奥尼金表白了普希金底人生迷惑及痛苦,毕巧林表白了莱蒙托夫底人生迷惑及痛苦,这个说法,也是无疑的可以成立的罢。

无论怎样伟大的诗人,总要受着历史底限制的,虽然他有着一个热情的,想像的,属于未来的地盘。普希金坚信美好的未来,但处于当代,遭遇着各种现实的,文化的,精神的问题,敏感的诗人要比一切人都觉得痛苦,由痛苦就产生了迷惑。所以,《奥尼金》是热烈地表现了他底痛苦的作品,在对于他底主角的描写及检讨里,诗人回忆了自己底身世,生活,并且温柔地凝视了未来。

但莱蒙托夫在毕巧林里面却未凝视未来,因了他底环境,他要较为冷酷。显然的,莱蒙托夫,忠实的诗人,是民主主义者,但这并非理论的或者实践的民主主义,而是客观倾向上的民主主义。在《当代英雄》里,他悲悼了一个美丽的颓废的贵族军官底灭亡,但并未自觉地指出他底客观上的、历史的孤立性以及其他的他所以灭亡的根据,如普希金在《奥尼金》里所竭力地做了的。普希金,在某种程度上完成了现实主义的史诗,莱蒙托夫则写成了美丽的,深邃的,颓废的挽歌。这表现着,较之广泛而深沉的普希金,莱蒙托夫底世界里有着更大的矛盾。但因为充份地吸收了俄罗斯人民底粗野而雄厚的活力,作者得到了真朴新鲜的对人生的美感,这种美感就又成为某种乐观的力量。我们看到,在现代的苦闷的西欧社会里,艺术家就得不到这种力量,在那里纯然地是社会分化与阶级孤立。

在普希金身上,存在着不小的矛盾,这是他没有能力在思想上或生活里得到解决的。他吸收广大的人民生活来创造他底艺术,用这来较量自己底痛苦,达到了现实主义的完成。他痛苦愈深,追求愈烈,愈广大,但他实在并未变成神仙,如有些人所想的,因为,显然的,在奥尼金里面,他表白了他自己底人生矛盾及思想矛盾,并寄托了他底痛苦。诗人底胜利,是在于诚实的,伟大的表白,批判，悲悼，和希望，他和历史的限制斗争，完成了现实主义的艺术。

《当代英雄》里面的思想，无疑地有很多是从《奥尼金》里面感染了来的，但它显得孤立，带着更深的失望的色彩。莱蒙托夫并未像普希金那样的凝视西欧，莱蒙托夫所渴望的自由，充份地带着原始的山林的性质，它用这样的武器来攻击暴君及崩裂的社会，好像盘据在荒山里的英雄，吸引了当代的蜕化着的贵族的视线。对于打击暴君他是顽强的，但对于自己底矛盾及痛苦他是无能为力的，终于恐怕只有“遗弃”的一途——但暴君使他不得“遗弃”，而草野的人民给了他以人生的乐观的美感。

奥尼金是俄国文学里的第一个“多余的人”，普希金也把他当做当代英雄来看。普希金使他在各种矛盾里比自己陷得更深更绝望，并且使他，除了热情的无望的骚扰以外，没有理想及批判自己的力量，如真正的当代英雄普希金所有的。这样，人们就不以为奥尼金与普希金底痛苦及思想有着痛切的关系。

真正的当代英雄莱蒙托夫，对于想像的当代英雄毕巧林，保留着他底批判，很显然的，他觉得人生永远地只是矛盾与痛苦，而且——虚无，他觉得批判无益。显然的，他在某种程度上同意着毕巧林底思想。所以，颓废的，“多余的人”的毕巧林和莱蒙托夫有着痛切而深刻的关联。莱蒙托夫，显然的，由于虚无思想和超越痛苦的人生的愿望，觉得自己是多余的人，虽然他不但不多余，反而被他底祖国和爱好自由的人类所需要。在那些站在社会矛盾中的艺术家底身上，我们常常看到这种分裂：它表现为各种样式。

普希金底某种程度的虚无的感情，在莱蒙托夫身上，成为鲜血淋漓的伤痕了。虽然他美丽地装饰了这伤痕。

到了《奥布洛莫夫》，“多余的人”发展成熟，民主主义和现实主义也发展成熟，就展开了对“多余的人”的热情的，坦白的批判。

一九四四年九月廿日夜

（原载重庆《希望》第一集第一期，1945 年 1 月，署名冰菱）

《何为》与《克罗采长曲》

《何为》[1]，乞尔尼雪夫斯基[2]底名著，有世弥底节译本。《克罗采长曲》[3]，托尔斯太底后期的作品之一，我所读到的邹荻帆底译本，标名为《爱情！爱情！》，另有几种译本，其中有易名为《爱的囚徒》及《波兹雪尼夫底爱》的，未曾读到。

乞尔尼雪夫斯基是俄国底民主主义的斗士及作家，《何为》是他底政治信仰底产儿，带着浓厚的理想主义的色彩。主题是，为了理想，决然地与旧社会脱离的青年男女，愉快地战胜了人类底爱情的弱点。展开在理想主义的战士底面前的，是一条光明的大道，因了这种力量，旧社会的，个人的，私有的爱情观念及其热情，轻易地就被超越。托尔斯太，如他自己晚年所渴望，并且实际上也差不多成功了的，是"神"，在《克罗采长曲》，带着"神"的愤怒和嫉妬，以他底伟大的魄力，凶恶地揭露，并且抨击了人类底情欲的弱点。蒙昧的人类，除了宗教，别无拯救。所以，《克罗采长曲》也可以说是理想主义的作品。

好像在哪里读到，说是《克罗采长曲》是用来反扑《何为》的，旧世界的"神"宣布说：除了皈依福音，人类必将永远地沦于黑暗，近代的科学文明则只能增加这黑暗，所以，认为政治信仰可

---

① 《何为》，通译《怎么办》，长篇小说，副题为"新人的故事"，塑造了拉赫美托夫等具有革命思想的新人形象。

② 乞尔尼雪夫斯基通译为车尔尼雪夫斯基(1828—1889)，俄国作家，著名文艺评论家。

③ 《克罗采长曲》，通译《克罗采奏鸣曲》，中篇小说，托尔斯泰晚年名作，20 世纪 40 年代有多种中译本。

以使人类克服自身底弱点，是错误的！照这意思看来，“反扑”之说，是可能成立的。但究竟谁的力量大些？

乞尔尼雪夫斯基底理想主义，本然地包括着政治的实践，在《何为》里，直接地倾诉着自己底信仰及世界观，并且直接地让它得到胜利。托尔斯太底理想主义，本然地包括着福音的光明，即精神的光明，在《克罗采长曲》里，直接地抨击着物质的，情欲的世界，并且直接地让这抨击得到胜利。托尔斯太底另一个主题是：情欲底邪恶决非近代的科学所能征服，近代的科学及民主主义，无论如何都不能达到人类灵魂底波涛汹涌的深处。

《何为》震动了俄国的当代的青年男女，《克罗采长曲》则剥开了西欧底创痕，刺激了它底痛处，西欧底苦闷的知识份子认为，《克罗采长曲》发露了人类及艺术底永恒的主题，即人类底“爱情的嫉妬”。反之，没有人认为在《何为》里面，有什么永恒的主题。

假如艺术即宣传之说可以成立，那么，《何为》及《克罗采长曲》，就特别是宣传。也可以说，乞尔尼雪夫斯基宣传得肤浅些，因为他没有能够替他底人物安排一个现实的世界，并且因为他所需要的现实世界当时也确乎没有产生。而托尔斯太则宣传得高超一点，他底现实世界已经活了数百年，因了他底痛苦的热情，他有着一个绝对的领域：十九世纪的俄国及西欧底特定的社会矛盾，旧世界底没落底痛苦，及其摒除痛苦，追求完美的热情。人类经历了数百年的热情及痛苦，西欧底苦闷的知识界称之为永恒的主题。

假如《何为》，因为昂起头来向着未来的缘故，未曾给予真实的艺术世界，应为今天的现实主义者所不取的话，那么，《克罗采长曲》，因为痛苦地向着过去的缘故，未曾给予真实的艺术世界，亦应为今天的现实主义者所不取。

这里存在着历史的限制，恐怕也就是艺术的限制。乞尔尼雪夫斯基急于理想（政治目的），不能给予关于当代俄国社会的真实的画幅及史诗；托尔斯太只能看到抽象的情热问题，也不能给予真实的艺术，虽然他底天才的力量使他底抽象的情热问题有了某一限度的艺术生命。这只要拿人物(波兹尼雪夫)底孤立及对市民社会的描写底片面化及观念化和他自己底《安娜·卡列尼娜》底错综及完整来对照了看就可以明了。

向着未来的伟大的理想主义者,假如不以单纯的理论为满足,假如热情地与联系着社会矛盾的人生痛苦搏斗的话,就会产生伟大的诗,如罗曼罗兰的《克利斯多夫》[1]。以单纯的理论为每日的食粮,避免向人生深处搏斗,总不能产生好的艺术的。虽然对理论的高度的热情及迷恋也能产生有着某一限度的艺术生命的东西,如《何为》。站在过去与未来之交,也就是复杂的社会矛盾的中心的卓越的艺术家,身罹复杂的痛苦,往往走向大的迷妄;从大迷妄冲出来,就能产生伟大的作品,也就是所谓永恒的主题;但他底身上往往布满了"永恒的主题"的创伤,如托尔斯太。从远古以迄现在,人生总有缺陷,艺术自难免有缺陷;特定的个人更有特定的缺陷,因为,就小说而言,到现在为止,总只能是特定的个人的创作。但这特定的个人,如陷于孤独,像托尔斯太底晚年,或抽象化于对未来之理想中,如写作《何为》的乞尔尼雪夫斯基,则难于产生完美的艺术。这对我们今天的教训是:必需坚持现实主义。

"万物静观皆自得",我们不要,因为它杀死了战斗的热情。将政治目的直接地搬到作品里来,我们不能要,因为它毁灭了复杂的战斗热情,因此也就毁灭了我们底艺术方法里的战斗性。对于腐烂的现实的嫉恨产生积极的现实热情,也产生凌空羽化,面对虚无的热情,后者视腐烂的现实为永恒,因此也就会发生追求永恒的主题的冲动,这种冲动虽然有时是好的艺术的泉源,然而也极可能走到它自己的陷阱里去,对于我们,虽然是"抵抗力最大"的道路,却也是危险的道路。

(原载重庆《希望》第一集第一期,1945年1月,署名冰菱)

---

① 《克利斯多夫》,即《约翰·克利斯朵夫》,法国作家罗曼·罗兰(1866—1944)的四卷本长篇小说名著。

谈“色情文学”

碧野先生的《肥沃的土地》(长篇《黄泛》第一部)是表征着目前的新文学创作上的一种恶劣的倾向的作品。这种倾向,基本上是生活的空虚及对这种空虚的生活的虚伪的,自欺欺人的态度,以及思想能力,实感能力底缺乏。从这种空虚和缺乏,产生了对于政治理论和社会理论作着盲目的适应和投机的八股文学;用来点缀这八股文学的,是一种表现着作者自身底可怜的苦闷的色情主义。

这色情主义,它底文学理论的来源,可能是欧洲文学作品里面的那种浪漫主义。欧洲的浪漫主义,带着个性解放底色彩的,是对于旧世界的一种猛烈的冲锋;但跟着这冲锋,就到来了,个人主义的向着神的挣扎和内心的,内省的颓废。苏联底新文学里面的浪漫主义,比方在《静静的顿河》里面所表现的,主要的是人民底原始的力量和泼剌的生命。但我们中国的如碧野先生一类的作家把它们剽窃了来,利用着它们底某类形式,注入了中国的封建资产阶级底苦闷无聊的色情的内容。因此,这里的形式,只是一种僵死的存在了。

碧野先生,从社会理论出发,也模仿着《静静的顿河》,企图在破箩筐这个人物(?)[①]里描写如萧洛霍夫底格黎高里似的人民底泼剌,企图在花猪这类的人物里描写地主阶级底恶劣的本性,又企图在水獭媳妇们身上描写农民们底生活。然而,描写破箩筐,只写了他怎样浪漫地弄到了小桂花,描写花猪,只写了她怎

① 原文如此。

样的淫荡,描写水獭媳妇,那主要的本领,是写了她底“胸脯上的酥白的肉”,“雪原一般白而丰满的胸脯”,以及其他等等。

每一章的开头“浪漫地”描写着风景,而差不多每一章的结尾,都是色情的引诱。碧野先生写花猪底色情,显然地是和她一同享乐着的:关于地主的生活,什么表现都没有——这真是没落的田园文学底悲哀了。碧野先生不知从哪里看到过中国农妇底胸上的“酥白的肉”以及她底“雪原一般白而丰满的胸脯”的,但显然的,碧野先生是用了悲惨的农妇们来满足了他底色情的享乐了,一面也搏得了“写人民大众”的美名。

这里面的对于生活场景的企图,关于“小牛犊”等等的描写,无疑的只是一种点缀——僵硬地贴上去的。

色情加上政治的和文学的公式主义,一面向今天的苦闷的中层社会搏取观众,一面又宣告说:“看吧,人民大众”!这是把自己当做妓女的色情文学!这是把作者自己及其观众们当作嫖客,把人民大众当作妓女的色情文学。

这样的卖笑者的这样的色情文学,是目前的文学创作上的一个显明的倾向。假如碧野先生是从所谓浪漫主义取得了他底辩护形式的,那么,还有一些先生们,是从中国底古籍,用接受文学遗产底美名,取得了他们底辩护形式的。

姚雪垠先生底《戎马恋》和《春暖花开的时候》,里面就有着后者。救亡女性们互相地叫着“好姐姐”和“好妹妹”,我们好像走到“大观园”里去了。而作者显然地认为这是接受文学遗产底得意之作的。

在姚雪垠先生底《春暖花开的时候》里面,《红楼梦》不停地跑了出来,使他底看客们非常的惬意了。

公式的政治理论和文学理论,在这里有着同样的作用。作者告诉我们,黄梅这个人物,是从下层社会出身的;罗兰这个人物,是从地主阶层出身的,等等。在比较这两个人物的时候,作者就得意地使用着温柔的场面。描写罗兰在房里穿军裤,一阵春风吹来,她赶忙地掩上了腿,我们觉得这简直是画龙点睛的笔法了。描写对花相思，对水流泪，作者显得肉麻的温柔体贴，使他底读者简直要陶醉了。然而，关于救亡运动，关于民族革命战争底深刻的生活根源和冲突，作者是一点东西都没有写出来。

在姚雪垠先生底一个短篇《三年间》里，是写着一个干救亡工作，回了家来的丈夫，怎样地和他底妻子调情。

此外有一个叫做蒂克的作家，在什么一个地方发表了一篇小说，后来这篇小说被转载到《天下文章》上来。在这篇小说里，蒂克先生写了，一个美丽的女学生，怎样地在旅途中被一个汽车夫强奸，后来成了这个汽车夫底小老婆；终于是出去了，“向着黎明的大旗前进”云云。蒂克先生所着重描写给他底看客们的，是“月经停闭了”，“什么人又要强奸她”等等。

这篇小说据说曾经使一位善心的先生流了眼泪。大家都替这位漂亮的小姐觉得非常的愤怒。但这愤怒，显然地因为这是一位“漂亮的”“小姐”。对于目前的社会生活，表现了一种蒙昧的苦闷：在这中间，戴着同情的面具，拿那位女学生来当作享乐；其次，用了“向着黎明底大旗前进”，向八股主义打了一个招呼——这就是这篇小说底一切。

这都是，凭着写抗战，写人民，写社会的名，旁敲侧击地引人入胜的作品——引着他们底看客们走到他们底胜地里去。

这种色情文学，是黏着在目前的中层社会的苦闷的现实上的。它大量地给中国社会的苦闷而爱时髦的人们，特别是青年们，供给着“精神的食粮”。它用“我底主题是正确的”等等来替自己辩护。它是没有灵魂的。

一九四四年十一月廿八日

（原载重庆《希望》第一集第二期，1945年5月，署名冰菱）

《淘金记》

沙汀先生底小说《淘金记》，是一本有着某种成就的书。这成就，是指作者底对于生活（文学素材）的某一限度的忠实，和从这忠实产生的某些关于农村生活的图画底朴素而言。然而，《淘金记》底内容，它所包容的生活和追求，应该是更为深刻而热辣的，作者却仅仅走到现象为止，在现象底结构上播弄着他底人物。

在对于人物的描写上面，有着不少一般的所谓风趣的东西。即是，这种东西，人们不曾注意到的，尤其是生活在都会里，被所谓理论和艺术弄昏了的那些迷茫的智识份子所不曾注意到的，被作者特别着重地点染了出来，然而，仅止于机智或风趣，缺乏着更深的热情的探求。

作者好像是被兴趣吸引着，含着一种淡漠的，嘲弄的微笑，在观察他底任何人物："万物静观皆自得"。于是，对于并无这样的兴趣的读者，很多页，很多节目，都是过目即逝，不留一点印象。这是一幅这样的一种图画，你可以去看它一下，得到一些关于这里面的这种生活的常识，却不需要怀着斗争的热情，它不能给你关于那个高度的——强烈的人生的任何暗示；而人们走近一件艺术品去，却总是怀着某种斗争的热情的兴奋，希望着一场恶战，希望着提高人生，希望艺术的幸福和人生的勇敢的。

假如能引起这样的感应的东西是艺术的话，那么，《淘金记》，是没有这种成就的。这表明了，作者走到《淘金记》里面去，是并未怀着前面所说的这种东西的。

这表明了，作者，是被理论刺激着去看见人民的。而对于他底周围的这些人民，作者是表示着被逼着非看见不可的，无感应的，淡漠而无可奈何的态度。正因为被逼着，作者底不甘灭亡的主观，就变成了淡漠的嘲弄了。

在关于淘金的争斗上面，作者描写了何寡母底顽固，白酱丹底狡猾，林么[幺]长子底无赖，人种底弱懦，等等。读者，对于这些人物，有了一些实感或者概念；然而，读者却是需要着这以外的某种东西的。在描写底进程上，作者挟着一种关于时局，关于抗战，关于中国社会的理论的叙述；这些叙述，应该是表示着一个广泛的，强大的内容的，但这种感觉却和《淘金记》的内容底灰白完全不相称；这些理论的叙述就变成了贴上去的，小市民底常识和机智了。假如中国底民族解放战争是由人民所支持，被人民所愿望，而且，应该由人民所领导的话，那么，从《淘金记》里面，是看不出这种力量来的。这种力量经由着屈折的道路，受着旧势力的折磨，是事实，然而《淘金记》里面，对这个也并没有暗示。

这里面表现着对于生活（特定的时代的热情的内容）的麻痹，和对于生活的被动的，无可奈何的客观的态度。艺术底创造，比起一切斗争来同是，有时更是一种斗争，它不必是无微不至的，却应该是掌握一切的。它是应该激起或种热情的兴奋来，在这种光辉下，给予现实生活的灿烂的画幅的。假如作者应该把他目前的生活当作向着未来的人类的生活来创造的话，那么，即使是从最微贱的人物里，也能够得到对于人民的热情和力量底启示和注释的。对于丑恶的表示最强的憎恶，对于英勇的表示最强的赞颂，但应该一律地以斗争的热情来对付，用活的形象来表示时代的思维，这是我们底现实主义的道路。

《淘金记》里面的机智的卖弄兴趣主义，作者在每一节描写里都好像在说："你看这多有趣啊！"——这里面的人物性格的概念化，这里面的思想力底灰白和追求力底微弱，以及从兴趣主义来的对于人物底无故的嘲弄，都是从对生活的客观态度来的，虽然，作者底观察的才能，使他写出了某一限度的农村生活的现象。这种作品，是典型的客观主义的作品。

有人说：什么客观主义不客观主义，看的事情多，生活经验多，就可以写出好作品来。那么，这作品，就是这种理论底杰出的注释了。——他实在是这一类的作品里面的最好的了。

有人会说：他所写的，全是坏蛋呀！然而我们要问，你读了以后，除了得到一些关于坏蛋的知识以外，你得到了真实而强烈的对于这些坏蛋的憎恶，和由这而来的对于人生的勇敢和热爱么？在这一类的作品里，你能得到任何一种热情的洗礼么？

一九四五年，三月一日。

（原载重庆《希望》第一集第四期，1945年12月，署名冰菱）

认识罗曼·罗兰

罗曼·罗兰是生在卑劣的拿破仑第三以后的法兰西的——就是，在革命底废墟上，封建的残余力量和颓废的，灰色的市民底庸俗的感情结合起来了的那个时期，这中间只有巴黎公社底一道闪光。在这个时期，就文学上的情况而言，代表着勇壮的革命的激情的雨果和描绘了新兴的自由的市民底创造力的巴尔札克是过去了，弗罗贝尔[①]带着几乎是绝望的心情收拾了市民社会底丑恶而阴暗的碎片，一面就向着什么样的一种宗教，用诱惑来试验自己底心灵；而显然的，在那种颓废的，可耻的状态里面，“灵”和“肉”一类的挣扎，是徒然的。莫泊桑显露了他底自私的阴冷。在这个文学的基础上面，左拉建筑了他底自然主义。在他底实践上，那些被描写在生物的状态里的人物——小市民们——是纯然丑恶的。一面也就显出了苦闷的作家底疲乏的、干枯的、平庸的感情；对于他笔下的人类的厌恶，一般地也就是对于他自己的厌恶。那是一个苦闷的时期，这厌恶在历史底光辉下显出它底伟大而动人的意义来。可是实际上，左拉和他底卫星们，是都对人生深处的战斗妥协了。

这些作家在市民社会底庸俗上面漂浮，庸俗席卷了一切。负荷历史的真正的人物和战斗没有被感觉到。在这种情况里生长了的罗兰，一开始就把他底眼光和心灵朝着历史上的伟大的时期，从那里面找出精力充沛而多彩的英雄们来，这原因，是很显然的。

---

① 弗罗贝尔，通译福楼拜（1821—1880），法国著名小说家，代表作有《包法利夫人》等。

大约罗曼·罗兰是厌恶了当时的生活和文学上的左拉式的写实主义了罢,他也不能够从当时的现实里找出负荷历史的人物和战斗来。被这样的庸俗和丑恶窒息着,写实主义对于他从开始就是不可能的。于是我们就看到了由罗兰的强烈的精神渴望所产生的大革命时代的法兰西;他企图招回往昔的英雄,用他们底悲壮的生与死来激励当代的被庸俗窒息了的人们。在《七月十四日》底收场里,台上的英雄向观众们说了:“我们底任务已经尽了,法兰西底未来是在各位底身上!”(大意)从这样的理想底宣示里,是可以看到罗兰自己底对于当时的强烈的痛苦和英雄的心愿的。

罗曼·罗兰没有留下关于他所生活的法兰西的死亡和生长的图画来。但他留下了对于它底死亡的一面的伟大的反抗来,同时也就抚育了新生者。托尔斯太在《战争与和平》里向着俄罗斯底过去,因为他觉得,这个灿烂的过去,贵族底美丽的世界,适合于他底热情和道德意识。于是他做着壮伟的现实的描绘;但不久他就失却了这种安宁了,用着阴沉而愤怒的声音,直接地痛击着市民社会,是它颠覆了他底世界的。可是,罗曼·罗兰,虽然从往昔找到了英雄,却并不栈恋往昔。他们只是“苦难的人类底亲切的友人”,那个克利斯多夫,贝多芬在罗曼·罗兰底精神上的投影,就是永远地向着人类底未来的;这未来,又绝不如托尔斯太底英雄所想的,是“伟大的空无”。

这是两个世界底差异。罗曼·罗兰,更接近市民社会以后的一切热情的斗争者。人们简直要惊异罗曼·罗兰是在怎样崇高而热烈的一个观念里生活的,那只有在有着灿烂的文化传统和某种优越的物质生活的法兰西才有可能;他不和卑俗论争,他不着眼于平凡的男女——在《约翰·克利斯多夫》里面,他甚至强迫这些平凡的男女屈服于克利斯多夫——他而且显得是轻视当代的那种腐败的制度,这是每一个现实主义的伟大的作家都对它作着正面的严重的痛击的。

英雄们,伟大的理想主义者们,像一瞥的闪电,从混沌的生活里照耀过去;只因了他们底照耀,才显出了这混沌的生活。没有着这样的崇高的热情的作家，伟大的巴黎市民底后裔，明显的使我们觉得，他是幸福如天使的，虽然他的一生经历了那么多的痛苦。

对于英雄们底歌颂愈是热烈，他底现实的生命就愈是要觉得怀疑、痛苦的罢。罗曼·罗兰信仰人民底力量，但这人民底力量是被英雄们所象征化了的。克利斯多夫是一个历史的冲动，人民底结晶，但无疑地更是一个个人底抱负。他怎么能是一个如我们在我们时代所理解的个人英雄主义者呢，在他底那个时代？他又怎么能是一个如我们在我们时代所理解的群众英雄呢，在他底那个时代？

在说到十月革命的时候，似乎罗曼·罗兰表现过这样的意思：他觉得，他在俄罗斯的土地上又看到了狂风暴雨时代的巴黎的英雄了。假如他真是这样感觉的话，那我们只能说，这是一个诗人底感觉。但从这里也可以看见，他是从一个伟大的热情和观念出发的，而这观念，是法兰西底光荣的传统和文艺复兴以来的欧洲的创造所培植的。

但试想想罗曼·罗兰孤独地在庸俗的、投机的生活潮流里坚持、并发展这传统的艰难罢。几乎没有一个人能有这样巨人的力量，在这种时代！这里才是罗曼·罗兰底胜利！他死在黎明之前的欧洲，他对于我们是这样的亲切又不亲切，这是因为，比起那些伟大的现实主义的作家们来，他是更少地落到我们底这混沌的生活里面，他底崇高的境界缺乏深刻的细节，而他底语言又是那样的火辣的缘故。能够战斗的人们，才能够纪念罗曼·罗兰。

一九四五年四月十一深夜。

（原载胡风等著：《罗曼·罗兰》，上海：新新出版社 1946 年 5 月版，署名冰菱）

市侩主义底路线

一

姚雪垠先生底《差半车麦秸》，是抗战初期的有名作品之一。但在现在看来，这是客观主义的，技巧的东西。它只是现象和印象底冷淡的，技巧的罗列。在抗战初期的那个普遍地热情蓬勃，充满着主观的欲望而无法深入现实的时期，这篇东西，和其他的两篇这一类的东西，就以它们底冷静而被注意了。虽然实际上那个时期的新生的热情，和这热情底发展，是耐不住，并且厌恶它们的，然而，因了文学界的社会姻缘，人们听不到热情的反对者底声音，它们就获得了它们底成功了。

在文学上，精神世界里面的冷静的权衡是需要的，它是以高度的热情为基础，为了战斗，所以有宏大的思想力。但这一类的作品，它底冷静是为了偷着走小路，它底冷静是旁观，玩弄技巧。这种没落的现象目前正迫害着我们底新文学，而它是打着各样的社会——革命底旗帜的。

让我们看一看吧。

在萧军底《八月底乡村》里，出现过一个叫做小红脸的农民义勇军。小红脸痛苦地渴念着土地和家庭，带着这样的矛盾，整天地吸着烟袋，经历着血和火，战斗下去了：和革命的抗日斗争表现着一种矛盾，但又，以他底农民的纯朴，成为这革命的抗日斗争底基础。这人物的渴念——虽然作者写得相当的粗糙——是深沉而迫人的。历史底负荷，激动着读者底心。在《差半车麦秸》里面，差半车麦秸同样的带着农民底习惯，并且怀念土地，参加了游击队。但这是用公式，技巧做成的。《八月的乡村》里面的壮烈的呼声，农民底深沉的渴念和痛苦，这里是丝毫都不存在的；这里，一切都跟随着作者公式观念走。《八月的乡村》底作者是在社会一种斗争的追求的状态下呼吸着的，《差半车麦秸》底作者则在"描写"的闲情里面向革命理论不停地鞠着躬："看吧，我描写农民底转变哩！"这里没有抗日斗争的真正的壮烈的斗争，没有农民之为农民的与这个土地联系着的血淋淋的精神斗争。人们听不到心底声音，看不到人生，并且，除了向公式理论频频地鞠躬以外，看不出来，抗日，究竟是为了什么。

《八月的乡村》是产生在"九一八"以后！时间前进了，同样的东西，已经在我们底文学世界里面活着的东西，却在《差半车麦秸》里面被作者复写成僵死的了。

好久以来既流行着一种见解了，以为小说底目的是刻画人物，"写出典型"来。但假如不是为了血淋淋的人生斗争和历史渴求，刻画人物，"写出典型"来是为了什么呢？岂不是为了"赏玩"或者"增加知识"么？而且，没有了这样的忠诚的战斗，理想、渴望，又怎样能"写出典型"来呢？

思想——一般流行的这所谓思想实际上是公式观念——和技术——就是大家认为是应该向"伟大作品"和"生活经验"学习的东西——这两个法宝，制造出来的东西，是虚伪的和可怜的。它们救不住那些垂死的英雄们。

比方说吧。在《差半车麦秸》里面，作者写了差半车麦秸在鞋后跟上揩鼻涕，夜里因爱惜灯油而吹熄了灯，在搜索敌人的时候检了一根牛绳等等。作者特别致力于这些。这些，诚然是农民底习惯，但他底内部的世界，也就是历史的世界，他底和斗争相应又相拒的灵魂是怎样活跃着的呢？他为什么参加游击队而舍身呢？难道是为了"革命以后大家享福"这一个概念么？

我们在周围看看随便地就可以检到一些人们底生活习惯的，但这种是"人物"，是创造么？在这里，是连抗日的热情都找不出来。作者用他底一点点可怜的技巧来竭力地适应于他底渺小的观念，人们甚至看不出来那个队伍究竟为什么那样注意差半车麦秸：战斗的队伍也像作者一样的赏玩“人物”么？差半车麦秸是没有生命的；真的生命，他应该活泼，激发那个队伍的热情，更多的是引起苦难的感觉，对于历史的严肃的心境和更强的战斗意志来。但队伍赏玩“人物”，并且漠不关心。所以，和这个人物一样，这个队伍也是假造的，僵死的，它底目的和公式观念，是虚伪的。

这是穿着客观主义底外衣的机会主义。这是空虚的知识份子底做假和投机。

其后，姚雪垠先生又写了《牛全德和红萝卜》。这是这种写作方式——生活方式底继续。大约是因为受了不负责任的赞美[①]的缘故，姚雪垠先生发展了他底这种道路了。牛全德是兵士，红萝卜是农民，两种性格的刻画，诸如此类。但那农民，仍然是不停地吸着烟袋——技巧，也显得穷窘了。但我想特别提出的是牛全德嫖女人的那一段。作者描写了性交的姿势，响声等等——大约这是写实主义吧！作者又让那堕落的女人听了宣传队底宣传而转变了，说：“女人一向是受压迫的，现在我要过新的生活了！”

可爱的先生们，向理论八股尽情地鞠躬吧！

二

但为时并不很久，后方的社会整个地露出了它底糜烂和腐化了。色情的东西畅销了。公式理论的客观主义也受到了冷淡了。空虚的知识份子，在革命和反动中间待机着的这些先生们，就一直跨到市侩主义底酒池肉林里面去——自然，仍然是顶着帽子的，那鞠躬，是更为频繁的。

---

① 《差半车麦秸》作为头条小说发表时，《文艺阵地》主编茅盾先生在该期“编后记”里给予了很高的评价：“姚雪垠先生的《差半车麦秸》，碧野先生的《滹沱河之战》，在编者看来，是目前抗战文艺的优秀作品。”此后茅盾又曾在多处提及这一作品，如《抗战与文艺》(1939 年 2 月兰州《现代评坛》四卷 11 期)等。所谓“不负责任的赞美”，大约即指此。

这就是《重逢》,《戎马恋》,和《春暖花开的时候》。我们不该责备“靠写作维持生活”的吧！也不该责备“且写且排,病在就急”[①]的吧！但读了这样的东西的忠实的读者,一定会如我似地感到被侮辱的被损害的痛苦和厌恶的。假如是《北极风情画》[②]那样的赤裸的无耻,该要痛快得多些吧！但你看见一个崩溃了的,堕落的知识份子在鞠着躬,希望你赞美他底对于“少女们”的描写,举着抗战和进步的帽子,至少希望你和他一同隐瞒真实,你底感想是如何?

这里我们只想看一看《春暖花开的时候》。

这才只出了第一部,三分册。这第一部底“故事”是：抗战初期,在大别山下的一个城市里,一群男女在干着救亡运动。“人物”有：救亡青年罗明、杨琦、张克非、陶春冰、罗兰、林梦云、黄梅、吴寄萍以及反动势力底代表罗明罗兰底父亲罗香斋。“故事”是这样进展的：乡下佃户底女儿黄梅来到城里了,她是有着“大革命时代”的记忆的,发现目前的一切都与往昔不同,参加了救亡运动。于是作者写了救亡的生活,其实是罗兰,林梦云等等的风情。又写了吴寄萍底肺病,大概是当做点缀的枝节来写的。其次,作者告诉我们,有名的救亡团体战教团来了,展开了工作,于是看见了作者底傀儡底公式的讲演。最后,“反动势力”抬头了,战教团被驱逐了,“救亡青年”们也预备分散了,“诗人”陶春冰讲了红灯笼的故事。……

人们都记得抗战初期的狂风暴雨般的热情的。人们都记得,那时候的青年们是怎样的豪壮,热情和悲凉。人们都记得那时候的那一幅雄大的,悲惨又欢乐,痛苦又骄傲的,灿烂的图画。这并非从空洞的理论来的,这是从中国社会,中国人民底内部爆发的。但姚雪垠先生是怎样地写了救亡运动和这中间的社会斗争和人生斗争的呢?

---

① “靠写作维持生活”及“且写且排,病在急就”,均见《春暖花开的时候》第一部第三册《致读者》,重庆现代出版社 1944 年版。

② 《北极风情画》,中篇小说,无名氏(卜乃夫)著,西安无名书屋 1944 年 7 月初版,是当时著名的畅销小说,情节香艳离奇,被视为“抗战加恋爱”的范本。

在第一分册，紧接着罗兰的撒娇之后，作者写了宣传队底下乡宣传。

不管是男同学或女同学，都忍不住偷偷的欣赏罗兰，好像没有她，这锦绣的原野会顿然减色。（四五页）

罗兰忽然把话停住，若有所思地静默片刻，用咀咒的语调说："二哥，我不仅讨厌家庭，讨厌城市，我尤其是讨厌生活，讨厌为生活而勾心斗角的人类！"

"讨厌并不是办法"，罗明说，"我们要能够改造人类的生活才好！"（四六页）

"咱们女人也是过着奴才的生活，"黄梅又说道，"从前的女人们不是对男人自称'奴家'吗……"

"对啦，对啦！"有一个女人眼睛里闪着泪光说，"俺家'外头人'从没有把俺当人看待……"

"女人就不算人，"另一个女人接着说："女人就是男人的奴隶！"（五一页）

这"有一个女人"和"另一个女人"大约是乡下女人罢。是女人，并且又是"人民"吧！卖弄了风情之后，姚雪垠先生是"革命"得很乖的哩！

救亡男女们，在姚雪垠先生底笔下，是怎样的呢？底下是描写：

假如把罗兰比做李商隐的诗，把小林比达文西[①]底画，从王淑芬的身上就不容易使我们感觉到艺术趣味。（一一二页）

又懂得李商隐的诗，又懂得达文西底画的姚雪垠先生底这

① 达文西，通译达·芬奇（1452—1519），意大利文艺复兴时期著名的画家，《蒙娜丽莎》的作者。

"艺术趣味"是如何呢?

第一一四页,作者写罗兰喝冷水的时候被林梦云阻止了。黄梅不懂得这个。小林就说:"你不晓得,她身体弱,有警报不能喝冷水。"于是黄梅就替作者演着丑角,跑出去躲警报了!可是即刻她就知道了,原来"警报"是特殊术语——姚雪垠先生大约是指月经——"可是你们把新名词也用得刁钻古怪,什么'警报',还不如'月刊出版了'叫人倒容易明白!"

紧接着就是:

> "小林,你真是细心人,"黄梅又说道,"别人身上的事情你竟能留心记着,将来见了丈夫还不知怎样体贴温存呢!"
>
> ……
>
> 罗兰忙接着说道:"好姐姐,我刚才跑了好些地方,累得喘不过气来,你到厨房里给我弄点开水好不好?……"罗兰又连叫了几声"好姐姐"。
>
> "好姐姐,"她又用可怜的娇声要求说,"积积福,行行好,我喉咙里在冒火呢!"

其余的,第九九及一九四页,有"在她的膈肢窝里乱挠起来"的描写,第七四页有"皮肤多嫩啊!"的动情,还有"手上的小酒窝","两个小乳房"等等,以及第八十二页的"她的月经已久久不再来了"之类。

而二六六页,"不要紧的,女人的血是不值钱的"这句对话有如下的一个注解附在页末:"旧日一般人都认为女子的血不如男子的血重要,盖因女子有月经而无碍健康。"云云。这"旧日"两字,其意味表示作者是属于"新日"的,他博学而又"前进",大约知道了,在"新日",女子的血如男子的血一样的值钱,盖"月经"是可以写出来卖钱的也!

其艺术是如此。这里面的"救亡女性",是作者底风情卖乖的傀儡,有人说这是抗战红楼梦,其实是不对的。这样的作者何尝懂得红楼梦里面的人生底大悲凉和那一颗因生活失望而爱抚的，含泪的高贵的心！

而这里面的“救亡男性”则是完全的空洞无物，读了下来连名字都少有印象，他们不过是作用来背诵投机公式的傀儡而已。而即使那一大堆投机公式，也是非常拙劣的！索性再抄一点吧！

> “客观环境固然重要，”他说，“但最要的是我们底主观力量。在向着光明的路上少不掉也有坎坷，……”（二六一页）
>
> “当然，××战线不是磕头主义，也不需要无原则的委曲求全”，陶春冰停一停继续说道，“它不是政治上的阴谋手段，……一直到中国革命澈底完成的时候为止。……”“××战线是为为了抗日，进步，为了建设富强康乐的新中国。”（四七四页）

话固然是好话，但好话并不能或者更不能随便乱拉的。对于姚雪垠先生，似乎只要可以卖钱，或者投机的东西，是都可以拿来装点上去的。这里面的“父与子”的冲突是空虚而无聊的，“战教团”，“扒城”，“善良的老百姓”等等，都是这样地装点上去的。

再看一看姚雪垠先生对于老百姓的描写吧：

> 成万成千的农民群：在这个非常壮观的集团里面，有不少驼背的老头子……有不少老年的女人……有很多人害着眼疾，有些人眼皮向外翻，有很多人脸孔虚肿……有很多人脖子里长着瘿包，因为食物中缺乏碘质……也有很多小孩子患着秃子。虽然这个集团中人的成色非常不齐，但是单看这些人们所穿的破烂的衣服，单看他们结着茧皮的双手，就知道他们是从乡下来的真正的劳苦大众，纯粹得像是用筛子筛过的一样！……多么善良，多么古朴，多么富于忍耐力呀！（四九二页）

单看这一段一面虚伪地笑着的“体惜下情”的无聊和空虚，就可以明白作者底心慌意乱了！姚雪垠先生底读者们，你们多么富于忍耐力呀!

三

这是一个过于简略的考察。这里面我们并未涉及我们底现实主义的理论的问题,同样的没有涉及文学的形式,内容的结构及语言的问题,因为,在我们底对象不是什么痛苦的错误,而仅仅是市侩主义的时候,这些,都是距离得十万八千里的。

市侩主义是:看市场制造货色,并且打着旗号骗老实人。目前的腐败的封建,商业的社会需要色情的货色——姚雪垠先生制造了他底"三种典型的女性",并且装做风雅。目前的政治情况又迫切得使这一类的英雄们又看见了另一"市场",所以姚雪垠先生贴着八股膏药鞠躬,并且拿这些来垫脚——就是站稳脚跟,注意下一步的意思。这是机会主义——市侩主义底本色。

《差半车麦秸》,那态度,还是严肃的。但机会主义随着生活而进展了。所以,那些直到今天还据守着客观主义的营垒的作家们,就显得是"笨拙的老实人"了。

在这个社会里,多少智识份子飘浮着。最初是时代的,社会的热情载荷着他们,后来他们就空虚地飘浮着,所能注意的就只是商业的市场和政治的市场了。这些浮尸有的就发出恶臭来,散播着瘟疫。

我们底新文学是一个历史的渴求,它所绝对要求的,是战斗的人生态度,它要求精神的以及人民的新生,它要求战斗道德底高贵。这是每天,每时的现实的要求——这才是现实主义底灵魂罢。那些随遇而安,希望朦混的作家,那些拍卖技巧的掮客,以及那些投机取巧的市侩们,目前正在得势而豪叫,他们正在毒害着我们底新文学底战斗的生命!

四五年六月

(原载重庆《希望》第一集第三期,1945年10月,署名未民)

纪德底姿态

在《伪币制造者》底译序[①]里，译者用纪德[②]底《地粮》里的这样的话放在卷首：

> 抛开我这书；千万对你自己说：这只是站在生活前千百种可能的姿态之一。觅取你自己的。

这句颇为动人的话首先就是一种姿态。这是西欧的个人主义的姿态，它与老大的欧洲底深厚的文化基础及这个世纪开初的社会底崩析有着血肉的关联。对于封建主义的个人的反叛，是带着一种悲壮的英雄性的，在它底背后呼吸着一个新生的，带着历史的渴望和痛苦的，英雄的集团，那些卢骚[③]们和那些拜伦们，是它底最高的旗帜。纪德所反抗的，却只是资产阶级的，市侩的颓废了，特别是在文化的概念上的，所谓社会的伪善，所谓文明的丑恶，所谓宗教的堕落。在他底天性的感觉和视野里不能出现代替这要不得的一切的，必须是英雄的人群的时候，他，

① 民国时期《伪币制造者》最完整的译本是重庆文化生活出版社于1945年2月分上、下册出版的，译者盛澄华，译序长达91页，详述作者的生平与创作。此处所指即此序。

② 纪德(1869—1951)，法国著名小说家，1947年诺贝尔文学奖获得者。20世纪30年代曾应邀访问苏联，后因发表《从苏联归来》，招致世界左翼阵营的普遍攻击，被视为反动作家。路翎此文的写作与这一背景有关。

③ 卢骚，通译卢梭(1712—1778)，法国启蒙思想家、文学家，其思想对法国大革命有重大影响。主要著作有《论人类不平等的起源和基础》、《民约论》，小说《爱弥儿》、《新爱洛绮丝》，自传《忏悔录》等。

纪德，终他底一生，只能做一个苦闷的智识阶级底代言人。

就是这样的一种姿态。在我们所读过的纪德底作品里，在《地粮》，《新的粮食》，《田园交响乐》，《窄门》，以及这《伪币制造者》里，纪德是苦闷而渴望着英勇地寻求代替那社会的伪善，文明的丑恶，宗教的堕落的新的人群的——用他自己底话说，是新的一代。他厌倦于这和他纠缠不休的他的整个社会底烦靡了，他呼唤着新鲜而泼刺的一代底起来。以致于说："前途是属于私生子的。"这样的感情是很容易理解的罢。但是，这新的一代的要求，在对着现实而搏斗的时候，纪德却不能找到它底血肉的根源，它始于一个感情上的强烈的要求，终于一个被现实战败而灰暗了的文化的概念。这是只要看他底对象，以及他底小说里面的人物，都是被社会腐化窒息着而孤单，无力的中层社会的青年，就可以了解的。

这孤单和无力，这感情上的缠绵，这一个观念底单调的重复（永远是自我，自我，自然的美，以及自由——它们是在现实底大交响里变成可怜的和单薄的了）——这时而是赤裸的欲情时而是宗教的渴望的知识人底流浪，无论如何不会是真正的新的一代应有的姿态罢。

而且，这欲情既不强烈，这渴望也不迫人，它们常常是闪烁的，只是非常的精致——在《伪币制造者》里面，那千千万万人生活着和战斗着的伟大的欧洲，是变成可有可无的，淡漠的，疲倦的影子了。

这欧洲没有被纪德底新的一代所照明，如罗曼罗兰底英雄的呼吸所照明的；倒是流露着对于人生的虽然含着微笑的却是绝望的心境。而且，这微笑，可能的只是他底个人主义的性格和文化概念所提供的勇气而已。

在《伪币制造者》底里面，作者写了社会底堕落，以及这社会堕落底影响下的一批中产阶级底少年。但纪德自己是不愿承认说他是写了这个的，因为这个是被历史和人生的血与肉所限制的；他含含糊糊地希望说，他想写的是其中所没有写的，他所指望的是未来，他所着眼的是人性等等——显然的，纪德渴望这作品的意义底永恒。然而，没有有限，也就没有无限，不愿看见历史斗争底限制，常常正是被钳挟着而成为萎弱的；逃开了今天的苦行的和尚，他显然地不会登入天堂。在《伪币制造者》里面纪德是在现实人生的表象之上滑行，用着一种轻松而灵活的形式：他底人物说着各各所执着的人生观念，适应着这些观念底完成，有着一些小小的灰白的情节。纪德自己说："艺术品里面，思想只是在这些人物某一特殊而瞬间的境遇下所产生的；它们始终是相对性的，始终只直接适用于由它们所产生或产生它们的某一事件或某一姿态……"然而，在这作品里，他正是安排情节，境遇等等来适应，并完成他底思想观念，那思想观念之所以并不显得绝对，只是因了这里面的人生动作底灰白和贫乏，以及人物底缺乏真正的血肉的生命和魂灵而已。

常常有一两个地方是生动的，但接着就是令人倦厌的思想表象底演述，而流露着某种淡漠的失望。这作品里面的作家爱德华，他是一个淡漠的傀儡，纪德显然的是过于爱着自己底这个投影，不敢，并且也不能给他以历史生活的位置。苦恼应该是：在人生里面找不到自己底战斗的位置，但不敢说出来，于是含含糊糊地宣说了：心灵的不安呀，灵魂的永不安定呀，等等。所希望于人生和艺术的，应该是如古典主义那样的光明和健康吧，然而在实践里面，却常常是神经质的颤动。小孩子底病态的感情，小波利底举枪自杀，拉贝鲁斯老头子底状态，多少地令人想起杜斯妥也夫斯基[1]来，而据说作者也是深爱着杜斯妥也夫斯基的，然而，精神状态的模仿多于创造，而且，如杜斯妥也夫斯基那样的近于疯狂的向着灵魂的迫力，这里是并没有的。杜斯妥也夫斯基，如人们在很多地方所看到的，是变成了现代的苦闷的智识

① 杜斯妥也夫斯基，通译陀思妥耶夫斯基(1821—1881)，俄国著名小说家，其作品对20世纪西方现代主义文学有重大影响，主要作品有《被侮辱与被损害的》、《死屋手记》、《罪与罚》、《白痴》、《卡拉马佐夫兄弟》等。

人的慰藉了，他向他们唱着：“受伤的心儿啊，到我这里来吧！”

“在每一个不能追替的瞬间去体验生命底热诚”，然而不能看见人类底整体。“一切事物都会惊慌地引起我底崇敬”，这是因为自己与“一切事物”是孤立地隔离着。“我底作品是为了未来的人们”以及“永远的今日”和“永远的青春”，但是，俄理维与斐奈尔[①]这两个灰白的概念，与现在的青年是并不相干的。

纪德是反抗者，这反抗底本身是辉煌的。他底旗帜是“自然”。自然，曾经一度地是人类底革命的旗帜，但到了这样的时候，人类已经清楚了自己底命运，这个旗帜便再无光辉了；在美学上，也失去了它底作为整体的意义。

卢骚坦白地渴望着从痛苦的人生现实逃入自然，但事实上他揭起了雄壮的革命的大旗；纪德宣说着自然是人类底再生，这意味着他以为自己并不逃避现实，但实际上，他底自然，一条流水和一朵芳香的花，只是精致的摆设，苦闷的内心底在文化意味上的安慰。一个词句，在那个时代包含那样的东西，在这时代却只能包含这样的东西，这是无可奈何的。但这正又是那些执着于文化的概念的人所不愿理解的。

而我们分明地感觉到，在我们这个时代，纪德是变成了怎样的一些人们底“心灵的避难所”。如果纪德底“体系”完整一点，他是一定会跑到我们底大学讲座上面去的。文化的批判呀！心儿底苦恼呀！灵魂底永不安定呀！这些纪德的信徒们！

一九四五年八月五日夜

（原载重庆《希望》第一集第四期，1945年12月，署名冰菱）

---

① 俄理维、斐奈尔，均为《伪币制造者》中的人物。

对于诗的风格的理解

常常听到这样的意见:“某人底作品有它底独特的风格”或者“每个人都应该有自己底独特的形式——风格”。这意见是对的,因为每一个人有他自己底精神活动的世界。

但一切从内部发生的——从精神活动发生的。正如人们说话只是为了表白意见,而不是为了表示自己底声音底美,作品底目的是为了表白意见,而不是为了形式的美。形式本身能感人的时候,是在这形式底内容还没有僵死的时候,它能够暗示内容,暗示那曾经被这样地创造了的内容,好像一个平常的女人,照样的化起妆来,能够暗示“上流社会”的豪华的贵夫人底内容——活的世界一般。然而,由模仿而生的暗示作用,和活的世界本身之间的分别,虽然有时候,在某些地方很难分别,却是应该去努力分别出来的。

有一些人,被别人底内容打动了,因此也爱好起别人底“形式”来;由于模仿的东西的充斥,人们渐渐地倒首先注意形式,而以形式所能暗示的一点美感为创作的动机了。这样的动机并不是坏的,但自己必须不以形式的美感为满足。现实——精神世界底要求,然后才发出声音来。不必注意声音底“形态”,注意外形,就或多或少地压伤内容了。不必顾忌自己能“创造”出什么风格来,而应该坚持地去看看这个世界,看看自己的心对这个世界究竟发生了怎样的要求,反抗,痛苦,快乐。这“怎样的”,就是自己的风格。

所以,卖弄机智的,拼凑外形的美感的东西,是讨厌的。首先它不能感动任何人。

十一月十七日

（原载开封《中国日报·文学窗》1946 年 2 月 15 日）

关于 SM 底诗

在 S·M[①] 底诗里显露的，诗人底精神，或者说人格底特色，是对于人生的高度的诚实和善良，以及一种道德上面的高贵，仁爱和勇敢。这些字眼并不是空洞的，它们底意义是流露在诗人底每一句诗，每一个呼吸中间。你可以亲切地感觉到在这里站着这样一个人，他并不假装不懂为懂，他所要求的可说是异常的单纯，但他底表情告诉你说：他就是要求他自己的这一点，只是这一点——谦虚地，柔和然而坚决地，无论谁都不能从他夺去。

在我们底时代，少有这样的充满着强烈，真实的人生要求的诗。在人们附托着时代底感情和观念写着诗的时候，S·M 是站在人生底渴望里面，其中有爱情，战争，友谊……从这里方直面着时代。当人们被什么巨大的，激动的形势感动了，于是发生了浪漫的呼唤来的时候，S·M 是在歌唱着他底深切的人生要求，这大半都正是和时代节拍息息相关的。

他底政治诗，也是从这里出发的：他底深切的要求。但因此也就有了一些抒情的短章，因为这要求被过重地压迫了，显得简单，或者模糊。

我[很]想特别提出一点：在公式观念猖獗的今天，没有人能

---

① S·M，即阿垅(1907—1967)，"七月派"诗人、理论家，原名陈守梅，又名陈亦门，主要笔名还有亦门、圣门、师穆等，浙江杭州人。1955 年被打成"胡风反革命集团骨干分子"，瘐死狱中。主要著作有诗集《无弦琴》(1942)，报告文学《闸北七十三天》(1940)、《第一击》(1947)，长篇小说《南京血祭》(1938)，评论集《人和诗》(1949)、《诗和现实》(三卷，1951)、《作家底性格和人物的创造》(1953)等，此外还有大量未入集之诗作和评论。

那样诚实而且恳切地歌颂仅只是自己所感到的爱情有如S·M的。人们都附托什么观念去了，但S·M站在这里，诚恳地歌唱着：星和花，和他底爱情，我并不是说大家都要逃回自己去，我是说，在这里诗人底真实造成了他底丰富的境界了。他有怎样的自己，他就显露出怎样的自己来，而这是需要道德意味上的高贵和勇敢，我们不是看到了过多的用什么公式观念或公式浪漫来点缀做假的歌颂爱情的诗了吗？

重要的是人生里面的一切，他怎样感觉，生活了，就怎样歌唱出来，他是生活，感觉得那样的深的，虽然范围不大，我们不是过多的看到了说着连自己也不懂的大话的“诗”和拆字式的技巧[的“]诗[”]了么？

（原载开封《中国时报·文学窗》1946年1月18日）

关于绿原

我以为：绿原是属于这一类诗人的，他们具有向复杂的现实生活搏斗，与现实的人生并进的，坚韧的内在力量。而且，在绿原的身上，这种情形似乎是特别的明显。他底几年前的最初的诗集《童话》[1]，那简直是梦幻似的美丽的东西，里面虽然流露了时代的与人生的感激之情，但与现实生活的斗争，却是接触得并不强的。他耽溺在自己的意境之中，似乎是感伤而又感激地用这意境来排拒现实的惨痛。我曾经想过，如果这温柔而美丽的意境，一旦不得不与现实生活正面地接火时，不知会发生怎样的情形。我想，或者是从这面痛苦地突进——要付的代价一定是不小的——或者是失掉了原有的，在现实之中溃散。

现在证明了绿原是突进了。虽然在这之前，他底有一些诗里曾经流露了异常暗澹的和悲伤的情绪，好像是原先的幻梦已不存在，在现实人生的压力之下，摇摇欲坠了——但这正证明了他的苦斗付出了代价，正视了血肉淋漓的现实，开始了突进。

这突进的力量是从那里来的呢？

首先绿原是忠实的，他有很多生活上的痛苦的弱点罢！

但他有深刻的忠实的心，于是这一般说来，是作为一个社会人的弱点的，就慢慢变成了作为诗人的强处。绿原不是永远固执地守着自己的感情的诗人，这些固执地守着自己的一个堡垒的人们，他们只能歌唱特定的东西。绿原，在他遭遇现实

---

① 《童话》，绿原的第一本诗集，由胡风收入“七月诗丛”，桂林南天出版社 1942 年 12 月初版。

的历史的一切的时候，他自己倒似乎是常常败北，撤退的，于是他经历了真正的战斗，他再冲锋，他的堡垒就随处皆是了。他的性格不是天生的坚强和爽朗，他底性格是付出了代价而明白了自己底，和历史人民底命运之后的坚决，生活的痛苦当更使他坚决。

所以有着柔和的梦幻的心的诗人，而有如此的凌厉的坚决是可以理解的吧，或者，正因为有着柔和的梦幻的心，其失望之深，造成了其坚决之强，而且那感觉性是特别丰富的。

有些诗人一直在一种意境之中而缺乏这种丰富的突进，这证明了他们和现实生活的战斗至少是不广泛的！保存美丽的梦境，并不是要紧的事。这个时代是有多少的题目提到诗人的面前来呢?！所以绿原无可闪避。但也可以说，正因为接火的焦点是这样多，战线是这样广泛，在绿原的面前，正如在这个时代一切诚实的人们的面前一样，是还有无数[次猛烈]的厮杀的。

（原载开封《中国时报·文学窗》1946年4月26日）

断　想

今天底人民英雄主义要求着艺术上的表现，同样的，今天的在崩溃、堕落、剧变中的社会底各色各样的形象也要求着艺术上的表现。我们所有的已经不是暴露与歌颂的问题，而是怎样地展开现实社会底各种人生场景，以冲击封建的和殖民地的堡垒的问题。对于在历史命运下成为反动的人生景象的描绘，是不能止于客观上的暴露和开玩笑似的漠不关心的嘲弄，这正如对于在历史底命运下辉煌出来的人民英雄主义的描绘不能止于简单的赞美一样。人民底实现自己的过程是艰难的，这是一个和他底封建的和殖民地的负担不断地斗争着纠缠着的过程。但我们底公式主义者们却不愿意看见这些，他们却乐意制作一些腾空的东西，只要其中有着那种“思想”或“观念”他们就满足了。同样的，目前大量出现的那些所谓“暴露荒淫无耻”及“歌颂严肃的工作”的作品，也不过是从灰白的观念出发的心慌意乱的制作而已。

即使灰白的观念也好吧！但不幸有一些却连这也不像样，一看就知道是连这样的观念也还不大懂得。它们其实是色情、卖乖、肉麻当有趣的东西。这很明显的只不过是市侩流氓才子们底投机卖钱的玩意。然而却也有一些在生活底冲击下贫弱，衰退下来的我们底作家诗人们卷到他们一伙去攻击不是这一伙的为宗派，一面哀诉生活艰难吃饭不易，一面欢呼投机卖钱了。这种向生活投降的倾向是用观念口号底急进色彩来掩饰的，它是用着非常的速度弥漫在我们底贫弱，失望的知识份子之间了。这不能不是一种在本质上是反动的，可怕的现象吧！

我们底新文学如果希望能有一点作为，就必得首先击破这种倾向。如果我们是需要向封建，殖民地的堡垒做最后的冲击的话，我们就必得首先肃清从内部来腐蚀我们的毒素，即这种用外表的急进口号以至于灰白的观念掩饰着的，向生活投降的毒素！

（原载上海《横眉小辑》第一期，1948年2月25日，署名穆納）

敌与友

有这样的一种说法："反动势力压迫我们，他们也攻击我们，可见得他们就是反动势力，或至少是反动势力派来的！"

这种说法，是大半用哀诉乞怜的姿态装饰着的，因此是很容易搏得善心的人们底同情的吧。在这里牵涉到的，是敌与友的问题。

对历史和社会稍微有一点认识的人们都知道，反抗现实，或者革命，是有很多种动机和目的的。在今天，无论任何人都可以觉得自己是受着迫害的。官僚政客不是也受着别的官僚政客的迫害，这一个"将军"不是也受着别一个"将军"的迫害吗？中国已经混乱到了极点，从现象上说来没有一个人是满意现实的。在进步者的一方面，是决不会拒绝，也不该拒绝因不满足现实而来的人们的，无论他是由于失恋，或者是由于在原来的地位上已经发不了财握不了权或者出不了名。他自然就得受着试炼，或者暂时洗一下澡又滚出去，或者终于走上了新的路。但也有不小的一部份，却能够机巧地利用环境继续朦混着。自然他们是也得付出一些代价或吃一点亏的——这就是所谓"被反动势力压迫。"

我们总不能说这样的人们就是我们底朋友吧，在我们认出他们底原形的时候。我们总不能认为表面上政治倾向相同的就是朋友，正如我们不能认为同是现实不满的人都是朋友一样。我们判断人们是依据人们底行为。他如果是军人，就依据他打仗的行为，如果是政治家，就依据他底政治行为，同样，如果是从事文艺的，是作家，剧作家，诗人，或挂着这样的招牌的，就依据他们底文艺行为，即作品。

总听说在要求“善意的批评”，那么，这里就根本没有善意与否的问题了。历史是严酷的，它对谁都不善意或恶意。人们批评作品，总不该根据那浮面的政治思想或革命主题，因为这不是政治论文，而是根据那里面的对社会对人生的情操，态度，和不论是被作者意识着与否的他底生活思想。除非是白痴才会读作品只读作者底思想口号。有一些人们是要读出这个时代的生活，读出作者这个“人”底灵魂来。另一些人们是要读出色情，有趣，小市民底道德或流氓的英雄主义来，而后者在现在就是极其泛滥的。

即使写着色情无聊的作品，也是“艰苦”的罢。不管是写色情作品或是严正的作品，敌机总是要轰炸的，战乱来了总是要逃亡的，物价总是要高涨的。那么，请不必哀哭！

如果是还希望在政治上卖乖，那就得在这色情，有趣（即现在所谓讽刺）等等里面加进政治暗示或政治演说去——这就更要“艰苦”些了。不这样做不能骗爱好新思想的读者，就不能出名，卖钱；没有色情之类就不能够吸引虽然表面上爱好新思想其实正是满怀着少爷市民心情的读者，也不能出名，卖钱。既这样做，政治卖乖就会引起维持现状者底愤恨来，于是自然就受到迫害——其实，一个剧本不能上演，一篇小说不能出版，算得上是迫害么？——而色情，有趣之类，自然就该受到渴望人生的人们底打击。这也是迫害——自然是迫害！这真是颇为困苦，吃力之至了。

反对色情，有趣之类的，就是反动势力派来的——就是这一击想叫你闷死！然而，这样的反对者们继续增加，看穿了这些作者底形象的人们逐渐多了起来，无论怎样阴恶的办法都是没有用的了。

这样的哀哭着的作者们，正是和他们底读者，观众一类的。这样的作者和那样的读者同是空虚得除了色情，有趣就走不进去，除了“希望光明的春天快来呀”之类以外就再无别的力量和勇气的人们。苦闷的，空虚的人们，一面是内心的空虚，无望，鬼混，一面是市侩生活和投机态度。对于作为政治思想底内容的这时代和社会底深刻的颤动，他们是全无感觉的了。他们是漂浮着的。这样的人们，是朋友吗？

我们是高兴政治见解相同的人们的，即使那是浮面的见解。但政治并不就等于历史，社会，人生——文艺。如果政治革命底目的是社会革命，那么，只有社会态度，即人生态度相同的人们才能是真正的友人，政治态度底因果是复杂的，藏在那一袭漂亮的外衣下面的很难说他是什么腐臭的东西。我们就要看那外衣下面的东西。如果我们从外衣上看来是朋友的话——看见这外衣的人自然是高兴的吧——我们就得是那外衣下面的东西，即腐臭的社会底存在底敌人，这样的人们，是正因为腐臭，才紧抓住那一袭外衣的！

我们，新文艺底忠诚的读者们，我们底友人是一切战斗的社会，人生态度，不论他表面的理论口号是如何，我们底友[敌]人是腐臭的社会——首先是这腐臭的社会，然后是这社会底那些化身和代表者，不论他变得如何巧妙或喊着怎样的口号，也不论他是被“迫害”还是被“宠爱”——因为，如果现实使他们稍不舒服的话，那色情，有趣的社会就会抚慰他们的。我们要求剥去这一批角色的外衣，我们敢于承认我们是他们底敌人！奸笑是好的，我们听惯了，但请不要哀哭！

（原载《蚂蚁小集》之一《许多都城震动了》，1948 年 3 月，署名未明）

对于大众化的理解

大众化的问题，是和新文艺运动同时出现的。大众化，是新文艺运动底本质的要求，因此，脱离了大众化，新文艺运动就不可能存在，发展，更不可能接受和承担今天底巨大的历史任务。同样的，脱离了新文艺运动底战斗传统和思想内容，大众化就无从谈起：拿什么来大众化呢？

新文艺底斗争的思想内容，本身就是大众化的，它是从大众底血肉的历史要求里来，并且为了大众的；但无可否认，它所达到的，还不能完全满足我们底时代，今天底历史现实对它所要求的，就是说，它还没有能够达到应该达到的更大更广的历史内容，即大众内容。所以基本上不是普及和提高谁重要的问题。在我们底理解，新文艺的高度的斗争要求在今天所以被窒息着，实在是由于客观环境底阻力，以及大部份作家在这半封建半殖民地生活底压力下的主观情况上的混乱和萎靡。由于这些，新文艺底普及的基础就不能宽阔地开展，因为，原则上说，普及是需要提高，即强大的历史内容和高度的斗争热情去争取的。那种放弃了新文艺底历史传统和思想内容，感染了没落的社会性质，充满了妥协性的作品，表面上看起来虽然得到了一些读者，但那是把新文艺降低到黄色文艺的作法，是远离了大众化的原则的。它是背弃了《文艺问题》[①]里所说的“在提高的指导下的普

① 《文艺问题》，是毛泽东《在延安文艺座谈会上的讲话》在国统区印行的一个版本，具体版次不详。在同时代其他理论家的文章中，此一版本也被称为《论文艺问题》。

及”，背弃了历史和人民。没有了提高，没有了强大的历史内容和高度的斗争热情底争取、领导、也就不会有普及——否则简直就是替敌人普及的了。作家们在主观情况上既然如此萎弱，失去了和历史现实的血肉的联系，即失去了和普及性的内在的联系，提高在他们就等于悬空，自然也就谈不到《文艺问题》里所说的“在普及的基础上的提高”了。“在普及的基础上的提高”，除了需要文化斗争、政治斗争底对于在技术意味上的普及工作的保证以外，首先就需要作家们底对于历史现实的血肉的联系，即对于普及性的内在的联系，和那种为了人民的顽强不屈的斗争精神的。

大众化不等于庸俗化即向旧社会投降。它也不是那种疲弱的或者油滑的形式主义所能完成的。问题在于内容：内容底大众化，即内容底斗争性和人民性。

大众化，照字面解释，就是大众都看得懂的意思。但这样理解问题，是盘旋在作为社会斗争底一部门的文化斗争里面的技术问题上面。在我们底理解，大众化首先是在客观上被人民需要，人民可能接受，应该接受的内容斗争底问题上面。大众化，应该是这一内容斗争传达了人民底历史要求，反映，坚持，并且发扬了人民底在进展中的人生变革和英雄主义，因而终于得到了人民底承认和接受的意思。为大众所进行的斗争基本上就是大众化的，这原来就是新文艺，现实主义底基本任务。

大众都懂得的东西不会一定是大众所需要、应该需要、于大众有利的东西，比方很多充满着封建情调的弹词唱本，民间戏，以及说书，“说圣谕”之类。同样的，大众暂时还不懂得的东西不一定就是“非大众化”的。看不看得懂，首先虽然是在技术意义和社会、政治斗争意义上讲的文字和识字的问题。但这个文化斗争底问题是不能和坚持新文艺底斗争的思想内容这一任务对立起来的，否则就要达到迎合人民底部份落后状况的失败主义和取消主义的结果了。

我们以为，如果人民识字，如果人民底文化要求被启发出来，并且如果这要求能够被政治斗争和社会斗争所坚持，所保证的话，人民是不会喜欢昨天的，多少带着士大夫遗毒的，含着落后的单纯的情绪的暧昧的旧形式的，人民一定会喜爱适应着他们底今天的思想要求和今天底人生相貌的新的形式。并且，人民底要求不老是那么简单和直接的（但在没有饭吃的时候，他们自然要吃饭），它底要求一定要达到它原来应有的历史深度；它将逐渐地要求高度的艺术形式和内容。只有在这个理解上，大众化是新文艺运动底本质要求这句话，才能得到明确的意义。

但在今天，尖锐而直接地提到历史日程上来的，固然是艺术斗争的问题，更重要的却是相应着政治斗争的文化斗争的问题；艺术斗争不等于全体的文化斗争，它只是文化斗争底一翼。在和政治内容相应，被政治斗争保证着的文化斗争里，识字运动，启发人民底政治思想，是和提高人民底文化水准并行的。文化斗争底目的是把人民引导到新的，真正属于今天中国的文化状态里来，它绝对不等于放弃领导的新文化要求而去迁就落后的文化状态。而文艺斗争就是这文化斗争里面的有力的武器。一个作家，如果要实践这种斗争，就必得首先和自己内部的旧文化残余作澈底的斗争！但不幸却有这种现象：作家用自己的旧文化底残余情绪和人生态度来适应这旧文化状态而沾沾自喜。我们底一些理论家，把大众化直接地认为是形式上的通俗化，而通俗化在他们可恰恰等于庸俗化，助长了这种倾向底发展。文艺是直接地达到大众底情绪的武器，新的文艺内容，只有在斗争过程中达到无畏的程度以后，才能够摧毁旧文化底各个堡垒。事实上我们底文艺斗争内容是应该达到了这种无畏的程度的，正因为这个，只能是因为这个，运用旧形式的问题才会被提到日程上来。一方面固然是因了文化斗争上的迫切的需要，一方面则是因为，我们底新文艺底强大而庄严的思想内容，这无畏的思想内容，有了这种自信，它要求去占领旧形式。如果新文艺没有这种力量和自信，那即使今天的文化斗争怎样迫切地需要它，它也是没有什么作为的。而我们底某些理论家都放弃了新文艺底斗争内容来谈大众化和“运用”旧形式，似乎是新文艺底斗争内容不仅没有自信，而且已经走不通了，需要旧形式来“救命”，这种看法实在就是和现实的历史内容失去了血肉联系的表现。他们底文艺是软瘫的文艺。既缺乏自信，自然就要掉到庸俗的形式主义的漩涡里去了。

所以，在我们底理解，文化斗争和文艺斗争底进展，将消灭这个旧形式的问题。文化斗争底开展将给新文艺打开一个空前的发展局面，那时候就没有这个旧形式的问题了。但在今天，为执行新文艺底文化斗争任务，运用旧形式是被需要着的。而正因为是我们底这具有着强大的思想内容的新文艺，它就不该对旧形式屈服，它是要占领旧形式并且在文化斗争中消灭它！那么，它底主要的任务就不能不是对旧形式进行美学上的斗争。

什么是美学上的斗争呢？我们多少感觉到，凡是一种艺术，即使它底内容已经僵死了，但它既凝结为形式，就一定含着和它原来的内容——思想、情绪、人生态度——相应的美学上的感觉或力量。“所谓美学，是内容到形式的关系的一种表示。”封建的内容，在达到它底形式上的显现的这个搏斗过程中，构成了它底美学上的感觉或力量。即使内容僵死了——何况在今天有些内容还活着！这就是为什么旧的现实还在压迫着新的人们的时候，新的人们一触到旧的形式，姿态（常常地根本既不去细看它）就憎恶起来了的道理。无论怎样的艺术，都不是可以随便“欣赏”的。也不可以随便地去运用，固然在急迫的时候，如抗战初期，这种情形很难避免。但即使在抗战初期，这运用也多少是被政治和文化斗争保证着的。在今天，这保证更坚强了！今天底文化斗争，事实上既是占领并消灭旧文化的斗争，斗争底要求和自信已经达到了空前的高度，斗争的内容占领了旧形式，因为在某些迫切的状态下人民实在并不是在感觉那旧形式，而是在感觉那斗争的内容了。但这并不是说旧形式既已经无害，相反的，那斗争底内容膨胀着，受着束缚，它要求打破，消灭那旧形式。如果在文化斗争里面忽视了这个占领，打破，并消灭旧形式，即从美学和社会学的立场上消灭旧内容的重大任务，新文艺底思想内容就一定会受着毒害，变成空洞的和半身不遂的。唯有坚持并发展文化斗争里面的这一任务，新文艺才能得到真正的普及的地盘，并且才能真正地提高即达到应有的历史高度和强度。这样，新文艺也才能贯澈它底文化斗争的任务，达到它底服务于政治要求的庄严的目的。在政治保证坚强的地方，如刚才说的，人民是在直接地感觉并接受那政治斗争内容，无论它是通过街头演说，歌谣，唱本，或者其他的所能拿起来的东西；但这只是一个开始。斗争内容继续进展，从政治性质的斗争达到文化性质的斗争，再从文化性质的斗争深入到文艺斗争的时候，这样的方法便显然不够了，人民直接地感觉着政治斗争，但却并非直接地感觉着文化斗争里面的美学斗争的。旧文化底势力在大众里面比旧政治底力量强大和深入得多的，而人民底实现自己底新文化要求的过程，也比实现自己底政治要求过程复杂些。在今天，旧的思想，美学体系比起新的思想，美学体系来还是要有力和深入得多，并且必常常是并不在政治行为底表面上显露出来的。即使人民在直接地感觉那政治的斗争内容的时候，旧文化底腐败的力量也并不就简单地退却。这还是站在政治斗争底内容胜过旧现实的立场上说，如果政治斗争底内容，政治底保证一旦变化——即使在新旧力量相持的场合吧，原先潜伏着的旧文化，旧美学的力量就会立刻跑出来，俘虏了那原来就和它敌对的新的思想。这时候原是穿着敌人底衣服，蹲在敌人家里的新的思想既会显得萎弱而无力，这就是公式主义和形式主义底必然的结果。文艺斗争所要求的，是在各样的保证撤退之后也能继续作战，独立作战，从政治底阵地追击到美学底阵地——旧文化底最顽强，最潜伏，最后的一个阵地。所以，在我们底理解，为了保证新的思想不被这旧形式所包含的美学情绪卷走，为了消灭旧形式，大众化底主要的工作应该是追击，并肃清旧美学底残余，在人民中间启发新的美学，社会学的感觉和情绪。

提到美学，就引起了一些问题。有些公式主义者或者会以为美学本身就是知识份子的，非人民的东西，所以常常遣责“美学的要求”。但应该理解，旧社会底帮凶文艺或帮闲文艺既然以美学底力量来增强旧社会底统治，新文艺就必须以新的美学力量来击败它。加萨诺瓦[1]批评法国某些艺术家，说他们以为“仅有美学上的情绪是唯一可以鼓舞艺术家底创作力的东西”，我们倒愿意在原则上肯定这一句话。加萨诺瓦所批评的，应该是法国底资产阶级艺术家（在法国，这一类的艺术家具有很强的势力）；我们中国底帮凶文人里面也有高谈美学要求的，但事实上他们是那样浅薄可怜，连那么一点之资产阶级美学内容也没有。他们之所以这么抱着“美学”而呻吟，事实上显然是想从这一点上来攻击新文艺，以为新文艺没有美学上的内容和成就。但我们却不能就因为他们底吠叫就惶恐起来，把美学上的内容和成规一概赠送给他们，或者，因为他们在讲这个，我们就不要这个。这就等于他在吃饭，我们就不吃饭了。完全相反，新文艺里面的美学要求，和它底美学上的成就，是帮凶的狗儿们完全看不见或不敢看见的。新文艺之所以震撼了他们，就是因为有这种新美学的成就，获得了广大的群众。所以我们愿意在原则上肯定加萨诺瓦抨击法国资产阶级艺术家的话，虽然不是“仅有”美学上的情绪是鼓舞艺术家创作的东西，但美学上的情绪确实是鼓舞艺术家创作的东西，问题是，这是怎样的美学情绪，和怎样的艺术家。在我们，美学上的情绪，简单地就是艺术斗争底要求。如果“仅有”资产阶级的美学情绪，那在中国就等于狗儿们了，但“仅有”站在人民底立场，传达着人民底新文化，新美学要求的这个美学上的情绪，却正是我们所欢迎的。唯有这个才能使我们底文化斗争和文艺斗争达到澈底的胜利，唯有这个才能使我们跨过一切公式主义，客观主义和形式主义而前进。达到真正的普及和提高。

---

① 1948年3月香港《大众文艺丛刊》第一辑曾译载其论文《共产主义、思想和艺术》。

所以多列士[1]这才说:“不能对美学取漠然的态度。”不幸,今天我们的一些理论家,恰恰是对美学漠然态度,以为它是“不通俗”的。他们为什么会如此呢?简单地说,就是因为美学上的斗争,要比他们底所谓“通俗”艰难得多,而他们又实在是空虚,无力了的缘故。

文艺斗争底内容是政治斗争底实质,即政治实践中的精神斗争。文艺家要站在现实斗争底第一线上,不仅要满足,启发人民底新文化要求,并且要尖锐地饱满地实践社会精神斗争底复杂的任务,这斗争凝结在美学的成果中,这新的美学成果就保卫了人民。他,文艺家,在艺术实践的过程中,在他把他所负担,拥抱的政治和社会内容推向形式上的显现的这个过程中,自然地就得进行美学上的斗争。如果抹杀了美学上的斗争,那就只能达到把政治思想从外面贴上去的结果了。

基本上,大众化是反公式主义的。公式主义或形式主义所缺乏的,从创作的过程上看,简单地就是这个美学斗争——对旧美学的战争。公式主义者们脱离了新文艺大众化底基本原则,把大众化当成庸俗化,客观上就变成在大众化底名义下进行着对旧文化的妥协了。他们把文化斗争和启蒙运动底技术上的问题,和新文艺运动底斗争传统及思想内容机械地对立起来,并且企图以前者来代替后者。投机家们就乘隙而来,发出了对新文化斗争道路底污蔑,说五四以来的新文化斗争都是小资产阶级的。这个说法真是非常的奇怪。如果这真可以简单地说是小资产阶级的,那么今天中国底革命斗争是从那里来的呢?

今天,在经济的战线上进行着摧毁旧的经济形态的斗争,在文化战线上也就不能不坚持摧毁和旧的经济形态相应的文化形态这一原则,固然这比较不直接,但不能说就是不迫切。这种摧毁完全不是形式上的,它是澈底的内容变革。旧的政治经济形

---

① 多列士(1900—1964),1930—1964年间的法国共产党总书记,二战期间曾长期居留莫斯科。

态是可以从外部摧毁的，但旧文化形态，内容，却非从内部去战胜不可。新政治经济形态底建立将带来新文化底大的发展和变革，这是一定的，但今天底在人类历史底总的方向下已经如此发展了的新的文化，这具有世界意义的新的文化，应该，而且必须成为这政治、经济变革斗争底有力的武器。而且，在现实斗争和文化斗争底这种相互的关系上，新的理论，思想内容应该尽着领导的作用，这坚强的理论内容是能够占领旧的文化形式用来去摧毁旧的政治经济形态的。政治经济斗争底结果既然是旧文化底消灭和新文化底在更高的意义上的发展和完成，那么，新文化底占领旧文化形式也就并不是为了和它友好，而是为了吸收它和消灭它。在政治经济变革的斗争中，旧的文化形式常常还能够相对地满足人民，所以我们能够有机地占领这种形式。但一到人民走进了新的经济形态，旧文化形式就绝对不能再满足他们了。即在目前，即以一般的人民都喜欢艺术品底情节底生动和富于感情这一点来说，旧的文化形式事实上已经不能完全使人民满足，新的内容已经在要求着和它相应的表现了，在这里，公式主义应该是无颜露面的。

大众化和公式主义不两立。反动的官僚文人他们底所谓以“艺术性”来对抗新文艺底思想内容，事实上他们就是害怕着新文艺本身底大众化要求的。但我们却大可不必害怕艺术性，以为那就等于轻视普及工作，也就等于轻视大众化。我们底艺术性并不高深和骇人，用普通的话来说，它不过是指能够传达现实斗争内容底丰富性的情节，姿态底丰满，生活形象底强烈，以及情绪底饱满等等而已。因此普及工作不但不排斥艺术性，倒是要求着它的。伟大的革命导师就指出过，唯有真的艺术性才能接近人民。

普及工作，是今天底文化斗争底重大的庄严的要求。“在提高的指导下的普及”，提高，应该是指高度的人生斗争要求所生发的高度的艺术要求，所以才并不等于腾空：在提高底指导下，应该就是在能够高度地反映新内容的新美学原则底指导下的意思。这也才真的是“相信群众底创造力量”。

为了争取表面的观众和读者，简单地说是为了卖钱，去迎合人民——小市民底落后性的，在这半个中国[1]还是很普遍。但在北方[2]，因了现实斗争底迫切的需要，并且被现实斗争保证着，这一点上已经坚实了起来。《王贵与李香香》就是这一类作品里的坚实的一种。在相对地坚持了新的美学原则，占领着旧的形式去迫近人民这一点上，已经获得了实在的成功。但它还不能真的就是“历史的叙事诗”。革命斗争底历史形势是表达出来了，但历史斗争底本质的精神是并没有能够在应有的真实性上活出来的，这实在是说明了那原来的旧形式在情绪底深入和形象底把握上的束缚。它底情绪是健康的，但在表现和那历史形势相应的人民底生活斗争和精神变革斗争这一点上，它是过于简单，甚至单调了。

试想一想，旧的家族社会出身的贫农的王贵，身受地主底残酷的压迫，同时也负担着旧社会，旧经济形态底人生观和感情的重担，在投向革命进而坚持革命的过程中，应该有怎样强烈的自我斗争？然而在这里，王贵却是那么简单地一直向前了，使人感觉不到为他底前进应有的迫力和重量，因此也很难唤起读者底感激和热情来；这自然在激发读者底斗争和献身的决心这一点上就有些弱了。

《王贵与李香香》里面，是充沛着乐观的精神的，但读者主要感觉到的，是直接的政治信仰的乐观精神。在表达现实人生斗争底乐观精神，这一点上讲，它就有些弱了：因为那政治信仰的乐观精神还没有能在人生情节和矛盾中完全活出来。比方，白军来了，游击队就退了，为什么退呢，没有较强的表现，读者在这里就不满足；后来游击队又打来了，为什么恰恰在香香被迫结婚

---

① 这半个中国，指当时国民党统治区域。

② 北方，此处特指当时中国共产党领导和控制的政治文化区域，是为逃避国民党书报审查而采用的隐晦说法。

的时候打来呢？如果稍迟一些呢？因为革命斗争并不是那么轻易的，它常常倒是艰苦的，因此才是伟大，但作者在这里却把人物底命运直接地依赖着革命底胜利形势，并且把它表现在一种偶然的姿态上，这固然强调了革命信仰的主题，但在现实的斗争意义上讲，就不能不是轻率的。

如果说，读者是要求大团圆的，但大团圆应该是非团圆不可这才大团圆的。大团圆实在是旧美学里的最害于妥协性的东西，因为，被压迫的人民在旧社会里生活得太苦，太无指望了，就总喜欢在艺术里面得到一种安慰，不管这安慰是否脱离现实或有害的；而统治者的文艺就本能地利用了这一点，用大团圆的结局来麻醉人民。《王贵与李香香》里的大团圆是已经跨过了这一步了，它指出了唯有革命斗争底胜利才能使人民得到好的生活这一点，但实际上这大团圆仍然是含着安慰人民的性质的，并且在内容上讲，含着轻率和偶然的性质。即，这大团圆并非非团圆不可。所谓非团圆不可，就是从内容上强烈地生发出来，而不是直接地依赖着外在的形势。王贵和李香香底爱情是农村社会底爱情，它和革命斗争不是不经过矛盾就能相应的，它应该有一个本质的，在历史意义上的强大的辩证发展。地主底统治也不是那么外在的和脆弱的，竟致于经过那么久的时间大地主崔二爷都不能摧残掉一个稚弱的女人。至少这不是历史要求底典型的情况。如果崔二爷已经达到了摧残香香底目的了呢？又如果，香香强烈地反抗地主，而悲壮地牺牲了呢？这两个结果将唤起王贵底怎样的矛盾和斗争来？我们要说，那结局里的王贵底献身，才是真正的人民英雄主义的献身。王贵即使不和香香团圆，他也将和革命，和历史团圆的。或者，香香在被摧残、反抗、负伤中逃奔，会合了王贵，那团圆也将生发了更大的内容，其感动读者的程度将在现在这个以上的。而如果香香被摧残了，王贵将怎样地迎接香香，也是一个能反映现实斗争内容的重要的主题，它将把原来的农村社会的朴素的爱情发展为革命姿态的强大的爱情。

从这个立场说来，大众化底基本斗争任务，是已经超出了技术的问题，更超出了技巧底问题了。它们简单地就是怎样用新的美学要求去突破旧美学的问题。并不是怎样写就更动人些，而是怎样写才能拥抱人民生活底本质内容。而这样去拥抱内容，我们以为是更能接近人民的，因为它不仅表现了那人民所依赖的政治斗争，也表现了作为政治斗争底主人的人民，他们底切身的，生活和精神的矛盾斗争。在这个意义上说来，那以外在的政治形势去安慰人民的要求或作法，就好像有些轻率和偶然了。政治、军事底外在的形势可以变化，但人民底历史要求却会坚持，并且领导这个而向前。这也就是为什么即在反动的统治区里人民底历史要求也能成为强大的力量的道理。

《王贵与李香香》，就是新的内容去占领旧形式，但结果又受着旧的形式的束缚，本质上渴望着相应着人民底历史要求而突破旧形式的例子。所以一开始就绝对不是形式的问题，问题是，怎样地把新的内容以平易的然而和内容相应的新的形式去传达给人民。看起来，《王贵与李香香》是旧形式的，但事实上它已经比旧形式丰富得多了。它占领了旧形式，然而它又被束缚着。我们所说的平易的形式，就是以打破这种束缚为目的的，就是，尽可能地让那新的内容生发出来。

旧形式是很难传达生动的，今天底现实形象的；它底形容和动作多半干枯，模糊的。为了内容的缘故，我们必须打破它底干枯的格律，但首先必须相应着人民底历史要求而打破它底美学上的规范，例如大团圆之类。如果人民已经勇于承担历史命运，不再需要大团圆之类的安慰的时候，作家们再拿这些给他们，那是没有意义的。现在的斗争要求已经达到了这一步，在人民底内在的文化斗争上已经达到了要求突破“大团圆”的地步，它必然包含着辉煌的发展前途，我们底新文艺斗争也将得到空前的跃进。在这种时候，还要来赞美旧形式为天足，那实在是自己缠了小脚还不觉得的沾沾自喜。在进展中的人民不会永远满足这种“金莲”的——这种“金莲”现在已经叫它在跑路的时候觉得痛苦了。中国人民，在它底基本要求上，是要成为现代化的人民，新的人类的，它现在是在封建社会底边沿上做着壮烈的搏斗，它现在是在和殖民地资本和落后的农业经济做着斗争，它是用什么去斗争的呢？用着对于新的生活和文化的要求！

只有站在对新文艺战争传统的理解和坚持上，才可以得到对于服务于政治要求的文化斗争的理解；和这文化斗争相辅相成的文艺大众化也才是可以真正完成的。才可以从各种形式主义底束缚里解放出来，使新文艺和现实斗争取得更大的结合，争取到更大的发展。

一九四八·四·

（原载《蚂蚁小集》之二《预言》，1948年5月，署名冰菱）

论文艺创作底几个基本问题

本文系就香港《大众文艺丛刊》第二辑，乔木先生[①]底论文《文艺创作与主观》里的某一些论点，及同一丛刊第一辑荃麟先生执笔的《对于当前文艺运动的意见》里面的性质相同的论点，提出讨论。因为手边没有保存材料，有些必要的引证不能做到，这里只能就实践要求上对这几个论点加以解释。

一、主观的精神要求究竟是指什么？

好几年来，我们底文艺界就在谈论着主观的精神要求和客观主义这两个问题。《对于当前文艺运动的意见》一文里这样指出：主观的精神要求这一说法，是针对着当时文艺上的麻痹，机械，冷淡等等情况而提出来的，因为这种情况底原因就是“作家热情衰退，生命力枯萎，缺乏向客观突入的主观精神”，就借用这个说明也可以的。那么，提出主观的精神要求或战斗要求，就是要求作家成为一个有勇气，正视现实，不以表面的事物为满足，执着战斗并且追求战斗的历史公民；要求作家成为真正的活在人民里面，真正的保卫人民的存在。客观主义（并不是《大众文艺丛刊》里所指的自然主义，因为在中国，并没有那种构成它自己底艺术体系的自然主义），就是指的文学上的贫困和冷淡，满

① 乔木，此处指“南乔木”（“北乔木”是胡乔木），即乔冠华（1913—1983），江苏盐城人，著名的中共党内知识分子、新闻工作者和外交家。主要笔名还有于怀、于潮等。20世纪40年代上半期曾任重庆《新华日报》主笔，后至香港任新华社华南分社社长。1949年后，曾任毛泽东办公室副主任、外交部副部长、部长。著有《国际评论集》等，此外尚有大量未入集之文哲论文。

足于表面上的观念和图象，除了对于逼着他不能不看见的已经成形的战斗麻痹地呼唤几声以外，对于一切实际而具体的，社会生活内部的战斗都没有感觉。更用不着说主动地要求战斗了——指的是这样的一种情况。在这个具体的情况和具体的理解上，主观这个说法，并不是指哲学意义上的所谓精神决定物质，也不是唯心意义上的强调意志或幻想，也不是强调简简单单的什么“内在精神世界的描绘”，在抽象的意义上说的“作家的个人人格力量”；客观这个说法，并不是指本体论意义上的物质世界，也不是指事物底真实的运动本质，这是明明白白的事情。相反的，主观要求，是指的如实地去把握事物运动本质的要求；客观主义，是指的脱离了事物底运动本质（即满足于表面的观念、图象）游离了在真实意义上说的客观；主观要求，是指在战斗实践中如实地去把握客观，即历史真实的要求，客观主义，是指本质上的反客观。所以，通过作家底从历史负担而来的主观的精神要求，才能达到真正的客观主义，即革命的实践主义，而我们文学上的那种“客观主义”——旁观主义，则恰恰是萎缩的，不去看见现实底战斗实质的主观主义，这应该也是明明白白的事情。主观精神要求，是指对于作家底行动性和实践性的要求，并不是主观主义，这应该是极为明显的。但《大众文艺丛刊》里却指摘它是个人主义的文艺思想，并且说它“不把问题从阶级基础上，从社会经济原因上，而却从个人的基础上作出发；不是首先从文艺与社会关系上，而只是从文艺与作家个人关系去认识问题；不了解一个革命者的主观战斗力是从实际革命斗争锻炼出来的……”这完全是指鹿为马的说法。主观的精神要求这一说法，正是从历史负荷和迫切的战斗任务下面提出来的，正是要求着文艺与社会斗争的关系，正是要求着革命斗争底锻炼。但必须加重说明的是，这社会斗争和革命斗争，并不仅仅是成形的斗争，而是非得包括着对这个封建的中国的实际而具体的斗争，一切种类，一切场合，无处不在的斗争不可的：并不仅仅是《丛刊》的同人们所理解的“实际斗争”。因此，《丛刊》的论文底根据着上面的论点的演绎，完全是不相干的；引用法国左翼批评家Cornu底关于资产阶级颓废文学的论文，也只是显出了自己们的不了解和论点的混乱。

文学是通过感性的存在。文学只能是通过作家底战斗要求所表现出来的物质世界底感性的存在。所以问题是在于作家是有着怎样性质怎样程度的主观的战斗要求。在这个立场上，提出对于为人民，在人民里面的战斗实践的意志的要求来，提出对于战斗内容的真实的把握的要求来，提出对于客观世界底运动本质的把握的要求来，是完全必需的。唯有在运动着（斗争和实践着）的人们，才能掌握在运动中（在斗争着和实践中）的物质世界底本质。

二、甚么是真正的和人民结合？

和人民结合，是新文艺运动的唯一的生命和基本的内容。没有了和人民结合的起点，新文艺根本就不会产生。但在新文艺底战斗、前进的路上，是有过和有着不少的内在的阻碍的：冷淡的客观主义缺乏和人民结合的诚意，公式主义歪曲了和人民结合这一要求底实质，主观的幻想家看不见真实的人民，色情文艺和市侩掮客玩弄着人民。到了今天，历史现实提出了更强大的和人民结合的要求。它对一切知识份子提出这个要求来，也对文艺提出这个要求来。然而，公式主义的观点仍然在歪曲着和人民结合这一课题在文艺斗争里面的实质。乔木先生说：

> 不管一个小资产阶级作家在他个人生活的范围内的主观态度如何自以为正确……假若他不走到工农群众及其斗争中间去，他是不能和人民结合的。

这是说的“小资产阶级作家”。

> 任何自以为正确的主观态度和坚强的批判意志，都不能代替一个作家从这一生活到那一生活，这一阶级到那一阶级“血肉”转变的客观事实。（旁观——林）

这是说。“任何”作家都应该改变自己底生活。

> 任何作家和群众一道，在战场上进行阶级斗争，都不能代替作家在自己灵魂内进行的阶级斗争……但假若有人从此反过来认为，只有作家底自我斗争，才是真枪实剑——群众（包括作家在内）在战场上前进的实际斗争并不重要……那就又走到另一个极端去了。

这是说，一方面要到战场上去斗争，一方面要在灵魂内斗争。

话，看来是很漂亮的。但首先，“小资产阶级的作家”，并不是一个绝对的范畴，无论就出身说或思想要求上说，都是如此的。例如，在严格的阶级意义上讲的小资产阶级作家（像先前的徐志摩和现在的某些作家），他们原来就和工农敌对，怎么会走到工农里面去？例如，以人民，民主为投机手段的小资产阶级作家（像姚雪垠之类），问题也就不能放在到不到战场或工农中间去这个提法上面。例如，面对现实，有进步要求的，在创作里面追求这个时代的人生真实的小资产阶级作家，他们和人民的结合有强有弱，他们带着的本阶级的弱处或多或少，但他们是在斗争着的，像现在的许多作家，那么，他们的和工农的更强的结合也不可能是一律地直接地到战场或工农中间去，而是推动他们通过他们的各种道路各种过程来加强他们在生活上在创作上的斗争，也就是和工农的道路的汇合的斗争，等等，在原则的理解上或实践的要求上，不可能也不应该用，“到战场或工农中间去”这把机械的大刀把“任何”小资产阶级作家一律砍掉的。这不但不是否定和工农的结合，而且正是为了通过实践的过程去达到和工农的结合的，至于“任何”作家里面的真正的战斗的作家呢，他却是一开始就和人民血肉地联系着的，他原来就不管在那里，不问是在社会行动上面和灵魂里面，都在战斗着的，因为不然的话，就没有这么一个战斗的作家。我们可以说，这样的作家，如我们底鲁迅先生，他是已经脱离了原来的小资产阶级出身和要求，已经血肉地从这一个阶级转变到那一个阶级，不然的话，他是不会有正确的主观态度和坚强的批评意志的。但这样的非形式的转变，即内容变革，仿佛是原来有人民的内容的作家，原来活在人民里面而看不见人民的作家，一听到乔木先生等的喝吆就会跑到战场上去，就会加上一点原来如果没有现在也不会有的什么灵魂内的斗争，就可以解决了问题似的。

我们要说，这样的原来没有人民的内容的作家，即是拖到战场上去，也是不中用的。姚雪垠之流不就是战场上回来的么？而原来就从人民里成长，服从着他底脱离本阶级的历史要求的战斗的作家，是到处都是战场，到处都在斗争。我们所说的战场，是在一切方面和封建的中国作战的战场，而乔木先生底战场只有一个，即前线。作家是应该到前线去的。不过，作家底到前线去，却不是为了去做什么作家，进行什么灵魂内的神奇鬼怪的斗争，而是为了去参加前线的斗争，以至拿起枪来。我们坚决地拥护作家上前线去参加斗争，以至拿起枪来，为前线底伟大胜利献出他底鲜血和生命，如果有这个需要的话！但这里呢，却是在谈文艺创作这一问题，甚至还没有谈到作为文化运动的主要任务之一的对工农士兵的直接的教育这一问题。我们只能说，乔木先生的观点不幸正是机械的前线主义的观点。

我们说，到处都是战场；特别对于战斗的知识份子和文艺作家，应该到处都是战场。对旧的意识文化，旧社会的奴役关系，旧的人生感情作战，需要、能够写巨大的内容的东西就写巨大的内容的东西，需要、能够写短小的东西就写短小的东西，需要，能够做直接的文化教育工作就做直接的文化教育工作，需要、能够拿起枪来就拿起枪来——在一切地方和人民结合，绝对服从我们底神圣的历史要求的命令，但首先须得看他，这作家，有没有这样的因吸收了社会斗争底血汁而来的战斗要求或主观要求！这难道不明白吗？

而乔木先生和《丛刊》底同人们一再提到的“向人民学习”这

一课题，也不是一个静止不变的，孤立的行为。“自我斗争”也并不是脱离行动的心理行为，它是作为实践的行为底原因或结果和实践一道前进的，它本身就是实践：否则那叫做什么自我斗争？乔木先生说：“向人民学习还不够，……指出自我斗争的必要，是完全适当的”等等，他是把自我斗争和向人民学习看做“这个不够，那个加一点”的两回事情。“向人民学习”是不是一个实践的过程呢？那么，他同时包括了自我斗争的。

作为社会的人的作家，作为革命战斗的一员的作家，并不是生活在空气中的。他到处都是和人民在一道，只要看他有没有那个从社会斗争底血汁内吸收来的战斗的主观要求——又是主观要求！——只有生活在奇怪的法则中的理论家，才会以为只有战场上才有人民；而别的地方都无人民。有人民处则有战场。人民是什么？人民是，社会生产关系中的被剥削者，也包括社会生产关系中的中立者，即小资产阶级。甚至还包括即使不是中立者却客观上对历史的发展无害或有用的中小资产阶级。那么，从被剥削者底血汁中生长，作家也是人民；他并非活在太空中的奇怪的人类。他而且应该是人民底先进。从这个理解，向人民学习以至和人民结合才有可能。凡是承担着我们时代底庄严的历史要求，在社会斗争底血汁底哺育下成长的作家，知识份子，凡是随时随地要求战斗和实践战斗，进行着脱离本阶级以至保卫人民的战斗的作家，知识份子，在内容上说，他们原是在各各的程度上和人民结合着：他们底战斗力从人民来，直接地依赖着人民，在内容上说，他们原是在各各的方式上向人民学习着的。在我们底了解，向人民学习，就是了解人民和作家自己，追求这个了解，在强大的为人民的爱和憎之中认识世界的意思。它不应该是形式上了解的那所谓学习。“学习人民底坚强！”“学习人民底坚强和澈底！”就是这个意思。如果是形式的了解，那就好像“坚强、澈底”等等是可以从什么技巧上学到的，那就是笑话了。政治家应该向人民去学习政治，文艺家应该向人民去学习文艺，这个说法只有在这个理解上才能得到意义：政治家和文艺家所去学习的并不是现成的，形成了的就可以拿过来应用的一套文艺和政治技术，而是去学习，怎样地才能为人民做得更好，怎样地才能使人民接受这政治、文艺的武器，怎样才能真的实现人民底历史要求，即使这武器、这要求在目前人民底主观感受上还是不能了解，即使这武器、这要求在目前甚至被人民用他们底旧社会里来的成见反对着（注意：反对！），但在客观上，这要求是非实现不可的真正属于人民的要求。真的政治家，以及文艺家，都要有这种辨别何者是人民底真正的要求的能力和实践这要求的魄力；这就得自己首先有这个要求。这是常常会错误的，这是不如讲几句思想观念上的空洞的话那么方便的，但是，这是绝对必须的。这里就需要学习，不断地学习和改正错误。学习，是为了和人民一同前进；启发人民，和人民底成见和旧习惯奋斗，推进人民；同时也就把人民带到学习里面来。譬如说，一个农业家，一个真的为人民的农业家，他应该去学习了解人民在农作及其社会关系中的各种情况，经验，常识，采取他们，但是他们并不能就因此而放弃他所承担的世界性的进步经验和领导原则。这学习、了解、追求，是为了和人民一道走到新的农业境地里去，自然不是要他也去和农民一样的相信迷信和旧的，不可靠的经验常识。文艺家，真的文艺家在文化斗争底任务里去学习了解人民底被压抑着的文艺要求和简单的文艺经验，在文艺创作和精神斗争底要求和任务里去学习和了解人民底生活状况，精神实质，行动力量，却并不是为了向他们简单地去学习文艺。而是在和人民共命运的道路上启发人民，从而和人民一道向新的道路前进。落后的经验应该向世界性的经验学习，世界性的经验应该在落后的经验中去实践自己，取得自己底真正的存在。这就是向人民学习这一课题的真实意义；这更是现阶段向人民学习这一课题底真实的意义。这也就是伊里奇[1]的关于

---

① 伊里奇，即弗拉基米尔·伊里奇·列宁。这是为蒙混国民党书报审查机构而故意使用的隐晦指称，是典型的胡风所谓“奴隶的语言”。

坚持理论领导这一辉煌论点，和关于"先锋队"这一指示的意义。而我们底理论家，左一个向人民学习，右一个向人民学习，左一个到人民大众中间去，右一个到人民大众中间去，却不了解这向人民学习和到人民中去的具体内容。他们所理解的只是形式的学习和结合。

三、"几千年的精神奴役创伤"

我们说，某一历史要求，某一客观上被需要着的东西，甚至在人民底主观情况上还被压抑着，因此被他们底成见和旧的习惯反对着，但真的政治家或文艺家却必须克服这成见和习惯，从而找到一条实践这历史要求的道路。找到这一条路，这就是向人民学习这一课题底实在的意义。政治家和文艺家同时克服着自己底阶级出身的弱点、偏见、及在实践中所犯的错误，这就是自我改造这一课题底实在的意义。我们说，人民甚至会用他们底旧习惯来反对，这是重要的。我们底人民在客观的历史要求上是一个威严而伟大的存在(即阶级斗争的存在)，这是我们今天的战斗所以能够发生和进展的原因，但在这半个中国，不可否认，也不容天真地乐观，我们底人民在主观情况(即旧习惯和旧意识底控制)上仍然是相当落后的。我们所生活、斗争的差不多是世界上最落后的一个国家，我们底斗争因此是长期的、艰苦的、多方面的。我们以为，凡是认真地在战斗着的人们，都应该承认这件事情；我们以为，承认这个正是因为有了必胜的光明的决心，承认这个是一件好事情。这并不就是"夸大了黑暗的力量"。我们所认识的人民里面的旧习惯和旧情绪，旧道德观点和旧人生观，不是别的，正就是"几千年的精神奴役底创伤"(胡风)[①]，但乔木先生嘲笑地说：

---

① 语出胡风《置身在为民主的斗争里面》，全句为："他们(指人民，引者)底精神要求虽然伸向着解放，但随时随地都潜伏着或扩展着几千年的精神奴役底创伤。"此文原载《希望》创刊号，后收入《逆流的日子》，上海希望社1947年3月初版。

为什么这样强调下水并不等于游泳这一点呢？因为担心人们有被淹死之虞。为什么会被淹死，原来，海水里充满了妖魔鬼怪，人民满身带着“奴役底创伤！”为什么不告诉作家，到人民中间去，人民主体是健康的；而却要一再强调，当心啊，他们身上有疮疤呀，会传染的呀，不，会毒死你的呀？因此，要有“批判的力量”，只是具有了“批判的力量”，才能保证你身体健康，你的关系是和人民“结合”，而不是向人民“投降”，……逆流集[①]的作者把问题这样提法，是不是实际上一开始就产生了“拒绝和人民结合”的后果？

他接着又说：

不承认广大的……群众有缺点，是不符合事实的；但在本质上……人民是善良的，优美的，坚强的，健康的……（请参阅原文）

无论是逆流集的作者胡风先生，无论是别的人们，都没有说过人民在本质上是不健康的这句话。而是说，人民底身上存在着“几千年的精神奴役底创伤”，也就是乔木先生所不得不承认的“他们底缺点主要的也是剥削者……统治他们的结果”。无论是谁也没有说过人民对这创伤，即乔木先生所说的缺点，即奴役关系底结果负责的话。然而，这创伤却是沉重的，多少年来致人民于死命的，这精神奴役，是比外表上的奴役还要利害的，因为它是控制了人民底精神，它是杀人不见血的；它是使被杀者自己都不知道是怎样被杀的。它是用着吃人的礼教，忠臣孝子的感情，三从四德的规范，仁义道德的温情来进行着看不见的屠杀的。它，这精神奴役，是使得人民在被屠杀

---

① “逆流集”，即指胡风的第六批评论文集《逆流的日子》，收入作者写于1944—1946年春的文艺论文。

之后还要感激它的。它蒙蔽了人民底精神，歪曲了人民底感情，使得人民看不见世界底真实。它是并不如乔木先生所说的“缺点”那样容易解决。它是血淋淋的创伤，不是那么轻飘飘的“缺点”。

而且这创伤并不就纯粹在人民身上，它也在我们底作家、知识份子的身上。在战斗的作家，知识份子，在精神负担上讲，人民底创伤也是他底创伤，更是他底创伤，在历史现实上讲，他正是从对这些创伤的沉痛的战斗里走过来并且还在走着的。所以，如果他没有批判即斗争的力量，他早就死在这创伤下了。他并不是为了到人民里面去，这才批判一下什么的，他是原来就和人民结合着（这是他唯一的生机），原来就在“水”里的。因此，他底批判人民身上的奴役的创伤这一行动就不能不同时也就是痛烈的自我斗争，而且，他底批判，并不是简单的如乔木先生所说的指出什么缺点来，他底批判同时就是向旧社会进军，宣告旧社会底死亡。这不是消极意义上的接近人民，以至于如乔木先生所理解所谴责的在人民里面去保存作家个人自己。对于战斗的作家，即如胡风先生所说的首先有着一个“战斗的实践立场，和人民共命运的实践立场”[1]的作家，他们底行动就是向旧中国斗争，即向人民身上的精神奴役的创伤，也就是旧中国的妖魔鬼怪斗争，也就是向作家底承受着这同样的创伤的自我进行斗争。这是说，不能向旧中国投降，但乔木先生却觉得说不能向旧中国（重复地说，即人民和作家身上的精神奴役底创伤!）投降就等于说不能向人民投降，这是一种什么理解呢？那么，乔木先生底嘲笑是什么意思呢？他说这种原是和人民结合着的战斗内容就是“拒绝和人民结合”，是什么意思呢？

乔木先生说，“人民有缺点，而且可以批判”，把作家和人民先天地对立起来，何等的飘飘然。他说：“向人民学习看来是一种很容易的事情，大家都懂得的；其实很多人并不懂得，而且在

---

① 语见《置身在为民主的斗争里面》。

这里面更没有多少人真正做过。”这话是极不错的。形式主义和机械主义观点的理论家，冷淡的虚伪的客观主义者，他们看不见具体的，就在他们身边、街上、贫民区里、工厂和农村里的带着创伤而又向前奔突的活生生的人民。他们原来就并未活在人民当中，他们把作家和人民先天地看成两回事情。我们以为，向人民学习，就是“长期地无条件地全身心到工农群众中去”而且“地无分南北”，并不能仅仅是靠形式上的所谓和人民在一起。而向人民学习，就是我们前面所说的打通一条实践的路的意思，并不是仅仅去向人民学什么技巧。这个，就诚然是很多人，乔木先生也在内，“并不懂得的”。

我们底理论家们，是把“向人民学习”、“和人民结合”、“批判人民身上的奴役创伤”、“自我斗争”等等互相孤立和对立了起来，从而贯澈他们底机械观点的。他们认为向人民学习和自我斗争是两回事情，以为和人民结合和批判奴役创伤，即批评旧中国是两回事情。在我们底理解（实在是重复而又重复），对自己的战斗，同时也就是对人民里面的奴役创伤的战斗，正是对旧中国的战斗，也正是和人民结合与向人民学习。我们底理论家所以在这些机械的混乱的理解上盘旋，实在是由一种无可救药的先验主义和“爬行的经验论”，把所有的知识份子，作家战斗内容都看成是孤立的小资产阶级性的。

四、关于知识份子和个性解放

今天中国的知识份子、作家，大部份都出身于小资产阶级，今天底革命的政治家也大半出身于小资产阶级。但他们是在社会斗争底血汗的哺育下长大，接受了世界性的斗争经验和理论领导，进行了或进行着脱离本阶级的沉重的斗争（即自我斗争，也就是乔木先生所说的从这种生活到那种生活的血肉转变），负担着中国底重大的历史任务和历史要求，成了人民底先锋队的。这一类的人们，伟大的战士和无名的战斗员们，在中国现代历史上是一个辉煌的存在。他们之所以能够成为这样的存在，就在于他们有着被社会斗争底血汁哺育了的战斗的意志，献身的主观要求（不要害怕！）以及和人民结合底基本行动。而如果他们不首先就和人民结合，他们就不会有这样的意志和决心。这是不能像于潮[①]先生所说的“爬到人民的心上去疼他们”那样少爷似地轻佻的。

而他们，我们底觉醒的知识份子们，首先就是从我们底理论家所害怕的“个人的反叛”出发的：这个人的反叛，在我们底理解，也就是社会性和群众性的行动。它是在个人底生活范围内发生的，反映着一代的群众要求行动。所谓个人的反叛，是在这个特定的意义上说的，因此，狭小的为个人利益的争斗，见风转舵的投机，失意少爷的牢骚等等，在主导的内容上游离着甚至敌对着我们时代底历史要求，在真实的意义上就并不能叫做什么叛徒。必须有这反映着历史群众底客观要求的这反叛的个人的主观斗争要求，才能真正地达到和人民结合。在这代表着和反映着历史群众要求的个人对他底原来的出身，即对封建社会的战斗里，原来就闪耀着这个时代底社会战斗的雄伟的姿影，因此他不是孤单的；首先在他自己底主观感觉上，他就不是孤单的，唯有这样，战斗才有可能。但我们底理论家却把这叫做“强调自我，拒绝集体”。

但应该进一步理解的是，反叛者或战斗者，在没有获得正确的思想立场之前，在没有和人民底强大的社会斗争（即今天的人民斗争）实际汇合之前，也还是要反叛战斗的，他并不能等到有了正确的思想立场和汇合了斗争主力之后再去反叛，战斗，而只有通过这反叛、战斗，他才会痛苦于自己底错误，要求这思想立场争取这主力汇合，从而掌握这思想立场，推进他底和主力汇合的战斗内容。这思想立场和战争主力并不是随便就可以站上去

---

① 于潮，乔冠华的另一笔名。乔曾以此名发表《论生活态度与现实主义》（1943 年 6 月《中原》创刊号），参与当时重庆文艺界所谓“生活态度”讨论，被视为“重庆才子集团”一员，1943 年年底受到党内批评（中共中央宣传部和南方局）。此处路翎所引文句出自《论生活态度与现实主义》。

或站进去的东西，也不是形式地存在着的东西，它必须在战斗实践中被化为这战斗者底血肉，化为他底存在底本质的核心部份。在这个意义上所形成的战斗者底精神，我们就称它为人格。多少年来，多少知识份子堕落了，这原因难道就是因为缺乏我们底理论家所理解的形式上的思想立场么？不是的！他们底那“思想立场”甚至还常常是很漂亮的哩。这就是因为，他们原就没有站到真实的思想立场上来，原就没有把这思想立场化为他们底血肉和基本生命，原就没有战斗。

说到这里，我们就可以接触到我们底理论家所害怕的“个性解放”了。我们要说，那些堕落者，那些游离着人民的知识份子，他们原就没有能够进行这个个性解放的斗争。

旧中国的性质，是封建的。人民里面的创伤，也是来自几千年的封建统治的。个性解放的要求，是反封建的基本历史要求；它是反映在生活内容里面的经济解放的要求。不错，个性解放的要求是由欧洲的资产阶级提出来的，但那是革命的资产阶级，而革命的资产阶级，法国大革命的资产阶级，在那个历史阶段上，是代表着一代被压迫的人民的，是全民性的。在中国，由于封建势力底强固和新兴的资产阶级底先天不足和特殊的软弱，它刚刚开始行动就和封建势力妥协了。而它底领导权，迅速地就转到工农阶级及其先锋队手里去了。革命的任务，反封建的任务既然由工农阶级及其先锋队来执行，作为反封建的基本行动的个性解放这一行动就一定也带着新的社会性质，这就是说，它已经不是资产阶级性的个性解放（在中国，资产阶级只能有个性堕落和丑恶的放纵），它已经进展到工农大众底中间；而革命的知识份子（注意，并非资产阶级）底个性解放的要求和行动，反封建的要求和行动，就反映着和推进着工农群众底这个客观上的历史要求。这就是说，在中国，任务虽然是反封建（也就是反帝），但这个任务却不是堕落的资产阶级所能够执行的，它是由革命的工农及其同盟者的知识份子来执行的。

个性解放，也就是社会斗争；不然，这受着封建底束缚的个性如何解放呢？而且这是一切场合一切方面的行动和斗争，一切场合一切方面的反封建反堕落的资产阶级。个性解放，是从封建的诸关系下解放出来的意思。资产阶级是不能够把个性解放这一任务进行得澈底的，因为它底历史要求到了某一点就停止了；工农大众及其先锋队却能够，而且必需把它进行得澈底。

但我们底理论家却一提到个性解放就联想到资产阶级的那一大串逐渐堕落的行动，好像资产阶级把这任务执行坏了，我们就不要去执行它似的。好像今天的中国既然没有了资产阶级的战斗，也就没有了这一任务似的。于是，他们把个性解放看成个人主义，看成“超阶级的人性论与人格论”，“死和虚无的象征”，这样战战兢兢，真是叫人不知道从哪里说起。

要求个性解放的立场，就是战斗实践的立场，这战斗，反封建，是一切方面的，其中包括着对旧的道德观点，旧的人生情操，自私的哲学，投机取巧的态度，逃避现实的心理，以及各样的妖魔鬼怪的斗争，它要求着成为新的性格，成为真正的人，成为真正的这个时代的战斗者：要求着而且进行着真正的和人民结合。所以，个性解放，也就是自我改造；群众性的个性解放，也就是群众底觉醒和改造。

我们底那些知识份子，原来就没有这一斗争，他们只是伪装着一个思想立场而来骗取名利的。我们的光荣的先锋队们，战士们，却是从这里出发并在这条路上前进着的。因此，像我们理论家的这种形式主义的论点，在客观上是达到了否认我们底战斗的知识份子在革命的大潮里存在的价值，抹杀他们的出发点和真实的道路，取消了五四以来的斗争传统和迫切的真实的反封建任务，他们叫大家都以形式主义的机械论点为满足，好像抗着旗子就等于战斗似的。他们不能接受世界性的战斗传统并且消化它，就希望整个地取消它和推翻它。

“人民底原始的强力”吗？他们就把“原始”两个字摘出来

了;“个性底积极解放”[①]吗? 他们就把“个性”两个字摘出来了,吓,个人主义!“人民底原始的强力”是什么? 它就是,反抗封建束缚的那种朴素的、自发的、也就常常是冲动性的强烈要求,这种自发性是历史要求下的原始的,自然的产儿,是“个性解放”的即阶级觉醒的初生的带血的型态,它是革命斗争和革命领导底基础。看不见这个的理论家们。他们所说的革命是建立在什么基础上面的? 故意抹杀这个的理论家们,他们的用心何在?

五、文艺究竟是什么和表现什么?

现在,我们可以回过头来说到“文艺究竟表现什么?”或“文艺究竟是什么?”这个问题了。

文艺,是通过精神斗争而表现着和推进着特定的时代的特定的人群底社会斗争底武器。从而它是阶级斗争底武器。

我们底新文艺,首先是被社会斗争底血汁所哺育,被世界性的文艺斗争传统和经验所领导,因而获得了力量,要求着这个时代的斗争,然后才表现这个时代的斗争,因此也推进这个时代的斗争的。这表现,是指真实的本质的表现,使革命者欢呼使统治者战栗的表现。马克斯[②]说:“认识就是胜利”,就是指不可能不包括行动的真正的认识,因此,在文艺,真实的表现就是胜利。这样它也才能转化为物质力量,并且生发物质底力量。它是社会斗争中的精神斗争的武器,它是实际斗争中的文化斗

---

① “人民底原始的强力”、“个性底积极解放”:语出路翎1942年5月12日就其中篇小说名作《饥饿的郭素娥》致胡风信,全句为:“‘郭素娥’不是内在地压碎在旧社会里的女人,我企图‘浪漫地’寻求的,是人民底原始的强力,个性底积极解放。”曾为胡风在《一个女人和一个世界——序〈饥饿的郭素娥〉》中加以引用(但将“浪漫地”误作“浪费地”),此后胡绳在其《评路翎的短篇小说》(载《大众文艺丛刊》第一辑)一文中再加征引,并斥之为“小资产阶级知识分子的神经质的情绪”和“幻想”。路翎此处当为对胡绳的反批评。胡风文收入《在混乱里面》,今见《胡风评论集》中,人民文学出版社,1984年,第383页;胡绳文今见北京大学中文系等编:《文学运动史料选》第五册,上海教育出版社,1979年,第490页。

② 马克斯,即卡尔·马克思。

争的一翼。

实际斗争和精神斗争，并不是相互孤立地对立的两件东西。精神斗争是从实际斗争中生发，被实际斗争所领导所要求，反过来又要求和推动实际斗争的。因此精神斗争就不是什么飘渺的事情，也就不可能不同时就是实际斗争。

文艺是客观世界底反映或表现。客观世界就是作家和文艺也参与在内的斗争世界。反映或表现，就是如实地把握这斗争世界底本质，因此也就是斗争，艺术家，需要把客观对象变为他自己的东西，这就是说，在艺术家的主观上，必须进行对他自己的强烈的斗争，以完全把握客观的运动的世界。没有这抛弃弱点和个人偏见的主观斗争，是不能把握客观世界底真实的。但首先，必须“艺术家为一定的对象及形象所吸引”。如果不被吸引，如果没有感觉，缺乏战斗要求即对客观世界的要求，如果根本看不见对象及其形象，文艺创作就不会有起点。我们的文艺家大家都看到一群对象及其形象的，这里的问题是，怎样的对象及其形象才是真实的呢？问题更应该是，这个艺术家是被怎样的对象及其形象所吸引呢？即，他有着怎样的对现实世界的主观要求呢？因为，有了怎样的要求，他才通过怎样的爱憎去深入对象。他如果对于和人民结合没有血肉的关系，他就看不见人民这个对象底真实。如果他底主观全然违反着历史要求，即他的主观完全被偏见和偶然性所控制，他就根本看不见世界的真实，更不用说把握它。如果他的主观满足于表面上的解释，没有追求客观世界的运动本质的要求，他就只能说几句空洞的话。怎样才能表现出某一对象的真正的存在及内容来而不失于表面和浮面，问题是在人怎样看它，而人怎样看它，又是被人从怎样的道路里走过来，即从怎样的社会存在里斗争过来所决定的。

仅仅能看见表面上的东西，仅仅用自己的冷淡的灰暗的心情（即主观）去看见世界灰暗的外表的，就是我们文学上的客观主义。前面说过，它就是主观主义，因为它是用它的充满着个人性的消极的主观去看见世界的这一外表的，而这一外表，倒又是存在的，不过，仅仅是外表。仅仅用现成的论点去归纳现实的表现，而不去看见现实的发展内容究竟适用不适用于这现成的论点，因而说了空话，歪曲了现实甚至事实上敌对着现实的，就是公式主义或机械主义，它也是一种主观主义。为什么？因为它所运用的是充满着偏见的懒惰的主观，而它所缺乏的，正就是和偏见斗争，向现实内部突进，真正的能够作为陶铸客观内容的主体的，执着于追求客观内容的主观及其战斗热情。

因为客观现实不是摆在那里等待照像的，所以需要向客观现实突进。因为客观现实就是“活的人，活人的心理状态，活人的精神斗争”①，所以要求作家坚持着强大的精神斗争，即对活的自己和活的对象的斗争。这样的斗争而得来的成果，自然也就是实际斗争的成果，也就才能推进并生发实际斗争。但是乔木先生说：

> 仅仅“理解具体的被压迫者或被牺牲者的精神状态”，就能“揭发封建主义底残酷的本性和五花八门的战法”了吗？仅仅“理解具体的觉醒者或战斗者心理过程”就能“表现出先进人民底丰沛的潜在力量和坚强的英雄主义”了吗？如何才能“理解……”呢？更重要的是，理解……也好，表现“活的人，活人的精神状态，活人的精神斗争”也好，但文艺究竟为什么要表现这些，表现这些的目的是为了什么呢？为了表现它而表现它么？如果说，文艺底基本任务就是“反映一代的心理动态”，但“一代的心理”究竟是什么？为什么要反映它？为了反映它而反映它么？（中间提到的都是胡风先生的话——林）②

---

① 语见胡风：《人生・文艺・文艺批评》，收入《逆流的日子》。

② 此段文字中引语分别出自胡风《置身在为民主的斗争里面》和《人生・文艺・文艺批评》。

如果我们说，反映，表现，就是斗争，乔木先生，依着他的习惯就会问起来了，为什么要斗争呢？为了斗争而斗争吗？以及其他等等。如果我们说，理解被压迫者或战斗者的精神状态和心理过程，也就是参与被压迫者或战斗者底斗争（否则，是不会‘理解’的），而这参与斗争，要求斗争，在封建主义及其五花八门的战法下，在各样的场合和各样的姿态里的斗争，这所形成的战斗方向及战斗性格，以及其中的负担、弱点、特定的社会色彩，就是一代的心理动态，乔木先生，依着他底习惯就会问了，为什么要参与斗争与要求斗争呢？为参与与要求而参与与要求吗？以及其他等等，和自大无知如乔木先生者谈这些，是永远纠缠不清的吧。他简直把理解被压迫者和战斗者，和封建主义作战并揭发它底样相这一遍及全中国的实践看得像是打呵欠那么容易，在他，理解，根本不等于战斗；只是看一张官僚布告和读一份烂报纸一样简单，所以，他就有了他底这种"理解"，而发出责难来，问道："仅仅理解就行了吗？"我们因此也颇愿意投到乔木先生设定了的巧妙的圈套里去，回答说：不错，仅仅理解，就行了的。乔木先生就是要我们跳到这个"仅仅理解"的圈套里去，以便捉住几个唯心论的俘虏算做他底"战果"，那我们又何必不"君子成人之美"呢？是呀，仅仅理解就行了的，因为，理解，反映，表现，就是乔木先生所不"理解"的真正的血肉的和人民结合的斗争。乔木先生还有一个漂亮的圈套：

> 理解活的人及其心理状态重要，为什么理解活的群众及其实际斗争就不重要呢？

我们也就索性跳下去吧。是呀，活的人！乔木先生以为怎样才是活的人呢？难道活在空中，不在群众及其实际斗争中间的才是乔木先生底活的人吗？难道"活的人"，乔木先生底"活的人"，就果真是和活的群众誓不两立么？如果我们也像乔木先生那样设圈套，我们就要问了——模仿乔木先生底方法——活的人不重要，未必死的人才重要吗？未必群众可以不是活的人么？而且，请问乔木先生，什么是文学上的典型创作呢？乔木先生弄不清楚了，陷在自己的那些圈套里了。于是他说：

> 决定的问题还不在此，决定的问题是个人和社会，个人的心理状态和他的生活斗争——这两者之间的关系：究竟个人的存在决定社会的存在呢！还是社会的存在决定个人的存在呢？是个人的生活斗争决定个人的心理状态呢？还是个人的心理状态决定个人的生活斗争？人们可以说，从一粒沙中看到一个世界，从一个人的灵魂看整个时代的动向，但应该想一想，真的只从一粒沙中可以看到一个世界吗？真的(注意，圈套又来了。——林)，一个世界只有从一粒沙中可以清楚地看到吗？真是每一粒沙中都有一个完整的世界吗？而且应该想一想，表现这沙中世界("一代心理动态")究竟是为了什么呢？

这回我们不要跳到圈套里去了罢。真的吗？天呀？真的一粒沙中可以看见世界吗？于是乎就马上就变成，真的一个世界只有从一粒沙中可以清楚地看到吗？妙极了。但是不幸，乔木先生底故做惊奇，引人入"胜"的办法是没有用的，真的，真的一粒沙中可以看见世界；从一颗典型的、活的砂里，是不仅可以看见世界，而且必须看见世界的。但乔木先生底那一粒沙，却正如他底那个活的人一样，是一粒不幸之极的孤立的，偶然的，被偏见抓过来的死的砂。至于乔木先生底"还是社会决定个人呢？还是个人决定社会呢？"之类就简直更不相干了。但也得回答一句，就是，社会的存在决定个人的存在，但个人的存在也作用于社会的存在，因为，这有着作用社会的力量的个人，也就是社会斗争的存在。不然的话，个人只好睡在那里被决定了：生下来就是小资产阶级的那些人，岂不只好等死吗？他已经被乔木先生决定了，还要斗争，要求什么劳什子呢！

因此,“表现这‘砂中世界’(一代的心理动态)究竟为什么呢?”那就只好去回问乔木先生自己了。

乔木先生底这些堂堂的理论,才真是“值得严重考虑的问题”,“不可避免地会在实际上产生各种不健康的创作影响及批评倾向”的。乔木先生所理解的“心理状态”,“砂中的世界”是不包括斗争内容的静止的孤立的东西,无怪乎他要把它和社会斗争机械地对立起来,而害怕着社会斗争会变成表现心理状态及精神斗争的手段。乔木先生所理解的活的人是并无社会典型的活在太空中的人,无怪乎他要在这个“个人主义”的风车前面大声呐喊了。乔木先生又把在文艺里面表现这实践着斗争内容和时代要求的活人的心理状态说成“心理描写”。有世界文学和中国新文学底斗争传统在,也有现实主义底指导理论在,这一切基本问题原是明明白白的,但乔木先生却嘲笑地说:

> 那么,心理状态最复杂的大概是文艺创作的最好的题材,写这些才是真正的现实主义,而那些不写复杂心理状态主要写政治斗争的作品,都可被排定为公式主义的了……假若有人从而否定新文艺的革命功利性,从而事实上走上了精神重于一切的道路是不是可能呢?

这些话只证明了乔木先生底低能,对文艺斗争底不了解,和性急的前线主义。不论是写直接的政治斗争与否,都要通过具体的内容,活的人——典型环境的典型性格——的。如果不是这样,如果没有这一主观斗争,那就不管写什么都是公式主义或虚伪的客观主义,这不是明明白白的吗?心理状态最复杂,自然不会一定是文艺创作底最好的题材——这样提出问题来只能是由于根本的胡涂——但如果那是典型的心理状态,即典型的斗争和发展状态,那恰恰是文艺底最好的题材——文艺创作底本质的内容,这典型的心理状态(典型性格),就恰恰又正是政治斗争,不但是直接的政治斗争,而且是广泛的澈底的政治斗争,比乔木先生们所理解的还要深入得多的政治斗争，因此也不是什么把政治还原为平凡生活。这是“否定了新文艺底功利性吗？”这是“走上了精神重于物质的道路”吗？这是“超阶级的人格论”吗？可怜的唯心主义和个人主义底幻影啊！人格，说句笑话，未必革命家就不要人格吗？未必真的像市场上看行情做买卖，“以今日之我打昨日之我底耳光”，而且沾沾自喜吗？如果真的有这样的“以今日之我打昨日之我的耳光”的论客，不客气地说，我们就要以昨日之他打今日之他的耳光的！

乔木先生们，在论及文艺创作主观要求，以及和人民结合这些问题的时候，是犯了如此的不看见现实的、主观的机械主义的错误。而且那论点是非常的混乱。在论及作为我们底文艺斗争里面的基本要素的主观斗争要求的时候，不觉地或有心地替公式主义做辩护，替投机家和懒虫们做辩护，指望着把新文艺底相应着这个时代的客观历史要求的这一斗争要求，这一和人民结合、向现实深处搏斗、变革生活的斗争要求，推到唯心论的泥沼里去。在论及和人民结合这一基本课题的时候，空泛地说着到人民中间去，而不看到战斗的作家和知识份子原就在人民当中，而作家们底缺点是在于主观上看不见无处不在的，就在他们身边的人民底真实，而看不见这真实，则是因为没有这生死存亡的严重的要求。并且不了解表面上的，形式上的和人民结合与真正的和人民结合之间的区别，即投机家和战斗者底区别。以前线主义的机械观点来要求作家们，而不了解前线是建立在什么基础上面的，并且不了解，作家们底基本的任务是在于实践他们底服务于历史要求（即基本的，广泛而深入的，实质上的政治要求）的艺术斗争和文化斗争。特别空洞地了解着向人民学习这一课题，把作家，知识份子，即觉醒者和先进人民底自我斗争看成相互孤立的两回事情。在论及文艺创作的时候，把活的人，即典型的人看成外于群众的存在；把人民身上的创伤看成与作家不相干的存在，并且，因为不想和害怕和这些创伤斗争，就把这些创伤，即封建中国底各个角落的血迹看成不关紧要的。而在论及知识份子的时候，取消了革命的知识份子们底重大的任务，抹杀了他们底在革命大潮里的存在价值及前锋价值。在事实上，达到了否认理论以及世界性的先进经验底领导的结果。把封建的中国看成一个轻易地就可以击败并消灭的存在，从而在事实上减低了迫切的斗争的要求和坚持的斗争勇气。

中国底斗争是需要坚持的。政治斗争或实际斗争的胜利，并不就能结束这个布满了几千年的精神奴役创伤的中国；它只是一个新的开始。为了澈底地消灭旧文化，旧道德观点，旧的人生态度和感情，旧的家庭关系和男女观点，需要坚持的艰苦的斗争。现在是进行着摧毁封建社会的主力，摧毁封建社会底有形的存在的斗争，对于封建社会底无形的存在（严格地说，也不能是无形的；恐怕只有对于两眼看在天上的人们，才真的是'无形'的吧），在人民精神里面存在着的旧的道德情操，狭小的保守的人生观点，以及家庭制度男女关系之间的不自觉的奴役观点，对于这一切的斗争，需要很多年的时间的；也不能抱着经济基础解决了一切全解决了的等待主义的态度，因为，在这些里面流过血，流着血，将来也要流血的。这就决不是能在"较短的时间内""毕其功于一役"的事情。而对于这无形的封建中国的斗争，我们底战斗的文艺，在过去、现在、和将来都是一个有力的武器。和实际斗争并进，为实际斗争所要求并且要求更强地开展实际斗争，作为文化斗争底一翼的我们的新文艺，是一个有力的武器，是在这一个要求下，进行着在政治及文化斗争各部门里面的我们新文艺底实践，例如征服旧形式或民间形式的实践的。我们底新文艺将在这斗争里前进，征服弱点，而得到伟大的成果。

一九四八，五，二六，在旧中国的一个乡村。

上面所说的这些，是"追随"着乔木先生们底论点的。实在都是现实主义、文艺创作、和文艺实践底基本问题。由于乔木先生们有意或无意的歪曲，这些问题已经呈显出可惊的混乱，一面也就显出了我们底理论家们底可惊的无知。这原因，说是由于对于现状的一种空洞的焦躁而急切的心情，倒是可以理解的罢。但必须说明的是，对于现状的空洞的焦躁和急切，是必须用实践来克服的。乔木先生们所批判的对象是存在于这半个中国底文艺，自然首先就应该理解这半个中国文艺实践斗争底现状；自然首先就应该理解，虽然实践底方法和姿态上和那半个中国[①]因客观条件而有所区别，但在本质内容和本质要求上却不应该有什么不同的。如果一定要站在高处，只看见这半个中国客观环境上的黑暗，因而认定在这环境中的文艺实践的主观存在力量也一定黑暗；如果看见这是封建和殖民地的中国，就认为这环境中的新文艺传统和文艺斗争要求也只是封建和小资产阶级的存在，那才是真正的"夸大了黑暗的力量"——抹杀了新文艺斗争底起点——糊涂之极的。其次，乔木先生们应该记着，他们是对中国新文艺事业在说话，对因为客观上的必需（即出版事业，文化交通等等）而在旧中国城市里困斗着的新文艺事业说话，对在压迫下的新文艺在说话，他们是也有分担这一份迫害和加强这一份苦斗的责任的——他们应该记着，在前线需要流血，在封建迫害下的困斗也是需要流血的，没有那种"饱食安居"的便宜；自外于他们所夸大却又害怕人家夸大的黑暗力量，就并不是什么漂亮的事情。他们应该记着，站在斗争底外面发号施令，站在高处说空话，固然吓得倒老实人，却并不是什么忠实的事情。他们

---

① "那半个中国"，指中国共产党领导下的区域。当时"那半个中国"已经具有了指导文艺活动的纲领性文件——毛泽东《在延安文艺座谈会上的讲话》，并且该区域的全部文艺活动已基本纳入此一文件的规范之内，而在"这半个中国"即胡风、路翎们所处的国统区，此一文件的传播和影响仍然是有限的。以《大众文艺丛刊》为核心的中共党内知识分子对胡风文艺思想的"围剿"，在很大程度上正是中共试图以《讲话》缓和国统区文艺活动时所爆发的左翼文艺阵线内部最大规模的冲突。胡风们所强调的是国统区情况的特殊性，和须根据特殊情况对《讲话》精神加以特殊处理，但又明显感受到来自中共党内的"无条件执行"和"彻底贯彻"要求的压力，因此，他们对"两半个中国"（或称"北方与南方"）的敏感，是具有非常复杂的内涵的。

更应该记着，他们那个“首先，是对于自己的批判”里面所轻描淡写地指出来的抗战期间在文艺底统一战线问题上，在文艺思想要求的问题上所犯的错误，正就是由于他们自己底纵容；那时候，被他们现在所歪曲的这个主观的精神要求即内在的真实的思想战斗要求，正是坚决地反对着那一切错误的。反对着对姚雪垠之流的色情文艺和市侩路线的纵容，反对着放弃思想要求去和张恨水梅兰芳的“统一”，反对着他们即在现在也一字不提的，在城市工作中最主要的戏剧这一部门底特别的堕落，反对着对才子神童吴祖光之流的纵容的。现在他们收获果实了吧。却仍然那样地轻描淡写，这，就不能不是对于历史和人民的罪恶！

他们更应该记着，并且公诸大众，他们在从前说过怎样的话，以及他们批判自己的过程是怎样的。应该记着，中国人民及其优秀份子们流了这么多的血，是为了什么而流的。

廿九日夜附记

（原载北平《泥土》第六期，1948 年 7 月，署名余林）

评茅盾底《腐蚀》兼论其创作道路

小说《腐蚀》，是茅盾先生在抗战期间的创作之一。其中所取的材料，是法西斯特务底丑恶和黑暗，以及落在这丑恶和黑暗中的青年女子底痛苦。这作品告诉人们，法西斯特务是在怎样进行它底统治的，但也止于这一点，而没有进入和获得较深的内容，更没有能够进入我们时代的历史现实底本质的内容。

首先要接触到的，是“暴露黑暗”这个问题。有人或者会以为，这作品在暴露黑暗这一点上是获得了显著的成功的，并且它所表现的色情、混乱和空虚，正是那黑暗的环境中原有的。表面上看起来也确实如此。但这样的看法，这样地来解释问题，首先就不能接近作为先进人民底精神战斗的武器的我们底文艺创作这一课题底实质，因此也就不能接触到现实底战斗的本质。因为，黑暗的现象，故事，或法西斯特务底黑幕，是大家都知道的；对这些现象或黑幕的知识，很多人或者要比茅盾先生知道得更多更实在些。现实是不可分割的，即使在最黑暗的所在，也存在着反映了历史要求和先进人民底客观意志的人生斗争，即包藏在各种样式和障碍之中的阶级斗争。有斗争在，就不会有“纯粹”的黑暗。法西斯特务们和被陷害在其中的青年男女，如果既是特定的社会阶级的人，就一定有他们底历史负担，就一定在他们身上，通过他们的要求、挣扎，“善良”和恶行等等，而反映着历史现实底全体。在他们底狞恶的姿态下就一定藏着他们底惨痛的挣扎，而在他们底惨痛的挣扎，在他们底苦闷、忏悔、颓废，“良心”等等下面也一定存在着他们底堕落的本阶级的狞恶的姿态。于是表现出在毁灭过程中的道德和感情的冲突，在解体过程中的旧世界人生观和新兴现实力量的激烈矛盾来。只有在没落阶级底眼光里，这个世界才是颓废和混乱的。这一阶级之所以陷在这种“混乱”和矛盾中，简单的就是由于客观历史底发展，即在各种生活里面都反映着的先进人民底崛起。这种崛起是一直攻击到旧社会人民底内部去的，因此这一堕落阶级的人们才陷在悲惨的挣扎中，才有他们底那种“良心”，“忏悔”之类。所以，如果单从旧社会现实上看，它是黑暗的；用旧社会底眼睛和感觉来看，它更是黑暗而混乱的，但从现实底本质来看，它却是火辣辣的斗争，无处不在的人民底客观力量和旧现实的火辣辣的斗争。这，就不是一般的把问题用“暴露黑暗”这样的观念提出来所能解决的了。没有那么单纯的暴露黑暗的，正如没有那么单纯的不通过负担和斗争的歌颂光明一样。作家底基本任务，是参与斗争，并给予特定的现实以高度的斗争的照明。

看来茅盾先生是也苦闷于这种形式主义的认识现实的方法，即外表上的，不通过斗争的划分光明与黑暗的方法的。这在小说《腐蚀》上，表现在某些重要的情节里面。首先是作为主要的内容的“小昭”这个人物底存在。故事是，小昭，即女主人公，女特务底先前的爱人，革命的或进步的份子（这一点在里面显得很暧昧，后面我们要分析到）被捕了。特务机关下命令给女主人公，要她利用先前的地位去说服小昭，而她却很爱他，并且也有“良知”。结果没有成功，小昭被移开而后被杀了。

这个情节被描写得很模糊，尤其是小昭最后的死；但重要的问题是，茅盾先生是怎样处理这一内容的，他是怎样和这内容一同搏斗的呢？这是什么一种内容？这是，在我们时代底斗争现实上的伟大而庄严的内容：神圣的内容。但茅盾先生却显得很冷淡，被黑暗力量压倒了，空虚而混乱，没有感应也没有要求，没有一点点战斗的热情，甚至还穿进色情的节目去。

女主人公奉命到监牢里去说服她先前的爱人小昭。小昭，据茅盾先生底写法，是坚定份子，同时他又知道他底先前的爱人是干什么的。而女主人公自己，在茅盾先生底笔下又是多少肯定的人物，是环境底牺牲者，并且还渴望对丑恶的环境复仇的。在这种尖锐的场合，不是她感应到人生底庄严性，牺牲自己以完成斗士的小昭，就是小昭投降和堕落。那么，这种场合的斗争及其庄严性，是极明显的了。可是结果却极令人失望，茅盾先生所写的小昭，一方面“受过三次刑，被倒吊在梁上，”什么都不吐露，一方面却又接受了他底敌人和爱人的调情：“我对他噘着嘴扑嗤一笑”，“飞给他一个吻”，“猛力地我抓住了他的手掌，同时我的头却倒在他的怀里”，“小昭叹了口气，喃喃说道：‘说是梦吧，明明不是，说不是吧，却又比梦还要荒唐……——刚才我……看见满天的迷雾，那么该说是雾里的梦了’于是他凝眸看住我，频然一笑。”以及：

> 我挽住了他的颈子，把他的脸转过来，凑在他的身边笑着低声说道：“我的昭，你别撒谎……可是我还问你一句，这几年来，你有没有爱人？”
>
> 小昭惨然望我一眼，我想那时我的脸上大概升起了两朵淡淡的红晕，他蓦地扑嗤一笑，顽皮地反问道：“如果有，你又怎地？”（一二九页）

这就决不能是受刑不屈，终于泰然地就死的战士底姿态。这也决不能是在这样的斗士面前的这爱着他又渴望对黑暗的环境复仇的女性底姿态。如果作者能感觉到这庄严的斗争内容的话，如果作者也参与这斗争，不是冷淡地旁观着，理论地判断着，而是“结合”着的话，就决不会写出这些轻佻的调情来。又如果假定女主人公是动摇着，来做“工作”的，那么，不是她被战斗者底伟大的气概所克服，就一定是她征服了他，使他堕落。至少也应该是这两个敌对要求的强热的搏击。

而女主人公底对这个斗士和爱人的爱却被茅盾先生写成这样的：

> 而且小昭又紧紧地握住了我的手……我只穿一件单

> 衣，我觉得小昭的体温隔着那一层薄布烘熨过来，夹着他那特有的汗味。……我没有得到回答，但是一张热烘烘的脸却偎在我的脸上了。同时一只手又围住了我的腰。我心跳得几乎顺不过气……哎，我完成了一桩心愿！（一五七页）

这样的爱，就是性爱，是人类底基本欲望之一吧。但是这里是这样庄严斗争的场合，在斗士面前横着的是对变节与死的选择，在女性底身上就一定要激发崇高的英雄主义的。不必到高山之巅去寻觅，在这“平凡”中就产生着无数英雄的。这是多少年来我们底无数的兄弟们所走的血的道路，决不是茅盾先生所理解并且酷爱地描写了的这种颓废主义大展览。我们只能说，茅盾先生不理解上一代和这一代的战斗而献身的青年们，而且——即使是无意地——降低和屈辱了他们！

茅盾先生接着写到小昭想要逃跑，但是女主人公害怕而反对。于是情节底发展就陷在暧昧里了。这是这种创作态度底必然的发展。而我们时代的英雄主义的现实却是这样的：女主人公们，在庄严情绪的感染下，在英勇不屈的斗争里献出了她们底生命。即使在茅盾先生所写的情节上看，这也是应有的发展，因为女主人公“爱”着又“恨”着，渴望着复仇，并且觉得小昭是她“值得牺牲了一切去爱的一个人。”难道这种爱只是性爱，而不包括对于庄严的斗争的通过矛盾发展的爱么？小昭的形象被弄得这样冷淡而可厌，但在作者底意识上，却又是竭力肯定他的，借着小昭的朋友K底信，称他为“光荣的战士”，并且称女主人公为女中的英雄。“她一定能创造新的生活，有无数的友谊的手向她招引。请接受我们诚恳的敬礼吧，我们战士的爱人！”——如果在前面所说的发展里这“战士”和他底“爱人”被弄得这么无聊、灰白、可厌，没有情绪也不能行动，如果在那个时候她能不“创造新生活”，那么她到什么地方去创造新生活？她配接受“敬礼”吗？她配是“战士底爱人”吗？这不是光明的尾巴是什么？

她真的爱他，想救他吗？她不感觉到他底战斗的内容，想他交出“黑名单”来，以为这样才是救他吗？可能她只是一个梦想平安生活的女子，不是什么女中英雄，以为只要他交出黑名单来就可以和他一道去过“爱”的生活去了。可是这里面的内容也没有表现出一点点来。完全没有两种不同的人生相遭遇的壮烈的斗争内容，一切是那么冷淡、空虚的。

其次的一个主要的情节，是N的存在。N是天真似的女性，也落到这不幸的特务圈子里来，最后女主人公救她逃去了。

但女主人公和N之间的内容，被写成怎样的呢？就是，互相地叫着“好姊姊”“好妹妹”，两个人一遇到就非常多情，第一次一道走路陪女主人公回家，这N就笑着说：“人家送情人也不过如此”。并且“娇憨地缠到我的身上来”。而后来，在反抗迫害而出了乱子，女主人公救她逃去以前，却谈着：

> “妹妹，你打听得这么仔细，倒好像到我家做媳妇似的，可惜……”
>
> “可惜什么？”
>
> “可惜我没有一个年青的弟弟。”
>
> N摇了摇头，说：“也不见得，但是我倒可惜我不是一个男的。”
>
> 我笑了……
>
> “不怕羞么？”我止住了笑说：“老想讨人家便宜。”
>
> “哦——”N却不笑，“既然你觉得做男的便宜，就让你做男的。反正不论谁做，我和你是一辈子在一处，多么好呢？”（三〇七页）

这样的女性，大约也是有的。但问题是，作者并不企图去接触已经可能接触到的反抗，痛苦，和悲惨绝望交织的鲜血淋漓的生活斗争和人生斗争内容，却不断地在写着这些。这种温甜的烂调子，好像是要表现什么美丽的“人性”，其实却在降低并歪曲了现实。即在这更为普遍的人们和生活里面，现实内容也是要比茅盾先生所写的高得多的。试想一想，在反抗野兽般的男特务而出事之后，在严重的境遇和大黑暗的控制中，女主人公以侠义心肠救助一个纯洁的女子，以生命做赌注，以人生底最高的情操受考验，这现实中间的内容应该是些什么？这个内容也就是我们时代底基本内容，但在茅盾先生底笔下却一点点这个气息都没有。

《腐蚀》里面所采取的题材，法西斯特务底丑恶残暴和青年男女底迷惘牺牲，是应该、必须在我们底文学里表现出来的。但这不是单纯的题材的问题。问题是在怎样地来把握题材底实质。法西斯特务底生活，是中国底全生活的一部份，就是说，它是发生自特定的社会阶级基础上的。要从它底社会阶级底没落性，历史性上去把握它，才能使它获得正面的典型的意义。对读者有意义的，不是这一特务底残暴的技俩，杀人的方法，而是通过他底这残暴的技俩、杀人的方法表现出来的他底本阶级的广泛的生活内容。不是哈姆雷特底犹豫动摇对人们有意义，而是通过这犹豫动摇表现出来的贵族统治者社会底强大的矛盾不安，和渗透到统治者社会里来的新兴阶级的革命要求，雄浑的力量对人们有意义。必须有这样的内容，这一题材才能获得生命，才能成为典型的存在。广大的读者要求表现我们生活里的这种题材，不是因为喜欢见到它底表面的样相，而是因为要求掌握它底社会斗争意义。因而，没有通过正面的历史性的生活斗争和社会斗争，没有能把他底题材放在广大的阶级斗争基础上，茅盾先生底《腐蚀》，首先在激起人们对于法西斯特务底憎恨这一点上，是失败了。

茅盾先生是打算在他底内容里找到光明的，但因了他底形式主义的认识现实的方法，他不能突入到现实底斗争的核心并提高它，他只能止于形式上的安插。我们知道，纯粹的所谓暴露黑暗，只能变成低级的黑幕小说，而虽然不甘于这纯粹的所谓暴露，但由于作者底心情的冷淡，热力的枯萎，以及落后于现实斗争的创作方法——即认识生活的方法——作者茅盾先生就不能理解这个火辣的时代底英勇现实，无论是在光明面或黑暗面。这现实就是：在无论怎样的黑暗中，都存在着反映了历史要求和先进人民底客观意志的人生斗争，即包含在各种样式及阻碍中的阶级斗争。并且，这斗争是无论在哪里都是领导性的，本质的内容，它很单纯地就可以拨开无论怎样的黑暗而显出人民底伟力来。从而茅盾先生歪曲了这一时代，并且屈辱了这一时代底光荣的战斗者。

茅盾先生，在中国新文学史上是可敬的存在。他的著名的作品《子夜》和《三部曲》[①]等，是大家都熟习，并且发生了巨大的影响的，对这些作品的完整的叙述和分析，虽然在目前的情况下非常地需要，但我们还一时不能做到。但很明显的，茅盾先生底这种创作倾向是在他底早年的作品里就存在着的。

首先，在茅盾先生底创作方法上，显然地受着西欧的颓废的写实文学——即一般称做自然主义的——的影响。特别似乎是莫泊桑底影响。莫泊桑底一句表现了他的认识生活的方法的著名的话："生活并不像我们意想的那样好，但也不那么坏"（似乎是在《一个女人底一生》[②]里面）在《腐蚀》里是被引用在重要地位上。（第二五六页）西欧的颓废资产阶级底写实文学，是站在历史斗争底被动的和旁观的地位上，并且因此包含着深刻的悲观主义的。这文学底那些出色的代表者们，虽然痛恶着腐烂了的走着下坡路的本阶级，却因为不能感觉到新生的人民力量而无法脱离它，因此只能用"写实""暴露"来攻击它。而因为不能感觉到新生的力量，他们底"写实"并不能真正地写出现实底本质

---

① 《三部曲》，指茅盾的《蚀》中篇小说三部曲，三部分别题名为《幻灭》《动摇》《追求》，由商务印书馆和《小说月报》于1928年陆续出版或发表，合订本《蚀》1930年由开明书店出版。以"五四"运动到大革命前后的知识分子生活为题材，是茅盾的代表作之一。

② 《一个女人底一生》，通译《一生》，是法国作家莫泊桑（1850—1893）的第一部长篇小说。

来，也是明明白白的事；从而那颓废和悲观主义底发生，也就很可以理解了。这种文学至少是极不健康的东西。在中国新文学运动底初期，它曾经被大规模地介绍进来，一直到现在它还是泛滥着。它所以能在中国底土地上生根，是可以在中国那个时候的进步资产阶级底颓废的负担里找到说明的。中国底进步的资产阶级的代表们，从一开始起就处在激烈的苦闷和矛盾中，一方面痛恶旧现实，一方面旧现实加在它身上的负担又极其沉重，这样就把那和它有着相同的感应的西欧的颓废的写实文学接受进来，作为它底攻击现实的武器了。殊不知这是一个不健康的，有害的武器。这西欧的颓废的写实文学，和中国那时候的所谓“世纪末”的颓废的资产阶级底气息，连同着它底对于解脱矛盾的苦闷的渴望，及其基本上的认识现实方法的妥协性，很明显地一直是茅盾先生底负担：在他底创作上烙下了极深的印记。

然而时代进展了，历史底方向和人民底力量鲜明可见了，从旧垒中叛逆的这些知识份子们，获得了新的政治和文化的思想，并且投进了为这新的政治和文化思想工作的伟大的阵营。就是，比起西欧的那些苦闷的叛逆者来，他们已经获得了新的思想的武器。但这里就又存在和发生着一个问题。这新的社会和文化思想，和他们底成形了的旧的创作方法是显然矛盾的。如果这样的作家不能解决他底前进的思想和这落后的创作方法——即具体的认识现实的态度，以及从这产生的方法——之间的矛盾的话，他底情形就很不幸。

新的社会和文化思想的内容，不论是怎样接受来的，都得通过内在的血肉消化及搏斗的过程，也就是自我改造的过程。作为社会的人的作家，他底创作方法必须和这新的思想一致，就是说，新的思想，必须通过他底创作方法——必须通过和现实搏斗的过程。不然那新的思想只是形式上的东西，这是很明白的。新现实主义，简单地说，就是受着新的思想内容领导并且生发这思想内容的认识现实的方法。如果这作家的创作方法，即他底血肉的存在，是落后的，那就必得进行强烈的自我斗争，变革自己，从而变革自己底创作方法——即认识现实的方法。但是，有一些作家，却没有能进行这样的搏斗，没有能够和时代要求一同前进，一方面虽然领有了新的思想，但在实际上，在创作方法的血肉的存在上，却仍然负担着资产阶级没落文学的陈腐的包袱。即，在创作上存在着低落的右倾倾向，不能突入到现实的内部去并掌握火辣的向上的斗争。他怎样来调和他底旧的创作方法和新的思想的矛盾呢？就必然地会达到把政治思想形式地放在作品里的结果。

资产阶级写实文学的创作方法，在那个时代是存在着明显的斗争性，或者正确些说，抗议性的。但在今天的人民崛起的中国，它已经毫无生机了。在莫泊桑们里面，是还充沛着浓烈的人生气息（虽然是经过歪曲的），以及失望的反抗者的猛烈的扑击力量和追求的光芒的，但在中国这一类的作品里，由于中国底进步资产阶级的更深的妥协性，和文化斗争传统的贫弱，这些就都没有了。和这创作方法矛盾着的新的思想，原来是一个强有力的基本武器的新的思想，在这里倒反而减低了作者底追求的心愿。似乎是，莫泊桑们，因为觉察到自己是在黑暗中，所以追求而扑击，虽然终不免带着弱点倒下，但中国底有了新的思想的进步份子，却因为觉得前途已经很显明，光明已经在望，所以反而懒于斗争和追求了。这里，新的思想只是形式上的存在，而态度上就不能不含着机会主义的因素。

而在作品里面，却又是被黑暗压倒了的：原来是强有力的武器的新的思想只是变成了有害的安慰。

在茅盾先生的《子夜》，《三部曲》等等里面出现的城市男女和革命男女，一律地都带着苦闷的颓废及色情的性质，即那时候人们称做“世纪末”的。《腐蚀》里面的男女，就仍然是那些人物底类型的再版。

茅盾先生，通过他底落后的创作方法，是站在对历史事变的旁观的被动的地位，描写了这些男女的。即使他们被写成革命人物，但仍然会叫人觉得，他们是腐臭的——狗男女。这就是这样的作家的苦闷。他被颓废的生活及西欧颓废文学的双重的影响窒息了，虽然观念上或政治认识上知道这是好的和有价值的，但在突入内容的过程中却看不出什么好的，英雄的和崇高的来。“人生是丑恶的！”——这个莫泊桑式的情绪这里那里地回响着。

这种冷情文学，这种旁观的创作方法，就是作者底无法把握现实底真实运动本质及斗争过程的一种表现。在这里，作为社会的人底丰富的内容被抹杀了，人底价值被贬低了。色情的刺戟性的描写是这样的作品的特色，而在这刺戟性下面，是藏着作者对于现实的深刻的厌倦。没落期的资产阶级文学，如果不直接的歌颂梦与死，就都是这样的东西。如果在莫泊桑们那里，色情的描写还能够表现出一个人生问题及内容的话，那在中国这一类东西里面却什么也不能表现，只是单纯的刺戟；甚至连“表现这个坏蛋”这一点也做不到。因为色情现象是旧社会里的一个太普遍了的存在，如果不能写出它底没落社会的苦闷原因来，给它以痛烈的批判的话，如果在思想要求上没有这一点的话，就是说，如果作者不能负担这个并和它搏斗，给它以照明的话，那是只能发生负的作用的。

在茅盾先生底作品里，是流露着一种被沉重的旧现实事象压倒的苦闷的性质。在《腐蚀》里面，如果不是要求过高的话，至少在那个小昭身上应该表现出这一代的青年底真实而勇敢的战斗来，因为事实正是那样的，但茅盾先生却把他陷到无聊的空虚的泥沼里去了。这样，就不但不能增强斗争的勇气，反而是像荃麟先生们底论文[1]所说的“夸大了黑暗的力量”。在黑暗力量之

① “荃麟先生们底论文”，可能是指由荃麟执笔的香港《大众文艺丛刊》同人论文《对于当前文艺运动的意见》（载1948年3月出版的该刊第一辑《文艺的新方向》），该文不指名地将胡风派文艺思想定性为“小资产阶级的文艺思想”之一种，作出了严厉指责，并认为这些小资产阶级文艺思想有一个“共同特征，即是过高地估计了黑暗的力量，过低地估计了人民的力量”。荃麟，即邵荃麟（1906—1971），原名邵骏运，文艺评论家、小说家，浙江慈溪人。1926年加入中国共产党，1946年去香港，任中共香港工委副书记、南方局文委书记，主编《大众文艺丛刊》，1953年起任中国作协副主席兼党组书记。主要著作有小说集《英雄》、《喜酒》，译作《被侮辱与被损害者》（俄国陀思妥耶夫斯基原著），评论集《话批评》等。

下，茅盾先生底新的思想毫无战斗的作用。试想一想，茅盾先生底这种态度将使那些碰到“女特务爱人”的战斗青年如何自处？虽然这个问题我们自己也觉得问得很天真，因为我们都知道这一代的青年们是怎样的一些人！茅盾先生，停留在他所出发的那个时代，在实质上没有能够跨进这十年的火辣的斗争里来，对于这一代的青年们，他只是一个在艺术思想上的旁观者——虽然是政治思想上的同路者，正如我们上面所指出的——他不理解现在的青年们！

《腐蚀》，也是一个很好的例子，可以证明出来给我们底盲目地攻击“主观精神要求”的理论家们看看，客观——旁观主义的冷情文学，“暴露黑暗”文学，是怎样的东西。它因为没有斗争要求，所以降低并歪曲了现实，因为没有血肉的内在的这个时代的斗争感觉和要求，没有能够把新的思想在斗争实践中化为自己底血肉，所以不能照明黑暗的现实事象，把握其中反映着伟大的人民斗争的人生斗争；因为没有热情，没有主观的精神要求，所以不能有真的强的憎恨和战斗、复仇的高歌，所以它一方面不能碰伤旧社会分毫，一方面不能增强人们底勇气，——如果不是降低了的话。而这种作品里的创作方法和艺术思想——不是其中暗示到的政治思想——基本上是旧的资产阶级的创作方法和艺术思想。

直到现在，人们还很崇奉旧的资产阶级的艺术思想和创作方法，并且称赞茅盾先生为“接受了写实主义的优秀传统的作家”，这不能不是一个可悲的现象。我们希望大家看看，这“写实主义”究竟是一些什么东西，以及它在中国又变成了怎样的存在。中国底新文学需要跨越障碍而前进，向着伟大的人民方向前进，茅盾先生也需要跨越障碍而前进的。拨开浮面的口号、名词而看取实质的时候早已到来了。曾经投合和魅惑过我们底智识份子们的没落资产阶级写实文学里面的“进步”观点，“物质文明”的色彩，和“人生气息”，“人性”等，在中国是早就变成腐臭的东西了。

我们尊敬茅盾先生在中国新文化运动上的可敬的劳绩，正因为这样，我们觉得指出他底这种创作上的坏倾向来是必须的。这坏倾向给了我们底新文学以颇大的不良影响，例如姚雪垠之流，就把这种倾向往低劣的方向更大规模地发展了开来，受着鼓励，走上了本质上是反动的市侩投机路线了。这是有目共睹的事实。我们这个时代的战斗，我们底文学，是庄严的。但目前我们底文学上的情况却又颇为混乱，大批的投机家和掮客围着我们底可敬的前辈们团团打转，不看作品只问人，不看实质只喊口号，并且还特地歌颂这有着如此的坏倾向的小说《腐蚀》，称它为抗战十年来所收获的“健康的作品”。大部份单纯的读者们，由于尊敬我们底前辈，又由于迷惑于投机家们底花样，虽然觉得惶惑，却说不出来。我们不能沉默。我们底伟大的新文学是必须突破一切障碍前进的，我们也以坦白的心情，渴望着可敬的茅盾先生突破这一切障碍而前进。

一九四八年八月十日

（原载《蚂蚁小集》之五《迎着明天》，1948年12月，署名嘉木）

形象，世界观，……等

信收到了，感谢你的厚爱。

你从边地来，这里的情形，似乎不如你所想像的那样简单。精神的东西，在复杂而窒息的生活里受着麻痹、分化、折磨；有的变成好人的无用，有的就堕落，消失。不要太崇拜这批人吧，他们，躲在幻影里自然好，露出真相来，要使单纯的爱心失望的。我们一切都得联合朋友们自己去找寻。[1]

你的问题，有些我也不甚清楚的。都是在寻找着。你问：（一）关于你那首诗的，方兄说，这样的诗不需要，我以为他是指个人的无聊的伤感和幻想而言，如果其中的抒情是人们都同感的，我以为不但不多余，反而需要的。所谓人们的同感，自然是愈宽阔愈好，不然的话，少爷的扭扭捏捏，也有人同感的。那抒情，真实而有新鲜东西的话，也是需要的。你那诗，后一节真实，也新鲜，我读了，就走进去的。这新鲜应该培植。

（二）形象，世界观。这真难说，在艺术里，突出地表现着生活内容的声音、动作、相貌、行为，都可谓形象。但只有抓住其整体的内容（社会生活的），才是活的生活形象。如王亚平他们的形象论，以为画一个脸谱就是形象，我以为是不对的。世界观，是一个人（社会集团的）对世界事物的认识。比方说，你看了覆了的船，觉得惨，进而联想到自己，这就和世界观有关。或者是人道的，或者是想到自己的，或者是突进的，追求更深的原因的——一个人

① 见路翎1944年12月12日致逯登泰信。

究竟是怎样做法，是被他底社会集团——世界观决定的。比方说，农民的世界观，就和我们不同。

（三）我说小说穿插少，那意思是：写人生第一。不必为故事而写，那样，会牺牲很多的人生内容的。

（四）小说的本质部份。方兄的意思是：行为的场面是本质的部份。我的意思是，对于作者行为的根源、过程，是本质的部份。两者都重要的。[①]

你说的关于《小兄弟》[②]的话，我都赞成的。我觉得很高兴。不过有时候我写得并不好，你们，尤其是你，欢喜把我看得太好了。现在做一点事真是很难，而我的缺陷又是很多。在现在，即是很小的工作，也必得站在伟大的基础上——这基础是由我们这民族的历史和无数的血肉造成的。这社会分裂、孤立人们，推着人们沦落，从很小的地方蒙蔽人们的眼睛，这是很可哀的。这是最大的敌人了，必需与之死斗才行。

你的关于XX的话是对的。有时候自然出出气也颇痛快，但我们自己底□存实在并没有这么痛快的。大半是自己愈不愿看见自己的时候，愈会超然□□。凭着才华和机智，而失去广阔的心□总不能做出什么。现在，打击这些东西自然迫切，但更迫切的还是建筑起新的东西来罢。老是被这些东西吸引着，怨恨着，叹息着，好像挡住了路的只有它们，其实有时倒是希望得到它们所得到的效果，这是很不好的。实在说，这些东西只是“社会的存在”，个别的它们是并不能挡住谁的路的，只要这人是在走路。攻击他们，扫清废料，也得是为了走路，而不是以一骂为快。因此，它们应该比现在大家所形容的更广泛些，更决不能被认为仅仅是挡住了自己底文学的路（其实是“文坛的路”）的东西！即是

---

① 见路翎1944年12月24日致逯登泰信。

② 路翎作于1946年8月29日，初刊于1946年10月15日上海《大公报·文艺》。

说是文学的路，也从来不是在文坛上的！而无论对什么，如要进攻，就必得坚决而澈底！[1]

信收到。稿子，这次当可以给你。等那东西确定的时候再寄吧。我不忙，但颇乱，有时精神不好。来信说到刊物在学校里引起的风波，我看还是由它去；就像你所说的，对那些人们干脆一点。一两篇文章，就叫人战战兢兢起来，可见得已经简直不行了。目前生活是黑暗而沉重，要紧的事情正多，特别是对于在走路的人。用自己的黑暗把别的也扰得黑暗起来的人们，是最可厌的东西；不知道世界是什么，自视为特殊人物的角色，是最该打的东西。文坛上的情形诚然是不好，但也必得看清楚那根底，即那批人们是没有别的办法走下去的，大半由于社会的和物质的原因，于是死赖在那里了。但要和时代对面，要进展和走路，就必得大家相见，各各显出面貌来。所以，目前这混乱，实在是也要比孤芳自赏的态度好些：混乱究竟是从人与人的冲突来的，那就首先和孤芳自赏的死尸味不同了，曾见到有些朋友对这混乱摇头，怀着一个躲起来的高超态度，那是要不得的。总之，干脆就好，而能做事，或者至少有着做事的心的人，才能干脆的。

（原载上海《文艺信》第2期，约1948年9—10月，署名冰力）

---

① 路翎1947年9月15日致胡风信、1946年11月21日致逯登泰信有类似表述。

从“名词的混乱”谈起

——文艺杂谈之一

多少年来，介绍进了很多的文学上的名词和派别。这些名词和派别，比方写实主义，自然主义，浪漫主义，颓废主义……以及现实主义和新现实主义，看起来都已经被人们熟知，并且在我们底文学斗争和生活现实里各各找到过，或找到了它们底位置。这些名词或派别，所以能够被介绍进来，或需要被介绍进来，自然不仅仅是由于人们底知识上的要求；它们底被介绍进来，是由于斗争底需要——主要的是由于我们底在变革着的生活现实里有了可以生长它们的土壤。就是说，有了新的，和原来产生它们的生活相应的内容，要求着进步，表现，取得形式；要求着接受先进的经验。这样，这些名词和派别落到我们底生活中，它底原来的意义就多少被改变，而带上我们底色采，经过了抛弃和改造，变成了我们底了。而因为各样的生活和战斗内容底差异，对这些名词底理解也就各各不同。有的是学究式的理解，即认为它们是一种既成的形式和知识，有的是投机附会的理解，想拿着它们底旗帜而造成文学上的派别，有的是不计较表面的，实践的，活生生的理解，即，为了战斗和进步，从它们吸取先进经验的内容。在各各的说法，各各的意味上应用着这些名词，在各各的内容上附托着这些名词，就造成了使多半的读者们觉得迷糊的，使人们痛心疾首的所谓名词的混乱。于是也就有很多人认为这是“欧化”底恶果，并进而无条件地，或者仅仅站在实用的立场上，“中学为体西学为用”地，反对起欧化来。

中国不需要外来的这样那样的“主义”，而需要自己民族、人民底形式和内容,这意见是对的,但问题不应该是这负气似地提法,问题是,中国自己底民族、人民底形式和内容,是不是实践的、进步的,作为全世界历史战斗的一部份的存在,如果是,那么,是不是已经有了和别的民族、人民先前曾经经历过的同样的斗争现实,是不是已经走上了和别的民族、人民曾经走过的,或正在走着的同样的道路。我们如果不自外于世界,那么,世界性底经验就必得是我们底经验。

于是,问题就是,我们不需要外来的这样那样的主义,如果它们果然仅仅是外来的,学院式的,或被投机者抓来的,不能相应我们底现实斗争,反而作为阻力而出现的。如果它们正是已经在我们底泥土里萌芽的同一事物底另一根须,如果它们正是我们底斗争经验底先行的结晶,如果通过我们底批判它们就成为我们底果实,那么,世界性的内容正就是我们底内容底主要的生机,我们底内容也正是世界性底内容底必然的发展。

我们怎样来批判和我们共有同一血脉的世界性的经验,这就是"欧化"这个问题底主要的关键。

人们常常说:自然主义在中国不可能存在,中国底浪漫主义,比方先前的郁达夫们,都是假的,虚伪的,至少是半身不遂,带着旧士大夫色彩的,或者,中国连真的写实主义也没有,什么都没有,只有"主义""名词"。这些话底意思是什么呢?

这就多少表示着,人们已经感觉到,"名词""主义",在中国已经失却了它们先前的意义,接受先进的经验已经不只在表面上,而是已经进入到先进的经验和落后的经验互相批判,决定互相的存亡,已经进入到实践的过程了。

那么,仅仅看外表,听到名词就附会上现成的内容去,是不能解决问题的。什么都没有吗?不是的!而是原来的那些内容没有了,被中国底旧负担吞噬了,或者原来的那形式没有了,被中国底新的生活突破了。

所以,看形式和作者自己底标榜来决定这是什么主义,看内容上的附会来决定这是什么形式,是不成的。不是什么都没有了，而是新的东西在实践斗争中产生了。用学院的眼光，文学史上的分类法之类，是不能够认识新的东西的。

有人说这是写实主义，有人出来摇头，说这是浪漫主义，因为文学史上是有这样的例子的，云云。有人说这是现实主义，有人又出来摇头，说，这里面全是凭主观的浪漫感情创造的呀，怎么是现实主义呢？同样的，有人批评这作品不好，有人出来抗议，说这是写实主义，浪漫主义，在外国就是这样的呀！——就是这样的情形。

这里就需要对这些名词做一个简略的考察。

由于产生它们的土壤底不同，同一个名词下面时常包括了很多的互相矛盾的内容。比方说，写实主义吧。在颓废的法国文学里面，是一件东西，在战斗的俄国文学里面，又是一件东西。法国文学里的描写了丑恶的现实的莫伯桑们，由于在社会生活里没有实践的位置，对于那时的资产阶级底堕落的生活充满了颓废的憎恶，同时自己又不能脱离这堕落的资产阶级，就到处又表现了神秘的、性的、狂热的和破坏的渴望。对于丑恶现实的描写被称为写实主义，但是这神秘的颓废渴望，又常常被人们称为浪漫主义了。在这一点上，佛罗贝尔更是明显的，一方面他做了对堕落现实的冰冷的大描绘，被人们称为自然主义，一方面又寄托自己底神秘的渴望于《圣安东尼的诱惑》一类的作品中。常常是如此的，现实既然完全可憎，又不能成为战斗者，就只有变成各样的狂热的角色，和什么样的信仰主义底信徒了。我们中国大有赞美莫伯桑佛罗贝尔的人们在，这是因为他们和这些大师们具有同样的，虽然那真实性很可疑的现实苦恼的缘故。在这些典型事象中，对我们有意义的，是这些苦恼的代表者们，在他们底颓废阶级的生活中所表现的姿态，它们给我们照明了中国生活里的这具有同一姿态的人们，并使我们看清了哪里是陷井，而获得前进的力量。

俄国文学里的写实主义，果戈理们，却和上述的样像完全不同了。在他们身上，具现，广大而深沉的，美丽而雄伟的人民力量。他们底描绘和抨击黑暗的现实,不是因了颓废的憎恶,不是因了在社会生活中成了畸零者,而是因了强大的爱心,和潜伏着的对于人民力量底信任。但因为作者底热情是这样强烈,当前的现实又是太痛苦了的缘故,这些作者就也表现了浪漫的渴望,但那不是破坏性的,不是遁世的,不是偏狭而狂热的,而是追求美和善的英雄人民,要求改造生活的,比方燃烧在果戈理的作品中的那种热情的气息,以及他底《塔拉斯·布尔巴》。从这里就接到了说明,为什么中国底广大的要求进步的读者和先进的战争者们,较之莫伯桑们,较之资产阶级底颓废文学,更喜爱果戈理们的缘故。

在这里,在对于人民力量在追求批评上,浪漫主义就是一个肯定的东西。没有一个真的战斗者在对于今天的战斗执着之旁不放着对于明天的追求的,这就是人们为什么说,新现实主义,同时也就是革命的浪漫主义的缘故。这也就是为什么今天的攻击旧现实的作品不应该莫伯桑们似地阴沉颓废的缘故。这种阴沉颓废,在中国,我们叫它做客观主义。

一个名词,因了生长的土壤底不同,有时候是这样的意义,有时候空虚得什么意义都没有,有时候又丰富得包容了矛盾斗争的一切。所以不要相信名词,而要先去看那实质。光是名词本身,是没有什么道理的;没有什么一般性的,静态的名词。除了描写荒诞神怪的事物的,完全逃避现实的一群以外,大半的作家都取材于现实,因为他们负担着现实。取材于现实,并不就是现实主义。问题是作者对于现实的态度。有人憎恶现实,他所能看到的只是表面上的丑恶事象;希望超然物外而不可能,就变得阴沉颓废。有人对丑恶事象冷淡地旁观,用社会理论来安慰自己,以为明天一切就要好了,只要环境变好了一切就会变好了,用不着费什么力气。这,虽然写着现实,却是十足的客观主义,是明明白白的事。有人希望恢复古老的制度,渴望着用爱和善良来改革现实,在狂热的挣扎中表现了伟大的痛苦,比方杜斯退益夫斯基们,这,虽然也写着,反映着现实,却是从落后的主观上反映的，也是很明白的事情。但两者对于现实的失望的心情，则是同一的；两者都由于落后的主观认识。正如我们前面指出的，莫伯桑们，虽然阴沉颓废地憎恶现实，但因为不能看见人民底力量就常常要表现出神秘的浪漫狂热，这，和杜益斯退益夫斯基们就有显著的共通的地方。所以，颓废的写实主义，实际上也是一种主观主义；对现实失望，对生活冷淡的我们中国的客观主义，理论主义，因为事实上歪曲了现实的缘故，也是一种主观主义。

仅仅取材于现实，并不就是现实主义。那么，指出了明天的出路来的，才是现实主义吧。是的。但是要看怎样指出法。观念上，理论上指出来，是不够的。光明的尾巴是被人嘲笑的。“明天一切就要好了”主义，是懒惰的客观主义所唱的主调，他们是不负责任的，歪曲现实的。试问，如果今天既是这么丑恶无聊，那么明天的好是天上掉下来的么？所以，问题就在今天底现实就已经包括了明天的茁壮的萌芽。不为丑恶事象所蒙蔽，吸取广大的世界斗争经验，发掘这萌芽，使它生长，这才是现实主义。今天的现实并不是丑恶的，通过统治者底各样奴役，你就可以看见无处不在的人民底力量。历史在实践中，生活在斗争中，没有静态的，一成不变的丑恶。要从运动和矛盾中去把握生活底伟大的本质。理想不是天上掉下来的，而是从我们脚下的泥土中生长的。没有理想底对照，人们从什么地方来衡量丑恶呢？统治者总喜欢一切静止，永远不变，所以，描写永远不变的，静态的丑恶的我们底有一些作家，简直就是替统治者在做歪曲的辩护。

再拉回到名词上面来吧。抓住名词来当大旗子的人们，是很可厌的。我们所要的，是活的斗争真理，通过斗争而产生的新的成果。我们所要注意的，是这些名词下面的实质，和它们所反映的特定的社会内容。我们要依靠我们自己底力量，人民底力量，来认识它们，接受它们。不管表面上的名词和所标示的主义是如何，除了官僚文艺以外，我们只有两种文艺，一种是妥协的、虚伪的、没有生活勇气，被丑恶现象骇倒的。文艺它时常是标榜着新的理论，又隐藏在西欧底资产阶级文学底“时髦的”——过了时的外衣里，歌颂着佛罗贝尔和莫伯桑们底匠心和技巧，或波特来尔们底神秘和朦胧，用写实主义，暴露黑暗，或者浪漫主义，不满现实之类来吓人，间接地就替统治者底官僚文学做着开路的工作。一种是接受了世界文学底斗争传统，通过批判而吸取了广大的斗争经验，坚持着今天的实践，并且在这实践中把握了明天底伟大的萌芽的，我们底充沛着热力和理想的现实主义的新文艺。

那么，名词之类，就没有什么可以吓人的了。至于特定的作家，因为思想材料底限制，用这一名词来概括别一意义，那更是矛盾的思想过程中常有的情形，应该首先去分辨出来的。

一九四八、十二、十四、危楼

（原载南京《展望》第三卷第九期，1949年1月1日，署名冰菱）

谈朱光潜底“距离的美学”

——文艺杂谈之二

“美感是从距离发生”，“艺术应该与实际生活保持适当的距离”，是朱光潜们在美学理论底主要的基础。在新的战斗的美学理论上，“批判地反映现实”，“站在发展的立场上来把握现实”，“批判”“发展的立场”，常常也被形式地和简单地理解为主张与实际生活保持距离。那么，这两者底差别在什么地方呢？是不是这种“距离说”真的可以成立呢？

朱光潜们底美学理论是，日常的，今天的现实是肮脏、卑污的、实用的、充满利害关系的，艺术则是一种救济和解脱，“比如母杀子、妻杀夫、女逐父、子娶母之类的故事在实际生活中很容易引起嫌恶，但在……悲剧中，他们居然成为极庄严灿烂的艺术意象，就因为它们表现为诗……不致使人看成现实。以实用的态度去对付它们。”（诗论一〇八页）但问题显然不是这样提法的。事实底本质并不是如此。在这个例子里，母杀子、妻杀夫之类，究竟它们所引起的嫌恶是真实的，符合现实运动和历史实践的呢，还是所引起的“庄严灿烂的意象”是真实的，符合现实运动和历史实践的？艺术意象也是现实底反映，那么，“嫌恶”和“庄严灿烂的意象”，这两种反映，哪一种是真实的？回答是，前者，“嫌恶”，是属于现象的范围，即狭小的，个人利害的，偏见的，落后的和非历史实真的范围，而后者，“庄严灿烂的意象”，则是属于批判的，实践的，非个人利害，以进步阶级利益为前提的，历史真实的范围。这就是说，个人实际生活常常是狭隘的，而公众生活，历史生活——阶级斗争却是广大，庄严的。艺术家不能以个人底狭隘的经验为依恃，应该站在历史实践的立场，发展的立场来批判狭隘的生活现象。应该抛弃表面的现象，冲破狭小的范围，而把握现实底本质。这就是新美学，"批判地反映现实"这一命题底意义。

那么，是要对实际生活保持一种距离么？朱光潜们就是这样无知而阴险地提问题的。首先，朱光潜们底所谓实际生活，是一般的，静态的，没有发展、新生、斗争的。人类底历史实践，在他们底眼里也是一般的，可嫌恶的实际生活。实际生活与艺术和理想因此没有现实的共通的地方，否则那就沦为"实用"了。因此，就必须保持一种距离。但问题底实质是，既然保持距离，就必定有你，朱光潜底立脚点。你，朱光潜，是站在哪一种意识立场上，哪一种历史位置上对生活距离的呢？关于这个他一句话都不说，假装无知。你对这一堆污泥保持距离，不错，可是委员先生，你是坐在家里的沙发上对它距离呢，还是走在它旁边，或是坐在汽车里以及爬在演说台上面对它距离的？只要你说出一个位置来，问题就解决了。可是你，委员先生，所说的只是"一般的距离"，就是说，这是理论，总而言之，是距离。可是事实上如果你不是站在新生的发展的立场上，你就一定是站在落后的、愚昧的、封建和买办的立场上的！你底"现实"如果不包括新生的和发展的事物在内，你就一定是旧事物底辩护者和奴才。

那么，站在发展的、历史实践的立场上对现实保持距离，是可以的么？问题也不是这样提法。虽然事实上确有这种距离，空想家们就是，可是那却不是站在历史实践的立场上发展的，新生的东西比一切现实更是现实。新生的事物是现实底本质和核心。特定的人，在他底特定的实际生活里，对某一事象感觉喜或乐、爱或憎。问题是这喜乐爱憎底本质是怎样。如果这特定的人是站在广大的斗争基础上，站在新生者一面的，他底喜乐爱憎就和广大的实践，人类底历史，未来的远景相联。那他底喜乐爱憎就不是狭隘的。他就把握了现实，从而产生了美的感觉。比方说，子杀父。没有一般的子杀父。就是说，子杀父，是表示了特定的时代底历史意义和社会意义的。是为了要钱不遂而杀么?是为了父亲不忠于皇帝而杀么?是为了父亲是专制魔王,为了新的一代底生路而杀么?各各不同。也就引起各各的反响、情绪。旧社会底维持者大骂不孝。混水摸鱼者大叫人心不古。认真的人看见沉痛的悲剧,新生者看见曙光,战士看见燎原大火,小丑大笑,说,原来不过如此。就是说,各各不同的立场——“距离”。而当事者呢?就是说,那杀了父亲的儿子呢?因了动机、精神状态和目的的不同,就是说,因了历史性格的不同,也就有很多种类。或者嫌恶自己底罪行,跑去自首,或者畏罪自杀,或者哭喊冤枉,或者以自己底悲剧的牺牲作为未来的时代底基石,于庄严沉痛中瞥见大光明大欢乐。就是说,对那躺在那里死了的父亲,也有各各不同的立场——“距离”。注定的,新生的历史性格,站在发展的立场,把握了现实底核心的历史性格,是就在此时、此地也能够感觉到自己底行为底意义——就是美的。距离了朱光潜们底“嫌恶”,用不着什么艺术的解脱,立地就充满了庄严灿烂的意象的。这就是“批判”这一行为的真实含义。他是历史底新生的一部份,他行动,“批判”了历史底垂死的一部份。或者要说,必须有了时间的距离才能看清那时的事实,才能批判的吧。这只是人们认识过程底某种迟缓的现象而已。事实上,坚决的行动者,当时就能看清,批判的,否则他如何行动?而如果当时没有这新事物底萌芽,后来又如何认识呢?诗人、艺术家,真的诗人、艺术家,因此首先必须是坚决的行动者。他发掘新事物底萌芽,加速公众底认识和行动。

在新的美学立场上,不是距离(虽然有时人们借用这个不妥的说法),而是战斗和实践。对丑恶的旧事物,狭隘的生活,个人利害,表面的似是而非的观点,不是保持距离。正确的说,是通过实践来批判。在遭遇、实践中去批判、行动,赋予事象以特定的历史性格——这就是美底来源。

不能拿这种对旧事物的不妥协,阵地与阵地之间的间隔,来和朱光潜们底“距离说”相提并论。朱光潜不说出来他底阵地在哪里，他主张站在一旁“静观”，那用意，就是要把人们俘虏到他底阵地里去。

现实中的旧的、妥协的、丑恶的一部份，是朱光潜们底“距离”的美学底基础，它产生“嫌恶”，新生的、发展的、实践的一部份，是新美学底基础，它产生“庄严灿烂的意象”。这两者，谁是现实底本质和真理？

但文学里面也有一种现象，作家被旧事物压溃，不能看见新事物，因此不能把握现实底本质和执行实践的批判，因而堆砌着个人观点的、现象上的，狭隘的丑恶事象，使人“嫌恶”，看起来就必须“距离”一下了。这也是站在旁边“静观”的一种，给朱光潜们底理论以实证——“证实”了实际生活果然一般的是丑恶，没有“距离”过的作家底精神果然是低劣——和朱光潜们在根柢上有着相通的地方的。这，我们叫它做客观主义。

一九四八年十二月十六日

（原载南京《展望》第三卷第十期，1949年1月8日，署名冰菱）

文化斗争与文艺实践

新文艺创作底实践，是我们底新文化运动底一翼，过去，在社会斗争低落的时期曾经是主要的先锋的一翼，现在，在社会斗争高涨的时期，它就是辅助的一翼，并且在将来的远景里它也将是辅助的一翼。新文艺创作底实践，反映了新文化运动底性质，内容，和思想要求，它底成果保证了新文化运动底开展，但并不能代替全体的巨大的新文化运动，这是很明白的事情。新文艺创作底实践，是个别的作家所执行的通过文艺这一形式的社会斗争和文化斗争，而新文化运动，在其主导的形态上，则是直接的社会斗争，因为它不可能不包括直接的群众工作，不可能不通过组织化了的群众集团。它底部门，不仅包括了文艺创作底实践，先进的理论底翻译介绍，对封建文化的理论斗争，随着社会斗争底进展，它主要地还包括了新政治生活和经济生活底建立，文字改革的要求，人民的新知识的灌输，识字工作，以及戏剧，电影，音乐工作底广泛展开，等等。其中最重要的，作为基础的，是新政治生活和经济生活底建立，和普及工作底展开。没有新政治生活和经济生活底建立，新文化运动底成果是得不到保证，它底进一步的发展是得不到基础的。而没有普及，即大众化，新文化运动是不会有生命的。

新文化，新思想，协同着社会斗争，在社会斗争中发展，普及，巩固，就将给新文艺底创作实践带来一个伟大的局面，并且澈底地医好它今天的这种跛行的苦痛，纠正它底弱点。它底弱点，它底跛行的苦痛，正如人们所指出的，是在于它底到达的范围的狭隘性，因而也在于它底内容底局限性上面。它不能够通到广大的群众里面去，因而它也就不能获得应有的更为深入和广大的内容。在新文化，新思想协同着社会斗争而达及发展开来的时候，新文艺创作实践才能获得全新的生命。但这并不是说，新文艺创作应该等待明天。不是的。新文艺创作必须开拓自己底内容，反映新阶段的文化斗争及其思想要求，锻炼文化斗争底干部，协同着解决文化斗争底任务，无条件地，为文化斗争及其思想要求而服务。

它，新文艺创作，将一面争取在形式上到达大众，一面首先在实践斗争上到达大众。这就是说，它首先通过新思想的战斗在我们底实践而将这一新文化情绪，新文化要求传达给大众。新文化运动底目的，不仅是传达新思想，更是传达，启发新的文化情绪，新的生活情绪，那么，新文艺创作底这新的文化情绪，新的生活情绪，将首先通过先锋的战斗者底实践而和大众底要求共鸣，纵然大众还没有从形式或直接的读物上接受到这个。一种思想情绪，其传达的媒介决不止语文形式一种，那么，和新文化运动在开辟着自己底道路同时，新文艺创作也就开辟了自己底道路。

但是有一些理论家们，却把文艺创作底实践和文化运动底实践这两者等一起来，或者机械地对立起来。他们或者认为文艺创作底实践应该代替全体的巨大的文化运动底实践，于是责备它不去尽文化运动底一切任务，不去直接地推动文字改革，不去直接地进行理论教育，不去直接地展开识字工作；或者认为文艺创作底实践完全不能尽到上述的任务，于是干脆地否认它底公民权。他们把新文化运动底大众化这一广泛的任务完全推给文艺创作来负担，这，是从一种形式主义的思想方法出发的。

文艺创作底实践，有它底思想要求的一面，即坚持革命的精神，通过各种各样的生活相貌，活的人生形象来对社会底封建势力和奴役势力进行斗争，在这里它尽着作为文化斗争底先锋的任务；有它底普及要求的一面，即将它底思想要求通过对于旧的文化形式的占领而传达给大众，在这里它尽着作为文化斗争底辅助的一翼的任务。由于社会斗争底进展,这两者正在慢慢地合拢来,这两者底高度的统一将给文艺创作底实践带来空前的发展。现在,在某些地区,在社会斗争底保证下,这两者已经达到初步胜利的统一了,即新的思想要求已经达到广泛的普及了。形式主义底观点,以为文艺创作底思想要求将永远跛行,于是性急地希望来取消它,或者以为不必过问思想要求的普及的要求才是文艺创作底根本,是错误的。从来都没有也不可能有丢掉了思想要求的普及,那是搬家忘记了老婆的笑话。

新文艺创作实践底这两面,即作为社会的文化斗争先锋,和作为对大众的文化运动的辅助者的两面,因对象底差异而有着实践方式底差异,但这两者是统一的,同样的是大众化的。对旧社会的正面斗争,那成果,不可能不属于大众,首先不可能不从大众底客观需要出发。而对大众的启蒙,也不可能不震撼了旧社会文化底基础。

在社会斗争被压抑的地区,是以前者为主要的形态,在社会斗争高涨的地区,是以后者为主要的形态,那理由,是用不着说明的。但有的理论家们,却无视了这简单的事实。他们从形式上来对比,丢掉了思想要求,得出后者是人民的,前者是非人民的结论来,这不能不令人非常遗憾。教条主义底生硬的头脑是无法可想的。仅仅这一事实,在这个社会斗争被压抑的地区,正如在从前社会斗争低落的时期一样,文艺斗争在统治者及其狗子们底眼里就是一种致他们于死命的社会斗争,至少是这社会斗争底强烈的代表,而遭到他们残酷的摧残,迫害——仅仅这一事实,就可以好好地教育一下教条主义者们底生硬的神经。

一九四九、一、十四。

(原载《蚂蚁小集》之六《歌颂中国》,1949 年 3 月 20 日,署名冰菱)

蜗牛在荆棘上

——英译本序

《蜗牛在荆棘上》由绿原先生译成英文，在我是非常荣幸，并且值得高兴的。

我自己也比较满意这篇东西，虽然它底一些零乱的地方常常使我很惭愧，但我现在更知道，文学不是技巧的东西，而是生命本身的实践和斗争。我所要写的，是中国荒野中的生命，它们底盲目、苦痛、和力量。这个中国在震荡，就是由于这样的生命；它是决不能和中产阶级底无聊与腐化并立的。在中国底大地上，新生是很明显地在各个角落里茁发，并且有一大片已经汇集起来，而成为巨人底步伐。但如果不感觉到人生本身的热情及苦痛，所谓新生，也只能是知识份子底灰白的概念而已。

在这样的中国，这一类作品底读者自然仍然只有少数的知识份子；但那样的精神和力量既然属于巨大的人民世界，一切也就只能是一个。

我们是在搏斗着以求解放，不是在制造宫殿或赏玩花朵。我们底境遇确实非常艰难。如果我自己能做到作为一个中国人，作为一个现代人应该做到的事情，我会觉得我所得到的酬报是高于一切的。

（原载汉口《大刚报·大江》1949年1月18日）

吃人的和被吃的理论

偶然翻翻一本"青年党"的文学刊物，叫做《时代文学》的，看见了这样的话："人吃人大约也还要找出一套哲学理论来，吃你一个死而无怨！人真是太可怜了，不惟没有当成人，连禽兽也不如的。"后面又有："一般人盛唱自由，其实自由不自由是自己的问题，谁也把谁的自由拿不去，你有灵魂，谁也把你没有办法，古代的伊索，是奴隶的奴隶，但他的寓言是部很名贵的书。"

果然果然。两相对照，就一方面给出了吃人的理论底实例，一方面证明了"连禽兽也不如的"断言。但引起我底兴趣的，却是"奴隶的奴隶"底"灵魂的自由"，这是朱光潜林语堂们要过的花样，这里不过是幼稚的翻版吧了。

因为有压迫，所以才有反抗的。一部世界文学史，就是反抗的文学底发展的历史。如果统治者真的发明了一种法术，连奴隶底灵魂都能全部统治起来的话，那么这个世界今天就不是这个样子，任何种类的反抗的文学也都不会有了。我们有些大理论家谴责反抗的要求，说，从反抗，求生的要求出发，不是唯生论或进化论么？不是像早年的、"小资产阶级"的鲁迅一样么？那也只好由它。奴隶底灵魂底"自由"，用术语来说，就是客观的历史要求底反映。当第一个奴隶发出冷笑来，表明了他对于世界历史的认识的时候，奴隶主底宫殿就现了裂缝了。排山倒海的进军，就是由这奴隶的冷笑转化成的物质的力量。

但奴隶底灵魂又何尝自由？在全生活的规模上所进行的奴役，是闭塞着一切通到真实的认识的道路的，奴隶们必须用前仆后继的牺牲做代价，从这奴役的黑暗的王国里一层又一层地打出来。现在很有些有福气的人们认为"认识"是现成地就得到的，但在斗争的奴隶们，却是不流血就得不到对于世界历史的认识，用术语来说，这认识底过程，就不可能不同时就是实践底过程。所以，连"吃人的理论"都不得不承认了，"你有灵魂，谁也把你没办法"。

"吃人的理论"，是希望人们都安于现状，即，"每一个人都已经有自由，用不着再争了"。但事实却是，如果不争——即使是表明了对于世界的认识的冰冷的一笑吧——就不会前进一步。如果安于现状，就不会有伊索，因为这时他底灵魂已经死灭了。谁也把你没办法么？只要你安于这"有灵魂"，禽兽就欢天喜地，有办法了。

奴隶底灵魂，反抗的，争着站立起来的奴隶底灵魂，是反映了客观的历史法则的，因这反映，因这对于反映，认识，实践的流血争取，他才得到自由。没有对于压迫的感受的奴隶，没有斗争的要求的奴隶，希望坐享现成的奴隶，把别人用生命争取来的认识和自由偷窃过来装饰自己的奴隶，是没有出息的一种，慢慢地就要变为奴才的。

奴隶底反抗，是世界史底骨干。没有反抗的要求，就不会有我们底文学，这文学是用着无数的生命和鲜血，争取着对于世界底认识的。在我们底新文学里，"小资产阶级"的鲁迅，就是以他底一生塑成这争取认识世界，争取实践的反抗者底伟大的雕像的。对各种各样闭塞人生，闭塞认识，奴役生命的禽兽的反抗，追击。

"从求生的要求出发"，不好么？有各种各样的求生的。有掌握了历史实践和客观法则的群众战斗，有溶化了历史要求的人生斗争，有狗急跳墙，投机取巧，进而，有卖身投靠。看见了吗，先生！我们底新文学是从怎样的立场出发，沿着怎样的血迹斑斑的道路前进的？认识，谈何容易！我们底新文学是突破了多少黑暗的藩篱，击退了多少迫害，才获得今天底思想内容的？不和人民底要求一同受难，一同前进，岂能得到这样的认识？

但是，教条主义者却说："经济基础。"你为什么不说，这样的认识是由于"意识是存在的反映"。"生产力与生产关系的矛盾"呢？这真是从何说起！像演习数学题目一样地跟这些先生们演习一下吧。反抗那里来的？求生的要求来的。求生的要求那里来的？从被压迫的状况来的。被压迫的状况那里来的？从“生产力与生产关系的矛盾”来的。满意不满意，先生？那么，演习了这个之后，还要不要反抗，求生？躲到“生产力与生产关系”下面去做一个宿命的等待者吗，可敬的先生？

这样的理论，和那吃人的理论一对照，干干脆脆就是“被吃的理论”。安于静观，安于对于社会发展法则的宿命的依赖，安于“我已经看见道路了”而沾沾自喜。这就等于对吃人的理论投降，说：“我有灵魂（看见客观法则），谁也把我没办法。”

客观法则是行动底指针和基础，但行动的却是反抗求生的人民。客观法则只是说明了人民底反抗求生的原因，及其必然胜利的基础，但并不能代替行动。但是大理论家们却要人们安于这客观的法则。吃人的理论说：“自由不自由是自己的问题，谁也把谁的自由拿不去。”被吃的理论则说：“用不着强调反抗，求生，和对于认识争取，历史的客观法则自有其必然性，谁也把这个必然拿不去。”

现在早已不是“灵魂自由”的时代了。奴隶的“灵魂自由”，或者正确地说，奴隶底对于认识和觉醒的争取，是对于统治者的致命的打击。但现代的，在资产阶级底脏臭的厨房里哼着的“灵魂自由”，却是吃人的禽兽在被打击，被围困的时候所发出来的，伪善的血腥的声音。对于这样的灵魂自由，就也借用吃人的理论回答它吧：“自由不自由是你自己的问题呀。”

但是，如果不进一步打死这些禽兽，让它们在那里哼哼，以为它们依照“经济基础”及“社会发展客观法则”就会自行消灭，而去打它们则反而会有被咬一口的危险并且有点“小资产阶级”，那么，这就只能是被吃的理论了。

一九四九，一，十八。

（原载《蚂蚁小集》之七《中国，你笑吧！》，1949 年 7 月 1 日，署名木纳）

团结在毛泽东旗帜下

——对于文代会的感想

这次的文代大会，是具有划时代的意义的。我们这些从旧社会中摸索过来，在国民党反动统治下零星地作战的文艺工作者，在这个大会上，得到了很宝贵的学习机会，受到了很大的教育，更团结地在毛泽东的旗帜下组织了起来。

过去我们在国民党反动派统治的时期，我们只能做一点以革命的知识分子为对象的思想上的启蒙工作和精神上的鼓舞工作。在那个黑暗时期，我们追随着毛主席的旗帜，是追随得很苦恼，很艰难的，不仅要突破敌人底障碍，也要突破自己内部的从旧社会带来的缺点，但现在我们被非常明确地组织在这个光辉的旗帜下了。

我们带回来了更大的克服缺点的勇气，更大的对旧社会的思想意识斗争的决心；这个大会检阅了全中国的文艺工作者，显示了新民主主义的思想武器底巨大的力量，对于我们这些新解放区的文艺工作者，是有着特别伟大的意义。

这次的大会，团结了全国各方面的文学艺术工作者，每一方面，每一部门的文艺工作者都从这个大会上获得了明确的群众观点，和到实际中间去更向前进的决心。特别使人感动的，是各个老解放区的，在极端艰苦的环境里坚持了长期的斗争，做着鼓舞农民的文艺工作者们，和在火线上出生入死，和战士们一道对敌作战的文艺工作者们。他们的作品或演出虽然有时可能比较粗糙，但那生动活泼的群众气魄，却是使人永远不能忘记的。他们的工作是很具体地教育了我们。

这次的大会，提出了文艺工作的组织者底重要性，多少文艺工作的组织者，很多年沉默地守着他们的岗位，对于文艺斗争和文艺运动的发展尽了伟大的桥梁和基石的作用，是值得我们学习、尊敬的。

在这次大会里，特别使人感动的，还有民间的文艺工作者，民间的艺人们。在大会的一次自由发言里，有一位民间的文艺工作者上台讲话，他表达他的翻了身的快乐，斗争的决心，和对于毛主席的爱戴，大声呼叫，兴奋地跳起来有好几尺高。全场都被他的这种强烈的热情所震动。这是确实的，民间的艺人们，在从前的黑暗时期是被迫害，被侮辱，被冷落的，现在不仅得到了翻身，并且已经发挥了巨大的力量了。

周副主席的报告是这个大会的基本精神。周副主席特别地指出了民间文艺在今后的斗争上的重要性。他说，民间的文艺，是反映了人民的生活的东西，但过去是受着封建思想的统治的。现在我们要从民间文艺里打倒这封建思想的统治，把数十万的这种读者，听众和观众争取到新民主主义的思想阵营里来。

这并不是简单的工作，也不是形式上的工作，必须用新的科学的思想方法，来加以改造，从内容的进展达到形式的改变和发展。而且必须各部门，各方面的工作有组织，有效地配合起来。

周副主席，以及周扬、陈伯达同志的报告里面，都提到现阶段的文学艺术工作者必须熟悉工农兵的生活，了解人民的需要，提高思想性。不熟悉生活，不了解人民的需要，你就摸不着对象。现在不是随兴所至地去创作或随着作者的偶然的感情去创作的时代。但是，客观的对象，客观的需要，必须通过作者的思想表达出来，必须被作者的思想组织起来。不应该光是素材，光是现象，不是要善于发现事物的本质和运动的方向，把素材提高到典型，表现出一定的思想意义，争取较大的教育意义。人民的艺术家不应该追在现实后面做尾巴，也不应该是经验主义者，人民的艺术家应该是具有高度的思想性的艺术家。也只有依靠这高度的无产阶级的思想性，才能澈底肃清旧社会思想意识在民间文艺，以及其他各方面的影响。

大会提供了各方面的任务。周副主席着重地号召大家到实际工作中间去，因为，只有在实际斗争中间，才能获得真正的思想性，才能解决具体的方法问题。思想性不是公式主义。周副主席号召大家到工厂，部队，农村去，一方面必须做旧事物的改造工作，当前任务的突击工作。一方面也要有这种气魄，真正的无产阶级的气魄，去创造我们的人民解放战争的伟大的史诗，把淮海战役等等去写出来，留给我们后代的子孙。他说，这是一个千载难逢的伟大的时代，我们不能辜负这个时代，叫它不留痕迹地过去，那样我们的后代会责骂我们的。

大会，以及会外的展览和演出都启示我们，这是一个伟大的工作的时代。各方面的工作具有各方面的特殊性，但必须在总的原则下组织起来，配合起来，加强联系。也有教育干部、知识分子的，也有教育群众，教育农民的，形式可以不同，形式必须从对象出发，从内容出发，但都必须有一定的思想性，而在总的方向下沟通起来。现在到了大城市，为工人阶级的，以工人为对象的文艺逐渐地占着较大的位置，而且将来会占着主导的位置。因为工人一般地在文化水准上比较地高，在都市中受新思想的影响的可能性比较的大，比较集中，生活里面所包含的思想问题也比较的尖锐，所以农村中的文艺工作方式拿到都市里来，就碰到了新的困难。从这次大会的演出来看，从以工人为对象和内容的话剧《红旗歌》的成就来看，这些困难已经得到了克服的途径。一般地，如果把城市里的文艺工作方式拿到乡村里去，也一定遇到困难的，老解放区的文艺工作者们从前遇到过，几年来已经不但克服，而且有了很大的成就。新解放区的工作者们是必须向老解放区学习的。

我个人是带着极大的兴奋和期待去参加这个大会的，大会完全满足了我的期待，并且满足了我的学习的愿望。我原是带着从过去的斗争里带来的好一些朦胧的弱点去参加这个大会的，大会明确而具体地给我指出了克服这些缺点的道路。我坚决地相信，在毛主席的旗帜，新民主主义的方向下，我们的新文艺，我们的伟大的人民文艺，在各方面都将得到辉煌的发展。

一九四九年八月十日

（原载南京《新华日报》1949 年 8 月 16 日）

谈列宁和高尔基

——电影《列宁一九一八》专题座谈

我在这里且来补充一点关于列宁和高尔基的。这个片子里，批判了高尔基的软弱，是正确的。但是我们还应该理解全面的高尔基；不应该因这个批判而使高尔基底光辉的战斗在我们面前黯澹下去。这个批判，对于我们是一种启示，告诉了我们高尔基底战斗道路是不容易的，是很艰难的。他在革命中间犯过错误。这错误的根源，我以为并不是由于他不知道憎恨敌人：我们都受过他底关于爱和憎的教育的。而是因为，作为一个人道主义者，他常常是一个思想家的，艺术家的人道主义者，而列宁，作为一个伟大的人道主义者，却基本上是一个“行动的人”。用爱与憎来做思想斗争，和把爱与憎组织成革命的行动，这两者是有点不同的，前者常常顾忌不到具体的此时此地的事物，而后者却是从具体的此时此地出发的。可以说，高尔基所缺乏的是对于革命行动的掌握，但是他底思想斗争，广泛的思想斗争，又正是列宁的行动底基础。我们要向这个例子学习的，就是行动。其次，作为思想家，文化战士，高尔基底负担可能比列宁还要大。他一切问题都要思索，因而常常使自己受伤；他负担了旧社会底一切精神压迫，作着不断的战斗，而列宁，是已经从行动中把这精神压迫打破了。这里，我们要向这个例子学习的，就是我们既必须有勇气去承担旧社会底一切压力，更必须从行动中来判断和打破这些压力。最后，关于高尔基底阶级性。他是从社会的底层出身的，后来，发展为无产阶级的文化战士。但如前面所说，他要和旧社会思想意识肉搏过来的，所以多少地受着伤。但这并无妨于高尔基底伟大。这正是高尔基底伟大！我们不应该认为只是无产阶级，就一定是干干净净的，从来没有和敌对阶级意识斗争过或受过伤的。列宁教育高尔基的，这个片子教育我们的，就是，要把创伤化为行动，“予打击者以打击。”

（原载南京《新民报》日刊 1949 年 9 月 5 日）

为什么会有这样的批评？

——关于对《洼地上的“战役”》等小说的批评

我的小说《洼地上的“战役”》（《人民文学》一九五四年三月号）、《战士的心》（《人民文学》一九五三年十二月号）、《你的永远忠实的同志》（《解放军文艺》一九五四年二月号）等受到了下列的批评：

晓立：《从〈瓦甘诺夫〉联想到〈洼地上的“战役”〉》（上海《文艺月报》一九五四年五月号）

侯金镜：《评路翎的三篇小说》（《文艺报》一九五四年第十二号）

宋之的：《错在哪里？》（《解放军文艺》一九五四年八月号）

荒草：《评路翎的两篇小说》（上海《文艺月报》一九五四年九月号）

刘金：《感情问题及其他》（同上）

这些批评中间，侯金镜同志的文章是提纲式的，提出了总的范围和结论，宋之的、荒草等同志的文章则是从各种角度，用各种说法来扩大和加深这个结论。

这些批评认为小说《洼地上的“战役”》是一个“恋爱故事”，是“纪律与爱情的冲突”，是“宣扬个人主义”、“攻击了工人阶级集体主义”的（侯金镜）。这些批评的一个共同的基本观点是：朝鲜姑娘金圣姬对志愿军战士的感情，战士们对这个感情所反映的人民的愿望的同情，以及战士和家乡、亲人的感情联系等等，都是“个人主义”、“渺小的甚至庸俗的个人幸福的憧憬”、“决不能成为集体主义和爱国主义的出发点”（侯金镜）。这些批评曲解了小说的主题，并且用武断的口吻来达到他们的结论，例如侯金镜同志说：“不过作者也知道，部队的纪律是玩忽不得的，于是对爱情故事的展开就下了苦心经营，把爱情的主动安放在金圣姬的那一面……使读者对金圣姬的爱情不能不同情……”这就是说，作者原意是反对纪律，但不敢公开反对；朝鲜姑娘金圣姬对志愿军战士的感情，不过是作者为了反对纪律所下的“苦心经营”；读者对这个感情“不能不同情”，是作者“苦心经营”的结果，等等。用着这种方法，批评家达到了小说是“攻击工人阶级集体主义”等等结论。批评家们的态度更是十分横暴的，这在后面我将简单地提到。总之，我认为，这种批评直接地违反了党的思想原则和道德原则，因而是不能令人容忍的。

解放以来，我的描写工厂生活的小说和剧本，以及我的解放前的一些作品，都受到了类似的批评。我曾就那些批评中的主要的两篇写过我的意见和对作品的初步检查投寄《文艺报》，希望能从事讨论，但当时《文艺报》却简单地拒绝发表，连任何具体意见都没有。由于这次的批评比以前的更集中，更有系统，性质更严重，并且由于这次批评是承继着以前对我的批评的论点和方法的，所以我觉得我应该试着把我的意见说出来。

因为我的批评家们是以滥用政治上的结论的方法来代替了创作问题的讨论的，这些政治上的结论显然有首先弄清的必要，所以这里也没有能谈到我的创作上的缺点问题。这里也不可能谈到批评家们对我的小说的许多枝枝节节的曲解；因为这些曲解是从对小说的主题的曲解而来的，所以这里只能围绕着小说的主题提出一些说明。

批评家们说，小说《洼地上的“战役”》是一个“恋爱故事”，它的主题是“爱情与纪律的矛盾”，它到底是不是这样呢？

“读者对金圣姬的爱情不能不同情”，是由于什么呢？是由于作者所“苦心经营”的她的毫无社会内容的、抽象的“赤诚纯朴的心地，火热的一往情深的不可遏止的感情”吗？

金圣姬母女的感情到底是什么一个现实内容呢？

第一，朝鲜人民在他们的困难和英雄的战斗里热爱着在抗击美帝国主义的行动中和日常的艰苦劳动中都帮助了他们的中国人民志愿军。这种以共同的战斗目标为基础的同志爱和亲人爱的感情，充满着景仰和感激，激发着自我牺牲的精神，在一个年轻的姑娘身上就有可能发展到爱情的高度。金圣姬母女为战争付出了牺牲，付出着忠诚的劳动，这样的人民对志愿军战士是会抱着更热烈的感情的。她们的感情的发生和发展，表现了部队和人民，中国人民志愿军和朝鲜人民的血缘关系。——这就是小说里所写到的爱情的社会内容。没有社会内容的爱情在现实中是不存在的，也不可能成为创作的题材。把这种爱情的社会内容取消，把任何爱情都当做是一般的“男女私情”和孤立的“个人爱情”，我的批评家自己的观点正是庸俗的、机械的、实质上是资产阶级的观点。

第二，金圣姬母女的感情，又包含着人民对于胜利，对于和平劳动的幸福生活的要求和信心。在反抗美帝国主义，热爱解放了的祖国的强烈的感情里面，正是包含着对和平劳动的将来的渴望。解放了的人民的和平劳动的要求，原是正义的反侵略战争的基础，而和平劳动的幸福生活，又正是反侵略战争的目标。金圣姬母女的感情，表现着解放了的朝鲜人民在战争中对将来的坚定的、乐观的、毫不犹豫的信心。血腥的帝国主义疯狂地想要扼杀人民的愿望，但它却不能达到目的，在它的残酷的侵略之下，人民的愿望和信心只有锻炼得更坚强。把这种和平劳动的愿望的现实的斗争内容取消，认为在战争中抱着和平劳动、重建生活的愿望和信心就是“战争的旁观者”、“个人主义”，我的批评家自己的观点实际上正是庸俗的、机械的、违反现实的观点。

简单地说，上述的两个互相关联的内容就是金圣姬母女的感情。小说里写着，金圣姬对战士的感情既然发展为爱情，那么，在它的面前，一个战士倘若走入迷误，产生错误的行为，——战士们对这个抱着高度的警惕——那是“严酷的战争任务和军队的纪律所断然不能容许的”（小说第六页）。对战士说来是如此；而对这个姑娘本人，那就不是军队内部的战争任务和纪律的问题，而是她，反侵略战争中的人民，必须承受战争的锻炼的问题。如果她不能承担这个锻炼，犯了错误，那才是“和国际主义精神背道而驰”的。这就很显然，金圣姬母女的感情的根本的内容和基础决不能是“和国际主义的精神背道而驰的”。读者，首先是作者“不能不同情”的，正就是由于这个感情的内容和基础，同情了这个，正就是控诉了和这个对照得鲜明尖锐的美帝国主义底侵略和残暴。难道同情了这个，反而会使读者反对小说里所提出的警惕，即这个感情如果不能承受战争的锻炼，就会使得战士和她自己都犯错误吗？

但读者，首先是作者“不能不同情”的，还应该不仅仅是这个感情所包含的内容本身，而更是这个感情在现实斗争里所经受的锻炼，在产生它的基础上提升为更高的东西。这种感情从战争的现实和崇高的精神产生，但也因为战争现实和一种更崇高的精神——战士们为人民而战的自觉精神——它被接受又不被接受。它被接受的是人民对志愿军的热爱和人民的愿望，它不被接受的是爱情：在战争中它会导致错误。这是一个实际问题。

小说表现了战争对金圣姬的感情的锻炼和教育，在现实斗争面前金圣姬的感情转变为坚强的斗争意志。读者，首先是作者，不能不同情的，正是这个。通过这个锻炼，年轻的朝鲜姑娘将更懂得仇恨敌人，将更鲜明地理解到，反抗血腥的帝国主义，需要付出怎样的代价，将更明白中国人民志愿军战士的崇高品质，将更理解中朝人民用鲜血结成的友谊的深刻的内容，并将更坚强地看到她的祖国的未来，看到志愿军战士为之流血牺牲的人民的未来。

金圣姬的感情的产生、发展及结果，它所反映的现实斗争的内容，难道是“和国际主义精神背道而驰”的吗？读者，首先是作者，对这一切“不能不同情”，难道不正是导致了反对敌人、警惕迷误、坚决为人民的愿望而斗争的结论，反而会导致“反对纪律”的结论吗？

在战士的这一面，由于对战争的献身志愿，由于自觉的纪律精神，他不接受这爱情，但却因人民的感情和愿望而更深刻地感觉到自己的责任和他所从事的战斗的意义。他毫无犹疑地献出自己的鲜血以至生命，他自觉地从事这正义的战斗，因而就从摆在他面前的这种爱情的旁边走过，一直向前走去，倘若对这爱情发生了感情，就自觉地克制这种感情，拖着对人民的深刻的感情走向战场。从这种感情他不是什么都不感觉到的，他从这里面感觉到人民的热爱，人民的愿望、痛苦和仇恨，他为这个而战。他的每一个行动都和人民联系着，他的流在战场上的鲜血是闪耀着和平事业和阶级事业的光辉，也就是他的祖国，他的亲人和朝鲜人民对他的感情；这鲜血对人们说明，他是为了他的祖国，他的亲人，为了朝鲜人民，其中也包含着那个他虽然不接受，但却感谢着的爱情。这鲜血说明了他的行动的正义性；这鲜血号召人们牺牲自己，为全体人类的幸福而斗争。这样的战士，他的崇高的精神，不仅教育了那个拖着爱情的姑娘，也教育了千千万万的人民。

小说所反映的就是这样的历史现实的内容。小说写到了金圣姬母女对战士王应洪的感情，通过这一点也正是表现了小说的主题：人民的愿望和血腥的帝国主义的根本对立，以及我军战士的自觉精神。

可是在我的批评家这里这却变成了“恋爱故事”、“纪律与爱情的冲突”以至“攻击工人阶级集体主义”了。

金圣姬母女的感情的矛盾发展的内容是全部被我的批评家们否定的，他们把金圣姬母女斥为“个人主义”者。

金圣姬母女是带着热爱祖国、热爱志愿军，渴望胜利、渴望和平劳动的感情出现在小说里的。我们可以说，单纯的金圣姬，正是一个用她的生活里的艰苦的劳动，对战士们的感情，抢着替战士们洗衣服并为慰问战士们而表演的行动，以及在这表演里表现出来的人民的坚决意志，表现了对敌人的仇恨，一面却用她的对和平劳动的将来的信心来轻蔑了血腥的帝国主义的。（批评家斥责她是“战争旁观者”!）不可能设想人民会在残酷的战争面前低头，在毁灭面前害怕，对重建自己的生活不敢存着希望。这个金圣姬，小说里的形象统一地表现着，她的对生活的希望和信心正是和对敌人的仇恨，对志愿军的热爱，对祖国的将来的信心结合着的。她向祖国献出了亲人，并生活在危险和困难中，但她仍然“宝贵她的青春”；或者说，因此她更“宝贵她的青春”。她和战士们“一起大笑起来，每一次都要笑得流出眼泪。……在战线附近，在敌人的炮击声中，这样天真快乐的姑娘是特别使人高兴的”。这种笑声不是对于敌人的轻蔑是什么？在她看来，志愿军战士远离家乡和亲人，是为她的祖国，为她而战，忍受痛苦以至流血牺牲的，她的心里会发生什么感触？她的心里充满着崇敬和景仰，也被激发了一种自我牺牲的感情，纵然知道她的爱情不可能实现——当然不可能是不希望它实现——并且这爱情会带来痛苦，也仍然感激着，爱着那个她觉得是优秀的战士。由于爱情，她不可避免地幻想着许多东西，但由于她对战争环境的认识，她深藏着她的感情，仅仅用抢着或偷着替王应洪洗衣服和赠送礼物来表达她的感情。但这种感情仍然被注意到了。战士不能接受，她也明白这个，于是她的感情更深藏了。小说里写着：“那姑娘望望她的母亲又望望王顺，一句话也不说，红着脸把那袜套接了过去，又低着头继续吃饭了。以后一切就显得很平静，没有什么事情了。”她“一句话也不说”，不正是表明了她已认识到战士不能接受，而她对这个并不怨尤吗？在慰问战士的演出会上，由于别的姑娘们对王应洪的友善的态度，她的脸上就闪耀着“辉煌的幸福神情”。爱情不能实现她已明白，为什么还会觉得幸福？因为她觉得，纵然爱情不能实现，她所爱的这个对象仍然使她光荣，他所从事的正义事业使她觉得光荣。战士走了，她偷偷地赠送了纪念品。纵然爱情不能实现，但她仍然暗暗地希望他知道并记念着她的感激，她对他为了她的祖国，也是为她而战表示感激。她和她的母亲“日日夜夜”地望着前沿，想着那些亲爱的战士们——她的感情把她带到对战争的更深切的关注里去。她希望亲爱的战士们归来，并相信他们会归来，这是对于胜利的渴望和信心，但同时，她的幼稚的感情幻想着，将来，战争结束了，亲爱的战士能接受她的爱情，——她觉得军队的纪律也不至于反对这个的。然而她的幻想立刻就受到了现实斗争的教育，这教育就是：这不是纪律不纪律的问题，这是血腥的帝国主义的问题。由于这血腥的帝国主义，战士即使不牺牲也不能接受她的爱情。战士自觉地遵守纪律，原是因为他自觉地追求着战斗任务。为了战斗，爱情是应该牺牲的，正如同生命是应该牺牲的。所以，主要的，摆在金圣姬面前，也摆在人们面前的，是为和平而战的血战的道路。牺牲流血是痛苦的，但人们如果要前进，就必须承受锻炼。亲爱的战士流在战场上的鲜血使她感到了什么？她从这个听见了什么号召？——这鲜血号召她前进，为全体人类的幸福而斗争。这就是小说结尾的形象的意义。小说的结尾写着：王顺想说一些话。那些庄严的语言来到他心里了，“可是金圣姬一下子站了起来，对他伸出手来……这姑娘的手在一阵颤抖之后变得冰冷而有力，于是王顺觉得不再需要说什么了”。

然而，批评家们，例如侯金镜同志，却是用着这种方法来向读者“介绍”这个内容，并达到他的结论的：

> 王应洪牺牲了，而同时“鼓舞”他们前进的爱情也破灭了，故事结束时的感情就不能不是阴暗的。这也正是为什么有些读者对这悲剧式的结果久久不能释然于心的缘故。这篇作品实际上在某些读者的心灵深处也形成了一个“战役”，在那里攻击了工人阶级集体主义，支援了个人温情主义，并且使后者抬起头来。

“不能不是阴暗的”！在批评家看来，这“不能不是阴暗的”、“悲剧式的结果”有两个原因，一个是战士牺牲了。这显然是一种“无冲突论”的见解：流血牺牲“不能不是阴暗的”，于是不能描写流血牺牲。但流血牺牲又不可避免，于是就把它说成是完全或立刻就可以“释然于心”的。然而，流血牺牲却是不可能使人们完全或立刻就“释然于心”的，正是这个使人们更深刻地感到和血腥的帝国主义的誓不两立，激发着人们的仇恨和斗争意志的。这是一般而论，而我的小说里所描写到的牺牲，却又正是在崇高的战斗精神、激发的对敌仇恨、危急的战斗环境中的充满着胜利的信心的牺牲。优秀的战士的牺牲当然会使他的战友和亲人“不能释然于心”，但和这个同来的却是更坚强的战斗意志。批评家认为牺牲“不能不阴暗”，他想必以为这是会使士气颓丧的，那么，他到底是怎样理解人民军队的“不怕流血牺牲”的本质的？其次，战场上牺牲了成千成万的英雄的这个现实，人们为牺牲了的战友而“久久不能释然于心”的这个崇高的阶级感情，以及人们因这而更坚决地战斗的这个现实，难道批评家没有看见么？难道这一切都是“不能不是阴暗”的“悲剧”么？不难看出，认为“牺牲”就“不能不阴暗”的批评家，是不愿正视流血牺牲的现实斗争的，不难看出，批评家是抱着怎样的一种“无冲突论”的见解。

“不能不阴暗”的“悲剧”的第二个原因，是“‘鼓舞’他们前进的爱情破灭了”。——前面已经指出，批评家认为这是作者的“苦心经营”。战士们从金圣姬的爱情感到人民的热爱和愿望，用崇高的感情来看待这爱情，这在批评家看来是用爱情来“鼓舞”战斗，而且这种“鼓舞”是被这样理解的，即：努力战斗吧，努力战斗回去就可以谈恋爱去了。而金圣姬在伟大的斗争和战士的自我牺牲面前所受到的教育，她的感情的内容和过程里反映了人民的愿望和血腥的帝国主义的誓不两立，在批评家这里就变成了“个人主义”，而且变成了“爱情破灭”。难道批评家在人民所遭受的牺牲和所承受的锻炼里竟然看出了一个“破灭”么？

“读者久久不能释然于心”——人们不希望看见亲爱的战士的牺牲，觉得这样优秀的人牺牲了可惜，人们不希望看见人民遭受苦难，免得金圣姬母女及一切朝鲜人民的遭遇使人痛心，人们希望一切优秀的人都能幸福地活着，一切美好的希望都能实现，这种感情不是很正常的么？然而血腥的帝国主义却和这不能两立，只要帝国主义存在，就会有流血，有不幸，对这个现实人们能“释然于心”么？对优秀的人们的牺牲，对人民的痛苦，对血腥的帝国主义的存在，如果人们能“释然于心”，那革命斗争还能教育人么？——小说在人们的感情上所唤起的这个效果，难道不正是达到了更坚决地反对帝国主义，保卫和平的结论么？未必批评家以为在战士的流血牺牲及人民的痛苦面前是可以或应该“释然于心”的么？

作者也正是这样“久久不能释然于心”的。优秀的战士为了我们全体的幸福而献出了自己，人民的生活遭到了帝国主义的毁坏，这种毁坏仍在继续；我们大家如果工作得不好，就有负于英雄的战士；我们大家都应该正视现实，正视流血牺牲，并且从这里继续前进。可是批评家所“久久不能释然于心”的，却是“不能不阴暗”的“悲剧”。不难看出，批评家是抱着怎样的一种“无冲突论”的见解。

爱伦堡[①]在《作家与生活》一文里说过：

> 我本来不打算写《暴风雨》的。为什么我还是写了呢？我觉得，死者是有发言权的。我常常思念那些未能从战场

① 爱伦堡(1891—1967)，苏联作家。犹太后裔。1910年开始文学创作，第一次世界大战期间当过战地记者，1921年起侨居西欧十余年，第二次世界大战爆发后回国，卫国战争中任《红军报》战地记者，发表了大量反法西斯政论及《巴黎的陷落》、《暴风雨》、《第九个浪头》等长篇小说。1953年斯大林去世后，发表了一系列质疑苏联文艺政策和提倡创作自由的论文、随笔，以及对此后的苏联文学有重大影响的中篇小说《解冻》。著有诗歌、小说、报告文学等各体文学作品多种。《作家与生活》是其晚年文论之一。

上归来的亲人和朋友……就对自己说:“这些人已经不能描写他们曾怎样生活、怎样战斗、怎样死亡的了。”……

我接到许多读者来信。他们都为《暴风雨》中的主角谢尔盖死亡而不平。对于一个作家来说,描写幸福,当然要比描写不幸愉快得多。我时常羡慕狄更斯。在他的小说里人们也都受苦受难……但是在故事的结局,总归都是大团圆,在舒适的灯光之下,主人公们坐在圆桌旁边开心地回忆着过去的苦难。……现在再来看谢尔盖的命运,在胜利之后,我们很少有那样没有空位的圆桌子;大家都知道,我们为了把世界从法西斯的兽行中拯救出来是付了什么样的代价,而英雄们的坟墓并没有把我们压倒,而是把我们鼓舞起来了。

请大家再把狄更斯小说的那些幸福的结局好好想一下吧。当他的主人公们坐在圆桌子旁边开心的时候,而在他邻居的家里依然有人在那里摧残着儿童。……

……是和那些许许多多在战争中失去了自己的亲人的个人的悲痛分不开的。当人们注视着圆桌旁边的空位的时候,也就想起了他们的悲痛——他们的牺牲,为使千千万万人的命运变得更幸福一些而作的牺牲。这就是《暴风雨》的“不幸的”结局和狄更斯那些小说的“幸福的”结局根本不同之点。

传达苏维埃人世界的那个复杂的管弦乐队,不能只限用某些管乐。不能简化人们的内心生活,从内心生活中抽出它的那些亲切的考验或悲哀。……

描写了牺牲,就“不能不是阴暗的”,这就是批评家的认识和逻辑。读者“不能释然于心”——这是批评家根据着这种“阴暗”所看到的作品的“悲剧”的效果。而为了证实这“悲剧”效果是作者“苦心经营”的,金圣姬母女的感情是不值得同情的,就得把她们斥为“个人主义者”。于是就“攻击了工人阶级集体主义”。——这就是这种批评的方法。不难看出，这是怎样地歪曲了作品的内容。不难看出，这是怎样的主观主义和彻头彻尾的“无冲突论”。

批评家的另一个“个人主义者”，就是金圣姬的母亲。这个“个人主义者”是怎样的呢？她比她的女儿承受了更多的艰苦和牺牲，媳妇在战争中牺牲，儿子送上了前线。然而这些牺牲都不曾压倒这个六十多岁的老人，她为战士们做事情，像慈爱的母亲一样对待战士，这一切都是根源于她对战争的认识和对将来的坚强不屈的信心。毁灭和鲜血不曾吓退她。她赞同她的女儿的和平劳动的乐观希望，赞同金圣姬对志愿军的感情。当王应洪谢绝了金圣姬的赠礼的时候，班长想要解释几句军队的纪律，她立刻“辩解着说：她才不相信这个！这并不是随便接受老百姓的东西呀！她并且指指响着炮声的前沿的方向说：这还能分家吗？金圣姬姑娘为什么不该感谢这年轻人呢？”这就是她的认识。（批评家斥责说：“个人主义”、“反对纪律”！）在王应洪替她劈柴，而她抚摩着王应洪的时候，她“含着泪看着这年轻人——她仿佛觉得他已是她家庭里的人了，并且她甚至想到了，当她的当人民军的儿子从前线回来时，将要怎样高兴地和他们家里的这个亲人见面”。她的这种感情难道不正是表现了对志愿军的亲同骨肉的热爱以及对胜利的毫不犹豫的乐观的信心？（批评家斥责说：“个人主义”！）她确信战争会胜利，儿子会回来，将来会重建她的生活，——在这么一个老人面前，血腥的帝国主义也不过是幻想了一场罢了。人民永不屈服，胜利和重建生活对于这老人是一个极自然的简单的真理。我们需不需要指出，虽然她也知道王应洪不会真的成为她家里的亲人，她的这种感情的性质也不会改变？我们需不需要再指出，她的这种感情反映了人民的生活愿望和血腥的帝国主义的根本对立？

金圣姬是解放了的朝鲜人民，她的命运和她的祖国的命运密切相联。中国人民志愿军的正义事业是和她的祖国的正义事业结为一体的，因而在她的头脑里就产生了一些激动的感情和想像。小说里写着：“可是王应洪却完全没有注意到这个，这个年轻人的全部心思都集中在练兵的工作和未来的战斗任务中。使得这姑娘对王应洪发生感情的重要原因，正就是王应洪的这种热诚。他帮她家做的劳动最多……金圣姬那姑娘，……心里满是感激，从这感激就产生了一种抑制不住的感情和想像了。”这就是说，正是王应洪对战斗的坚决意志和对人民的态度——对正义的事业的忘我的精神，感动了她。不是这年轻人会对姑娘们献殷勤，也不是别的什么琐碎的东西感动了她，而是他的为和平事业，也是为她的祖国而战的热情感动了她。这个明明白白的内容，就是批评家所说的作者的“苦心经营”。

人们不妨说金圣姬的感情是幼稚的。事实也正是这样。但这感情的基础却决不能遭到污蔑或歪曲。不能够设想，一个对祖国的命运没有深刻感触的女孩子，一个对志愿军所从事的正义事业没有理解的女孩子，会热爱志愿军，并且这种热爱会发展成爱情的感情。如果对正义的事业没有感情或理解，是会对外国军队抱着敌意，至少是要把外国军队当作路人的，这难道还不明显么？而一个乡村里的女孩子首先是不会去爱一个外国人的。是什么力量使得金圣姬觉得王应洪“已经不是生疏的外国人”了呢？正是这种对于祖国命运的感触。不用说，也有普通的环境里的普通的男女感情，而从旧社会残留下来的事物里，是会发生卑鄙的私情，也会产生简单的或不正当的男女关系的——为了一点点物质利益，为了享乐，去随随便便地“恋爱”。我的批评家们以为“个人主义”的金圣姬的感情到底和这些有没有根本的区别呢？我的批评家们是否以为，金圣姬对王应洪的感情，相等于拖住战士不让他上前线去的行为？

我的批评家们抹煞了小说的内容，更是抹煞了这一根本事实：作者所警惕的，正是金圣姬的幼稚感情可能走入迷误，作者所歌颂的，正是金圣姬的感情所由以产生的基础，更是她所经历的锻炼和所达到的结果。我的批评家们抹煞了，爱情是有各种各样的社会内容并产生各种各样的行为，并达到各种各样的结果的，他们以为凡爱情就是简单的男女私情，以为通过金圣姬所受到的教育和锻炼来歌颂现实斗争就是歌颂男女私情；我的批评家们只看见金圣姬的爱情的幻想的一面，却没有看见这些幻想是建立在什么样的感情基础上，更没有看见这幻想被什么样的现实斗争所教育。我的批评家们抹煞现实，更是抹煞了小说之所以描写这一爱情的感情的发生、发展、及结果，正是为了强调这一真理：个人的命运必须服从祖国的命运。

在现实里面，当这一类的事情发生的时候，人们可能怎么处理它们呢？

我们可以设想各种态度。第一种态度是：这种感情可能使战士和她自己都走入迷误，因之是纪律所警惕着的，倘若发生错误的爱情事件，那就是战争任务和纪律所不容许的，但却并不因之忽视这种感情所反映的国际主义感情和人民的愿望，而是指给这感情和愿望以正确的道路——在战争中经受锻炼的斗争的道路。第二种态度是：这种感情既然是反映了国际主义感情和人民的愿望的，因此战士在它的面前走入迷误也算不得错误，如果纪律不容许，那就是纪律不对。第三种态度是：既然这种感情倘若使得战士在它的面前走入迷误，是纪律所不容许的，因而这种感情的基础也根本是错误的，“和国际主义精神背道而驰”。

我的批评家们断定我是主张第二种态度的。我的批评家们不相信有第一种态度，而以第三种态度来反对他们所臆造出来的作者的态度，这就是问题的实质。不，我的批评家们以为我比第二种态度还要糟一些，因为他们认为金圣姬的感情里是连热爱志愿军的感情都没有的，仅仅是一般的男女私情，而作者是主张金圣姬和王应洪去一般地恋爱恋爱，并反对纪律的。在这里，我想我的批评家们的态度是很鲜明的了。既然纪律不容许战士在金圣姬的爱情面前走入迷误，那么产生金圣姬的爱情的基础也一定是根本错误的，——这逻辑真也十分简单。在现实斗争里，人们到底怎样处理问题呢？人们会用纪律来教育并约束自己的战士，同时对那个姑娘说：你的感情我们相信是正当的，因为你所爱上的并不是美帝国主义，而是中国人民的战士，可是你要知道，战斗任务比一切都重要，如果战士和你恋爱了，就会妨碍部队，妨碍战斗；虽然你并不想妨碍这，更不是想拖住他，但这到底是会产生妨碍作用的，所以你应该把你的感情转到坚强的斗争感情上去。我想，现实斗争里的人们，是会这么说的。作者所描写的战士们虽然并未直接这么说——因为金圣姬的感情还并未发展得那么尖锐，基本上还是藏在心里的——但他们的态度却是表示了这个的。而小说又正是通过了形象而说出了这个的。但我的批评家们对这个金圣姬是怎么说的呢？

我的批评家们给这个金圣姬加上了什么样的罪名啊："个人主义"、"和国际主义精神背道而驰"以至于"大观园里的闺秀"、"龌龊的灵魂"、对正义战争的"破坏行为！"（宋之的）——宋之的同志，你在什么地方当场捉住了她的"破坏行为"的？你有什么权利污蔑她是"龌龊的灵魂"，判决她是"破坏者"呢？

小说里所描写的战士们，也是被批评家们斥为"个人主义者"和"龌龊的灵魂"的。

战士们为和平而战。为和平而战的崇高志愿，具体地表现在战斗行动中，也表现在现实生活里的、战士和人民的联系和对人民的深刻感情之中。战士们珍贵那两母女的热爱志愿军的感情，同情人民的和平劳动、重建生活的愿望，但对这愿望抱着更深刻的见解；虽然不能接受金圣姬的爱情，但却被这爱情所代表、所反映的事物所感动，从而更感觉到自己们的战斗的意志和价值。

在金圣姬送走亲爱的战士们的那个哭声里，班长王顺有些什么感触？这哭声里岂不是包括了对亲爱的战士们，特别是那个心爱的战士的悬念，包括了对志愿军的亲同骨肉的感情？这哭声里岂不又正是震颤着对敌人的仇恨，对祖国和乡土所遭受的创伤的痛苦，对于失去了的和远离着的亲人的怀念，和对于胜利、对于将来的渴望？人们或许可以说，这个哭声搅乱了战士们的感情。许或这会搅乱一点感情，金圣姬自己也是想到了战士们走了以后才迸发出来的。人们也会指出，这个姑娘的感情过于单纯，事实也正是如此。但归根结底，这个哭声激发了什么感情？王顺想到："这姑娘呀，我也不是没有妻子儿女的人，这叫我怎么跟你解释呢?"这以前他也想到："她的心地是这样简单，她怎么能知道摆在一个战士面前的严重的一切呢?"王顺的这种心情反映了他的立场，一方面，不能接受这天真的爱情本身，一方面，同情并珍贵这爱情所反映、所表现的事物，并且同情这年轻的姑娘不懂得战争。他的这种心情含有对这天真的爱情的一种批评：我也有妻子儿女，为了人民的事业，我提都不提到这个，难道你反而以为我会不了解你的感情和愿望以及它们所包含的事物吗？我比你更懂得人民的生活愿望，可是你却不懂得战争，不懂得战士们走向战斗的严重心情。——这叫我怎么跟你解释呢？你应该理解，正是战士们的为和平而战的庄严的心愿才使得你爱了他，也正是这个才使得我的战士不能接受你的爱情；你还不完全懂得自己的感情，我们是比你抱着更深刻的对生活的感情的，所以懂得应该怎样对待你的爱情。王顺没有直接解释，但战士们的行动本身，小说的内容，都鲜明地解释了这个。……在王应洪负重伤，而他们被截留在敌后的时候王顺有这样的心情："你要知道我爱他并不比你差，我更爱他，而且，你看，我决不是你所设想的那种不通情理的冷冰冰的人。"这就是说，你以为我不了解你的感情和愿望，可是事实又如何呢？你爱他，可是你的感情是幼稚的，而我，当然是严格，可是这却是更现实，事实上是更爱他的，为了战斗。我们不接受你的爱情，决不是因为我们对你的爱情里所包含的对志愿军的热爱和人民的愿望不了解，恰恰相反，我们对这个比你自己感受得更多更深，所以能够在更高的要求上来回答你的天真的爱情。

小说就是通过这个内容，通过战士们在战场上所战胜的考验，表现了我军战士为和平而战的正义性，表现了血腥的帝国主义和人民的愿望的根本对立，表现了人民的愿望必须在血战中去争取实现。

为了保证战斗，军队的纪律不容许战士和老百姓妇女恋爱。

然而，不容许和老百姓妇女恋爱丝毫也不能等于是不容许对产生这爱情的基础，即人民的热情和愿望，痛苦和仇恨怀着同情。然而我的批评家们却认为纪律既然不容许恋爱就等于是不容许对人民的愿望抱着同情，按照他们的观点，同情了人民的愿望，就等于是犯错误。因此，他们得出了纪律是冰冷无情的结论。

在小说里，纪律问题是在班长王顺的警惕心里被提到的："他相信王应洪不可能出什么岔子，但……对于这一类的事情，老侦察员一向是很冷淡的，他还有一种简单的成见，就是，如果这一方面没有什么，那一方面也一定不会有什么的。因此他渐渐有点疑惑了。他觉得，年轻人总难免的，他刚离开温暖的家不久，……可能他不知不觉地对金圣姬流露了什么。在军队的严格纪律和严酷的战争任务面前，这是断然不能被容许的。"王顺在警惕着。但他又看到了金圣姬的感情的纯正和单纯，从她的感情感到了对志愿军的热爱和和平劳动的愿望，注意到王应洪和她之间实在没有什么不好的事情。因而，当他班里的一个战士汇报说王应洪可能已经有了超越纪律所容许的行为的时候，他觉得不符合事实。但他的警惕心因此更强了。这感情的两个方面是很明显的，一方面是同情金圣姬的纯洁和热诚，一方面是对这种感情的可能走入迷误抱着警惕。他找王应洪谈了一次话，结果证明了，正如他所希望和相信的，王应洪实在并没有什么事情，甚至都没有注意到金圣姬的爱情。于是他想："这年轻人说的话也是真理，为什么不相信自己的同志呢?"在这个过程里，被批评家们斥为军阀式地执行纪律的王顺，正是比我的批评家们更理解纪律的实际意义，更明白这纪律的自觉基础和精神实质，不仅没有把纪律当做"冰冷无情"的，而且是实事求是地相信并启发他的战士的自觉性的。王应洪在他的教育和帮助下抱着高度的自觉和对战斗任务的忠诚，就使他更爱他了。他这样感觉着："这年轻人被这样的爱情包围着，可是自己不觉得……一心只是想着在战场上去建立功绩。……遥远的和平生活……已经把那纯洁、心地正直、勇敢的年轻人交托给他了，在他的带领下，这年轻人正在大步走向战争,……”和平生活,祖国、亲人,已经把新战士王应洪交给他,献给战争了——这就是他在这个事件的过程里所感觉到的这个战斗的意义:保卫和平。

他确信了这青年的自觉和忠诚。小说里写着:“这一点是确实的:因为那个姑娘的不可能实现的爱情,以及王应洪对这爱情的极为单纯的态度,他就更爱这年轻人了。”我的批评家们因为王应洪对爱情的单纯的自觉态度而得出纪律是“专制无情”的结论来,但班长王顺却因他的战士的自觉而更爱他了,在这里,班长王顺是比我的批评家们更能区别什么是军阀式的横暴的纪律,什么是人民军队的纪律,以及这纪律的自觉基础,和从这产生的对同志的关怀的。经过了血战的考验之后,他更确信王应洪的自觉和忠诚。王应洪在临出发战斗的匆忙中发现了金圣姬塞在他衣服里送给他的纪念品,收留了下来,在战斗过后,在班长对他的鼓励和表扬中,他却想起了这件事,觉得这件事做得不对,于是就向班长汇报。班长这时就劝他留下。

正因为他汇报了,所以劝他留下。新战士在经过了日常生活里的考验之后又经过了战场考验,而且即使在此刻也并未忘记把这件事向上级汇报,他的忠诚和自觉获得了绝对的证明,因此对他在这件事上可能走入迷误的顾虑已不存在,这是一。环境不同了,因而金圣姬的爱情现在已不是实际的麻烦事,它在此刻,在这个战场上,在浴着鲜血的战斗中,在王应洪生命垂危的时间,已经显露了它的根本的意义:人民热爱志愿军,人民要求胜利,要求和平幸福,因此王顺觉得,“他所反对的那个姑娘的爱情,此刻竟照亮了他的心”,他的老战士的信念——反对那个爱情,正是为了战斗——又一次在血肉的实感里证实了,这是二。金圣姬的爱情本身是不能实现的,但“在将来,他们终归会给这姑娘奋斗出一个和平生活来”,他更深刻地感到了对于朝鲜人民的使命,这是三。这就是这手帕,这纪念品在这里所引起的意义。班长王顺,是比我的认为纪律是“专制无情”的批评家们更懂得,什么是军阀式的纪律,什么是人民军队的纪律及其精神实质和自觉基础；更懂得在不同的具体情况下所应采取的具体的（而不是机械的）态度，而且更懂得区别什么是纪律所不容许的爱情，什么是对同志的关怀及对人民的感情的。

王顺同情人民的愿望，但作为一个身经百战的老战士，战斗任务是他的感情里的绝对主要的事情。他一般地当然是把自己的生活遭遇撇开不谈的——“对于这一类的事情，老侦察员一向是很冷淡的”——可是这却不等于说，他的感情里根本没有这个，因而人民的愿望和他没有血肉的联系。他曾因金圣姬母女的感情而感触到遥远的国内的和平生活，而人民的愿望，包括他自己的亲人的愿望的暂时还不能实现，使他觉得苦恼（批评家们斥责说：“个人主义”！）并更意识到自己的责任。他抱着老战士的保护妇女儿童的情绪和自豪的感情，觉得金圣姬不懂得“摆在一个战士面前的严重的一切”，这严重的一切就是他的责任——不是个人的生与死，而是整个战斗的胜利与失败。（宋之的同志说：“战争要死人”这么一个简单的道理还不懂得么？但是，摆在一个战士面前的，不单是一个生与死的问题，这一点，宋之的同志是应该知道的。）这种责任感和自觉精神也表现在他对王应洪的关系上。他对王应洪严格，对年轻人的可能走入迷误抱着警惕，在军事工作和日常生活中都以纪律观念来教育新战士。在现实中正也是这样的，一个新参军来的战士，在革命队伍中所受的第一个教育就是纪律教育——建立在阶级事业的基础和阶级友爱的精神上的纪律教育。正因为这教育是建立在阶级友爱上的，所以这教育中深藏着无微不至的同志的关怀。我的批评家们实际上是把纪律看做“专制无情”的东西的，因为他们否认了在严格的态度下面的同志的关怀，甚至把这种同志的关怀认为是“个人温情主义”，而加以排斥，这样，他们就只能把纪律当做“专制”或“冰冷无情”的了。

在战场上，班长王顺以机智无畏的精神带领着新战士完成了任务，这一战斗表现着他的乐观的性格，而在被截留在敌后的极端困难的情况中，这无畏的乐观性格和高度的自觉精神就更强烈地表现出来了。他带着负伤的王应洪在敌后爬行，当王应洪要求牺牲自己掩护他出险的时候，他就用“别说话，纪律！”这句简单的话来启发和教育他。后来，王应洪情绪激动，不肯吃一点东西，为了度过白天，继续战斗，班长就说：“纪律，你是祖国的好青年，你是人民的好战士，吃这半个馒头，这是纪律。”这些话是严格的，因为他的见解对王应洪说来应该是上级的命令，但这些简单的话里又流露着深刻的感情；在这里，在“纪律”两个字的下面，难道不是震颤着深刻的阶级友爱，对两个人共同经历的生活和战斗的道路的提示，和对于坚决战斗到底的乐观的信心的提示？在这两个字下面，难道不正是表现了对下级的严格和无微不至的关怀？然而我的批评家们，当他们看见严格的时候，就说这是用“冰冷无情”的纪律来“胁迫”战士，而当他们看到了对同志的关怀的时候，就说这是“个人温情主义。”在这严重的情况面前，王顺不仅不失望，反而比平常更为乐观沉着。他用革命部队的传统来启发王应洪，他说：“咱们部队就是这样的，一代传一代，一代比一代强——咱们的这个英勇顽强的老传统。我带着你这也不是为了你，这是为了咱们全军，为了人民和党的事业，你为什么要难过呢？”“咱们革命战士，共产党员青年团员，不是这么容易就够本的哪。战场上多少同志流血牺牲才培养出咱们来的……”这些话的内容是什么？在这个关头，是什么一些事物出现在王顺的心中？十分显然，他自己在革命队伍中多年所受到的教育，牺牲了的战友的面影，在一切严重关头支持人、鼓舞人的英雄传统出现在他的心中。在这个关头，对忠诚的新战士的深刻的阶级感情也出现在他心中。他提到了金圣姬。他提到这个是为了通过王应洪的切身体验以人民的希望来启发王应洪，同时，在目前的具体环境中，他提到这个还有着一种潜在的心理内容：想要了解一下经过了血战、负了重伤的王应洪对过去的事情的看法，作为一个上级，这对于他是重要的，同时通过这而表示他对王应洪的信任，在危险中这种信任也是重要的。及至明白性格很愣的王应洪不很了解他的意思和用意，甚至可能误会他的用意，他就“巧妙地把金圣姬姑娘也拖到他的论据里来了”，“巧妙地”避免了误会，直接地把他的意思说出来了：“咱们也是为她，为老大娘而战斗的，朝鲜人民的血海深仇还未报，就够本？”——通过王应洪的切身体验，用人民的仇恨和愿望来鼓舞他。作为一个上级，如果不是由于深切的信任，他是不会提到金圣姬的；他的“非常柔和的口气”表示了他的信任，他说：“你还想着金圣姬那姑娘不？”这样的内容是：你大概不会想着吧，可是我却从她想到了许多事情。这个内容和这个口气表示说：我像这样来提到这个问题，这就证明我在这个问题上已经对你绝对信任了。因之，一方面是通过王应洪的切身体验，提高这个体验，用人民的仇恨和愿望来教育王应洪，一方面又是用上级的乐观的信任来鼓舞他。在这一心理活动中，老战士呈显出对下级、对战友的深刻的感情。在这里，班长王顺，是比我的把纪律看做盲目服从的代用语，不相信战士的自觉的批评家们，更懂得什么是军阀式的纪律或机械的纪律，什么是人民军队的纪律及其自觉基础，因而更懂得什么是纪律所不容许的爱情，什么是对同志的关怀和信任的。在这个关头，人民的感情和愿望就也出现在王顺的心中。他想到了金圣姬对生活的希望，并带着鲜明的愉快心情把它拿来“和眼前的处境对比——眼前是毫不容情的战争，他们躺在敌人阵地上的这个泥沟里”。——这一对比显出了他的战斗的鲜明的意义。这一对比带来更强的乐观情绪。他毫无怨尤地忍受痛苦，为人民的希望而战斗。他觉得他对金圣姬，也就是对人民，负着一种道义上的责任。对金圣姬本人说来，他觉得他反对了她的爱情正是为了战斗，那他就更有责任带着王应洪战斗得更好。——通过这一切，在王顺的形象里表现老战士和人民血肉相联的伟大的自觉精神。

然而，我的批评家们，例如侯金镜同志，却是这样地向读者“介绍”了这些内容并达到他的结论的：

在这四面无援的十分紧急的情况下，矛盾的一个方面，爱情的力量上升了，在他心里发生了巨大的影响。

“在十分紧急的情况下”，“爱情”上升，反对纪律。多么简单明了的逻辑呀！

> 故事发展到这里，已把作品中的人物和读者引导到这样的逻辑中去：似乎纪律不能成为大家自觉遵守的……相反的，纪律却成为强加到战斗生活中去的一种冰冷无情的东西。……班长王顺……用爱情的力量来向部属和自己做政治工作，用爱情来鼓舞战斗。

“故事”到底“发展”到哪里去了呢？批评家处处都不忘记读者，并力图把读者“引导到这样的”“似乎”“逻辑”里去，并且这次甚至把作品中的人物也“引导”到这“逻辑”里去了：作者反对纪律。同情人民的感情和愿望，即相等于要去恋爱，反对纪律；对经过考验的部下的忠诚和自觉表示信任，是反对纪律；用人民的愿望和仇恨来教育部下，是“用爱情来做政治工作”，即反对纪律。批评家的在“爱情”、“纪律”这两个名词上做文章的方法，真是发展到极致了。批评家并且说，“作者用了五千字来描写王顺和王应洪谈论金圣姬，怀念家乡和梦寐”，而另一位批评家荒草同志，就补充着侯金镜同志的逻辑而认为，班长王顺以前只是“黑着良心”才不同意战士去恋爱，而现在则表示“忏悔”了。就是这样的批评！

至于“用爱情来鼓舞战斗”，批评家一再提到，这里顺便说一下。我们假定说吧，倘若一个战士有了爱情，但这爱情不但没有使他违反纪律，反而使他从集体主义的理想上被这爱情所鼓舞，这难道是很坏的事情吗？批评家以为“用爱情来鼓舞战斗”是一个很可怕的大罪名，不难看出，这实在是暴露了批评家的在“左”的名词下面的资产阶级观点。批评家否认了人民中间的纯洁的、和集体的战斗目标结合为一的爱情，以为爱情是卑鄙的罪恶的事情，只能偷偷地掩藏起来的。

再回到我们的题目上来吧。在王顺对王应洪的谈话之后：

> 他的眼前出现了那姑娘闪耀着灿烂的幸福的面貌。……他怜惜她不懂得战争，怜惜她的那个和平劳动的热望，他觉得他真是甘愿承担战争里的一切残酷的痛苦来使她获得幸福。

这种感情“似乎”是反对纪律的？这种感情是“用爱情来做政治工作”的？到底是由于什么原因，批评家要这样横暴地歪曲这一切呢？

另一个被批评家们斥为“个人主义”的“龌龊的灵魂”的，新战士王应洪，是怎样的一个内容呢？

在开始的时候，王应洪一心一意地渴望未来的战斗，因此甚至根本未注意到金圣姬对他的感情。金圣姬母女的感情只是使他想到“现在他是一个志愿军的侦察员，是在为他的受苦的、慈爱的母亲和这受苦的、慈爱的老大娘而战斗”。在他知道这件事之后，别人对他的误会使他委屈，他想：“明天一早起来替不替老大娘挑水呢？”看见那两母女在深夜里的艰苦劳动，他就想：“不挑对不起人，坚决要挑！”对朝鲜人民的深刻感情战胜了琐碎的顾虑。但他对金圣姬的态度却变得生硬了。“他于是觉得苦恼。她一点过错也没有，为什么昨天要那样对待她呢？……可是这种情形是不能这么继续下去的，……他向班长汇报，……建议他们班搬一个家，可是他又觉得，无缘无故地搬了家，就更对不起这两母女了。他于是希望快点上阵地去。”全心全意地渴望战斗，他急于要避开这种麻烦事情；这种情况弄得他很不安，他心里就有了“惊慌的甜蜜的感情”——这是年轻人的幼稚感情，说甜蜜，因为他对这爱情不能不抱着感激，说惊慌，因为这爱情是他所不能和不愿接受的。“对这种感情他有很高的警惕”，但他缺乏生活经验，态度变得更不自然了。……他急着要参加战斗，在临走的前一天，替老大娘家里的所有的缸里挑满了水，“他觉得他不会有很多时间来帮助她们了，——没有这些帮助，她们是会困难一点的。……对这一段生活，充满了感激的心情。”感激什么？感激他在这一段生活里学会了战斗本领，感激那两母女对他们的热情和照顾，感激他终于要去战斗了，金圣姬的感情没有影响他，他克服了许多困难。

由于对战斗任务的积极追求，在班长的帮助和关怀下，这年轻人对这个爱情就采取了这种自觉的鲜明的态度。然而，我的批评家们说，这个“个人主义”的王应洪没有接受金圣姬的爱情仅仅是因为纪律在束缚着他！但是，假定说，即使他发生了爱情，而纪律帮助着他克制了这种感情，这又有什么不好呢？难道纪律的必要性不正在这里吗？而王应洪没有发生爱情，他绕过了金圣姬的爱情，勇敢地走向战斗，这不正好证明了他所受到的纪律教育在实际斗争中所产生的积极作用么？为了纪律，即为了战斗任务，爱情是应该牺牲的，正如同生命是应该牺牲的，战士王应洪自觉地认识到了这一点。除非是把纪律看成是“盲目服从”的代用语，不承认战士的自觉，那才会像我的批评家那样认为纪律是“冰冷无情”的。

上了阵地，临出发战斗前，他意外地又发现了金圣姬塞在他衣服里赠给他的手帕。他心里又有了那种“惊慌的甜蜜的感情”，“第一个念头是想汇报给班长”，但“现在这么忙，马上要出动了，等完成任务回来再说吧”。——“当然这时候他是想留下这条手帕。”这就是这年轻人的还不够成熟的证明。纵然他不接受这爱情，但临出发到敌后去的激动心情使他想留下这个纪念品。他的这个被斥为“个人主义”的行动的内容在小说里是这样表现着的：“认真说来，班长的这个和平常不同的立正的口令，才是他的军事生活里的第一课，特别因为他怀里揣着一条绣花手帕，这也才是他的明朗的人生道路上的第一课。”这就是说，上级的命令使他充满了庄严的战斗意识，但他还不成熟，离开了和平生活——这手帕对他现在就是这和平生活的象征——面对着战争还非常激动，他将要在战争里受到锻炼和考验。因为这，所以班长的庄严的口令,战斗的号召,“也才是他的明朗的人生道路上的第一课”。“他的慈爱的母亲给了他的童年许多温暖,这手帕又给他带来了他所不熟悉的模糊而强大的感情”,这就是说,他还是幼稚的,这模糊而强大的感情,就是他感触到他是被他母亲所代表的祖国人民和金圣姬所代表的朝鲜人民爱着,就是以前不曾像这样地感触到的对祖国人民和朝鲜人民的感情,就是对金圣姬的爱情所反映,所代表的人民的愿望的感情,就是这个战斗的意义。在日常生活中,有些事情是很平常的,但在投入战斗的时候,这些很平常的事情就显出了深刻的意义。人们保卫着它们。于是:“他现在要代表母亲,也代表那个姑娘——不论他对她如何冷淡,这一点是毫无疑问的——为祖国,为世界和平而战,这一切感触、思想、感情,都出现在班长的那个立正的口令中,或者说,因那个立正的口令而出现了,这立正的口令使他全心全意地觉得满足和幸福。”在上级的庄严的战斗号召面前觉得幸福,在这庄严的号召下涌起了为祖国、为人民的血肉的感受,因而觉得幸福。

然而,这在我的批评家们这里却是一种“个人主义”的“个人动机”。他们说,王应洪收留了这个纪念品,就证明了他已经接受了金圣姬的爱情,不过“冰冷无情”的纪律使他不敢公开恋爱而已。小说里的“班长的这个立正口令……也才是他的明朗的人生道路上的第一课”,这个内容,据我的批评家说,原来是“祖国人民的教育,党的教育,对他来说,都不是最重要的,作者说,他怀里揣着的这条手帕,‘才是他的明朗的人生道路上的第一课。’……爱国主义国际主义的思想基础不是别的,而只是男女的爱情,……”(荒草)原来是“作者说”的！小说里的这句话在文法结构上并无错误,我的批评家到底是没有看清楚呢,还是故意删去了“班长的这个立正的口令”,臆造了一个“作者说”呢？显然,批评家也知道,班长的临出发前团参谋长来检查工作时的立正的口令,战斗的号召,以及这战斗号召在王应洪心里唤起的为祖国为人民的感触,正是代表党的教育等等的,犹如王顺过去对新战士的教育和关怀是代表党和上级的一样，所以批评家就把这删去了，而飞快地跑到“男女爱情”上面去。就是这样的批评！

是的，王应洪有过甜蜜的惊慌的感情，他也想到和梦到过金圣姬。但这种年轻人的幼稚的感情是反映了什么一些内容，是和什么一些内容结合着的呢？是和对于他先前对于金圣姬的过分生硬的态度的抱歉结合着的，是和金圣姬的表演里的那个“人民军之妻”在轰炸下的“悲愤的、坚毅的神情”结合着的，是和为人民复仇的英雄理想结合着的，是和“上级给了我重要的任务”，向敌后出发结合着的，是和对毛主席的神圣感情结合着的。但我的批评家们却说，这是反映了纪律对他的“冰冷无情”的束缚，这是表现了他在纪律的束缚中的苦恼，等等。抓着“爱情”“纪律”四个字来做文章——就是这样的批评！

在班长王顺的教育和带领下，王应洪通过了战场考验。年轻人的幼稚感情发展成为战士的坚强感情，什么东西在他身上是根本的，重要的，什么东西在他身上是偶然的，不重要的，经过考验而明确起来了。当然，他还没有能成熟到像王顺那样，但对战争的崇高意识在他的身上是根本的。于是：“他的那种年轻人的惊慌而甜蜜的幼稚心情，已经被激烈的战斗和对任务、对班长的严重的意识所抹去，似乎是在他心里一丝一毫也不存留了。他所不满足的仅仅是他没有能及时地掩护班长出险，此外在他的生活中就不再需要别的什么东西了，何况那个他从来也没有想到过的爱情”。这个负着重伤的年轻人，迫切地要求掩护班长出险，觉得只要能做到这个，就是最大的幸福，即使牺牲了生命也毫无遗憾——就是这样的崇高的战斗意识和阶级感情。

这就是这整个事件的过程，这就是青年战士王应洪的性格的成长过程。

这就是批评家们所斥责的“个人主义”和“龌龊的灵魂”。

我的批评家们在“左”的言词上兴奋了起来，抹煞了作品所描写的现实的根本内容，歪曲了王应洪的崇高的自我牺牲精神，并抹煞了这个牺牲精神在小说的内容上所表现的思想意义：牺牲个人，为全体人类的幸福而斗争。我的批评家们，把这个“可怜的王应洪”（宋之的）拖到他们的森严的法庭上来，用着得意的“左”的言词，对这个从普通人民的血肉感受走到了集体主义的战士加以尽情的辱骂和判决——就是这样的批评！

这样地抹煞和歪曲了小说的内容之后，我的批评家们，例如侯金镜同志，就用这样强制的口气来宣布他对作者的判决：

> 作者无论怎样描写王应洪的勇敢和自我牺牲，描写王应洪牺牲以后金圣姬的坚毅和自持，但是由于作者立脚在个人温情主义上，用大力来渲染个人和集体——爱情和纪律的矛盾，前者并且战胜后者的结果，无论如何也无法弥补金圣姬心灵上的创伤，无法改变在战争中丧失了个人幸福，而造成个人悲剧。……

好一个“无论怎样”“无论如何”！第一个“无论如何”，根据批评家对小说的歪曲，那意思应该是这样理解的，无论你怎样描写战士的英雄主义和金圣姬的坚强，我也要说你是宣传个人主义。无论怎样你也逃不出我的手掌心。这个“无论怎样”是不讲理的。这里又是简单的文字魔术，“无论怎样”，“但是”，于是又是“大力渲染”。试问，既然“大力渲染个人和集体的矛盾”，并且用个人来战胜集体，宣传个人利益至上，那么，这个“无论怎样”的勇敢和自我牺牲，坚毅和自持，又是哪里来的呢？按照侯金镜同志的“逻辑”，它们必然是“个人战胜集体”的结果，然而世界上竟然也有什么一种“个人战胜集体”的自我牺牲吗？

第二个“无论如何”，就更是奇特。“无论如何也无法弥补金圣姬心灵上的创伤，无法改变在战争中丧失个人幸福！”说得对。我只想补充一点：金圣姬的——就借用批评家的说法——“心灵的创伤”，是血腥的美帝国主义带给她的，她将长久地记得这个“创伤”——她将从这个痛苦里恢复过来，她将在往后的战斗道路上变得更乐观，更坚强，她将得到幸福的生活，但是，她却毫无疑问地会永远记着伟大的现实斗争所给她的这个教育。正是这“创伤”唤起她的“坚毅和自持”，即坚强的战斗意志，使她在往后的生活道路上，永远要怀着感激来记起今天的这个伟大斗争，以及她所经历的锻炼，而获得新的力量。批评家抹煞这个，却叹息着“个人幸福”“永远无法弥补”，这是什么意思呢？难道批评家以为金圣姬将永远记得的，不是神圣的斗争教育，而是“冰冷无情”的纪律使她失去了“个人幸福吗”？可是批评家的逻辑的奇特性还不能在这里，这逻辑的奇特性是在于：因为“个人战胜了集体”，纵然坚毅和自持，也“无法改变在战争中丧失了个人幸福”，因而作者宣传了“个人悲剧”。批评家同志，你是不是以为，战争必须流血牺牲，必须付出代价，许许多多的“个人幸福”，许许多多的家庭必然被毁，为了反抗侵略，人们必须在战争中经受锻炼，这个客观现实是可以改变的呢？血腥的帝国主义之所以必须反对，难道不正在于它毁灭了批评家以“左”的言词来轻蔑的千千万万人民的幸福吗？批评家同志，你是不是又以为，描写了这种牺牲，同情了这种牺牲，歌颂了通过这牺牲而前进的战斗意志，不仅不能达到必须更迫切地反对血腥的帝国主义的结论，反而是使人们感叹纪律无情，感叹个人幸福的丧失，于是使人们躲到个人幸福里去，因而宣扬了“个人主义”呢？那么，你是不是以为，必须排斥对这种牺牲的同情以及因这而来的对敌仇恨，才算是“立脚”在集体主义上面，只要这样一来，在战争中说什么“个人”幸福也不会丧失，什么代价也不需付出？而如果竟然付出了牺牲，就变成了“个人战胜集体”，就变成了“不能不是阴暗”的“悲剧”？这样来理解现实斗争，“悲观主义”究竟是谁呢？是作品中的人物和作者呢，还是批评家自己？

批评家的这种强词夺理的逻辑后面，是存在着一个基本观点的：对人民的愿望和仇恨、痛苦和牺牲的同情，“无论怎样”，“无论如何”，都是“个人主义”。

我的批评家们在对我的这篇小说的批评里，都贯穿着这个共同的基本观点。按照他们的观点，金圣姬的爱情这一感情，战士们对这个感情所反映的人民的愿望的同情，以及战士们和家乡、亲人的感情联系等等，统统都是“个人主义”、“个人意识”、“渺小的个人幸福和憧憬”、“决不能成为集体主义和爱国主义的出发点”。侯金镜同志并且接着说：“否则小生产者就用不着经过经济上思想上的改造了。”这是题外的话，然而，这是对于总路线，对于“小生产者”的社会主义改造的怎样的一种理解呢？我想，正如党的总路线所指示的，小农经济的落后性，以及由这而来的农民思想上的保守性和个人意识，是需要逐步地加以改造的。然而，既要改造，如果农民在小农经济下面所切身经历的痛苦，以及农民的作为劳动者的感情，统统都被“左”的言词说成了“个人意识”，不能作为接受工人阶级领导的“出发点”，出发点又到底在哪里呢？排斥了这个，工农联盟作为基础的意义又在哪里呢？

这是题外的话。我们这里所说的是对敌斗争中的人们和家乡的感情联系。但我的批评家的理论却是建立在这种理解之上的，所以这里顺便说一说。而且，从这里也可以看出，我的批评家是怎样地喜欢滥用——因而是歪曲——政治上的结论。

我的批评家们的基本观点是：集体主义和爱国主义的内容是和战士们和家乡、亲人的感情联系对立着的。按照他们的观点，描写了战士对于和祖国的斗争现实结合着的家乡、亲人的感情，就是描写了个人和集体的对立，就是宣扬个人主义。

一个众所周知的真理：在个人生活和集体利益发生矛盾的时候，拒绝服从集体，就是个人主义。但这个真理却在我的批评家们这里被简单地歪曲成了：凡是个人生活的，都是个人主义的。

一个众所周知的真理：如果不抱定牺牲个人的决心，就不能成为一个革命战士。但这个真理却在我的批评家们这里被简单地歪曲成了：凡是和家乡、亲人有着感情联系的，就不是革命战士，就是个人主义者。

一般地说，牺牲这一切——家庭、亲人、爱情、以至于生命——并不等于说这一切没有价值，对这一切没有感情。人们付出牺牲，正是为了保卫这一切——首先保卫和这一切血肉关联的事物：人民、集体、祖国。正因为这一切是可贵的，所以这牺牲才是崇高的。为了保卫这可贵的一切不受敌人蹂躏，为了保卫这个正是有着自己的亲人、爱情、生命在内的祖国，为了保卫这个给了人们以幸福生活和光明希望的祖国，人们走向战场。人们的家庭和爱情，当然是属于个人的，但就其对整体的关系而言，它又是整体的不可分割的一部分。人们正是因为了解到这一点，才能为整体的利益而奋斗，产生集体主义的感情。在敌人面前，在祖国受到了威胁的时候，个人的命运和祖国的命运更是不可分割了——何况这是解放了的中国和解放了的中国的劳动人民？这样，人们从事着战斗，更爱自己的家乡和亲人，正是更爱祖国；更爱祖国，正是更爱自己的家乡和亲人。“抗美援朝、保家卫国”这个神圣的口号难道不正是包括了这个内容么？

然而我的批评家们的观点却是：家乡、亲人、是属于个人的，对这种“个人”的事物抱着感情——不论是什么性质的感情——就和集体矛盾，就是个人主义。就是这样的教条主义。

一个战士走向战场，他不正是保卫他的母亲么？在敌人面前，他的母亲和他的祖国难道可以分得开来么？然而，在我的批评家看来，说保卫母亲，这是“个人动机”，“个人意识”。当然，说保卫自己的妻子儿女，那更是“个人私情”了。

一个刚从普通人民来的新战士，他一般地是通过着自己的生活实感而感受着敌我的界限的，他一般地正是从自己的血肉感受的基础上接受革命的教育，向阶级事业的伟大理想前进的。而一个久经锻炼的老战士，他则是已经从这纯朴的感受上前进了，由于革命组织和革命斗争的多年的教育，他的对于阶级事业的感情已经不是新战士的那种理想的追求状态，而是成为他的血肉了。他的整个的心灵感受着革命事业的远大目标。这是和新战士有区别的。但是很显然，这决不等于说，他不曾从生活的血肉感受的基础上接受革命的领导和教育而走向远大的目标，他的对阶级事业的感情没有血肉的感受作基础，因而他和人民的生活感情找不到血肉的联系。不可能设想,我们的战士牺牲了自己的一切,原来是因为他们对自己的生活根本毫无感情。更不可能设想,当人们保卫祖国的时候,不对家乡和亲人抱着更深刻的感情,建立在集体主义爱国主义基础上的崇高感情。——然而批评家们却把这种感情和拒绝牺牲个人的狭小的感情混为一谈了。人们在战争中流血牺牲、忍受痛苦、承担考验,原是因为人们热爱生活。人们通过了战争的锻炼和考验,走向集体主义的远大目标,其结果并不能是在思想上来否定生活里的事物,而是在更高的思想感情上来看待这些,对这些抱着更宽阔更深刻的感情和理解,更明白生活的意义和价值。然而我的批评家们的基本观点却是:集体主义是排斥这一切的。我的批评家们把现实简单化了,他们片面地认为,既然战争要求人们牺牲个人生活,那么这个人生活和集体就是根本矛盾的;他们抹煞了,正是因为人们在牺牲着个人生活,这个人生活才能更深刻地被统一在集体主义里面,人们也才能对它抱着更宽阔更高的感情。

我的批评家们从教条主义出发,把集体主义变成了虚无主义。

这就是我的批评家们的观点的实质。

从现实来看,问题又如何呢?

在现实当中,在保家卫国的战斗中,成千成万的祖国的青年响应号召走上前线,人们和家乡的感情联系正就是和祖国的感情联系。人们想到家乡和自己的生活,首先想到的就是旧社会所受的苦,今天和未来的光明——祖国的现实的根本内容。为什么而战?为了不再像过去那样受苦,为了今天的光明。通过切身的遭遇,人们想到千千万万仍然在受苦的其他的人民,通过切身的遭遇,人们宝贵新的生活,感到祖国伟大。这当然是一种朴素的状态,但这却是人们从事伟大战斗的出发点,政治工作正是以这为基础,阶级觉悟正是从这个出发点上提高的。这种切身的遭遇,这个广大人民在苦难中争取解放,在解放后这追求光辉的幸福生活的现实,恰恰正是"集体主义和爱国主义的出发点"。

如果劳动人民从旧社会残酷压迫下获得解放,感激新生活,热爱呈显了新气象的家乡，都是“个人意识”，都必须排斥在爱国主义的内容之外，这爱国主义到底成了什么？难道必须克服掉对家乡的热爱，割断和祖国的根本的血肉联系，六亲不认，这才能有爱国主义么？

我的小说里也正是写了这一点：人们的命运和祖国的命运的一致；人们和祖国的血肉联系；以及从这里出发，人们走向集体主义的远大目标。关于王应洪：“他的母亲是很爱他的，他小的时候，看见他生病咽不下和着糠和榆树叶子的窝窝头，母亲就偷偷地哭。……在他参军的时候母亲流下了眼泪又微笑，说：‘我这儿子没有叫国民党土匪打死，今天怎能不乐意他去哇！’”——两个时代的对照。对过去的仇恨和对新的国家的感情。广大人民的爱国主义的朴素的，但却是根本的内容。关于王顺：他想到他女儿最近上学了，“他清楚地看见，认得一百二十一个字的小姑娘在他耕种过的田地边上跑过，还背着一个书包，——这个他在中间度过了将近二十年的受苦的日子的家乡，这个生了他、养育了他，用地主的皮鞭迎面地抽击过他的家乡，从来没有这么亲爱过！”——两个时代的对照。从前地主用皮鞭抽他，现在家乡这么可爱，他在保卫朝鲜人民的同时也保卫着它。于是他“更深、更鲜明地感觉到了他所从事的战斗的伟大的意义”——集体主义和英雄主义的感情。在小说《战士的心》里，战士吕得玉：“他被国民党军队抓着离开家的时候，两岁的女儿抱着他哭喊，叫板凳绊着跌倒在地上。……在崔善姬和她的祖母（朝鲜人民）被炸死后，他默默地把自己的一辈子想了两天，觉得自己是能够终生做一个人民战士，奋斗到底的，于是提出了入党的申请。”——从切身的遭遇感到自己的命运和人民的命运一致，因而前进到高度的集体主义的感情。在小说《你的永远忠实的同志》里，关于班长朱德福：这个多年来从来不提到他的家庭的老战士接到了他的在旧社会里饱受摧残的儿子的来信，儿子在信里说：“爸爸同志：你是抗美援朝的功臣。”——战士的家属对于战场上的人们的带着强烈的爱国主义感情的尊敬。于是朱德福觉得：“在经历了多年的残酷的战争，知道了世界上的许多事情，知道了朝鲜人民的痛苦，懂得了对敌人的极大的仇恨之后，他是会更深地爱他们的。”——在爱国主义国际主义的精神里，更热爱生活。于是他请张长仁替他写信给儿子，他说：“那不算啦，卖那个老干啥？就说，这三等功不算啥，爸爸要帮助解放朝鲜人民，保护朝鲜孩子，保卫世界和平，完啦回来见你，就这！——告诉他，爸爸在入朝的时候，在公路上抱过一个朝鲜孩子，没吃的，孩子哭，爸爸也流过眼泪，行啦！”——在集体主义英雄主义的感情上来看待自己的生活，并以此教育亲人。

我想这点摘引就可以说明问题了。这里描写的是这样的战士，他的命运和祖国的命运一致，他的对家乡、亲人的感情正就是对祖国的感情，他从自己过去所受的苦感到朝鲜人民今天所受的苦，他在斗争的教育下产生着崇高的集体主义感情，他保卫世界和平，决心为革命奋斗到底。

为什么我的批评家们要污蔑这一切呢？

侯金镜同志说：“热爱一条小河，……并不一定就是爱国主义，只有把这一切和‘团体的利益’发生紧密的、不可分割的联系，它们才能发出爱国主义的光辉……。但是路翎的作品却不是这样，他抽去了集体主义和阶级觉悟的巨大力量，而代之以渺小的甚至庸俗的个人幸福的憧憬，并且把它当做人民军队的战斗力量的源泉，可以说路翎的这几篇作品是宣传个人主义的有害的作品。”

这种批评是怎么一回事呢？

我以为，第一，批评家的这段话里的论点，是用来掩饰他的实际上的基本论点的：和家乡的感情联系就是“个人主义”，“不能成为爱国主义的出发点”。

要不就是，第二，如果这段话里的论点是批评家的真正的认识，那么批评家在这里就是对我的小说作了武断的臆造。上面举的例子一眼就可以看明白：我到底是不是描写了人们和集体的不可分割的联系，是不是写了集体主义和阶级觉悟的力量，然而，批评家把这“抽去了”，“代之以个人的庸俗的憧憬”。批评家公然把这“抽去了”，却说是作者抽去了，因而作者“宣传个人主义”。那么，到底是怎么一回事呢？是批评家在“左”的言词下过于兴奋，因而搞错了呢？还是批评家在这里臆造出这种结论来以蛊惑人心呢？

如果是臆造，那就是弄清事实的问题，如果不是臆造，那么，十分明显，我的批评家们自己正是把“正义的战争和每一个成员的幸福对立起来”（侯金镜）的。按照他们的在具体分析里所应用的逻辑，正义的战争就不包括每一个成员的幸福和希望，因而就不能激发人们对生活的更深刻的感情。按照他们的逻辑，人们对家乡的感情等于是一种要开小差从战场上逃跑的感情。他们否定了战士对祖国的最根本的感情，却又说：“祖国现实生活的日新月异的面貌……把每一个人，每一个家庭的命运和祖国建设更紧密地联结起来。”（侯金镜）——既然紧密地联结起来了，那么战士对他的家乡的日益幸福的生活的感情为什么又是个人主义呢？但这里的问题是，既然战士和祖国的最根本的联系都被否定了，既然把人民过去受苦，今天获得幸福的这个祖国建设的根本的现实基础都作为和集体矛盾的“渺小的个人憧憬”否定了，哪里又能有什么“紧密地联结起来”呢？

顺便说一下，在侯金镜同志的批评文章里，摘引我的小说里的字句的时候，所有的和被摘引的句子联结着的例如“毛主席的笑容”、“想到毛主席”等字句都是被删去的。十分显然，批评家不希望读者知道，我的小说中的人物是对毛主席抱着神圣的感情的，批评家只希望读者到处都看到我的小说里的“个人主义”。然而批评家同志，你是不是认为，在战士的心灵里，对毛主席的感情是不能和对家乡、亲人的感情联系起来的呢？批评家荒草同志正是确凿地回答了这个问题的，荒草同志说，作者把毛主席和战士的、人民的生活并列起来，“正是作者对个人主义的爱情的用力歌颂”。批评家们就是用这种方法来进行他们的批评的。

或许我的批评家们指的是现实中的和这根本不同的另一种

情况：在战争里恐惧，发生“右倾保命”情绪，“想家”。——可是这和上面所例举的内容有什么关系呢？

在小说《战士的心》里，新战士张福林初上战场，害怕，不够坚决勇敢，那根源就是在内心里面有着某些个人顾忌。作者描写了，他经过炮火，看到了别人的英雄行为，于是觉得羞耻，克服了他的顾忌。可是侯金镜同志却认为作者是歌颂这种个人顾忌，把它“当做推动人们前进的力量”的。而且他还把这种个人顾忌和前面所例举的战士和家乡、亲人的感情联系等同起来，用来作为他的批评的例证。这种批评，到底是由于过分性急，连作品都不曾仔细看一看，还是由于别的什么原因呢？但总之，我的批评家们认为一切战士，只要家乡、亲人的形象在他的感情里一出现，不论那是怎么出现法，出现的是什么一个内容，都是卑鄙的个人主义，要开小差的证明。像这样，我的批评家们是怎样理解现实，以及许许多多以战争生活为题材的现实主义作品的呢？例如，对苏联展览馆里的那一幅激动人心的油画，波・米・聂门斯基的《怀念那些遥远的亲近的人们》——一群红军战士在灯光下看着妻子和小孩的照片，批评家要怎么说？我们的报纸杂志上在宣传当了模范的志愿军未婚妻，也有这样的剧本上演，批评家们是否也认为这是宣传个人主义呢？

在全国人民代表大会上，郝建秀发言说：“回想解放前，我们工人被人到处瞧不起，……我小的时候拾煤渣，人家叫我‘小黑鬼’。为了生活，我几乎跑遍青岛所有的纺织厂，人家都不要我。现在……我亲身体验到作为中华人民共和国的劳动人民是多么幸福。我因此更加爱我们祖国。”

这是否也是“个人幸福或痛苦的体验”、“渺小的甚至庸俗的个人幸福的憧憬”、“个人意识”、“决不能成为集体主义和爱国主义的出发点”？

简单地说，我的几篇小说，关于我们的战士，是想要说出这样的话来：我们的英雄战士是有血有肉的人，他们对生活、对人民抱有深刻的感情；正因为抱有这样的感情，他们才能如此热爱人民，同情遭受侵略的朝鲜人民的苦难和希望，走上为和平而战的庄严道路，在革命组织的领导下，在革命斗争的教育下不断提高他们的集体主义、英雄主义精神。我们的英雄战士牺牲了自己的一切，并非因为他们不爱这一切，但他们在斗争中是以更宽阔的感情来看待这一切的；流血牺牲并不是轻而易举的，并不是不痛苦的；但在革命组织的领导下，在革命斗争的教育下，人们在战场上克服着痛苦，承担着考验，战胜了敌人，夺取了祖国的幸福生活，这流血牺牲就变成了崇高的幸福感情。因此，我们这些生活在和平建设中的人们，应该比先前更懂得和平建设的生活的可宝贵。我又想说出这样的话来：我们的英雄战士从我们的人民中来，他们从自己的切身的遭遇感到祖国的伟大，在革命组织的领导下，接受了革命斗争的教育，克服痛苦，承担考验，百炼成钢；他们是我们的同志、兄弟、亲人，他们是以血肉之躯承担了战争的考验的，因此，他们所做到的一切，都是我们这些同样生活在党的领导和教育下的人们可以，而且应该学习着做到的。我自己，是在我们的战士们面前受到了这种教育的，我想，读者同志们倘若同意我的小说里的某些内容，当也是感到了这一点的。

我想，我的批评家们所不同意，所责备的，也正是这一点。我的批评家们，由于他们对现实和对文学创作的教育作用的教条主义的理解，不愿作者说出以上的这些话来。我的批评家们以为这些不应该让我们的读者知道，他们以为，倘若说一个战士原是爱着他所牺牲的那一切的，因为认识到伟大的阶级事业他才能决然牺牲这一切，因此，他在战争中是对生活是抱有更深刻的感情的，那就是资产阶级思想，就是歪曲英雄形象，并且如果说流血牺牲并不是不痛苦的，要成为一个革命战士必须战胜痛苦，就会吓退读者。不是么，他们斥责作者是“宣传悲观主义”。他们实在也并不是不知道这些，但他们却希望交给读者以一种一喊口号一说道理就得来的胜利，或者，他们即使承认战争是有痛苦需要克服，也顶多承认那是自然环境和战争的物质条件所造成的痛苦，而不承认这中间的人们的思想感情里的斗争及考验的过程——要成为一个革命战士就必须通过的血肉的锻炼过程，他们以为这才是“乐观主义”或“社会主义现实主义”。这，实质上当然正是一种“无冲突论”。他们不乐意让读者知道，我们的战士原是普通人民——原是我们大家的兄弟、亲人，战士们在革命斗争的教育下所做到和达到的我们也可以而且应该学习着达到和做到；他们不乐意让读者了解，流血牺牲固然痛苦，但战士们既然在革命斗争的教育下以血肉之躯承受了战争考验，战胜了痛苦，我们也可以而且应该学习。正因为他们觉得说战争里的人们是在承受和克服痛苦就是歪曲英雄，所以他们觉得战场上的英雄行为绝非我们大家所能学习，他们觉得战士的英雄感情不是在克服痛苦、承担考验、战胜困难的斗争过程里成长起来的，而是天生的，因而不是普通人民的感情所能理解的。

批评家们站在这种脱离现实的主观主义的“高处”，就审判了我所描写的战士们，宣称他们是“个人主义”和“龌龊的灵魂”。我的批评家们对现实斗争难道抱的是正视现实的斗争精神而不是错误的回避现实的态度么？我的批评家们对现实斗争中的战士难道抱的是集体主义精神而不是高高在上的横暴的态度么？

这还是指的这种批评的理论所直接达到的结果而言，事实上，由于批评家们的横暴的态度，这种批评已经达到了毫无道理可言的程度。这里举一个简单的例子。

在我的小说《你的永远忠实的同志》里，描写着，班长朱德福负伤到医院后“心里非常乱，迷迷糊糊地吵着要回部队去”。“朝鲜医院的女同志们给他输了大量的血才救活他”。“他发现他的周围全是妇女们，她们给他输血，他难过起来了，而那个朝鲜女医生……告诉他，她的丈夫是人民军战士，去年就牺牲了。从这时起他就变得安静，无论做什么事都要看看女医生的脸。……”

战士负伤后因不能再战斗而觉得痛苦，朝鲜女同志们的国际主义精神和朝鲜人民的苦难所给他的教育帮助他克服了这种痛苦，这简单明了的内容是不需要什么分析的。但是荒草同志却这样地向读者歪曲和捏造了这个内容：

> 当他知道朝鲜女医生也是因为战争而失去夫妻之爱的牺牲者，知道她是一个需要夫妻之爱的人，他才安静下来，从她那里获得了“精力”；当他因为女医生的夫妻之爱而想到了“新的生活”……

作者明明白白地说的是国际主义精神和人民的苦难，简单明了到了仅仅是没有直接说出这些词句来，因而，要说这是批评家误解了这个内容，那是没有可能的；要说批评家的教条主义太严重，除非作者直接说出“国际主义精神”等等来，他就不能理解作品理解现实，那也是没有可能的。然而批评家却一连来了三个“夫妻之爱”！

从教条主义出发的对我的小说的曲解，沿用着侯金镜同志的“抽去了”的办法，在荒草同志这里，已经发展到了狂暴的捏造罪名的程度了。

批评家这么做，目的何在呢？

我想，也可以看看苏联文学里关于这一切写过一些什么，来作为我们的参考。我想，苏联人民虽然和我国人民有着风俗习惯各方面的差异，但人民的感情的性质却不可能有根本差异的。

在西蒙诺夫的《日日夜夜》里，女主人公安娘在炮火中渡过伏尔加河的时候说：“你知道我多大年纪？十八岁……我连什么也没有见过，什么也没有见过。我梦想学习——也没学习过。梦想去莫斯科，到各地去——哪里也没去过。我又梦想……梦想爱个男人，嫁个丈夫——连这也没有做到。所以我有时害怕，非常害怕，害怕忽然间一切都不会有了。我一旦死去，就什么也不会有了。”

批评家们怎样看法？这是多么的“个人主义”，多么浓厚的“个人意识”、“个人动机”、“渺小的个人幸福”！这是多么的“对正义的战争的悲观情绪和待死心情”（荒草）呀！然而，加里宁却赞扬过这个描写，说它表现了战争中的人们的“常情和心绪”。这种心情恰好表现了人们深刻地知道他们在保卫什么。在小说

《日日夜夜》里，大家知道，安娘和沙布洛夫的爱情从这里开始，构成了小说的主要情节，而这个安娘，在小说里是一个英雄的妇女形象。

就在发表了宋之的同志的文章《错在哪里?》的同一期《解放军文艺》上，有一篇苏联短篇小说，叫做《战士与将军》。一个战士买了一个玩具藏在背包里，预备将来带给他的儿子。连长发现了，命令他扔掉。“命令就是法律”，这战士不满意这连长，很痛苦，不知如何是好。师长来了，注意到这件事，让他把玩具留下了。战士于是感谢将军，觉得将军是懂得战士的感情的。以后战士就在炮火下救了将军。而将军让战士留着玩具，是因为自己也有个儿子，对这很同情。战士负伤后，将军来看他，带来了一把玩具小马刀，并且说：“我也有像你的小孩那么大的孩子，我给他买了一把小马刀，可是我不知道什么时候能回去，所以就把这小马刀带给你的儿子吧!”……

批评家们怎么看法？这是多么“庸俗”，“个人温情主义”，“以父子之爱的个人主义代替集体主义”(荒草)呀！然而，很有意思的是，这小说刊载在发表了宋之的同志的批评的同一期刊物上，好像是专门为了反对宋之的同志的理论而刊载出来的。

在卡萨凯维奇的著名的中篇小说《星》里，描写了老军人的情绪：

> 派人去干危险的工作，在谢比钦科上校本是家常便饭，今天他却有点怜惜这位特拉夫金了。他情不自禁地想说几句通常当一个父亲或母亲派儿子去干一件危险工作所说的话。……

在我的小说里，描写了班长王顺对新战士的同情，受到了各种指摘。我的批评家们是否以为这里的这位上校的情绪也是“个人温情主义”?

在《星》里面，又写着：

谢比钦科上校怀着一种保护人的温柔态度对待女性。在他的心坎里，他认为妇女不适宜作战，但他并不因此就蔑视她们，像许多别人那样，倒是用一种深知作战艰苦的老兵的怜爱去同情她们。

在我的小说里，描写了班长王顺的保护妇女儿童的情绪和老兵的自豪情绪，他"怜惜"金圣姬"不懂得战争"，受到了批评家们的各种指摘。这种军人对待妇女的情绪到底是"个人温情主义"么？

在《星》这本小说里，描写了女报务员卡佳爱上了英雄的侦察员特拉夫金。特拉夫金拒绝和冷淡了她的爱情。他和侦察员们到敌后去了。女报务员和他在报话机上联系，在通话中间也暗示这爱情。"'我们热烈地拥抱你。……你了解我的意思吗？你怎么了解的？'——'我了解你的意思。'特拉夫金回答。""特拉夫金在无线电中对她那最后几句话的答复是什么意思呢？他所说的'我了解你的意思'，只是一句平平常常的答话，……还是包含着某种神秘的意义？这个念头比其他一切念头更使她激动。她觉得，被致命的危险包围之后，他变得比较柔和些，比较通达普通人情了。他在无线电里的最后的话便是这种转变的结果。……"这就是说，她觉得他是终于接受她的爱情了。然而英雄的侦察员们不可能回来了。无线电沉默着。这姑娘就坐在那里，一直到反击的炮声响了，大家都不等待并且忙别的事去了，她还坐在那里等待，并呼号着侦察员们的代号："星！星！星！"

这表现了什么呢？英雄的侦察员们舍弃了爱情而投入战争，献出生命，在小说的结尾，这爱情还在那里等待着。小说对这一爱情的命运表示了无限同情。我的批评家们是不是也要用他们的"逻辑"判决判决呢？

十分明显，对祖国和人民的命运抱着感情的人们，是会看出来，在战争里人们牺牲了极为宝贵的一切，这种牺牲是应该唤起人们对侵略者的痛恨和对生活的热爱的。这小说的形象难道不正是对于人们的爱情的深刻的表现吗？难道那个失望的爱情不会达到反对法西斯侵略，反而会达到不要抵抗侵略，大家赶快回去恋爱的结论吗？然而我的批评家们正是达到了这种结论的。按照我的批评家们的观点和“逻辑”，女报务员坐在那里，是在反对人们进行卫国战争，是卫国战争使她不能达到恋爱的目的：多么卑鄙的个人利益！

小说的结尾，在“远方的大炮雷鸣声中”，牺牲了的特拉夫金的母亲来信了，母亲在信里说：她已经找到了他的笔记本，……将来他进学校会非常有用；她很喜欢他热爱科学，她找到了一些旧图样，她和某某姑母把它们嘲笑了一番……。母亲强烈地渴望和平并期待儿子归来，然而就在此刻儿子已经牺牲了。这一反映了人民的和平要求、并表示了对侵略战争的痛恨的形象，在认为“牺牲不能不阴暗”的批评家看来，会得出什么结论？

特拉夫金的战友在看到这封信时哭了：“战争快点结束才好！……不，我没有疲倦，我不是说我疲倦了……”

这痛恨侵略战争，渴望和平的声音，在我的批评家们这里，会得到怎样的毁灭性的罪名呢？这岂不是会被很简单地说成“反对卫国战争”吗？

在我的小说《战士的心》里，战士廖卫江在战斗中心里“闪过了毛主席的笑容，闪过了生活里的许多亲切的、熟悉的感情……”一再地受到了指摘，叫做“个人幸福和个人痛苦的回忆”，“个人主义”。请看一看《普通一兵》吧。马特洛索夫卧倒在敌人火力点跟前，“现在随便一粒子弹都能打倒他”。

> 许多清楚的和迅疾的念头，像闪光一样飘了过去，这些念头都是和他的充满不安，然而是幸福意味的生活有关的。他想起了故事中的话：田野里的罂粟花为什么开；想起当他和林娜站在土岗上……；想起了领袖的训言……想起……许多城市和乡村在盼望着……。于是……一种不能克制的力量充满了筋肉。恐怖没有了。

这就是我们英雄的典范，马特洛索夫的心理过程。按照批评家们的见解，这是“干脆在冲锋……的时候，给每一个人都塞进一段冗长的回忆”（侯金镜）。而且，在马特洛索夫这里，既然“这些念头都是和他的……生活有关的”，那当然是“个人意识”。从“个人意识”里“产生了战斗的力量”；从“个人意识”出发来战胜恐怖！按照我的批评家的观点和逻辑，这一切是不是应该这样解释？

大家知道，苏联文学里这一类的例子是不胜例举的。我的批评家们是如何理解这一切的呢？是不是对这一切也要加以斥骂呢？

我的批评家们对于我的几篇小说的内容的理解是错误的。我的批评家们从事先做好的结论出发，把作品按照这种结论的要求倒装上去，有的就干脆从捏造出发。我的批评家们的态度是十分粗暴的。

这里简单地举一点例子。

宋之的同志认为，战士王应洪在负伤后因没有能及时地掩护班长出险而痛苦，抱定决心要掩护这个教育了他、带领了他、信任他、热爱他的班长，终于因掩护班长而牺牲，是一种“宿命的个人主义”。宋之的同志的逻辑是这样的：“为什么一定要死呢？表面的原因是要掩护班长出险。内在的心理因素是因为他很痛苦。……为什么这样痛苦呢？据作者的描写，是因为他‘难过极了，意识到自己拖累了班长。……’”从这里宋之的同志就达到了“宿命的个人主义”的结论。

搞了半天，“表面的原因”是我要掩护班长，“内在的心理因素”是因为我很痛苦，人们都期待这个逻辑找出什么新鲜的“个人主义”来，可是——为什么要痛苦呢？因为我没有能及时掩护班长。那么，“表面的原因”和“内在的心理因素”有什么不一样的地方呢？绕了半天，想找出一个“个人主义”来，原来“据作者描写”想要掩护班长，据批评家说就是“个人主义”。就是这样的

“宿命主义”的逻辑。

宋之的同志认为，班长王顺“甘愿承担战争里的一切残酷的痛苦”来使人民获得幸福的心情是“个人背十字架的美丽幻想”。原来在宋之的同志看来，志愿军战士牺牲自己为人民谋幸福的心情竟是这样的！宋之的同志作出这种判决来的目的何在呢？是不是以为志愿军战士不应该有自我牺牲的精神，有了这种精神就等于“美丽的幻想”的基督徒呢？

宋之的同志认为，当王应洪在敌后的危险中提出由自己掩护班长出险的要求时，班长王顺为了防备敌人听见说话的声音，掩住了王应洪的嘴巴，这一内容，是“说句笑话……倒像是袭人在脉脉含情时，掩住了宝玉的嘴巴似的”。

大家都可以看得出来，这“说句笑话”是对流血斗争的现实和崇高的阶级感情抱着怎样轻薄的心，作了怎样的污蔑。

宋之的同志喊叫着：“可怜的王应洪，可怜的作者，可怜的读者呀！”

大家知道，在我们的革命事业里，批评是为了以同志的精神帮助别人——宋之的同志的这种作风难道和这种精神有丝毫共通之处么？读者对我的小说有某些同感，虽然宋之的同志以为他们这是错了，但也应该用分析去说服他们的，为什么为了嘲笑作者，就对读者也一律加以轻浮的嘲笑呢？

在小说《你的永远忠实的同志》里，作者描写了，全班在战前因不安心干炮兵工作这个问题而不团结，展开着思想斗争，开过会之后，问题仍未彻底解决，于是班长朱德福激动地批评了性情浮躁、看不起炮兵工作的赵喜山，并在这个问题上作了自我批评。侯金镜同志说：“作者把小资产阶级人与人之间的相互关系硬塞到……人民军队里去了”。侯金镜同志是不是以为，在革命队伍中只有在开会的时候才能有批评与自我批评，而日常生活中的批评与自我批评就是“小资产阶级集团的人与人的关系”呢？刘少奇同志在《关于中华人民共和国宪法草案的报告》里指出：“在一切国家机关的会议上和日常活动中，都要充分地发扬批评与自我批评。”显然的，侯金镜同志为了否定我的小说，也就粗暴地抹煞现实和违反原则。

批评家荒草同志对作品进行了许许多多的歪曲和捏造，我在前面已举出过一点例子。这样的例子在他的文章里是很多的，但仍然有一些是必须指出的。

在小说《你的永远忠实的同志》里，班长朱德福负伤后请炮手张长仁替他写家信，有这么一段话：

> “好！”他说，看了张长仁一眼，……“后面加上一笔，说你看到我了，不必告诉他我残废了，……告诉他也行。”他说，眼睛里闪耀着一点微笑，“你说，上级将来要分配我新的工作。”

荒草同志是这样来对读者“介绍”这几句话的内容的：“他要张长仁预先扯个谎‘安慰’他儿子，说是，‘将来上级要分配我新的工作’。……”

“安慰”两个字打上了括弧，好像是作者的原文。作者在什么地方写了这个“要张长仁预先扯个谎安慰他儿子将来上级要分配他工作”的呢？荒草同志的意思显然是，朱德福认为，也就是作者认为，上级是不会分配负伤的战士新的工作的，不过需要骗一骗军人家属而已。然而，大家都知道，我们的国家对负伤的战士是无微不至地照顾着的，小说的这一点内容也正是反映了这个。荒草同志的这种捏造目的何在呢？

同一小说里，朱德福负伤后“他自己深知道这一点，他不能脱离部队，脱离战斗而生活。躺到病床上去他要寂寞，……他觉得他还没有完成任务，而在一个老军人看来，完成任务就是永远战斗”。

荒草同志说：朱德福负伤后“十分悲观，软弱……‘怕躺在病床上去寂寞’……”

是小说里的这几句话写得不明白，批评家看不清楚吗？然而批评家就是这样找出了作者的“悲观主义”来的。但是,这却是对这个老战士的终身献身革命部队的志愿作了怎样的污蔑!

同一小说里写着,班长朱德福在最初因为留恋步兵,不熟悉炮兵技术,不安心。新调来的他的老部下赵喜山也不尊重炮兵,班里不团结。全班的骨干,一心一意的老炮手对这些有意见,于是展开了思想斗争。为了战斗任务,即最高的集体利益,进行着思想斗争。

荒草同志说:“张长仁曾经反对过朱德福对赵喜山的毫无原则的过分迁就和溺爱,双方甚至因此闹了许多勾心斗角的纠纷,这原因实际是,一则他不了解朱德福之姑息、纵容赵喜山,是由于他十年来缺少夫妻、父子之爱,内心痛苦,情绪悲观;二则朱德福……赵喜山不了解张长仁也是一个缺少圆满的男女爱情而需要‘温暖’的人。”

“勾心斗角”、“夫妻之爱”、“父子之爱”、“情绪悲观”、“男女爱情”……

这小说是在《解放军文艺》一九五四年二月号上发表了的,许多读者大约也看过。批评家的这种公然捏造的目的何在?

侯金镜同志在摘引了小说的几句话之后就说:“似乎纪律不能成为大家自觉遵守的”,通过这个“似乎”,马上就说:“攻击了工人阶级集体主义”。宋之的同志说:“仿佛金圣姬的不幸……是由于中国军队的纪律”,通过了几个“仿佛”,就宣布作者“非难纪律的专制无情”。当然,看来最初是有点犹豫的,因为金圣姬的“不幸”,到底不能是由于军队的纪律,这大家都是明白的;但立刻就变得坚决而森严了。当然,比起荒草同志的这种直接的捏造来,这又似乎好一点,中间还有一点“逻辑”的过程。

根据着这些“逻辑”,这些武断,这些捏造,批评家们下了什么样的一些结论呢?

除了已经引用过的那些结论以外,这里我想提出两个结论。

一、宋之的同志在经过了几个“仿佛”之后就认为作者的立场是:“如果不需要对美帝国主义的侵略进行反击”,一切就会很好了。

这是想向读者控告，作者是反对抗美援朝战争的。侯金镜同志说作者是“苦心经营”，宋之的同志说作者“巧妙而顽强”，这就是说，这反对抗美援朝而且是有意识的。

二、荒草同志说：作者在“歌颂一种对祖国和人民事业的反抗情绪”。

这是在指控反抗祖国，反抗人民的罪行。

把这种罪名拿来加在作者的头上的目的是什么？

这是要使作者什么话也说不出来的。但我仍然要说一说，是因为我相信党和党所领导的革命事业，我也相信我自己是在为了革命事业而工作，我想我们的文艺界的前辈们，我们的作家同志们，我们的读者同志们都会感到，这里已不是我个人的作品遭到污蔑，以及我个人的遭遇的问题——我不能理解，批评家们的目的到底何在——这里已经是对文学事业的严重威胁，对革命事业的损害。

批评家们的横暴是有原因的。

刘金同志的批评文章里的话就可以说明这个。他说，有的同志为路翎不平，写了文章替路翎辩护，投寄到文艺刊物去了，刘金同志说：“只是可惜我至今没有见到那篇论文。”但刘金同志的那篇小文章却大家都看见了，他说，我的这篇作品发表了之后，“有人捧场，有人赞美，甚至有人专函祝贺”。他说这是“大量的未经改造的小资产阶级知识分子”。他说，对侯金镜同志的文章有人不同意，那是“小资产阶级的……不满和叫喊，本质上就是这么一回事。”——显然，有的读者对这几篇小说存在着不同的意见，就是批评家们的横暴的原因之一。在这种气势下，非常直接了当，凡是赞同过我的作品的，都是“未经改造的小资产阶级”，凡是不同意批评家的意见的，都是“小资产阶级的叫喊”。刘金同志的话是有恐吓读者的性质的。这里我顺便声明一下，我接到过一些读者同志们，主要是部队读者同志们的诚恳的来信，但批评家们所指控的这些罪名与读者同志们无关，因为他们并不是来响应批评家们所指控的罪名的，他们是相信着从我的作品里所感到的正面的东西的。我没有接到过专函祝贺的来信。刘金同志用这种“深知内幕”的口气来吓唬读者，是不正当的。

由于这种横暴的气势，我的批评家们就充满了“左”的激情，他们在作品的任何词句，任何形容词里都可以找出“资产阶级”以至“反抗祖国”的罪名来。这种批评的危害性是很显然的，它严重地摧残着文学创作的生机。在这种批评面前，文学作品非放弃它的以丰富的生活形象来教育人的职能不可，非放弃它的文学的语言、表现内容的多样的风格不可，文学作品里的人物也不能按照他们的性格和具体感情来说话和思想，而非要说大家都说过的、报纸上在说着的话不可。

我的批评家们是以“立法者”的姿态来说话的。

> 等级观念、畏惧上级的现象在批评界里还相当普遍地流行着。……人们常常把……批评看做是“上级指示”的反映，某些文学戏剧界“内行人士”，正是用这种所谓受到“指示”的影响，来解释批评家对某些艺术家的有系统的批判和对另一些艺术家的有系统的赞扬。
>
> 把“我”换成了“我们”，用“大家的”看法、意见、和所说的话来遮盖自己个人的……态度，……这样一来，这位批评家就仿佛是用“自己已签了名的这篇社论”的全部笔调，宣布自己是站在某种“立法者”的高度来讲话的。……不论写作任何文章，我们的批评家也总是要以成千上万……的读者的名义：“观众（读者）希望看见”，“观众（读者）不希望看见”……（苏联《戏剧杂志》专论《论批评》。载《剧本》月刊九月号。）

我的这篇文章不可能过多地牵涉到枝节问题。我想我已指出这些批评对现实、对作品的教条主义的歪曲，这种教条主义是危害文学事业的。我想我已指出，这些批评的态度是十分横暴的。

这一切都是严重地违反党的原则的。

这就是我对这些批评的初步意见。

最后，我想说明一点。我这篇文章，是就批评家们所下的政治结论来提出我的意见的。在这篇文章里我没有具体地讨论创作上的问题。批评家们所下的这些政治结论使我觉得太沉重了，它们是有首先弄清楚的必要的。在例如“反抗祖国”这一类的政治结论面前来讨论创作问题，是困难的。

但是，这决不等于说，我的作品会没有缺点。我的创作上的缺点是存在的。我想，几年来对我的批评，基本上都是以政治结论和政治判决来代替创作上的讨论的，对那些政治结论，我是不同意的，但这些批评里也有一些地方是接触到了创作上的问题的，这些是能够帮助我的。我的认识是，如果批评是指责了作品的政治错误，指责对了，作者就应该检讨，以求改正错误；作者不同意，就应该说明。如果批评是指责了艺术创作上的缺点和错误，作者就应该虚心地、实事求是地研究，把这种批评作为今后创作实践上的帮助。我想，每一个诚恳的作者，都应该这样。过去在这一点上我是努力这样做，但做得显然还不够的，今后我应该更严肃地这样做。因此，现在的这篇文章，我只是对批评家们所下的政治结论表示了意见，我的意见提供同志们参考；我同时诚恳地希望着严肃的、同志的、实事求是的批评，帮助我前进。

一九五四年十一月十日，北京。

（原载《文艺报》1955 年第 1—4 号）

图书在版编目(CIP)数据

路翎全集. 第八卷,散文、文论:1938—1992/路翎著;张业松主编. --上海: 复旦大学出版社,2025.2. -- ISBN 978-7-309-17730-5

Ⅰ. I217.2

中国国家版本馆 CIP 数据核字第 2024XS4401 号

路翎全集. 第八卷,散文、文论:1938—1992
路 翎 著
张业松 主编
责任编辑/方尚芩

复旦大学出版社有限公司出版发行
上海市国权路 579 号 邮编: 200433
网址: fupnet@fudanpress.com http://www.fudanpress.com
门市零售: 86-21-65102580 团体订购: 86-21-65104505
出版部电话: 86-21-65642845
上海盛通时代印刷有限公司

开本 890 毫米×1240 毫米 1/32 印张 16.125 字数 418 千字
2025 年 2 月第 1 版
2025 年 2 月第 1 版第 1 次印刷

ISBN 978-7-309-17730-5/I · 1432
定价: 85.00 元